金融职场情感励志长篇小说

金百合

罗小芙◎著

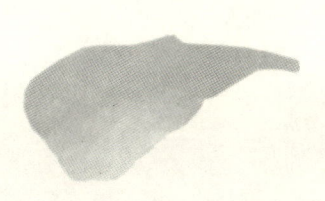

台海出版社

有灵魂的女子，无往不胜

叶倾城

以一本书刻画一个行业十余年的惊涛骇浪，这是何等豪壮；以一支笔描绘一段情，若有若无却惊生怖死的繁华哀凉，又是何等缠绵。罗小芙都做到了。

说起我与罗小芙，是一段淡极始知花更艳的缘分。经人介绍，我偶然遇见她，第一面便是一惊：这女子，好美。眉目难描难画，她整个人白牡丹一样，在烟尘滚滚的尘世，微微放着光，也不知道是不是鬓边隐约的珍珠耳环。那大约是九月，城市恒常燥热，而四周景象纷纷退下，全世界只有这么一段光。

美时常使人自惭形秽，况且我知道她是金融业高管，那日常生活应该有如《华尔街之狼》吧？她又这么美，该是活生生的《欲望都市》吧？我对她好奇，却想攀谈也无从说起。

是她主动找我，对我说：屠龙多年，她仍是少年，心里还有一个不灭的文学梦，她想写一本以金融为背景的小说。

很惭愧，当时我并没有太当真。虽然她说话的时候，目光闪闪，如夏日拂晓时的启明星。

这大约是因为，我太知道写字是个苦差事儿。很多时候，一幅幅画面、一个个故事，小精灵一样在脑子里翻飞，你觉得你轻轻动动手指就能把它们揪下来贴在纸面上——你手才一抬，小精灵们全中了魔法一样消失了，你只有一个空空的脑子外加一个空空的电脑屏幕。

也大概是，我多少了解一点金融业，那是个大进大出的行业，几百万上千万都不是能让人惊呼的大数字，霎时身家过亿、转眼入狱为囚也是寻常事儿。金融家骨子里都是冒险家，百年前是在非洲大草原猎狮的人，怎么能坐下来一个字一个字地码，像搬砖像砌墙。

但是，奇迹发生了，因为，罗小芙真的写出了《金百合》。

这一切，是怎么做到的呢？

起初她说她开始写，我很诚恳地鼓励，也很当心地不主动提起。我猜她是写完开头就弃坑，我要多嘴问了她会不好意思。

她偶尔在邮件里说，她在开会的间隙、出差时候的机场，多多少少写一点儿。

我一惊：这么拼，是当作一个大 CASE，用全副力气。我忽然惭愧，有多少年，我不曾有这样的全力以赴？

她写出了第一稿，给我看。我犹豫很久才跟她说：这里那里都有问题，要加要删要改，其实不如……我不记得我有没有直接说出来：要么重起炉灶要么放弃。

罗小芙身居高位，应该有很多年没有人这样批评过她吧？我提意见的时候，只想到将心比心，非给出真刀真枪的建议才不辜负她的认真。事后才想到太莽撞，非常不安。

但她，只是默默地开始第二稿。

几易其稿，到目前的《金百合》。我从头看到尾，又像许多年与罗小芙的初遇，一词量之：惊艳。

从方霏身上我看到了罗小芙，再怎么摸滚翻打，从傻乎乎的乡下小姑娘到骄傲的白领丽人，变的是能力是格局，不变的是对自己的要求对世界的诚实。她的一颗心，早在很年轻时候就给出去，之后半生，不怨，不嗔，只是坚持。

为何她与柳凌志没有终成眷属？实在是因为，柳凌志是一个普通人。他有才华有魄力，但他……也有肚子了。方霏是野火，霎时间烧透了他，然而时间早在方霏之前就来过一次，他纵使心热似火，到底是身冷如灰。这一段情，对他像是终章，让他彻底知道自己的局限。

对方霏，这是人生的重创。方霏的轻灵与腔子里的痴绝，让我想到金庸笔下的李文秀，爱了就是一生一世，面对诱惑，是"那些都是很好很好的，但我不喜欢"。到最后，方霏独自远行的身影，也像李文秀骑着一匹白马，在西风里静静地走。

但方霏终究是新时代的女子，有不一样的海阔天空，她说："再见了，亲爱的朋友们；再见了，自以为是的青春；再见了，终将逝去的爱情。世界如此辽阔，如果你曾失去过什么，正好重新出发，去寻找前方更加神秘未知的生活。"

干得漂亮，人生不止有苍凉而美丽的手势，还有方霏从火车上频频挥动的手。

罗小芙是否也经历过类似的重生？抑或作者是作者，作品是作品，互为影像但各不相干？还是让好奇的读者去问吧。

而我，也终于明白，是什么让罗小芙有不老的容颜，是因为，灵魂才是一个人身上最亮的那颗星。

人生有三件事：必须做的、应该做的以及想做的。大部分人都在这三件事中顾此失彼，要么放弃了梦想，要么把个人生活过得一团糟。但罗小芙是难得的，要事业有事业，要美满家庭有美满家庭，还一直不懈地在追梦。从这本《金百合》的写作，能看出来，她以何等态度对待家庭和事业。何谓灵魂？无非就是：心里有爱，而又愿意为这爱付出点点滴滴的时间、心思与脑力。

有灵魂的女子，无往不胜。

目录 CONTENT

第一章　　美好莫若初见 / 001

第二章　　遂愿逐柳而居 / 014

第三章　　异乡奋发追梦 / 026

第四章　　无缘咫尺天涯 / 034

第五章　　繁华难掩寂寥 / 054

第六章　　合力又下一城 / 066

第七章　　盛世七彩华章 / 076

第八章　　侠客翩然而至 / 086

第九章　　几成迷途羔羊 / 102

第十章　　痴女孽缘可鉴 / 115

第十一章　徘徊中见曙光 / 129

第十二章　凄凉独立中宵 / 138

第十三章　重起炉灶开张 / 151

第十四章　相识菁菁校园 / 165

第十五章　翩翩飞鸿传情 / 177

第十六章　陷热恋慰两心 / 196

第十七章　烦恼不期而至 / 208

第十八章　爱是治愈良方 / 221

第十九章　除旧迎新遇挫 / 236

第二十章　父母家人作梗 / 249

第二十一章　繁华谢坎坷生 / 263

第二十二章　屋漏偏又夜雨 / 273

第二十三章　终须相忘江湖 / 285

第二十四章　一别天涯两宽 / 302

第一章
美好莫若初见

22岁的方霏从临江大学毕业，进入通宝银行临江分行下属的江北支行工作，收到录用通知的那一刻，方霏感觉非常幸运。

还在上中学时，同班好友苏文玉的姐姐苏美玉进了一家大银行的储蓄所工作，放学回家的路上，苏文玉常拉上方霏去姐姐工作的储蓄所玩耍。

那时，改革开放已经15年了，但在离省会城市200公里的偏远小县——奉远县，改革的春风还没吹来什么市场经济意识，那些无微不至的服务理念也好，登峰造极的竞争手段也罢，人们都还闻所未闻，见所未见，一切还在传统的轨道上，不慌不忙地运行着。作为银行最基层网点的储蓄所，在纯朴的小城人们心中，还是衙门一般的机构。

储蓄所的柜台又高又厚实，颇具威严气象，难得来一个储户，只能站着办业务，从防弹玻璃与柜台间5厘米的缝隙中，艰难传递钱和单据；苏美玉穿着小城人们难得一见的漂亮衣服，端坐在柜台里，她的衣服要么是县城唯一的服装厂订制的成品衣服，要么是省城大商场买回来的时髦货，在不知时尚为何物的小城人民中间，她高贵宛若天仙。

那时的方霏，穿的是妈妈土里土气的旧衣服。冬天是旧缎子被面改做的缎面袄，絮着厚厚的棉花，穿上后圆滚滚的像皮球；夏天，两件小碎花的确良褂子换来换去，多一件都没有。好友苏文玉穿她那洋气的姐姐的旧衣服，都令人艳羡不已。

七年前烙印在脑海中的美好印象，让方霏怀着憧憬与兴奋，展望自己银行白领的生活。

这已是世纪之交的2000年，这一年，银行业的大事是战胜了千年虫，千年虫是计算机时代的副产品。

除了计算机和千年虫，方霏还发现了银行其他的变化：银行柜台变低了，不再那么高高在上，银行也不再悠然等客户上门了，而是要外出揽客；客户进出银行，大堂经理和柜员都要谦恭地问好，笑脸相迎相送，大家以无比的耐心接待各路或正常或奇葩的客户；客户气定神闲地坐着享受服务，盯着柜台内员工的一举一动，不再像个局促不安的穷亲戚，而是被尊为来施恩的上帝；男女员工都穿着整齐的工作服，女员工还要盘起秀发，摘下首饰，爱美的姑娘们在严苛的仪表要求下，将漂亮的衣服和饰品束之高阁，鲜明的个性和不切实际的幻想也随同束之高阁。

工作繁重，业务培训还没完没了，上班下班披星戴月，风吹日晒外出拓客，极低的工资、极重的任务，每逢节假日，举国休假，银行还要营业……

这些不同，除了因为地处省会城市，与奉远县小小的储蓄所存在地域差异，更是因为时代发展带来了竞争，七年的时间里，竞争给这个行业带来了根本性的改变。

过去计划经济时代，银行机构屈指可数，没有竞争压力，也没有激励制度，员工干好干坏一个样，门难进、脸难看、服务懈怠理所当然。可就在几年间，商业银行遍地开花，直接融资渠道增加，利率市场化改革，利差缩小，听说未来还会像国外一样，允许银行破产。银行业惊呼"狼来了"，在生存压力下被迫向现代化企业转型，实施科学的激励制度和严格的管理，以提升竞争能力。

方霏认识到，自己的工作机会，也是竞争带来的，正因为成立了许多商业银行，创造了许多就业机会，再加上热心的苏家姐妹的帮助，自己才幸运得到了银行工作。

通宝银行临江分行成立后，本来在奉远县储蓄所工作的苏美玉，作为有银行业经验的人才，从奉远调到了临江，当上了通宝银行临江分行的中层管理干部。方霏这样一名毫无背景的应届毕业生，因此得到了通宝银行的工作机会。

与方霏同期入行的几名新员工，都有强硬得多的后台，矮小瘦弱的王瑛，声音和胆子都小得跟蚊子似的，但她有在临江市人民银行当科长的爸爸；吊儿郎当的徐成林，他的叔叔是通宝银行重要客户的财务负责人，是银行着意巴结的上帝；一身名牌的邓雯雯，是富二代一枚，做这低薪的工作属于屈尊俯就，是因为她父母希望她有个体面工作，而银行工作适合女孩子。

这些家境优越的同事都在这里熬着，自己哪有嫌弃这份工作的理由？远在奉远县的父母知道女儿进了银行，那份骄傲，简直比范进中举还喜不自胜。

就冲父母的那份自豪感，自己也要坚持下去。

这也确是一份值得坚持的工作，当前虽苦，但有亮闪闪的前途。金融业已成国民经济命脉，为吸引到优秀人才，银行展开薪酬竞争，正式员工的收入都与国际接轨了，然而新员工收入只能勉强不低于社会最低工资水平，除了银行的薪酬制度不甚合理，也说明还不是抢手人才。

但是只要在这个行业，就会有媳妇熬成婆的那一天。只要多学习多积累，早日熬过新员工的考察期，顺利转正，就有挣到高薪的希望。

和身边这些近亲繁殖的关系户比起来，方霏自信能脱颖而出。

中学时代，方霏学习很努力，连苏文玉的爸妈都夸她踏实本分，赞成苏文玉和她做朋友。

高考前几天，母亲为了给她加强营养，买了一些广告吹得神乎其神的补品，希望她在考试期间有最好的状态。但事与愿违，方霏吃下满含母亲期望的补品后，却拉起了肚子，她勉力撑下三天的考试，成绩却很不理想，只考上了省城的临江大学。

班上的几十名同学，在那次高考中，人生走向就基本决定了，没有考上大学的，留在奉远为生存而努力；考上了一般大学的，读书和将来发展基本定位在二线城市；考得好的，舞台就大多了，能去一线城市读名校，将来留在一线城市发展，甚至走出国门，走向世界。

临江大学是二类大学，方霏没能读上名校，祸延至今，找工作也只能从临时工开始。

临江大学在本省的录取率高，好友苏文玉也一同考入。两人在大学继续相伴，算是入读临江大学唯一的安慰。

"如果你因为错过了太阳而哭泣，那么你也要错过群星了。"方霏明白这个道理，在大学里，她认真学习，积极参加社团锻炼能力：演讲、辩论、文学社……四年的时光没有虚度，她的口才辩才、知识储备都有了长足进步。入校时顶着一头妈妈剪的参差不齐的短发，长着一双稚气大眼睛的乡下土妹子，变成了眼里闪烁思辨光芒的清纯学生妹。

毕业后，在苏文玉姐姐的帮助下，方霏进入了有发展前途的行业。工作是人生另一条起跑线，她相信凭着扎实功底，她在工作中一定不会比名校学生差，更不会比身边这些关系户差，她激情洋溢，要在工作岗位上重新证明自己。

在江北支行的第一年，就在自我慰勉中，忙碌地过去了。

日子实在清苦，虽然工作时有工作服，不需要置办太多衣服；只要是工作日，一日三餐都有食堂供应。但不管怎么省，一年下来也没存下积蓄，每月的薪水付了房租就所剩无几。

孤身一人在临江，没有钱就代表着没有安全感，买房买车不敢想，连孝顺父母给点家用也做不到。身边的小伙伴都还向父母伸手要钱花，方霏不啃父母，已经是很自律了。

2001年8月23日，方霏迎来工作一周年的纪念日。

这一天从起床开始，方霏就打算犒劳一下自己，平凡而琐碎的生活中，需要时不时给某一天赋予特别的意义，好让生活增添一些色彩和滋味。

方霏翻出第一次领工资后置办的廉价化妆品，用不太熟练的手法，给自己描黑了眉毛，抹红了嘴唇，对着镜子左看右看，有点不习惯，但是很新鲜。化好妆，戴上近视眼镜，穿上自己最好的那套衣服——前胸有亮片心形贴的T恤，配上背带牛仔裙，很青春很惹眼的样子，下班后出去玩，这身衣服最合适。

这个盛夏的清晨，天空蓝得像大海，点缀着一片片白帆一般轻柔的流云，一丝凉爽的微风，让暑热悄然退去，天气有了宜人的感觉。

方霏踩着充满弹性的步伐，马尾辫在身后欢快甩动，来到支行，发现支行行长秦岭带着几个负责人在厅堂巡视，这种少有的现象流淌出一股紧张的空气，方霏连忙去换好工作服盘好发，站到厅堂。

秦岭巡视完，站在厅堂里口头通知，晚上下班后，支行全体开会。

方霏计划的晚间娱乐泡汤了，唉，真是计划赶不上变化快，好不容易今晚不用培训，不用考试，却又要开会。

晚上，秦岭宣布，不久将有总行领导来支行视察，支行将展开员工仪容仪表、营业办公环境、业务及内部管理等全方位的自查、清理、整顿、提升，在总行领导来视察时，展现出良好的内外部形象。

会上，秦岭对业务汇报、接待流程这样的大事，厅堂装饰、清洁卫生这样的小事，还有迎送礼仪、茶叶水果、照相合影等，一一做了周密布置，对应到责任人。

方霏的任务，是担任礼仪服务小组一员，在领导来的那天，负责端茶倒水、列队迎送。方霏参加工作以来，第一次经历这么大阵势，看到整个支行紧张忙碌的样子，方霏心里有一点不以为然，不就是来个领导，至于这样紧张吗？心里虽这样想，但身边的氛围还是让她不敢怠慢。

这天的会上，方霏第一次听说了"柳凌志"，他就是支行要隆重迎接的总行领导，一个让大伙忙成这样的人，还真让人好奇。

9月6日，分行专门派人来江北支行巡视，检查各项准备工作。

9月7日，总行领导正式莅临。

清晨六点半，方霏和小伙伴们就集合了，在支行的更衣室，主管给大家分发了统一的袜子、皮鞋。大家换好衣服鞋袜，化了淡妆，盘好头发，主管又细细叮嘱一遍注意事项，就按分工各就各位了。

六个小伙伴身穿浅粉色条纹衬衣和深蓝色半身裙，脚踩浅口黑皮鞋，披红色绶带，分成两列，雁翅排开站到大门两边。

大门口再没有更多的铺排，既没有红地毯，也没有大花篮。秦岭说，柳行长秘书特意电话通知接待从简，所以才没有浮夸的装饰。但事实上，支行还是花了许多心思，玻璃全都细细擦得晶光锃亮，大理石全打过蜡，色泽光润，地毯全面清洗了，绿植全用金闪闪的围布包裹花盆，天花板上垂下喜庆的宣传吊旗，新设了员工休息室、支行荣誉墙，给客户也新增了便民设施，处处不显山露水却又精心布置，使本来就算气派的支行环境焕然一新。

秦岭行长用指头这里摸摸那里蹭蹭，做了最后一遍巡视，满意地点点头，也站在门口和大家一起翘首等待了。

总行领导的日程很满，作为当天视察的第一站，总行领导抵达的时间在营业开始之前。支行早早开启了大门，大家在门口等了一会儿，三辆锃亮的黑色奥迪就由远而近，流畅地驶入预留的停车位。

车还没停稳，支行领导们就快步上前，准备替客人开车门。众目睽睽中，从中间车的前座上先下来一名秘书模样的青年男子，一下车就敏捷地向后，恭敬地拉开后车门，另一边的后车门被快步迎上的秦岭拉开，后座下来两位男子，一位是方霏认识的临江分行行长徐建新，另一位则是身材修长、气度不凡的陌生人。

陌生人由分行行长贴身相陪，无疑应该就是总行副行长柳凌志，但方霏惊讶的是，他的模样相对于他的身份，显得太过年轻。说他很年轻吧，气质却又沉稳持重，显现出相当的阅历和智慧，绝没有年轻的青涩与生硬。他双脚在地面站定，抬起双目一番巡视，目光所到之处，大家都热切地笑脸相迎，希望他注意到自己。

此刻，朝阳正在升起，刚刚跃出不远处的楼顶，背对着初升朝阳笔直站立的柳凌志，周身被阳光镶上了一圈金边，散发出一种超拔出尘的光辉，让身边的人都黯然失色。除了要坚守岗位的方霏和伙伴们，其他人都向柳凌志和他的随员们涌过去，分行行长徐建新向他一一介绍僚属，他带着微微的笑意，亲切而又庄重地与一双双伸向他的手礼貌相握。

看到柳凌志的这第一眼，和方霏之前想象的太不一样了。

想象与现实的强烈反差，让方霏第一眼就被这个不一样的领导折服，方霏终于知道，她对人的认识太过公式化了。总行领导竟然有着翩翩风度。

一行人先站在大门外，听徐建新介绍支行周围环境。柳凌志站在人群中央倾听，他比身边的人都高出小半个头，他戴着一副轻巧的无框眼镜，镜片后的目光深邃幽远，清瘦的他没有多余脂肪堆出的眼袋、肚腩、双下巴之类的赘物，显得清清爽爽整洁干净。

在方霏短短的人生履历中，她难得见到这样清雅高贵的男子。大学时代，当她从寒窗苦读中抬起头，偶尔注意异性时，眼前要么是毛毛糙糙的青年学子，要么是不得其志的中年教师。工作以后，合眼的异性也不多，有点职务的男人，一副颐指气使的腔调，没混到职务的，又是唯唯诺诺没骨气的样子。

只有在她所沉迷的文学作品里，才能了解到世上还有另一类的理想男子。

柳凌志这个位高权重的金融高管，竟有着理想男子的形象，是方霏在现实中第一次得见。他身上有着浓浓的书卷气，他像是从书本中翩翩走出的人物。他的气质如果用什么形象比拟，他该是像那个七步之内吟诗作赋的建安才子，或是奏高山流水为知音绝弦的抚琴名士。

九月的早晨，气温沁凉宜人。柳凌志长袖的浅蓝衬衫外，罩一件黑色背心，这身装束与随员们的隆重西装比起来，显得轻松，却也不觉随意。听完对周边环境的介绍，他在众人的簇拥下向大门走来，眼神亲切地掠过门前，那智慧温雅的清澈眼神，带着微笑，带着鼓励，让方霏觉得就像一束阳光照临。

他轻捷稳健地走进大厅，柜员们都以标准站姿站在柜台前，见他进来就鞠躬致意，齐声喊："柳行长好。"他挥挥手微笑着回礼。在大厅里，他继续凝神细听秦岭介绍，又观览了贵宾服务区、支行荣誉墙等，旋即走上楼梯，去参观第二层。

方霏和伙伴们迅速进入下一个工作环节，到会议室做会前准备。领导们参观完第二层，来到会议室落座。围着会议桌，摆了两圈椅子，领导们坐内圈，余者坐外圈。方霏的座位正好面对柳凌志，从内圈徐建新的背后望过去，可以毫不费力地看清他。

徐建新先致欢迎词，对柳行长百忙之中莅临分行，并到下属支行视察表示热烈欢迎。然后是秦岭汇报支行情况，支行的发展历程，遇到的困难，希望总行给予的支持，拉拉杂杂说了一通。过程中，方霏轻手轻脚走动着给领导们的茶杯添水。走近柳凌志时，她看到他交握在会议桌上的双手，十指修长，指甲修剪得干干净净，令人好感莫名。

最后，柳凌志简短讲话，他说："感谢徐建新行长和秦岭行长的详细介绍，感谢在座各位，感谢所有基层员工，正因为有你们的辛勤工作、默默奉献，才有通宝银行的日益强大。你们是构建我们这座金融大厦的基石，你们在远离总行的异地，以高度的责任感和不懈努力，做出了良好的经营业绩，这几年的经营数据反映，你们的业务规模在本地一直领先同业，在金融竞争日趋激烈的今天，我知道取得这样的成绩有多么不易，要付出多少努力！这些年，我走访过一些国际知名的金融企业，我最羡慕他们拥有优秀的人才资源，人才是立行之本。但今天我来到这里，我欣慰地看到，我们基层员工的精神风貌，不亚于任何国际知名金融机构，你们的脚踏实地和吃苦耐劳，更比他们有过之而无不及。我看到你们十分爱护通宝银行的品牌形象，打造了良好的硬环境和软服务，我为你们感到骄傲，从你们身上，我看到通宝银行的未来和希望。"

他对支行的工作表示了充分肯定，对基层员工表达了慰问，对支行下一步的发展提出了期望，也对支行遇到的困难进行了现场办公。支行同志每提出一个问题，柳凌志都会马上询问他的随员，对这个问题可有过思考，能否现场解答？如若不行，则要求大家回去后立刻研究予以回复。

他还对徐建新等分行领导提出要求，要他们多关心员工的所思所想，关心员工的衣食住行，为大家解决后顾之忧。他表示，银行的发展一定要与员工满意度同步提升，总行虽然在异地，但关心着所有员工，大家如果有什么意见和建议，都可以通过合理的渠道反映，总行将逐步健全职工代表大会等制度，以便多多倾听员工心声。

他浑厚动听的男中音饱含感情，言语中处处体现出温暖和关心，大家都被他的讲话所鼓舞，情绪高昂饱满，争相与他交流。

时间流逝很快，一行人就要起身离开了。秦岭满面春风地通知，无须临柜的支行员工，到门口和领导合影留念。

大家涌到支行门前广场站队，已近正午，阳光正烈，摄影师在大毒日头下，忙前忙后地给大家调队形对焦距，好不容易排好后，请出领导们，在第一排套着红椅套的靠背椅上落座，方霏和女同事们站成第二排，男同事们站成第三排，快门按下的瞬间，支行同事们年轻稚嫩的幸福笑容，与前排领导们含蓄的微笑定格在了一起。

合影完毕，总行领导要离去了，大家拥上来握别，方霏和小伙伴们迅速退到旁边，摆出欢送的阵形。

正午的骄阳从头顶直射下来，站着的方霏头皮被晒得发烫，她突然感到一阵晕眩，浑身冷汗骤起，这才想起，今天比平常早起两小时，早饭却没顾上吃，一直处于紧张忙碌中，身体消耗很大，大概是低血糖要犯了，刚刚在心里暗叫一声"糟糕"，就眼前一黑，一头栽倒下去。

耳畔传来惊呼，眼角的余光中，柳凌志看到迎宾队列中一个姑娘倒了下去，身边的队友一把扶住她，但队友单薄，眼看扶不住，柳凌志连忙伸出胳膊帮忙接下，面色苍白的方霏，软软地倒在柳凌志的臂弯里了。

好好的送别场面，顿时大乱。秦岭眼看视察即将圆满收尾，却突然出现小插曲，怕被批评组织工作不力，急得不行，对着几个保安一通吼叫，要他们从领导手中接下方霏。

马上来了个身强力壮的保安，接下柳凌志托着的方霏。秦岭请柳凌志上车，但他摆摆手，指挥保安把方霏送到贵宾室，保安托起方霏向贵宾室奔去，大堂经理帮助开启贵宾室的门，保安把方霏抱进去，柳凌志跟进来，让保安把方霏斜靠在沙发上，然后指导一名女员工掐方霏的人中，同时镇静地说："快拿一杯糖水来。"

贵宾室里备有冲咖啡的砂糖，马上有人端来了糖水。柳凌志让人捏着方霏的鼻子，把糖水灌进方霏嘴里。

不一会儿，方霏悠悠睁开眼，眼睛正对上柳凌志关切的眼神，她马上明白发生了什么，苍白的脸上现出一丝红晕。柳凌志看她缓过神来，含着笑意说："好了好了，这位小同事醒了。这是低血糖犯了，没事，赶紧给她吃点东西就好了。"

秦岭连声答应，周围的人也都松了口气。柳凌志又转向方霏："我猜，是接待我们让你受累了，我向你说声对不起。"

方霏涨红了脸，心里又是难为情又是激动，一句话也说不出。在总分支三级领导面前出这样的意外，脸丢得太大了。但柳凌志竟是这样少见的领导，不仅风度超群而且仁爱至此，一个小小的基层员工，竟能得到他如此关爱，方霏觉得感动无比。

柳凌志对等在一旁的徐建新说："这位小同事醒了，我们可以放心离开了，请安排人照顾好她。"

徐建新连忙向秦岭交代几句，就陪着柳凌志出了贵宾厅，走向停车场。

方霏怔怔地靠在沙发靠背上，满脑子都是从混沌中醒来时，定睛看到的柳凌志那张充满关切的俊雅温和的脸，那个瞬间像一张曝光强烈的特写照片，深深印刻在她的脑海里。

同事们七嘴八舌向她讲述刚才的情况：她是如何吓大家一跳，柳凌志又是如何留下来，熟练指挥大家救护，方霏听着，心里的温暖感动愈加深切。

三天后，合影照片发下来了，参加拍照的员工人手一张。

方霏领到照片后，着迷地看了又看：照片上的自己，眉清目秀，小脸圆鼓鼓的，显得稚嫩单纯；照片上的柳凌志，两手放在膝上，正襟危坐，专注而又斯文。

下班后，方霏捧着卷成一卷的照片，专程去文具店配了个精致的相框，把照片镶进去，带回租住的小屋，端端正正地挂在了墙上。

从此，在小屋里，照片中的柳凌志成了方霏抬眼可及的风景，他俊朗的外表和独特的气质，让方霏常常没法挪开眼睛；他的仁者情怀，也让方霏常常忆起。

日复一日地闲看，让一面之缘的柳凌志有了熟悉和亲切，可他尊崇的地位和超凡的气度，又让她感到陌生。他来自于一个迥异于方霏生活的世界，一个类似宗教概念中彼岸一般遥远的世界。他那安然的神态，明澈的眼神，无一不在证明他的世界宁静祥和，他温厚诚朴的样子，必是只与贤德为伴；他浑身上下的书卷气，透露他满腹经纶；他有着位高权重的威赫，迎接他视察隆重得人仰马翻。他身处社会的上层，他与普罗大众如此不同，他既是拥有高尚地位的真实贵族，又是洋溢着高雅气质的精神贵族。

方霏想象着柳凌志所在的彼岸世界的和谐完美，遗憾着自己身处于困顿烦恼的此岸世界。对柳凌志和他所生活的世界，方霏都产生了难以言喻的向往和艳羡。

通宝银行有一份内部刊物，常对高管进行报道，方霏注意到上面有不少柳凌志的消息。

从这份内部刊物里，方霏知道了柳凌志的履历，他是名校金融博士毕业，最初就职于某金融研究机构，之后作为专家型人才，空降到通宝银行担任高管。

内刊消息中常有柳凌志的照片，员工培训会上，他一只手插在口袋里立在讲台上，潇洒轻松不输大学教授；某工程的竣工典礼上，他笔挺地站在一群政要中；记者话筒前，方霏似乎能听到他和缓而又感情充沛的悦耳声音；各种社会活动中，他代表通宝银行出席，以完美的形象为通宝银行做着最好的代言。

当你开始关注一个人，有关他的信息就从大量杂乱的信息中凸显出来，在临江分行的资料室里，方霏惊奇地发现，柳凌志发表过许多著述，他真的是学养丰厚，才识过人。他的著述有专业领域的研究文章，有各类会议的公开讲话，还有充满感情的散文作品。他对通宝银行艰苦历程的深情回忆，对金融从业新人的谆谆教诲，对金融业务的如数家珍，都在文章中娓娓道来，他的文笔收放自如，感性与理性交织，内容丰富有助益。

阅读柳凌志的著述，加深了方霏对他的崇拜，方霏脑海中的柳凌志更加具体丰富，他处在扰攘的金融圈，工作如此之忙，还能潜心著述，真让人钦敬不已。

他是德才兼备、福慧双修的人物，他是传说中被上天选中的人物，他尚属年轻就身居高位，必是用寒窗之苦修来的人上之福，他拥有别人难以企及的学问做垫脚石，他是功到自然成。他一眼看去安宁专注，必是获得了真正的智慧和解放，让他得以静内生光，体认大道。

方霏如饥似渴地阅读柳凌志的文字，连她一向看不进去的专业著述也都细读，这一读之下，方霏获益不浅。柳凌志的著述写得深入浅出，还常以理论联系实际，而方霏已经积累了一定的金融实践经验，于是原本抽象的金融概念容易理解了，还记得特别牢。

如果当年在大学里，她的专业课老师有柳凌志这样的才华与魅力，她一定会学得更好。

对柳凌志有着这般完美的印象，青春正盛的方霏不知不觉间，倾慕之心暗中滋长。

如果她这一生的伴侣，是一位像柳凌志这样学问、经济俱佳的读书人，该有多好。

也不禁淡淡失落地想到，柳凌志的身边，一定早有红袖添香了吧。

每天，方霏在她小小的斗室中来来去去，经过那张合影照片，她总会不自觉停下，凝望浮想一番。照片上，正中间的柳凌志坐得笔直，坐着的他也比左右的人身量要高，温煦的目光似乎与站在照片前的她对视。照片中的她在他后排，笑意盈盈一脸温柔，奇怪，自己很少有这么温婉的表情，总是冷傲多一点。

方霏常常凝望着，她的眼里只有柳凌志和她自己，其他人都只是背景。无可名状的情感，让方霏对这张挤满了人的合影照片视若至珍。

12月，通宝银行有一场转正考试，考试将对尚未转正的员工择优转正。

这一年多工作努力，方霏业务熟悉很快，已成为所属岗位的骨干员工，领导有活都喜欢安排给她，还让她当了个有名无分的小组长，领导的看重让方霏相信，只要考试不出意外，她的转正没有悬念。

笔试那天，方霏在考场上奋笔疾书，寒窗十几载经历过千百场考试，这场考试算什么，她干净利落地答题、检查、交卷，一气呵成，胸有成竹。

一周后，笔试结果出炉，方霏列在榜首，但听说笔试成绩只用作初选，最终结果以面试为准。

面试方霏就更不怕了，面试考的是临场反应和口才发挥，是心理素质和仪容仪表的检阅，这更是她的强项。四年的大学生活，方霏参加过演讲赛、辩论赛等各种赛事，面对成百上千的观众都不怯场，区区一次面试不过是小场面，连事前的复习都不需要，只要准备一份精彩而简短的自我介绍，再精心拾掇好形象就成。

方霏提前找裁缝把工作服收窄腰身，面试这天，她把工作服烫得笔挺，穿上后合体地勾勒出纤细的腰线，藏蓝色职业套裙有点暗沉，她把淡粉的衬衣领外翻，压在西服领上，给一身的藏蓝添上一抹鲜亮，显得既妩媚又干练。

方霏现在化妆技术也有了进步，她在脸上薄施脂粉。一双剪水秋瞳，两片轻巧红唇，蓄了两年的头发在脑后盘个一丝不乱的发髻，镜前的她暗自得意，这清新迷人的形象，一点不比广告上的银行模特形象差。

面试那天，轮到方霏时，她面带微笑，款款走进面试室，坐成一排的评委，在她进门后都是眼睛一亮，露出赞赏的表情。她在为应试人准备的椅子上坐定，朝向对面的评委们，评委是分行几个相关部门的负责人，其中有苏美玉。苏美玉温和的笑脸，给了方霏许多心理鼓励。她面向评委侃侃而谈，发挥自如。

面试结束，方霏内心笃定，一心一意只等好消息了。

春节前，结果终于公布了，转正的却没有方霏！支行参加考试的五个人中，顺利过关的，是王瑛和徐成林。猛一听到结果的方霏，心中翻江倒海五味杂陈，失望无法言喻。

方霏绝不相信自己面试会不如徐成林和王瑛，她愤怒地想："一切都是假的！假的！这是典型的暗箱操作，我被愚弄了，当了一回给别人垫背的陪考。"

当天下午，方霏破天荒地旷工了。她没有请假就回到自己的小屋，生气地在占了小屋一半面积的小床上躺下，年轻脆弱的心被愤怒充塞着，她没办法平静下来。辗转反侧片刻，她又恼怒地起身，一抬头看到了墙上的照片，她对着照片中的柳凌志，狠狠地说："姓柳的你知道吗，你手下没有一个好东西，都是一些营私舞弊的货色！你干吗不来主持个公道？"

愤怒又失望的方霏，像困兽一样在小屋里转圈圈，下一步该如何走下去呢？继续在这里委曲求全，看着王瑛徐成林之辈与自己从此拉开距离吗？心高气傲的她觉得这太难接受，而且照这一次的情况，未来机会也一样渺茫，困顿的生活不知还要持续多久。

一念至此，方霏心里冒出"此处不留爷，自有留爷处"的冲动。看着照片上的柳凌志，她突然有了一个把自己吓一跳的想法，她要离开这里！她要到柳凌志所在的滨城去！既有力回击不让她转正的耻辱，也可以一举靠近柳凌志，她要离他近一点，再近一点。

著名哲学家金岳霖，与有着中国第一才女之称的林徽因，有一段"逐林而居"

的佳话，风度翩翩、名满学界的才子金岳霖，他因挚爱林徽因而终生未娶，但自始至终都以最高的理智驾驭自己的感情。他长期与梁林夫妇毗邻而居，是林家座上常客，甚至梁思成、林徽因吵架，也是找冷静理性的金岳霖仲裁。

这段佳话所颂扬的崇高精神恋爱，很能打动方霏这样的女文青。这是多么感人的故事啊，在爱情和婚姻上，林徽因是金岳霖永远的彼岸，一生都未能企及；但在心灵和生活上，他们同在此岸的乱世风雨中，相互扶持，不离不弃。

此刻，突然涌入脑海的这个故事，让方霏深受启发，她，要效法金岳霖，来个逐"柳"而居。

行动派的方霏，马上下楼来到公用电话亭，给帮助她进通宝银行的好友苏文玉打电话。

和苏文玉从小一起长大，两个人是彼此最亲密的挚友。大学同班同学评价她俩，说方霏是被动人格的冷美人，苏文玉是热心善良的暖宝宝。她们这一冷一暖，因了从小的友谊，在漫长的时光里彼此调和，始终关系密切。

大学毕业后，苏文玉去了滨城，在南都银行滨城分行人事部工作。苏文玉虽也出身小城，但她是身份不凡的小城公主，她的父亲是奉远县委书记，她还有一个了不得的舅舅，在滨城人民银行当行长。

幸亏当年小城干部子弟没有太多特殊化，苏文玉这个小城公主和方霏这样的城市平民家庭子女也能没有隔阂，成为好友。

苏文玉大学毕业后，舅舅安排她去了发达的滨城。她就职的南都银行，是一家管理先进、体制灵活的现代化商业银行，薪酬福利好得业内知名。

电话很快接通了，苏文玉通常都在办公室，接到方霏的电话她很高兴，亲热地问："霏儿，亲爱的，你上班时间不是不可以打私人电话吗？今天怎么有空电话我。"

方霏一开口，声音里就尽是委屈："今天跷班了。"

"为什么呀，你这个大劳模？"苏文玉的声音里有着诧异，更多的是抚慰。

"上次我打电话跟你讲，要参加转正考试，我当时信心满满，但今天结果出来了，我没有通过。"方霏声音里带上了哭腔。

苏文玉大为惊诧："真的？你没过？你跟我讲了这事后，我还专门给姐姐打了电话，她找你们支行行长打听了，说你表现很优秀，会尽量为你争取呢。"

方霏叹了口气："让你和姐姐费心了，姐姐是面试评委之一，她应该尽力帮我了，我觉得事实真相是，这次考试只是走过场，考试结果可能分行早就内定了，姐姐也无法掌控。"

苏文玉沉吟了一下，问："那你现在打算怎么办呢？"

"文玉，我想了一下午，我觉得临江市只是个二线城市，本身发展空间就不太广阔，现在还连转正机会都没有，我不想在这儿熬下去了，我想去投奔你，到滨城另辟蹊径。"

"这样啊,你这想法很突然呢,但,也不是不可以。现在金融业处于发展期,尤其是滨城这样的特大城市,不断有新银行机构来设点,蛮需要人才的。你有一年多的从业经验,应该有机会。你单身一个来去无牵挂,在通宝银行又不是正式员工,不会损失太多机会成本。不过突然变动,挑战也不少呢,你要考虑清楚啊。要不我先打个电话给我姐,看你转正的事有没有补救机会,如果实在转不了正,换环境也未尝不可。"

方霏听到苏文玉对她的想法基本赞同,很是高兴,她说:"你不觉得我鲁莽真是太好了,那我等你和姐姐的消息。"

十分钟左右,苏文玉的电话就打回来了。

她在电话里歉意地说:"霏儿,我问了姐姐,她说转正名单已经定了,通知都发了,再不可能改了。姐姐职务不够高,影响力有限,这事可能真没办法了。"

"嗯,我知道,姐姐肯定为我争取过了。那么我只有华山一条道,去投奔你了。"

"这是件大事,我们要好好商量一下具体安排。这样,你先发个简历给我,我找几个下属支行负责人谈一谈,如果能有支行愿意给你机会,你就定个时间来一趟,和他们见个面,谈妥了你再离职过来,你看这样行吗?"

方霏犹豫了一下,有点难于启齿地说:"我倒有个想法,如果你能帮我联系通宝银行在滨城市的机构,我在通宝银行内部调动,是不是更好办一些呢?"

"你的想法是好的,但通宝银行的事,我的能力办不到呢。我也是金融新人,人脉还不是那么广。我在南都银行做了一年多人事工作,下面机构经常要和我打交道,我才能有点办法。其实以我的经验来看,你在通宝银行内部调动未必省事,通宝银行对员工差别对待,你的临时工身份会成为一个标签,跟着你在通宝系统内流转,你在临江转不了正,在滨城同样难。我们南都银行没有身份成见,转正也不靠说不清道不明的关系,而是凭量化的业绩,前途比较有确定性,而且我们行各方面条件都优于通宝银行,通宝银行是地方性银行,我们是全国性银行,我们牌照更全,体制更优,效益更好,机会更多,你如果能来,将会得到更好的平台。"

苏文玉的话自有道理,方霏无可奈何地说:"那好吧,文玉,我就痛快听你的!反正我也没有挑三拣四的资本。我马上就给你发简历,如果能有面试机会,我就请假过来。"

"好的,你调整好心态,别再为没转正不开心了,好好准备简历啊。"

"嗯,给你一打电话,我心情就好了呢。"

两人互道再见,放下电话,方霏心里尽扫阴霾。虽然有可能要离开通宝银行,不再是柳凌志的下属,但她这个下属与柳凌志地位实在太过悬殊,即使在同一家银行,也没什么意义,柳凌志完全不会感知到她的存在。苏文玉说得对,通宝银行未必有更多机会,如果可以去滨城,和柳凌志生活在同一个城市,同在声息相闻的金融圈,柳凌志反而不再那么渺若星辰。

带着对未来的期盼，方霏三步二步回到小屋，跳到照片前，对着照片里的柳凌志开心地说："柳凌志啊柳凌志，我要来找你啦。你是我心中的太阳，我要做一朵小小的向日葵，一直朝着你的方向！"

第二章
遂愿逐柳而居

离 2002 年的春节只有一周了，方霏坐上了到滨城的火车。

苏文玉的推荐很顺利，她把方霏的简历给了下属几个支行负责人，有两家支行愿意提供面试机会。

苏文玉还在电话里努力减轻方霏面对未知的不安。苏文玉说："在我们南都，业绩是唯一准绳，员工晋级全靠业绩说话，一视同仁。"

方霏萌生新的担心："那我这个外来新人，业绩从何而来呢？"

苏文玉说："我们南都银行体制好、待遇好，聚拢了很多优秀人才，这些优秀营销人才业务繁忙，需要助手配合他们工作，大家分工合作，分享收益。你先从助手做起，不用操心业绩。"

方霏能写会说，有从业经历，当助手很合适，面试的两家支行，资源条件都特别好，方霏只要勤奋努力，当助手也能有不错的待遇和学习机会。如果边干边学成长为独自开拓市场的营销人才，还可谋求更大的发展，这是一条稳健积极的发展之路。

方霏拎着小小的旅行箱下了火车，刚走出出站口，苏文玉就从人群中笑盈盈地迎上来了，她一身卡哇伊风格的甜美打扮，可爱的苹果脸上笑容温暖。

两个好朋友开心地抱在一起。方霏说："到底是做人事工作的，眼神就是厉害，我正发愁人太多，不知道怎么找你，你就已经到我面前了。"

"你是青春靓丽大美女啊，光芒四射的，人群中那么显眼，我老远就看到你啦。"

两人兴奋够了，方霏才发现，旁边还站着一个体格健壮模样憨厚的男青年。苏文玉笑吟吟地介绍："霏儿，这就是我和你提过的魏小北。"

哦，这就是苏文玉的男朋友。方霏向魏小北点点头："你好！早就听文玉提到你，今天终于见到真人啦。"

魏小北腼腆地笑着回应："你好。"

苏文玉说："我特意让小北陪我来接你，好让你们认识认识。"

魏小北伸手接过方霏的行李箱："我们走吧，车在那边。"

三个人坐上魏小北的车，方霏抱着自己的帆布挎包，望着车窗外，她只在大学期间来滨城短暂旅行过，那时候，方霏就对滨城的发达深有感触，虽然城市都大同小异，无非是钢筋水泥的丛林，但滨城这丛林更加绚丽多彩，给从临江来的她一种乡下人的自卑感。滨城高可参天的大厦那样多，漂亮的楼宇外镶满大广告牌，商业氛围让人眼花缭乱，而商场里陈列的美轮美奂的商品，价格也总是把人吓一跳。

这一次，滨城更不一样了，一路上光是把人绕得头晕的立交桥，就经过了好几座；街上女孩们的衣着打扮，比临江市的女孩们时尚得多，苏文玉不时还指给她看一些著名建筑。想到有可能成为这个时尚大都市的一员，方霏开心不已。

车子直开到苏文玉的公寓楼下。苏文玉刚参加工作，父母就给她付首付，在滨城买了房子，苏文玉自己挣工资还按揭。

走进苏文玉的小屋，就像走进温馨梦幻的童话王国，小巧的水晶吊灯，欧式宫廷风雕花家具，垂着流苏的粉色窗帘，紫红色真皮沙发上，摆着胖嘟嘟粉嫩嫩的卡通娃娃靠枕，床上也是一水儿的粉色系，粉色枕头粉色床单粉色被子，处处少女心。

方霏环顾四周，对比自己租住的简陋蜗居，内心生发无限感慨，苏文玉就是好命，她的一切得来全不费工夫。真是"有人生来长夜漫漫，有人生来甜蜜温馨"。做着银行人力资源工作的苏文玉，工作轻松体面，收入高且稳定，生活无忧无虑，一切水到渠成。

好在家世优越的苏文玉慷慨仁厚，无私地用她的甜蜜温馨来温暖方霏的漫漫长夜，对家境悬殊的好友，苏文玉从不流露优越感，总是小心呵护方霏的自尊。

放下行李，略作休整，三人外出到预订的餐厅吃饭，苏文玉和方霏聊着，魏小北点菜、叫茶、添水，细心照顾两个女孩，他忠厚寡言，眼睛里流露着和苏文玉同样的良善，方霏心里暗暗为好友高兴。

苏文玉说："霏儿，你在这儿的三天，我初步有个计划，明天趁我休息，咱们先办正事，我已经跟两个支行行长约好了时间，明天上午见一个，下午见一个。后天我上班，就让小北陪你在滨城转转，他时间可以自由安排。你看这样行吗？"

"文玉你太周到了，日程安排我都听你的，明天先和你约的人见面，只是后面两天不用小北陪我，我就自己转转。我这么大个人又丢不了，别耽误小北工作了。"

"那么明天办完正事后，再定后面的安排吧，如果工作的事情谈妥了，你就先熟悉一下新单位，以后在这里工作，转悠机会多的是。"

方霏点点头，担心地问苏文玉："文玉，你一次找两个人见我，也算不容易了，如果两个人都看不上我，那该怎么好？"

"怎么会？霏儿，我找两个人见你，可不是让他们挑你，是让你挑他们，让你选择最适合你的机构。我还怕他们都看上你，造成哄抢呢。"

方霏不好意思地笑："我还能有人抢？要是没有你，我在滨城怕是要混成叫花子。如果别人能看上我，一定是看你的面子。"

"不用靠我的面子，霏儿，当个助理你绰绰有余，你一直挺能干的，咋没从前自信了呢，看来通宝银行真让你受挫折了，你还真是有必要来滨城，来一个公平公正的环境重建自信，外面的世界没有想象的那么可怕。"

用餐结束，苏文玉让魏小北开车带她俩逛逛。她随口说了几个有美丽夜景的地方，问方霏想去哪里。方霏沉吟一下，问苏文玉："这里离通宝银行总行远吗？我在通宝银行上了一年多的班，没来过总行，想去看看。"

"不远，这里是金融区，通宝银行总部就在附近。小北，咱们就去通宝银行总行吧。"

车子开到了通宝银行，一幢雄伟的大厦耸立在夜幕中。大厦高二十多层，分A、B两座，通宝银行独占A座，裙楼是银行的营业厅，此刻已经下班，大门紧闭，塔楼是银行办公楼，还亮着不少灯，B座裙楼是商场和高级餐厅，正一派热闹，灯火通明，塔楼是写字楼，也有少许灯光。

方霏仰头看A座塔楼上星星点点的灯光，默默地想：不知道柳凌志办公在哪一层？此刻是下班了，还是仍在楼中处理公务？

苏文玉瞧着她的样子，忍不住笑着对魏小北说："你看方霏，对通宝银行像是很有点恋恋不舍呢。"

"是啊，方小姐看来很重感情。"

方霏回过神来，不好意思地一笑："这毕竟是我的第一个东家嘛。"

说说笑笑间，魏小北和苏文玉陪着方霏，围着大厦广场缓步走了一圈。苏文玉体谅方霏旅途辛苦，让魏小北送她俩返回公寓，两个姑娘亲亲热热地挤在一张床上安歇了。

次日上午，苏文玉陪着方霏来到"宜兴茶馆"。苏文玉说，上午要见的这个支行长叫林天成，是个豪爽义气的大老爷们。正说着，就有一个胖胖的中年男子，腆着规模不小的肚子，企鹅一样摇摇摆摆地走过来了。

隔着老远，男子就打起招呼："苏经理，苏大小姐，让你们久等啦。"宽厚的胸腔里发出的声音浑厚亮堂。

苏文玉忙拉着方霏起身："林行长，您来啦。给您介绍，这就是我的好朋友、大学同学方霏。"

"林行长好。"方霏躬身问好，心下暗忖，这时尚大都市也有如此粗放之人，倒不知他有什么过人之处能当行长。

"好好好，坐坐坐。" 林天成脱下外套，一屁股坐下，肥大的身躯塞满了整个沙发椅，衬衣的每两颗扣子间都崩出一条缝，像一张张咧开的嘴，方霏都替他紧张，怕扣子给崩飞了，林天成却浑然不觉。

林天成先不谈方霏的事，先忙着问苏文玉年末考核薪酬调级的事情，苏文玉耐心给他做说明，方霏双手合拢在两膝之间，面带微笑听他们交谈。趁林天成打住话头，苏文玉把话题一转："林行长，您看，我的好朋友专程从临江来，您需要了解什么，可以跟她好好聊聊。"

林天成转向方霏："苏经理的朋友和苏经理一样，都是大美女啊。方小姐的基础条件不错，只是从业经历有点薄弱。我们的客户都是优质国企或世界五百强，要有较高的专业素养才能服务好，方小姐，你以前只做过大堂经理吗？"

"是啊，林行长，我只做了一年多的大堂经理，对营销工作还没有实践经验，但我很愿意转行做营销，也很想有机会向您这样有经验的前辈学习。"

林天成从包里找出方霏的简历，翻了翻，又问："大学读的专业是金融是吧？专业还是对口的，调查报告会写吗？"

"公文写作我基本不成问题的，有个模板借鉴一下就可以了。"

林天成点点头："不错，小姑娘还蛮自信。财务报表能看懂吗？"

"能看懂，《会计学原理》《中级财务会计》《财务分析》大学都有学。"

"酒量怎么样？白酒一次能喝多少？"

方霏吐吐舌头，这话题她不知道怎么回答了。

苏文玉笑着帮她答："能端个杯，能端个杯。"

"好，女孩子能端杯就不错，能端杯，就能培养。"

林天成又问了些关于家庭背景、个人情况方面的信息，点点头表示满意，转过脸对苏文玉说："苏经理，你是人事专家，有你把关肯定没问题，方小姐可以到我那里试用，不过我们支行的业务常常要出差，非常辛苦，不知方小姐吃不吃得了这苦头，你考虑一下，尽快给个回话吧。"

方霏看了看苏文玉，点头说："谢谢林行长，我一定尽快回复您。"

"那行，那就这样吧，我今天另外还有约，要不然中午蛮好请两位美女一起吃饭。没办法，身不由己啊，你们看我胖成这样，这叫'压力肥'，都是咱们这银行工作闹的，压力山大，天天要忙应酬。"

苏文玉连忙说："林行长，您忙您忙，耽误您周末休息很不好意思，您多保重啊，我们尽快给您答复。"

苏文玉和方霏起身相送，林天成挥手告别，急匆匆去赴下一个约了。

林天成一离开，苏文玉就高兴地说："霏儿，你看，我说你能行吧，人家林行长可是一下子就答应接受你了。"

方霏谦虚地说："这不都是你的面子嘛。"

"面子只是让人同意和你见面，但接不接纳主要还是看你的个人素质。我们南都银行市场化程度高，考核制度清晰，徇情的空间小，支行引进一个人，如果胜任不了工作，要靠支行白养着，支行可不乐意，所以轻易不会徇情。但是如果够优秀，又有从业经历，支行还是挺欢迎的。金融业现在新设机构层出不穷，人才其实蛮紧缺，你能获得接纳，只是因为你是人才！"

方霏笑着抱了抱苏文玉："你真会鼓励人，我在通宝银行转正都转不了，自信都被摧毁完了，到了你这儿倒成了人才。"

"那是通宝银行人才选拔机制存在缺陷，他们的评价并不能说明问题。我和姐姐交流过两家银行的体制优劣，姐姐也认为他们银行管理差，部门各自为政，制度相互打架，加上临江市经济落后，银行机构少，没有激烈的竞争，没有外部压力，管理水平就更不敢恭维。你到了南都银行，就会发现，平台不一样，机遇就不一样，你为自己选个好平台，对自己的看法都会改观。"

苏文玉的鼓励让方霏踏实多了，到滨城来的决心很坚定，但惴惴不安也是有的，现在听苏文玉说，她的偶然决定竟很英明，她将得到优质平台、公正评价机制，还能近距离地守望她仰慕的人。

已是午间，苏文玉一个电话把魏小北叫来，三个人就在"宜兴茶馆"吃简单的煲仔饭，等待另一位约见的人。

下午要见的是一位女行长，名叫罗若兰。苏文玉描述说，这个女行长是一个王熙凤式的人物，不仅模样妩媚，身材婀娜，而且精明能干，外柔内刚，在南都银行，她是一个所向披靡的人物。

听说要见这么一个人间极品，方霏不由略感紧张。闲谈间，她一直有意无意盯着门口，打量了一个又一个不相干的人后，她终于看到一个面容精致、着装艳丽的贵妇，模特走T台一般款款走进来，贵妇上半身都罩在一块华丽大披肩里，大衣下摆露出着丝袜的腿，脚上尖尖的靴跟敲打地面，发出有节奏的"笃笃"声。方霏直觉这回该是罗若兰了，苏文玉顺着方霏的目光看去，也发现了贵妇，站起身招呼："罗行长。"

贵妇走过来，和苏文玉双手握在一起，她一边摇着苏文玉的手，一边热情地对苏文玉的打扮一番赞美："哟，苏经理穿上便装可真有气质呀，平常都是工作时间见你，你穿工作服的样子，那是另一种味道，挺有职业范儿的，这一穿上便装，可真是温柔娴雅、宜室宜家啊，我都快要认不出来了。"

苏文玉的厚外套脱下挂在椅背上，只穿着一件公主领的粉色羊毛裙，她被夸得面色绯红，连连说："哪里哪里，罗行长的衣品才真是一流呢，您这大衣是今年米兰时装周的最新款吧。"

方霏听她们聊，阵阵香风从罗若兰身上飘来，一眼看去，罗若兰约莫三十多岁，说话声音娇滴滴软绵绵，很女人很风情的样子，但是眼神中却透出一股略可察觉的傲慢。

苏文玉介绍方霏，罗若兰伸出手，和方霏隔桌握了握。甜腻腻地说："方小姐看起来也很清新阳光呢，感谢分行领导关心啊，给我们输送这么好的苗子。"

方霏腼腆地笑，苏文玉被"分行领导"的称呼又弄了个大红脸。她向罗若兰介绍魏小北，然后大家就在愉快的氛围中礼让着坐下了。

魏小北起身为罗若兰斟茶，苏文玉对方霏说："霏儿，罗行长在咱们行，可是出了名的美貌与能力兼具的风云人物呢。罗行长的客户主要是政府客户，打交道的都是党政高层，这些客户是银行最欢迎的客户，贡献的是稳稳当当的国库资金，但也是最难撬动的，你要是能跟着罗行长，学到她做业务的能力，那就是福分不浅啊。"

方霏含笑说："就看罗行长看得上我不？"

罗若兰娇柔地轻叹一声："看到你们，我真是喜欢得不行，哪里会看不上，我最喜欢年轻漂亮的小姑娘了，就像看到了当年的自己。"

"罗行长，看您说的，似乎您与我们有多大差距似的，您还不是一样年轻漂亮。您的外表看着跟我们就是同龄人呢。"

罗若兰娇滴滴地笑起来："小苏妹妹真会说话。"

她闲闲地看一眼方霏，问："方小姐现在在临江工作是吗？"

"是的，我打算春节后就辞职到滨城来。文玉和我说，滨城机会多，南都银行平台好，我就想趁年轻，早点过来闯一闯。"

罗若兰点点头："年轻姑娘是要有想法有眼界，有句话说得好，心有多大，舞台就有多大。可不要把自己局限在一个小地方，变成了井底之蛙。"

方霏和苏文玉频频点头。

"方小姐有男朋友了吗？"罗若兰问得随意，但精明锐利的目光扫一眼方霏，显得颇为留意。

方霏羞涩地摇摇头。

罗若兰表示赞许："这样最好了。小姑娘这么好的条件，一定要好好挑挑，千万不能着急。我最瞧不起不自信的女孩子家，生怕嫁不出去，随随便便就把自己许了人。"

转头看见魏小北，罗若兰又笑着打趣："除非遇到魏公子这样英俊多金人品好的，那又另当别论，要先下手为强，早点抢到手呢。"

魏小北的父亲是滨城商界名人，金融界和企业界是相互依存联系紧密的两个圈子，罗若兰这种交游广阔的金融能人，自然是知道魏家的。

大家都笑了。方霏心里闪过柳凌志。

"不把自己轻许了人"，罗若兰这个观点她赞同。那许给什么样的人，才不算轻许呢？苏文玉许给魏小北自然是佳偶天成，魏小北的父亲和苏文玉的舅舅是好友，两人的交往是父辈的撮合，难得他俩对父辈的包办毫不反感，相处得情投意合，这样的美满可遇不可求，方霏替苏文玉高兴。但魏小北这样的男友，她自己并不奢望，她并非出于门不当户不对的自卑，相反，是出于一种没来由的自傲，出于她对男人独有的评判标准，出于与她暗藏在心的心仪对象的比较。

自从见过柳凌志，方霏对未来男友的幻想就有了具体的参照——就应该是柳凌志那样子，是柳凌志那样温厚儒雅、博学睿智、受人尊敬的男子。

和柳凌志比起来，魏小北算不得什么，固然有钱，固然善良，但不过是一弯小溪流，干净清浅，适合苏文玉这样幸福单纯的甜妹子，但她方霏却看不上清浅小溪，她经过高考失利、工作失意，自认历尽沧桑，只有大海一般宏阔的男人，才能陪衬她的坎坷人生和厚重心思。

他横在方霏和世间男子之间，像一把严苛的尺子。本来就心高气傲的方霏，有了柳凌志这样的参照对象，更是再难有人入她的法眼，想把自己轻许人都不能够了。

轻言浅笑一番后，罗若兰爽快表态："方小姐不错，应该能够带出来。女孩子漂亮最重要，漂亮就是生产力，方小姐不光长得漂亮，也有灵气，欢迎你加入我的团队。"

她对方霏从前的工作经历压根没问一句。方霏暗自欣赏罗若兰的格局，这个女人外表贵气，言谈坦率，很对她的胃口。

魏小北买了单，四个人一起走出茶馆，三个美女一个帅哥的队列很引人注目，漂亮与漂亮相叠加，漂亮会放大，这就是相得益彰。

罗若兰雍容华贵地走在前面，他们一路穿过目光交织的网，方霏心里已有结论：她要跟着罗若兰，要和漂亮的人物在一起，学着她把自己历练得目光远大、自信优雅，让自己质朴的美更添光华。

假以时日，也许，能像她一样仪态万方，也许，能像她一样活跃在滨城金融圈，而那时，该会有和柳凌志相遇结交的资本了吧。

在茶馆门口送别罗若兰后，方霏表明她要跟着罗若兰的想法，苏文玉也赞成。她说："罗行长善于筹谋，善于笼络，她在行里呼风唤雨，炙手可热，未来说不定还有进步空间，跟着有前途的领导，自己进步也会更快。林行长虽是男人，倒不一定强过她。"

当天晚些时候，方霏就给罗若兰致电表态。林天成那边，则由苏文玉婉谢，苏文玉同时又打个电话给罗若兰，表示托付之意。

罗若兰矜持又不失热情地对方霏表示欢迎。方霏提出次日去支行熟悉环境，罗若兰让她上午十点到达。

周一早上，方霏按照苏文玉给的地址，顺利找到了南都银行银丰支行，保安引她来到罗若兰办公室门前，方霏怯生生地敲门，听到罗若兰娇声应答："请进。"

方霏推开虚掩的门，眼前顿时一亮。罗若兰的办公室布置得别有洞天，就如罗若兰的外表一样繁盛。虽然办公家具摆脱不了刻板的统一款式，但是精心的装饰却淡化了这种缺陷：不大的空间里，枝繁叶茂的盆栽植物却有好几大盆，满眼的绿色，让空气中充溢着清新的负氧味道，也增加了空间层次感，使办公室显得沁凉而幽深；办公桌上摆着大大的鱼缸，缸里养着清爽的水培植物，有鱼儿在里面悠游，灵动而有生气；桌上还插着一大瓶花瓣肥厚、色泽滋润的鲜花，浓香扑鼻，罗若兰从花束后抬起头，精心修饰的脸庞与花朵相辉映。

看到方霏进来，罗若兰淡淡招呼一声："请坐。"

方霏在长沙发上坐下，前台小妹送茶进来，罗若兰让小妹通知两个人到她的办公室。

长沙发前的茶几上，同样摆设丰富，右边一个盛水的大玻璃盘，一小茎娇美的睡莲漂浮在水面上；左边是整套精美茶具，茶具上一溜造型可爱的茶宠，还有一溜精美的锡质茶叶罐，贴着金骏眉、西湖龙井、普洱之类的名称。

办公室一角的保险柜，本来是一个冰冷的铁家伙，却铺上华丽的紫罗兰色丝绒罩子，上面摆一个熠熠生辉的水晶球。

在这样一间收拾得一丝不苟的办公室优雅煮茶，香茗待客，真是非一般的有品位。

片刻，两个人敲门进来。罗若兰介绍说："这位是支行业务部的负责人刘东辉，你来了以后，就在刘经理的手下工作。这位是支行后勤主管崔小洁，入职手续由她帮你办。今后有事，你直接联系他们两位。"

罗若兰又向刘崔二人介绍说，方霏是来报到的新人，请他们协助办理入职，并由刘东辉分配工作。说完，就让刘崔二人领着方霏出去了。

刘东辉圆脸，细长眼睛，微胖身材，给人圆融通达，敦厚和气之感，他先带方霏去自己的工位谈话。他的工位比普通员工略大一点，在员工办公区的最里头。他开门见山地说："我看过你的简历了，罗行长之前转给我的，你的基本情况我已经有所了解，你的工作我也已经有安排了，你啥时候能正式来上班呢？"

"我明天回临江市，向原单位提出辞职，春节前办完所有交接，节一过完就到您这儿上岗。"

"那好，我简单介绍一下你的工作安排。是这样的，我作为业务部负责人，除了督促团队成员拓展业务，自己也要拓展客户，手头事情比较多，我的助理刚辞职了，你来了就补这个缺，当我的助理。

"别小看助理工作，这可比你从前做大堂经理的要求高多了。小事情比如你要会跑腿，会联络，大的方面你要会写报告，会做调查，会判断行业动态或市场走向。不过你也不用紧张，慢慢来，我会教你，我就是你的师父。你先从简单的做起，根据你的悟性，我再慢慢给你加工作量，助理在我们这儿有同样的上升空间，但机会都要靠自己把握，悟性不高的可能一直就是助理，悟性高的当不了几天助理就能独立当客户经理，想做到我这个位置，也不算难事。"

方霏听了忍不住想顽皮一下，刘东辉随和质朴的样子，一看就知道好相处。她抱了抱拳："那徒弟就有劳师父多多教诲啦。徒弟一定好好学习，勇挑重担，请师傅放心。"

本来一板一眼的刘东辉被方霏逗得扑哧一乐："看不出你还挺活泼。"

刘东辉起身召唤崔小洁，崔小洁走过来之前，刘东辉递给方霏一张名片："你拿一张我的名片，我们保持联系，我等你来报到。"

"好的。我明白了，谢谢。"

崔小洁领着方霏熟悉支行环境，她向四周团团一指："喏，楼上就这么大，最里边是罗行长的办公室，旁边那间，是会议室。对面是副行长汪铁诚的办公室，他是管个人业务的副行长，被总行借调，短期内不会回支行，支行现在是罗行长一人全管。汪行长办公室旁边那两小间，是支行的洽谈室，接待来访客户。"

指点着中间的办公区，崔小洁又说："支行有三个部门：一个是咱们公司业务部，另一个是个人业务部，还有一个是运营部，三个部门只有公司业务部在楼上办公，个人业务部和运营部都在一楼。"

"你也属于公司业务部吗？"方霏问。

"我是公司业务部的人，但还兼着支行机要员和综合员，我是一人多岗。"

方霏冲崔小洁友好地笑笑："那你是能者多劳。"

崔小洁谦虚："哪里，打杂而已。我们南都银行都这样，后勤很精简，因为支行收入和费用都按业绩包干，所以尽量少养非营销人员，以免降低人均收入水平。我只有一半的精力做后勤，还有一半的精力要帮助营销。"

崔小洁的介绍让方霏惊讶，同样的事务，银丰支行只用半个人，通宝银行江北支行却正经八百设了综合部，用了三个人。计划经济模式的通宝银行，人工成本都由分行承担，支行于是都喊人手不够，相互攀比着加人，在不需要自担成本的情况下，队伍越大越神气嘛。有综合部三个员工侍候，秦岭行长连茶杯都不用自己拿，走到哪都有专人替他捧着。

通宝银行的支行长，收入可能比不上南都银行，派头却是更大。

崔小洁带方霏下楼，正对楼梯的背景墙上，是整面墙的支行集体照，支行员工簇拥在罗若兰周围，大家都站着，只有罗若兰斜斜坐在皮椅上，一双裹着黑丝的修长美腿交叠着斜伸出去；大家都穿工作服，只有罗若兰穿着时装，艳丽风情被衬托得越发显著。

活色生香的银丰支行，让方霏大开眼界，她在江北支行时，常听客户称赞办公环境好，可是和银丰支行一比，江北支行顿显粗鄙土气。

方霏在心里暗暗庆幸，通宝银行不给她转正，逼她到了滨城，让她得以到格调不凡的银丰支行工作，真是福祸相倚。

离开支行后，时间还早，无所事事之下，方霏又乘车来到通宝银行大厦。

和柳凌志的距离缩小了，柳凌志对她的吸引就像磁石对铁块一样愈见强烈，她像被不可抗拒的力量牵引着，真希望能见到他，能"呼"的一声和他碰在一起，撞出美丽的火花。

信步走进通宝银行营业大厅，大厅里熙熙攘攘的客户，一片繁忙景象。看到方霏无目的地转悠，大堂经理过来问她要办什么业务，方霏亮了亮随身带着的工作证，说明自己是本行异地员工，来总行机关办事，大堂经理立刻热情指点总行机关入口。方霏又大着胆子问总行柳副行长在几楼办公，大堂经理说行长们都在28楼。方霏点点头，假装匆忙地离开。

方霏来到大厦广场上，仰脸数起了楼层，脖子仰酸了，眼睛数花了，依稀数到了28楼，她望着那一扇扇窗子，楼层是知道了，但哪一间是柳凌志的，还是无从知晓。

楼可真高，楼上的人，遥远如天上星辰，她，一个从临江愤而出走的异地支行临时工，和28楼的大领导之间，所隔的阶层距离更加高不可攀。可她竟然因为楼上的某人，就做出了来滨城的决定，这任性的决定算不算荒唐呢？

此刻，方霏似乎能看到窗内柳凌志的身影。她好生羡慕他身边的工作人员，如果她能够生活在那样一个地方——能够时时听到他的声音，能够在他的目光所及处，那该有多好。方霏回味着初见时，那温暖和煦的目光落在身上感受到的鼓舞。今后，离他这么近，随时都可以来这里高山仰止一下，感受一下他遥远的启示，幸福就足以盈满心胸了。

2002年的春节过后，方霏就来银丰支行报到了。

苏文玉要留方霏和自己一起住，她说正好相互做伴。方霏知道苏文玉是想给她省租房的费用，可是苏文玉已经有魏小北了，自己应该自觉点，不应该过多打扰他们甜蜜的二人世界。她对苏文玉说，为了上班方便，她打算在支行附近租房住。

在苏文玉的公寓临时落脚几晚，方霏白天上班，休息时间出去找房子。很快就在支行附近找到一间合租公寓，两个共住一套小小的两室一厅的女孩，为了省钱挤到大房共住，腾出小间找人合租。方霏租下她们腾出来的小间，一套房里住三个人，声息相闻而又互不干扰，算不错了。

搬家的这天，苏文玉和魏小北来帮忙收拾。方霏打开行李箱，家当全在里面了，除了衣服、日用品和不多的几本书，别无长物。方霏伸手进去，首先从上下两层的衣服中掏出一个层层包裹着的相框，环顾了一下屋子，把相框交给魏小北，请他帮自己挂在床头对面的墙上。

苏文玉好奇地拿过去看，镜框里是张合影照片，上面题着："通宝银行总行领导视察江北支行合影"。

苏文玉忍不住取笑："霏儿，你还真是品味独特啊，人家女生的房间都是挂自己搔首弄姿的艺术照，你却挂张前单位领导视察的合影照。你对通宝银行感情深得过了头呢。"

方霏报颜一笑："我没有艺术照可以挂，这张照片凑合一下，照片上有通宝银行总分支三级行的领导和同事，浓缩了我在通宝银行一年多的青春时光，很有纪念意义。"

"你还真是有情有义，他们不给你转正你也不记仇，还念着那些领导。"

方霏有点羞惭，自己这么深情不过是因为柳凌志，但爱屋及乌也是事实。她说："是啊，通宝银行是我的第一个东家，又培养了我一年多，没有在通宝银行的工作积累，你推荐我来南都银行应该也会难一些吧，虽然现在选择了离开，可也要记得他们的好。"

"你这么懂得感恩，通宝银行没有留下你，是他们的损失啊。"

"嘿嘿，你又逗我，走了我这么个无名小辈，通宝银行能损失什么？"

两个姑娘边说边归置。衣服挂在墙角衣柜里，几本书摆在床头小几上，魏小北在墙上钉好钉子挂好照片，退后两步端详有没有挂正，却注意到了照片中间的人，他自言自语地说："嘀，柳凌志。"

方霏看了看他，问："你认识我们总行领导？"虽然她常在心中默念柳凌志的名字，但她发现，她很难当着别人的面把"柳凌志"三个字若无其事地说出口，只好用"总行领导"这个称谓代替。柳凌志的名字已然成为她敏感而厚重的心事，只能揣在心里。

法国浪漫主义诗人缪塞有这样一首诗：

  我爱着，什么也不说；
  我爱着，只我心里知道；
  我珍惜我的秘密，也珍惜我的痛苦；
  我曾宣誓，我爱着，不怀抱任何希望，
  但并不是没有幸福；
  只要能看到你，我就感到满足。

这几句诗让方霏如遇知音，她对柳凌志的暗恋，也是这样堵着心，碍着口，和诗中如出一辙，这么说，诗人也曾沉默地、忧伤地、无望地爱过某个人？

魏小北回答："他和我爸爸熟，我爸带我见过他一面。哦，对，文玉的舅舅好像和他是同学。"

苏文玉闻声凑过来:"哦,这上面的总行领导原来是柳行长啊。没错,柳行长是我舅舅的同学,我姐姐当初进通宝银行,就是找的他。不过我只是听舅舅和姐姐说起过他,没见过他。"

方霏一时心情复杂,原来,柳凌志和她的密友竟有这样的关联。这世界说大很大,说小真小。她与柳凌志之间竟有着隐约的人脉相接,对柳凌志梦一般虚幻的向往,突然有了现实的可能性。

她向往能真正认识他,成为他的朋友,这也许并非遥不可及。

当然现在还不是时候,他们之间还有难以跨越的阶层距离,要想成为他的朋友,与他的视角与阶层距离不能相差太远,不过她可以从临江跨到滨城,她一样也可以走完剩下的距离。年轻人从不缺少勇气,她相信通过不懈努力,可以一点点弥合与柳凌志的差距。

一切安顿就绪,对未来的期望让方霏像一张涨满了风的帆,蓄势待发了。

第三章
异乡奋发追梦

方霏很喜欢自己的新工作,作为一名打下手的助理,她不需要扛业绩压力,却能充分享受到营销工作的奔放与自由。

新工作和从前大堂经理的工作太不一样了。大堂经理每天穿一成不变的工作服,八小时站在厅堂里,一举一动要守规定,一言一笑要遵话术,腿站肿了,脸笑酸了,还时常担心被客户投诉,焦虑乏味无趣。

营销助理的工作则让新人感觉神圣而严肃,动辄策划几千万上亿的贷款投放,和过去在大堂里鸡毛蒜皮的业务比起来,完全不可同日而语。

新工作扩大了视野。晴朗的日子里坐着哐当作响的施工电梯,登上即将封顶的在建高楼考察项目,俯瞰艳阳下生机勃勃的城市,改造世界的使命感和责任感油然而生;穿行在货物堆成小山的海关保税库里,认真查点银行抵押品,幽深仓库里可能发生的偷梁换柱的阴谋,恍若电影情节般在脑海中掠过;坐火车搭飞机日行千里飞越国境,到外面的世界办理跨境业务,警惕着法律文本及签章的真实性,像是身怀重大使命的特使。一段时间里,方霏体验了很多从未坐过的交通工具,饱览了许多从未游历过的壮美山河,把过去没见的世面好好补了一课,把金融实务知识也海绵吸水一样地吸收个饱。

新工作提升了认知。在钢厂,看到巨型吊车把成吨的铁渣倾倒入巨大的炼钢炉里,炉子加热到一千多度,铁块在高温下熔化成水,淬炼成钢,钢水倒入模具中,冷却后变成规规整整的钢坯,钢坯又送入铸机,再次加热变软,红通通地在传送带上飞奔,快速穿过一根根轧辊,被轧成薄薄的铁片,最后切割成线材、板材。这过程让方霏想起儿时的游戏,小时候,大冬天里和小伙伴们乐此不疲地玩冰,一会儿把冰融成水,一会儿又让水凝结成冰；小时候，把点着的蜡烛倾斜，让烛泪滴下来，抢在冷却之前，捏成各种不同的东西：一朵小花，一只小碗，一个小孩子想要的任何简单玩意。方霏发现恢宏壮观的大生产，竟能用自己的生活经验来理解。她感受到爱因斯坦式的兴奋，爱因斯坦说："宇宙最不可理解之处在于它竟然是可解的。"而方霏对玄之又玄的万物生育运为之"道"，似乎有了模模糊糊的感应。

新工作还能帮助克服天性的不足。方霏不喜社交，朋友不多，生活圈子比较小，如果从事一份刻板的工作，生活将不可避免地陷入沉闷单调。但营销工作提供了大量与社会接触的机会，出于工作热情，她的个性也变得更主动积极。

新工作带来了社会地位，各行各业精英翘楚，都对银行相对廉价的资金抱有极高的热情，身为银行贷款经办人员，好比是资金的使者，各行各业都以拥抱资金的热情礼遇他们，随着业务的拓展，客户遍天下，朋友也遍天下。每到一地，客户热情接待，方霏虽只是个助理，却也体验到了金融的尊崇地位。

经历即财富，眼界即世界，方霏对自己拥有的机会备感珍惜。

根据银行"一人为私，两人为公"的制度要求，许多工作都必须两名员工同时参与，所以刘东辉外出跑客户常带上方霏。方霏珍惜每一个和刘东辉跑客户的机会，每次下户调查之前，方霏都会做足功课，先通过公开渠道收集信息，对客户建立基本了解，对无法自主获得的信息及资料，则列出提纲，提前发送客户，让客户有时间准备。下户过程中，方霏细心记录刘东辉如何向客户提问，重点关注哪些内容，然后归纳整理不同类型客户的调查提纲，形成心得体会。

缜密的工作方式，使调查工作能一次完成，避免反复补充调查打扰客户，也使他们在面对贷款评审质询时，对客户优势与核心竞争力的充分发掘，能为客户争取到较好的授信条件。

不久，刘东辉开始培养方霏写调查报告，他们实地调查了一家客户，刘东辉让她参考以往的报告，写出新报告。

三天后，方霏如期交出报告，不仅专业术语运用恰当，而且内容翔实，剖析客观。刘东辉见识到了方霏的聪颖和悟性。

在浓厚兴趣的优质老师的指点下，方霏很快对银行业务的核心部分——信贷工作有了全流程了解，对贷前、贷中、贷后都有了实践经验。

方霏当大堂经理时养成了每天做工作笔记的习惯，对客户在本行办理的重要业务都做好台账记录。银行的事儿耽误不起，偶尔的遗忘都会造成很大损失，有了这本台账，方霏就能提前预见重要事项，及时提醒客户，有如贴心的编外金融管家。她这份周全认真，让客户满意度超出期望，甜美的小女生又格外招人喜欢，方霏很快赢得客户信任。渐渐地，客户有事就直接找方霏了。

刘东辉也感到了前所未有的轻松，日常服务琐事，他再不需要操心了，也再没有发生贷款到期，客户没有得到提醒而逾期的乌龙事件。刘东辉觉得自己这个业务部负责人，自从有了方霏这个助理，才真正找到一点当领导的感觉。

刘东辉十分欣赏方霏的工作能力和主动意识，他考虑要为方霏提高待遇。营销助理不扛考核压力，只拿固定薪酬，这份薪酬已经是在通宝银行做大堂经理的三倍。刘东辉为激励方霏，决定给她增加浮动收入，方霏替他服务客户，可分享业绩，分享收益的三成。

这样一来，方霏不仅收入多一块，更重要的是，上升通道向她打开了，她有了晋级所需要的业绩资本。

罗若兰起初不同意刘东辉这样做，她的理由是，让方霏分享刘东辉的业绩，会降低支行的人均效益，其他助理也会攀比，不利于管理。她只想让方霏当廉价劳动力。但刘东辉保证说，攀比是需要实力的，而方霏是不可多得的优秀人才，只要给她机会，让她释放潜力，她不会拉低人均业绩，相反支行会多出新生力量。但不给予优秀人才恰当的待遇，人才会流失，南都银行就是因为给人才以机会，才能聚拢人才，造就人才，拥有人才。

刘东辉说的有道理，利益也是由刘东辉私人让出，苏文玉又时常在与罗若兰见面时，表示一下对方霏的关心，罗若兰勉强同意了刘东辉的建议。

自此，方霏名下开始有业绩体现，当业绩达到相应标准后，她可以晋升为客户经理，业绩不断上升，职级也会不断升高，她可以冲击高级客户经理、资深客户经理等顶尖的职级，薪酬也可以达到一个从前的方霏想都不敢想的数目，在管理职位有限的情况下，对优秀营销人才最好的激励办法，就是给予充分的经济回报。营销序列薪酬上不封顶，理论上甚至可以超过分行行长。但如果业绩下降，也会被降级，如果降到警戒线以下，就可能重回助理身份，甚至有被淘汰的危险。

这个考核体系给人压力，也给人实现自我价值的机会。

光明的前景激励着方霏奋发，对业绩的渴望，促使方霏在闲暇时，用别人看不上的"扫楼"营销，对周围的企业进行陌生拜访，独立开发客户。

勤奋和努力终有斩获，方霏的客户越来越多，连罗若兰也注意到了方霏的成绩。在支行的会议上，她开始表扬方霏的勤奋和开拓精神，让青年员工向方霏学习。

在银丰支行半年后，方霏试用期满，由于业绩达标，且支行管理层对方霏评价很高，方霏晋升为客户经理。

苏文玉第一时间得知方霏转正的好消息，转正通知书就是由她亲手制作并下发的。好朋友终于立稳脚跟，她感到由衷高兴，她打电话向方霏表示祝贺。

苏文玉在电话里说："霏儿，恭喜你正式成为南都银行一员，从此你就是一名年少多金的金融女精英了。以后你在营销一线，我在后台部门，营销一线晋级快，是不拘一格降人才，后台员工晋级慢，是论资排辈慢慢熬，你的职务提升和收入增长空间，都比我大很多呢，要请客啊，请我和小北吃饭。"

"亲爱的，当然要请你和小北一起共同庆贺，我今天所有的一切，都得益于你对我的无私帮助，没有你就没有今天意气风发的我，不久前我还在发愁何去何从呢。"

"霏儿，你言重了，内因决定外因，你的努力才是关键。"

她们相约去吃西餐，魏小北在国外多年，偶尔会想念西餐的味道，两个女生就迁就他了。

格调高雅的德雅西餐厅里，方霏环顾四周，无限感慨，半年的时间，她的境遇已今非昔比，可以在这样的高档餐厅宴客了。

西餐搭配免费香槟酒，金灿灿的酒液色泽典雅，满载着丰收的喜悦，他们也就破例喝上一杯。

苏文玉举杯："霏儿，祝贺你！我早就知道你能行，从小你身上就有一股子韧劲儿、聪明劲儿，有能成事的气质。别忘了我是人事干部，我看人可准。"

方霏把酒杯迎上去和她碰了碰，说："瞧你把我夸得，我都不知道自己姓啥叫啥了，我呀，还是因为托你的福，你是我命中贵人，不仅自己命好福旺，还成就了我，我得感谢你。"

"霏儿，真正要感谢的，是这个时代，前几天我去看望舅舅，舅舅对我说，我们赶上了金融业最好的年代。国民经济步入高速发展时期，经济决定金融，而金融又是各行各业的助推器，国家大力支持金融发展，新设很多新银行，成就了我们的职业生涯。新银行没有包袱，体制灵活，业务发展快，能给员工可观收入，尤其是你，有勇气进入激励最充分的营销战线，更是机遇多多，祝你早日实现财务自由。"

"是啊，我来到南都银行后，收入增加了，职业自豪感也得到很大提升。能通过自己的努力，开发优质客户，设计双赢的合作方案，帮助企业获得生产所需的资金和结算便利，促进经济与金融的发展，我非常自豪。"

魏小北也加入话题，他说："现在也是房地产的黄金时代，我爸爸常和我谈起，中国经过漫长的计划经济时期，在计划分配制度下，大量的住房需求遭到压抑，现在，住房商品化后，压抑的需求将释放出来，形成庞大的市场。"

方霏轻轻地鼓掌："祝贺我们身处黄金时代最好的两个行业。"

苏文玉笑着应和她，也鼓起掌来，魏小北也伸出手，三个人快乐地击掌。

苏文玉说，她也有喜讯要告诉方霏，说完这话，她看了看身边的魏小北，顿了顿，又停住不说了，似乎有意卖个关子。

方霏狐疑地看看她，又看看魏小北，马上明白了，她指着苏文玉和魏小北："你，你，你们。"她一激动，都有点口吃了。

苏文玉重重地点点头："是的，我们，准备结婚了！"

方霏惊讶又开心地问："真的？"

"是的，小北的爸妈总在催，再说恋爱到后来，总是要结婚的。"

魏小北憨憨地笑着说："文玉父母不在身边，早点结婚，我更方便照顾她。"

这真是大喜事，方霏由衷为他俩高兴，但一丝顾影自怜的情绪也悄悄涌上来。

文玉定下了终身大事，她们是从小一起长大的朋友，成人后却再无法保持节奏同步。文玉的人生平坦顺畅，幸福触手可得。可自己好不容易喜欢一个人，却是一个注定无缘的人，永无牵手的福分。

聚餐结束，方霏回到自己的小屋，欢笑后是深深的落寞，她看着照片中的柳凌志，香槟微微的酒意，催化心中的爱与倾慕，她对着照片上的他说："柳，你知道吗，我转正了，在滨城金融行业站稳脚跟了。这是万里长征的第一步，今后我要更加努力，更快成长，总有一天，我要有资格来到你身边，告诉你我这么努力都是因为你。"

苏文玉和魏小北的婚礼，在滨城丽笙大酒店举行，方霏当仁不让地做了伴娘之一，在六名穿着美丽粉紫长裙的伴娘中间，陪伴着苏文玉迎接她人生的重要时刻。新郎那边，也有六位帅气的伴郎作陪。

和方霏配对的伴郎，是一个叫郭慕侠的帅哥，小伙子宽肩窄腰，帅气英武。苏文玉给方霏介绍说，郭慕侠是魏小北的发小，两人从小一个院里长大，国外留学也在同一个城市，十分要好，魏小北年长两岁，先完成学业回了国，郭慕侠仍在国外学习，此次是专程回来，参加好哥们的婚礼。

婚礼由魏家操办，魏小北的父亲魏世明为了独子的婚礼，花足了心思，早早订好了滨城市最高档的丽笙酒店，包下容纳能力最大的宴会厅，请了最负盛名的婚庆公司，重金礼聘知名主持人主持婚礼。

婚礼席开六十六桌，鲜花和锦缎装饰的宴席，摆满了丽笙大酒店豪华的宴会厅。为了表明只图热闹喜庆不差钱之意，魏家在请柬上注明谢绝礼金，还为每位来宾准备了价值不菲的伴手礼。

主持人用煽情的开场白宣布仪式开始，伴随着高亢喜悦的话音，大厅里下起了花瓣雨，许许多多的玫瑰花瓣从空中飘落，人们抬头仰望，看到高高的大厅上空，新娘和她的父亲乘坐着美轮美奂的白色马车，天使驾临一般，从空中缓缓降落。马车停稳，苏文玉挽着父亲的胳膊，轻移莲步下车，她身着洁白曳地婚纱、头戴璀璨皇冠、轻纱遮面，亭亭玉立，挽着父亲一步步走向T台另一端。在鲜花拱门下等候的魏小北，待他们走近时，趋前一步，和岳父先来了个男人的拥抱，之后，翁婿两人庄重地交接，父亲牵起女儿的手，很宝贝地交到魏小北手中。

在聚光灯的照耀下，苏文玉和魏小北深情对视，然后携手走到舞台正中，面向彼此，宣读誓词，两人深情回忆相识相爱的过程，表达相互扶持、白首不相离的愿望，纯真婉约的誓言赢来宾朋热烈的掌声。方霏那颗深陷在无望爱情里的心，被那誓言感动得落泪了。

这童话般完美的婚礼，是每个女孩梦想的加冕典礼。能够和自己心爱的人，在圣洁的婚礼上，在众人的见证下宣誓，把自己的一生隆重托付与他，是有多好啊！

站在方霏身边的郭慕侠，无意中看到方霏又激动又投入的表情，脸上泛起一丝嘲弄的笑意。

这方霏模样底子不错，不过不懂打扮，脸上架一副大镜框，把漂亮的脸蛋遮掉一半，衣服穿得也很老土，婚礼上穿的伴娘服，就是她这些天最漂亮的衣服，倨傲的公子哥儿郭慕侠有点看她不上，但小北太太认她是最好的朋友，为给好友一个面子，勉强和她搭档一回，可是这乡下妹子却还总是一脸高冷，简直让人看不惯。

此刻她感动的表情，让郭慕侠想借机挖苦一下，让这个乡下妹子清醒清醒，他轻轻侧身取笑她："别人结婚你激动啥？你们女人，是不是做梦都想嫁这么个好人家？"

方霏被他从梦想拉回现实，大为不悦，狠狠瞪他一眼："什么好人家坏人家，你懂什么，真俗！" 她的语气竟也是万般瞧不起他，郭慕侠简直服了，这乡下妹子挺厉害，想占她上风还不容易呢。

当苏文玉宣誓完毕，抛出新娘捧花时，方霏卖力地去抢，期待好运传给她。文玉的人生如此完美，要沾沾她的福气。

捧花竟然真的被她抢到了，苏文玉抛花时早有默契，方霏很开心。

宴席开始了，服务员快步穿行席间，将珍馐美馔一道道奉上，大厅里美食飘香，人面桃花，喜气洋洋。新婚夫妇换了礼服挨桌敬酒，郭慕侠和方霏跟着，为新婚夫妇执壶倒酒。

敬完头一桌的双方父母及至亲，新婚夫妇走向第二桌，这桌都是身份显赫的贵客，苏文玉的舅舅亲自作陪，和满座贵宾谈笑风生。跟在新婚夫妇身后的方霏突然发现，坐在苏文玉舅舅右手的客人，竟然是时时惦记的柳凌志！

啊，他竟然也在这里，和她出现在同一个婚礼！此刻，他们为着同样的人、同样的事，感动着、祝福着，他们的心共振在同一个节奏！幸福降临得太突然，看来真的沾到了文玉的喜气，心心念念以为再难见到的人，竟然就这样见到了。虽然柳凌志祝福的目光，只是落在新婚夫妇身上，但方霏还是激动得芳心乱跳，倒酒的手不由自主地发抖，洒出好些酒。

跟着新婚夫妇在大厅穿梭，方霏频频回望柳凌志那一桌。她狂跳的心一直不能平静，那擂鼓一般的节奏在宣告：来滨城，是这一生做得最正确的决定，这么快就有了再次见到他的机缘。

方霏很感恩刘东辉的教导栽培，转正一段时间后，她独立开拓的业务已达标业绩线，她已有能力选择单干，自己为自己的业绩负责，但她没有这样做，依然快快乐乐地承担着刘东辉的助理工作，尽心尽力为刘东辉的客户提供服务。刘东辉见多了翅膀一硬就闹着要单飞，不肯屈居人下的主，而方霏连提高分成比例的要求都没提过，她的知恩图报、始终如一让他更觉难得。

刘东辉和罗若兰商量，他说打杂的人好找，能独立拓展市场的人才不易得，为了充分发挥方霏的能力，不仅不应让方霏再承担助理的低层次工作，而且还应该有人帮助方霏处理杂务，使方霏能够腾出时间精力开拓市场。

罗若兰接受了刘东辉的建议，条件是由刘东辉和方霏自行承担新助理的薪酬，刘东辉爽快同意。为此，支行又新招一个小男生李清源，作为刘东辉和方霏共同的助理。

李清源加入后，刘东辉和方霏搭伴结伙，专心拓展业务，刘东辉业务娴熟，成熟老到，主要负责搞定上层，促成合作，是主心骨；方霏待人接物稚嫩腼腆，但工作作风细致周全，负责合作事项的具体落实，是实干家；李清源跑腿当差，承担没有技术含量的杂事，他们三个人形成技术梯队，分工策应，默契配合，客户经理这项孤单的金融个体户工作，因为有伙伴支撑而不再孤单了。

工作做得顺畅，喜欢梳理总结的方霏每有自得之事，她就诉诸笔墨，向总行内刊投稿，受过系统教育打下的扎实基础有了用武之地，总是埋头苦干的刘东辉，有了替他宣传弘扬的吹鼓手，他们的工作经方霏的生花妙笔写出来，亮点多多。

工作不仅靠做，也要靠说。刘东辉的苦干加巧干，被方霏一再著文宣传，他开始在行内声名鹊起，成为知名人物。罗若兰注意到他们的小团队干得风生水起，又听刘东辉极口夸赞方霏是才女，于是，支行的文字材料也都交给方霏处理了。

过去，这都是崔小洁的工作，但方霏不怕多承担，工作越多，得到的锻炼越多，能力提升也更快，反正她单身一人，业余时间尽可以用来工作。她快快乐乐地接受额外的工作，快快乐乐地帮助别人，这种乐于承担的精神，让她在崔小洁等一帮青年员工中赢得了声望和敬重，年轻的女孩们，不管是比她大还是比她小，统统叫她"霏姐"，方霏在支行拥有了很高的人气。

有了方霏帮助写材料，罗若兰在各种场合的发言水准也提高了。罗若兰不喜欢读书学习，不爱钻研具体业务，她的强项是政治嗅觉敏锐，精力主要用来关注官场人事，紧跟权力变迁，善于趋奉钻营，饭局酒局是她打开工作局面的主要手段。现在，有了给力的笔杆子，罗若兰又显出理论水平，大小会议上的发言开始旁征博引、滔滔不绝，上至经济金融形势，下至行业动态业务创新，罗若兰言之有物，令人耳目一新。

在举目无亲的滨城，工作成了方霏唯一的寄托。密友苏文玉过上了幸福的婚姻生活，平时小两口卿卿我我，周末要回公婆家承欢膝下，再没有太多时间和方霏泡在一起了。业余时间的方霏越发孤寂起来。

离开通宝银行后，也不容易得到与柳凌志相关的信息了。在苏文玉的婚礼上偶遇的激动，让方霏常常期待能再次见到真实的他，于是，她常去通宝大厦闲逛，希望能远远地看他一眼，能再次体会那怦然心跳的感觉。但一次次的流连中，未能见到柳凌志的身影。也是，通宝大厦是高级写字楼，车与人严格分流，车行车道，人行步道，柳凌志出入坐车，在这等级森严秩序井然的社会里，她碰不到他是必然的。

想明白了碰不到柳凌志的原因，方霏虽泄气，但下班后闲来无事，她还是照样到通宝大厦闲逛，没办法，她就是这么死心眼，无法阻挡自己下意识的脚步。

她总是先到通宝大厦 A 座，流连仰望一番，然后去通宝大厦 B 座，把店铺逛个遍。碰不到柳凌志，心理上觉得与他很靠近也行；碰不到柳凌志，碰到让人心动的时装打折也行。现在方霏有了一定的经济实力，买衣服的开支已能承受，于是趁机给自己置办一些像样的服饰，偶遇不成，也得把自己打扮得漂亮，为将来的正式相遇做准备。

在这经常的搜罗中，方霏拥有了一大柜子的时装，少女时代对时尚的艳羡与渴望，终于得到一定程度的满足。她摘下戴了好几年的框架眼镜，换上了隐形眼镜，她开始像这个城市的白领一样，定期去美发店护理头发，让一头保养得油亮的黑发如瀑垂下，她青春的美配上充满设计感的时装，融进了滨城时尚靓丽的风景线。

第四章
无缘咫尺天涯

天色已晚,通宝大厦里,始于下午的一个会议刚刚散场。

冗长的会议是讨论 2003 年度全行业务方案,柳凌志散会回到办公室,身心俱疲。

已经记不清是第几次讨论这个方案了,早在上年度末,柳凌志分管的业务部总经理周敏等人,就拿出了方案初稿。之后就陷入一轮轮的讨论,一轮轮的修改当中。

元旦前,这方案就应该定稿,因为新年第一天起,方案就要执行。但元旦前,方案没能定稿,一月份,方案仍没能定稿。二月一到,就是春节,柳凌志耐着性子,等到春节长假过后,继续督促方案定稿。眼下,二月也要过完了,方案还在讨论。

市场如战场,战局已开,战略目标和粮草供应还没落实,柳凌志身为负责业务的副行长,饶是他沉稳淡定,也着急起来。前线的要求,大后方应该尽力支持,可是主管后台工作的副行长厉为群,授意他所管辖的财务、人事等部门,迟迟不让方案通过,他们把应该提供的支持,当作权力来行使,他们不在前线,却要对前线战事指手画脚。

方案采纳了前几轮提出的所有修改意见,但在这第 N 次的会上,他们仍能挑出毛病,这里要增,那里要减,这个少了,那个多了,一个问题接一个问题,吹毛求疵,没完没了。周敏以一对多,应接不暇,脸都急红了。

柳凌志声援周敏,他恳切地说:"方案是全年工作的指针,不能再等了,希望今天能有个结论。方案中的数据,既参考了往年,又考虑了合理增长,不是凭空估摸，各部门从不同角度出发，有分歧可以理解，但是是时候统一思想了，再争论不下，就要错失冲击开门红的最后机遇，使一线员工在观望中消耗了冲锋的锐气。"

厉为群冷笑一声："指导全年的方案，当然要慎重，哪能因为着急就马虎通过？往年数据没有参考价值，通宝银行历年业务目标都太低，费用标准又太高，我们现在需要大干快上，弥补前几年发展慢的损失，方案能在今年实现超常发展吗？能赶超同业吗？我同意计财部意见，不能支持讲斤讲两、干少拿多的方案，请营销部门继续调整。"

会议室里烟雾缭绕，行长李富生、副行长厉为群，几个人都是老烟枪，不抽烟的柳凌志被动吸着二手烟，呼吸都觉困难，厉为群扣下的大帽子，比二手烟更让人喘不过气。他的目光穿过烟雾，盯了厉为群一眼。他很想问："何谓高？何谓低？你们不调查市场，一开口就是大干快上，赶超同业，费用又不肯多支持，赶超的底气来自哪里？同业不发展吗？等着被赶超吗？工作可不是喊口号，你们这么会喊，市场你们来干！"

但是，他的修养终于还是阻止他逞口舌之快。

行长李富生舒舒服服仰靠在椅背上，高抬着下巴，斜叼着烟卷，慢悠悠地吸着烟，听着两方的争论，看到气氛开始紧张，李富生吐出漂亮的烟圈，开口道："好、好，周总，你们下去再考虑考虑，再完善完善，另找时间再议。今后凡有议案，你们要先在下面和管理部门沟通好，再报到会上来，避免会上争论。今天晚上我有个重要活动，会议就开到这里。"

再议！再议！悬而不决，议到何时？先在底下沟通好！说得轻巧，不干活的偏要往干活的脖子上套绞索，怎能沟通好？一把手本该平息争论，一锤定音，却总是避实就虚，不置可否，让事情久拖不决，让矛盾愈加激化！柳凌志心生愤懑，但依然只能强压在心里。

周敏抱着改了好几稿的方案，垂头丧气地站起身，离开会议室。综合所有意见后，方案已经厚得不像话，这洋洋万言的方案即使通过了，让员工理解并执行也是一大困难。柳凌志看在眼里，暗生回护之心，他了解周敏的不易。方案通不过，他身为行领导，不过心累而已，但周敏身为下级，碰到厉为群这样苛刻、李富生这样无为的上级，就是身心都要受累了。

在通宝银行，一个方案磨上几个月，改上十几轮是常事，常常是费神费力，却拖到时机已过，就不了了之。在这种效率低下的环境里，工作做不成，却还把员工累个半死。

好在柳凌志比较体恤下属，在通宝银行，周敏们身在一线，冲锋陷阵还要处处受制后方，说不尽的百般委屈。正因为这样，柳凌志在力所能及的范围内，尽量给下属创造和谐的小环境，以平衡他们所受的苦楚。

而厉为群的下属虽然手握实权，能卡一线的脖子，能有工作不累待遇不低的实惠，但厉为群这种媚上欺下的人，他对下属，就好似对家奴，只要一不高兴，就把下属骂得狗血淋头。下属在他跟前战战兢兢，动辄得咎。为了少挨骂，面对工作也只能首先想到自我保护，心中长期憋着的戾气怨气，还要寻机发泄，受压抑的情绪都会想办法找出口。他们不敢像厉为群那么骄横，只敢悄悄憋着坏，一个个学得奸猾虚伪，小鬼难缠。

周敏们横向比较一下，比起常常挨骂的同僚，他们还算是幸运的，他们不归厉为群直管，厉为群再怎么脾气大，也骂不到他们头上，总还保有人格尊严。于是周敏们收拾收拾心情，也还肯继续卖力。

会一散，李富生就走了，去参加他的重要活动。可柳凌志还不能走，上班时间要么开会，要么办公室人来人往，他只能趁晚间安静，把工作思路梳理梳理，方案不能及时推出，他要想出补救措施，来保证业务不受影响。

身为主管业务的副行长，他是高管中最忙的，有层出不穷的客户要应对，有一户一策的攻关要劳心，有任务的落实要督促，有队伍的管理要盯紧，还有市场动向，内部协调，他都要管。内外交困业务难做，但还得拼命做，这么大一家银行，员工要吃饭，股东要红利，这些压力，都压在业务这条线身上。尽管每次在会上被磨得心灰意冷，事后却又在责任感的驱使下，转换立场，劝慰部下，不合理的重担也还得挑起来。

他在灯下蹙眉深思，突然响起敲门声，思索又被打断，他无可奈何说："请进。"

周敏黑着一张脸进来了。他一屁股坐在桌前的椅子上，面对着柳凌志，呼出一口长气："柳行长，我干不下去了，我要辞职。"

从筹建通宝银行开始，周敏就在柳凌志手下工作，算是得力干将，紧密的上下级关系，让周敏在他这个领导面前真情实性。

他喝止周敏："胡说什么，有困难说困难，有情绪聊情绪，随随便便就说辞职不干，这种不负责任的话，是你这样重要核心部门负责人该说的吗？"

"柳行长，我真没看出我哪里重要，哪里核心了，除了您还把我当个人，其他行领导谁拿我当事？即使是平级的干部，我也矮别人一大截，人家个个像钦差，像监工，都可以卡我脖子，我创造效益养活他们，倒要跟他们汇报个没完没了。我不是争地位高低，我是气束手束脚干不了活。他们让人啥都干不成，最后又来指责业务发展太慢。这么多年，我受了多少委屈，我能忍到今天，都是冲着您是个好领导，要不然我早就不干了。"

"别遇到一点挫折就悲观，就撂挑子，既然都忍到今天了，怎么就不能继续忍了？通宝银行这么多人，别人不都干得挺欢吗？"

"柳行长，您是真不知道还是假不知道？在通宝银行，哪有人干得欢？混得欢罢了，您在高层，有些声音您听不到，我跟您说，好些人留在这里不走的原因，是说这里工作的性价比还过得去。"

"性价比过得去，是说工作不错啊。"

"性价比过得去，不过是自嘲而已，在通宝银行，虽说工作环境挺差劲，工作报酬也谈不上高，但好歹拿着金融行业的薪酬，工作却用不着费神费力，对于本身就不想做事的人，还是不错的。在我们这里，员工滥竽充数，有个一官半职的，还尽可以作威作福。"

"别人说什么干少拿多，我还替你们委屈，听你这么说，人家说得不冤嘛。"

"干少拿多的不是我，是那些只需要说说大话唱唱高调的人。我没这福分，我是干得多，成果少，业务部门有硬指标，偷不了懒，我努力干工作，还十有七八干不成，我的压力是翻倍，忙闲不均很极端。"

"环境暂时不好，但不会一成不变，只要我们上下同心，总会守得云开，你换个人生地不熟的地方，要是无人赏识，地位边缘化，还不如现在呢。"

"可是我们的环境改变得了吗？我怕我们没有改变环境，最后反被环境改变。我这两年已经在变化，以前工作顺畅，充满激情，但这几年工作总是落实不了，我的干劲也消磨了，现在全行上下，工作是一级糊弄一级，层层向上传递，作风是一级碾压一级，越下级越悲催。我现在，也就没敢糊弄您。"

"你糊弄不糊弄我，我也难得糊涂了，形式主义却又不得不应付的工作，我支持你糊弄，把精力省出来做该做的事。就算我们心照不宣吧。"

"但在这样糊弄的环境下，我怕我会慢慢麻木，会失去竞争力，如果不赶紧换个环境，时间长了，就会心有余而力不足了。"

"想要改变，根本不必大费周章换地方，换到哪里都一样，都有矛盾冲突，好的环境需要努力创造，不要期望一走了之能解决问题。不如沉心静气，从身边改起，只要努力，情况会改观的，而且，换个角度看，复杂的情况锻炼耐心忍性，借以修身。"

周敏苦着脸："我真的没法再忍下去。这个银行变了，变得我太不喜欢了。除了工作难开展，氛围也很压抑，我听说，有些领导疑神疑鬼，爱听小报告，还指使心腹员工，私查员工动向，监听员工言论，这种做法让人后背发凉。"

"身正不怕影子斜，谁爱打听谁打听，你又不做什么亏心事，怕什么呢？"

"倒是不怕，可是谁喜欢被监视的感觉呢？我和您掏心掏肺说这些，是想让您知道，我是真待不下去了。就说今天这方案吧，这么一件事让我忙了几个月，还没干成，我受不了，我还想做点事，最起码愉快地做事，我不想这样混下去，我更不愿被当作异己分子监视、碾压，您就让我自求隐退吧。"

"怎么回事，难道非得要我说，请你再给我一次面子吗？"

"哎呀，您这不是让我为难吗？"

"为难什么？要知道你和我对这家银行守土有责，我俩都是创业期一路走来的，你对现状不满，是有责任心的表现，但你还要树立信心和使命感，要相信通过我们的努力，一切都会好起来的。"

周敏叹口气："好吧，我再考虑考虑，不耽误您下班了，您早点回家休息吧。"

周敏走了，柳凌志无法再思考工作了。

经过他的一番劝说，周敏应该不会再坚持辞职，周敏的职务不上不下，换地方也不容易有合适的机会，他并不担心。但周敏的情绪多少感染了他，劝周敏的话，何尝不是在劝自己，这个低效的机构，同样以可怕的内耗在消磨他的时间与意志，他自己不也一直在叹惋吗？

学术出身的他，深怀书生特有的理想和抱负，很是珍惜时间。他希望生命的每一分钟都产生应有的价值，要么报效社会，要么提升自己。

可现实是，好好的时光总被无效占用，每天没完没了的会议，讨论着那些讨论了千百遍，却依然没有结果的议题，正经工作却只能一拖再拖，他听到内心的悲鸣，浪费——尤其是时间和智力的浪费，真是极其可恨！

但厉为群之流没有这样的感受，他们这种寄生在权力上的人，会议就是他们公开表演的舞台，是他们权力和重要性的体现场所。他们坐在会场主席台，掌握着绝对的话语权，让别人低眉顺眼听他们滔滔不绝，他们从中找到一言九鼎的感觉，享受权力无边的自得。会议讨论什么不重要，会议议题有没有结果不重要。重要的是，讨论的事是不是符合他们的心意，提出议题的人是不是他们需要支持的人。

于是没完没了地拖延和争论，在通宝银行的会议室常常上演。内心有着完全不同价值标准的两拨人，很难有谈得拢的议题。现实消磨着柳凌志的书生意气，他越来越沉默，他在高管之位要谨防言语之失，不应该是于事无补的愤青，更不应该有"众人皆醉我独醒"的狂妄，沉默中的他也日益温和，现实让他明白，他终究只是个无力的书生。每当基层员工对他投以敬畏的眼神，他的心中就满是自嘲。他们哪里知道，这个高高在上的领导其实过得也挺压抑。

他安慰周敏等待环境改变，但他自己都信心不足，分歧难道只是自今日始吗？难道不是当年筹建时就已埋下矛盾的种子？

当年筹建通宝银行时的管理层，来自三个领域。

发起设立通宝银行的滨城政府，当仁不让地派了一批人，这批人把上上下下的后台管理岗位都占住了，个个手握实权，不担压力。

政府来的人不懂业务，于是又从银行业监管机构来一批人，这批人平地起跳，在监管机构时的处级科级，来了商业银行都提拔成独当一面的干部，他们同样不懂经营，却明白金融业存在巨大风险，他们的策略是不求有功，但求无过。

鉴于领导班子普遍资历太浅，需要一个有权威有影响的领军人物，撬动各方资源，凝聚各路人心，于是，柳凌志的老师，金融学界颇有影响的程显明教授、博导，被请出山来担任通宝银行董事长。滨城政府希望以程教授在业界的人脉和声望，来为这家银行开路搭桥。

柳凌志当时跟着老师做金融研究，已在学界崭露头角，老师要他一起来筹建通宝银行，希望他融理论于实践，也坦诚创业艰难，需要帮手。他思虑再三难以拒绝。他是老师最心爱的弟子，老师总是说，既赏识他的才气，更喜欢他的温厚贴心，通宝银行留给老师安排的位子极有限，只能带他一个人，他不跟随，老师孤身履新，他于心何忍。

加入通宝银行后的分工，本来没有谁能抢在他前面挑肥拣瘦，他和董事长关系最近，他大可以像别人一样，避开累死累活压力大的一线，但是，政府派的人只能做二线，监管机构来的人也抢二线，已是互不相让，柳凌志一向不喜争抢，还想要替董事长分忧，于是，他扛下了别人避之不及的一线重担。

创业初期，业务从零起步，员工有待培养，谁都能想象出做市场有多难。他主动揽下这个吃力不讨好的分工，在家里被妻子责备，妻子说他太迂，身为董事长的人，却不懂得借势，把手中的好牌打得这么烂。

妻子说的没错，但柳凌志心中别有情怀，苦活累活，总得有人干，总得有人乐于奉献勇于担当，为通宝银行树立风清气正的正能量。

但正能量的影响微乎其微，他主动挑重担，却让争抢的人感觉相形见绌，羞恼之下，不仅他的高风亮节无人领情，相反还被恶意误读，马上就有风言风语说：一线油水足啊，费用都拨给一线，一线想怎么花就怎么花，二线只能替一线当管家，柳行长穷研究员出身，好不容易下了海，当然要冲到一线多捞点钱。

这说法让柳凌志简直无言以对，秀才遇到兵，有理说不清。

就这样，三个领域来的三拨人，很自然就成了三股势力。

三个和尚没水吃的状况，在刚开业的头两年，还没有表现得太明显，银行还处在艰难初创期，大家还能有所克制，共同为一个目标而努力。毕竟通宝银行这个新生儿还很脆弱，市场风浪下，再不小心呵护，小婴儿就该夭折了。

开业几年后，业务初具规模，经营趋向稳健，有了不错的赢利能力，那个脆弱的新生儿成长了，本该乘势加快发展，可惜，创业容易守业难的魔咒，迫不及待地显灵了，没有了生存危机，争权夺利之心再无顾忌，各种矛盾开始涌现。

而在外部的个别官员眼里，通宝银行成了一只养肥的猪。他们热衷向银行派干部，或是想方设法安插亲属，或是隔三岔五派检查团，寻找牢牢掌控的筹码。厉为群这个最难缠的官僚，就是在这个阶段，趁着班子出缺，活动关系挤入了通宝银行。一颗老鼠屎坏一锅粥，小小的通宝银行，一个人就足以推波助澜，让潜在的矛盾沉渣泛起。

按企业化的激励方法制定的薪酬政策，使一线与后台存在一定的收入差距，一线的收入让二线眼红，二线嚷着要分享发展红利，内部突起利益之争，政府不得不出面干预，要求限薪，相关制度很快颁布。限薪后，收入浮动与业绩挂钩不充分了，与级别倒有更大的相关性，干多干少差不多，市场机制彻底失灵。

当干部好处更大，干部也就越来越多，不干活专发指令的人越来越多，管理之手就伸得越来越长。相对的，一线优秀人才的价值体现及能力发挥越来越难。一线人员营销了外部，回来还要营销内部。营销人员斗不过管理人员的结果，就是另谋高就，流入体制好的其他商业银行。

银行业的人才大迁徙，在通宝银行表现为恶性循环，优秀人才的流失，腾出的岗位，恰恰让仕途欠佳的人有了机会，这些不了解、不适应多元商业世界的人，成了通宝银行强大的保守势力。他们和在政府机构时一样，要管人、管事、管钱，全都要管。约束边界太多，创新创造能力没有生长空间。外行管理内行，又让各项工作具有很大的不确定性。

在公平的市场竞争中，通宝银行不是其他银行的对手，但在本地企业的金融服务竞争中，政府会施加影响力，让通宝银行得到别家银行得不到的照顾。

通宝银行没有成长为一个充满活力的新兴企业，权力争斗牺牲发展机会，牺牲经济效益。陈规陋习泛滥，规矩讲究甚多，让人噤若寒蝉，让员工丧失活力。

通宝银行的发展速度，在第三年开始慢下来。就像一批农人来到一片广袤富饶的田野，起初还可以轻松收割自然的馈赠，但自然馈赠收割完毕之后，农人们没有实现好的合作，只是坚持狭隘的小农经济方式，难以实现大发展。

唯一可以让人得到安慰的是，不论发展速度多慢，不论内部管理多糟糕，通宝银行的赢利情况都并不差，如果是别的行业，有这样的管理，这样的内部关系，企业早就破产关门了。身在金融行业，有铁定的利差保护，不管怎么自我折腾，都有过得去的利润。

作为一家商业银行的法人代表，程显明董事长被尊为成功的银行家，是各项社会活动的红人，他的精力主要在拓展通宝银行的外部生存空间，对内部经营很少关注，他是个学者，讲格局讲境界，管理上当然是尽量抓大放小，不着眼具体工作。

柳凌志曾试图与董事长谈谈管理之弊，想请董事长多些干预。

"我们的管理越来越突显出一些问题。"柳凌志忧心忡忡地汇报。

"什么问题？制度还是流程？"董事长很轻松。

"恐怕最大的问题还是人的问题，制度也好，流程也罢，关键在人。"

"看不出你还有容不得人的时候，你觉得哪些人有问题？"

"后台对一线干涉太多。"

"一二线互相制衡，互相提醒，多把关，少犯错，挺好啊，要允许不同意见。"

"但是意见难统一，牺牲效率，牺牲发展机会，我很痛心。有您坐镇的时候还好，要是没有您，情况就很糟。"

"你是提醒我多参与是吧，我不能多参与，我一参与，平衡就打破了，就成一言堂了。你知道我一向主张行不言之教，行无为而治。"

"可是现在，民主是很民主，就是什么都做不成。"

"利润情况还不错啊。"

"我们还可以做得更好。我们比同业具备更多的先天优势，但我们却做不过大多数同业。"

"做那么快干什么？你也不是急三火四的年纪了，辩证法你也懂得，业务太快，经济一旦下行，出问题也多，我看我们的业务挺不错，稳健压倒一切，宁愿少赚钱，小步慢跑，也比快跑摔跤要好。有争议是好事，正好把拿不准看不清的事拦下不做。"

喔，原来董事长并非不知道银行存在的问题，他只是道法自然，董事长一席话，包含多少哲学理念！这才是大智慧，柳凌志心服口服了，对现状不满，看来是自己修为不够，存在即合理，不必苛求。

这么看来，李富生在冲突与矛盾中，总是避实就虚，两不得罪，决不轻易表态或拍板，倒是修为高超的表现。

董事长的点拨，柳凌志是懂也要执行，不懂也要执行，他只能更加圆润谦和，于是在各种争论中，没有董事长参与裁夺，李富生又强调民主，厉为群所向无敌了。

统领着一线的柳凌志，在后台越来越强势的挤压下，有了力不从心之感。他能做的，只是在他的分管范围内创设好的小环境，在激烈的市场竞争中，在内部的重重矛盾中，团结下属奋力拼搏，每一步都走得很艰辛。

今晚周敏的情绪波动，是积郁已久的释放，分崩离析的组织无法凝聚人心了，柳凌志得靠个人魅力来挽留得力下属，可是，他们卖了他的面子，他就对他们又格外多出一份责任，给予美好未来的责任，他把组织对员工的义务背负在个人身上了。

他为这家银行工作已有七年，他的年龄也已经三十有五，在外人看来，他可算年轻有为，从物质利益的角度，他也算成功，银行高管的收入也还是丰厚。但他的内心还是常怀遗憾，通宝银行是他们一手一脚组建，他倾注过太多热情，而它本可以发展得更好，却在内部无休止的内耗中，错失那么多机会，他甚为痛心。

如果继续留在学界，这七年应该有更大的建树吧。在自己清静的书斋里，与古今中外贤人智者做跨越时空的交流，神游在无边无际的知识世界里，该是何等的惬意自得，心朗气清，他本可以读书、散步，享受悠然的生活，强过在通宝银行深陷俗务，力不从心。可是如今，金融研究领域他也回不去了，知识更新换代太快，他离开多年，已无法站在前沿。

成功，更应该是内心的满足感和成就感，而不在于占有多少身外之物，尽管从哲学的角度认真探究起来，人生无论怎样都并无意义。但，在无意义中，硬要找出一点意义的话，他认为是让才华不致浪费，让抱负得以实现。

现在这样，在一家银行里，做一颗高级的螺丝钉，每天签很多无意义却有风险的字，开一些浪费时间讨论来讨论去，却总讨论不出结果的会，并没有成就感，也不是自己喜欢的生存状态。

但这一切，当年还惹得一众师兄弟艳羡，年纪轻轻当上银行高管，没有老师的提携哪能有这样的鸿运。谁都以为是他求恩师带他来通宝银行，其实，当年，他只是无法拒绝恩师的力邀而已。如今，后悔药更是没有的，他依然没有拒绝恩师的能力，一个重情义的人，他可以随心所欲地面对一个敌人，一个对手，但无力拒绝一个他敬爱的人。

吾爱吾师，师命难违，敬仰和爱才是生命中真正的负累。是敬与爱，让我们活成今天这个样子，是敬与爱，让我们备受羁绊，步履凝重，不忍一个人大步前行。

这么多年与恩师的亦步亦趋，情分更难割舍了，而且，在这条路上走得越久，机会成本就越高，越发只能一条道走到黑了。

员工生存环境不佳，还可以轻松选择离去，而身为高管的他，没有这份自由和潇洒。

桌上的电话响了，柳凌志看看号码，是家里打来的。

电话里传来女儿柳叶清脆的童音，妻子喜欢让女儿催爸爸回家，平淡的家庭生活中，大概每一个妻子都本能地觉得，孩子比自己更有面子，孩子催归让爸爸喜悦，于是，不知不觉中，当妻子的与丈夫联络，喜欢退居幕后，把孩子挺在前面。

柳叶7岁了，她在电话里向爸爸撒娇："爸爸，你快回家呀！人家想你啦。"

柳凌志温和地回应："快了快了，爸爸马上回。"

"那你顺便去彩虹蛋糕店，给我带蓝莓蛋糕回来好不好？"

"原来是想蛋糕了，不是想爸爸呀。"柳凌志逗女儿。

"爸爸也想，蛋糕也想。爸爸给我买的蛋糕最香！"女儿伶牙俐齿，特会哄父亲欢心。这就是天伦之乐，也是当妈的想要达到的效果。

娇生惯养的女儿，小小年纪就跟着妈妈学会了很多挑剔，蓝莓蛋糕只吃彩虹家的，巧克力蛋糕只吃慕丝家的，球鞋和袜子只穿耐克的，板鞋又只穿匡威的，各种讲究，不厌其烦。

柳凌志对于家人很迁就。对于家庭琐事，柳凌志从不置喙，穿衣打扮更是她们的自由，只要不张扬，够得体，所谓低调奢华，柳凌志都能接受。女人和孩子就是用来宠的，尤其是女儿的小骄纵，反让他觉得可爱，自己奋斗，不就是为了女儿享受幸福生活吗？女儿这一代人，和自己的成长背景不一样，她生在好时候，爸爸有能力满足她，就应该尽力满足。

但也有一些方面，柳凌志对妻女规矩挺严，比如不能滥交朋友，不能谋取不当利益，他在这些事情上挺讲原则。

通宝大厦B座有一家彩虹糕点铺，柳凌志给司机肖大勇打电话，让司机把车开到B座门前等他，他急匆匆离开办公室，到B座去买蛋糕。

路过厉为群的办公室，里面灯光灼灼，厉为群正站在办公室的鱼缸前，欣赏他那几条金背珠鳞的鱼。

副行长们的办公室原本一模一样，但厉为群的办公室额外多出几样摆设，挂着名家临摹的《千里江山图》，养着金头全盔过背金龙鱼，还种着两盆稀有的兰花，厉为群因此也爱行如家，下班了不急着走，在办公室莳花弄草，赏鱼逗鱼。每有客人来访，赞他的花和鱼，他就十分得意，大谈花的来历和鱼的昂贵。

柳凌志的办公室，就没有多余的装饰。墙上没有挂书画，光秃秃的留白在那里，别人以为他不喜欢这一口，恰恰错了，他在书画方面有很高的鉴赏能力，但以他的品位和低调，他既不可能在办公室挂名家字画，又不可能挂附庸风雅的流俗之作，所以，最好的办法，就是干脆不挂，平淡天真，洁净到底，一如他刻意打造的人品。厉为群只是众多副行长中的一个，还排名靠后，柳凌志想不明白他怎么会这样子张狂，政治成熟的人，不是应该低调吗？

他哪里知道，政治人物就是这样，当感觉不到威胁的时候，他们就会原形毕露。

厉为群分管后台，后台事务基本是照章办事，有成套的规章制度，有稳定娴熟的工作人员，他这分管领导当得不费吹灰之力。

厉为群比别人清闲，那是他的福分，柳凌志并不羡慕他。一个单位里，忙闲不均很正常，闲人如能自得其乐，不惹是生非，也就多费点禄米；但闲人如不甘寂寞，没事找事，那就是添乱，破坏性就大了。

偏偏厉为群就是这样一个不肯消停的闲人。

厉为群前半生在政府部门摸爬滚打，好不容易混到处级，年龄就老大不小了，自知在政界已无发展空间，他抓住一个难得的机会，来到通宝银行。

政界多的是高官显贵，他一个小小的处级干部，是不折不扣的芝麻官，清贫不得志，只能夹着尾巴过日子。他不敢有太多的个性，始终压抑着自己。

到了通宝银行，他发现，金融业升职发财路径多，人事关系却单纯得多，金融人是一群头脑简单的专业人士，有优越的物质条件打底，他们自诩社会精英，看重专业素质，追求人格完善，推崇合作共赢，不喜欢权谋斗争。

从清贫的政界踏入富裕的金融界，厉为群就像衣衫褴褛的农民起义军，身经百战之后终于攻入了遍地金粉的京城，他一边惊叹金融界的高薪，为自己的清贫愤愤不平；一边以一种捞回半生损失的心态，忙着攫取。他像一个闯入者、征服者，奋不顾身捞取好处，却不愿扛起建设的重任。

过去他骑自行车上下班，现在他坐奥迪；过去他穿T恤夹克，现在他西装革履。他长期压抑的自我也有了膨胀空间，他擅权揽事，放烟幕、搅浑水、搞小动作，面对身边这群文绉绉的、讲究规矩诚信的金融同僚，他就像面对羊群的猎犬，猎猎狂吠而少有抵抗，他分管人事、财务、纪检监察工作，自认为实权在握，是理所当然的监督者，他把手中的权力之棒舞得虎虎生风。几次短兵相接，他用霸蛮气势、凌厉话风，唬住一团和气的新同事，很快奠定了无人能敌的强势。

上任后，为了证明自己不是外行，他对原有的规章制度一通乱改，大破大立之后，重新立起来的制度却又经不起实践检验，只有不住地打补丁。他不懂少言虚静，而是事事插手，将自我的意志强加于人，制造无穷无尽的内耗，把身边的人折磨得筋疲力尽，他却从中享受着良好的自我感觉。

过去，柳凌志偶尔进出厉为群的办公室，尽管他比厉为群排名靠前，但厉为群年龄比他大，为了沟通的顺畅，为了工作的顺利，他很愿意屈尊俯就，他希望以他的真诚，换来与厉为群的同心同德。但厉为群可不这样想，柳凌志的谦虚，惯得他更趾高气扬了。

后来，柳凌志绝迹不再去厉为群的办公室了。

本来，工作上的争论不可避免，但厉为群的态度，不是简单的工作分歧，而是喜欢拆台的积习作祟，是总想把同僚往下踩的斗争恶习作祟。

共事几年，在厉为群身上，从无同舟共济的协作，从无换位思考的体恤，对别人主管的工作高标准严要求，常做信口开河的指责，对自身应有的服务意识却从无自省。

银行的发展需要整体努力，不是一线努力就够了，可现实是，一线在努力，二线在拖后腿，明明是二线的拖沓扯皮造成了业务发展缓慢，脏水却全都往一线泼。长期在具体工作上的谈不拢，不可避免地伤害了同僚之谊，性格柔和的柳凌志也不由对厉为群深深不满。

厉为群倒是和李富生相处得一团和气，要拉拢谁，要打击谁，这种基本的手腕，厉为群当然运用纯熟。李富生是上级，不存在竞争关系，柳凌志是平级，但比他年轻，又比他排名靠前，是他前进路上需要扫除的强劲对手。

李富生也不喜欢厉为群的张狂，但身为行长的李富生，缺少杀伐决断，是一个四平八稳的好人，他为人世故，凡事给人留几分情面，这让他落了个厚德载物的好名声，但管理上也就软弱无力。

管理团队中，厉为群有政界背景，柳凌志是董事长的人，他都不愿得罪，所以他纵容厉为群，利用厉为群不分青红皂白的攻击性，达到制衡各方的目的。厉为群因为无所顾忌，凡事都爱冲出来当恶人。李富生根据情形，有时他由着厉为群之矛毫不留情地扎下，有时他会给厉为群一些暗示。李富生平时为人随和，他只要略微坚持，就能让人感受到强硬，厉为群很容易就能明白，李富生的态度如何，底线在哪里。

李富生为此自鸣得意，觉得自己深谙御人之术，鹬蚌相争之下，自己只需当个裁判，即可轻松驾驭。在这复杂的关系里，他是应对巧妙，颇有韬略。

厉为群还懂得利用管理财务的便利，心领神会地替李富生安排一应事宜，李富生虽不在意这些小恩小惠，但这是厉为群在表露忠心，也就和他一团和气了。

这天晚上，方霏又来到通宝大厦B座扫货，她收获颇丰，两手拎着一堆购物袋，心满意足地走出商场，打道回府前，她习惯性地走向A座，准备再仰望一下那些依然亮着灯的窗口，完成默默致敬的仪式。

毫无预兆地，方霏看到一个男人迎面走来，竟然，竟然是柳凌志！柳凌志一边想着心思，一边步履匆忙地来给宝贝女儿买点心。

对偶遇已不抱奢望的方霏，却意外与柳凌志面对面，顿时惊慌失措，她本能地给他让路，却感到脚下一歪，差点摔跤。高跟鞋的一只鞋跟卡在广场小方砖的砖缝里了，脚往前迈时，鞋被拽脱在原地，把她扯得一个趔趄。方霏狼狈地单脚跳回去穿上鞋，但鞋跟卡得很紧，脚套进鞋里也拔不出来，她只好继续金鸡独立的姿势，打算扔下满手的购物袋，弯腰用手去拔鞋。

广场上灯光很亮，方霏的举动引起柳凌志的注意，他走过来，温和地对方霏说："别着急，我来帮你。"说完就蹲下去帮方霏拔出鞋，摆在方霏的脚下，站起身拍拍手上的灰，关切地问："脚没扭伤吧？"

方霏忙穿上鞋，摇头说："没有没有，谢谢您帮我。"

柳凌志笑笑，说："走路小心。"转身走了。他隐约觉得女孩有点面熟，本想扭回头再看一眼，但他制止了自己。回望一个偶遇的女孩，是很不得体的，别人不知道他是因为看她面熟，只以为他贪看漂亮女孩，他可不能表现得像个好色之徒，他大步走了。

方霏也转身逃开。尽管是夜里，方霏也能感到自己的脸热得发烫，心快要跳出胸腔了。

逃开几步，她又转身留恋地回望，已不见柳凌志的身影，他像一阵轻风拂过，又消失了。方霏回味刚才的一幕，他蹲在那儿，替她拔鞋跟，他高贵的头颅向她低下来，浓密的短发像质感很好的毛刷，让她有抚摸的冲动。他并不真正认识她，但他已帮助她两次了。

为什么每次见柳凌志，都会出这类糗事？真是对自己一肚子的恨铁不成钢。但不出糗事，又有什么让他为她驻足的理由呢？对柳凌志而言，她是毫不相干的路人，倒是出糗让她得到与他近距离接触的机会。

柳凌志明显对她毫无印象。

在江北支行的初遇，她是众多基层员工中的一个，即使因为昏厥得到了他的照顾，他对她的印象也不会有多深。更何况如今的她，和一年前那个基层小职员有了很大不同，自从心中有了爱意萌动，又受到滨城国际大都市时尚文化的熏陶，她也开始注意打扮了，活泼的马尾辫变成了瀑布般的优雅披肩发，从前的刻板工作服，现在变成了飘逸长裙。柳凌志认不出她是很好理解的。

柳凌志回到家，女儿柳叶兴奋地冲到门边，从正在换鞋的爸爸手中接过蛋糕，"叭"一声在爸爸的脸上亲了一口。

妻子陶闻燕连忙为他布置餐桌，母女俩已经先吃过晚餐了，女儿正在长身体，每天一放学就饿得等不及。柳凌志下班没个准点，又常有应酬不能回家吃饭，为了照顾孩子，一家三口的晚餐索性分开了吃。除了周末，一家人再难得一起吃顿晚饭了。

柳凌志坐在餐桌边吃饭，女儿也凑到桌旁吃蛋糕，父女俩难得相处一会儿，女儿吃完，又要去写作业，然后就该洗澡睡觉了，能在一起待半小时就算很不错。现代社会生活节奏快，半大不小的孩子也挺忙碌，平时要上学，周末要培优，当母亲的以孩子为重，父亲的职责，就是赚钱养家。男人和老婆孩子有了各自的节奏，生活在一个屋檐下，但男性的生活里，与家人的相处已成了真正的奢侈。

女儿舔着吃，歪着头吃，小勺挖着吃，各种花式吃法，边吃还边一脸幸福："好吃，真好吃！"

柳凌志一边吃饭，一边看着女儿淘气的吃相，眼神溺爱满满，女儿的蛋糕快吃完了，嵌在蛋糕上的几颗蓝莓还一颗不少，柳凌志问："蓝莓怎么不一起吃掉呀？"

"人家舍不得吃嘛。"

陶闻燕羞女儿："柳叶啊，你像不像银行家的孩子？一块蓝莓蛋糕也高兴成这样，还舍不得吃！亏你还跟着妈妈满世界跑，吃遍了各国美食！"

"什么银行家不银行家的？跟孩子这样说多不合适。"柳凌志不满地制止妻子。

"就是银行家嘛，让孩子为爸爸自豪，有什么不好？"

吃完饭，陶闻燕收拾厨房，女儿接着写作业，柳凌志洗漱更衣，书房被女儿霸占，他到卧室看书。这平静中不乏温馨的家庭生活，最能消除一天的疲累。妻子是一个精明贤惠的女人，婚后她放弃了工作，以丈夫的成功来实现她人生的成功。如今夫贵妻荣，她把家务料理得井井有条之余，就是兴致勃勃地享受人生。

柳凌志当初从金融研究所来到通宝银行，也有她这个贤内助的怂恿，当一个银行副行长的妻子，当然比当一个研究员的妻子更有面子，妻子在这方面比他看得清楚得多。一个女人对美好生活的向往无可指责，柳凌志来通宝银行，也是为了让妻子满足。

与柳凌志的广场偶遇，让方霏又多了可资回味的记忆。偶遇过后的几天里，她的脑海中，偶遇的细节如电影镜头般不停回放。她回忆得津津有味，心头的怅然也很浓厚。

柳凌志热心帮助了她，随后就大步流星地离去了，不带走一丝云彩的潇洒。她只能眼睁睁看他离去，却无法采取任何行动。偶遇有偶遇的行为分寸，她难道还能追上去，请他留下联系方式吗？她做不到那么大方，那么主动。方霏自怨自艾，这世上不乏有人通过偶遇，展开一段传奇，她怎么就不能？

在那一刻，她那么接近他，但梗在她心头的，依然是他那种高不可攀的感觉，他们之间的巨大差距，让她卑怯，隔着这样的差距，他不会拿她当朋友，她刻意结交，反而会让人怀疑她的意图。柳凌志不是青年男子，他对异性已经没有热情，一个偶遇的陌生女子太过主动，只会让他心生警惕。

方霏决定，不再浪费时间去创造毫无意义的偶遇了，她要把向往埋在心底，努力工作、晋级，提升社会地位，有资格与柳凌志平等交往后，再实现与他有品质的相遇。

经济形势一片大好，各行各业都很兴旺，社会蕴藏着无限机会，所有人都对未来充满信心。

这确是银行的黄金时代，保守的国人在大好形势的鼓舞下，企业热衷于融资，期望借钱生钱，实现超速发展。银行积极迎合社会需求，努力创新，不断推出新的金融服务和产品来支持经济发展，政府热衷于撮合，各种各样的银企见面会、行业推介会层出不穷。

银行放低姿态也才是近几年的事。而方霏这样靓丽的银行美女，竟把金融服务送上了门，小企业主们受宠若惊。方霏攻城略地，很快拓展了一批小客户。

但要想大幅提升业绩，还得开拓大客户。大企业营销难度很大，因为围着大企业的银行太多了。

支行附近有一家优质国有企业——永盛物资公司，方霏一直在努力营销，但总找不到合作切入点，客户不差钱，不需要信贷支持，也没有什么特色产品或特殊服务能吸引客户与银丰支行合作。但方霏不放弃，时不时去拜访一下永盛公司财务处，这是刘东辉教给她的，先混个脸熟，再找机会切入，营销工作就靠腿脚勤快。

永盛公司财务处人不少，却是一个年轻美女在领导，美女处长名叫夏桐瑶，方霏在和她套近乎的过程中，很快就打听到了她的年龄婚否等基本情况，她比方霏大三岁，也是未婚，长得丰腴饱满，皮肤尤其好，白里透着红，吹弹可破，像个粉嫩莹亮的瓷娃娃，她长得养眼，待人也和善，没什么心机。别的大公司财务处长，想通过陌生拜访见上一面，门儿都没有，夏桐瑶却能接纳方霏有事没事来串门。方霏对夏桐瑶的善良美丽打心眼里喜欢，跑永盛公司很有兴头。

通过陌生拜访认识以后，方霏再去看夏桐瑶，总是带点小零嘴儿。第一次方霏买了两根雪糕，雪糕不吃就化了，这是方霏的小智谋，天正热，夏桐瑶看方霏跑得一头汗送来根雪糕，不好意思拒绝，两个女孩就一起分享了。有了第一次，就有第二次，方霏频繁地出入永盛公司，雪糕甜品换着花样带，与夏桐瑶日渐熟络。

这天，方霏熟门熟路又来到夏桐瑶的办公室，有个女子已先于她坐在夏桐瑶的桌前，和夏桐瑶正聊着。

看到方霏进来，夏桐瑶礼貌地招呼她坐，并给女子介绍说："这位是南都银行的方霏小姐。"又给方霏介绍说："这位是通宝银行的余丽娅经理，你们是同行呢。"

同行是冤家，而且又是通宝银行来的，方霏不由格外留意，余丽娅个子不高，肿脸肿眼泡，其貌不扬，人却友好，她站起来主动与方霏握手，笑容热情，似乎不在意与方霏之间的竞争关系，方霏不免羞愧自己小气。

夏桐瑶请方霏等一下，她要和余丽娅谈完刚才的话题，方霏点点头，坐到一边静静等待。只听夏桐瑶对余丽娅说，公司正面临改制，改制后要注销老企业，注册新企业，但企业有一笔存在通宝银行的钱，是为职工建立的长效激励金，这笔钱的处理遇到困难。因为从所有权来说，这笔钱已不属于企业，企业只是代为管理，这笔钱需要有全体员工的一致委托，才能转由新企业代管，但员工不同意转代管，希望发放了事，可激励金的发放又有前提，员工只能在工作满一定年限后才能领取，不能提前兑现。永盛公司是国企，要遵守财务纪律，这种涉及全体职工利益的资金不能随意处置。

现在，老企业需要在规定时限结清所有账目，以便如期注销，新企业又无法接管，公司领导被这笔劳资双方不能达成一致的钱闹得很头疼，不知银行有没有好的建议。

"这是一项非常规的业务，没有先例可循，我要回行与相关部门沟通一下，看看有没有合适的方案。我们行很重视规范管理，风险偏好谨慎，不曾做过的业务需要严格论证，我可能要过些天才能答复你。"余丽娅回应夏桐瑶。

方霏在一边暗想，这余经理说话倒挺艺术，明明是通宝银行因循守旧思维僵化，给她说得倒像是严谨高端了不得。真能忽悠。

夏桐瑶说："这笔钱就在你们行，你们能解决，就最方便啦。这事比较急，希望能尽快回复。"

余丽娅于是起身，说马上回行汇报，和夏桐瑶道别后，又和方霏也道了别。

方霏在旁边听得清楚，她意识到这是个难得的机会，她大脑紧急转动，决定抓住这个机会。

余丽娅一走，她就和夏桐瑶说："你刚才说的难题，也许我们银行会有办法呢。"

"真的吗？"

"当然，我们南都银行是最具创新意识的银行，在服务理念和创新意识上，我们很领先。我们从不强调自我的原则，愿意'因客而变'，愿意在自我的规则上做合理的突破和让步，努力达成客户意愿。"

"真不错，但这个业务我只能优先给通宝银行做，因为我们和他们有长期紧密的合作关系，而且这笔钱就在他们银行，除非通宝银行办不了，而你们有办法，这笔业务才有可能委托给你们银行。"

"好，我明白，我甘当备胎，让你多一个选择和比较的机会，我也马上回行沟通，尽快向你提交我们的方案。"

方霏急忙赶回支行，她已经有了初步想法，由新、老企业与员工及银行签署四方协议，老企业通过银行代发的方式，把钱提前发放到给员工开立的存折上，再根据每个员工的剩余服务年限，设置冻结期，在此期间，新企业代表老企业，继续与员工履行劳动合同，服务期满后，新企业通知银行解除冻结，员工才可以支取激励金。

两小时后，方霏和运营部、法规部就商量好了，大家都同意方霏对这项业务的理解，认为新企业由老企业变身而来，两个企业有着法律上的继承关系，可以承接相关权利义务，所以这笔业务和日常代发没多大区别，只多一个冻结监管环节，这个冻结监管对银行很有利，因为存款可长期锁定，是一笔很有价值的业务。

有了这个共识，其他就简单了，法规部在原有代发协议上，添上一个新的协议方；运营部把资金冻结、解冻等相关操作流程拟好。当天下午，方霏带着详尽的方案书，又来到永盛公司，夏桐瑶大为惊讶，连声称赞南都银行和方霏的高效。

方霏请夏桐瑶对她的方案保密，她担心被同行复制，她的优势就会丧失，夏桐瑶同意了。

这个方案把永盛公司的三个难题全都解决了，夏桐瑶很满意。但她依然等了几天，等到余丽娅回话说，通宝银行暂时没有合适的方案。

于是，夏桐瑶向公司副总及财务负责人许仁杰做了汇报，她说南都银行的方案很完善，之前头疼的问题都能圆满解决，老企业通过办理银行代发结清了账目，可以如期注销；新企业不需要接收这笔资金，没有了后续管理账务的麻烦；最关键的是，这个方案保证了员工的利益，得到员工代表一致同意。对员工来说，钱虽暂时冻结，但变成了手中看得见摸得着的存折，比由企业保管踏实多了。

方霏还进一步完善方案：代发时，根据每个员工冻结年限的长短，将款项存为冻结期内最长期限的定期存款，让员工利息收益最大化。

这个方案终于使永盛公司同意与南都银行合作，方霏紧锣密鼓配合夏桐瑶，签署四方协议，进行代发准备。这段时间，她频频在永盛公司遇到余丽娅，方霏很是警惕，生怕与永盛公司的合作横生枝节。余丽娅越是笑得热情，方霏越紧张，怕她是笑里藏刀。

四方协议签署完毕，方霏才放下心来。

听夏桐瑶说，这笔钱在通宝银行存放多年，余丽娅的确很不愿吐出嘴里的肥肉，但所在的银行不争气，不能拿出可以与南都银行媲美的方案。她尝试采用最低级的价格竞争来争夺业务，她提出，在法定利息之外补贴一笔额外利息，希望永盛公司能把钱留在通宝银行，但这笔钱关系到全体员工切身利益，永盛公司不愿为了蝇头小利触犯众怒，没有接受余丽娅的建议。

方霏通过小小的创新，取得了一个了不起的胜利。永盛公司员工队伍庞大，这笔钱数额过亿，有多家银行垂涎，如果不是这个一举多得的方案，仅凭方霏与夏桐瑶的泛泛之交，是很难争取到手的。通宝银行与永盛公司同为市属企业，地方政府为两家企业牵线搭桥、协调利益，双方的合作属于政治任务范畴，也不是仅凭私人交情就能抗衡的。

再次在夏桐瑶处见到余丽娅时，方霏是打了胜仗之后的气定神闲。这次胜利除了利益，方霏内心还有另一层满足，她竟然有能力夺走通宝银行的业务了，虽然一笔业务的得失，高高在上的柳凌志行长不会有任何觉知，但也算是她方霏的一次牛刀小试，是她这个小人物，暗地里秀了一下肌肉。

败局已定，余丽娅很大方地表示赞赏："方小姐，你给永盛做的方案太棒了，简直没法超越，这个方案即使我能想出来，我们银行也通不过，我们法规部那些老古董，也不知道他们什么逻辑，他们觉得法律关系复杂，存在这风险那风险。我们的运营部门也不给力，他们说做不了定期存款代发，大批量冻结解冻也不行。真羡慕你们南都银行，一笔业务就看出了两家的差距。"

方霏装作无意地问："你们分管营销的柳行长，听说业务能力很强，又是干实事的领导，为什么你们做业务这么不顺畅呢？"

余丽娅说："整个银行的企业文化都很保守，光靠个别领导的努力，改变不了大势啊，柳行长只是副行长之一，上面还有领导呢。"

能侧面了解柳凌志一点情况，方霏心里高兴，展颜一笑说："你们垄断了永盛公司这么多业务，也该让我们做一点啦。"

余丽娅也笑着说："是是是，有饭大家吃，不能吃独食，尤其是永盛这样的大企业，我们一家银行也吃不下去。多一家银行支持永盛，永盛就多一点发展机会，永盛发展好了，蛋糕变大了，大家能分享的也更多了，哈哈哈。"

夏桐瑶瞅着她俩说："你们商量着打土豪分田地呢，这么开心。"

方霏调侃夏桐瑶："对，打土豪，看你长得这么油光水滑的，就知道你们永盛公司油水足，把你养这么滋润。看我和余小姐，我们俩都是干巴瘦，还不该给我们分分么？"

夏桐瑶嘴拙，说不过伶牙俐齿的方霏，只好回敬她一粉拳，三个姑娘笑闹成一片。

优质的方案使永盛公司管理层对南都银行印象颇佳，方霏趁热打铁，借永盛公司新旧更替之机，用一系列的优质方案，使公司业务一点点向南都银行转移。

能够推出一系列有竞争力的优质方案，有赖于南都银行灵活的体制和良好的内部配合，像余丽娅那样，在一家墨守成规的银行，即使能想到创新的方案，也难以获得支持。方霏体会到了苏文玉当初说的平台的重要性。

永盛公司激励金代发到员工账户后，变成了居民定期储蓄，南都银行的考核中，储蓄存款按3倍计算，方霏因此新增了3亿的考核业绩。加上原有业务，方霏一举迈入精英俱乐部，达标高级客户经理。

支行为她举行了庆功会，全体外出吃饭、K歌，大家玩得很开心。

方霏忘不了夏桐瑶的好处，要请她吃饭，夏桐瑶答应了，并说要带余丽娅一起来，因为余丽娅正托她约方霏，说要和方霏聊合作。

下班后，方霏先去永盛公司，与夏桐瑶会合，然后一起到永盛公司附近的"胖哥"川菜馆，余丽娅已等在那里。

"胖哥"川菜馆里，桌椅粗陋，环境嘈杂，但食客盈门，因为这里的菜式物美价廉，既迎合年轻人的口味，又让年轻人掏荷包时没有压力。

方霏预订了一间小包房，将外面大厅嘈杂的声音隔开一些，她们点了火锅和配菜，丰盛的菜肴摆满一桌子，火锅麻辣鲜香，让人胃口大开，三个人又煮又涮，吃到半酣，余丽娅情绪很高地说："方美女，你请我吃饭，我也给你回个礼。"

方霏认真地看了看余丽娅，余丽娅泡泡肿肿的脸上，一双眼睛晶亮有神，倒也看得出聪明。

"你太客气了吧，吃个饭而已，回什么礼。"

"我介绍客户给你，这个礼你喜欢吧？"

"客户是我们的衣食父母，介绍客户我当然求之不得啊，但是你不要客户吗？"方霏很诧异。

"我介绍客户给你，并不会损害我的利益，我们是共同服务客户，共同把蛋糕做大。"

"你详细给我说说呗，你经验丰富，我还算是新手呢。"方霏似懂非懂。

"是这样，每家银行对单个客户的贷款都有限额，有些客户的资金缺口比较大，超过我们行能给的额度上限，这时我把客户介绍给你，你也给他做一笔，我们共同扶持，让客户资金缺口得到补足，企业发展中面临的重大风险之一，就是资金链断裂风险，我们共同扶持保障其发展，我们的贷款也多一分安全保障。这种合作是多赢。"

方霏听得心花怒放，连忙举起饮料敬余丽娅："太好了，余姐姐，饮料代酒我敬你，你不光给我送客户，还给我好好上了一课，真是太谢谢了。"

"没什么，我也是跟人学的，我在银行时间长，见得多，好些银行的小夫妻用这法子，两口子各占一家银行，同一批客户两人共享，你在你行做，我在我行做，调查报告都只用写一份，老公用完老婆用，又省事又挣钱！"

"哟，你俩都能学人家小夫妻的做法啦，你们这不是小两口胜似小两口，我这儿多余啦。"夏桐瑶取笑她们。

"哈哈哈。"三人一通大笑。余丽娅安慰夏桐瑶："别吃醋别吃醋，你哪儿会多余，你是公主命，我和方霏都是在替你打工，我们疼着你呢，我们俩合作挣点钱，就当我们仨以后的活动经费，你就等着吃喝玩乐享福吧。"

夏桐瑶说："那好啊，祝贺你们强强联手。"

方霏谦虚："余姐姐才是强手，谢谢余姐姐肯带我。"

余丽娅说："你当然也是强手，我肯和你合作，也是看你做业务很用心，你给桐瑶做的方案，真的很出彩。你虽然从业时间不长，但看得出你肯学肯钻研，悟性好，我当然要找你这样靠谱的人合作。"

余丽娅话说得好听，人也显得聪明活络，方霏感到与她一下子亲近不少。和永盛公司的合作，算是抢了余丽娅的业务，她非但不计较，还主动寻求与自己合作，看来余丽娅比自己见识高得多啊，值得学习。自己还曾对余丽娅满怀戒心，幸亏没有小心眼到底，没有拒绝和余丽娅的友谊。

三个人举起饮料瓶碰在一起，方霏对夏桐瑶说："吃水不忘挖井人，感谢你给我业务，又让我认识余姐姐，敬你敬你！"

转正后这一年多，方霏业务上斩获颇丰，永盛公司这一大收获后，余丽娅又给方霏介绍了不少中型客户，方霏很懂得投桃报李，余丽娅给她介绍的客户，只要产生了收益，方霏都会让余丽娅利益均沾，两人合作非常愉快。

2003年末，方霏被评为分行年度先进员工，罗若兰也获颁"伯乐奖"。在分行的表彰大会上，方霏做了先进发言，她深情回忆在南都银行的成长历程，感恩南都银行良好的平台，感恩分支行对她的扶持与帮助。方霏发言完毕，分行行长带头，让全场员工为方霏的工作能力和演讲水平鼓掌。

年末考核调薪，方霏的薪酬水平得到大幅提升。

一时间，荣誉与利益纷至沓来，所有的努力都得到了奖赏。

如果方霏希望的只是这些，一切不免已经完美。但她的梦想与这些无关，这只是她追求梦想的路途中收获的副产品，真正的大奖还远未来临，她仍需努力。

2004年的春节，方霏来到滨城整整二年了。春节前，她领到了数目可观的年终奖，加上两年省吃俭用的积蓄，够一套公寓的首付了，她打算为自己置个家。

到分行看望苏文玉，把想法一说，苏文玉立刻就给魏小北打了电话。魏家的地产公司在银丰支行附近有楼盘在销售，魏小北和苏文玉亲自陪着方霏去看房，方霏精挑细选了一套八十多平方米的小公寓，有客厅和两间卧室、有小小的书房和厨房，功能齐全，户型、结构、朝向、楼层都很满意。少老板魏小北又给了很不错的折扣，方霏怀着激动的心情，签下了购房合同，付了两成的首付。

这可是人生的第一项固定资产啊，她有自己的房产了！

方霏兴奋地向父母报告喜讯，以后父母来看她，可有地方落脚了。

女儿靠自己的能力，在大城市置下房产，真是无比开心的事情。父母马上表示，装修由他们出资，算是对女儿的支持。

为什么会这么幸运？方霏觉得，她的幸运有柳凌志的功劳，因为柳凌志，她才有这么明确的方向；因为柳凌志，她才能这么满腔激情地努力。

第五章
繁华难掩寂寥

罗若兰当初痛快接纳方霏,只是出于结交苏文玉的考虑,苏文玉职务不高,但任职人事部门,屈尊和她搞好关系是很有必要的,而且苏文玉还有个能量巨大的舅舅,说不定哪天就会有事相求。营建关系网是罗若兰最为看重的事情。她认为,不懂营建关系网,什么事都难办,有了关系网,什么事都容易。她从不浪费时间在没有结交价值的人身上,但对有结交价值的人,她却不遗余力。

做一个支行行长容易吗?对上要和高层搞好关系,对下要镇得住支行员工,对外要能打开营销局面,对内还要确保业务不出风险。但所有这些为难之处,只要有强有力的关系网支持,都可以迎刃而解。关系网是与高层沟通的桥梁,关系网是威镇下属的底气,关系网还能帮助获取优质客户,既不担心风险,又能有高收益,让营销事半功倍。

托了好友福分进到银丰支行的小城市姑娘方霏,现在却让罗若兰刮目相看了。罗若兰接受她的时候想,不过是多养一个打杂的。但方霏的成长这么迅速,让罗若兰十分意外,没想到一时的善念,竟网罗到一个人才,可谓一石两鸟,这个人情卖得太值了。

罗若兰看重方霏,倒不是因为她那几个亿业绩,罗若兰自己掌握着一批客户,这批客户有几十亿业绩,方霏那几个亿,对支行有贡献,但无足轻重。

罗若兰身为一行之长,本可以把客户交给支行员工打理,但罗若兰不肯放手,她希望牢牢掌控支行的一切,尤其是亲自掌握大客户。在金融业界这个江湖,罗若兰深感客户资源具有压倒一切的重要性,客户分给他人,不仅牺牲经济利益,时间长了还担心危及老大地位。

罗若兰获取客户是采用举重若轻的工作方式，比如拿下某个关键人物，关键人物发句话，能带来几亿资金的大客户就轻松搞定。但大客户即使得来轻松，长期持续服务也不轻松。以她罗若兰的身份和地位，她只会做潇洒风光的场面工作，具体服务上，她需要有忠诚勤勉的助手。

罗若兰对谁当助手很慎重。助手不够能干，怕服务做不好，助手太能干，又担心客户会脱离自己的掌控。她在这方面吃过亏，曾经有个助手能力很强，把客户服务得很妥当，自己乐得超脱，结果助手趁着客户高层更替，抢先一步与新任高层建立了良好关系，在成功架空罗若兰之后，他要求罗若兰给他客户分成。罗若兰不同意，一是利益当前，让步意味着损失；二是怕先例一开，起到不好的示范效应。最后的结果是，助手与她翻脸，跳槽去了另一家银行，同时也带走了客户。

一朝被蛇咬，十年怕井绳，罗若兰再不敢轻易相信人，她这些年常换助手，不让助手有深度介入客户的机会。

现在她看中了方霏勤扒苦做、不计得失的工作态度，她需要这种品质来为她服务。

方霏工作能力提升很快，已具备服务大客户的经验，方霏资历尚浅，不会有架空自己的实力，而且刘东辉总夸方霏本分可靠，不会做见利忘义釜底抽薪之事。罗若兰认为凭这几条，可以放心把自己的客户交给方霏经办。

方霏成了大忙人，不仅服务刘东辉的客户，还替罗若兰服务客户，同时还要积累自有客户。忙虽忙，但忙得开心，忙得愉悦，营销工作常需与客户沟通，沟通常在咖啡厅或茶楼进行，谈个天，说个地，利润可观的合作就妥了，方霏觉得这种工作方式，再忙也很轻松。大客户的高管都是有阅历的人，谈完工作，他们也爱讲讲流年故事，他们的故事在方霏听来都是传奇，像听说书一样有趣。

方霏享受着她的工作，随着营销能力渐入佳境，一个喧闹繁华的世界也向她敞开怀抱，下班后的时间，现在被各种应酬填满了。

应酬并不是方霏所热衷的事情，但它是现在的工作所需，也是寄情遣怀所需，独自一人的时候，就会沉入望不到尽头的白日梦中，一年多来，在近距离的磁场作用下，在日甚一日的执念中，在自我的想象与摹画里，她为自己构建了一个完美无瑕的柳凌志，一个不可替代的偶像，对他的痴迷深入骨髓，深入到每一个空白时刻，一空下来就会想念，一恍惚就似乎看见。

苦涩的单恋滋味她品尝够了，现在，混迹在人群里，让时间流逝在觥筹交错中，在微醺的状态下，在欢歌笑语中，暂时忘掉那无穷无尽的钟情之苦。

起初总是刘东辉带她应酬，刘东辉待人真诚，客户都相处得如同哥们儿，大家工作上互利互惠，交往时融洽自然，对他的可爱小徒弟方霏，大家呵护备至，方霏乐在其中。

当罗若兰也开始带方霏应酬时，方霏心中隐隐生出期待，罗若兰往来的尽是达官显贵，出入都是金碧辉煌的高端消费场所，她这算不算是混进了上流圈子？会不会有遇见柳凌志的幸运?

可这个圈子却不是那么好混。

第一次陪罗若兰应酬,就让方霏深感不快,罗若兰那些朋友,和她一样鼻孔朝天,对方霏这个不熟悉的小人物,不仅刻意表现得冷淡敷衍,还要强人所难,逼她喝酒。那一晚上,方霏不仅听了一晚上的淫词浪调,甚至还被逼着开戒,猛灌了不少从未喝过的火辣白酒,大概是给初次见面的小人物的下马威,是被这个高贵的圈子接纳的见面礼。

一大桌子人中,只有坐在方霏右手的商人杨礼斌还算良善,在方霏被人灌酒时,他替她解围,暗施了一点保护。

晚宴结束时,方霏已是醉醺醺,带了方霏来赴宴的罗若兰,此时却扔下她,与席上最风光的大佬坐车扬长而去了,听说他们还有下半场。杨礼斌邀方霏上他的车,说送她回家,但方霏陪酒赔笑一晚上,深感自尊有伤,她生硬地拒绝,脚步踉跄地打车回家。

这样的酒宴让方霏不快,除了被当作花瓶的不满,恣意的铺张浪费也让她如芒在背。这一桌酒宴,粗粗一算,酒水加上山珍海味一应俱全的菜品,一桌开销好几万。这样的铺张方霏是第一次见识,对罗若兰和她的朋友们来说却是生活的日常,普通人一年都挣不来这一顿饭钱,他们却浪费得毫不在意,地上酒瓶倒一地,桌上菜剩一多半。

方霏谈不上吃过多少苦,但出生清贫之家,从小目睹父母精打细算,受的是一粥一饭来之不易的教育,铺张浪费在她看来就是犯罪,社会上仍有很多人生活朝不保夕,眼前这些人却花天酒地挥金如土,自己身处其间,免不了有同流合污之感。

第二天支行晨会,罗若兰布置工作,还要方霏把饭局认识的人列出清单,逐一打电话联系,挖业务资源,约上门拜访,谈合作事宜。方霏一肚子不情愿,饭局上的别扭还窝在心里,还要厚着脸皮去拉业务,这对方霏着实有点挑战。

外表风光无限的罗若兰,工作方式却如此低俗,方霏对罗若兰的这一套颇为不屑,但她又不得不硬着头皮领受。这么喜欢的一份工作,难道因为这一点不快,就和上级闹情绪搞罢工吗?

在山泉水清,出山泉水浊,方霏在无可奈何中说服自己,要想求得超常发展,就得有超常付出,不能过于清高。毕竟靠着扫楼、陌拜开发的客户,都是芝麻小户,余丽娅介绍的客户都靠贷款拉动,付出了成本的资金,运用效率都到极致,不可能把钱放在银行不动。银行需要存款,中小客户对业绩的贡献是杯水车薪,遇到永盛公司这样的大客户的好运,算是绝无仅有。她的业绩进入了瓶颈期,勤劳虽然一度让她小有斩获,但想业绩持续上升,还需要有获取优质客户的手段。

罗若兰既没有方霏的学历,也不如刘东辉精通业务,但她却能爬到他们之上,成为领导,她的成功之道就是热衷于和三教九流约饭局,并能在各种饭局中逢场作戏、游刃有余。以饭局交朋友的效率之高，不是别的方式可以比的。一圈人团坐席间，共享佳肴美酒，交情不需要慢慢培养，酒酣耳热之际，很快就熟得没有边界；以饭局交朋友，朋友数量也是几何级数的增长，一个饭局认识 N 个朋友，N 个朋友又组织 N 个饭局，N 个饭局又可以结交 N 的 N 次方个朋友……

别看不起饭局结交的酒肉朋友，方霏也不得不承认，罗若兰的饭局成效显著，饭局为罗若兰带来络绎不绝的酒肉朋友，促成她的事业成功。以杯盘狼藉收尾的饭局，促成互惠合作的开始。

方霏虽不愿学罗若兰的八面玲珑，却又对罗若兰轻松获取的一切有着难掩的羡慕，何去何从的迷惘侵蚀着她纯真的心。转念之间，她又想道：不收起清高孤傲的个性，不融入光怪陆离的世界，不对势焰凌人的场面应付自如，将来面对位高权重的柳凌志时，又怎么克服卑微，做到落落大方？和城中名流往来酬酢，就算是在为遇见他做准备吧，不过是应酬而已，罗若兰可以不在意，自己何必认真，喝顿酒吃顿饭就上升到自尊的层面，是自己太敏感了吧？

她有梦想，她必须为了梦想付出代价。没有足够的实力，只是安贫乐道在自己的圈子，怎能走近成功的柳凌志，怎能获得他的友谊，得到他的重视？要走近王子身边，她需要有南瓜马车，需要有水晶鞋。青春有限，除了付出超常的努力和勤奋，她也应该走点捷径，尽快成功不是吗？资本的原始积累阶段，都会有阴暗面，一个小人物，侧身泥沼间，即使有高尚品质也无人发现，等到成功了，再来从容追求高尚圣洁。总有一天，她会成为出淤泥而不染，濯清涟而不妖的佼佼者。

只要心中存着良知，又何必在乎手段呢？她提醒自己保持适度警醒，不能像罗若兰那般专事钻营，她既要保有一定的底线，又要懂得抓住机遇和适当变通。就像金庸笔下的袁承志，既苦练师承正宗，也不排斥旁门秘籍，才能年少逞英豪，成为武林盟主。

她谨慎地在罗若兰带她进入的圈子里周旋，罗若兰出入的地方，连侍奉他们的服务员都显得贵气不俗，能让人自惭形秽，为了不在这些场合露怯，方霏也购置了大牌包包、戴上了高档首饰，从头到脚武装自己。她小心地不让自己在酒桌上喝醉，但她开始享受微醺的感觉，在酒精带来的幻觉中，她可以麻痹自己，似乎她终于进入了柳凌志生活的世界，似乎柳凌志就在那些热热闹闹围着她的男人里，似乎她粉面含春的样子下一秒就会落入他眼底。

不管多努力，依然和柳凌志找不到交集，借着酒精来点幻觉，好赖安慰一下自己。时光就在这样的热闹浮华又寂寞入骨中，一天天地逝去。

之后的生活里，方霏不能免俗地加入了饭局大军，成为饭局新秀。一旦开启饭局之门，饭局就纷至沓来，一个饭局认识许多个新朋友，新朋友又安排出许多个新饭局，人们投之以饭局、报之以饭局，病毒复制似的没完没了约饭局。人们流连在富丽奢华的饭局,奋不顾身地举杯又举杯,希望结识人脉,找到机会,人们挣扎在名利的漩涡里,以饭局的多寡衡量自己的受欢迎程度,以饭局的档次、同桌的身份炫耀自己的成功,以饭局的热闹排遣苍白人生的躁动与空虚。

就在这样的觥筹交错中,方霏积攒起自己的人脉,第一次不愉快的饭局上认识的商人杨礼斌,是一个颇有实力的企业集团董事长,他成了方霏的第二个大客户。

为杨礼斌的公司申请贷款时,方霏对他的公司架构进行了全面了解。杨礼斌的公司有着清晰的主业,他是一个成功的房地产商人,但他同时还经营很多副业,装饰公司、钢材贸易公司与他的地产主业还有点关联,还好理解;红酒贸易公司、电脑销售公司,就不好理解了,还都是他近年收购的别人的公司,这些公司规模很小,收购时又并不赢利,杨礼斌的收购意图何在?

企业管理层的经营行为是否稳健,是贷款调查的重要内容,盲目扩张也是导致经营风险的主要原因之一。在方霏追问并承诺保密的情况下,杨礼斌终于向她坦承了原因。

杨礼斌让人看不懂的收购,是为了获得人脉资源。这两家与他的主业风马牛不相及的公司,是两位高干子弟一时兴起创办的,但公子哥儿哪会勤勤恳恳做生意?公司经营不善濒临倒闭,杨礼斌扶危解困仗义接盘,帮他们从亏损的泥潭中成功解套,公子们因此与杨礼斌成为称兄道弟的哥们。杨礼斌花点小钱,获得了很有价值的人脉资源,而且以他的经营头脑和依托集团资源,这两家公司在他手上能转危为安,维持下去。

听了杨礼斌的解释,方霏恍然大悟。高干子弟之所以无往而不利,并不是因为他们真的有多能干,而是他们有太多别人不具备的资源和化解风险的手段。

这些事让方霏知道,过去的自己实在是涉世太浅了,作为一个出身寻常百姓家的孩子,不知道生意还有这种门道,不知道利益输送也这般充满技术含量。

方霏为杨礼斌的公司争取到不错的贷款政策,杨礼斌也投桃报李,介绍企业家给方霏,帮她拓展业务。杨礼斌作为地产圈的大佬,有很多地产家朋友,朋友间有活动时,他就约方霏一起。方霏也很受这类聚会的欢迎,多和金融人士交朋友,绝对是企业家的美德,何况她还是一个年轻漂亮受过高等教育的姑娘,很容易得人好感。

在杨礼斌的介绍下,方霏结识了几个有实力的地产商。

正如魏小北曾经说过的,这是房地产行业的黄金时代,地产已成当下中国最赚钱的行业,好的地产商当然也是银行最欢迎的客户。在房地产价格直线上升的行情下,地产商几乎是稳赚不赔,资金回笼也很快速,银行做这样的客户,风险很小,收益却高。

地产商当然也很需要银行支持,地产项目投入大,动辄几十亿,不可能全部自筹,而银行的贷款利率受着严格管制,是所有融资渠道中最廉价的资金。于是地产与银行愉快合作,各自大赚其钱。

银行要求地产商自筹项目资金30%，贷款只能是项目总额的70%。这也难不倒聪明的地产商，他们用五花八门的手段，套取自筹的部分，比如注册多个贸易公司，在这些公司之间构造巨额贸易往来，然后以贸易需要流动资金为由，借到银行贷款，悄悄挪用到地产板块充当自有资金。一时间大江南北真真假假的钢材贸易公司、煤炭贸易公司、矿石贸易公司，雨后春笋遍地都是。

方霏终于有了地产商这样的优质客户，可谓是营销生涯中又一大收获。几个地产客户经她手贷款上十亿，再大方支持她的工作，以贷款资金作为全额保证金再贷一次，为一笔资金付两次利息，方霏也有了由贷款转化而来的存款，业绩规模又一次飞速增长。

在杨礼斌组织的聚会中，方霏还结识了非地产商富婆周桂琴。周桂琴对方霏很热络，总是"妹子妹子"叫得亲热，方霏的个人风格与这种珠围翠绕、外表招摇的富婆，本来是没有什么认同感的，但营销意识已经是方霏的职业习惯，要团结一切可团结的营销对象。周桂琴身家几亿，又主动屈意奉承，自己一个吃营销饭的工薪族有什么好自命不凡的？她交上了周桂琴这个朋友。

周桂琴多年前离了婚，她孤身一人辛苦创业很多年，现在公司业务走上了正轨，她有了强烈的补偿心理，她请了职业经理人管理公司日常，自己不再多操心，把日子过得悠闲。她每天睡到自然醒，上午到公司看视一番，下午呼朋引伴，不是饮茶就是逛街。

随着对周桂琴的日渐了解，方霏渐渐喜欢起这个外表粗俗的女汉子。这个女人，没有女色可依，没有男人可傍，腹中也没有多少墨水，却照样在这个男权世界里挖金掘银。

方霏不久知道，南都银行早有客户经理为周桂琴的公司服务。银行禁止内部竞争，她营销周桂琴的计划只能遗憾打住。不过没合作并不妨碍她俩一起娱乐，周桂琴说，她喜欢结交方霏这样有知识有品位的漂亮朋友。她这话让方霏很受用，方霏欣然感到，自己也有了金融精英的样子。

同为单身女性，时间都比较自由，方霏常受邀到周桂琴的豪宅，欣赏她奢华衣柜里的大牌新款时装，试用她新搜罗的珍奇化妆品，八卦身边友人的轶事趣闻，用女人的方式度过无所事事的慵懒空闲时光。相隔十来岁的她俩成了忘年交，成为纯粹的朋友，方霏都差不多淡忘了不能与她合作的遗憾。

但有一天方霏接到一个电话，一个男子自我介绍说，他叫钱伟民，是南都银行城东支行的客户经理，与方霏是不在一家支行的同事，他有点合作事宜希望能和方霏面谈。

方霏查了查全行的通讯录，城东支行的确有叫钱伟民的同事，银行营销人员天马行空跑业务，不同支行的同事不认识是常有的事。

既然是同事谈合作，方霏也就赴约了。

见面之后，方霏打量钱伟民，这个不认识的同事长着一张小白脸儿，称得上英俊，只是打扮得油头粉面，有点土不土洋不洋的俗气。

方霏不知他要谈什么事，摆出愿闻其详的倾听姿态。

"周桂琴周总公司的户头在我手上，我听她提到过你。"

"哦。"方霏心里嘀咕，我没去找你，你还先来找我了，不知道有何指教。

"我不久要从银行辞职了，我想把周桂琴的户头转给你。"

"那太感谢了。"胸无城府的方霏喜形于色，竟然还有这种好事。

"谢倒是不用，我是想和你谈笔生意。"钱伟民瞟她一眼，似乎同情方霏高兴得太早了。

"啊，什么生意？"方霏连忙收敛喜色。

"周桂琴这个户头，是很优质的户头，她的建材城每年销售十几亿，货款统收统支，账上日常有不少于2亿的资金沉淀。"

"嗯，真不错。"方霏知道周桂琴公司经营得不错，但了解得不是太具体。

"这2亿的资金，全都是低成本的活期资金，我把户头转给你，以后户头产生的收益就全归你了。你不费一点力，每年可以得到不少于30万的营销费用，还能涨工资涨奖金。"

"费用没那么多吧，分行要截留，支行要截留，到手多少可不好说。"方霏终于明白了他的来意，进入讨价还价模式。

"好吧，每家支行费用分配比例不一样，我不清楚你们支行怎么分，不过，客户经理个人所得再少也不会少于一半，而工资和奖金是不会有人截留的。"

"差不多，如果不需要信贷支持，费用可以留下一半。"方霏点头认同。

"那么，我把这个户头转给你，你一次性付我15万。以后所有收益都归你了。"

"可是我为什么要花这15万呢？你马上要离开南都银行了，你一离职，我可以让周总把户头交给我。"

"我虽然马上要离开银行，但我呀，是去周总的公司当执行总裁，户头给谁，资金给谁，我说了算。"钱伟民慢悠悠地边说边整理一下他的领带。

"周总说了不算吗？"方霏研究着他胸有成竹的表情。

"她说了当然算，她是老板，不过她和我的意见会高度一致，她很信任我，会把与银行的合作都交给我打理。你如果不要这个户头，我就留给和我同支行的某个客户经理，大家都会很乐意接。"

"那你为什么来找我呢？"

"因为周总和你关系好，因为她提到了你，如果我把户头交给你，既合她的心意，也不损害我的利益，当然是最理想的。听说你这人比较爽快，而且业务做得不错，有足够的支付能力。这就是我找你的原因。"

"你15万元到手,我得到这个户头,但以后怎么保证资金规模,怎么确保我的利益呢?"

"我来保证你的利益,以我执行总裁的身份和名义。我接手公司后,这个户头的资金不会比现在低,只会更多。周总不懂得利用杠杆,从不找银行贷款,我会加杠杆,让资金翻出好多倍,让公司有足够的资金加速发展。"钱伟民自信满满。

这么赤裸裸的交易,方霏还是第一次面对,客户不光可以辛苦做来,还可以轻松收购而来,这就是常说的苦干不如巧干吗?2亿元的纯存款,相当于4亿的考核存款,是值得买的,但她还想向周桂琴求证一下,15万元钱事小,被骗就太丢人了。

"那,我考虑考虑?"

"行,你考虑考虑,但不要让我等太久,我需要早点拿到钱。我离职前要结清员工贷款、信用卡欠款,我目前还不便找周总拿钱解困,但我很快就不会缺钱了,周总不会亏待她的执总。"

方霏点头,心里盘算着先稳住户头,刚好周桂琴在兴致勃勃地组织聚会,马上就有机会求证此事。

聚会在周桂琴装饰豪华的私家别墅,这地方有如行宫,周桂琴只是偶尔临幸办个活动。方霏一到,就看到了正忙着操持聚会的钱伟民,他穿着衬衣,配花格西装背心和花格西裤,正高标准严要求地指点着一众服务人员的工作,像个英式管家,却比这群中式土豪来宾更有风度。他待客人们都很矜持,不卑不亢,但对周桂琴却呵护备至,体贴得紧。

方霏冷眼旁观,钱伟民显嫩,周桂琴显老,两人外表很不和谐,不过装扮倒雷同,钱伟民身上劳力士手表、蒂芙尼经典款钻戒,都和周桂琴是成对儿的,他的阿玛尼衬衫平平展展、巴利皮鞋锃亮俏皮,他的头发做了造型,抹了不少发蜡,身上还散发着淡淡的古龙水味儿,比周桂琴更能驾驭这身奢侈品。

周桂琴大方介绍说,这是她的男友钱伟民,也是她公司的执行总裁。

还求证什么呢?人家不光是执行总裁,人家还足够谦虚,在方霏面前没有提身为富婆男友的另一重身份。

方霏服了,要想得到周桂琴公司的户头,15万元看来是必须掏了。这个钱伟民,他都是富婆男友了,还连15万元都要挣。

唉,连周桂琴都不再是单身一人了。因为她的非单身,方霏还得破财15万。

周桂琴好吃好喝招待朋友,大方公开新恋情,朋友们却避开主人,说着悄悄话嘲笑她。朋友们说,周桂琴的男友,是她用钱买来的,钱伟民有妻有子,但财大气粗的周桂琴轻松拿下了他,他俩已经谈婚论嫁,周桂琴出了大价码,不仅委任他为公司的执行总裁,给他不菲的年薪,为了让他抛弃糟糠之妻,周桂琴还豪言给一百万,作为那个可怜的妻子同意离婚的价码。

谁说金钱买不来爱情？看看，人家周桂琴就挥舞着钞票成功地横刀夺爱了。

在身边这些新朋友的言传身教下，在日复一日的灯红酒绿里，方霏一点点改变着自己的世界观，现如今，经营事业、经营爱情，都有这么多五花八门的诀窍。守着规矩、守着本分真的有必要吗？勤奋、踏实真的有价值吗？偷奸耍滑，投机取巧不是比踏实努力收获更大吗？她鄙视曾经的自己太死心眼儿，她来滨城的初心，想要提升社会地位，从而结识柳凌志的梦想，至今还遥不可期。她需要更加灵活，更加聪明。

对世相的了解，让方霏有了窥破玄机的世故与圆融，金钱与权力，并不能与高贵画等号，相反还是滋生贪婪和私欲的土壤，冠冕堂皇的表象里，也许藏着罪恶与肮脏。她再不把达官贵人当回事，再不把上流社会当回事，她轻轻松松游走江湖，大大方方待人接物，言谈间嬉笑讽刺，喜乐随性，被她挖苦践踏的人们却哈哈大笑，认为她谈吐诙谐，聪明机智，她终于放下青涩的倔强，融入了城中名流的圈子。酒桌上那些唯天可表，那些推心置腹，那些借酒装疯，她也习惯了，没什么大不了，一场游戏一场梦而已。她有了城中名流的风雅气质。

只是，经过了越多的不堪，越觉得柳凌志珍贵稀有。柳凌志是淌在她心中的清流，是亮在她眼前的明灯，让她踏入凡尘浊世，仍保持内心如洗的纯净。她像闯入盛大宫廷舞会的灰姑娘，在衣香鬓影的人群里，心不在焉地敷衍，满怀期待地张望，她深入这场热闹的游戏，只是要在人海中寻找她的王子。

方霏的小公寓装修好了，来滨城两年半，就筑好了自己的小窝。公寓是魏氏公司装修样板间的队伍给她装修的，只收了装修成本价，还一点没让她操心。这样的鼎力相助，说什么感激的话都嫌无力。

乔迁之日，魏小北开车帮忙运完东西，有事先走了，苏文玉留下来帮助整理。那张柳凌志居中的集体照，从租住的地方再次被当作宝贝一样搬了过来，这回不准备挂墙上了，方霏有了专门的书房，照片端端正正摆在了书房的书桌上。

苏文玉看见方霏仔细摆放照片，好笑地说："我总觉得不对劲，你别是喜欢照片上什么人吧？瞧你每次看照片的眼神，我怎么看出了一点小花痴？"

方霏不由一震，是苏文玉敏锐聪慧，还是她陷得太深，无从掩饰？她含羞带笑说："去你的！"

可是苏文玉却认真起来了："说真的，霏，你来滨城两年多了，工作也上路了，为什么还不交个男朋友呢？"

方霏嗔道："你当谁都像你那么好命呀，想要什么就有什么！"

"那你想要什么？小北有很多朋友，我让他给你物色。"

方霏怅然了，她想要什么样的男友？这个问题问得她无从启齿，她不好意思说出她对柳凌志的单恋，那镜花水月的故事说出来像个笑话，别人一定很难理解。但她只想要柳凌志这样的，她可不能对苏文玉撒谎。

苏文玉担心地瞅着她："霏，你有什么心事，连我也信不过吗？"

方霏抱歉地笑笑："当然不是信不过你，我们俩情同姐妹，我什么都可以告诉你。只是，我要说了，你肯定得骂我傻，而且，我的事，你不能告诉你们家小北，不了解我的人知道我的心事得看扁了我，你得替我保密。"

苏文玉停止整理，把方霏拉到沙发上坐下："我们女生的私房话，我告诉他做什么，你放心，来来来，让我听听你怎么傻了。"

也许是一个人在心里抑郁太久，方霏还真有了倾吐的欲望。天色暗下来，两个人也不开灯，窝在沙发里，方霏对密友吐露了她深埋心中的秘密。

"那年，我在通宝银行工作的时候，总行柳行长去临江视察，不知道为什么，我一见到他，就觉得莫名亲切，莫名向往，他身上闪耀着一种特别的光辉，是学养品德很好的人自然而然散发的一种气质，我不知道怎么回事，就见过他那么一次，我的心就沦陷了，从此我再也忘不了他，一心只想着他。"

苏文玉大为惊讶："啊呀呀，怪不得你把照片当宝贝，原来是因为照片上有柳行长，我的直觉还真准。可是，据我所知，他早有家室呢，他和咱们年龄差距也有点大哦。"

"他36了，刚好比咱们大10岁，我也知道他肯定有家室，他的样子可不像一个老光棍。但这有什么关系，我对他只是心中向往，又不可能真有机会和他在一起。"

"哎呀，你这是要演一出'一见杨过误终身'吗？一个只见过一面的人，肯定有家室的人，和咱们有代沟的人，你就这么盲目地、毫无希望地向往下去，为他浪费青春吗？"

"没办法，你不知道我对他着迷到什么地步。我这些年，就只是看看他的照片，我就觉得爱意满满，心中有了他，我就像是雌雄同体一样，已经完整了，再找个男友倒有点无处安放。未来如果老天眷念，我能有幸结识他，能和他成为朋友，我的人生就圆满了。我反正是接受不了别人，青春该浪费也只能浪费了。"

"可你了解他吗？他有什么好处值得你这样？"

"文玉，我虽然没和他有什么接触，但我的心灵了解了他。在我的心中，过去即使对男生产生好感，好感也从来持续不了三个月，没有男生真正让我动心，让我愿意从朋友走到恋人的层面。但这一次真的不一样，我碰到了理想中的他，他既博学，又仁爱，还事业成就，他是理想中能让我踏实依靠，能对我无限包容，能和我心心相印，能懂我如父如兄，能让我仰视也愿对我俯首的，像大山一样伟岸，像大海一样宽广的男人，让我不由得产生难以遏制的感情。"

"呀，你都快把他说成圣人了，他有这么神吗？他差不多就应该是我舅舅那一类的人吧。你也是太爱做梦，太不切实际了。"

"你不是很崇拜你舅舅吗？"

"我是崇拜我舅舅，不仅我舅舅，还有我父亲，他们是最好不过的长辈，既睿智又尊贵，是晚辈的榜样和楷模。但在晚辈眼中值得崇拜的长辈，在伴侣眼中却不一定完美，你有所不知，我敬爱我父亲和我舅舅，但我又挺同情我舅妈、我妈妈。"

"什么情况？"

"唉，为了你，我都不得不深刻剖析一下我家的长辈。我父亲、我舅舅他们这一类人，很值得晚辈敬爱，但从亲密关系的角度讲，他们并不是好老公，我父亲、我舅舅都有一官半职，他们对国家、对社会鞠躬尽瘁，那么他们在家里，就需要被侍奉、被服从。他们长期处于司机、秘书、下级的包围下，习惯了自我中心，表面看他们很谦逊，但是骨子里很清高，很苛求，做他们的伴侣，外面看夫贵妻荣，但私下里必须一切以丈夫为中心，忍耐、顺从、服务、牺牲。"

"以丈夫为中心有什么不好，这是女人的本分啊，找到一个让自己内心敬服的伴侣，拿他当中心也幸福啊。"

"所以你是只知其一不知其二，你没结婚，你不懂生活，你甚至都不懂你自己。我从小和你一起长大，你的性格我不清楚吗？你个性强，主意大，你怎能适应不平等的关系？你呀，听我劝一句，你拿他当圣人，对圣人顶礼膜拜就够了，用不着苦苦单恋一辈子，你的感情在我看来充满悖论。"

"是啊，我陷入悖论了，但无力挣扎。文玉，自从我遇见他，我开始相信，真正的爱情是一种宿命，既无法选择又无法逃避。爱情突如其来，电光火石一般，就那样一下子被击中，被打动，就觉得要深陷一辈子。"

"你都没弄清楚他的情况，就让自己陷得这么深，你还真是够傻的。"

"如果爱一个人，要先考察他的情况后，再决定是否爱他，那不是爱情，那是择偶。爱情有它自己的意志。什么合适，什么不合适，在爱情面前都很无力。在这个世界上，比我的爱情疯狂的太多了，女医生爱上男囚犯，一起越狱私奔；世仇之家的青年男女相爱，双双去殉情；在宗法社会里，有许多的爱情悲剧，不同信仰的人相爱，要放弃自己的信仰转投对方的宗教，不论多严苛的宗教，不论多悲惨的结局，都有络绎不绝的有情人敢于挑战，爱情是可以战胜信仰的绝无仅有的感情，或者说爱情本身就是一种信仰，当你深爱一个人，他就是你的神。有些人在爱情上是幸运的，他们能在对的时间遇上对的人，比如你和小北，有些人却是不幸的，爱上不该爱的人，谁都不愿意自己的爱情这么坎坷，这么绝望，但是爱上了就是爱上了，别无选择。我的爱情，它就是如此。"

方霏说起她的单恋，竟是如此雄辩滔滔，看来她已深深地自我催眠了。苏文玉仍勉力劝说："霏，你这个感情，我的理解呢，就是萝莉爱大叔，因为年龄差距，萝莉看大叔总会放大他的优质与伟岸。为什么不接受一个好青年，把他塑造成理想的男子，那不是更有成就感吗？你还记得我婚礼上，和你搭档的郭慕侠吧，小郭是小北打小儿的朋友，小北说，小郭性格开朗，家世优越，外形也帅，和你很般配，当时让你和他搭档，就有撮合你们的意思，只是没有点破，想让你们自然发展，因为你俩都很傲娇，不接受相亲这档子事。没想到你心里藏着这些心事，没把人家放在眼里。也怪我结婚后总是忙，小郭又在国外，没给你们多创造机会，听说他就要从国外回来了，我来安排大家一起聚聚好吗？"

"他是你和小北的朋友，我拿他当朋友是没问题的，至于其他的，我真没心思。我的爱情不是一时的冲动，几年了，我试过忘记，但我战胜不了自己，时间不断印证我的坚定，这么深沉而长久的思念告诉我，他是无可替代的，他是唯一的。我的爱情，正因为是单恋，更显得纯粹，更是出自我真实的内心，而不只是被爱的回声。我不可能再有这样的热情，去爱别的什么人，就是他了，哪怕不能有结果，哪怕孤独一生，我也要对爱忠诚。其实，活在梦想里，也是一件挺美好的事，你不用为我担心。"

方霏如此坚持，苏文玉沉默了。

从漆黑的室内望向窗外，城市灿烂灯火犹如漫天星河，方霏首次发表了她的爱情即兴演说，心里很不平静，窗外的灯火，都幻化成柳凌志亮闪闪的眼睛，在含笑宽慰她。在她的世界里，他早已无所不在。他化成世间万物的模样，融入她的生活，看一场电影，会在男主角身上看到他的影子；读一本书，他就是书中迷人的男主人公；走在路上，看到背影颀长挺拔的异性，忍不住要追上去看是不是他，睁眼闭眼，都有他的样子在眼前晃动。

在心中向往了这么久，她怎么放得下呢？时间催生着单恋的种子发芽，深深地植根于灵魂。她不可能忘了他，不过就是一直单恋吧，她认了。

第六章
合力又下一城

罗若兰去市里开会，回来后紧急召集支行会议，传达本市重要招商引资信息。

"主管招商的副市长宣布，最近将有一个东南亚跨国集团——特隆达公司来本市投资，这是本市年度招商工作的重大成果，市长要求各单位紧密配合，创造良好的投资环境，我们作为金融机构，要争取为该企业提供投融资、跨境资金结算便利。"

罗若兰停顿一下，继续传达："特隆达公司将在本市设立子公司，子公司注册资金10亿人民币，投资总额50亿人民币，分三期滚动投资，另外，政府投入10亿财政配套，这10亿也由特隆达公司先行垫资，之后以税款进行抵扣。大家算算，这么大的投资，将会产生多巨大的现金流！外资企业的金融需求比内资企业丰富得多，他们将来还会有结售汇、外币贷款等业务需求，利差收益、手续费收益都会相当可观。这么一个不可多得的优质客户，我们必须抢到手！第一步，我们要争取拿下子公司的验资账户，拿到10亿注册资金；第二步，我们要成为客户的主结算行，确保长期合作。

"这个客户我亲自出马，刘东辉、方霏协助，我们三人组成核心小组，我负责找政府高层引见，与企业建立联系，刘东辉负责与分行协调沟通，争取分行支持，方霏负责项目信息搜集和文案撰写。我们要以此项目为契机，一举将支行规模做成分行第一。"

这个消息让大家精神振奋，有新的大项目可供开发，等于吹响了冲锋号。会后，大家分头行动起来，方霏听到罗若兰在办公室打电话，嗲嗲的声线直透耳膜。奇怪，今天她对这声音倒不觉得反感，罗若兰刚刚条理清晰地传达布置，很有带兵打仗的大将风范，让她很是佩服。坐到电脑前，方霏开始搜寻特隆达公司的背景资料，刘东辉也在打电话汇报立项，请分行给予费用预算等相关支持。

特隆达公司即将派代表团来滨城，签订投资协议。客人抵达当天，在市委迎宾楼将有一场高规格晚宴，副市长顾永胜将带领各委、办、局负责人，亲自出面接待。在罗若兰的努力下，银丰支行成为唯一受邀出席的金融机构。

代表团抵达的当晚，罗若兰带着刘东辉和方霏，到市委迎宾楼赴宴。

等了一会儿，副市长陪着客人到了，大家秩序井然地进入宴会厅。宴会厅里，按照西餐的格局，摆着长长的西式餐桌，桌上一层垂地红丝绒桌布，又一层浆得硬挺的白色纯棉桌布，每个餐位上，都摆放着中西两套餐具，桌子正中，还插着主客两国国旗。座位上安放着台卡，各自对号入座。

顾市长致了简单的欢迎辞，向双方介绍了出席晚宴各位的身份，晚宴就开始了。

晚宴采用西餐的分餐制，菜品中西合璧，每两位就餐者身后，站着一名身着旗袍的女服务员，她们模样俏丽，训练有素，葱嫩玉手将一碟碟精致菜肴摆放到客人面前。餐桌上，副市长和客人礼貌地交谈着，其他人边吃边倾听，偶有人低声与邻座交流几句。

副市长亲自陪着的主宾，是一名青年男子，特隆达集团的少东家，未来该集团在滨城的总负责人，台卡上印着他的名字 JASON·LIN。

Jason 长得和大家一样，黑头发黑眼睛，中等身材，眼窝深陷，是南方面孔的华裔青年，但他的气质却和大家很不一样，一眼就能看出不同的文化背景，他穿着西服，系着领带，着装一丝不苟，身边的人只要对他说话，他必然放下刀叉，停止咀嚼，认真聆听，似乎咀嚼与倾听绝不可以同时进行。领导们吃得快，服务员撤菜也跟着快，方霏看到 JASON 的菜，很多都来不及吃就被撤下去了。不禁替他担心，这样子能吃饱吗？

这南蛮之地养育的人，比咱们礼仪之邦的正统嫡传还拘礼啊。Jason 的教养虽然很值得尊敬，但太不贴近我国国情，我国人民的快意人生，就是边大吃大嚼边高谈阔论，海聊是佐餐的最佳助兴单品。试问哪个餐厅不是唾沫与汤汁齐飞、碗勺共人声鼎沸？和不拘小节的国人比起来，Jason 的教养让人觉得太累，会让交谈对方产生心理障碍，听人讲话这么专注，饭都不好好吃，谁还好意思和他一直聊？果然，餐桌上越来越安静，副市长也不多讲了。

晚宴结束，全体又移步贵宾室喝茶，这回氛围轻松些了，趁落座未稳的间隙，罗若兰带着刘东辉和方霏，去给客人派发名片做自我介绍，递交金融服务推介书。看到他们来到面前，Jason 礼貌地站起来，双手接过他们的名片，每一张名片都认真地看一眼。一旁的助理替 Jason 派发他的名片，并收下方霏精心准备的服务推介书。

简单交谈了一下，罗若兰和刘东辉、方霏退回座位，又听市领导和客人漫谈了一会儿产业前景、投资环境之类，客人提出告辞，市领导带领大家送客，当晚就散了。

第二天，罗若兰给Jason的助理打电话约上门拜访，助理握着话筒请示Jason，罗若兰听到Jason在问，是不是晚宴上的方小姐？助理和罗若兰确认一下，转告说，方小姐会一起来，Jason同意了安排时间。

罗若兰放下电话一直琢磨，Jason特意一问，似乎对方霏的印象挺深，像是因为方霏才同意一见。她本来就是要带方霏的，但现在却像是沾了方霏的光，她不禁有点抵触。不过罗若兰很快就调整了自己的情绪。

罗若兰带着刘东辉和方霏，如约前去Jason一行人下榻的酒店拜访，会见前一天，罗若兰特意叮嘱方霏打扮漂亮一点，于是方霏略略收拾了一番，她将长发上挑出两绺，编两根束发小辫，夹上名贵的水钻发卡，她穿了她最喜欢的白色长裙，裙子纯棉的质地，点缀着蕾丝与刺绣，裙长过膝，露出两寸藕节一样白嫩笔直的小腿，裙子外面，罩一件浅蓝小西服外套。方霏觉得这样打扮既正式又雅致，能衬托她端庄清秀的气质，但罗若兰却嫌太素。没办法，她俩在着装偏好上完全是两个系列，罗若兰喜欢暖色的艳丽逼人，方霏爱冷色的素雅洁净，两个人欣赏不到一起。

见面时，罗若兰注意地观察Jason的表情，Jason看到方霏时，眼中有一道亮光闪过。她确定她意识到了什么，心中不由泛起隐隐的妒意和年华流逝的伤感。她倒不是对Jason有什么想法，只是意识到自己已是明日黄花。从前，她才是别人注目的焦点，但机会永远属于年轻人。

在酒店的会议室，双方进行了交流，Jason的下属简单介绍了他们在滨城的蓝图，然后是银行方面介绍金融服务。罗若兰讲了开场白，就由方霏做投影演示，针对特隆达公司的跨国背景，方霏有针对性地总结了自家银行的优势，自家银行与特隆达公司有相同的国际背景，办理国际业务得心应手，业务品种齐全，业务办理高效，对特隆达公司提供专属团队一站式服务等。方霏介绍时，Jason正襟危坐，脸上看不出表情变化，但听得很认真。

会议结束时，罗若兰邀请Jason带队到银丰支行考察，Jason同意安排助理与他们另约时间，这两天他要与市里谈妥投资细节。

两天后，Jason的助理如约打来电话，和外国人打交道的好处就是，说好的事情很有确定性，不像和国人打交道，是客套还是认真总让人傻傻分不清，很多事要靠揣摩，才能弄清真正的意思。

Jason的助理在电话里说，根据他们的工作进程，目前考察银行略早了些，他们想晚些时候，但他有个私人的事情想拜托罗若兰。他说他们的少东家先是在欧美专注求学，后来又接手家族事业，一直忙碌无暇他顾，现已33岁了，仍然单身，家族希望少东家在华人女子中挑选少奶奶，国外选择空间小，少东家想趁在中国办公司的机会，顺便寻找意中人。这次见到贵行的方霏小姐，很合眼缘，希望了解方小姐的个人情况，是否单身，是否愿意和少东家尝试接触，是否介意将来有可能移民到Jason的国家，如果没有这些顾虑，罗行长可否牵个线，Jason想和方霏有单独交流的机会，增进彼此的了解。助理最后强调，这只是额外帮忙，Jason绝不会以此作交换，两件事不会相互影响，因此方小姐无需有任何顾虑，只需如实回答即可。

这老外还真干脆直接，尽管心中酸水直冒，但罗若兰早就学会冷静权衡利弊。从利益的角度考虑，这是送上门的机会，说什么两件事不会相互影响，她才不会相信呢，人都是感情动物，行为或多或少会受感情左右。像Jason那样一个羞涩处男，被女孩子拒绝了肯定备感挫折，哪里还会有合作机会。一见倾心的姑娘不好找，蹦着高要和Jason谈合作的银行可不少。如果方霏拒绝这样的美事，不仅是傻瓜一个，而且直接就会影响双方的合作。

罗若兰热情介绍了方霏的情况，告知对方她依旧单身，且受过良好教育，她向Jason的助理表示，方霏肯定不会拒绝Jason这样一个青年才俊，她会向方霏转达Jason的意思，并努力玉成此事。

放下电话，罗若兰就叫来方霏。

方霏来了，罗若兰皮笑肉不笑地看了她好一会儿，看得方霏心里直发毛，她小心地问："罗行长，您找我什么事？"

罗若兰问："我记得你是没有男朋友的对吧？"

"是没有。"方霏点头。

罗若兰酸溜溜地说："和你共事这么久，真没看出来，你还是个穿着水晶鞋的灰姑娘呢。你有喜事临门了，豪门阔少看上你了。"

方霏丈二和尚摸不着头脑："您说谁呀？罗行长。"

"那个东南亚华裔Jason，他对你一见钟情，问你愿不愿意和他交往。"

方霏被这突如其来的消息弄得有点发蒙，她结结巴巴地说："这，这，这是真的吗？"

罗若兰不耐烦地说："当然是真的，我哪有工夫和你开玩笑。"

方霏仔细看看罗若兰的表情，的确不像在戏弄她，她说："这太可笑了吧？这都哪跟哪呀？我一点心理准备都没有，和一个外国人交往，我可不行。"

罗若兰白眼一翻，冷冷地说："这么好的事，你居然说不行！我本来还在想，漂亮女孩真是前途不可限量，但没想到你这么傻。不管你怎么考虑，这事目前你只能答应。别说你没有男朋友，就是有男朋友，你都得赶紧分手。为了验资户顺利到我行，目前我们不能跟他们产生任何别扭，Jason看上你，这是一件好事，也是一件坏事，如果你情他愿，它就是好事，Jason会很乐意与我们合作。如果你拒绝，就成了坏事，他们会因为你的拒绝感到难为情，不肯再和我们接触，我们的努力就全泡汤了你明白吗？那比Jason没看上你更糟！他没看上你，我们还有公平竞争的机会，现在，连公平竞争的机会都会因为你的拒绝而失去，要知道，我找到顾市长帮我们，多不容易，你的拒绝会让我前功尽弃。你先答应和他交往，将来的发展再看缘分。"

方霏难以置信地看着罗若兰："你是要我欺骗他吗？先违心地答应交往，然后等利益到手后，再以缘分不够做借口吗？那时候，他们还是可以撤销合作啊，不也是白忙活一场吗？"

罗若兰瞪方霏一眼说："这怎么能算是欺骗呢？谁找对象不是先交往试试？他条件那么好，长得也不算难看，又不是配不上你，为什么不给自己一个机会呢？万一真成了，你不也找到幸福了吗？如果你实在没这个福分，那也不过是拖他一段时间，我们拿到该拿到的，再表示遗憾分手，那时候合作已经启动，不是说撤户就撤户那么简单的，而且交往一段时间分手了，多少能积累一点交情，你们还可以做朋友，但现阶段拒绝他，肯定就不是朋友而是陌路了。"

方霏一脸抵触："他条件再好，可我对他没感觉。要是压根不打算和他有发展，只是为了利益假装答应交往，这就是欺骗，我做不到。"

罗若兰恨铁不成钢，看着方霏，眼里几乎冒出火来："你怎么就这么不识抬举呢？我看你就是狗肉上不了正席，稀泥扶不上墙！交往一下怎么了，谁还能没个异性朋友？又不是让你结婚再离婚！"

方霏嗫嚅着："罗行长，他有明确的交往目的，我也应该有明确的态度，不能误导人家。我从没想过找一个外国人，哪怕他是华裔。我对东南亚国籍的尤其不能接受，听说他们可以有几个太太，也不知道是不是真的。再说我爸妈就我一个孩子，我怎么可能远走他乡。"

罗若兰叹了口气："还真有你这样的，别人做梦都想不到的好事，你却左一个不行右一个不行，真是没见过世面，不懂得什么叫机会，土包子一个。"

她心有不甘地咬咬牙："这样吧，我和你谈个条件，如果你能按我的要求办，事成之后，我向分行推荐，提拔你当业务部总经理。"

方霏惊诧地问："那刘东辉呢？"

"他当然也会有更好的发展。如果这个客户成功拿下，我们三个人都有可能上一个台阶，支行一直缺公司业务副行长，不是分行不给配干部，是我顶着压力不要分行派人，我要把机会留给自己人。现在机会来了，如果这个户营销成功，我们算立了一大功，分行肯定会论功行赏。我趁机推荐刘东辉升任公司业务副行长，你升任公司业务部总经理，分行会同意的，我敢打包票。"

方霏犹豫了。当上公司业务部总经理，就有了行政级别，不再是无职无权的普通员工，这将是走上管理岗位，走上晋升之阶的开始，也是缩小与柳凌志地位差距的开始。而且，她一直对刘东辉心怀感激，这也是一个报答机会。

可是，Jason喜欢自己，是一种善意的表达，欺骗一个善意的男人去获取利益，这合适吗？方霏左右为难。

罗若兰看着她繁难的表情，说："机会来了要抓住，不要犹豫。这样吧，你考虑一下，明天答复我。"

下班后，方霏满腹心思地回了公寓，书桌上，柳凌志那双温存的眼睛直看到人心里，方霏的心更乱了。虽然柳凌志是如此虚无缥缈，但方霏觉得，仅仅是想象一下与另一个男人的可能性，都是对他不忠诚。

方霏在心里把Jason审视了一遍又一遍，他教养真好，真值得尊敬，但他真的不像是她可以爱上的人，他缺少柳凌志风雅迷人的气质，缺少让人依恋的亲切，他像一个高智能机器人，有丰富的知识存储，礼节严谨无差，但刻板机械，并不像真正懂得感情。

但是，罗若兰开出的条件的确很诱人。一直希望社会地位提升，现在晋升的机会就在眼前，如果不抓住机会，何年何月她才有资格和柳凌志江湖论剑，快意恩仇呢。

第二天上午，方霏去分行办事，公事办完了，顺便去瞧苏文玉，苏文玉在洽谈室接待客人，方霏在门外坐等。过了好一会儿，门开了，一个双眼红肿的中年女人走了出来，苏文玉面色凝重地送客，送走客人回来，和方霏一起下楼到咖啡吧喝咖啡。

方霏好奇地问苏文玉："你接待的是什么人呀，不像咱们的职工呀。"

"是职工家属。"苏文玉扮了个鬼脸："今天让我这高级白领扮了一回居委会大妈，本来她是来找我们头儿的，结果头儿不在，交代我认真接待，谨慎处理，还要注意保密。"

方霏更好奇了："啥不得了的事呀，还保密！对我也保密吗？"

"按工作原则呢，的确要对你保密，但每个女人都有一颗八卦的心哪，也不是什么大不了的事，只要你保证谁也不说，我可以告诉你，只告诉你一个人。"

方霏连忙举起手："我发誓。"

苏文玉"扑哧"一笑："看你那样儿，真是不折不扣的八卦婆，好奇心这么强。刚刚这位，是我们城东支行一名客户经理的太太，我们那位客户经理业务做得不怎么样，感情生活倒是丰富多彩，听说，这位先生把一位富婆客户发展成了情人，借口加班啦、出差啦，经常十天半月不回家，最近干脆提出离婚，还承诺只要女方同意，他不仅净身出户，还补偿一百万给女方。"

方霏愣了愣，脑海里闪过似曾相识的故事："这个男的叫钱伟民对吧？"

"是呀，你知道这事？"

"我和富婆很熟，他俩组织朋友聚会，我参加了，听说了他们的事。"

"嚯，银行的工作没辞，婚也没离，就敢公开招摇了，真嚣张。"

"他太太来找组织，看来是不同意离婚喽。"

"是啊，她不同意，但男人就再不回家了，所以她来找组织，但找组织有什么用，这是员工的私生活，我们不可能用行政命令强令他不离婚，何况钱伟民早都不在乎银行工作了，哪里约束得了他。"

"这样的员工为啥不辞退他呢，还等他来炒银行？"

苏文玉叹口气:"也不是这么简单啊,银行对业绩的考核太看重,辞退客户经理,必然会流失一些客户,因此投鼠忌器。再说辞退他的理由是什么呢?他在外兼职我们又无从知晓,他老婆不来闹我们根本不知情,如果只是因为他不好好上班,这算不上事,好些管理重大资金的官员,他们的亲属压根不上班,就可以在银行拿高薪占高职。市场化的弊病就是唯业绩论英雄,为了业绩不惜牺牲原则。"

"钱太太怎么会指望银行帮她留住老公,这想法也太落后啦。"

"是啊,我们什么都做不了,她那么绝望,我都不知道该怎么劝她。"

"你应该劝她想开点,婚姻的基础是爱情,爱没了,纠缠有什么用?虽然她确实值得同情,但强扭的瓜不甜,还不如痛快放手,早日解脱。现在都什么年头了,还来找组织告状。"

"你说得轻巧,即使是一段破碎的婚姻,也曾经有美好的过去。这位即将被人取代的钱太太,可能是我对她表现出来的理解与同情,让她对我很信任,跟我讲了许多他们夫妻的事情。她说,从前他们结婚的时候,一穷二白,一间单身宿舍就是他们的婚房,做饭只能把锅灶支在走廊上,就这样两个人也恩恩爱爱十分幸福。两个人一起粉刷新房,一起置办家具,共同筑起一个家。如今日子好过了,男人却变心了。她说她不愿放手,是因为他们有感情基础,过去的美好让她难以忘怀。再说还有孩子呢,还想要给孩子一个完整的家。"

方霏沉默了,在这个问题上,她和好朋友有分歧,是由她们彼此的生活状态决定的。苏文玉已婚,当然同情婚姻中的受害者。自己未婚且暗恋已婚男人,所以赞成爱情至上。

"钱太太说,那个富婆是用金钱腐蚀她老公,真不道德。你和那个富婆交往,当心不要受她影响啊。"

方霏脸一红:"你担心什么呢,担心我学她抢别人老公?怎么可能呢?我既没有富婆的实力,我也看不上随便就能被腐蚀的人。这个钱太太,不在自家身上找原因,总是赖别人,她严重缺乏判断力,遇人不淑不是没原因的。"

她们默默啜饮起咖啡,苏文玉想:让一个前途光明、青春正盛的姑娘,去理解一个韶华已逝的中年妇女,的确不那么容易。但愿她自己的情感不要一直歧路彷徨。她一直都是那么执着于目标勇往直前,这样的犟劲儿用在工作上可能会成功,用在生活上,却会让自己陷入执迷不悟的境地,还是要努力劝她才好。

方霏想:也难怪,她话里话外赞成钱太太离婚,她又暗恋已婚男人,难怪苏文玉担心。

她当然不会去抢别人的老公,婚姻的变故让一个女人、一个家庭承受这么大的伤害,她可承担不了抢别人老公的后果。那个憔悴的中年妇女绝望的眼神、哀戚的面容,让方霏看着都觉得可怜。可是,苏文玉觉得千好万好的郭慕侠,她不接受。罗若兰逼她接受国际高端青年 Jason,她也不肯,这个不接受,那个也不接受,难不成真的要守着伟大的暗恋孤苦一生？

也许真应该给自己一个机会，和Jason试着交往一下？即使不为罗若兰许下的重诺，也当是证明给苏文玉看看，自己虽心怀暗恋，但没想过抢人老公。

方霏要回支行了。两人告别后，方霏下楼，苏文玉上楼。

回到办公室，苏文玉给魏小北打电话："慕侠过俩月就回国了是吗？他要是回国了，早点约他和方霏一起聚聚，我想给他们多创造些机会。"

"遵命！老婆大人。"

方霏去找罗若兰，她说愿意和Jason试着交往一下。罗若兰赞许地点头，这才是聪明之举。

得到回复的Jason很快就安排了他和方霏的第一次约会，在滨城最级的西餐厅。

Jason周到地派了车来接方霏，方霏在侍者的导引下走进餐厅时，Jason已在餐厅等她，他站起来很绅士地为她拉开椅子，扶着椅背等她坐下。餐厅里顾客寥落，相互坐得远远的。落地玻璃窗外，薄暮初起，彩霞纷飞，乐手吹奏着萨克斯，音乐在耳边舒缓流淌，大得夸张的高脚杯里，浅浅的红酒泛着玫瑰色的光。菜上来了，肉质细嫩的法国蜗牛裹着芝士，令人唇齿留香，丰盛的时令海鲜，每一道都由侍者低声介绍它高贵的原产地。方霏心里嘀咕，社会把人分成三六九等，这高档餐厅的食材，也要系出名门，真是过分。

有Jason坐在对面，方霏一举一动都很小心，以前吃西餐去的都是经过中式改良，不那么正宗的西餐厅，今天吃这么正式的西餐，她怕出错，让单身贵族Jason笑话，她的注意力全留心餐桌礼仪了。她回忆西餐礼仪课程的教导，端红酒杯时，只用两根手指捏着高高的红酒杯细细的杯颈，还装模作样轻轻摇晃一下，水晶玻璃杯分量不轻，方霏有点战战兢兢，这西餐的餐具真够折磨人。

Jason准备了初次约会的礼物，他捧出一只丝绒小盒子，从桌面上推过来，方霏打开看了看，是一款金项链，吊坠是一枚复古的徽章，玫瑰金镶嵌泛着珠光的贝母。初次见面就收礼物，方霏颇觉不妥，想要拒绝。Jason看出了她的意思，解释说，项链虽是名家设计，但材质并不很昂贵，吊坠的图案是他们家族的族徽，只是一个有意义的纪念品。他的解释让方霏感受到诚恳，方霏勉为其难收下了。

这样的追求者，不就是灰姑娘求之不得的王子吗？方霏试图说服自己，Jason有精英教育背景，有高贵素养，错过就不可能再遇到他这样的了。他们试图聊些什么，但Jason并不健谈，他更爱做个倾听者，和在市委迎宾楼的晚宴一样，只要方霏开口说话，他就放下餐具，认真倾听，方霏也不善于寻找话题，这个场合不适合聊工作，初次约会也不好过多问及私人话题，怕触及对方的文化禁忌，越是急于找话题，越是没什么可说的。

没有话题可聊，只能挥舞着刀叉专注吃饭，Jason 吃得很少，方霏当然也不好意思吃太多，没一会儿，两个人都声称吃饱了。

喝完咖啡，结束了这顿饭的最后一道程序，方霏说要回家，Jason 起身送她，两个人安静地坐在车上，终于到了，方霏逃也似的说了再见，上楼回到公寓。

她直奔书房，捧起合影照片，像是生怕照片上的人会生气一样，小心地拂拭镜面灰尘，照片上的柳凌志，是那么亲切迷人，同样没有太多交流，为什么就觉得他温暖亲近呢？方霏不免神神道道地想，难道前世和他有什么未了的纠缠，所以今生一眼就能认定，就像贾宝玉本是神瑛侍者，林黛玉本是绛珠仙草，黛玉要以一生的泪水，还宝玉浇灌之恩？

在前世，他曾经对她有多好？让她用这么美好的青春来还。

罗若兰每天探问方霏与 Jason 交往的进展，有没有借机给双方的合作做些铺垫？方霏的私事，成了可以堂而皇之过问的公事，方霏对此不胜其烦。第一次约会后，Jason 好几天没联系，而方霏一想起那天吃饭的拘谨，也并不期待再次面对。

罗若兰天天问个不休，越问脸色越阴沉，还责怪方霏不懂得抓住机会，第一次约会时，就应该订下第二次，又催着方霏主动联络 Jason，不能与他断了线。她没完没了地唠叨，一脸更年期提前的急躁。

局面令人尴尬，Jason 没有再来电，他约会方霏，也许只是觉得她符合他的择偶条件，并不一定是有多喜欢她，所以也并没有多高的热度，也许他还要多挑挑，她应该是他在这里约会的第一个姑娘，他不会这么快就决定终身大事。方霏这么一想，觉得自己像个等待被挑选的商品，对和 Jason 的发展更没兴趣了。

约会之后的第四天，在罗若兰不停地逼问下，方霏心一横，她给 Jason 打了个电话，说要到他的办公室聊聊工作，罗若兰关心的无非是 Jason 的账户，让她得到一个明确的结果，她就不会紧盯她了。

Jason 说没问题，虽然他很忙，但依然欢迎她来，可以抽空和她聊半小时。

方霏马上去了他的办公室。

坐在办公桌对面看着 Jason，方霏笑着说："不知道为什么，觉得以业务合作方的身份，在办公室里和你谈话更自然。"

Jason 难得地浅笑一下："当然，方小姐，你工作起来非常专业。"

方霏眼睛盯着 Jason 背后墙纸的花纹，一鼓作气地说："Jason，你对我的好意，我非常荣幸，但我担心我们之间有着难以弥合的差异，我知道，对一个显赫的家族来说，继承人寻找婚姻对象是非常慎重的事情。除了双方的好感，还要符合家族利益对吗？我觉得我无法承担这样的压力，太多的未知数对我无异于赌博，我也不想浪费你宝贵的时间，你明白我的意思吗？"

Jason 眨眨眼，做出一个无奈的表情，说："当然，我明白。"

"OK，那么，我想问，如果我们不合适发展私人关系，是否会影响我们两家公司的合作？"

"当然不会，方小姐，你怎么会有这种担心？我有很强的专业精神，不会把私人感情带入公事里。"

"那么我们还是结束其他的可能性，恢复到合作伙伴的关系好吗？我向你保证，我和我所在的银行会竭尽所能，为你的企业提供最好的服务。"

"这一点我相信。你们做的服务方案很用心，我们公司已有与贵行合作的考虑，方小姐，请放心，我会尊重你的决定，一个真正的绅士，不会让女士忧心。"

方霏释然了，脸上的笑容绽放得像桃花一样灿烂。

她掏出Jason送给她的项链："那么，礼物完璧归赵。"

Jason笑笑："方小姐，如果你不介意，请你留着它好吗？这只是个小小的纪念品。"

他很真诚，方霏想了想，把项链收回了，坚持倒显得小气。

Jason站起来，客气地送她："方小姐，今后我们的金融事务就多多仰仗贵行了。"

"谢谢你的信任，我们一定尽最大努力服务好贵公司。"

他们友好地互道再见，方霏走到酒店外面，天空蔚蓝，轻风拂面，来的时候心里七上八下，完全无心去感受。她仰天长舒一口气，原来，所有的一切都是自己想得太复杂，幸亏及时打住，没有作茧自缚。

与特隆达公司的合作顺利地开展起来了，方霏帮助公司跑外管局，跑工商局，跑各种手续，穿梭般地忙了好一阵，特隆达公司的验资账户终于开到了南都银行。

第七章
盛世七彩华章

特隆达公司的验资账户开到南都银行不久，通宝银行召开经营分析会。

财务部汇报经营数据，分管副行长厉为群点评，他说，三季度经营情况很不理想，业务增长不力，给四季度的经营带来很大压力，经营部门要赶紧想办法，扭转经营颓势。四季度不仅要完成当季任务，还要补上三季度缺口，否则，本年指标完不成，年终报表不好看，股东会不满。

厉为群疾言厉色，语惊四座，大家的目光不由都看向柳凌志，但他坐在那里，表情淡然。厉为群排名靠后，却对排名靠前的指手画脚，他不懂业务，却爱发难业务工作，他如此无知又无畏，自会有他的报应。自己要保持涵养，高风亮节不与他计较。

李富生吐出一口烟，眯着眼不紧不慢地说："厉行长的分析我同意，我知道市场不好做，经营压力很大，但不管怎么样，年底了，我们还是要交一张满意的答卷。柳行长你说说，全年任务能完成吗？"

柳凌志淡淡地开口："请李行长和各位同仁不用担心，今年指标偏高，但经营部门还是会克难奋进，确保完成。三季度不理想，不是业务出了问题，而是指标切割不合理，今年指标压力本来就大，还要在前三个季度完成90%，这不符合市场规律，年初我就提出过质疑，但我的意见没有被采纳，一二季度拼尽全力，勉强没有出现缺口，三季度是业务淡季，确实力不从心了。但三季度我们做好了储备，四季度业务将会有较大幅度的上升，不仅足以弥补三季度缺口，还可以超额10%完成全年任务。这是我们对大客户逐一摸底得出的结论。"

李富生点点头，柳凌志工作细致严谨，他报出的数字八九不离十，李富生放心了。

柳凌志温和有力的反击，顺势把责难踢回给了厉为群，厉为群很不爽，他不依不饶地说："指标并无不合理，如果我们没有失去本该得到的重要客户，三季度指标是可以完成的，最近有个跨国企业，刚刚落户本市，带来10亿注册资金。这个客户我们本应积极营销到手，但昨晚我得到消息，这家企业已落户南都银行，以通宝银行与市政府的关系，市政府招商引资来的客户花落别家，实在是一种耻辱。类似的机会，谁知道我们还丢过多少！我们没利用好股东资源，没有紧跟市委市政府的重大招商成果，这是严重的失职，我建议追责，绝不能听之任之，让客户白白流失。"

李富生皱起眉头："厉行长说的有道理呀，市里引进的企业，我们应该是首选银行啊。怎么会有这么被动的事，柳行长，这是怎么回事？谁的责任？"

柳凌志坐直身子，直视李富生："李行长，这样的大项目跟丢了，如果要追责，当然由我来负全责，这件事的确教训深刻。据我了解，市里向企业推荐银行时，推荐的就是南都银行，市里在我行与南都之间做了权衡，认为南都服务外资企业更有优势，毕竟招商引资是头等大事，所以这一次，市政府没有徇私情。这些年，营销条线一直在请求完善外汇业务，可是行内至今无法统一，总是在投入产出上算来算去。要知道，作为总行一级的财务，不能只是算账财务，更应该是战略财务，要考虑发展机遇、客户体验、员工锻炼机会这些无形的损益。同业都在快速创新发展，我们再不拓展业务能力，再过一段时间，别说服务外企，就是服务内企，我们也没有多少竞争力！我们再不提升战略眼光，今后被无情甩开的时候会越来越多。"

柳凌志这一番畅所欲言，把藏在心中的隐忧都说了出来，李富生有所触动，但厉为群更加不满。

"柳行长，你这意思是财务把你们的机会给耽误啦？你也太危言耸听了吧，做得不好就是不好，一大堆理由，一箩筐借口，算什么担当！没有外汇业务优势，我们就不能打造其他优势啦？就只能让同行挤垮啦？分明是营销不主动，反应太慢，坐失良机！"

夏虫不可以语冰，柳凌志不理厉为群的咄咄逼人，转头看着李富生，继续自己的发言："李行长，现在我们自己搭建外汇业务平台都已经太慢，时不我待，我建议，我们向市领导专题汇报，请求引进外资股东，通过引进境外战略投资者，我们可以实现以股权换制度、以股权换技术、以股权换渠道、以股权换信用文化、以股权换客户。这才是快速达成目标的上策。"

厉为群没等李富生表态，就抢着说："引进新股东，会稀释现有股权，损害现有股东利益，作为个人股东之一，我第一个不答应。而且，股份便宜卖给外资股东，会导致国有资产流失，这种做法是吃里爬外，卖国求荣。"

李富生听不下去了，总算说句公道话："这话有失偏颇，很多银行都引进了外资股东，大银行担心被外资利用，还有一定道理，我们是一家小行，这样想自我感觉过于良好。"

但李富生随即摆摆手，制止继续争论："这个课题太大，不适合在今天的会上讨论，今后我们慢慢议吧，现在回归正题。"

柳凌志点点头，接着谈当前工作："今年指标不是问题，但四季度我们还要腾出手布局明年工作，做好储备。我建议，启动年末冲刺计划，全员参与业务竞赛活动，全体共同努力，团结奋斗，预热市场。"

李富生点点头："说说具体方案。"

"公司业务部拟了方案，请周敏同志汇报。"

周敏开讲方案。方案大意是举办年末业务冲刺大赛，设置专项指标及专项奖励，奖励排名靠前的机构，机关部门拿出一部分年终奖，与业务目标捆绑考核，共担责任，以保证全行齐心聚力抓业务，促使管理部门更好地服务基层。

周敏说完，李富生请大家对方案发表意见。

厉为群马上反对："这个方案我不同意。首先，时近年底，费用预算早就超支了，不能再大手笔设奖了。"

"上一次财务会议，不是说钱多得用不出去，要给管理层找名目发奖金吗？"柳凌志诧异道："钱花不完，宁愿师出无名地搞大锅饭发福利，为什么不能用来促进业务？"

"那笔钱是人力费用，只适合用来发奖金，业务费用早超支了。"

"人力费用用不完，业务费用不够用，说明两块费用的切分不合理，应该调整预算，而不是强行执行错误预算。钱用在竞赛上，会提升业绩，增加收益，是奖优罚劣的良性使用方式。用于给管理层不明不白发钱，不仅不符合按劳取酬的原则，而且会增加今后年度的薪酬预算压力。"

"我的看法相反，自古以来不患贫而患不均，给管理层按级别发奖金，全行中层以上都能拿到钱，皆大欢喜。但是搞竞赛搞业务冲刺，钱都被一线拿走了，会加大收入不均。一线收入本来就高于二线，现在增设奖项，等于增加费率，增加一线收入。"

"竞赛是全行性的，全行员工都参与，都可竞争奖项，都与考核挂钩。"

"这就是我第二点不同意的，一二线各有分工，机关各部门有自己的工作职责，工作压力，二线不能替一线承担任务，这样就职责不清了。"

柳凌志要突出业务，厉为群要笼络干部。李富生更赞同柳凌志的想法，毕竟他也希望业务发展好，他说："也不能说是职责不清吧，全行一盘棋，机关部门参与一下业务，拿出绩效奖金的5%，与业绩挂钩，这么小的比例，做个姿态而已，并无多大压力，主要责任还是一线扛着，但这样做的好处是明显的，机关可能因此学会换位思考，倒真有可能转变作风。"

厉为群对李富生的话也表示出不满："这是说机关工作作风不好吗？机关成天

加班加点，工作比一线辛苦得多，钱也没有一线拿得多，机关的同志不眼红，不妒忌，还在努力工作。如果再加上业绩压力，有可能引发机关人员的抵触情绪，大家迫于考核压力，不去严格把关，出现风险，那就得不偿失了。"

柳凌志笑笑："机关的同志如有羡慕一线，随时可以加入一线啊。我们欢迎有志之士到市场上一显身手。如果不肯离开机关岗位，又不肯努力做好本职，那是职业操守有问题呀。"

"机关同志不能去一线，机关工作重要，要保持人员稳定性。"厉为群狼狈应对。

李富生息事宁人："算了，方案有争议，那就先放放吧，既然今年任务能完成，就不要弄得太复杂，柳行长，四季度还是你辛苦，把客户一家一家盯紧。"

和大多数方案一样，这个方案又流产了，各自为阵，争论不休，在坐而论道中错失时机，不去起而行之。这就是柳凌志已经习惯了的现实。

下午，柳凌志去市政府参加经济金融工作会议，会议上碰到师兄吴学勤。身为同门师兄弟，柳凌志是老师最疼爱的弟子，师兄是老师最骄傲的弟子，师兄仕途一帆风顺，多年稳居滨城金融监管最高领导岗位，他先是当着人民银行行长，在中央加强金融监管的改革中，人民银行一分为二，师兄又任更具实权的滨城银监局局长，手握监管利剑，师兄在滨城金融界炙手可热，一介书生的柳凌志，老师和师兄就是他的资本。

散会后，柳凌志等着和师兄聊两句，师兄兴致勃勃从包里拿出一本书，送给柳凌志，这是师兄新出的书——《金融支农成果汇编》。

从前在师兄弟几个中学问一般，这几年却频频出书，《滨城人行工会群团活动荟萃》《滨城行吟》《滨城金融蓝皮书》这一类的大杂烩，出了一本又一本。

柳凌志笑言："师兄真勤奋，著作等身了，我办公室书柜里，师兄的书都摆一排了，越发显得我碌碌无为。"

"浪费工夫而已，只配扔进废纸堆。比不得师弟写的书，虽然少，都是真知灼见。"师兄一笑，他倒是有自知之明。

"师兄太谦虚，师兄是我的榜样，工作这么忙，还能挤时间著书立说，我从前清贫自处，还能写几本书，这几年没能像师兄发达，却是江郎才尽就此封笔了。"

"师弟过誉啦，编编书权作消遣，免得蹉跎时光虚度年岁。"

师兄弟二人笑谈一会儿，相互告辞。

回行的车上，柳凌志翻了翻师兄的书，没什么看头，又是一本师兄用来打发时间，寄托闲情逸致的流水账。

恩师程显明董事长也有类似的雅好，他是一名殿堂级的摄影发烧友，他的长短假期，不是在摄影采风，就是在去摄影采风的路上，由太太和司机陪着，带着大包大包的摄影器材，听说镜头一次都要带七八个。老师和作品印成了几大本精美的摄影集，作为通宝银行的"行礼"到处派送。

老师和师兄的作品没多少价值，他们沉迷于这雅癖，大约是要抗衡身在职场的无奈与抑郁，想想老师与师兄的处世之道，柳凌志因为工作而郁郁不乐的心情好了许多，老师和师兄既是强大的工作盟友，也是他学习的楷模。

经营分析会次日，柳凌志组织下属部门召开业务推动会。

前一天的经营分析会上，他主动揽下了特隆达公司营销失败的责任，此刻他召开分管范围内的会议，却也要让下属都总结检讨一下经验教训，避免类似失败再度发生。

柳凌志管理下的全体营销人员都参会，他罕见地用批评的语气，指出近期营销工作出现疲态，要求改进。他很少批评下属，在一个处处受掣肘的环境里，推动工作有心无力，责任不在员工。但这次的营销，确有被动之处。通宝银行和南都银行同时参加了市政府的招商通报会，同时获知特隆达公司即将入驻，消息传达下去后，好几家支行主动请缨，争着要拿下这个客户，但最后，连与客户见面的机会都未得到，遑论展开营销了。

柳凌志要求分析南都银行先进的营销方法，总结经验教训，以便提升。

营销特隆达公司最积极的支行行长童国庆不服气地说："南都银行营销特隆达公司用上了美人计，我们没法学，我们先天不足，没有人家南都那么有实力的美人。"

顿时一阵哄堂大笑，严肃的会议气氛乱了套，做营销的人本来就性格活跃，见人说人话，见鬼说鬼话，没几个正经的主。

周敏笑着挑事："童行长，你是说你手下没美女吗？你就不怕余丽娅下去造你的反？"

童国庆也笑："周总你别挑拨，我们是有美女，但我们的美女没人家南都的那么拼啊。人家南都银行激励政策到位，重赏之下有勇夫。咱行的美女谁有这么大的干劲？你问问小余，大户当前，她肯不肯献身？"

"献血可以，献身不行。"余丽娅一派天真纯情地接话，又引来一番哄笑。

周敏压住笑意说："咱行也有优势啊，咱行和市领导关系密切，那么多领导的亲属都在咱们行里，你们支行就不少，关键时刻要用起来啊。"

童国庆冷笑："趁早别提那些关系，都是些尚能吃饭、做事不行的包袱，谁不知道南都待遇好，正牌干部子弟谁不选择去南都，塞给我们的都是什么人？都是'一人得道，鸡犬升天'的'鸡犬'。"

笑声简直要掀翻会议室的屋顶，柳凌志宽容地看着这些言辞犀利的爱将，想要开个严肃会议的想法又落空了，营销条线内部开会总是这样，让他们畅所欲言，发泄发泄吧，通宝银行气氛压抑，别让大家憋出内伤了。做营销的人不能死气沉沉，他们这样言语不忌，是有活力的体现，是同事关系亲密的体现，是率真和快乐的体现，他要保护这点鲜活生机，开个会不那么严肃正经并没什么要紧。

散会后，余丽娅马上打电话给方霏，打听南都银行何方神圣抢到了特隆达公司这个大户？

方霏得意地说，就是自己所在的支行，自己就是项目小组成员之一。

余丽娅想起童国庆的话，一边咧嘴偷笑，一边夸张地表示惊讶："不错呀，方大美女，你是战无不胜啊，我们几家参与过营销的支行都说，你们的动作是迅雷不及掩耳就盗了铃，你们很快就和特隆达公司搭上线，很快就让公司决定选择你们，我们还没反应过来就已经出局了。我俩最近见了几次面，都没听你说在攻这个户头，口风挺紧嘛。你们到底有什么秘诀？可别对我保密呀。"

"事情没成功之前，有什么可说的呢。再说也不是我的功劳，是我们罗行长比较有办法。"

"我们银行和市政府关系紧密，却没抢到市政府招商引资来的户头，我们行领导都很恼火，柳行长严肃批评了全体营销人员，说我们营销意识不强，市场反应慢，要我们向你们学习呢。"

方霏在电话那头美滋滋地听着，心里满满的成就感，柳凌志还不认识她，但她的力量场开始远远地作用到他了。

罗若兰发挥活动能力兑现了承诺，2004 年末考核后，分行例行调整干部，刘东辉提任支行副行长，方霏接替刘东辉，当上了支行业务部总经理。

但罗若兰自己却没能如愿升迁，已是支行行长的她，再往上是进入分行管理层，但分行管理层职数实在太少，往上晋级要难得多。

方霏打电话给在家休假的苏文玉，告诉她自己升迁的好消息。苏文玉刚刚怀孕不久，孕期反应强烈，吃点东西就吐，夜里也睡不安稳，公公婆婆心疼她，也不管苏文玉同不同意，亲自出面找领导，给她请了长假在家里安胎。

苏文玉很替方霏高兴，但她的声音却有气无力，方霏很是心疼，她孩子气地说："怀孕这么辛苦，怀孕干吗啊？你本是千金大小姐，从来都没人舍得让你吃苦，凭啥一嫁给他魏小北，就该吃这么多苦？"

"哎呀，你都当总经理了，还是净说些傻话。怀孕都是很辛苦的，要不然为什么说母爱伟大呢。这可怨不了魏小北，这是女人的天职，一个女人完整的一生必须要经历的，你不知道，一想到有个小宝宝要降临了，那种期待和幸福，吃多少苦也觉得值。"

"你就是典型的奉献型人格，吃这么多苦还不当回事，还感到幸福！就算是值得，也该过几年再说，多享受两人世界不好吗？现在谁像你这么早生宝宝啊。"

"我们结婚两年了，已经顶着压力享受了两年的二人世界，再不生宝宝，小北爸爸妈妈都要着急啦，他们早就等着抱孙子了。"

方霏叹口气，苏文玉算是嫁了豪门，但这豪门媳妇还真不好当，公婆的意志这么强大，连苏文玉这样出身优越的大小姐，一嫁人也得被公婆意志左右，倒不如自己自在。

职务的提升，带来很多好处，再出门跑客户的时候，方霏也有了业务部员工跟班。带着随从，发号施令的感觉很不错。

职务提升后更有钱了，方霏买了车，学了驾驶执照，出入有车代步，工作效率也大为提高了。

现在的方霏，出门开着最新款的白色奥迪，黑超墨镜遮面，秀发烫成富有弹性的大波浪，高档的着装衬托出优雅干练的职业女性风范，有了大姐大范儿，有了成功在握的气势和力量感。

好友周桂琴已经和钱伟民结婚了，听说钱伟民的前妻知道回天无力，最后终于妥协，但提出多要50万分手费，小市民战战兢兢不敢多要，周桂琴梗都不打地马上同意，150万元付出去人钱两清。

再应邀到周桂琴家做客时，不仅见到了钱伟民，还见到了已在周家帮忙打理家务的钱伟民的父母亲，以及钱伟民15岁的儿子，这个钱伟民前妻曾以之作借口，声称为了他而不愿离婚的儿子，和父亲的新欢相处很好，很亲热地喊着"周姨"，不知亲妈见了该做何感想。

听说这儿子马上要出国留学，临出国前，来陪爸爸和周姨住一阵。不用说，这留学的费用，也是周桂琴赞助了。

周桂琴像女王似的，被钱家一家子包围侍候着，她现在不寂寞了，她们一开聊，周桂琴就炫耀帅老公和他的家人如何疼她。

"孩子跟你处得挺好啊。"方霏顺势敷衍。

"是啊，这孩子在他亲妈跟前叛逆着呢，跟我处得倒好，伟民直夸我有办法。"

周桂琴受到如此呵护，让方霏有点价值观颠覆的感觉，原来金钱的向心力这么大，只以为男人喜新厌旧爱新妇，没想到让孩子接纳后妈，老人接纳新儿媳也不难，有钱不仅可以换来爱情，还可以换来亲情。

方霏与钱伟民达成交易后，得到了周桂琴公司的业务，但周桂琴与方霏来往的重点依然不是工作，她公司的业务，果然都交由钱伟民打理。钱伟民信守承诺，账户资金不低于2亿，方霏很快收回了成本，并有了丰厚的收益。

周桂琴不谈工作，只是热聊情感话题。她和钱伟民新婚后，一直幸福感爆棚，言必谈她家钱伟民,她说公司现在都是钱伟民操心,因为钱伟民心疼她,让她多休息,钱伟民是个人才,他从前没有施展能力的平台,现在有了公司这个平台,他的能力都发挥了出来,各种为难的事,烦心的事,都是钱伟民劳神费力地处理,有了这样一个优秀的男人依靠,她终于可以当甩手掌柜,享女人该享的福了。

周桂琴还夸耀说,钱伟民在金融行业多年,积攒了很多经验和人脉,他要发挥优势,把公司好好地发展提升,他对公司的未来规划了一系列宏伟蓝图,他告诉周桂琴,他首先要进行财务变革,提高公司的资金使用效率,其次把公司的资产盘活,让公司的资产收益大幅提升,他要改变周桂琴只靠自有资金发展的模式,要大量使用低成本的银行资金,提升发展速度。他还要把公司进行股份制改造,包装上市,到资本市场去分一杯羹。

周桂琴说得高兴,末了总是劝方霏,赶快也找个好男人嫁了,女人怎么能没有男人疼呢。

周桂琴讲得天花乱坠,方霏听得将信将疑,这个连15万元都要赚的钱伟民,真的可以成为周桂琴事业和生活上的双重依靠?都说群众的眼睛是雪亮的,难道看笑话的群众这回真的走眼了?差距那么大的两个人,真的能产生爱情,白头偕老?

方霏对周桂琴并无恶意,她只是怀疑钱伟民是否靠得住。但她不能扫周桂琴的兴,只能半开玩笑地迎合周桂琴说:"公司上市前,让咱们也认购一点原始股呀,发财要带着姐妹们一起。"

周桂琴爽快地应承说:"一定一定。"

在方霏的新贵朋友们身上,上演着一幕幕人间喜剧。

2005年元旦即将来临,喜迎新年的聚会一场接一场。

节前,杨礼斌张罗迎新家宴,招待方霏和几个朋友,说是太太亲自下厨,方霏盛情难却,欣然赴宴。

在杨家,美丽温婉的杨太太一副贤内助的样子,和杨礼斌一同陪侍客人,在一众宾客面前大秀恩爱。

刚刚50岁的杨礼斌,已经当爷爷了,偌大的花园别墅里,三代同堂,人丁兴旺,客厅里绕来绕去都是孩子,方霏被不断冒出来的儿子、儿媳、女儿、女婿、孙子、孙女弄得眼花缭乱。杨礼斌扮演着慈爱的大家长和热情的主人,领着朋友们参观屋子,不时摸摸从身边窜过的孙子孙女的头,方霏不由为这浓郁的家庭氛围感动。

客厅里,方霏的目光落在一张全家福照片上,照片中,杨礼斌和太太站在中间,身边围绕着大大小小5个孩子。杨礼斌掰着指头介绍:老大,老二,老三,老四,老五,最小的老五,刚满10岁,而大儿子二儿子,都已经给他添了孙子孙女。

当下中国严格执行独生子女政策,杨家这儿孙满堂的盛况还真是难得一见。

方霏惊奇于杨太太的"高产",更惊奇这"高产"的主妇还那么年轻美丽,她由衷夸赞:"杨总,您太太真厉害,生5个孩子,还显得那么年轻,那么好身材。"

"只有一个是她生的,她是我的第四任太太。"杨礼斌直言不讳地笑答,没有一丝一毫的尴尬,却有那么一点得意。自认为已经见多识广的方霏,被杨礼斌的回答吓了一跳,不敢再瞎问了。

宴席开始,5个已经成年或接近成年的孩子都上桌了。一听说这5个孩子来源于4个母亲,客人们的观感就变得复杂了。方霏控制不住好奇心暗暗观察,发现他们竟相处得融洽亲密,毫无继母、继子女之间的违和感。

方霏恍然产生一种错觉,仿佛时光倒流,她是坐在一个旧时代的客厅里,一个关系复杂的封建大家庭,在这个家里,难道没有老套的豪门恩怨吗?和睦相处的黏合剂是什么呢?

方霏再不是那个傻傻的乡下妹子了,她学会了通过表象看实质。这和睦绝不会简单,应该是对金钱的让步,金钱为杨礼斌树立了大家长的崇高威信,他随心所欲,其他人曲意迎合,维持表面的和平,以分享他的成功,获得经济利益。

杨礼斌和周桂琴蔑视社会规则,都只是因为足够有钱,是金钱让他们能随心所欲。

元旦当天,方霏一早就接到苏文玉的电话,请她这天到她家过节。

方霏如约前去,一到苏家,客厅里热闹的声浪扑面而来,久未谋面的郭慕侠,和魏小北坐在客厅的地板上,屁股下垫着软墩子,起劲地玩着电脑游戏。两个人双眼直直地盯着屏幕,战到激烈处,大呼小叫。

方霏和男主人魏小北打招呼,顺便也客气地向郭慕侠问声好,郭慕侠从屏幕上挪开眼睛看她一眼,不过他马上又认真地看了她第二眼:"嗬,方小姐,两年不见,麻雀变凤凰了呀。"

魏小北瞪他:"说什么呢,狗嘴吐不出象牙。"

方霏笑笑走开,两个男生又自顾自玩他们的游戏。

苏文玉已有5个月的身孕,早孕反应已经过去,身体感觉好多了。她依然没有上班,因为公婆坚决不同意,说生宝宝是头等大事,还得继续养着,不能有闪失。

方霏一见到郭慕侠,就知道这个温馨家庭聚餐的用意了。虽然苏文玉是白操心,但她身怀六甲还要操心她,方霏还是满心感激,她陪着苏文玉细声细气地说着体己话。

主厨阿姨做好了晚饭,方霏帮忙端菜盛饭,招呼大家上桌。两个玩游戏的男生却半天不挪窝。终于等他俩战斗结束,四个人围桌而坐,郭慕侠一来,少言寡语的魏小北话也多了,两个人在饭桌上还在争论游戏的输赢,兴奋得像两个大男孩,他们一边热烈地争着,一边一杯杯地碰着啤酒。苏文玉含笑看着聊得欢的两位,目光中是宠溺的表情,方霏吃着菜,看着苏文玉,心想这母性泛滥的小女人对丈夫的孩子气真能接受。她却始终看不上这两位,老大不小的人了,兴奋点还是玩游戏,完全就是两个二世祖，两个命好有老天赏饭的大男孩。

吃完饭，四个人打扑克，魏小北要和苏文玉一边，让郭慕侠和方霏一边，方霏闹着不同意，说平常魏小北霸占着苏文玉，今晚要把苏文玉让给她，她们俩大学时打牌是铁搭档，今晚要重拾旧山河，看看是男生牌技高还是女生牌技高。

郭慕侠和魏小北酒喝多了，反应明显迟钝。一晚上下来，两个女生打了一圈又回头打第二圈了，两个男生还卡在第一圈升不了级。

牌局结束，女生组大获全胜，方霏直呼过瘾，嚷着便宜了魏小北，自己和苏文玉才是绝配。魏小北憨厚地笑着，和苏文玉一起送方霏和郭慕侠出门。苏文玉叮嘱郭慕侠帮她把方霏送到家。

魏小北嗔怪地说："这还用多说么，侠侠肯定会送方霏到家啦，哪有让女生一个人回家的道理，咱哥们从来不会这么没风度。"

"就是啊，送美女回家我求之不得啊，怎么会白白放过机会呢。"郭慕侠坏坏地笑着，潇洒地打个响指。

苏文玉又婆婆妈妈地叮咛："侠侠你有空就约霏儿一起来我们家玩啊，也陪我解解闷儿，我现在除了下楼散散步，什么都没得玩。"转头又对方霏说："侠侠刚回国，工作的事还没最后定，有的是时间，霏儿你成天忙得跟总理似的，有事可以让侠侠帮你啊，你跟侠侠别见外。"

"知道啦，居委会的小大妈，您安心养胎吧。"方霏嘴里答应着，心里想，找他帮忙，我够得着吗？

下楼后，方霏在寒风中埋头疾走，想要赶快到院外去打出租车。苏文玉事先提醒晚餐要饮酒，所以她没有开车来。

一辆银灰色奔驰开了过来，直直地停在她面前，挡住了她的路，方霏正要绕开，身后的郭慕侠一把拉开车门，做出一个"请"的手势。方霏这才明白，原来这是郭慕侠的座驾。她犹豫一秒后坐了进去，郭慕侠替她关上门，自己坐到了副驾驶位上。

郭慕侠四仰八叉地半躺在前座，方霏以打量相亲对象的挑刺眼神，暗暗从后座打量他，郭慕侠的侧影帅气不羁，但他的行为举止方霏就是看不顺眼。奔驰车密封性能很好，行驶中噪音很小，沉默中，郭慕侠按下了音乐键，小甜甜布兰妮性感的声音马上流泄到车内每一个角落，车内的空气都觉得拥挤鼓噪起来。

到了方霏的公寓楼下，方霏下了车，顿觉耳根清净，郭慕侠没下车，车子一骑绝尘而去。

第八章
侠客翩然而至

在政商两界朋友多信息广的罗若兰，听说财政厅厅长郭敬亭的公子刚从国外留学回来，正在找工作，目标是要进效益良好的金融企业，厅长身边的贴心人儿们，正在热心地四处张罗，代言人开出的条件是，职务至少是分行部门副总或支行副行长。

罗若兰听说此事后，立刻意识到这是一个能量巨大的小宇宙，马上伸出橄榄枝，要把厅长公子揽至麾下，让他给支行带来新资源，未来的增长要押宝在他身上。

厅长代言人最先联系的是通宝银行，认为隶属本地的银行，沟通应该更容易，通宝银行倒是热烈欢迎郭公子，但办事慢吞吞，审批流程好长时间没走完，厅长公子等得不耐烦，罗若兰此时主动贴上来，热情洋溢一番游说，加上南都银行待遇之好名声在外，厅长公子最终决定舍通宝去南都。

罗若兰上下活动，为迎接厅长公子加盟积极奔走，要达到厅长公子的职务要求，分行要有许多破例，不过罗若兰不担心，郭公子的背景自有强大说服力，人事部懂得这个人才的价值。

分行即将在偏远的开发区成立一家新支行，罗若兰向分行推荐刘东辉去筹建，以便为郭公子腾出位置。罗若兰认为刘东辉的资源挖掘得差不多了，不会再给她惊喜，随着方霏的成长，支行已经不那么需要刘东辉了，方霏不仅有自己的客户，而且与刘东辉的客户也都建立了良好关系，刘东辉离开后，方霏能维系他留下的客户，保持业务的稳定。而腾出的位置引进郭公子，能为支行开拓新疆域。

推荐刘东辉筹建新支行的建议被分行采纳，新支行成立后他将是行长，这件事对刘东辉有两面性，从有利的一面看是提拔了，但从不利的一面看，他要去一个新地方拓荒，一切业务要从头开始，工作会十分艰难，也有一定的风险，按南都银行严格的考核，分行给新支行的保护期只有一年，一年后业务没有起色，要另换高人。

罗若兰不让刘东辉带走任何客户和员工，她认为她对刘东辉栽培有功，刘东辉应留下在银丰支行的所有以为报。

在银丰支行工作的这三年，方霏对罗若兰和刘东辉都心怀感恩，但她也清楚他俩的不同。罗若兰对她方霏并无情意可言，一切以利益为取舍。罗若兰帮助任何人都不是平白无故的，而是有她自己的算计，是利己的副产品。但刘东辉不同，刘东辉宅心仁厚，重义轻利，他手把手地教方霏，和她分享客户资源，扶她走稳职业生涯，罗若兰是施舍给方霏一份工作，但方霏能迅速成长，全都因为刘东辉的教导与扶持。

方霏觉得，刘东辉是银丰支行的中流砥柱，定海神针。他用他的宽厚无私，冲淡罗若兰的自私自利对支行氛围的不良影响，在最容易产生利益纷争的公司业务部，是刘东辉的尽力周全，员工们的不满才没有造成分裂。方霏接班刘东辉当上业务部负责人后，她以刘东辉为榜样，努力学习刘东辉的做法，善待团队成员，平衡利益关系，倾心扶持新人，努力培养凝聚力，为团队营造一个和谐团结的氛围。

可现在的局面，就像是教会徒弟饿死师父，刘东辉要从零开始二次创业，方霏心存内疚。

方霏在仗义之情的驱使下，私下向刘东辉表示，愿意和他一起去新支行拓荒，她说他们一直搭档，配合默契，一加一大于二；她认为他们一起离开，必然会有一批客户主动跟随，这些客户除了他俩，其他人插不上手，罗若兰不让带走都不可能，这样，刘东辉不至于孤身从零开始。

但刘东辉谢绝了方霏的好意。他不愿意和罗若兰起冲突，这倒不是他软弱，而是他一贯的不肯道义有亏。如果他与罗若兰因为分家闹出不合，道义上罗若兰占了先机，罗若兰不遗余力推荐他，他反而挑起纷争，这样的事刘东辉做不来。

这就是罗若兰的聪明之处，表面上给人甜头，实际上最终是她获益，一直以来莫不如此。特隆达公司营销成功后，她用职务晋升摆平刘东辉和方霏，而项目产生的收益都被她尽数拿去。而当时对刘东辉的提拔，又为这一次引进郭慕侠铺平了道路……罗若兰的每一步棋，都做到了走一看二，这环环相扣、天衣无缝的谋划，让方霏叹为观止。

罗若兰能做到这般极致，是因为她的精力全神贯注在这一次次的投机上，她是纯粹的现实主义者，从来不会关心"我从哪来、我到哪去"这类哲学命题，也不存在什么良心的拷问和顾虑。她的人生目标清晰无比，要么攫取，要么享受，她可不会为了虚无的情怀去迷茫与困惑，张望与停顿，她要集中全部智商，尽可能多、尽可能快地获得利益与机会。

刘东辉赤手空拳地走了，他反过来安慰方霏："相信你师傅。"

方霏替他不平，这个世界永远是讲道义的人吃亏，真是"卑鄙是卑鄙者的通行证，高尚是高尚者的墓志铭"。好在，刘东辉的职务达到了一个新高度，能去当一个老大，不再给一个现实的女人当副手，也许他乐意为此付出一定的代价。

罗若兰一番运筹帷幄，为厅长公子郭慕侠进入银丰支行，铺了一条风风光光的红毯路。郭慕侠从一个没有从业经历的门外汉，空降到银丰支行，当上了分管公司业务的副行长。

郭慕侠来报到这天，罗若兰召集支行全体大会，喜形于色地把身边的帅哥介绍给大家，方霏这才知道，这个未见其人先识其神通的厅长公子，竟然就是苏文玉存心要给她拉郎配的郭慕侠。这也真是太巧了。

这巧合并没有让方霏脸色变得好看。郭慕侠把她的师父挤走了，方霏心里梗着这事。罗若兰给郭慕侠介绍众同事，首先介绍的就是方霏，郭慕侠傲然地向方霏点点头："方小姐，缘分不浅啊，竟然成同事了，请多关照。"他知道方霏在银行工作，但没想到银行这么多，世界却这么小，他们竟然就到了同一家支行。

"郭行长客气，您是领导，您多照顾才是。"方霏冷淡应答。

罗若兰诧异地问："你们认识？"

郭慕侠邪魅地笑："老搭档了。"

罗若兰狐疑地看看他俩，继续往下介绍，然后开周会，大家轮流汇报工作。郭慕侠边听边点着一支烟，悠然抽起来，罗若兰是禁止在会议室吸烟的，她很爱惜健康，拒吸二手烟，但今天她没有制止郭慕侠，大概是不好令新人难堪。

方霏正在发言，她以手作扇，扇走直往鼻孔钻的呛人烟雾，不客气地说："会议室不可以吸烟。"

郭慕侠笑笑，很有风度地灭掉了烟。

新人郭慕侠的到来，使罗若兰在银丰支行霸气独领的格局被打破了，郭慕侠比罗若兰排场更大之而无不及。每次他到支行，场面让人侧目，他昂首大步走在前面，他的小司机替他拎着包，小碎步紧紧跟在他身后，到了办公室门口，小司机替他开门，开灯，放下包，泡好茶，然后找个空着的洽谈室，安安静静歇息待命。

支行里，连罗若兰都是自己开车，支行行长不配备专职司机。

支行里少不了窃窃私语，方霏管辖的业务部里，鬼灵精怪的熊春来在方霏面前嘀咕："他凭什么呀？就算有再多资源，能力也得一步步培养呀。啥都不懂，一来就给这么高的职务，还有没有组织原则哪？"

方霏知道这话是说给她听的，熊春来一定错误地理解了方霏对郭慕侠的抵触，有替她抱屈的意思，她毫不领情地骂熊春来："你不服气是吧？你入行早，学了点雕虫小技，觉得人家没你懂得多是吧？那我告诉你，你那点讨饭的小伎俩，人家根本不需要学，人家有资源，资源！懂吗？你这号的，一百个都没人家一个有生产力！

我们是企业,企业讲的就是效益,请问你那个组织原则能当饭吃吗?你幸亏懂点业务,还能给人打个下手,要不然打下手都轮不到你。老实干活去。"

熊春来吐吐舌头走开了。

方霏表面上骂熊春来,内心的不平又怎会没有。熊春来喜欢瞎掺和,有说三道四的毛病,但这次他说出了大家的心声。她和熊春来,以及业务部大多数同事,都是从最底层做起。方霏算是出类拔萃加上特别幸运,但也奋斗这几年,才挣来房子和车子。郭慕侠一个门外汉,一来就凌驾众人之上,他的起点,许多人奋斗一生都难以企及。

郭慕侠不太经常来办公室,这么多年在国外念书,过着懒散自由的生活,他哪能习惯朝九晚五?再说他来办公室也没具体事,支行配了懂业务的鲍迪当他的助理,具体工作都是鲍迪办,郭慕侠打电话遥控一下,就是他在工作了。

罗若兰和郭慕侠都不受作息纪律约束,每天神龙见首不见尾,支行的日常管理,多半落到了方霏身上。方霏承接了刘东辉的衣钵,成了员工的主心骨。

鲍迪自从给郭慕侠跑腿打杂后,有了睥睨天下的谈资,开始神气活现了。他每次按郭慕侠的指令办完业务,就不停地在熊春来等人面前炫耀加感叹:"替郭行长办事就是爽,到了客户那儿,一说是郭行长派来的,别的啥也不用多说了,开户!签支票!几个亿的资金说到就到,要多麻利有多麻利,瞧瞧你们,做的都是芝麻大小的客户,还要受尽刁难。真心替你们觉得累。"

鲍迪这嘴脸,真真小人得志,熊春来等这帮没出息的却听得哈喇子直流,羡慕得很。

罗若兰对员工是铁腕,管理严苛,谁犯错都少不了疾风骤雨式的严厉批评,严重的还要辅之以罚款扣钱等经济处罚,但对郭慕侠,她却是百般迁就万般包容。郭慕侠排场比她大,她不计较,郭慕侠不遵守作息制度,她连个难看的脸色都舍不得给他看,她总是主动给他打电话,客客气气和他商量:"今天你能不能来支行啊,我们要开个会,可不能少了你这个副行长哟。"郭慕侠要是真来了,罗若兰就满面春风笑脸相迎,态度殷勤和气,说话委婉动听,就像郭慕侠是她亲爱的一母同胞的小弟弟,她看着他满心满眼就是欢喜。

罗若兰这样赤裸裸的看人下菜碟,势利劲儿真让人受不了。她对人的态度,明显与权势成正相关关系,有权有势的人,在罗若兰看来做什么都对,没权没势的人,在她那里只有收获不屑与苛刻。

但郭慕侠可不满足于这一点礼遇,他从小就在权势托举下长大,习惯了别人对他礼让有加。父亲说,自从添了儿子,他就一切顺遂,儿子是他命里的福星。围绕在父亲身边的那些人,自然把他宠得跟小皇帝似的。他要风得风,要雨得雨。

郭慕侠觉得他这个副行长,在银丰支行远没有享受到应得的礼遇。他轻轻松松混了个职务，满以为能像父亲一样，从此一呼百应，从此一言九鼎，没想到上任后，既不管人又不管钱，既不签字也不审批，还总是被罗若兰委婉地催着拉存款。支行员工除了鲍迪归他管，其他人见面打个哈哈，对方霏却比对自己尊重得多。支行公司业务部明明就是他的分管范围，但姓方的汇报工作时只对罗若兰，完全不拿他当领导班子一员。

方霏的傲娇，郭慕侠已觉可气，她似乎是支行员工对他敬而远之的始作俑者，她柔弱的外表下，有一种无法言说的威严，偏偏支行员工都喜欢凑近她，看她的老处女脸色。她不理他，支行员工也都躲着他和罗若兰。

论起私人关系，他们算是朋友，在魏家小两口的拉拢下，他们见面还挺勤，在家静养的苏文玉，知道郭慕侠和方霏成了同一家支行的同事，高兴得什么似的，觉得这巧合自有天意，撮合方霏和郭慕侠更来劲了，时不时邀请他俩下班后上她家吃饭打扑克。

苏文玉怀孕辛苦，方霏有心多陪她打发时光，为了让苏文玉高兴，她都顺着她，努力不表现对郭慕侠的抵触。但在银行，方霏既不当他是朋友，也不当他是上级，总是一副牛皮哄哄的架势，正眼都不看他一下。

周一开完支行例会后，罗若兰就风摇柳摆地出门了。

郭慕侠无所事事，就在办公室玩电脑游戏，正玩着，突然听到一楼吵吵闹闹。银行是开门纳客的服务业，什么人都能逢上，常有难缠的客户大闹厅堂，郭慕侠虽上班不久，也见识过几起，起因都是小得不能再小的事，各种偏执狂，郭慕侠懒得理睬这些破事，继续玩自己的。

吵闹声却顺着楼梯上来了。郭慕侠从敞开的门里看去，发现上来一帮气势汹汹的黑衣男子，黑衣男们上楼后碰见了崔小洁，立刻盯住崔小洁不放，方霏第一时间挡到了崔小洁前面。

两个女孩面对一群男子，就像羊入狼群，局面挺不正常，郭慕侠不由警觉，但是就这样闹，也没见支行有人来向他这个副行长汇报，真是可气不可气，既然没谁拿自己当领导，他也不着急出头，先听是怎么回事再说吧。

听了一下，大概听出了名堂。黑衣男是来找一名叫赵龙俊的客户经理，赵龙俊之前为其中一名黑衣男申办贷款，但现在赵龙俊离职了，黑衣男联系不上赵龙俊，带着一帮人找到支行来了。

崔小洁曾经陪赵龙俊到黑衣男的公司实地调查过，按照银行的要求，实地调查必须两人同行，以确保调查的真实性。人手紧张时，崔小洁就会被客户经理拉去凑人数。

崔小洁没想到帮忙帮出这么个麻烦，吓得不轻，她细声细气地解释，黑衣男们却一句也听不进去，只管嚷着要交出赵龙俊，从前看起来很平庸很和气的小老板，此刻变得凶神恶煞，几个人还故意露出手腕上的刺青，愈显狰狞。

方霏不耐烦地一声断喝："别吵，去会议室，坐下把事情说清楚。"

她那不由分说的神气，让领头的黑衣男住了嘴，他认真打量她一眼，问："你是不是领导，你是领导，我们就听你的。你要不是领导，就别狗逮耗子，多管闲事，老子这闲事可不是随便谁都能管得了的。"

方霏冷冷地说："你是什么贵客？凭什么开口就要见领导？你来我们这儿，有什么事你就得先跟我说，让我看看你配不配见领导。"她说完就带头走向会议室。

黑衣男梗着脖子愣了一下，带着小弟们跟去了会议室。

"你，你一个人说，怎么回事，其他人不许插嘴。"方霏向领头的发指令。

黑衣男又说了一遍事情经过，并提出要求："你们要么把贷款给我批了，要么赔偿我损失，姓赵的说帮我贷款，骗吃骗喝骗好处费，弄了我好几万。"

崔小洁可怜巴巴地说："胡总，赵龙俊辞职好长一段时间了，与我们银行早就没有关系了。他骗吃骗喝骗好处费，我们可不知道，这是他的个人行为。"

黑衣男厉声喝道："胡说，他打着你们银行的旗号骗了我的钱，现在你们想撇干净，哪有这么容易？找不到赵龙俊，找到了你也行，你和他一起上门，他骗的钱肯定是你俩分了。"

崔小洁急得脸都红了："胡总，你可不能乱说啊，我只陪他去过一次，我们银行要求办业务要有经办人，有证明人，赵龙俊是经办人，我陪他去只是帮他当证明人，是去凑个人数。后面报贷款都和我无关。"

刚刚平静一些的黑衣男又激动了，跳起来指着崔小洁嚷："你们明明是联手骗人，你们一起去帮我办贷款，现在贷款没办下来，就说他辞职了，你呢又是凑数的，你说得轻巧。他跑得了和尚跑不了庙，今天不给我满意的答复，我就把你们这庙给拆了。"其他黑衣男也都站起来，气氛重又紧张起来。

方霏把桌子一拍，冷冷地说："胡老板，把你的手放下，别指着人，让你带来的人也都坐下，这里不是随便撒野的地方，你最好冷静点。"

"我不冷静咋的？"

"我马上打110报警，告你们扰乱金融秩序，让警察来处理。"

郭慕侠坐不住了，他起身走向会议室，他的司机兼小弟李义也忙从洽谈室出来，跟着他来到会议室。

李义一进门就先声夺人："谁在这儿闹呢？谁呀，这都谁呀，打扰郭行长办公了知不知道啊？"

一屋子人都看着李义，又看看郭慕侠，黑衣男虽说一直嚷嚷找领导，但看到郭慕侠威风八面的样子，却有点瑟缩了，他放下指着崔小洁的手，音量低了些，但态度依然强硬地说："行长来了正好，行长得解决我的问题！"

郭慕侠抱臂坐下，扬扬下巴："你们继续说，我听听怎么回事。"

方霏于是很老到地给胡老板分析形势："你的问题行长也解决不了，你的问题得警察解决，你需要我们帮你叫警察吗？我们是治安重点保护单位，我们报警警察马上就到，警察来了，看你带这么一大帮子人气势汹汹地闹，先得问你个扰乱金融秩序罪，你给赵龙俊好处费的事，我们再告你个行贿罪。"

胡老板气焰弱了："我不多带人来，你们保安把我一拦，我哪见得着你们？"他掂量着方霏的话，也顾忌坐在那里不吭声的霸气男青年。男青年那双眼睛，直盯得他心里发毛，本以为这些吃公家饭的，经不起吓唬，他们特意弄得像亡命之徒，要逼出赵龙俊，但这几个姑娘小子面相虽嫩，却见过世面，不好吓唬，他们身上的淡定和富贵之气，倒把他的气焰比了下去。

"你找我们没用，银行是有员工行为准则的，员工不允许收受客户好处，这个准则不仅银行有，任何行业都有。你是当老板的，你允许你的员工私下收客户的好处吗？赵龙俊私下要好处，明明不能给你偏要给，那是你自己存心不良，怪不了别人，更怪不了银行。"

"赵龙俊说银行办事就得这样，贷款审批有很多关节，都要打点，我就信了他。"

"你这么轻信也能混江湖，你既然信他，现在你也只有一个办法，找到赵龙俊，冤有头债有主。找不到赵龙俊，你说的话都只是一面之词。你去派出所以受骗人身份报案，如果赵龙俊真的骗了你，自有法律惩处他，你如果不采用正当途径维权，一定要以身试法闹银行，我们就告你涉嫌行贿，意图非法骗贷，又聚众闹事，扰乱金融秩序，这几项罪名可都不小，你掂量掂量。"

"那好，我去报案，但你们也要帮我找赵龙俊。"

"我们试一下，但希望很渺茫，因为他知道我们找他不会有什么好事，所以肯定躲着我们。"

胡老板和他的兄弟交换了一下眼色："我就再信你们一回，我留个电话，你们如果有赵龙俊的消息就通知我，看我不弄死他个大骗子。"

黑衣男们耀武扬威地走了，崔小洁伏在方霏的肩上，流出委屈的眼泪。方霏轻轻拍着她的背，小声安慰她。

郭慕侠对方霏竖了竖大拇指："方女侠，有胆识，够霸气！以后再有流氓闹事，让我来对付，女人是让男人保护的，不能总让你冲在前面。"

方霏拉着崔小洁走出会议室，顺便白他一眼："这么会逞能，早为啥不挺身而出呢？"

一句话噎得郭慕侠直翻白眼。这个方霏，一张嘴这么不饶人，不过她这勇气与担当，倒是巾帼不让须眉。

支行开例会，各自申报近期的营销安排。鲍迪报告他在郭慕侠领导下的工作，一大串如雷贯耳的优质客户名单,罗若兰听得心花怒放。

但是其中一个客户引起了方霏的注意。

方霏插话:"巧了,安怡公司这个客户,我们也正在做,今天也准备汇报。"

郭慕侠还没来得及说什么,罗若兰就开口了:"你为什么早不报备?现在重复营销了,怪谁?郭行长已经安排我和公司高管见过面了,你们和客户有联络,我却完全不知情,以我的判断,郭行长的营销胜算更大,你们不能再插手了。"

方霏争辩:"可是我们已经和客户明确了具体合作方案,马上进入实际操作,和大老板接触,不过是礼节性交流,最后还是要下沉到具体部门,从工作进程上看,是我们领先一步。"

罗若兰对方霏抗旨不遵还伶牙俐齿很恼火,正要进一步镇压,郭慕侠开口劝:"罗行长,算了,一个客户而已,用不着伤和气,方总工作热情高是好事,我应该多支持,我们退出就是了。"

罗若兰愣了一下,自己在全力维护他,他倒好,说让就让,她不满地说:"这不是你肯不肯退出的事,这是维护规则严肃性的问题,谁先报备就是谁的,这是既定规则,除非半年内你攻不下来,他们才能出手。"

"罗行长,咱们一个支行的,谁做回来都一样,肉烂在锅里,用不着这么认真。"他大大咧咧一挥手:"我正好忙不过来,这个户就让方总赶快做吧,我不添乱了,省得让人家客户为难,也丢了我们的形象。"

郭慕侠这么一说,方霏也有点发愣,她一向自认境界高,虽然她的客户都靠辛勤营销,得来不易,但从刘东辉那里学到的大度,让她对得失也算淡定。刘东辉总说:"没事,客户做不完的,退一步海阔天空。"所以碰到竞争她总是让步,这次之所以跳出来争客户,是因为一直对郭慕侠看不顺眼,习惯了采取针尖对麦芒的态度。当然,方霏所言不假,他们确实已和财务处谈妥了。

方霏拱拱手:"郭行长境界高,承让了。"她第一次诚心诚意对他表示谢意。

郭慕侠嬉皮笑脸地说:"男人怎么能和女人争?美女肯要的,我都肯给。"

罗若兰没好气地打断:"好了,闲话少说,既然郭行长肯让,就请方总尽早拿下这个客户,如果太久没成效甚至做丢了客户,我不会讲客气。"

"明白。"

散会后,郭慕侠悠闲地踱到方霏桌前:"方总,安怡公司这个户,我充分相信方总的能力,肯定能搞定,但公司大老板和我关系真的很不错,回头我和他说一下,就说我们是一伙的,我们两好合一好,公司上下两层的关系,你就都打通了。"

"郭行长,谢了,你肯让我,已经欠你人情了,就不劳你再费心了。"

"那欠我的人情打算怎么还?"

方霏白他一眼:"不是已经谢过了嘛。"

郭慕侠装作倒吸一口凉气:"啧啧啧,这么肥的客户,一声谢谢就够了,面子真大呀。"

随着郭慕侠与支行男同事们日渐熟识,大家放下起初的排斥,开始接受他了。劳苦大众对于抽象的作为概念存在的权贵富豪阶层,因为难以逾越的隔阂,难免产生妒忌和敌意。不过,对一个近在身边的贵族,实则是很景仰并期望高攀的。

作为一个出身特别优越的公子哥儿,郭慕侠虽然与大多数同事缺少共同成长经历,但他天性自由不羁,加上在国外生活多年,没有太多等级观念,不像罗若兰时常端着臭架子,他翩翩贵公子的形象,法力无边的能量,轻松诙谐的性格,很快就吸引了支行的小青年。

他的办公室,开始时只有鲍迪进出,后来熊春来试探着往里晃,某天三个人还说上了荤段子,有了点熟不拘礼的意思,熊春来和郭行长谈笑风生,男同胞们也都一个接一个,聚拢到他的办公室扎堆,一群人抽着郭行长派的好烟,呼出的烟雾把办公室缭绕成神仙洞府,郭行长眉飞色舞领头讲段子,又让大家爆笑连连,快活似神仙。

同样的扎堆喧哗,在从前是要遭到罗若兰严厉制止的,但现在郭慕侠领头,罗若兰再不制止,偶尔还来凑凑趣,开两句玩笑,显示一下平易近人。支行从此多了些轻松的氛围,而郭慕侠找到了身在集体中的乐趣,上班也积极多了。

距离感一消失,真性情就浮现。和同事们打成一片的郭慕侠,卸下身上那层傲慢的伪装,露出阳光快乐大男孩的本色,他名如其人,热情豪侠,百无禁忌。

郭慕侠一向自信自己的魅力无人能挡,男女老少,他只要愿意,一概通吃,尤其是女人,他郭慕侠只要肯对哪个女人露个笑脸,女人就一脸花痴。现在,他毫无悬念地征服了支行的大部分同事,他的魅力又一次得到证明。支行只剩下方霏不爱搭理他了。

他已不再计较方霏的态度,他对支行有了归属感,他看同事不再是陌生人,而是自己人,对自己人中的一个美女,他男人的胸襟自然要包容爱护,他包着坚硬外壳的热情善良经过时光慢炖,终于到了火候,在方霏面前,他变得甜糯绵柔,虽然方霏对他态度依旧,他却开始亲亲热热待她了。

方霏伏案写报告写了一上午,累得腰酸背痛,站起身伸个懒腰。

郭慕侠看见了,体贴地过来献殷勤:"方总,工作累了吧,走,我请你去按摩放松,慰问我们劳苦功高的大功臣。"

"谢谢,您自个儿去吧,我们男女有别,不适合一起去这种地方。"

"喂,你是古代穿越来的吗?怎么长个封建脑袋瓜子?不肯和我单独去,那我带几个电灯泡行不?"

旁边立刻窜出来鲍迪、熊春来之流:"方总,我们愿当电灯泡,你让郭行长把我们都捎上吧。"

"我真不去,我没时间,活没干完。谁爱去谁去。"

"去吧去吧,耽误不了什么,这样,你陪我去按摩,我等会儿帮你干工作。"

"您这么大一领导,我的工作哪敢劳烦您,不去。"

"喂,你们几个,你们谁有本事做通方总的工作,我就捎上谁,方总不去,你们谁也别想。"郭慕侠笑着向几个男生布置了任务,大摇大摆回他的办公室坐等。

他发动群众这一招挺有效,鲍迪、熊春来对方霏没辙,跑去拉了崔小洁来,崔小洁上来就把方霏的胳膊一抱,开始撒娇:"人家累了,人家要按摩嘛。霏姐,为了我们大家,你就牺牲一下,去吧去吧。"

方霏不怕硬泡,却受不了软磨,她无可奈何地被崔小洁拖着,午休时间一群人浩浩荡荡去按了摩。

无忧无虑的单身青年们在一起,快乐的事总是比较多。

方霏虽对郭慕侠仍是爱答不理,但对他的印象并非全无改观,郭慕侠潇洒超然的人生态度,对她多少有些触动。而风流快活的郭慕侠,不把方霏这冰山融掉,他不罢休。

早上,别人都开始工作了,郭慕侠才刚刚晃来上班,他见到方霏就夸张地表扬:"哇,今天真漂亮。为什么打扮这么漂亮?"

"您什么美女没见过,倒来笑话我。"方霏不为所动。

"真的真的,方总这几年出落成仙女了,是我们支行当之无愧的行花。"

"您可千万别这么说,您这么说就是害我,让罗行长听到了,可没我什么好事。"

"别怕别怕,胆儿这么小,和我约会吧,让我罩着你。"

"一边去。"方霏轰走他,但心里忍不住小得意。女人嘛,都有着要命的虚荣心,对别人夸自己漂亮始终没有免疫力。

方霏这天例行走访永盛公司,每次只要没有特别的事,方霏都会留下来,把余丽娅也叫来,三个好朋友顺便吃饭聚一下。

方霏正和两位闺蜜吃着饭,郭慕侠发来短信:"干吗在?"

方霏没回复。

郭慕侠又发来一条:"我代表组织,严肃地通知你,今后你外出,必须老老实实向我汇报,必要时你还要叫上我,让我当你的保镖,不然你被猪拱了怎么办?"

方霏看了忍不住想笑,也对,按职务他可以过问她的工作动向,他这样幽默地表达关心,倒也让人感动。自从刘东辉离开银丰支行后,方霏在支行再没有真正意义上的朋友,客户经理的工作性质,本来就是各干各的,是"金融个体户",员工们对她又是尊敬大于亲密,很少有人关心她的去向。但郭慕侠这么一个满不在乎的花花公子,他竟然知道惦记人。

方霏终于好声好气地回复一条短信:"在外面跑客户。"

"下午回行吗?"

"不回。"

"一日不见，如隔三秋。想你了怎么办？"

这浪荡公子，正经话没一句，随随便便就挑逗女同事！方霏不再回复了，但心里并没有太过反感，在郭慕侠嬉皮笑脸的后面，似乎也有着某种程度的真诚。

方霏27岁的生日到了，崔小洁代表工会给方霏送来了生日福利，一张蛋糕卡，一束鲜花。小洁甜甜地祝方霏生日快乐，同事们都凑过来送祝福，有人提议给方霏办生日宴。

方霏说父母来看她了，晚上要和父母一起过生日，同事们既然如此盛情，那就中午和大家热闹热闹。

刚到办公室的郭慕侠听到外面的动静，发来短信说："美女生日快乐！"

方霏回："谢谢。"

郭慕侠又发来："说，喜欢什么花？哥送你一车。"

方霏没理会，心里暗笑他明明是小弟弟，却硬要冒充"哥"。每有新成员，支行都会统计员工基本情况，一张表上罗列着必须向组织一一填报清楚的事项，郭慕侠这样众人瞩目的帅哥，他的个人信息早被八卦得尽人皆知，他比方霏小一岁，方霏得知这个情况，越发觉得他是乳臭未干的小毛头一枚，更加瞧不上他。苏文玉也真是的，费老劲给自己撮合一个小弟弟，闺密一场，难道不知道自己对异性的偏好是成熟睿智型吗？

郭慕侠迈着雄赳赳的步伐出去了，警觉的小司机李义碎步跟上他，他摆摆手让他别跟着。不久他回来了。半小时后，一名怀抱两捧鲜花的花店姑娘出现了，围裙还系在身上，走在她后面的保安，帮她捧着另外两捧花，他们来到方霏桌前，说有帅哥送花给方总。

艳丽的鲜花摆了方霏一桌，红玫瑰一捧，白玫瑰一捧，百合一捧，向日葵一捧，花香四溢。工会送的康乃馨顿显寒碜，被挤到了桌角。方霏的目光被向日葵吸引，这不就是她用以自比的花儿吗？是谁这么心有灵犀？她度过那么多寂寞的没有鲜花的生日，这一下子却得到太多了。

女同事们都围过来，羡慕得直喊："哇，真美！霏姐，这么多人送花给你哇？"方霏不动声色想了想，她突然明白郭慕侠刚才出去做什么了。她看了看郭慕侠的办公室，他没有出来瞧热闹，明显反常，欲盖弥彰。

走了一个宽厚大度的刘东辉，来了个百无禁忌的郭慕侠，虽说风格迥异，但也各有异趣。方霏觉得，郭慕侠让大家每天都笑声不断，对支行的氛围来说，其实也不错。她终于原谅他挤走刘东辉的事了，他在这件事上也很无辜。

刘东辉的新支行业务做得不错，虽然地方偏远，但他业务熟，人品好，朋友多，教你一招，我倒成魔了。不过这事说起来容易，做起来还是蛮困难的，比一笔普通的贷款多出许多环节，增加了过程风险，毕竟上10亿的资金，不能有闪失，同业双方要商量好操作细节，还要签订周密的协议，约定好责权利，这种创新的业务，又是大手笔，还需要高层拍板定夺，要做的工作还是挺多的。"

"不怕做不到，就怕想不到，你都帮我想好了，我只需要去推动，还有什么难的。"方霏信心满满。

与刘东辉告别后，方霏火速约见余丽娅。通宝银行不就是合适的同业吗？10亿的业务，正好大手笔回报余丽娅，刘东辉说大业务需要高层出面，通宝银行方面，应该就是柳凌志管这事，那……自己会借这个机缘，见到柳凌志吗？方霏浮想联翩起来。

余丽娅乍听这么大笔的业务也颇兴奋，马上决定去向上级汇报。临别，方霏语重心长地叮嘱余丽娅："这项业务要说服高层支持，最好促成我们双方的高层见面，这样效率最高，成功把握最大。"

余丽娅点头："好，我马上去找我们的支行长，拖着他去向分管业务的柳行长汇报。"

方霏拍拍余丽娅的肩："快去吧。"

望着余丽娅的背影，方霏心里充满期待。余丽娅外表朴实，实则聪明有心机，善于借力，也许，这次真的可以见到柳凌志。

方霏忙着去安排她这边的工作。向罗若兰汇报后，罗若兰也认为同业代付是绝妙的好主意。她们向分管行长孙德清做了汇报，特隆达公司是重要的客户，贷款也已经审批通过，只是因为缺规模不能放款，现在对放款流程略做变通，只要稳健操作，并不会增加实质性风险，孙德清表态同意。

余丽娅向她的支行长童国庆汇报，童国庆意识到这是笔好业务，反应慢了就被别的同业抢走了，他马上给柳凌志的秘书打电话约时间汇报。

柳凌志听了汇报，表扬说："这个业务设想很富有创新精神，小余同志能够开发出这种业务，很不简单。这项业务一旦做成，将成为同业合作的一个创新范例，可以复制推广，开启一个潜力巨大的市场。这项业务中，客户是南都银行指定的，我行只是作为资金流转通道，所以，在合同中关键把握两点，一是我行不垫款，二是我行不承担清收责任，资金出处、风险管控和清收责任都归南都银行，我行就不涉及信用风险，可以无需对客户做风险审查。"

余丽娅心里暗暗佩服，柳行长就是水平高，一下子就能抓住问题的实质，指明最便捷的路径。来之前，她和童国庆将这笔业务理解为委托贷款，那样就无法避开风险审查环节，但柳凌志将业务设定为受托结算，而不是贷款，这样理解业务，流程将极大简化，效率则极大提升。

柳凌志拿起桌上的内线电话，对秘书说："请同业部、运营部、风险部、法规办法多，友谊一兑现就是资源，很多朋友帮他。方霏看他顺利渡过保护期，已无生存之忧，还把支行打理得团结兴旺，替他高兴，常去他那儿坐坐。刘东辉在银丰支行时，方霏不需要太多地直面罗若兰，但刘东辉离开后，方霏与罗若兰之间没有了隔离缓冲，她深切感到，她与罗若兰大至价值观小至个性都不合拍，她对执行罗若兰的指令常有抵触。方霏怀念在刘东辉庇护下清静单纯的日子。

好在那隐约的不愉快，只是明镜上的一点尘埃而已，和自己的所得比较起来，可以忽略不计，略微隐忍一下就过去了。方霏常常劝自己要感恩，要知足。

支行与特隆达公司的合作，很顺畅很愉快地延续着，方霏的认真细致配上老外的规范严谨，双方都很省心。随着工厂投产日期的临近，特隆达公司提出需求，要补充一笔10亿人民币的贷款。

这笔大业务，方霏当然要尽力，但南都银行的当季贷款规模已用完，等下一季度规模下达，特隆达公司却又等不及。

每年的贷款规模是有总量控制的，在总量有限的情况下，大家都抢在年初突击放贷款，多数银行一季度就把全年的贷款规模用完，后面几个季度只有到期贷款归还后，腾出来少许额度，此时贷款要排队等额度。

方霏在分行各部门走了一圈，得到的答复是，规模早已用完，短期内也没有额度腾出来。向罗若兰汇报，一贯长袖善舞的她也没办法。贷款规模这个东西，没有了就是没有了，何况这么大笔的需求，一时半会儿还真没有腾挪空间。

特隆达公司遗憾表示，如果南都银行实在没额度，他们只好找其他银行了。方霏不愿失去这单业务，同时更担心与特隆达公司的独家合作被同行趁机撕开缺口，一筹莫展之下，她只好来开发区支行找刘东辉。

刘东辉听方霏说了情况，思索片刻："倒是有个办法，但是要找一家同业合作。"

方霏高兴地跳起来："我就知道师父你会有办法。你告诉我怎么合作，我马上去找人，找个同业没什么难的。"

刘东辉端起茶杯喝口茶，慢条斯理说他的办法："目前的困难是没规模，但并不是没钱。那么要想的办法，就是绕开规模做这笔业务。"

方霏急切地问："怎么样绕开规模呢？"

"第一步，找一家同业，把想贷却不能贷的10亿资金，存到同业，这项业务叫作存放同业，在监管上，它属于同业之间的资金拆借业务，跟贷款无关，自然不受贷款规模控制。第二步，委托同业把这10亿，以代付的名义付给特隆达公司。这时，同业的行为叫作代理支付，也不属于贷款，也不受贷款规模的控制。通过这两步，成功把钱贷给了特隆达公司，又都避开了规模问题。"

方霏两眼瞪得圆圆的，看着刘东辉："师父你真厉害呀，什么业务都难不倒你，真是道高一尺，魔高一丈。"

刘东辉端起茶杯，吹吹浮在面上的茶叶，无可奈何地摇摇头："什么魔啊道的，房地产有很大的上升空间。于是，每有积蓄够付首付，方霏就投资一套房产，自有资金加上银行贷款的杠杆效应，她每年能入手一两套房，与地产商们的交情让她有更多机会，她总是买楼盘样板间，价格有优惠，还带着现成的装修，收房以后方便出租，租金归还贷款月供。

作为一个拥有投资知识和客户资源的金融精英，方霏的财富之路越走越宽，她已触摸到财务自由，钱壮英雄胆，她智慧知性的气质中增添了底气、自信，更加秀外而慧中了。

人生只剩一项烦恼，就是父母不满她27岁大龄仍单身，开始密集过问，让方霏烦不胜烦。

第九章
几成迷途羔羊

以信息化为核心的第三次浪潮,在经济金融领域持续产生着深远的影响,随着信息技术的成熟,大型企业集团可以实现跨地域的收入实时上划,资金集中管理。一轮广泛的财务变革就此展开,给金融业带来业务洗牌。

银丰支行的央企大客户M集团公司给银丰支行发来招标函,招标函介绍,M集团公司将公开选择合作条件最优惠的五家银行,今后集团内开户银行全国统一,任一分支机构只允许在这五家银行中选择合作,以便把此前分散在几十家银行的财务资源,聚拢在一起,便于管理,提高收益。

公司采用邀标方式,凡是此前有合作的银行,都受邀参与竞标。银丰支行早与M集团滨城子公司有合作,接到投标邀请,罗若兰意识到这将是与M公司合作的重大转折,如果投标成功,跻身五家之列,将有机会接手被清退出局的银行,蛋糕要大出许多;但如果被挤出五家之列,则将失去这个客户。

M集团是罗若兰名下的客户,由方霏提供日常服务,罗若兰非常重视,但她在投标期间要陪同分行领导出国考察,不能亲自去参加投标。出国前,她郑重托付了郭慕侠和方霏,请他俩带队,熊春来、鲍迪作为投标小组成员,同去参加竞标。

没有罗若兰的重托,方霏也会尽心竭力,遇到好客户就一心想攻下,已经成了金融猎手的职业习惯。对M集团总部的投标,对应地需要用总行名义投标,投标小组将去总行,请总行协助制作标书,但标书制作还需要信息,要知己知彼才能有针对性。她灵机一动,有了一个主意:M集团总部和总行都在京,不如特邀M集团滨城子公司的财务人员同行,帮助他们到总部打探信息。在长时间的服务中,方霏与M集团滨城子公司财务人员建立了良好关系,她的邀请获得响应,子公司两名财务人员愿意同行。

他们一行六人赴京办理投标事宜。在机场换登机牌时,方霏发现机票竟然是头等舱。方霏吃一惊,以为崔小洁订票时弄错了,这头等舱比经济舱贵好几倍,可报不了销。但鲍迪得意地说,崔小洁没弄错,是郭行长安排了升舱,升舱费用由郭行长个人费用支付。连北京的酒店,郭行长也给大家升了级,保证高端大气上档次。方霏愣了愣,这土豪可真大方,也好,把客户招待好,让客户办起事来更卖力。

除了郭慕侠,方霏和其他人都是第一次坐头等舱,大家都有点小兴奋,头等舱座位宽敞舒适,与经济舱之间拉着个帘子,硬生生隔出两个世界。空姐与头等舱客人讲话都是半蹲,服务好得让人不习惯。享受着空姐无微不至的服务,连从不在乎形象的鲍迪、熊春来都文雅了许多。仓廪实而知礼节,得到如此高规格的礼遇,没有给别人添堵的理由啊。

一行人下了飞机,走到机场出口,突然冒出两个男子,一迭连声地叫着"侠哥侠哥",拥着郭慕侠又是握手又是打躬,方霏又吃了一惊,没弄明白怎么回事,就看到两个男子抢上来接行李,明白了这是郭慕侠安排的接机人。

郭慕侠健步走在前面,两个接机人一人拖两只行李箱,亦步亦趋紧跟着他,熊春来、鲍迪拖着自己的箱子,也簇拥在郭慕侠身后,女士们的行李被接机人热情代劳,她们一身轻快,却也只能勉强跟上男士们的步伐。

两名接机人领着大家,来到停车场里两辆豪华大奔前,把大家礼让上车,把行李放到后备厢,然后启动车子去往酒店。

郭慕侠陪两名财务大姐坐一辆车,车上,司机开着车还一个劲地巴结:"侠哥,你可是请都请不来,老板从国外专门打来电话,让把侠哥和侠哥的朋友侍候好。"两名财务大姐受到这般殷勤照顾,对郭慕侠自是景仰又折服。

方霏与鲍迪、熊春来坐另一辆车。坐在舒适的大奔里,眼前掠过首都繁华的街景,鲍迪跟上郭慕侠后的那种得瑟,方霏多少也有了些理解,这郭慕侠的能量还真是不可小觑,滨城以外的地盘上都如此吃得开。如果没有他安排的大奔接机,这会儿,一群人还在机场排队等出租呢。

方霏和郭慕侠商量好分工,在京期间他俩各带一组人分头行动。郭慕侠带着鲍迪陪两名财务大姐,去拜访M公司总部招标负责人,打听信息。方霏则带着熊春来,去总行公司业务部配合制作标书。

几天的忙碌中,郭慕侠那边传递来不少有价值的信息,方霏配合总行同事定稿标书,又找专业的印刷公司印制装帧,把标书弄得内容翔实外观精美,按照规定的时间地点送到M公司招标办公室。还得多亏两辆大奔,全天候地载着两拨人东奔西跑,大大提高了办事效率。

开标那天,总行公司业务部总经理作为南都银行的代表宣读标书。由于标书列明的合作优惠紧贴客户需要，同时总行派出的代表级别高，对标书中未涉及的条款，可以现场拍板，南都银行成功中标了。

中标后，银丰支行可以保有合作资格，扩大业务份额，而且可以以点带面，将与M集团的合作向全国辐射。全国范围内，未中标的银行将退出与M公司的合作，南都银行的分支机构可以填补空白。投标成功带来全局性的业务机会。

这是与M集团合作中了不起的突破，是下级机构推动上级机构实现业务扩张的典型案例。总行公司业务部总经理第一时间打电话给滨城分行行长，对竞标小组的工作能力大为嘉奖。在大洋彼岸关注着此事的罗若兰，收到报喜的越洋电话，也热情加以表扬。

当晚，投标小给设宴庆功，招待参与制作标书的总行三位领导，以及同来的两名财务大姐。

在京的几天，总行全力协助，体现出良好的服务精神，同来的财务大姐也帮忙不少，让郭慕侠和方霏铭感在心。晚宴上，郭慕侠和方霏以主人身份频频举杯，真诚地对大家表示感谢，投标成功的欢乐，使大家你来我往，情意满满。首都人民好酒量，主人方有点招架不住，主人之一的方霏第一次喝到失控，还未散席，她就趴在了桌上。

郭慕侠酒量略好，勉力支撑着局面。晚宴结束，郭慕侠安排鲍迪和熊春来搀扶两名财务大姐先回酒店。餐厅就在酒店隔壁，一行人东倒西歪地相扶着走了。郭慕侠又唤来两名大奔司机，把三位步履蹒跚的领导送到在饭店外待命的奔驰车上，分送回家。

只剩下趴在桌上的方霏了。郭慕侠推推她，问她能不能坚持回酒店？方霏哼了一声，对他的问题没有回应。郭慕侠拉她的胳臂，她的头失去支撑，"嘣"的一下磕在桌面上，把郭慕侠吓一跳，好在酒后迟钝，方霏并无疼痛反应，换个角度依然趴着。郭慕侠无奈，去找服务员，请他们帮忙送人回酒店，服务员却说他们要打烊了，还有很多清场工作，只能帮忙送到门口。郭慕侠无奈地摇摇头，弯下腰，让服务员把醉成一摊泥的方霏拉起来，往自己宽厚的背上一甩，背她回酒店。

方霏实沉地趴在他的背上，随着他的脚步颠簸，她的四肢松垂晃荡，身体不停往下滑，他只好走两步就停下来，把她往背上送一送，再接着往前走。她柔软的身体在这一滑一送之间，不停地摩擦他的后背，弄得郭慕侠后背痒酥酥的。他摇摇晃晃地走着，虽然背着的是个纤瘦美女，但也并不轻松，终于来到房间门口，郭慕侠把方霏从背上卸下，搂着她的纤腰，让她倚着墙，从她的包里翻出门卡，刷开门把方霏拖进去。

进门后，郭慕侠挪到床边一撒手，方霏就呈一个"大"字，仰面倒在了床上。他又抓住她的双腿往床上送了送，给她翻个身，让她躺得舒服些，自己顺势倒在床边的椅子上，呼哧呼哧喘气。他看看方霏面色潮红呼吸急促的样子，有点不放心，

第九章 几成迷途羔羊

不敢马上离去，准备抽支烟休息一下，陪一下方霏，等她酒醒。

方霏躺到床上，醉意和困意双双袭来，像铺天盖地压下来的大棉被，要将她盖住，头脑中却有一丝细若游丝的意识，让她觉得她在坠往一个黑暗的、深不可测的深渊里，下坠中强烈的失重感和晕眩让人恐惧，方霏不知要坠到何时，醉意朦胧中她不由挣扎着喊了起来。

郭慕侠抽着烟，床上的方霏突然开始躁动，嘴里还念念叨叨，含糊不清地喊什么。他好奇地凑近她身边，把耳朵贴近她的嘴听了听，喊的是什么"林子、林子"，似乎是一个人的名字，他抓住她的手摇了摇，问她："喊谁呀？"

方霏没回答，继续急切念叨，醉意让她喊出了深藏在心无时无刻不念着的名字，她喊的是柳凌志，他总是出现在她需要帮助的时候，这次他为什么还不出现？她要他出现，她要喊他出现……

一只温暖有力的大手抓住了她的手，下坠停止了。啊，是柳凌志的手！他听到了她的呼唤！她本能地紧紧地抓住那只手，急切地喊："抓紧我，我不要往下掉，不要。"

郭慕侠听着她绵软的恳求，看着她的醉态，这个冰冷的美人喝醉后变得柔弱了，她脱下蜗牛一样随时背着的外壳，暴露出柔软胆怯的内在，郭慕侠心里洋洋得意：你终于也有服软的时候。

他按灭另一只手中的烟头，俯身用双手握住方霏的双手，安慰她说："放心吧，美女，我在你身边，啥事都没有。"四手交握着，方霏松软地摊在床上，她双眼紧闭、面颊绯红、呼吸粗重，又开始娇声喊那个奇怪的名字。女人醉酒的样子可真撩人，郭慕侠看着方霏想，和动情时一模一样，也难怪，一个是醉酒，一个是醉情，反正都是醉。这一想就觉得心上有一丝电流突起，迅速传遍全身。

他半蹲在床边，不一会儿就蹲累了，方霏还在不停地念念叨叨，他想了想，干脆也上床躺下，一抬手关了灯，伸出双臂把方霏搂在了怀里。

窗户只拉上了一层纱帘，遮光帘没有拉上，路灯、流动的车灯、闪烁的霓虹灯，汇成一条七彩河流，汇成城市华美的夜晚，从纱帘中透过来，给世界蒙上迷幻狂欢的色彩，身边，美妙的异性身躯无限靠近，冲动与渴望像梦一般在夜里生长，人类很有些奇怪的毛病，比如皮肤饥渴症，比如孤枕难眠，它让极度自我的人类挣扎在矛盾里，时而渴望孤独，时而彼此需要。郭慕侠搂着方霏，感觉她像只怕冷的小猫，温热的身体一直往他身上贴。他顺势把她搂紧，她呼出的热气吹着他的耳根，吹着他的脖颈，痒乎乎麻酥酥的感觉弄得他浑身燥热。他忍耐着，低头看着怀中的方霏，朦胧微光中，她娇嫩红唇微微翕张，双目紧闭，长长的睫毛在脸上投下一排暗影，十分娇美可爱。他终于忍不住了，俯身去吻方霏的唇，一触到那柔软丰满的唇，他就无法停下来了，酒精让他失去了本就不多的自制力。

前些年在国外，他们这些背井离乡的青年学子，为了排遣孤独的情绪，异性之间遇到投缘的，很自然就睡到一起，郭慕侠长相英俊，女孩们对他趋之若鹜，随兴而至的男欢女爱，他并不陌生。

此时，深夜的酒店里，半醉半醒之间，和美女同处一室，郭慕侠躁动不安，他犹犹豫豫腾出一只手，伸进方霏的衣服里，轻柔抚摸她的后背，顺着光滑的曲线，他的手一路往下，又摸到了她的翘臀，她的身体曲线玲珑，他的手在那曲线上游走，起伏的感觉让人心荡神驰。他又往前摸到她丰满的胸，摸到后就不禁激情揉捏起来。方霏在他熟练的挑逗下，有了动静，她轻轻地扭动挣扎着，抬手摸索郭慕侠不停揉捏的手，下意识地想要推开，她含混而低声地喊着"不要，林子，不要，不要。"这声音如此性感撩人，郭慕侠感到全身似乎要着火一样难受，真正的欲火焚身，他一边热烈地回答她："为什么不要？宝贝，我会让你飞起来的，我要你。"一边就猛地起身，三下两下除去了自己的衣服。

方霏还在"林子、林子"地喊着，郭慕侠热烈地答应："我来了，宝贝，是我，不着急，我来了。"边说边手忙脚乱地脱去方霏的衣服。他们赤身裸体贴在一起了，肌肤相触的满足感让郭慕侠更加狂热，他热烈地喊她"宝贝"，贪婪地吻她，一只手滑到她双腿之间，轻轻地富有技巧地揉搓，温柔的花蕾在他的抚摸下悄悄绽放。

方霏在浓稠的黑暗里，先是温暖大手拉住她，让她停止下坠，让她深感安慰，但随之而来的与一个人裸身相触的感觉，又让她的意识有一丝警觉。记忆中这种感觉绝对是空白，这感觉如此陌生，让人本能地感到羞怯，女孩子对童贞多年的习惯性守护，让方霏在沉醉中也感到了强烈惊骇，混沌的大脑中，处子的警觉在苏醒，游走的意识奔涌回来，当狂热的郭慕侠试图扳平她的身体时，她突然直挺挺地坐起，俩人的头冷不防碰在一起，撞得生疼。

这疼痛让方霏清醒多了，她像被火烫了似地尖叫一声，猛地推开郭慕侠，意识到自己赤身裸体，她迅速蜷起身体，双手狂乱地摸索，企图抓点什么东西遮盖自己，但被子和衣服早被郭慕侠踢到地上了，方霏无助地环抱着自己，不知如何是好。

撞击的疼痛和惊恐的尖叫也惊醒了郭慕侠，他从床上跳起来，被酒精和狂热的欲望冲昏的大脑一瞬间也清醒了，方霏又开始尖叫，他连忙伸手去捂她的嘴，却被她一口咬住，他痛得低喊一声，方霏听出了他的声音，她松口怒问："发生了什么事，你对我干了什么？"

郭慕侠短暂愣神后，连忙到处摸索衣服，跳下床时，他踩到了地上的被子，他捡起被子扔回床上，方霏抓住裹在身上，这才伸手按开灯，灯亮的一瞬，方霏触目就是郭慕侠赤裸的身体，她羞愧难当地挪开眼，低头哭了出来，边哭边骂："你这个臭流氓，你对我干了什么？"

灯光让郭慕侠很狼狈，他试图靠近方霏安慰她，她却更紧地捂住被子，受惊地盯着他："别过来，你这流氓，你乘我喝醉干了什么？我要报警！"

郭慕侠忙说："报警干吗？不用这么夸张，什么都没发生，我喝多了，我们俩都喝多了，我们情不自禁，可能有一些你情我愿的亲密行为。"

方霏歇斯底里地大叫："胡说！什么你情我愿？我什么时候愿意和你胡来了？"

郭慕侠看着她，小心翼翼地说："真的，刚才你很主动，你一直在喊我的名字，还抓着我的手不放，让我抱紧你，别让你掉下去。"

"喊你的名字？"方霏愣愣地重复，她睁大眼睛努力回忆，朦胧中，她依稀记得是抓住了一个男人的手。但在她的意识里，那是柳凌志的手，是柳凌志陪在她身旁，他的大手拉着她，把她从飘摇的虚空中拽回坚实的大地，带着她深一脚浅一脚地逃离黑暗的、危机四伏的地方。她太开心他的保护，所以一直亲热地叫他，他也时不时停下来吻她回应她。难道，是自己产生了幻觉，而郭慕侠误会她需要的人是他了？

郭慕侠看方霏安静了些，连忙继续解释："你真的一直在喊我，不停地往我怀里钻，我以为你想要，我喝了不少酒，自己也把持不住，糊里糊涂就想依着你。我们孤男寡女在一起，喝多了做点什么出格的事，再自然不过了，你别太在意。"

方霏又羞又气，搂着被子跳起来，发狠要打郭慕侠，一只拳头落在他赤裸结实的身体上，她马上又触电似的缩了回去。她模糊地想起在烂醉中，她触到过一个健壮结实的身体，让人羞涩和迷恋的触感，和此时击打郭慕侠的感觉别无二致。

她被自己模糊的记忆吓住了，跌坐在床上，身上围着被子，无助地哭泣，郭慕侠的话让她羞惭，她把头深深埋在被子里，全身缩成一团。郭慕侠穿好衣服，走过来轻轻拍拍她的背，柔声劝慰："别难过了，我早都喜欢上你了，现在这样正好，我们无意中越过了友谊的界限，这是天意，是天作之合。老天让我们两个骄傲的人省了多少事，我们彼此最大限度地赤诚相见，又没有突破最后的防线，这尺度把握得太好了，从今以后，我们的关系亲密又纯洁，我们将成为一对完美的恋人。"

"滚开，谁要做你的恋人？"方霏却不为所动。

郭慕侠不以为意，继续做深情状："当年在小北的婚礼上和你搭档，我就觉得你很特别，后来我竟和你成为同事，这种巧合不禁让人产生联想，觉得我们太有缘了，再后来，我越了解你就越喜欢你。我们认识的时间不短了，最近我总有一种预感，感觉我们之间一定会发生故事，没想到真的就发生了。你看，我们俩男未婚女未嫁，正好天生一对。"

"你真不要脸，谁和你天生一对？"

郭慕侠继续劝说："喜欢我的女人很多，我都不放在心上，但是对你，我真的有了感觉，我本来就一直要找机会向你表白，只可惜我不善于向女人表白，一向都是女人对我表白，所以我还在琢磨怎么开口。现在不是很好吗？快刀斩乱麻，行动代替语言，省去一切不必要的虚伪，太符合我的个性了。我还不至于辱没你吧。"

方霏不语，虽然她看不上郭慕侠，但郭慕侠受许多女人欢迎却是事实。他高高的个子，壮硕挺拔，显贵家世也增加着他的魅力，他是女孩子难以抗拒的英俊王子。他加入南都银行后，行里许多未婚女青年对他犯花痴，他在分支行进进出出，女孩们的目光总是追着他行注目礼，偶尔和他同行的方霏，也有幸分享过那些火辣辣目光的扫射。

但他再受欢迎，也和自己无关，她有深爱的仰慕对象，她纯洁的身体是要献给爱情的，而不是屈服于欲望。但今晚，这可恶的郭慕侠却把她赤身裸体摸了个遍！想到这里，方霏头伏在膝上，又难过地"呜呜"哭了起来。

不过是摸了摸，方霏就这么在意，看来她和过去遇见的姑娘真的不一样。郭慕侠愈加温柔地劝慰："别哭了，我知道你守身如玉，今天这事算我莽撞，但这真的没什么。我们都喝了酒，我什么都不记得，你就当是生了病，碰到个男医生，不得不让人触诊了一回好不好？你对自己的身体要有点科学的态度，不要像个老封建，再说我也是真的喜欢你，不是随随便便对你，我们有了这不同寻常的一夜，我会好好珍惜你的。"

方霏埋着头边哭边嚷："你给我滚出去，我要一个人待着！"

郭慕侠不肯走："我不放心你一个人。"

方霏恶狠狠地抬头盯着他："好吧你不走，你不走我现在就报警，抓你个现行。"

郭慕侠无奈地举起手做投降状："那好吧，你这么讨厌我，我走。"

他走到门口，又停下来为方霏倒了一杯水，端到她身边的茶几上放下，然后默默地走到门口，打开门，带上，走了。

郭慕侠一离开，方霏像个泄了气的皮球，她止住哭，重又软软地倒在床上，她关了灯，在黑暗中睁大眼睛蜷缩着。天哪，这太可怕了，差点就失去宝贵的童贞，这羞耻的一幕太让人难堪了，明天能装出若无其事的样子，坦然面对其他同事吗？今后能装作什么事都没发生，一如既往地和郭慕侠相处吗？

醉酒真的太坏事了，自己一开始好像真的没做什么抵抗，触碰到那个赤裸的脊背时，那种光滑硬朗让人着迷的感觉还在意识里一闪而过，幸亏最后及时清醒了。

郭慕侠长得虽然帅气阳刚，是许多女人心仪的对象，但她方霏可不是会被英俊外表和傲人家世所迷惑的浅薄女人。她爱的男人，既要有良好的外在形象，更要有内在的才华和思想，她的男人要成熟、博学、高贵有修养。只有柳凌志能配得上她的期望，他的第一次亮相，就显露着耀眼的光芒，人群中广泛的平庸陪衬着他，他的俊雅外表和高贵气质，让他有如穿透乌云的一缕阳光，让她瞬间就迷上了他，他含而不露指点江山的样子，是方霏心中英雄的样子；他不受身份之累的仁爱与善良，显示着良好的品德和素养。有他这样博雅沉静的伴侣,才能时时得到滋养,不断获得力量,才能让这漫长又漂泊的人生不孤独,不迷茫。

对柳凌志的爱,已经成为方霏的信仰,在臆想的不断催化之下,柳凌志在方霏心中已是神圣无比。他满足她所有的想象,他是她的光荣与梦想,他是她的骄傲与忧伤,她爱得深沉,爱得义无反顾。

犹如飞蛾扑向星星,

又如黑夜追求黎明,

这种思慕之情,

早已跳出了人间的苦境。

郭慕侠能懂什么?在她眼中,他外表华美内心空虚,是不学无术的纨绔子弟,自己的思想境界与他格格不入,难得有情感共鸣。他的洒脱超然不过是凭借父辈福荫,他借以自傲的她根本不看重,他这种花花公子,备受宠溺,生活平坦顺畅,骨子里一定骄纵而又自我,除了寻欢作乐,他哪会花时间去了解女人,他哪里懂得女人曲折婉转的心思,他对她献殷勤,但谁知道他对多少女人献过殷勤,他的殷勤更像是半真半假的玩笑,是爱玩的游戏,而不像出于深沉的爱。他懒散而又不靠谱的性格,更不可能在漫长的人生中一直温柔相待。

还好没让郭慕侠最终得手,要不然真要遗恨终生了。

但他毕竟做了出格的事,难道就毫不追究吗?可是如果到处去哭诉被欺侮的经过,让光鲜靓丽的形象转眼变成弱者形象,更让人接受不了,郭慕侠和自己的确喝了不少酒,还真不清楚他应该负多少责任,张扬出去让他身败名裂,似有不忍,自己也丢了脸面,看来明智的做法,还是不声张才好。

宿醉和失眠让方霏头疼欲裂,反复思虑,她无可奈何地决定,这个哑巴亏只能吃下去,不能让大家看出异样来,至于郭慕侠,慢慢跟他算账!

天亮后,方霏挣扎着起来了,上午要赶飞机回滨城。

洗了澡,拿泡过的茶包敷红肿的双眼,又精心化妆掩饰。当鲍迪打电话催她下楼吃早餐时,方霏克服心中的羞惭,鼓起勇气下楼出现在众人面前,还是一脸的憔悴疲倦。不过完全不需要找借口掩饰,两位财务大姐一见面就关心地问她好些没,说方总昨夜实在喝得太多了,方霏强笑着敷衍,早餐食之无味,勉强喝了碗稀粥,又要了杯咖啡,慢慢啜饮提神。

大家都快吃完了,郭慕侠也没有出现,电话催请也没用。鲍迪显出很了解郭慕侠的样子,安慰大家不要急,他说郭行长从不吃早餐,他都是睡到自然醒,然后早午餐一起吃。

鲍迪一边美滋滋地享用着品类丰富的自助早餐,一边发表高见:"这么好的早餐,我辈就不要操闲心了,抓紧多吃些,这可是最后一顿了,郭行长就不一样了,他天天泡在酒池肉林里，他可不在乎这么一顿。"

两个鞍前马后的大奔司机也到了，把大家的行李放到后备厢，等着送大家去机场，方霏看看表，让鲍迪去房间催郭慕侠，以免误了大家赶飞机。

郭慕侠终于下来了，和大家在大堂汇齐，他略表歉意，说喝多了睡沉了起不来床。可恨他还能睡得着，方霏暗暗咬着牙，冷漠地站在人圈外，不去理睬他的表演。

郭慕侠应答众人的关心时，偷眼看方霏，见她一脸阴郁，不知怎么竟产生了一丝惧意。真是见了鬼了，他在心里说，自己还从未怕过什么人，尤其是女人。

这一趟出差回滨城后，郭慕侠老实了不少，像无根的浮萍挂上了水底的木桩，有了羁绊。他待在办公室的时间明显多了，上下班也变得比较守时，若是方霏不外出，他也可以在办公室待上一整天，依然和男同事们烟茶啸聚，插科打诨满嘴跑火车，但略有心不在焉，似乎有了心事。

罗若兰出国还未回。

每天下班前，方霏召集业务部员工开夕会，会议室就在郭慕侠办公室隔壁，他听着会议的动静，觉得方霏确实比自己更像个领导。她布置任务干脆果断，点评项目一语中的，指导下属头头是道。

鲍迪请示方霏，会议要不要请郭行长参加？她说不用，这只是业务部的部门会议，如果郭行长要召集支行层面的会议，郭行长吩咐就是。

方霏对郭慕侠一直是不阴不阳的态度，倒也没人觉得异样。

郭慕侠表面上与方霏相安无事，暗地里每天给她发短信。

他说他买好了戒指，预备向方霏求婚。

他说他以前从未想过结婚这回事，但他现在想和方霏过一辈子。

他说要是在古代，方霏这就算是他的人了，方霏既然是信奉传统美德的老封建，就该从了他。

他不提还好，他一提，方霏恨意难平，简直牙痒。郭慕侠说这话，到底是不知悔改欺负她呢？还是真心实意想弥补呢？她难以判定，不过不管出于哪一种心态，都与爱无关就是了。

他持续不停地短信狂轰滥炸。他说，从前他在方霏面前耍酷，是没有意识到自己的心动，是以刻意的冷淡来做自我保护；是骄傲的男人遇到心仪的女人时，不甘于立刻臣服，要与意志做最后的搏斗；是不羁的灵魂在面临永恒的囚禁时，舍不得就此放下自由，要做最后的挣扎，可是他现在终于看清了自己的心，他只有放弃反抗，举手投降一条路，他请方霏尽快收了他，趁他还是一个健壮勇猛的热血青年，如果她继续扭捏作态，他久之思念成疾，她就该悔之晚矣。

这郭慕侠在国外混的大学文凭，中文表达还不错呢，不像想象中那么没文化。

看在他锲而不舍的面子上，方霏心里的恨意有那么一点点松动，和郭慕侠共事也有这么长时间了，真没有觉得他是下作之流，他虽霸气外露，但并不恃强凌弱，熟悉他以后，能看出他没心没肺的本质。酒后发生的事，大约真是一时糊涂，他想要风流快活，何须对女人用强，大把的女人愿意送上门。

郭慕侠每天在方霏眼前晃来晃去，提醒着他的存在，他用肉麻直白的文字攻心，用旷朗热辣的眼神传情。除此之外，他还常常奋笔疾书，草就一篇龙飞凤舞的打油诗或千字文，趁着办公区人少，大步送到方霏面前，连邮差都省了，实在是近水楼台，方便之至。

他的书法稚拙天真，像个早恋的高中生，方霏当着他的面，冷静地撕碎了一张又一张，但人家不气馁，人家像一个顽强的战士，要用十八般武艺，摧毁方霏内心的顽固堡垒。

他直白的言辞，大胆的举止，有时也能让人耳热心跳一下子，方霏忍不住反思，对他的反感，是不是出于负气，出于偏见？是不是真有些冥顽不化？对醉酒这件意外，到底是应该恨他，还是应该顺势考虑考虑他？

除了和自己心智的成熟度不那么合拍外，郭慕侠为人不虚伪，不逢迎，不羁的性格里，也能看出一丝真诚。郭慕侠的长相、家世，更没什么可挑剔的，方霏想起那晚郭慕侠的身体留给她的印象，不由得暗自羞红了脸，他还是个性感阳刚的男人。

方霏接到夏桐瑶的电话，夏桐瑶语气急促，心急火燎，说老父亲突发重病，要赶回老家去，单位的车全都公出了，一时要不到车，想请方霏开车送她一趟。

夏桐瑶一直不肯学开车，因为胆小，反正平时因公外出都用公车，私事外出就打车。方霏总说她有福气，是个坐车的命。但现在急着回老家，老家既不通飞机又不通火车，一天只有两班长途公汽，晃晃悠悠奇慢无比，会急死人的，只能向好友求助。

方霏连忙去车库开车，她的车子却突然趴窝了，试了好一会儿都点不着火，只好回到办公室给4S店打电话，4S店说可能是电线脱落造成接触不良，要拖车去修。方霏没办法，把车交给李清源处理，又调兵遣将，打算把熊春来连人带车借用，让他送她立刻出发。

刚要走，又犹豫着，嫌熊春来的车况太差，琢磨是不是要找个客户借台好车。

夏桐瑶虽然是好朋友，但她毕竟是重要客户的关键人物，马虎不得。营销的秘诀就是不仅要服务好客户的公事，更要服务好客户的私事，帮办私事更能拉近与客户的距离，赢得客户的心。方霏都不记得这几年给多少客户物色过保姆，帮多少客户张罗过买房子，带多少客户的孩子出去游过山玩过水。至于随叫随到、开车接送，那是基本功，否则那么多竞争对手围堵下，客户为什么单把业务给你？银行业务同质化严重，创新也容易被复制，服务上下功夫必不可少。

夏桐瑶扎扎实实帮助过方霏，她是方霏第一次职务飞跃的功臣，她对永盛公司的副总、财务负责人许仁杰，有着非同寻常的影响力。在她的照应下，方霏完全不需要应酬许仁杰，与永盛的合作有什么想法，夏桐瑶都能帮她达成。

好几家银行的客户经理，都围着夏桐瑶转，余丽娅就是那另外一个。夏桐瑶要方霏送，是对她格外信任，必须巴心巴肝安排好这一趟探望之旅。熊春来那辆破车不仅不适合长途跋涉，而且会让夏桐瑶的回乡之旅很没面子。

一直注意着方霏动静的郭慕侠从办公室出来了，手中晃着车钥匙，干脆地说："走，用我的车，我陪你去。"

方霏没有动，郭慕侠就推了推站在一旁的熊春来："去干你的活，没你什么事了。"

熊春来乖乖走开了。

没有更好的办法了。方霏果断拎上包，跟着郭慕侠走了。

小司机李义巴巴地跟在后面。

郭慕侠转身对李义说："我自己开车，你不用跟着了，你去我家一趟吧，我妈说要去商场买点东西，你帮我去陪她。"

李义答应着走了，郭慕侠戴上墨镜，启动车子，个性十足地对方霏说："别介绍我，我懒得搭理人，就说我是你的司机。"

方霏也就不介绍他，对夏桐瑶说因为跑长途，需要好一点的车，所以借用了朋友的车和司机。夏桐瑶很感激，觉得方霏就是周到，总能给人惊喜。

郭慕侠专注开车，方霏和夏桐瑶坐在后座，夏桐瑶着急父亲的病，方霏一边柔声安慰她，一边有点走神。她看着郭慕侠的背影，心里的感觉很复杂，一声不吭的郭慕侠透出了男人的坚毅神情，头一次，他给她一种笃定的可以依靠的感觉。

乡间土路上，雨天被碾压出的车辙，天晴时变得硬邦邦，形成一条条沟壑，颠簸非常，车子开得很慢，走了好久，终于风尘仆仆地到了夏家。大奔停在农家门前的晒场上，一群老人小孩赶来围观，绕着车子啧啧地欣赏赞叹，郭慕侠把车门大开着，墨镜也不摘，斜靠在座位上抽烟，这个仪表不凡的司机也很让乡亲们开眼，欣赏完锃光瓦亮的车子，大家又像围观天外来客一样盯着郭慕侠看，不闪不避的目光，呆滞纯朴的神情。郭慕侠也看着他们，用他谑笑的表情，这格格不入的两方，像两个不同物种在好奇对峙。

方霏陪着夏桐瑶在老人的房间里，窗外的这一幕让她想笑却又只能憋住，方霏发现，在闭塞的乡村生活的人们，身上有着奇特的返祖现象，他们的模样与表情，粗粝原始，不仅窗外的老人小孩，夏桐瑶的两个妙龄妹妹也是如此，她们与夏桐瑶五官轮廓很像，但气质全然不同。大城市优渥的生活，让夏桐瑶像一件精美的艺术品，她的面部线条柔和，皮肤保留着初生的白嫩细腻，着装华丽，姿态柔美，而她的姐妹家人，乡村生活让她们粗糙生硬。他们就好比同一个模具脱模成型的瓷器，最初都是同样的泥坯，但其中一只单挑出来，经过了修坯、打磨、刻花、彩绘等复杂工艺，变成了艺术精品，而其余的只是草草烧制，成为农家桌上的粗瓷大碗。

郭慕侠肯陪她来这么偏远落后的地方，来见识土得掉渣的一群人，方霏心里着实有些感动。

夏桐瑶的父亲不愿意去医院，一辈子没住过院的老人，对医院有莫名的恐惧，炕上生炕上死，祖祖辈辈天经地义。夏桐瑶在床前细细劝说父亲，有出息的孩子总是更能让父母顺从，老父亲终于同意了她的安排，于是三姐妹一阵忙碌，把老人抬到大奔上，夏桐瑶和方霏坐进去，又带了一个贴身照顾的姐妹，来到县医院。

方霏陪着夏桐瑶办理住院手续，郭慕侠帮着抬老人到病房，终于把老人安顿好，夏桐瑶歉意地说，她打算在医院陪父亲两天，让方霏先回滨城。医院条件简陋，连请他们吃顿饭都不能够，方霏连说不用客气，照顾好老人为重。于是夏桐瑶感激地送别方霏和郭慕侠。

两个人开车走上了回程的路。途经高速公路服务站，郭慕侠停车加油吃饭，饭桌上，郭慕侠打破沉默，一开口就直奔主题："可惜今天出门匆忙，戒指没有带，要不然今天正好来一场旅行求婚。"

方霏抬头看天色，不加理睬。

郭慕侠说："你想要我怎么样向你求婚？是当着许多人，还是就我们俩人私下里？是热热闹闹地，还是静悄悄地？"

方霏硬邦邦地说："奇了怪了，我和你八竿子打不着，恋爱都没谈过，求什么婚！"

"没事，先结婚后恋爱，旧社会的人都这样，你这样的老封建，正好适合这一套。"

方霏羞红了脸就要着恼，郭慕侠却邪魅地笑着，伸手来握方霏的手，方霏甩手背到后面，但郭慕侠手快，还是给他一把抓住了。方霏试着抽回，但他握得很紧，硬是抽不回。

手被他牢牢地抓着，方霏脸上愠怒的表情渐渐退了下去，她叹了口气，在遥远的思慕与身边的关爱之间，她该何去何从呢？她真希望，能有所谓的启示，或者神迹，来为她解答这生命中最大的难题。

郭慕侠目光炯炯地望着她，看到她由抗拒变顺从，觉得有戏了。他从来都不相信，哪个女人会真的拒绝风流倜傥的自己，方霏对他的冷淡，不过是女孩子惯用的伎俩，她也许是还在生他的气，也许是要端端架子，是欲迎还拒，只要自己好好哄着她，表演一下苦苦追求的戏码，她早晚得从了自己。

方霏此刻听天由命的样子，被郭慕侠认为是默许。一个冷冰冰的姑娘，却让他觉得心里十分幸福甜蜜。

他兴奋地想，回去后就向父母说明，父母一定很高兴。跟父母说过之后，就和方霏商量时间，把她正式介绍给家人，正儿八经地开始交往。

第十章
痴女孽缘可鉴

夏桐瑶在老家陪了父亲几天，老父病情转稳，她就回来上班了。一回滨城，夏桐瑶就给方霏打电话，约方霏下班后到她家，她要亲手做一顿私房宴答谢方霏。

此前，方霏还从未有幸去过夏桐瑶的香闺，这一次邀请，是友谊更加亲密的表示。

下班后，方霏特意到超市买了些礼品，虽然是夏桐瑶请她，但也不能只让夏桐瑶破费。她们是朋友，但更是甲方乙方的关系，方霏懂得谨守乙方的本分。

方霏按夏桐瑶说的地址，找到一个幽静的小区。小区不大，几幢高层住宅合围着一个精致的花园，花园里密密种着植物，假山凉亭，鱼池泳池点缀其间，营造出花木扶疏，曲径通幽的意境，是一处闹中取静的好居所。

房子地段环境都不错，室内布置却很简朴，只有必需的几样家具，而且一看就很廉价，夏桐瑶的节省，从日常交往中可见一斑，这次随她回了趟乡下，明白了她节俭的原因。贵为财务处长的她，居家这么寒酸，大概是贫穷的阴影太浓重，让她无法改变节俭的习性。

她俩麻利地做好菜端上桌后，方霏变戏法似的，从自带的东西中掏出一瓶葡萄酒，两只高脚杯，一个精致的烛台和几支蜡烛，说要和夏桐瑶共享烛光晚餐。

夏桐瑶惊喜地叫道："真浪漫呀。"

方霏笑着说："赴你这么个大美女的私享晚宴，我当然得把气氛做足喽，烛光晚餐应该是和男朋友一起享用的哦，你要是不嫌弃，就拿我当男朋友好了。"

听了这话，夏桐瑶却脸色一暗，像是心事陡起，方霏察言观色，连忙打住。

夏桐瑶给两只高脚杯斟上酒，举杯敬方霏。

第一杯酒，夏桐瑶说，感谢方霏，陪她一起看望老父。

第二杯酒，夏桐瑶说，祝老父早日康复，能活着看到女儿出嫁。

第三杯酒，夏桐瑶说，感谢方霏时常陪伴，让她少了很多寂寞。

第四杯酒，夏桐瑶说，祝方霏和自己能同时嫁出去，谁也不抢先谁也不落后，要不然落后的一个太孤单。

夏桐瑶频频举杯，方霏有点慌神了，买酒来只是一时兴起，只想小酌一杯，没想到夏桐瑶还在为父亲生病而伤感，大有借酒浇愁的意味。

方霏连忙给夏桐瑶夹菜，哄着她多吃菜，少喝酒，夏桐瑶吃了几口，又要喝酒。

方霏拦住说："慢点喝、慢点喝，你不常喝酒，不能喝急了啊。"

夏桐瑶已有醉意，她推开方霏的手说："别拦着我，人生难得几回醉，喝！"说完一仰脖，又是一小杯一饮而尽。

正喝着，夏桐瑶的手机响了，她摇摇晃晃起身找手机，方霏连忙拿过来递给她，无意中瞟到屏幕上的来电显示，是许仁杰。

夏桐瑶接起来，电话那头说了什么，夏桐瑶答："我这儿有客人。"

电话那头又问了句什么，夏桐瑶似乎有点生气地说："当然是女客人！"

就说了这么两句，对方就挂断了电话，夏桐瑶怔怔地对着电话发了会儿愣，就把电话扔在了桌上。

方霏继续反客为主地劝夏桐瑶吃菜，夏桐瑶目光呆滞，机械地咀嚼着，突然就身子一软，趴在桌上，凄凄切切地哭了。

方霏连忙拍夏桐瑶的背，问她怎么了，父亲的病不是见好了吗？还在难过什么？是不是喝多了啊？

夏桐瑶哭着说："你不知道，我心里苦啊。我爸爸生了病，我只身一人回去看他，还得麻烦你送我，我是有多没用。我爸妈生了我们姐妹三个，全是没用的女孩子，从小我家里重活苦活，都是我爸一人操劳，我爸撑着这个家可真不容易。现在我爸老了，生病住院，连个帮我把老爸背上背下的男人都没有。我们乡下，女孩子结婚早，我都三十了，这么大年纪没嫁人，邻居们说什么难听的都有。我从小乖巧听话，学习又好，我爸特疼我，家里的活不让我沾，一心供我读书，我考上财大，离开农村，也算给我爸争了光，谁知道末了又姻缘不顺。我两个妹妹倒是成了家，但乡下人日子苦，妹夫们都在外面打工。我爸当了几十年村干部，在村里德高望重，他也养成了要强的心性，这几年却总听风言风语，我妈在我上大学时就去世了，他身边没个宽心的人，一个人闷在心里烦，身体就闷坏了。"

方霏连忙宽慰："桐瑶，你想多了，人老了就会各种病，哪里就是你的错了。再说没结婚有什么错啊？你好好劝劝你爸，要改变观念，不要和乡下邻居一般见识，大城市里的青年结婚都晚，像你这么大没结婚的多了，我不也没嫁出去吗？按你的逻辑，我岂不应该和你抱头痛哭？"

夏桐瑶仍然收不住泪："你别哄我了，我哪能和你比，你比我小三岁呢。而且，上次送我们回乡下的那个男孩，那么帅那么酷，他的样子，可不像个司机，他看你的眼神，我一眼就能看出来，他喜欢你。你对他的态度，也不像对司机，对司机的态度应该是又礼貌又干脆，但你对他很冷淡，你基本不对他下指令，他却很善于领悟你的意图，你们像是一对生气的恋人，互相不爱搭理，但却很有默契。"

方霏窘得脸通红："你没喝醉嘛，思路这么清晰，逻辑这么严密，给你这一分析，跟真的似的。"

"我这是酒醉心明，我和你和余丽娅，我们三个人，我命最苦。余丽娅要身材没身材，要长相没长相，但她最有福气，她生在大城市，长在大城市，小时候没吃苦，长大工作不赖，早早成家，有夫有子，父母还有能力照顾她，她什么都不缺。你呢，虽说还没结婚，但你年龄最小，长得漂亮，又聪明又独立，比我有主意，还有那样的大帅哥追你，幸福生活指日可待。只有我，年纪又大，性格又软弱，苦日子望不到头。"说完，她又伏下身嘤嘤哭泣。

方霏叹气说："你看到的只是表面，你哪里知道，我还不是有苦说不出啊。"

夏桐瑶抬头斜睨她，鼻子里"哼"一声说："你苦什么苦，你是身在福中不知福，那么好的男孩子，服服帖帖供你使唤，你却理都不理人家。"

方霏忙转移话头："不说了不说了，我们真是莫名其妙，好好地在这里比什么命苦。我们都不苦！你看你，珠圆玉润一脸福相，这么年轻就当处长，事业成功得让人妒忌。我呢，我很享受独立自主的生活，又有你们这些能干的好朋友照应，我们都很有福。来，继续喝酒吧，祝我们福如东海，祝老爹寿比南山。"

夏桐瑶举起杯子："喝！"两个杯子清脆地碰在一起。

罗若兰从国外回来了。支行的气氛又有了些滞重，大家讲话都压着点嗓子，不那么放松。

每天开完晨会，营销人员就借口跑客户，纷纷往外溜。方霏也有很多工作需要跑，大客户每个月至少去一至二趟。日常服务琐事虽然有李清源帮忙处理，但一些关键信息和业务机会，却是需要亲自上门才能获知的。

又到季初，要收授信客户的上季报表，进行贷后检查工作了。方霏去了永盛公司，准备要一份他们的报表，好分析公司的财务走势。

来到夏桐瑶办公室，夏桐瑶招呼一声："来啦。"给方霏递上已备好的报表。好朋友就是这样默契，方霏接过报表，和夏桐瑶相视一笑，坐下来看报表，有什么不明白的当即提问，现场释疑。

门口突然传来一个沙哑的女声："请问，谁是夏桐瑶？"

方霏和夏桐瑶同时抬头，门口站着两个中年妇女，问话的女子，身材瘦高干瘪，双眼陷落，两腮无肉，皮肤又干又紧，绷在脸上，眼角却满是细细的鱼尾纹，表情既生硬又疲倦。另一个女子年轻些，粗糙胖大，一脸横肉。

夏桐瑶站起来，似乎感觉到了什么危险，她并不答话，只是迟疑地往后躲了躲。

问话的中年妇女见状，径直走过来，另一个也立刻跟上。看到她们来者不善的样子，夏桐瑶直往后退，一直退到桌角，拿椅子挡在身前，方霏也连忙站起来，下意识挡在夏桐瑶前面。

可是瘦女人一把就掀开方霏，胖女人踢开椅子，上前一步就薅住夏桐瑶的头发，要把她往地下摔，夏桐瑶"啊啊啊"地惊叫，歪着头努力维持着平衡。

方霏一看不妙，连忙冲过来双手用力掰扯胖女人的手，但瘦女人又在后面使劲扯她，扯得她衣服扣子都崩掉了一颗，方霏急得大喊："快来人啊，有人行凶打人，快报警啊！"

隔壁是财务处的结算室，闻声冲过来两个小伙子，一人一个拉开了两个正起劲的中年妇女，夏桐瑶的头发被扯掉一大把，披头散发，狼狈至极，总算挺着没有哭，一摆脱胖女人的魔爪，她连忙躲到方霏身后。

方霏终于腾出身来，她气得直跺脚，连声质问："你们是什么人，这是发的哪门子疯？不明不白打人，还有没有王法了？"

胖女人冷笑着："我们是什么人，说出来吓死这个骚货！我是许仁杰的姨妹，她是许仁杰的老婆，这个臭不要脸的骚货偷汉子，破坏别人家庭，你说该不该打？你报警啊，喊人啊，警察来了我们当着警察面打。"

方霏听了这话，脑海里飞速闪过在夏桐瑶家喝酒那次，许仁杰打来的电话，当时就觉得夏桐瑶的态度很奇怪。这两个女人也许并非师出无名，既然如此，不能恋战，走为上计。

趁着两个小伙子用身体推挡着那两个生猛妇女，方霏拉着夏桐瑶说："我们走。"转身向办公室外面奔，走廊上，挤满了看热闹的公司员工，夏桐瑶以手掩面，被方霏拖着穿过人群。

她们跑向电梯，两个中年妇女急了，在后面大声喊："别让那骚货跑了，今天要让她说清楚，和许仁杰搞破鞋多长时间了？贪了许仁杰多少钱？"

两个小伙子大力拦住两个撒泼的妇人，不让她们追上去。两个妇人又踢又打，边打边说："你们这么帮一个骚货，难道也想在她身上讨什么便宜吗？"

"别乱讲，这样当众侮辱人，要负法律责任的。"小伙子警告说。

"哪里乱讲了，我们有证据，我姐早就发现不对劲，要不是在许仁杰包里发现这个破鞋的妇科检查单，我们还不知道这破鞋就在许仁杰身边。"

方霏拖着夏桐瑶逃进了电梯，两个妇人的恶声还在后面回荡。她们气喘吁吁地跑到停车场，钻进方霏的车里，开回夏桐瑶的公寓。

两人进了屋，关上门，这才松口气，双双瘫在沙发上，方霏是累的，夏桐瑶却是又累又崩溃。她眼神空洞，不声不响，任头发衣服凌乱着，一副呆傻了的模样。

方霏好不容易气喘匀了，看看夏桐瑶的样子，只好像照顾病人一样，给夏桐瑶擦把脸，脱掉鞋，扶她躺下，然后，就不知道怎么办好了。她还安排有工作，但这种情况，是不可能把夏桐瑶一个人扔下的，她得留下来照顾她。

午饭时间到了，方霏肚子饿了，上午那一番惊险的逃亡，还挺消耗体力的。方霏到厨房转了一圈，冰箱里空空如也，冰箱门上粘着几张附近餐厅的外卖菜单，方霏打电话叫了外卖，又去夏桐瑶床边呆坐着。

外卖按门铃，把两个人又吓了一跳，方霏收了外卖，让夏桐瑶起来吃饭，夏桐瑶不肯，方霏说："不管发生什么事，饭一定要吃饱，身体是自己的，吃饱了，有力气找许仁杰算账。"

夏桐瑶无力地摇头："我和他是算不清楚了，我在全公司人面前，丢这么大的脸，他能怎么消除这个影响，赔我清白呢？"

"桐瑶，过去我没好意思问你的个人私事，但是说心里话，我一直奇怪，你长得这么美，性格也温婉，是男人最喜欢娶了做老婆的那一类美女，你应该有很多人喜欢，怎么会到现在还没有成家？你真的跟许仁杰有什么事吗？"

夏桐瑶哭着说："霏，以前我跟你说过，我命苦，你还不信，你现在知道了吧，我的命，都是被许仁杰这个王八蛋给害苦的。"

"你和他之间发生了什么事？"

夏桐瑶叹口气，给方霏讲起她的伤心往事。

大学时代，是夏桐瑶记忆中最美好的时光。在财大校园里，温柔可人的夏桐瑶，很快就和同班同学陆蔚明恋爱了，像每一对校园情侣一样，两个人每天形影不离，一起上课，一起去食堂，一起泡图书馆，一起在操场漫步，除了夜里各回各的宿舍睡觉，其他时间都在一起。同学们都说，他们俩郎才女貌，天生一对。

陆蔚明和夏桐瑶感情笃定，在学习上也互相启发，互相督促，学业都不错。大学毕业时，夏桐瑶因为成绩优异，被滨城知名国企永盛公司录用，早早签下了工作合约。陆蔚明为了和夏桐瑶在一起，也把就业目标锁定在滨城，不久，他也在滨城一家上市公司找到工作。

大学生活最后的假期里，陆蔚明带着夏桐瑶回家见了父母。陆蔚明的家是典型的城市中产家庭，他是独子，家庭关系简单，父母宽厚和气，夏桐瑶在他家的几天，被一家人宠得像宝贝。

告别陆家父母，夏桐瑶又带着陆蔚明回自己家看望老父亲。老父亲看到一表人才、纯朴憨厚的未来女婿，也是一万个满意。双方家人都首肯了他们的感情，恋情一帆风顺。

从学校搬出来后，陆蔚明和夏桐瑶租了一间小房子，开始同居生活，他们商量好，工作两年攒点钱，然后陆蔚明的父母资助一点，就买房子结婚。

每天，陆蔚明先送夏桐瑶上班，然后去自己公司，下班时，陆蔚明来接夏桐瑶，两个人一起回家，一起做饭，一起享用晚餐。陆蔚明需要加班时，夏桐瑶就自己先回家，做好饭等陆蔚明回来，如果夏桐瑶加班，陆蔚明就来帮女友工作，然后双双回家。两个人相依为命，共同为美好未来打拼，虽然身为上班族，有了工作压力，不再像学校生活那么无忧无虑，但幸福有增无减。

夏桐瑶工作快满一年时，顶头上司财务处长换了人，新的财务处长许仁杰由总公司派来。

许仁杰原本就在滨城公司任职，几年前，当时的滨城公司总经理提升到总部任职，许仁杰被他带到总部，后来这些年，他一直在总部领导身边工作，是领导多年的心腹。

这一年总公司接受审计检查，暴露出一些问题，为了替领导开脱，许仁杰背了黑锅，受到处分的他不能再留在总公司，在总部领导的安排下，他又被派回滨城公司任职，他这一回来，就是财务处长了。

许仁杰管理风格强硬，同事们都不太适应，觉得他专横独断，私下里颇有怨言，但夏桐瑶却另有体会，她觉得新处长锄强扶弱，很关心青年职工。新处长了解到她家在异地，尚未结婚，对她十分关心，让夏桐瑶有困难就找他，他一定会尽力帮助，以体现组织上对青年职工的关心爱护。

年轻的夏桐瑶被许仁杰代表组织送来的关怀，弄得诚惶诚恐，但她不敢多想，只是觉得这个领导对人真好。

有一个好领导关心爱护，夏桐瑶的日子舒心多了，作为职场新人，她少不了在工作中犯错受气。但新处长来了后，她的生存状态就改观了，许仁杰生就一张雷公脸，但对夏桐瑶却和颜悦色，似乎怕吓着了胆小的她。夏桐瑶工作上出了错，他总是"没事没事"地安慰，一副宽容大度的样子。

夏桐瑶拿了红包回家，高兴地告诉陆蔚明，陆蔚明却十分担心，提醒她小心，不应该接受小恩小惠。夏桐瑶却笑陆蔚明多心，妒忌她有额外收入。夏桐瑶说："我们公司每个处室都有小金库，小金库的钱都是私下分掉，我们以前的处长从来不给我分，但我猜别人都分了不少，现在终于有我一份了。"后来，许仁杰再给红包，夏桐瑶不告诉陆蔚明了，省得他多心。不过许仁杰授意她买衣服他给报销，她倒是没当真。

陆蔚明的公司接了一家外地客户，陆蔚明要去甲方公司帮助建设电算化系统，需要派驻外地半年。夏桐瑶的日子孤寂起来，下班后，一个人回家守着空房子很无聊，夏桐瑶再不像以前对加班有抵触情绪了，而是很乐意加班，一来可以打发时间，二来可以挣加班费，加班费虽然不多，但对努力攒钱的夏桐瑶来说，多挣一点就离目标更近一点。

年末了，财务处加班也多，连处长许仁杰偶尔也要加班。某天加班结束回家时，夏桐瑶在电梯里碰到了处长。公司刚刚给每名员工发了两包福利大米，夏桐瑶把大米吃力地搬到电梯口，电梯门一开，许仁杰站在里面，看到夏桐瑶身边的米包，许仁杰忙帮她搬进电梯，两人一起下了楼。

看夏桐瑶孤身回家，许仁杰关心地问："怎么没人接？你那个包接包送的男朋友呢？"

夏桐瑶老老实实回答："男朋友出差了，要过一阵才回来。"

于是许仁杰殷勤地邀夏桐瑶坐他的顺风车回去。他说天晚了，女孩子一个人回去不安全，而且大米挺沉。夏桐瑶客气地拒绝，说自己住得近，坐个公交车，三站路就到了，许仁杰坚持说，夏桐瑶租住的地方环境复杂，流动人口多，这么晚了，还是送一下比较好，员工出什么事，公司有责任的，他正好顺路，送一下夏桐瑶也不麻烦。

夏桐瑶不好太违拗他的意思，于是坐上了许仁杰的车。

许仁杰把夏桐瑶送到后，下车打开后备厢，替夏桐瑶把大米搬下车，夏桐瑶和他道别："谢谢处长，我走了。"

许仁杰却体贴地说："我帮你把大米送上楼，你一个女孩子家，扛不动。"

夏桐瑶结结巴巴地拒绝："这，太晚了，就不麻烦领导了，我扛得了。"

"不晚不晚，这个时间对我来讲早得很，我每天都休息得很晚，我还是送人送到底，送你上楼吧。"许仁杰说完，搬起大米，不由分说就要上楼，还说顺便看看夏桐瑶的居住条件，也算是关心部下。

夏桐瑶不好伸手去拦许仁杰，只好前面带路，领他上楼。哪知一到屋子里，把米包放下，许仁杰装模作样在小小的屋子里转了一圈，就出其不意地一把抱住夏桐瑶。把她按到床上。

夏桐瑶突然被许仁杰放倒,吓昏了头，她拼命挣扎，但许仁杰身材魁梧，力大如牛，她挣扎不过，眼看衣服就要被扯开，夏桐瑶急得双脚乱蹬，大声哭喊起来。

夏桐瑶一哭，许仁杰就抓起一只枕头，劈头盖脸捂住她的头，夏桐瑶在枕头下"呜呜嗯嗯"挣扎哭泣，声音却传不出来，趁她憋得喘不过气，忙着挣脱枕头的工夫，许仁杰终于扯开了她的衣裤。

当许仁杰硬生生地顶入后，夏桐瑶停止了挣扎，她泪流满面，木然地任许仁杰发泄兽欲。没有了抵抗，许仁杰终于可以放手行动了，他像一只饿极了的到庄稼地里刨食的野兽，急切地贪婪地在夏桐瑶身上忙个不停，他的身体粗鲁地冲撞着夏桐瑶的身体，一张胡子拉碴的大嘴，在她白嫩丰满的胸脯上拱来拱去，本已麻木的夏桐瑶被他弄得疼痛难忍，禁不住又哭出了声，这回许仁杰用他肥厚的大嘴堵住了她的嘴，他肉乎乎的大舌头塞满了她的口腔，夏桐瑶恶心得快要吐了，使劲甩头也甩不开他。许仁杰忙乎了半天，终于尽兴了，力竭了，这才长出一口气，软瘫在夏桐瑶身上，他粗笨的身体小山一样地坍塌下来时，夏桐瑶都快被他压散架了。

回忆到此，夏桐瑶哭了，哭得上气不接下气，讲述陷入停顿。

方霏听得眼里冒火，愤愤地说："这不就是强奸吗？你告他呀。"

"我哪有你这么有主意，完事后，我都傻了，一直哭个不停。许仁杰守在旁边，又是哄又是吓，他可怜巴巴地说，他日子过得很苦，他老婆生了大病后性冷淡，心思全在求医问药上，他呢，对一个病秧子也提不起性趣，又不忍心跟病老婆提离婚，只好干熬着。但他一个健壮魁梧的大男人，一身的力气没处使，真要憋坏了。他说他一见我就馋上了我，每天想我，想得觉都睡不着，说再这么想下去，他会像《红楼梦》里那个痴想凤姐的贾瑞，被一个看得见摸不着的虚影子折磨死。他感谢我成全了他，他久旱逢甘霖，我等于救了他的命。他说愿意对我负责，说他老婆得的是不治之症，活不了多久了，等他老婆一死，他可以娶我。然后他又吓唬我说，我要是敢说出去，他和我就都毁了，尤其是我，大晚上的，在我的小房子里发生这种事，谁会相信是强奸呢？一定认为是我对他性贿赂，这样我的名声就毁了，女人名声毁了还怎么过？不如听他话，他会好好照顾我。"

"你呀，就这么被他说动了吗？"

"是啊，他老婆得了一种比较严重的慢性病，我听公司的人议论过，他没说假话。他平时威风八面的，却在我面前声泪俱下诉苦，我对他产生了一丝同情，加上他连哄带吓，我也害怕。我对他说，我有男朋友，不要他负责，只要没有下次，我愿意把这事给忘了。"

"你这么宽容他，他应该感激你吧。"方霏问，夏桐瑶的为难，她似乎能理解。

"那个坏蛋，他可不是这么想的。"夏桐瑶眼神空洞地望向天花板，继续回忆往事。

夏桐瑶天真地以为，许仁杰那天晚上是一时冲动，自己的宽宏大量能赢得许仁杰的感激，继而让他悔改，再不侵犯她。所以，事件发生后，夏桐瑶抱着侥幸心理，没有采取行动。只是在公司里，她尽量躲着许仁杰，再不愿和他单独遭遇。

相安无事几天之后，夏桐瑶惊魂稍定，有天中午，却接到许仁杰打给她的电话，说夏桐瑶无精打采的样子让他很担心，要和她谈谈。夏桐瑶坚定地说不去。许仁杰就耍无赖说，如果夏桐瑶不去，他就来找她。夏桐瑶已经见识过他的胆大包天，怕他真的找了来，被办公室的同事看见起疑心，她只好再次屈服，像只胆怯的小白兔，畏畏缩缩去了许仁杰办公室，她刚一进门，他就在她身后反锁上门，夏桐瑶大惊失色，想逃却连门都没有了。

许仁杰故伎重施，把夏桐瑶扑倒在沙发上。他哪里是担心她，更谈不上有悔改之意。他按兵不动几天，只是观察她的反应，等他确信夏桐瑶软弱可欺，不会声张后，他就更肆无忌惮了。

这次是大白天，又是在公司里，许仁杰办公室外面走廊上同事们来来去去。夏桐瑶胆战心惊，生怕弄出动静，挣扎了几下就放弃了，只盼他快点儿完事。许仁杰办完事儿，一脸痴迷地说了许多情话，他说想夏桐瑶想疯了，说尝到她的味道，更放不下她了，夏桐瑶要么死心塌地跟了他，他保证床上床下都把她侍候得跟个皇后似的，要么他就和她同归于尽算了，反正没有她，他也活不出滋味儿了。

从许仁杰办公室溜出来时，夏桐瑶两腿发抖，身上发麻，本是被许仁杰强暴，自己却心虚得跟做贼似的，若是被别人看见，百分之百认定是她送上门，她是跳进黄河也洗不清了。

夏桐瑶思来想去，只有辞职才能避开许仁杰的骚扰了。

方霏同情地点头："这么想就对了，惹不起总归躲得起吧。"

夏桐瑶计划要辞职，可是，还有两个月就要拿年终奖了，年终奖是全年收入的一半，放弃年终奖，她有点舍不得。刚好许仁杰到总公司出差，她松了口气，再熬两个月，拿到年终奖再辞职吧。

夏桐瑶度日如年地等着，这期间，公司组织一年一度的体检。

体检时，医生反反复复检查夏桐瑶好一会儿，还抓起夏桐瑶的体检表，看向个人信息那一栏，似乎要确认什么。看过以后，医生又谨慎地问："请问你结婚了吗？"

"怎么啦？体检表上明明填了未婚呀。"夏桐瑶不明所以。

"检查显示你有怀孕征兆。"

医生的话有如晴天霹雳，夏桐瑶慌神了，她还没经历过怀孕这种事，完全没有心理准备。没等检查完，她就慌慌张张从医院溜走了。她不得已去找许仁杰，这孩子只能是许仁杰的，男朋友被公司外派，都两个月没见面了。

许仁杰出差刚回来，他镇定安抚夏桐瑶不要慌，当天下午，他带着夏桐瑶去了一家小医院。妇产科手术室门外，候着一大排等着做人流手术的姑娘，大家都是一脸麻木地等着，互相既不交流也不打量。护士小姐隔不久就搀一个姑娘出来，然后叫下一个进去，流水线一样井然有序。夏桐瑶看到这么多人，又都是满不在乎的样子，紧张的心情放松了一多半。

方霏好奇地问："那可疼吧？"

"是呀，伸个东西到你肚子里刮来刮去，那还能不疼！"夏桐瑶比画着，方霏身上直起鸡皮疙瘩。

"轮到我做手术了，我特别害怕，虽说打了麻药，但药效过后还是疼了好长时间，还好许仁杰懂得照顾月子，他给我批了一周的病假，要我在床上躺一周，坐小月子。他带我从医院回来，就趁机拿走了我家的钥匙，我躺在床上，他一天三顿给我送饭，还去买了老母鸡，炖鸡汤给我喝。我怕身体不养好影响以后生孩子，就乖乖地养着。"

"可是合该有事，我男朋友本来说春节才回来，但在我调养期间，他却突然回来了，大概是公司有事临时回来一趟，他可能是想给我惊喜，回来没有告诉我。已经是晚上九点多了，他风尘仆仆地一进门，许仁杰在厨房给我弄消夜，我在床上躺着，男朋友傻了，他到我们公司接我时见过许仁杰。男朋友张了张口，想说句什么还没说，许仁杰从厨房大大方方走出来，手里拿着汤勺，身上系着围裙，跟个男主人似的，主动招呼我男朋友说:"你回来啦,小夏病了,我给她炖个汤,这鸡汤啊,文火慢炖才好喝,我都炖了两个小时了,快要好了,一起喝一碗吧?"

许仁杰很懂心理学,对我和我男友这样单纯的年轻人,他知道怎么对付,他厚颜无耻地来这么几句,我男朋友什么都明白了,他脸色煞白,说不出话,扭头就跑了。我不能去追,急得直哭,许仁杰倒是高兴,说:"这下好了,什么麻烦都没有了。"

"后来,我厚着脸皮给男朋友打电话,但他根本不接我电话,他一定认为我贪图富贵,与上司私通,他的心伤得不轻,再不想见我了,连他的私人物品也不肯来拿,不过他虽然离开了我,但依然顾惜我的名誉,从未向别人说过我半句坏话。我们共同的大学同学,对我们分手都觉得很可惜,问他为什么会分手,他就说,他是独子,父母想要他回去,他也觉得离开父母,在外面生活太艰难,但是我不肯放弃滨城的工作,人各有志,所以选择了分手。这都是同学告诉我的,这些年偶尔从同学那里听到他一些消息。听说他回家乡后,考上了当地的公务员,但他一直不肯再交女朋友,单了好多年,直到前年,他才成家,最近刚添了小孩,听到这些消息,我这心里呀,既替他高兴,又替自己心酸,他肯成家,说明他终于走出了往事,可是我呢,我失去了一个多好的人哪。当年他走了以后,我知道没法挽回他,绝望得成天躺在床上哭,也没有辞职的勇气了,我离开永盛,又没了男朋友,我靠什么生活呀?老父亲还得我养老呢,就这样,我留下来了。"

方霏叹气:"糊涂啊!还怕找不到个工作吗?因小失大,一错再错。"

"谁说不是呢,当时年轻胆子小,害怕再找不到永盛这样的好工作,这一犹豫就到了今天。"

许仁杰本是替领导背黑锅下派的,等风头一过,总公司一纸文件下来,许仁杰就地提拔为分管财务的副总经理,接他的财务处长,是他的亲信,公司财务成了他的一统天下。夏桐瑶很快也得到提拔,成为财务处下辖科室的副科长,地位收入都提升不少。

"因为这些,你就将错就错跟定许仁杰了吗?真难以理解,我如果不喜欢一个人,一天都没办法勉强自己,你到底有没有一点喜欢他呀?"

"是啊,从那年起,一晃七年过去了。这七年里,我有没有喜欢他呢?我也一直在问自己。我想,刚开始我是不喜欢的。"

夏桐瑶被泪水泡过的眼睛感到酸涩,她眯起眼睛,在如烟往事里,追踪自己的思想轨迹。

许仁杰升任公司领导后,办公室搬到了领导专用楼层,三个公司领导,占了整整一层楼面,每个人一套豪华大套间,带卧室和独立卫生间。其他两位公司领导常常出差,许仁杰因为分管财务,坐镇公司的时间最多。

那层楼人少安静，午休时间更没有人来打扰，许仁杰更频繁地把夏桐瑶叫到他办公室，尽情享受夏桐瑶芬芳的肉体，办公室成了他的神仙洞府。

世上没有不透风的墙，公司里很快就有风言风语，夏桐瑶想再找新男友都不好找了。同事中年轻的男孩子，没人敢接近夏桐瑶，她的工作又不跟外界多接触，没有机会认识外面的男孩。所以夏桐瑶就这么一直被许仁杰霸占着，没有英雄来救她出苦海。

都说一日夫妻百日恩，慢慢地，夏桐瑶习惯了许仁杰，对他生理上的厌恶逐渐淡化。加上许仁杰懂得哄女人，他一再表白说，他俩没有夫妻之名，但有夫妻之实，他说他有了夏桐瑶以后，连看老婆一眼都恶心，夏桐瑶才是他心中的妻子，是他唯一的女人。

许仁杰这么说，夏桐瑶多少也得些安慰。自此以后，她对这个无法摆脱的枕边人，采取了默认的态度。在床上，她不再习惯性地挣扎反抗，夏桐瑶的转变，许仁杰看在眼里，乐在心头，他欲望强烈，索要无度，总是大白天在公司里，匆匆忙忙地，渐渐觉得不能尽兴。夏桐瑶又死活不肯让他去她租住的房子，那里的邻居都见过她和男朋友出双入对，现在突然换了男人，她怕邻人的眼光让她难堪。

于是，许仁杰给夏桐瑶买下了现在住的这套公寓，公寓离公司近，品质好，地段好，环境清幽，比夏桐瑶的租住房不知强了多少倍。关键是，房子是自己的，住着踏实，房子装修好后，夏桐瑶就住了进来。自此，她成了许仁杰的地下夫人。

在公司里，夏桐瑶的地位扶摇直上，每次提拔干部，都少不了她，几年之间，她就从副科长、科长，一直升到了副处长，当财务处长被委派为下属公司负责人之后，夏桐瑶成了财务处长。不过，不是靠自我奋斗得来的职位，夏桐瑶总有点卑怯不自信。

许仁杰很有手腕，在公司里，他虽然只是副总，但他比其他两位公司领导根基都要深，公司一把手换了几任，只有他稳如泰山，他在公司不可撼动的地位，让他霸气强悍的性格显露无遗。他说话做事干脆果断，不论是精神还是肉体，都满溢着雄性的力量，夏桐瑶被他的强大所征服，和他在一起越久，越喜欢被这力量保护，夏桐瑶离不开他了。

"既然你也开始喜欢他，他也一直喜欢你，他老婆的病也没啥动静，他就没想过离婚娶你吗？"

"他倒是一直说要娶我来着，但是总是被这事那事耽误，要我等。最后一个原因，是说他的儿子上高中了，为了不影响孩子的前途，要等儿子高考后，他再离婚。"

"好，这次出了这样的事，看他怎么收场吧。"

当晚，方霏没有回家。她虽一再提出要走，但夏桐瑶求她留下来，方霏怕许仁杰突然来了，她会尴尬，她把她的顾虑告诉夏桐瑶，但夏桐瑶摇头说："这两年他老婆有所察觉，他来得很少，这会儿刚出了事，正在风头上，他更不会来。"

她说得很肯定，方霏也就没走，果然，这一天一夜，许仁杰竟然电话都没打一个来。

第二天上午，许仁杰依然没音信，夏桐瑶不知怎么办好了，她本来以为许仁杰会告诉她下一步怎么做，但许仁杰毫无表示，她也没脸去上班，重新出现在公司，那得需要多大的勇气呀。

方霏要走了，她还得工作。夏桐瑶哀求方霏："要不你帮我打个电话给许仁杰吧，看看他怎么说。"

方霏看着夏桐瑶无助的眼神，默默地拨通许仁杰的电话，开了免提。

方霏问许仁杰："许总，昨天您太太带着人到公司里闹，您知道吧。"

"知道。"

"您太太这么闹，也没见您打电话关心一下桐瑶，您就不担心她想不开吗？"

"我这不也焦头烂额吗，我老婆找小夏闹完了，转身又找我闹，闹得我昨儿一晚上都没睡，刚刚才脱身。我昨天听人说小夏和你在一起，我相信你会把她照顾好，所以我不担心。"

方霏冷笑着说："您还真瞧得起我。"

许仁杰"嘿嘿"干笑两声。

"闹成这样，您打算怎么收场呢？给个话吧。"

"我这不费了老大的劲，刚刚把我老婆摆平吗。我老婆已经同意到公司纪委去做个说明，说明是她瞎猜疑，错怪了我，这个事是一个误会。"

方霏不耐烦地说："我不是问您怎么保全您的家庭和职位，我是问您，小夏今后怎么办？"

许仁杰诧异地说："这么一处理不就没事了吗？以前怎么办，以后还怎么办呗。"

方霏叹口气："这事不管您表面上撇得多干净，背地里还是会议论纷纷啊。小夏哪能没事一样回去上班？姑娘家脸皮薄，可比不得您大老爷们，您得对小夏有个负责任的态度！从前可是您招惹的她，现在这事也得怪您，小夏可没给您捅娄子。您也真是的，留着小夏的妇科检查单做什么？您看看闹出多大的事。"

不提这个还好，一提这个，许仁杰就愠怒地说："说到妇科检查单，我就一肚子气。小夏这几年很有点神经质，一会儿担心怀了孕，一会儿担心怀不了孕，总吵着要做检查，我只好带她去检查，结果总是啥事没有。这次也是一样，我忙着陪她做检查，检查单和找零的钱，就随手塞包里了，事后忘了扔掉，被那个婆娘发现了，单子上有小夏的名字，这还能不闹？"

"您这一不小心，让小夏差点活不成。"

"她活不成，我活着就痛快吗？我里里外外被两个女人闹昏了头，尤其是小夏，她要么是闲得无聊，要么是故意犯刁，总是想办法折磨我！每年检查不知道要做多少次，弄得我都神经衰弱，总这么精神不得放松，我也累了，百密一疏也是难免。"

方霏为夏桐瑶鸣不平："这倒成了小夏的错了，她之所以会这样，不都是因为没安全感吗？要是您给她正常的家庭生活，她肯定不会这样焦虑。"

"说得轻巧,我给她正常的家庭生活,我们俩在公司还能待得下去吗?都失业了,喝西北风去?她这些年,经济上、事业上,没我照顾她,她能过得这么好?凡事只能图一头,别什么好处都想着占全了。"

夏桐瑶气得直打战,对着电话问:"这么说,你说要离婚娶我,完全是敷衍了。"

许仁杰听了夏桐瑶的声音,语调柔和下来:"也不是敷衍你,这不也要时机成熟吗?我得把今后的生活安排好了,才能有下一步的行动。好了好了,我这边还有事,你先休息几天,等事情平静下来再说。"

许仁杰不容再说就挂了电话。

方霏看了夏桐瑶一眼,问她再要怎么办。

夏桐瑶六神无主地说:"只能按他说的,先休息几天了。"

夏桐瑶休息期间,方霏每天处理完工作就来陪她,余丽娅也从永盛公司员工那里,听到夏桐瑶受辱的事,打电话要来看夏桐瑶,事情已经大白天下,没有隐瞒的必要了,夏桐瑶同意余丽娅来看她,方霏就和余丽娅商量好,两个人轮流陪她,帮她度过这一段日子。

这天,方霏又来陪夏桐瑶,夏桐瑶一脸忧伤地说:"今天许仁杰打电话来,他要我辞职。"

"为什么,他不是说没事了吗?"

"其实,他不叫我辞职,我也只能辞职,闹成这样,我哪有脸回去上班。许仁杰改变主意要我辞职,是因为自从他老婆来闹过后,公司里很多不服他的人,趁机借这个事告他的状,说他搞权色交易,违反组织原则。他有点招架不住了,只有我辞职,腾出处长位置,才能把这事平息。这个位置也是太令人眼热了。"

"那你不是一败涂地吗?"

"事到如今,只能保一个是一个了,他的职位比我的有价值。只能牺牲我来保他,反正我和他结婚时,我也是要辞职的。"

方霏摇头叹息:"你真肯替他考虑,就不知他肯不肯也这么替你考虑。"

方霏去永盛公司替夏桐瑶交辞职信。信交到人事部,方霏又来财务处替夏桐瑶清理办公室,帮她把私人物品搬回去,清理进行到一半,许仁杰经过,探头探脑看了一眼,邀请方霏去他的办公室,说有几句话要对她说。

想想许仁杰在办公室对夏桐瑶做的那些事,方霏去他的办公室都有些胆寒。在许仁杰的办公室,方霏说明已替夏桐瑶代交辞职信,许仁杰点点头,话中有话地对方霏说:"方小姐,感谢你照顾小夏,我和她之间的事,你全都知道了,希望你懂得信任的分量,我会给小夏一笔钱,安置好她的生活,另外,今后小夏不在公司了,但你们银行的业务,我还是会继续关照的。"

方霏深深看他一眼,说:"许总,您放心,我懂。"

夏桐瑶休整了一段时间,在两个好朋友的抚慰陪伴下,总算放下哀怨,开始投简历找工作。从风光无限的财务处长,跌回到原点,又回到了大学毕业时的境况,只是青春、爱情、梦想都已回不去了,只有许仁杰飘缈的承诺还在安慰着她。

她终于在一家私营企业找到会计的工作,不用像个不见天日的老鼠,成天窝在公寓里了。

许仁杰要给夏桐瑶一笔钱,她听了方霏的劝告,没有收。方霏看出来,许仁杰有甩掉夏桐瑶,从这段关系里脱身的意思。方霏说,这点钱保障不了后半生,但夏桐瑶收了钱,许仁杰也许会觉得不欠她了,不能让他拿钱换良心的平安,这样太便宜他。夏桐瑶觉得方霏说得有理,她终于坚定地拒绝了许仁杰一次,说她可以自食其力。

小公司里工作,总是受老板的气。一直在情人荫庇下的夏桐瑶,哪承受得了这么多委屈,心理崩溃的状况常常发生,方霏和余丽娅常要当她的心理按摩师。

夏桐瑶这一地鸡毛的感情,让方霏看到爱上已婚男人的后果,太可怕,她自己痴爱的,不也是个已婚男人吗?单恋让她不至于受侮,但心中不也有另一番苦楚吗?是不是应该及时打住了。

第十一章
徘徊中见曙光

2005年6月，本市政府举办银企座谈会，召集银行与市属企业商讨合作事宜。会议由主管经济金融工作的副市长主持，各家银行也都高规格出席。

南都银行副行长孙德清去参会，银丰支行服务政府企业多，罗若兰和方霏陪他一起去。

长方形的会议室里，三面合围摆放座位，还有一边设演讲席，企业负责人与银行来宾面对面就座，市领导、各委、办、局领导及会议主持人坐演讲席对面。

银行代表就座区的三排座椅，第一排坐各银行高管，第二排是银行中层，第三排就属于闲杂人等了。她落座第三排，抬头看到第一排有张空座，座卡上印着：通宝银行柳凌志！

座位空着，柳凌志还没到。不过，这个座位牌就足以让方霏心跳加速，她脑袋里嗡嗡作响，眼睛盯住门口，期待那个身影出现，罗若兰回过头和她说事，她半天都领会不了她的意思。

终于，那个清瘦挺拔的身影出现了，是柳凌志！距离与他的初遇，已经四年，他的外貌没什么改变，他步履从容地走进来，来到座位上，先和邻座客气地握了握手，方才坐下，方霏妒忌地看着他的邻座，那是一个头发都已经稀疏的老女人，可她刚刚得到了柳凌志礼貌的问候，还握到了柳凌志修长的手！她有这样的幸运，只因为她是另一家银行的高管。

方霏默默瞧着柳凌志的背影，眼中悄悄盈上泪水。此刻的百感交集，难以言喻，在漫无边际的思念之海漂流多年，以为永远也到不了对岸，在左冲右突也看不到希望的时候，却又这么不经意地遇见。

四年了，只是匆匆偶遇几次。每次遇见，都只和陌生人一样，两不相干，但在方霏的内心里，每次都经历着雷鸣电闪，巨浪排天。思念的那人就在眼前，如此靠近，又如此遥远，突然的遇见让人如此狂喜，又如此感伤，似乎已和他经历了前世今生，她对他熟悉得有如亲人，遗憾的是，他却完全不知情。

　　方霏悄悄拭去泪水，她不可以任由情绪泛滥，怕邻座发现异样。

　　会议开始了，议程第一项，各家银行的行长演讲。

　　别人讲什么，方霏一个字都没听进去，但柳凌志演讲时，她一个字都没落下。她听过他两次现场发言，他说话总是言动意随，文情并茂。能把干巴巴的业务宣传讲得不落俗套，他的语调很平缓，很朴素，但重剑无锋，大巧不工，他并不渲染业务上的优势，却详谈他们在服务上倾注的感情与思考，谈他们对客户满意度孜孜不倦的追求，让人觉得他们的思考很有深度，业务优势也应是顺理成章的事。

　　方霏凝神听着，目不转睛看着，往事历历在目：他照顾昏倒的她，不顾身份悬殊；他替她拔鞋跟，十足的绅士派头；他的温厚，他的学养，他的品貌，无一不合她的心意。这样的男人，她正试图忘怀，可她怎么能忘怀？

　　不，要把他更深地印刻在脑海里。

　　座谈会一直开到中午，银行好不容易讲完，经委、计委、科委、农委、工委，与各类企业扯得上关系的主管部门领导又一个接一个发言，省委组织部领导也做了发言，强调在银企合作中党的领导的伟大意义和至关重要。最后，副市长做重要指示，会议终于结束。

　　会后，银行高管和中层参加小宴会厅里市领导主持的宴请，其他随行人员在大厅招待自助餐。

　　方霏惆怅的目光追随着柳凌志的背影，他走进宴会厅看不见了，她才招呼孙德清的司机田宇一起去自助餐厅。方霏不由内心感伤，自己这个业务部经理，也就配和领导司机坐一桌，说不定，连和司机坐一起都是她高攀了。司机服务领导几年，通常能混个副处级，自己充其量，也就是个科级。

　　不过今天和柳凌志这会场偶遇，实在是太及时了。好险，自己差点因为绝望而放弃梦想，准备接受差强人意的郭慕侠了。

　　这不早不晚的相遇，冥冥中一定有别样的深意。这次相遇，不就是为了提醒自己坚持梦想吗？坐在柳凌志身后，对自己差点接受郭慕侠的那一点动摇之念，方霏羞愧不已，真是糊涂啊，怎能背弃自己的心，接受一个并不真正喜欢的人。她决定，赶紧和郭慕侠撇清关系，从今而后，要坚守最好的自己，她不是离柳凌志越来越近，已经有机会跻身同一个会场了吗？他坐在她前方，中间已经只隔着一排人。再努把力，就差不多触手可及了。

　　下午回支行，郭慕侠在等她，说有重要的事要讲。好说歹说把方霏恭请到他的办公室，在方霏狐疑的目光逼视下，他关上门，眉开眼笑地说，已经禀明母亲，要带方霏去见父母。他说母亲很高兴,终于有人可以帮他们管儿子了,但父亲近日出差了,等父亲回家,母亲就安排家宴,邀请方霏到家吃饭见面。

方霏激烈抗议道:"你胡闹什么呀?怎么想起一出就一出,我又没答应你什么,怎么就要见你父母了?"

犹如一瓢凉水浇下,郭慕侠有点发蒙,他很受伤地问:"方霏,你是认真的吗?我都和我妈约好了,这可开不得玩笑,我从没带过女孩见父母,我可从来没有对女孩这么认真过。"

"没开玩笑,我没打算和你有什么瓜葛,我俩不合适。"方霏无情的嘴脸。

郭慕侠追问:"什么不合适?"

方霏支支吾吾找理由:"首先,我们俩是同事,如果恋爱,我们就得遵守回避制度,我们中有一个人,需要放弃自己的工作。"

郭慕侠平静地说:"这没问题,我可以放弃。"

方霏愣了愣,没办法,高干子弟拿啥都不当回事。她只好继续找理由:"其次,是我俩性格不合,你压根就不是我的菜。"

郭慕侠耐着性子问:"什么人是你的菜?"

"你看,我这个人挺无趣,除了工作,没什么爱好,闲暇时间就只喜欢看看书,发发呆,老气横秋不像年轻人,你那么有活力,那么喜欢热闹,我们兴趣爱好差距大,玩不到一起;而且,我性子急,你性子慢,很不合拍,还有,我对什么事都挺认真,你对什么事都无所谓,我们生活态度太不同。"

郭慕侠见招拆招:"我们正好互补啊,我知道你有很多缺点,我不介意,我愿意影响你,把你变得热爱生活,充满活力。"

看看,对这样油嘴滑舌的人,你很难和他谈个什么严肃的事情。也许对他来说,压根就不存在严肃的事情。这么不靠谱的表现,怎么让女人放心地托付终身?

方霏懒得和他费唇舌了:"唉,和你说不清……"

郭慕侠终于不耐烦地打断:"方霏,别说那么多了,直说吧,你心中是不是有别人?"

方霏怔了怔,眼中不争气地盈上了泪,因为刚刚见到了柳凌志,她变得很感性,这个不可得的梦想,成了她的阿喀琉斯之踵,软肋一被言中,就勾起绝望的泪水,盈盈欲落。

郭慕侠踱到她身旁,探究地望着她:"是什么人让你变得如此脆弱多情?"

方霏忍泪不语。

郭慕侠悠悠地说:"我观察了你这么久,感觉你不像有男朋友的样子,因为一个真正的男人,是不会让自己心爱的女人伤心难过的。说吧,你到底藏着什么样的心事?"

"可我为什么要告诉你?难道就因为你冒犯过我,反而让你对我拥有了什么权利吗？"方霏本来极不愿意提这事，但她想让郭慕侠认识到，他对他们关系的幻想，有多莫名其妙。

"正因为无意中冒犯过你，所以我总想着弥补，你的样子很不对劲你知道吗？"郭慕侠怒气冲冲。

"收起你那一套，我不需要弥补。你离我远些就好。"

郭慕侠叹口气："好吧，我就是弄不懂你们这些知识分子，你说你喜欢谁，你就去找他呀，好好和他在一起，我也就死了心。你看看你，一天到晚一个人，孤孤单单郁郁寡欢的，年纪轻轻就像看破了红尘，这算怎么一回事呢？"

"郭慕侠，谢谢你对我好，也许错过你很可惜，但我真的不能接受你。"方霏哑声说完，起身就走。

郭慕侠望着她的背影，发狠说："我就不信邪，总有一天，你会成为我的人，不信咱们走着瞧。"

拉开办公室的门，把这句话关在后面，方霏走了出去。

6月末了，银行要忙半年冲刺，弄个好看的阶段性成绩单。但罗若兰最近很反常，冲刺不安排，工作不布置，她把支行的事甩在一边，像在忙着什么大事。

方霏不太关心她的动态，和罗若兰相处越久，越发现双方有很大分歧，她在很多事情上与罗若兰不敢苟同，但最终都不得不屈从罗若兰的意志，因此常有不愉快的感受，罗若兰独自忙碌着，方霏正可以少领指示，难得自在。

快下班了，郭慕侠正准备离开，罗若兰从隔壁打来电话，请他到她的办公室谈事。

郭慕侠来到她的办公室，罗若兰起身关上了门，然后从从容容煮起了茶，摆出一副密谈久谈的架势。

罗若兰边煮茶边不紧不慢地开言："北华银行要来滨城筹建分行，他们找了我。"

郭慕侠眉毛一挑，似乎在说，这事和我有什么关系？

罗若兰慢条斯理地进行着煮茶的工序："我在南都银行这么多年，一直想再前进一步，我进步你们也都跟着进步，但现在看来，大家都没机会了，分行一下子新增了两位副行长，人民银行来一个，银监局来一个，以前，人行银监没分家，一次还只派一个人，现在倒好，人行银监一分为二，每次一有空缺，他们能一下子派出来俩，我们自己劳苦功高的干部，压根轮不上，只能一边凉快。南都这样的银行，经营进入了守业期，没有创业期的风险和压力，薪酬又高，这么好的职位，监管最爱了，我们怎么抢得赢监管呢？任职资格卡在他们手上呢。

"进步空间被堵塞，这是一方面。另一方面，分行管理层一下子来几个监管的人，将来业务肯定不好做了，监管的人哪有懂市场的？跟他们沟通会把人累死！市场空间也在缩小，资源基本被瓜分完毕，你看你来得晚，客户都被别人先占住了，你拓展客户，不是和这个兄弟支行交叉，就是和那个兄弟支行交叉，有资源也动不了。

"我们支行如果只是维持现有规模，不能新增，效益马上变差。与其在这里浪费时间与资源，我们不如换一家新银行重新开始。新行市场全是空白，可以大展拳脚；新行职务空缺多，有机会争取高职位，职务不一样，平台就不一样。我们在南都，仅仅拥有一家支行的资源，分行的资源分配不由我们掌握，我们外与同业抢，内部要与兄弟支行争。虽然我与分行领导的关系都处理得不错，但始终是仰人鼻息。

"现在北华银行找我，他们刚起步，需要资源型的干部，我的条件是要出任分行副行长，我成了分行副行长，可以交给你一个支行，南都给不了我们的，我们向北华要，到那时我们上下联手，你拥有的就不仅仅是支行资源了，我在分行，在资源配置上向你倾斜，各方面优势比现在要多得多。"

郭慕侠靠在沙发上，高高地跷着二郎腿，懒洋洋地听着罗若兰描绘宏伟蓝图，他不明白这个女人为什么这么野心勃勃。他对这些权谋机变、运筹帷幄并不陌生，那是父亲和他的朋友们一辈子都在殚精竭虑的东西。正因为熟悉，他更感到厌倦。罗若兰喋喋不休，他却心不在焉。他这几天正为方霏对他的拒绝感到沮丧，这是他很少遭遇的失败，他接受不了。

一想到方霏，郭慕侠突然就想到了一种可能性，罗若兰会不会也动员方霏和她一起行动？方霏听到这件事会做何反应？他不知不觉坐正了身子，脑袋里飞速推演，如果方霏肯去，他却不去，或者方霏不去，而他去了，这两种情况都很不妙，在他还没攻下方霏这个堡垒前，他不能让方霏从他身边逃跑，守在身边都没拿下她，跑了可就鞭长莫及了。

他神情的变化让罗若兰惊讶，他一扫心不在焉的态度，突然目光炯炯地问："那你的计划里，还有谁会和你一起去北华？方霏去吗？"

罗若兰观察郭慕侠的反应："当然，支行的业务骨干，肯和我们一起走的，都要尽量带走，北华肯重用我，看中的就是我能带人带业务，我们到了新环境里，也需要用自己人，自己的团队越强大，自己根基才越牢。不过，我还没有和方霏谈，有想法我当然是第一个和你谈。"

郭慕侠直白地说："那好，方霏去我就去，方霏不去我就不去。"

罗若兰若有所思地看着郭慕侠，最近觉得他有很大变化，原来是方霏给这匹野马套上了笼头，看来这个方霏还真不容小觑。自己费口舌和他说了一大套，影响他做决定的只是方霏的去留而已。

方霏当然在罗若兰的考虑之列，不过她对方霏是否跟从没有十足把握，这个女孩外表柔弱，其实很有主见，并没成为俯首帖耳的死党，她的个性有时会让罗若兰不舒服，但她办事挺得力，自己亲信的那几个人，听话倒听话，却不堪大用。用人之际，就不计较那么多了，还是要争取到她。

所以罗若兰顺水推舟，爽快卖个人情给郭慕侠，她说："没问题，我去和方霏谈，但请你对我们今天的谈话保密，不要先向她，也不要向其他任何人泄露消息。"

郭慕侠答应了。

第二天一早，罗若兰把方霏叫进办公室，很贴心地向方霏透露了她正在运作的核心机密，诚邀她一起去北华银行开创新事业。

罗若兰许诺，方霏若肯抱团跳槽，她将推荐她出任支行副行长。她谨慎地没有提她已和郭慕侠先谈过此事，在方霏接受招安之前，敌我关系还不明朗，不能让对方掌握太多信息，以防消息走漏，影响计划实现。

罗若兰的提议让方霏很吃惊。她在南都干得顺风顺水，她在这里收获了成长，收获了人生第一桶金，她对南都银行有很深的感情，以她重情的个性，她觉得，跳槽也是一种背叛。当年她离开通宝银行，是因为没能得到公平对待。可现在，她在南都如鱼得水，从无改换门庭之念，她的第一反应就是拒绝。她和罗若兰离心离德，正好借此机会摆脱她的掌控，听到罗若兰说要离开，她甚至在心里暗暗高兴。

她想说：南都银行在价值体现和职业成长方面，给了她很大的空间，她在这里努力工作，得到了梦想的一切。

除了傲立在梦想塔尖上的柳凌志。

是啊，柳凌志，她离接近柳凌志的梦想还差得很远！

一想到柳凌志，就有了夙愿未偿的失落感，窗外的阳光都变得黯淡。身外之物怎能算是梦想，柳凌志才是唯一的梦想，他是她所有愿望的开始，也是她所有愿望的结束，在她目标的尽头，永远是超拔俊逸的柳凌志。

跳槽能让她更接近柳凌志吗？

也许会。按罗若兰的承诺，跳槽会得到提升，她与柳凌志的距离会拉近。想起与柳凌志在银企见面会上相遇的场景，如果她是支行行长，她将坐在他身后，中间不再隔着人。午餐时间，她将受邀进入宴会厅，和他同桌用餐，和他结识，而不是被挡在宴会厅之外，只能和他的司机一起用自助餐。她已经不缺少见到他的机会，但职级拦得太开。

拒绝罗若兰的话语即将出口，却又被生生地咽回去，方霏艰难地答复说："容我考虑考虑。"

罗若兰看着她："你这人每遇大事不干脆，好吧，你考虑吧，但要严格保密，否则还没等你考虑清楚，南都银行就会对我们采取反制措施。同业之间为了对付挖角，是有很多手段的，不管你跟不跟我走，都得保密。"她顿了顿，想起方霏和苏文玉的关系，她强调说："尤其不能让分行人事部知道这事，不到最后摊牌的时候，不许走漏风声。"

方霏当然知道，罗若兰是在暗指她和苏文玉的关系，想到苏文玉，方霏心中的犹豫更深了。

第十一章 徘徊中见曙光

下班后，方霏去超市买了些婴儿用品，去了苏文玉和魏小北的家。

最近，她去苏文玉家少了，主要是苏文玉现在太忙了，方霏怕给她添乱。苏文玉和魏小北的女儿已经出生，新手妈妈苏文玉现在除了工作，其余时间全给了她的宝宝，所有的爱和关注也都给了她的宝宝。

现在方霏和苏文玉在一起，想好好聊点什么都不行，聊不到两句，就听见宝宝哭了，一看是拉了臭臭，要换尿不湿，于是手忙脚乱一通洗换，把宝宝弄舒服了。坐下来把刚才的话头捡起来没说两句，宝宝又哭了，原来是饿了，赶紧冲奶、喂奶、拍嗝、哄睡，又是一整套流程。

苏文玉忙得团团转，方霏看着她忙，自己一点都插不上手，方霏完全不能胜任相关操作，帮忙抱一下宝宝，累得胳膊都要断了似的，帮忙换块尿布，结果让宝宝尿自己一身。真不知道苏文玉怎么这么有耐力，她记得苏文玉从小到大都挺娇气的，大学时代苏文玉打两瓶开水回寝室，一路都要歇几次。

孩子的确可爱，但当了妈和没当妈，在带孩子这件事上的承受力大不一样。方霏每次看到苏文玉忙来忙去的背影，因为怀孕而臃肿的腰身，生了宝宝也没有瘦下去，和她记忆中那个天真烂漫的少女，完全是换了一个人。方霏心里直叹气，得有多爱一个男人，才会愿意舍弃逍遥自在的生活，为他生儿育女呀！

方霏拎着水果、玩具和尿不湿，敲开了苏文玉的家门。苏文玉开心地逗宝宝："宝宝，你看，谁来了？"尽管现阶段教宝宝喊人，略等于对牛弹琴，但苏文玉仍然耐心地教："姨、姨。"本来方霏想当干妈，但苏文玉说她没结婚，当不了妈。这理由让方霏哭笑不得，文玉一当妈，规矩也忒多了，和老一辈的妈妈们一样，成了规矩和传统的捍卫者。

两个人说了一会儿话，宝宝哭了，苏文玉好脾气地抱起她，和宝宝咿咿哦哦玩起来，聊天像以往一样，没办法顺畅地进行下去。

方霏找不到机会开口说她的事，面对天真可爱的宝宝，没有什么事值得把她冷落在一边，她天使一般的小脸庞上，每一个表情都是奇迹，她又圆又大的黑眼珠，是世界上最璀璨的珠宝，母亲的眼睛看着宝宝，就无法挪开，母子的小世界里，天下再无事值得打扰。

方霏从前的人生，每遇大事，都是找苏文玉给拿主意，温柔明净的苏文玉，总能安抚她焦灼不安的心，赤手空拳来到滨城后，全靠苏文玉的帮助与扶持，现在面临这么大的诱惑，当然要告诉苏文玉，但眼前的环境，明显不适合讨论严肃的话题。她们虽是感情深厚的好友，但人生步伐已然不同，苏文玉顺承命运，走着最符合世俗标准的生活之路，自己却仍旧幻想着不切实际的东西，她们对生活的理解与分歧越来越大，总用自己的迷惘焦虑打扰她踏实的幸福，太自私。

其实还需要多此一问吗？作为人事干部，作为方霏入行的推荐人，她可以想象，苏文玉听到消息必然会强烈反对。

既然没有机会开口,也是天意。罗若兰关于保密的警告言犹在耳。

魏小北不久也回家了,保姆把晚饭端上了桌。方霏和他们一起吃了晚饭。饭后,方霏给宝宝拆开她带来的玩具,哄宝宝玩,宝宝不久就要洗澡睡觉了,方霏知道苏文玉要陪宝宝睡,正打算告辞,苏文玉却说:"霏儿你等等我,我有事要和你说,宝宝洗完澡很快就能哄睡着,她睡着了我就来。"

方霏点点头:"好,不急,我去书房看书等你。"

她的心事没说出口,苏文玉倒有事要和她说,她认真的样子让方霏很好奇,她去书房找了本书边看边等苏文玉。

苏文玉终于来了书房。

方霏合上手中的书,探询地看着她。

苏文玉长吁一口气:"我有一个很重大的消息告诉你。"

"什么消息?"方霏更好奇了,苏文玉从不大惊小怪,什么事值得她这样?

"与你关心的一个人有关。"

"谁?"

"是这样,上个周末,我舅舅和舅妈本来早约好了要来看宝宝,可是到了约定的时间,舅舅舅妈却没来。"

方霏已经有预感了,苏文玉要告诉她的事与柳凌志有关。

"舅舅打电话给我,说出了件大事,当天来不了,改天再来。我当时也没在意,昨天,舅舅舅妈终于来了。"

"舅舅来了后,抱着宝宝直夸'宝宝真漂亮,宝宝真乖。'舅妈也说:"是呀,难受了两天,这一看到宝宝,心情就大好啦。"

"我笑着问舅妈:'舅舅舅妈能有什么难受的事呀?'"

"舅妈说:'你舅舅的师弟,就是你姐姐银行的柳行长,他老婆车祸没啦。这两天,我们就是替他料理丧事去了,可怜哪,好好一个家一下子塌了半边天,他家孩子还小,柳行长也是被太太侍候惯了的,父女俩看着很凄惶啊。你舅舅不忍心,忙前忙后帮着张罗了两天,所以才耽误了来看宝宝。'"

"啊,竟有这样的事,这真的是太不幸了。"方霏吃了一惊。

"是啊,我听了也大吃一惊,本想马上告诉你,但因为知道你喜欢他,就有点心虚,好像一着急告诉你,倒有点幸灾乐祸的意思,这可是人家的伤心事呢,我们奔走相告的不合适,所以我就犹豫着没说,今天你既然来了,我就随口和你说说。"

"嗨,你别想多了,我喜欢他,自然也是希望他好的,我可不会拿人家的不幸,当作自己的机会。谢谢你告诉我这个消息,我会默默为他祈祷,祈祷他渡过生命中的难关。"

"不过,既然不幸已经发生,我们深表同情的同时,也知道他总是要走出悲伤的,生活还得继续,听说男人中年死老婆,通常都会很快再娶,只是可怜了他那个孩子。

你喜欢他这么多年，现在你就真没想法吗？"

"有想法又怎么样呢？我都不认识他。也许我应该想办法先认识他。"方霏看了看苏文玉。

"这个事我可帮不了你哦，我也不认识他。"苏文玉没等方霏开口，先堵上她的嘴。

"但是你们家和他的渊源蛮深啊，确定不创造机会带我认识他吗？"

"不行不行，霏儿，我什么事都可以帮你，这件事我帮不了。"

"为什么？"

"我有一万个不方便，首先，我不认识他，是舅舅和他渊源深，我要帮你引荐，必得通过舅舅，但舅舅平时虽疼我，规矩也挺多，不合在长辈跟前说的事，我可不敢跟舅舅说。第二个理由就是我从前就说过，我本身不看好你和他的事，除了年龄性格背景不合，还有他的现实条件，他是一个带着孩子的父亲，将来你爸妈若是不乐意，怪罪我介绍他们的宝贝霏儿给人当后妈，怎么好呢？这第三个理由，就是我给你撮合过侠侠，现在又来撮合一个长辈，有点乱弹琴。"

"好吧，算你理由充足，缘分天定，只看老天照应不照应了。"

从苏文玉家回到自己的小公寓，方霏折进书房，默默凝视照片上的柳凌志，他的生活遇到了不幸，他一定处于巨大的痛楚中吧，方霏不由感到了一丝心疼。

从23岁开始思慕他，一直都以为是无望的单恋，但没想到，他现在成了单身，成了一个孤苦的人，一个需要安慰的人。

她应该早日去到他的身边，他这样优秀的男子，单身以后一定会有很多女人追求，不管他能不能看得上她，首先她自己得给自己机会，她不能再眼睁睁看他成为别人的爱人，而不采取任何行动。

可是至今依然不能有结识他的途径，向来为她着想的苏文玉，在这件事上也犯了拧巴，不肯帮忙，只能靠自己了。在没有更好的办法前，她还是只能尽快缩小与他的社会差距，只有差距尽可能地小，与他结识的机会才会尽可能的大。

罗若兰提供的跳槽机会，是一条缩小距离的捷径，她不应再犹豫了，跳槽又不是什么伤天害理的事，最坏的结果就是引发苏文玉的不满，但也只好让她失望了，她不帮她，还能不让她自己想办法？

跳槽还可以顺便摆脱郭慕侠，与郭慕侠之间的纠缠，让方霏不安，她要她的爱恋完美，从对柳凌志一见钟情的那一天起，她就该再无别念。可是无心之失的那一夜，让她总觉得白璧染瑕，她想要躲开郭慕侠，让心中的阴影随之烟消瓦解。

方霏决定，接受罗若兰的跳槽建议，并且还要去和她谈判，争取一个更值得的价码。

第十二章
凄凉独立中宵

不幸的发生没有预兆。

柳凌志出差到京，清晨在酒店用过早餐后，他回到房间收拾一下，准备出发去见客人。

手机突然响起，李富生打来电话："柳行长，我有个事情要和你说，请你一定要沉住气。"

"什么事？"柳凌志很奇怪李富生清早打来电话，还用了这样的措辞，他不是沉不住气的人啊，这是怎么了？

"是这样，滨城外环高速上，今天清晨发生了一起车祸。"

"车祸？"柳凌志机械地重复着。

"是的，是你的司机开着你的车出了事，交警部门查到车属于我行，通知了我们，行里派出安保部的同志去了现场，车上除了司机还有一个人。"

"还有什么人？"

"是你的夫人，她也在车上，安保部的同志说，车速很快，车子撞在了路中隔离带上，两个人当场就走了，走得很快，没有痛苦。"

晴天炸响了一个霹雳，柳凌志如遭雷击，他无法对这可怕的事情做出反应，这意味着什么？意味着他朝夕相伴的妻子去了另一个世界吗？意味着他们从此天人永隔，而他的家，他的生活就此坍塌了吗？他不敢相信，就分别这么一天，就那么一刹那，他的人生就有了这样的不幸。

李富生还在絮叨："请你节哀顺变，大家都为这不幸的事万分难过，董事长特别委托我打这个电话，他本想亲自打，但他说他太难过了，没办法平静地对你说。"

"……"

"柳行长,柳行长。"李富生说了半天,没有听到一句应答,他在电话那头焦急地呼唤。柳凌志依然没有回答。

电话在那头挂断了,柳凌志还木然地抓着电话,周敏过来了,他接到通知,赶来照顾柳行长。

周敏同情地看着他:"柳行长,行里通知我马上陪您赶回去,我给您订了最近一班的航班,我们过半小时就要出发了。"

周敏说完,就开始替他收拾行李。他们几个人出差才刚到一天,要办的事情还没办呢。

一路浑浑噩噩,周敏安排着一切,赶回滨城已是下午,下了飞机,行里派来接机的车拉了他们直接去殡仪馆。

殡仪馆这地方,这几年时不时来参加个告别仪式,但这一次告别自己的伴侣,才知道从前的哀悼都是多么不痛不痒。

妻子陶闻燕的遗体放在一个冰棺里,昨天上午才和她挥手作别,今天赶回来,已是天人永隔,叫人怎生承受这悲恸!

遗容已经过了整理,死者表情平静,像是睡着了一样。只略看了一眼,柳凌志就难以忍受剜心掏肺的痛,他跌跌撞撞扭身走了出去。

一同出事的司机肖大勇的遗体也存放在这里,周敏问要不要也去看一看,柳凌志虚弱地摆摆手拒绝。

没什么好看的,那僵硬的躯壳,没有温度,没有生气,让他感到陌生,不如不看,他不想一再承受这刺激,他不愿眼前的一切,破坏他心中他们生动活泼的样子。

车子载着他回家,行里已派出专班,来帮他张罗一应丧葬事宜,在他居住的小区,物业管理公司借出一处房子,给家属布置灵堂。

董事长、师兄吴学勤、李富生行长,还有双方的亲人,都面带哀痛地等着他,陶闻燕的大幅黑白照片,供在灵堂中央的花丛里。

一切都有人安排妥当,他无须多管,他虚弱得也管不了什么,他只是突然想起尚未见到女儿,恍然惊问:"柳叶呢?柳叶谁在管?"

现在是暑假,女儿此前去参加夏令营,今天是出营的日子,中午前就应该要接回来了。如果他不出差,他是要和她妈妈一起去接的。

"柳叶接到小姨家去了,她妈妈的事还没有告诉她,只跟她说她妈妈病了,让她小姨慢慢告诉她。"

吊唁的人络绎不绝,柳凌志哀痛难抑,却还要木偶一般地迎送、答礼,这些烦琐的规矩是谁定的?太不人道,让一个内心含着巨大悲痛的人难以忍受,他尤其无法忍受,他不是在送别寿终正寝的人,他是在送别一个盛年的生命,是在送别陪伴他十多年的伴侣,他孩子的母亲,他的哀痛那般深切,那些礼仪到底有什么意义?

董事长不久就回去了，师兄夫妇俩帮忙接待了一天，入夜时回去了，陶闻燕的父母悲伤过度，也被人扶回家休息，两位老人就住在同一个小区，是陶闻燕当年特意给父母把房子买在一起，为了方便相互照应。

剩下几位亲人和几个帮助操持的同事陪着他守灵。参与事故处理的保卫部同事这时交给他一包东西，是交警在事故现场封存的死者遗物，交给他这个未亡人，周敏替他收下，和他出差的行李一起送回家去。

次日一早，在殡仪馆安排了小型追悼会，女儿柳叶在小姨的护持下出现了，孩子满脸泪痕，目光呆滞，柳凌志默默地拥着女儿，父女俩站在一处，接受参加追悼会的人们的慰问。

在殡仪馆的另一间追思室，肖大勇的遗体告别仪式也在进行，妻子的追悼会结束后，柳凌志去了肖大勇那间追思室。可怜的肖大勇，他侍候他多年，开车技术一向娴熟稳健，不知道这次怎么就出了事，虽然陶闻燕是因为他开车造成的事故死去，但他已用他年轻的生命为陶闻燕殉葬了，死生有命，死者为大，不能再多加责怪了，柳凌志心怀悲悯，他该去向肖大勇行个礼。

肖大勇尚未婚配，可怜的老父母在主持丧礼，两位老人哀凄的脸上满布皱纹，白发人送黑发人的痛苦把他们快要击垮了，但他们很明理，车祸是意外，又是自己的儿子开车，他们也没有想赖谁，柳凌志能来行礼告别，两位老人很感激。

肖家租用的追思室很小，来追思的人也很少，冷冷清清，比起陶闻燕死后的哀荣，他死得很凄清。

周敏附在他耳边说，行里是按因公殉职来办理肖大勇的后事，会补偿一笔钱，请领导放心。

柳凌志的心略宽慰了些，总算替他做点人情。

当天下午从墓地回来，大家都已筋疲力尽，亲人们却还聚在家中没有散去，商量起父女俩今后的生活安排。

柳叶的小姨要求带走柳叶，由她照顾一段时间，小姨认为，她父亲暂时肯定没心情照顾她，外公外婆也还需要时间走出悲伤，一时也照顾不了。

柳凌志不同意，他要把女儿留在身边，女儿刚失去了妈妈，心理正脆弱，这个时期让她再见不到爸爸，心理危机会更严重，谁也不能代替父母，他们父女守在一起，还能彼此安慰。

可是父女俩过去都被陶闻燕照顾得无微不至，亲人们都担心他俩的独立生活能力，柳凌志的外甥女唐英英自告奋勇留下来，她刚考上研究生，暑期过完才开学，她能照顾妹妹及舅舅一个多月。

亲人们也就星散了，各回各家。一个生命在这世界上消失了，她的故去会引起一阵忙碌，但很快也就结束了。别人都不会感觉到失去她，生活会有什么变化，只有在这个缺少了女主人的家里，她留下了巨大的空洞，柳凌志觉得连灵魂都空旷了许多。从前，家中的一切都是妻子在打理，他需要什么东西都是她递到手上，以至于他现在对家中一应物事都不甚了了，陌生得就像待在别人的家。

女儿在表姐的陪伴下，早早回房睡了，不知道小小的她在梦里，还会不会悲伤地抽噎？她从小就这样，只要睡前哭过，睡着了还要抽噎好一会儿，直到睡沉后才能止住。她才刚刚10岁，一直被母亲细心呵护，失去母亲的痛，不知让她如何承受？

过去，晚间这个时刻，是妻女欢快活泼的睡前交流时刻，女儿做完作业，心情舒畅，陪做作业的妻子得到解脱，如释重负，两个人燕语莺声相和，是幸福生活最美妙的乐章。

这一桩桩一件件，想起来就令人痛彻心扉，尽管前夜几乎未曾合眼，但柳凌志依然无法入睡。

一个曾经温暖宁静的幸福的家，一个能支持他全身心投入事业的安定的大后方，一个刚迈入中年的男人必不可少的完整的家，就此残缺了。

他成了可怜的独居的鳏夫，未来的日子里一个人要又当爹又当妈。

萦绕在脑际的关于事故的疑问，在这静夜里又冒了出来，为什么，为什么会有这样惨痛的事故发生？陶闻燕用他的车去做什么？她为什么要清晨在外环上奔波，而不是在家里安睡，以至出了事故？

这两天被突然的晴天霹雳击昏了头，又忙着丧葬事宜，一直无暇深究。

陶闻燕自己有车，偶尔她需要远途办事，会用柳凌志的司机和车，碰到柳凌志出差她就直接调度司机，司机虽是公派的，但是专职为柳凌志服务，常常出入他们的家，多年来与家人融洽亲近，已如家庭编外一员，司机不仅常为家人开车，家中有女人力不能及的家务时，也常喊司机代劳。

陶闻燕和肖大勇一起出事并不奇怪，奇怪的是她用车去干了什么。这两天家人也总是问起，但没人知道她去了哪里，去做什么，她既没有将她的行踪告知出差在外的柳凌志，也没有告知她的父母姐妹，更没有告知在夏令营的女儿。

柳凌志想起周敏替他送到家中的那包遗物，他打算看看都有些什么。

警用大袋子封包着三只包，一只LV品牌的精巧旅行包和一只同品牌的配套女拎包，这是陶闻燕的，另一只认不出品牌的男包，应是肖大勇的，警察都封包在一起了。人没了，拎包倒都完好，打开陶闻燕的旅行包，里面装着睡衣、换洗衣物、化妆用品等外宿用品，拎包里则是陶闻燕的钱包、墨镜、手机等随身物品。

柳凌志拿起陶闻燕的手机，查看手机里存储的信息，手机短信，通话记录，都找不到和她的去向有关的线索，可是翻到手机相册时，他突然僵住，他看到了几张令人难以置信的照片，竟然是陶闻燕和肖大勇的合影。

柳凌志翻阅照片的手直哆嗦，有点不相信自己的眼睛，照片很多张，背景是一家度假酒店，有泳池里的泳装合照，有房间露台上的凭栏合照，两个人脸贴脸，自拍照距离近，人头大得夸张，各种造型，各种浪笑，霸满手机屏幕。陶闻燕笑得不够自然，肖大勇笑得小心翼翼。

这是这两天遭到的第二次雷击，此刻看到这些照片的打击，和陶闻燕去世所受的打击相比，柳凌志都不知道哪个更大，哪个更小，他搞不懂这些照片是怎么回事，他觉得他的智商有点不够应付，这接二连三的打击把他震懵了，到底是哪里出了错？为什么前后不过几十个小时，他的生活就彻底倾覆了，幸福的家，贤淑的妻，老实的司机，原来都是假象吗？

突然发现的照片让柳凌志抓狂，他扔下手机，疯了似地乱翻，想再找点线索，但没有别的可疑物品。陶闻燕一定审慎地做过清理，只有手机照片大约是一时舍不得删，柳凌志从不刻意翻她的手机，而且他出差未回，留着欣赏几天再删并无风险。

要不是因为是遗物，柳凌志也确实没想到要翻陶闻燕的物品。可是这随意的一翻，却暴露了如此可怕的秘密。

陶闻燕的遗物里，再没翻出有价值的信息，柳凌志接着查看肖大勇的遗物。

肖大勇钱包里一张刷卡回单显示，出事前他在一家酒店有过消费。柳凌志打电话到酒店，查询以肖大勇和陶闻燕名字的开房记录。

酒店前台回复说，只有肖大勇的开房记录，没有陶闻燕的开房记录。前台确定地说，肖大勇确实携带有女伴，但他们只开了一间房，只住了一晚，次日凌晨就匆匆退房离开。

刷卡单上也只是一间房的费用，如果开了两间房，肖大勇会一起结账，不会只结一间房。

陶闻燕和肖大勇在这世上最后的行踪，他们那无人知晓的行踪，让他们失去生命，给亲人的生活带来无限哀痛的最后的行踪，原来隐藏着这样一个可怕的秘密。无论柳凌志如何不愿相信，无论柳凌志想出多少离奇的理由证明他们的纯洁，但证据链那么完整，让人无法自欺，他们两个人在人世的最后一晚，是避开所有的家人的目光，在一家酒店的一间客房里共度。

他们一定是早就策划好了，趁柳叶参加夏令营，趁柳凌志出差，他们两个人无人管束，就去潇潇洒洒红尘做伴了，肖大勇一定是把柳凌志送到机场，一打转就接了陶闻燕去了度假酒店。

他们的时间很宝贵，只有半个白昼加一个夜晚，必须争分夺秒地幽会，陶闻燕大概是要赶回来参加柳叶夏令营的闭营仪式，所以凌晨出发，她没有忘记对女儿的责任，抑或，她只是不敢过于放肆，不敢为了寻欢作乐耽误对女儿的义务，那样容易暴露。而肖大勇过于辛劳，他们才意外出事。那一晚，他们大概是纵情狂欢，乐极生悲。他们是自作孽，不可活。

如果不是这个意外，他们满可以瞒天过海。老板娘和司机勾搭，实在是太方便了,司机有堂而皇之随侍在老板娘身侧的理由,大多数时候,还是老板亲自授意。

真是引狼入室啊。这个肖大勇,他帮老板照顾家人,照顾得真是毫无保留。

前夜守灵一夜无眠,这一夜的发现更是引发了锥心之痛,让他无法无眠。

陶闻燕为什么要这样,为什么这般不守妇道,不珍惜他们体面的家庭?是他柳凌志不够好吗?

家乡老话说"嫁汉嫁汉,穿衣吃饭",柳凌志牢记着这句古训,婚后,他一直尽力为妻女提供优越的生活,自从到银行当了高管,他可观的薪酬都悉数交给妻子,家里的开支用度都由她做主,使她享有无忧无虑的富足,她可以买昂贵的貂毛外套,买名贵的大牌包包,连旅行箱,她都毫不马虎地用着LV。从传统的角度,从穿衣吃饭的角度,他是个好丈夫啊,她为什么还不满足?

他回顾着他们的家庭生活,思索着陶闻燕经历了什么样的心路历程,以至于迷失本性。

他的性格,是恬淡安然的性格,这些年,他过着简单的生活,工作,以及为提高自身素养的终身学习,是他生活的主题。和他的清简相反,陶闻燕却是特别懂得享受,她虽全职在家,日子也过得忙忙碌碌,她们有个太太团,都是经济宽裕的阔太太,三五成群地一起活动,花艺、茶道、健身、逛街、美容、麻将、旅行,陶闻燕的日程也排得相当满。

他们性格和爱好上的差异,他不以为意,他遵守着彼此尊重包容的夫妻相处之道,对她无限信赖与迁就,他乐意看到陶闻燕兴致勃勃地生活,可现在看来,十几年的共同生活没有拉近彼此的距离,反而让两个人的生活渐行渐远,他们有了大不相同的世界和完全不同的乐趣。因为时间的关系,因为兴趣的关系,他们越来越无法参与到对方的世界中,他们习惯了把自己排除在对方的活动之外。

在他们夫妻之间,慢慢形成了明确的分工,看似秩序井然的关系中,他们共同的生活早已是一潭死水,除了孩子,他们没有更多的共鸣。在他们的关系里,他过于重视妻女在物质上的满足,以至于他对她经济上的意义远远大于情感上的意义。他让她得到了身外之物的富足,却没有注意到她灵魂中深深的孤独。也许,除了心灵的孤独,还有老之将至的惊慌。这两年,她开始担心脸上细纹的增长。而他却对她的恐慌重视得不够,他认为只要他不嫌弃,她有什么好担心的。

是啊,他一直以为陶闻燕的心里只有他和女儿,他从未想过她还会有异性缘,还会有恋爱病,他倒是常提醒自己要抵制诱惑,他太自我感觉良好了,太忽视她了,哪里想到应该一心相夫教子的她竟会饱暖思淫欲。据说养小白脸在豪门巨室的太太们中间很流行。陶闻燕虽没嫁给豪门巨富,但近水楼台的司机有一个。肖大勇这个司机,虽然名字简单粗俗没情调,但长得却是眉清目秀,侍候人也是一把好手,也不知他和陶闻燕,是谁着了谁的道。

他不知道他们的私情从哪一天开始,肖大勇跟着他,有六七个年头了。这些年中,他让肖大勇陪她逛街，陪她接送女儿，甚至陪她出远门，他把他应该承担的责任都让另一个男人承担了，妻子也就把应给他的爱转移给另一个男人了。是他把妻子送到了别人的怀抱。

在休丧假的几天里，柳凌志一直不停地思索这些事情，他发现，对朝夕相处的妻子，他的了解太不够。

他以为他给了富足的物质生活就足够，谁知道她还需要情感的呵护。

他以为他给了极大的尊重与自由，但她感到的也许是孤独与被忽略。

他以为他的成功会让她以丈夫为荣，谁知卑微的司机给予的陪伴更让她心动。

在这几天里，他似乎看清了夫妻之间存在的问题，可他对这些问题却深觉无解，即使让他们重新来过，他们又能如何克服这些问题呢？他身为金融高管，工作繁忙，还受着严格的纪律约束，许多地方不能去，许多娱乐不能做，这些年，他对妻女的陪伴很少，并非是他主观上不重视家庭，而是客观上做不到与她们同步。

而且，不论他有多忽视她，也不应构成她背叛的理由。忠诚，那应该是一个妻子自我约束的底线，不应该是对丈夫的有条件的回报，与丈夫给予的多少无关。

他最终得出的结论是，并不是他不够好，而是女人这种生物，实在难以理解，实在难以满足。

女儿柳叶丧母后改了心性，一直是木木的神情。

他休假的几天，寸步不离地守着柳叶，柳叶好几天都沉默不说话，在他担心的目光里，女儿有一天终于开口了，却是问他："爸爸，你不会给我找后妈吧？"

"宝贝，你说什么呢？爸爸现在哪有心情想这样的事。"

"可是我们有个同学，他妈妈病死了，他爸爸马上就给他找了后妈。他现在可惨了，他后妈总是挑拨他爸爸揍他。"

"那是别人的爸爸，你的爸爸不会的。爸爸以后有柳叶就够了。"他安慰女儿的话，并非胡乱应诺，是这几天深思后的决定。结发之妻都能投入他人的怀抱，让他经受奇耻大辱，他对婚姻哪里还有信心，对女人哪还有什么兴趣。既然女儿如此害怕，为了女儿，他也应该放弃续弦之念，孩子年幼丧母已是难以承受，不能在孩子心中投下更多的阴影。

休完丧假后，柳凌志恢复了上班，他从未休过这么长时间的假，这次的伤痛实在是太深了，让他的男儿心也饱受重创，无法再逞强。

在家其实不利于心情恢复，没有什么可以转移注意力的事情，他明知这一点，但他就是不愿上班，从前百折不回的对工作的热情，在这次打击下淡去了，他感到了内心可怕的消沉，这个世界，真假莫辨，人心难测，太可怕。

只是为了女儿，他才感到要振作起来，他是女儿唯一的依靠了，他还要给女儿强有力的保护。

上班后,董事长第一时间和他谈了心:"凌志啊,振作起来,我知道你的家是一个和谐幸福的家,小陶遇到意外实在可惜,但你也不要因此萎靡,你还年轻,替小陶守一段日子,再找个好女人组个新家吧,你是有使命有事业在身的男人,家里长期没女人不行啊。"

"我不想再组家庭了,董事长,您放心吧,我一个人也能行。从前又不是没有单身过,现在至少还有孩子陪着。"

"唉,你对小陶的感情这么深,可惜她天不假年。"董事长叹息。

柳凌志听了简直一头黑线,这是莫大的讽刺吗?

多年塑造的恩爱夫妻形象,在人们的心中已是根深蒂固,现在,也不能毁掉这个形象啊。家丑不可外扬,死者已矣,也无从追究了,留下她贤德的名声吧,看在孩子的分上,看在夫妻多年的份上。

肖大勇因公殉职没能得到顺利认定,厉为群照例抵制,顾忌这是董事长和李富生的指示,厉为群阳奉阴违,一方面同意,一方面指使手下干部从办理流程设卡,要求提交各种证明材料作为认定依据,证明肖大勇因何公事,去了哪里,受谁指派,与谁一起。

柳凌志冷眼旁观,厉为群这是将计就计,在给他柳凌志挖一个大坑呢,肖大勇是不是因公殉职,大家心照不宣,如果真让他们去找依据,即使不暴露难堪的秘密,也会落下对他柳凌志不利的把柄。

他对肖大勇的怜悯当然早已烟消云散,但倔强的周敏在各种刁难拖延之下,早已邪火上升,他坚持认为肖大勇是柳凌志的司机,不给肖大勇抚恤金,其实是不给柳行长面子。出于对柳凌志无条件的拥戴,他定要争这口气。

柳凌志最后只好表示,由他个人来补偿那一对老人,他这样的态度,既平息了争论,让厉为群阴险的手段化于无形,又显得深明大义,让周敏深为感动。

抚恤金他自己认了,却还是有人放风说,柳行长公车私用,造成了公职人员和公务车辆的损失,不让他赔偿,已经是占了便宜。

唉,那两个人一了百了,却要给他留下这饱受重创的心,还有这千疮百孔的人生。

柳凌志丧妻的消息,让方霏下定了追随罗若兰去北华银行的决心,多年的梦想突然亮起希望之光,此前让她犹豫的那些情感顿时显得无关紧要,她迅即回复罗若兰并提出要求:"我愿意和您一起去北华银行,但有个前提,我要当支行行长。"

罗若兰惊愕地张大了嘴:"可是,这样你的级别要上升两级呢,我怕有难度。"

方霏态度坚定,并无商量余地:"希望罗行长能帮我争取,如果实在争取不到,那也没关系，我就暂时不去，以后有合适机会再去不迟。"

罗若兰没想到方霏给她出了道选择题，她承诺方霏副行长的职位，就觉得很是便宜了她，方霏应该欢天喜地，但没想到方霏有如此野心。这算要挟吗？她斜了一眼方霏，她知道自己现在急于网罗人才，所以狮子大开口？她想起了郭慕侠的话，方霏不去他也不去。

方霏的要求事关两名重要人才的去留，这两个人是罗若兰最想带走的，其他人去不去，倒可以听其自便。听方霏坚定的语气，她罗若兰并没有多少回旋余地，除了答应她。

罗若兰很不喜欢这种被顶到墙角的感觉，曾几何时还是乡下妹子的方霏，都可以和她谈条件了？真以为自己翅膀硬了吗？她听到心中的冷笑，但她很努力地把不快压了下去。

如今用人之际，小不忍则乱大谋，罗若兰在心里权衡，管理一个支行并不复杂，总分行都有清晰的管理考核体系，支行长要做的，只是带领团队拓展市场而已，方霏的业务能力不成问题，也具备带团队的能力，她在银丰支行的群众中，就树立了一定的威信。

唯一的资历问题，新机构不会那么看重，在急于做出业绩，因而渴求人才的情况下，博弈双方的力量发生了变化，北华银行为了挖到人才，甚至设立了人才推荐奖，白猫黑猫抓得到老鼠就成，只要能达成北华银行要求的业绩目标，分行不会有那么多条条框框，方霏的晋级要求，不是解决不了的困难。

但是支行长的位子，她已经先许给了郭慕侠，比较起来，方霏的管理能力更强一些，但郭慕侠更有资源优势。罗若兰始终认为，市场竞争中，掌握资源的人更为关键，社会在出现资源私有化的趋势，这使拥有资源的人更加无可替代。

有能力的人需要用到，但能力没有资源那么紧缺，所以，有能力的人只能给有资源的人打打下手。就好比诸葛亮虽能妙计安天下，但只能辅佐爱哭的皇室正统刘皇叔。

难不成让他们都当支行长，各任职一家支行？但他们就无法互补了，实力都会削弱。

罗若兰温和地对方霏说："你这个要求难度有点大，但追求进步是好事，你跟了我这么些年，我也很想为你做点什么，我试试吧。你也好好准备一下，既然想当支行长，就要有当行长的实力，你能挖几个人跟你走？你们所有人的资源能达到什么规模？你给我报个拿得出手的数，我好去和北华高层争取。"

方霏干脆地答应："好。"

罗若兰又叫来郭慕侠，她说："你想和方霏一起跳槽，但方霏野心很大啊，她要当支行行长，这个位置我是留给你的。我想你们跳槽，当然是抱团一起跳，把握更大一些,总不至于你们分开,一人当一家支行的行长,那样你们各自的力量就弱了,你和方霏很互补,一起搭档很合适,但现在有点摆不平啊。"

郭慕侠大臂一挥:"方霏要当行长,那就让她当吧,我还是当副行长好了,我没有什么野心,职务不降就行。她比我敬业,比我专业,更适合当行长,我干不来行长,我不喜欢婆婆妈妈管那么多事。"

罗若兰对郭慕侠的回答并不意外,他早就表明了要和方霏共进退,其他的要求,他什么都没有提。罗若兰只是不能理解,这世上竟有像郭慕侠这样不在乎名利的人,因为对一个女人有好感,就把应属自己的职位拱手相送,真是色令智昏。她也不能理解方霏,这个乡下妹子有野心,只是到底不聪明,当东南亚财团少奶奶的机会她不珍惜,却要当个四处化缘的支行行长。但不理解也无所谓,反正她的问题解决了,他们的难以理解正好为她所用。

"好吧,难得你这么肯成全她,我尽力为她争取吧。"

方霏紧锣密鼓地行动,找支行的业务骨干分别做动员谈话,平时积攒的好人品发挥了作用,大家都表示愿意跟方霏抱团跳槽,甚至还一个发展一个,从南都银行其他支行也吸引到几个有生力量。在股份制银行,激烈的人才竞争使各家银行薪酬水平都大同小异,并无大的差距。但支行负责人拥有二次分配的权力,营销人员收入几何,较大程度受制于支行负责人。跟对一个好行长能确保自己的利益不被克扣,跟错一个雁过拔毛的领头人,受剥削则是必然。方霏一贯的作风让大家相信,她当了行长后,不会剥削他们,会给大家一个好环境。

方霏很快就知道,郭慕侠也是抱团跳槽的成员之一,摆脱他的想法落空了。

郭慕侠是罗若兰花大力气网罗的人才,早该想到罗若兰不会放手。不过跳槽之后他俩的身份调了个个儿,郭慕侠肯屈居自己之下,为自己所用,从业务层面讲不是坏事,承担一家支行的业务压力,资源必须强大,否则业绩不乐观,自己位置坐不稳不说,还连累跟自己决然出走的伙伴们。她要牵头带队伍了,先着眼大局吧。

他们这一伙,虽然各怀心思,但却达成了一致的行动方案。

北华银行组织新人面试。方霏和郭慕侠作为支行班子成员一同去面试,两个人形象气质俱佳,优势又非常互补。方霏的业务经历优秀,服务过大型国企、跨国公司、政府机构,郭慕侠资源优势突出。他俩关于队伍组建和业务准备的汇报,北华高管也很满意,称赞罗若兰强将手下无弱兵。

北华方面同意给个支行让方霏经营,职级是副行长,主持工作,郭慕侠也是副行长,配合工作。

方霏无所谓,正的副的倒也不用争这一时,是全面负责的一把手就行。

方霏一归顺,罗若兰省心了,挖人挖业务,大都可以交给方霏了,她专心致志去构建她在北华银行的关系网,到了一个新单位,要拜的山头很多。

万事俱备,只差与南都银行摊牌了。

越是临近摊牌时刻,方霏越是对南都银行不舍,几年浸淫其间,对南都的文化和理念都已全盘接受,并深深受益。不到真正告别时,对分离之痛还没有切身体会。此刻,终于意识到,迈出这一步,就是永远的自我放逐,方霏内心的疼痛像是经历失恋一样,难以忍受。接到北华任用通知的那一刻,她没有太多欣喜,一切在意料之中,只是分离的痛苦却超出意料之外。

她不光自己跳槽了,她还釜底抽薪,挖走了南都银行的好些职工,未来,她还要挖南都银行的客户,兑现向新东家换取职务时的承诺。她在个人的秘恋驱使下,对培养了自己的南都银行恩将仇报,背弃自己一贯为人处世的原则,这么不择手段真是合适的吗?

她拨通了苏文玉的电话,吞吞吐吐说了即将跳槽的事,再不能拖延了,在向组织正式提交辞职报告之前,她必须先对好朋友有个说明,她一定要最先让苏文玉知道,并且必须亲口告诉她,如果让苏文玉从别人嘴里听到这个消息,那就太糟糕了。

苏文玉果然大吃一惊,不惜打破每天中午回家陪女儿午睡的常规,匆匆来找方霏,她一向明媚的脸上是从未有过的冷峻:"知道我听到这个消息有多痛心吗?"

"知道。"方霏像做错事的孩子一样低下头。

苏文玉拧着眉头问:"箭在弦上了?"

方霏老老实实地点头称是,面对苏文玉,她实在是惭愧得紧,她一贯鄙视推卸责任,但现在她艰难地为自己开脱:"你知道,罗若兰和北华银行早就谈好了,她需要我们去做她的铺路石。我很难抗拒她的要求,这几年,她有恩于我。"

罗若兰不欠苏文玉人情,她用不着对谁忠心耿耿,拿她当挡箭牌没事。

苏文玉叹口气:"我早就知道罗若兰是野心家,却没想到她会把你们大队人马带跑,当初把你托给她,看来是错了。你这么快就学的和她一样,聪明冷酷,投机取巧。我介绍你进南都,你却不声不响就要跟别人跑了,你有这些动作,却一点口风都没对我露,你在防备我,你在防备你最好的朋友。"

方霏羞愧无言,如果告诉苏文玉,她跳槽是为了更接近柳凌志,并不是被罗若兰许以的利益所蛊惑,她会不会好受一些?但恐怕也好不了多少,苏文玉说不定还会以为,她是怨她不肯帮忙认识柳凌志,还是少说为妙。

苏文玉正色提醒:"尽管我以前对罗若兰的为人有所耳闻,但没在你面前说过她半个字的不好,你们上下同心,才好共事,我也相信你有判断力,有原则,不会盲目跟从。但现在你居然要跟她跑,腿长在你身上,我也拦不住,但我不得不提醒你,她表面上很吃得开,其实背地里很多非议,飞短流长本不足取,但一个人成为话题总有原因。据说她这人无情无义,只认功利,她本来只是个酒店前台,起点很低,是靠不择手段上位,她嫁了一个年龄大她很多的高级干部,通过高干的运作,进了我们银行,积累了一点工作经历和业绩,很快就提拔成支行行长,但高干一退休,她就闹着离了婚,她的确爬得快,挣得多,但她是连婚姻都可以拿来做交易的人,有人说她的一切都靠交易得来。你跟她一起跳槽,利益捆绑这么紧,你要小心。"

"谢谢你提醒,我会注意。"

苏文玉不忍责备过甚,话语变得伤感:"说实话,于公于私我都不愿你走。我是人事干部,你是我亲自引进的人才,我一直为你自豪,你那么努力,成为业务明星,在南都也会很有前途,你却急于求成,不肯再等等,等南都给你机会,你一离开,我们从此不是同事了,而是处于不同的竞争队列里。竞争激烈,各为其主,我还怕我们的情意会因此淡薄。"

"文玉,你说的这些我都明白,但有些东西,我不想等太久。不过有一点,我向你保证,任何情况下,我们的友谊都是第一位的。我们这么多年亲如姐妹,绝不会因为阵地不同而生分。"

苏文玉仰头望天,似乎要阻挡眼中亮晶晶的东西滑下:"霏儿,但愿如你所说,我们的友谊不会改变。唉,这世上太多东西在变,弄得我都沉不住气了。我刚才说那番话,主要是为你考虑,我担心你步子迈得太快会不稳,并不是为自己的面子,也不是替南都银行做说客。对南都来说,我不过是一个职务低微的人事干部而已,南都的未来用不着我多操心,而且,连我也不知道,我还能在南都待多久。"

"文玉,你这话里有话,你也有什么新动向吗?"方霏很是不安。

苏文玉垂下头:"霏儿,我从没想过,我也会遇到烦心事,我这人心态平和,平常琐事都不以为意,所以很少烦恼,但我家最近爆发家庭矛盾,让我对婚姻感到失望。我公公跟魏小北说,他只有小北一棵独苗,现在我们生了个女儿,他很疼爱,也并不重男轻女,但是他要求我们还要生孩子,直到生出一个男孩为止,他们家族这么大的事业,女孩不嫌多,男孩也得有。但是这样一来,我怎么办呢?我是公职人员,我娘家长辈也都是公职人员,遵纪守法不越雷池半步是我们的家族信念,何况计划生育这样的基本国策,我怎能逾越?除了违反政策,还有我未来的人生方向,我如果依他们,就只能辞掉工作,那我不是变成生育机器了吗?我可不想成为一个拖儿带女,靠婆家养活的寄生虫。"

"那魏小北的态度呢?"方霏深为关切。

"这种事,他当然和他爸妈一条心,他认为传宗接代是大事,得依父母之言。以前我觉得魏小北挺好的,本分善良,没有富家子弟的骄奢,现在才发现,他还有这么愚昧固执的一面,他受了那么多年西式教育,却和他爸妈一样的传统观念。他还大男子主义,他认定的事,你不依他,他就成天垮着脸。现在我们家里气氛挺不好的,说个难为情的话,我们现在连夫妻生活也过不到一起,因为对于避不避孕的问题，我们意见没法统一。"苏文玉说着，眼圈发红。

方霏黯然，没想到一直生活在蜜罐里的苏文玉，也会遭遇生活难题，她不知道怎么安慰苏文玉，只是默默捞起苏文玉的手，想传递一点支持与安慰。

苏文玉平静了一下情绪，说："霏儿，还是你的生活更令人羡慕。你可以由着自己的心意，做决定都不需要考虑别人。我早早踏入婚姻，不仅失去了自由，还要失去工作的权利。我很抱歉，你满怀希望要奔向新前程，我却说了些不合时宜拖后腿的话，可能是我正经历危机，心情太灰暗，所以反应过度。其实人才流动是好事，也是国家鼓励的，良禽择木而栖，你的事，既然你决定了，我接受并祝福你，你就自由地在职场驰骋吧。"

第十三章
重起炉灶开张

辞职、入职、新支行选址、装修，这期间，南都银行同僚又闹哄哄设宴送别，送别宴吃了一席又一席，方霏和郭慕侠他们这批跳槽的人好一阵忙碌。

2005年金秋，方霏和郭慕侠负责的北华银行金宝支行开业了。

开业庆典上，狮舞龙腾，锣鼓喧天，各方领导登台对金宝支行发表良好祝愿，方霏胸佩鲜花上台讲话，表态要服务好地方经济建设。各界客户及朋友来捧场的不少，杨礼斌来了，送来了大鼎，钱伟民伴着周桂琴来了，送来了地球仪，特隆达公司派人来了，送来了公司的产品模型……

金宝支行的骨干成员，基本都来自于南都银丰支行。罗若兰带头跳槽，把银丰支行快要掏空了。他们一批人同时辞职，让银丰支行陷入暂时的混乱。

方霏当时满怀内疚，觉得她们这伙人就像占山为王的土匪，一个山头不好混了，又改弦易辙换一个山头。但随后的事实证明，方霏的内疚纯属幼稚，地球离开了谁都照转，南都银行更是。

南都银行在滨城经营多年，人才储备充分，分行迅速调人填补银丰支行的空缺，他们这批人跳槽，给不少人腾了位置，让南都银行的好些旧同事当了接收大员。

南都银行安排刘东辉接管银丰支行，因为他曾在银丰支行工作多年，由他来接管最有利于支行的稳定。原开发区支行的副行长则就地提拔为行长，这一场乾坤大挪移，最后倒成了多赢的局面。

刘东辉接到调回银丰支行的任命后，建议方霏："要不然，别走了，留下来和师父一起。我给分行建议建议，也给你争取个副行长行不行？"

方霏摇头婉拒:"开弓没有回头箭,都定好了的事情,何况那么多兄弟姐妹跟我走,我得负责任。"

其实还有些话,她不能说出口。刘东辉建议分行提拔她,即使成了,职务不也比北华银行给的低吗?副行长而不牵头,那还是差很多。

刘东辉不好再劝,只是略有些担忧地说:"只要你觉得好,怎么都行,只是罗行长这个人,我还是比较了解的,你年轻个性强,恐怕难相处。"

"没事,以后她在分行,我在支行,她日理万机,哪顾得上管我。"

筹建新支行,有了人事发言权,方霏灵机一动,把夏桐瑶也招录到金宝支行。这项安排令夏桐瑶如有绝处逢生,悲戚的脸上重现阳光,方霏很开心,当了支行行长,好处真是多,还能照顾落难的姐妹。

夏桐瑶从永盛离职后,不停跳槽,从一家小公司跳到另一家小公司,没一家能干满三个月。从前她位高权重,永盛公司那些财大气粗的供应商老板,为了资金回笼快一点,都对她百般逢迎,现在她打工的公司,都是些她完全看不上眼的小老板,却还总是给她受气,支票多买两本,老板都要心疼,说她不会当家,夏桐瑶哪里受得了。

虽然夏桐瑶没做过银行工作,但财务工作与银行工作相通,方霏相信夏桐瑶能够胜任。招她进来时,方霏对夏桐瑶的业务方向已有规划,自从开始走创新发展之路后,方霏就一直在琢磨针对永盛公司这类企业的创新服务方案,她已经有了头绪,需要有人来实施。夏桐瑶在永盛公司做了近十年的财务,对这类企业的物流和资金流了如指掌,让夏桐瑶跨界来做银行,有她特殊的行业背景优势,可以很好地理解并执行她的方案。

夏桐瑶兴冲冲来金宝支行报到,见到了郭慕侠,方霏这次正儿八经给他俩做了介绍,夏桐瑶明白了郭慕侠的真实身份,她用指头点着郭慕侠,呵呵笑着,一脸窥破秘密的暧昧。

她不无妒意地小声对方霏咬耳朵:"霏你真有手腕,玩弄男人于股掌之上,要他当司机就当司机,要他当副手就当副手。"

方霏挺忌讳别人说她和郭慕侠有私人交情,夏桐瑶轻佻的语气让她尤其不顺耳,她板起脸提醒夏桐瑶:"我们现在是同事了,在支行讲话要注意场合,不能没有分寸瞎开玩笑。郭行长一直就是副行长,他那次帮忙开车,纯属江湖救急。当时假称他是司机,是怕你知道他的真实身份,会不自在。"

夏桐瑶撇撇嘴,一脸没趣地扭身走了。

方霏和夏桐瑶一动,余丽娅也起了心,她也在方霏的引荐下,从通宝银行跳槽,加入了北华银行,筹组另一家支行。

方霏引荐余丽娅时,内心是不情愿的,余丽娅在通宝银行,就好像自己的内线,通过她,可以了解到许多与柳凌志有关的信息,还有希望借与她合作的机会,见到柳凌志。

但余丽娅坚持要来，她说通宝银行同比收入低，业务又不好做，而总行班子新近分工调整，柳行长现在不管公司业务，而是管风险审批了，新换的行长没有柳行长懂业务，再想做业务创新很难，和方霏曾经合作过的同业代付业务，以后也做不通了，没有坚持的必要了，如果方霏不帮她，她就找别人引荐。

方霏无奈，只好把她引荐给罗若兰。北华银行满足了余丽娅的要求。

方霏本来还有个退而求其次的想法，她想余丽娅铁心要来，不如用她把郭慕侠换走，她提出让余丽娅给自己当副手，让郭慕侠出去组建单独的支行。没想到余丽娅很干脆地拒绝了她。余丽娅刚刚在通宝银行获得了提拔，已是所在支行的副行长，她跳槽当然也想要更进一步，看到从业经历比自己薄弱的方霏，都当上了支行行长，她不肯屈居方霏的副手，要自己组建支行。

方霏碰了余丽娅的钉子，心里好一阵子不受用，原来并不是人人都这么肯抬桩，相形之下，郭慕侠的屈尊俯就还真是难能可贵，再不能嫌弃他排挤他了。

经过这一番重组，方霏和夏桐瑶和余丽娅，三个好朋友殊途同归，都聚到了北华银行旗下。但世易时移，她们之间的关系完全不同了。余丽娅和方霏，成了比肩的同级干部，两人从外部的盟友，变成了内部的竞争。从前被她们俩争相讨好的夏桐瑶，从巅峰跌落，成了方霏的下属，余丽娅的下级。

坐在三十多平方米的行长室里，一向自认淡泊名利的方霏，也不由产生了一步登天的飘然之感。成为一家拥有三十多名员工的支行负责人，在支行这方小天地里，自己就是说一不二的最高领导。一举一动、一言一行都受人瞩目，每天从进入停车场的那一刻起，就是不绝于耳的问候声，权力带来的精神愉悦实在不可小觑。

跳槽前的优柔寡断，那些因自责而夙夜难安的夜晚，现在回头来看，很可笑很没见识，纯属小人之戚戚，是愚不可及的故步自封。相反，"树挪死，人挪活"，跳槽跳出了全新的格局。

独立而宽敞的办公室，简直可以当作另一个家。室内绿植婆娑，陈设齐全，进门处摆放着一组沙发，宽阔的大班台雄踞于正中间，班台的右手边，是一溜衣柜书柜的组合柜，班台的左手边，是明亮的落地玻璃窗。班台座椅，是柔软舒适的真皮椅，靠背高高的，坐在上面，脚尖轻轻一点，椅子就转一个圈，再轻轻一点，又可以滑出老远。当了官，连座椅都是服帖听话型，靠坐随心，还可以轻巧玩挪移，再不复小职员时的谨小慎微中规中矩。

她不喜欢奢华铺陈，所以总算没弄成罗若兰办公室一般的花哨。

作为当家人，对支行的感情完全不一样了，支行的事务她现在是责无旁贷。现在，没有必须外出的事务，她都尽量待在支行。忙完业务，楼上楼下地逡巡一番，看看员工的工作状态，看看客流量，一切都井井有条，她心里就涌上当家人的满足与喜悦。

郭慕侠每看见方霏背着手，绷着脸，一脸严肃在支行转悠，他就忍不住要笑，一切严肃的人和事，在他看来都很好笑。他不叫她"方行长"，却叫她"方婆婆"，他说她像一个旧社会大家庭里，掌握着当家大权的威严婆婆，方霏不理睬他的放肆，照样尽职尽责看护她的支行。

当个支行负责人，当然也不全是享受，凡事都有两面性，权力也带来了更重的责任和义务。开业之初的兴奋过后，方霏慢慢领教到管理一个支行的难处，棘手的事儿三天两头往外冒，按下葫芦浮起瓢，小小芝麻官儿压力也不小。

开业不久，就接到一张《处罚通知书》，方霏不在的时候，区城管大队来了人，几个人身着制服，威风凛凛，指出支行立在门前广场上的招牌违反规定，要拆除，支行大门廊柱上贴的开业海报，也不符合规定，要限期清理，还要并处罚金20万。

方霏对着保安送来的《处罚通知书》，不由犯了愁，路边招牌若拆了，支行的广告效果可就大打折扣，开业海报是花了好几万印制的，还没张贴几天，还在浓墨重彩释放着新开张的喜悦，就要被撕掉，真是可惜。20万的罚金，更不是小数目，支行刚开业，还没开始赚钱呢，分行拨的开办费紧巴巴的都不够用，哪有钱交罚款。

方霏急忙向分行求助，分行表示刚落脚本地，和政府部门不熟，所以爱莫能助，只能支行自己想办法周旋，罚金方面，如果实在无法通融，分行可以帮助垫支，但要从后期下拨给支行的业务费用中扣除，实际还是支行承担。作为经营机构，支行开业以后要自行负担一应的费用和支出，还要尽快盈利，要不然分行整体的利润从何而来呢？

方霏总算对自己肩上的压力有了全面的认识，她柔弱的双肩要担起这个三十多人的支行的一切事务，除了带领员工拼命做业绩，对付周而复始、没完没了的任务压力，她还得跟各种的难缠部门打交道。

郭慕侠优哉游哉来上班，门口的小保安又向郭副行长汇报《处罚通知书》的事。他一天难得碰到几件值得和人絮叨的事，尤其是值得和领导絮叨的事儿，所以见一个讲一个，讲得特起劲，把城管队员那牛皮哄哄的样儿描述得绘声绘色。

郭慕侠听了他的报告，上楼看到方霏愁容满面地坐在办公室里。他笑眯眯地坐到她面前，跷起二郎腿，明知故问："怎么了，方婆婆，眉头皱那么紧，当心长出'悬针纹'，'悬针破印'可是克夫克子的大凶之相，到时候就没哪个男人敢娶你了哟。"

方霏没好气地把那张《处罚通知书》扔给他："要我不长皱纹，那也容易，你多操点心，有本事你把这事摆平。"

郭慕侠接过《处罚通知书》，看了看，扔到一边，满不在乎地说："多大点事，值得为它上心！"他说完，掏出手机，拨出一串号码。

电话接通了，他亲亲热热地叫了声："肖叔叔，我是慕侠。"

电话那头有个男人热情地应着，音量大得从话筒里溢出来，郭慕侠竟然也会和人乖巧寒暄，他把自己的近况对着电话报了一通流水账，那头一个劲儿地夸他，两个人聊得高兴，时不时地朗声大笑。

聊了好一会儿，郭慕侠终于转入正题："肖叔叔，我现在当着个小小的支行副行长，今天我不在行里，你下面分局来了几个人，给我支行下了个《处罚通知单》。"

看到方霏专注地看着他，郭慕侠索性打开电话的免提，方霏屏住气，不让那头觉察到有人旁听。

电话那头说："什么，有这样的事？那准是区局六分队那帮小子干的，你们那片归他们管。这帮王八羔子，净瞎胡闹，没事，我给他们区局长去个电话，让他们把通知书撤回，让六分队那帮小子上门给你道歉！"

"肖叔叔，你让他们撤掉就行啦，道歉就不必了，咱自家人，这不就是误会吗？"

"慕侠，你小子成器了，当行长了，做大事业了，肖叔叔要支持你，给你立威呀。"电话那头"嘎嘎"地笑了。

郭慕侠也笑着说："肖叔叔，谢谢了，有困难，找肖叔叔，从小就是这样，到现在还得肖叔叔罩着，改天来看你啊，肖叔叔。"

声音洪亮的肖叔叔又爽朗地笑："你小子可别光说嘴，你可真是要来看看你肖叔叔和杨姨了，好久没见你，你杨姨老说想你，想你那张小甜嘴，来之前和我讲一声，我让杨姨准备你爱吃的菜！"

缠绵了好一会儿，电话终于挂了，郭慕侠对着方霏挤挤眼，两手一摊："方婆婆，按你的指示解决了，再不皱着眉了吧？我还真是怕你长悬针纹，万一克的是我呢。"

连分行都没办法的事，郭慕侠一个电话就解决了？方霏还有点将信将疑，还顾不上笑。

下午刚上班，保安领着几个穿城管制服的人上楼来了，保安敲敲郭慕侠办公室的门："报告郭行长，区城管局的领导找您。"

郭慕侠靠在他的大班椅上，眼睛粘在电脑上也不抬一下，拖着长音问："什么事？"

"对，对不起，我们是来道歉的。"来人中有一个人趋前一步说道。

郭慕侠这才把眼睛从电脑上挪开，看了一下赔着笑脸站在门口的几个人："进来吧。"

几个人畏畏缩缩地进来，郭慕侠对保安说："去把方行长请来。"然后用夹着烟的手指了一下沙发，对几个客人说："坐。"

客人们挤在长沙发上刚坐下，方霏一进来，他们又连忙站起来。方霏忙说："请坐请坐，各位领导。"

为首的一个慌忙说："我们不是领导，不是领导，您两位才是领导，我们是来道歉的，不好意思不好意思，我们两个员工不懂政策，给您单位下了《处罚通知书》，我们已经严肃批评了，银行是财神爷，是区里花大力气请来的，怎么能处罚呢。我们马上收回，马上收回。"

另两人也弯着腰连声说："对不起对不起。"

事儿能解决，方霏浑身轻松，来客这么谦卑，倒有些过意不去，她和颜悦色地摆摆手："没事没事，不罚我们就谢天谢地了。"

崔小洁进来给客人送茶，方霏让崔小洁去取《处罚通知书》，交还给来客。

客人收回《处罚通知书》，郭慕侠依然眼睛盯着电脑，嘴里一字一句地说："这回就算了！我们开业，区长来剪彩，你们倒好，送个罚单来，这是要打区长的脸吗？"

"误会误会，以后注意。"

"好了，我马上要出去办事，不多留各位了。"

来客连忙站起来："打扰了打扰了，告辞告辞。"

方霏客气地送到楼梯口，转身回郭慕侠的办公室。

她高兴地看着郭慕侠，问："这就了啦？"

"怎么，意犹未尽？"郭慕侠瞥她一眼。

"不是，我就是没想到，这么简单就了了。"

"城管的处罚向来这样，弹性很大，这叫自由裁量权，懂吗？"

"懂啦。您大少爷面子大，多多有劳啦。"

郭慕侠打个响指："不客气，都是我应该做的，咱俩谁跟谁。"

方霏嗔怪说："就算你大少爷面子大，你对人家也太不客气了，人家来道歉，你还劈头盖脸地训。"

"嗨，除了对你客气，你见过我跟谁客气？他们这几个烂人，能在爷这儿坐坐，就算抬举他们了，他们平时对那些小摊小贩，都像狼一样，上面可没让他们凶，都是要求文明执法，结果呢，他们就是要乱执法，政府形象都让这帮人给毁了，对这样的人用得着客气吗？"

"好了好了，算你替天行道。"

开业之初要迅速积累客户，打好业务基础，方霏带领营销人员，对从前的客户逐户拜访，重新建立合作关系。

周桂琴公司的业务也转过来了，杨礼斌公司的业务转过来了，其他的客户，也在新银行优惠政策吸引下，逐步向金宝支行转移。

特隆达公司转移要多费些工夫，毕竟特隆达公司是外资企业，手续上麻烦得多，但也在行动。

新支行开业的第一笔大额资金，就由钱伟民转入，他是银行出身，知道金宝支行刚开业需要垒业绩，及时转款给了方霏很大的支持，挺够意思。

他正在周桂琴的公司内大刀阔斧实施改革，首先改革公司结算方式。他的改革需要和银行密切配合，所以他成了金宝支行的常客，本来就爱凹造型的他，现在有了钱，更是扮得像归国华侨。他的发型更酷了，两鬓和后脑刮出青皮，顶上的头发却又高高耸立，在头上造出个悬崖峭壁，他上唇留起了一溜唇髭，下巴留起了卷曲的小胡子，他每次来支行，小姑娘们都谑笑着招呼："伟哥来了。"

周桂琴建材市场内的商户，销售款由公司的收银处统一收银，公司每月末再与商户结算。资金在公司账上流水一样过一下，没有留存。

钱伟民决定，将现款结算改为银行承兑汇票结算。

承兑汇票6个月后才需要兑付，结算方式一变，账上可以长期积存6个月的销售款，这可是相当一大笔钱，这笔钱用于购买银行理财，可以为公司新增一笔理财收益。

资金买了理财仍留在银行，并由银行监管起来，银行根据监管资金一比一开票给商户，公司从理财收益里拿出一部分，给商户补贴一笔贴现利息。

商户拿到票，可以转让给交易对手，也可以拿票去银行贴现，商户如果持票到期兑付，可以白得贴现利息。

钱伟民不愧是行家里手，把金融工具用得娴熟，这么做，商户不吃亏，银行有收益，建材广场的资金管理上升了一个档次，周桂琴对新老公越发器重了。

钱伟民接着又要盘活公司固定资产，他要用建材广场作抵押，以建材广场所收租金作为还款来源，做一笔经营性物业抵押贷款。

这种贷款周期长，还款依赖租金，商业租金不稳定，有较大风险，方霏在南都银行时，钱伟民就想办这项贷款，但南都批不了这种贷款，方霏不肯做。

到了北华银行，风险偏好有所不同。北华银行看好房地产，认为有足值物业抵押，物业价格下跌风险小，贷款风险也就不大，周桂琴的建材市场地段不错，地皮极具升值潜力，北华银行愿意做。

这就是新银行的好处，新银行急于发展，风险政策宽松得多，加上方霏的支行刚开业，也有发展冲动，方霏这次接手了这笔贷款业务。

钱伟民声称贷款用途是要再做一家建材市场，要开连锁公司，周桂琴公司自有资金2亿，与银行贷款一起投入新市场的建设。

建材广场评估值八亿，抵押给北华银行后，银行给了八年期四亿的贷款，农民企业家周桂琴第一次从银行得到这样大笔的资金支持，她的市场一个要变为两个，她十分高兴。

钱伟民设立了一家新公司，专门运作新建材市场，4亿贷款，加上2亿的自有资金，共6亿全部转到了新公司账户上。

方霏要趁着北华银行分支机构还不多，内部竞争还不激烈，尽快跑马圈地，多获取优质客户，把支行的客户基础打牢。

作为北华银行成立最早，员工队伍最齐整的支行，方霏开展业务格外有优势，手下员工都是自己带来的，相互了解，可以做到知人善用，配合默契。别的分支机构起步晚，实力略差，同时罗若兰或明或暗地倾斜，分行开发的大客户大项目，大都落地在金宝支行承办，金宝支行占尽天时地利人和，成为北华银行业务领先的支行。

方霏见识到了抢占先机的重要性。金融业的迅猛发展，给了从业者史无前例的机会，可以待价而沽，可以择木而栖，有着极大的自由度和想象空间，行业的充分竞争，让野心家们有了充分的舞台，成就了罗若兰这样的投机分子。罗若兰现在是北华银行滨城分行副行长，社会地位大幅提高，排场更是今非昔比。坐上了崭新锃亮的奥迪公务车，还有了专职司机。

罗若兰对金宝支行十分关心，这些人是她发家上位的基本班底，她要牢牢抓在手里。金宝支行开业时，她亲自来主持了开业庆典，开业后，她也常来金宝支行视察调研。

罗若兰大模大样坐在方霏的办公室里，方霏和郭慕侠陪坐一旁，罗若兰心情很好，她突然想开个无伤大雅的玩笑，换了个阵地，和这些下属的感情也更不同一些了，他们好似她从娘家带来的陪嫁丫头和小子。

罗若兰揶揄说："你们俩，可别把支行弄成了夫妻店哦。"

方霏涨红了脸急忙撇清："怎么会，郭行长是高富帅，我哪里高攀得起，我对郭行长从无觊觎之心。"这话既是说给罗若兰听，也是说给郭慕侠听。

郭慕侠狠狠地剜方霏一眼。

工作上郭慕侠现在算很认真了，方霏体会到他这个副手的诸多好处，开业时摆平各路关系，要靠郭慕侠，开业时冲业绩，还是多亏郭慕侠。别人都得给客户先放贷款，才能换点存款，贷款流程长，存款到位就慢，远水解不了近渴。郭慕侠的客户都是纯存款客户，资金说到位就到位，支行漂亮的"开门红"，多半靠他贡献。别人服侍客户跟孙子侍候爷似的，尽心竭力，他的客户倒是经常要看他的脸色，每次来办业务，客户还带点烟啊茶的来笼络他，甲方乙方关系简直颠倒了。

怪不得罗若兰要对郭慕侠那么好，原来仰仗他的地方还真不少。

郭慕侠现在有很多机会和方霏单独在一起，他努力工作似乎都是为了这个，为了单独相处时，方霏能给个好脸色。

手头没事的时候，他就跑到方霏办公室来，松垮垮地倒在椅子上，跷着二郎腿，看方霏忙碌。方霏批评他没坐相，赶他走，说没事别在她那儿瘫着，影响她工作，支行同事看着也不好。郭慕侠振振有词："谁说我没事？你是我领导，我得经常向你汇报，我紧跟领导，谁敢讲闲话？"

"有事请说事。"

郭慕侠就给方霏侃行内行外的八卦，东家长西家短，说完客户说同事。方霏听不下去了，她不耐烦地打断："你说的这些有意思吗？跟我有关系吗？"

"我也知道说这些没意思，但我不找点什么事说说，我怎么有理由泡在你这里呢？"他理直气壮。

的确，方霏工作抓得紧，支行每天有晨会，每周有周会，时不时还召开项目讨论会，工作的事会上都交流了，私下里还真没那么多工作要谈。

赶都赶不走，只好由他在办公室坐着，方霏忙自己的，当他是空气。

下班时，郭慕侠找各种理由，缠着方霏要一起吃饭。

"领导，今天我家没人管饭，你得负责请我吃饭，饿坏你的得力干将，就没人给你干活了。"他一副公子落难的可怜样，拒绝他还真是需要内心坚强。

"我有事，对不起了。"

"啥事？不如带着我一起？"

"家事，我爸妈来了，要回家陪爸妈。"

"那也可以带着我呀，我最会和长辈聊天了，长辈都特喜欢我，我这人一是女人缘好，二是长辈缘好，我可以陪你老爸喝小酒，可以陪你老妈聊大天，二老保证喜欢我。"

"你呀，你就是太会哄人，太招人喜欢了，所以我偏偏不喜欢，我父母也不会喜欢你这号，我们一家子都不喜欢油嘴滑舌。"

方霏且说且退，自顾自离开办公室，到车库开车走人。

转天上班，郭慕侠的办公室来了个大美女，惹得男员工都探头探脑无心干活。

郭慕侠特地把美女带到方霏办公室，给方霏介绍："这是滨城电视台的美女主持张静雅，她有个自己的文化公司，来咨询贷款的事儿。"

方霏礼貌地和张静雅握手，换名片，美女初次见面，不免有争奇斗艳之心，两个人相互闪电般打量一下，张静雅有着无懈可击的时尚精致，她的美充满商业化，是精心包装的完美成果，普通女人在她这样的专业时尚人士面前，难免有点自惭形秽，但金融精英绝非凡品，金融人经手着全社会的金钱，对金钱的掌控涵养的是骨子里的自信。方霏一身充满职业素养的利落简洁，并不把美丽的花瓶放在眼里，应酬几句，方霏称自己手头正有事在忙，请郭行长好好接待，就打发他们回郭慕侠的办公室。

聊了好一会儿，郭慕侠送走美女，转身又到方霏办公室。

方霏看看他："那么个小公司做得了贷款吗？"

"做不了，只是敷衍一下，已经打发走了完事。"

"那有什么必要带来给我介绍？我忙得很，还来浪费我表情，是带美女来向我炫耀对吗？"

"你看看你看看，我就知道你要多心，特意带来介绍给你，就是要表明我心底无私。"

"你用不着心底无私啊，你完全可以公私兼顾。"

"我想和你公私兼顾。"

"严肃点。还有，以后招蜂惹蝶别在行里现，弄得男娃子们都没心做事。"

"我还招蜂惹蝶，你是要冤死我吗？知道我是怎么为你守身如玉的吗？知道有多少七姑八姨成天把美女往我跟前领吗？我是躲都躲不掉。这张静雅，上次参加她主持的一个活动，哥们介绍我认识了她，人家第二天就约我吃饭，我都没给面子，今天她找上门来谈贷款，咱们是干这行的，有什么理由不见吗？你总嫌我对客户不热情，我这还没敢热情呢，你又说我招谁惹谁。你这婆婆怎么这么刁呀？"郭慕侠委屈得跟什么似的。

方霏听了好笑："有什么不敢热情的？人家醉翁之意不在酒，这么好的机会直接就从了吧，您也该有人管管了。"

郭慕侠摆摆手："你这算吃醋吗？这算什么机会，你肯给机会才是机会。我只服你管，你早点从了我，那样最省事。"

"我吃不着您家的醋，您别自作多情，我也给不了您机会，我就不明白你为什么总要和我闹，人家是大美女，又是小明星，怎么不好？"

"美女我见多了，小明星我也不稀罕，我就喜欢你，你勤劳勇敢爱学习，不轻浮不招摇，找了你我终身有靠。"

"我这么好肯定轮不到你，你死心吧。"

"轮不到我轮给谁？浓缩精品小老头吗？"郭慕侠一脸坏笑。

"好好好，我说不过你，打住打住，我们只谈工作，不谈其他，好吧？"

"哎哎，谈工作谈工作，正有个事，正要向你请示。分行一枝花李燕约我看电影了，李燕可占着关键岗位，得罪了分行关键岗位领导，对支行是不是不好？事关支行大计，我不敢擅作主张。"

"我们支行不需要靠您牺牲色相换发展，您自己看着办吧。"

"这可是你说的，那我可就尽情得罪了，我得先向你请示清楚，我知道支行就是你的命，影响支行发展了，你又拿我不得了。"

方霏对和郭慕侠的相处，实在有点不好把握。自从她拒绝见他的父母后，郭慕侠再没向她表白过了，但他每天和她没个正经，他现在的态度就像无伤大雅的玩笑，青年男女之间常有的玩笑，方霏只能幽默地对待这些玩笑，他们你一言我一语，玩笑中却也暗藏机锋，几乎成了繁忙工作后的放松方式。

方霏也想重塑她和郭慕侠之间的相处模式，他们是搭档，是工作伙伴，团结协作是有必要的，但相处应该更正经一点，更严肃一点。人前，她对他公事公办的态度，单独相处时，她是凛然不可侵犯的严肃。她的刻意冷淡却始终改变不了郭慕侠，郭慕侠找各种理由如影随形地粘着她，好在两人是工作搭档，一切都似乎挺正常，没什么流言蜚语。方霏渐渐也习惯了，从无可奈何变得无所谓，她不再跟他较真，只是加强自我约束。

郭慕侠虽然口无遮拦，行为上倒有分寸，除了唯一的那次酒后失德，他再无轻薄之举，自己也不能一边和他共事，一边和他势同水火，只要摆明立场，不给他希望，时间长了，他死心了就好了。

工作方面，郭慕侠足够抬桩，他努力营销，贡献业绩，内部管理上全盘接受她的指令，工作分歧或争权夺利，在他们之间不会发生。方霏明白，她因为郭慕侠的拥戴身价倍增，她的威信有郭慕侠帮忙站台的成分，吊儿郎当的郭公子都对她俯首帖耳，别人自然也不敢造次。她是站在郭慕侠肩膀上的巨人。

郭慕侠的表现，几乎让方霏产生了一丝愧疚，他努力工作虽是该当应份，但他这么自觉自愿也是因为钟情于她，方霏觉得自己在利用郭慕侠对她的好，她无法心安理得承受他的牺牲，偏偏她还总是习惯性地对他趾高气扬，从不在乎他的感受。

和郭慕侠之间啼笑皆非的种种，让方霏常常叹息，老天为何这样捉弄？郭慕侠认准了她，但她却认准了柳凌志。如果老天送到她身边的，是柳凌志而不是郭慕侠该多好。

可老天偏要给她一个大大的难题，让她见识到世间有柳凌志这样的男子，让她恋上他，却又在他与她之间，设下可望而不可即的距离，让她挣扎受苦。一想起他现在一定被许多女人惦记，她就止不住焦虑。

说起情路坎坷，她和郭慕侠倒可算同病相怜。

苏文玉现在时常调侃方霏："怎么样，放着身边的帅哥不要，还在惦记柳大叔吗？"

方霏只能落寞地笑："唉，他都不认识我，惦记有什么用，你不肯帮忙，还净看笑话，再等下去，他就该被别人抢走了。"

"这你倒不用担心，听说他前妻去世对他打击很大，他不肯再找人。"

"他不找人，但是架不住别人找他呀，喜欢他的女人一定很多，总有人能化开他心中的疙瘩，等他被别人捷足先登，那就惨啦，永远不会再有机会了。"

"恰恰相反，我不认为那是机会，不说是火坑就算客气。"

"哪里就是火坑了，说得这么吓人。"

"唉，你没经历过，不知道这种状况是怎么回事。一对相识于微的夫妻，丈夫发达后都会慢慢变化，最后彼此不平等，你和柳行长并没有相识于微，他成功男人的习性已经养成，他属于国家，属于社会，他要为伟大事业奉献牺牲，他的妻子就得准备好为他牺牲。他的家庭关系也不单纯，他有过去，有孩子，他和前妻感情很好，再加上失去的才是最好的，他会一直忘不了前妻，他的女儿也会永远在他心中占重要地位，你这感情的前途太渺茫了，即使你能让他喜欢你，他也是一个不能完整属于你的男人，你年轻又任性，又当了几年的小领导，也习惯了被人奉承被人服从，你能当好后妈，能当好他背后的女人吗？"

"难道因此就没人敢嫁他了吗？他总得娶妻吧，别人能受我也能受。"

"有些女性，找丈夫不是因为爱情，是要找长期饭票，他是一张好得不能再好的饭票，适合性格柔顺、胸无大志的女人，但你要的是爱，我敢肯定他给不了你，期望越高失望就会越大，你会后悔的，真正适合你的是阿侠，奇怪你怎么就是看不上他，连小北都说，阿侠以前在女孩子面前可骄傲了，他现在对你倒真是用心了。"苏文玉一脸旁观者清。

方霏苦笑着摇头。

爱神把被他俘获的人变得愚蠢，只能心甘情愿地接受他的捉弄。

金宝支行成立后，魏氏公司成了方霏的客户。过去在南都银行时，方霏入行晚，魏氏公司早已是别人的客户。到了北华银行，终于没人比方霏更具捷足先登的优势。

能服务到魏氏公司，方霏备感欣慰，她尽心尽力为魏氏公司提供金融支持，以此报答她对魏家、对苏文玉的感恩之情。

苏文玉已经辞职回家当起了全职太太，正在备孕二胎。她最终向夫家妥协，是因为舅舅的劝说。要不要再生孩子的矛盾白热化以后，魏小北的父亲在和苏文玉舅舅会面时，聊到了这事，这件事情上，男人们的态度惊人的一致。舅舅也认为，苏文玉应该服从夫家意志，辞职再生孩子。

为此，舅舅专门把苏文玉叫到家里，关心地问苏文玉："听说，和小北有点小矛盾啦？"

苏文玉点点头，在舅舅面前，眼泪不争气地落下来。

舅舅和蔼地笑着："都当妈妈了，还这么娇气，这么任性。舅舅虽然疼你，可不能护短哦，这件事是你的不对，小北想多要孩子，是有责任感的表现啊，你应该开心才是。多生孩子好啊，我们这一代人，响应国家政策，都只生了一个，家里很早就空巢了，魏家家大业大，经济上负担得起，想多要几个孩子，开枝散叶，这种想法很正常。"

苏文玉嗫嚅着说："可是，舅舅，您给我安排了这么好的工作，我也很喜欢我的工作，我不想回到家里，当生育机器。"

舅舅爽朗地大笑："生育机器？别人还没有这个福分呢！俗话说，多子多福啊，魏家有优越的经济条件，你才能想生就生。工作嘛，本质是为了生存，你没有生存之忧，可以暂时放弃，魏家这么大的产业，你将来不想闲在家里，可以参与到家族事业当中嘛。人生每一个阶段，有每一个阶段的目标，也就有不同的取舍，你刚大学毕业时，需要一份好工作融入社会，现在家庭需要你，你就暂时回家，只需要一两年的时间，你就又可以走出家门，在漫长的一生中，为家庭付出一两年的时光，也是应该的。"

在苏文玉成长的大家庭里，家风淳厚，上慈下孝，乖乖女苏文玉最能听进舅舅的话，舅舅这番话一锤定了音，方霏离开南都银行后不久，苏文玉也辞职回家了。

第十三章 重起炉灶开张

魏小北第一次来金宝支行谈业务，苏文玉闲着无事也跟着来了。方霏和郭慕侠得意满地领他们夫妇参观支行，然后一起到方霏的办公室谈合作方案，苏文玉插不上嘴，坐在一旁安静倾听。

方案聊完了，苏文玉才失落地说："以后，你们进步越来越大，我在家里当井底之蛙，和你们都没有共同语言啦。"

方霏说："你哪会是井底之蛙，你现在有了时间，还可以全面发展呢，你可以学习好玩有趣的东西，比如珠宝设计啊，插花啊，心理学啊，想学什么就学什么，生活可以过得多姿多彩，唉，想起来我都神往啊，我是没你这个福分，只能为五斗米奔波了。"

苏文玉斜了魏小北一眼："是得学点什么，要不然一孕傻三年，更要被人欺负了，有些人啊，翻脸比翻书还快呢。"

魏小北尴尬地抿嘴讪笑，妻子依了他，放弃了体面的工作，他是知道好歹的，虽然此前两个人赌气，闹得不愉快，但夫妻没有隔夜仇，苏文玉让了步，矛盾也就冰释了。

"以后他要是欺负你，你告诉我，我代表娘家人，找他算账！"方霏打着圆场。

魏小北成了支行的常客，他一来支行，郭慕侠也凑过来，三个人工作生活畅聊一番。有魏小北在场，方霏对郭慕侠也能和颜悦色。

这天在方霏办公室谈完正事之后，郭慕侠动员魏小北一起参加高尔夫俱乐部，俱乐部每周末都会组织会员打球，可以健康度周末。但魏小北说，他近一两年周末都得去上课，父亲要他上一个总裁班，补充管理学方面的知识，为全面接手家族企业做准备。

"挺不错啊。"方霏说："现在知识更新太快，是应该常常学习。"

"是啊，现在企业界很流行进修工商管理课程，我们这个班，是滨城大学新设的一个班，招收第一届学员，所以门槛特别高，学费高昂不说，报名后还要参加筛选，选中的才可以获邀就读，不是花钱就能读的。我那天去报名，还碰到你以前通宝银行的副行长柳凌志，听我爸说，他是博士出身呢，也去读这个班，说明这个班的确值得一读。他是特邀学员，不用参加筛选，我也不用参加筛选，未来我和他，就是同学了。"

这个消息可真重要，方霏克制激动的心情，不动声色地说："这么好的班，我也想读一个，还可以报名吗？"

"还可以报，报名期限还没有截止。"

"我们的福利费里有培训基金，可以用来读书，我要去报名，正好把福利享受了。怎么确保获邀入读呢？"

"我问问金融人士的入读条件。"魏小北说着，拨通了招生主任的电话。

打完电话，魏小北说："招生主任说，金融人士入读，职务至少不低于支行行长级别，这是基本要求，你刚好达到。还有一个好消息，你是女生，享受优先录取。金融行业四个名额，已经定了两位，都是男生，剩下两个名额，要确保至少一名女生被录取，你只要在女生里条件最优就可以了。"

"这算什么好消息啊，万一报名的女生很多，竞争不也激烈吗？"

"那还是比与男生同台竞争好多了，你知道我能读上多不容易吗？学校希望学员来自尽量多的行业，给每个行业都有名额限制，我们地产行业也要竞争不多的几个名额，我爸干脆以公司名义给学校捐了一大笔钱，设了一个奖学金，还承诺以后每年捐赠，学校因此优待，给了我一个特邀名额，你看多不容易。"

"哎呀，还得捐钱抢名额，那我怕是读不上了，咱行替我出学费，可不会替我捐钱买名额，那也不是一点钱。"方霏发愁了。

郭慕侠不屑地说："你捐什么钱！小北他们公司捐钱，可以宣传公司，一举两得，名利双收，你哪能和人家拼这个，你想读我帮你去找人，既然基本条件够格，就不是什么难事，又不需要学校破例，这点小事我帮你搞定。"

魏小北对郭慕侠说："你这么牛，给自己也弄个名额，也去读一个吧？"

郭慕侠摇摇头："坐学校的硬板凳我浑身难受，我不去受那个罪了，你们爱学习就去学吧。"

方霏的心狂跳着，这么多年处心积虑地积累靠近柳凌志的资本，机会终于在此时降临，他们有成为同学的可能了。

几天后，郭慕侠给方霏带来了总裁班的特邀报名表，像当年收到高考录取通知书时一样，方霏兴奋得有点迫不及待了，她兴冲冲去报了名，一心等着开学。

第十四章
相识菁菁校园

早春三月，总裁班要开班了，方霏步履轻盈地走在滨城大学的校园里，心中是满满的喜悦。滨城大学曾经是自己梦想的学府，当年，奉远小县女学生心中高不可攀的名校，如今居然轻松迈进了。

重回校园，不再是当年那个对社会一无所知的青涩学妹，今天的自己，事业小成，经济独立，而又青春依旧，以一种成功者的姿态走在校园里，和那些毕业后要四处乱撞找工作的大学生相比，自己绝对是优雅从容，自信干练。

已经足够强大的自己，名校之憾都能得到弥补，还有什么梦想是不能实现的？方霏身穿昂贵的米色羊绒外套，顾盼生姿地走向教学楼，她的大衣质地很薄，又挺括又暖和，让她在料峭春风里依然身材苗条，看着身边走过一个个缩手缩脖裹着棉袄的大学生，不禁想起几年前的自己，这种对比让她心情很好。

他们这一届分设了两个班，查看分班表时，方霏的眼睛急切地搜索柳凌志的名字，直到看见柳凌志和她在一个班里，她才放下了心中最后一块石头。魏小北没有和他们分在一个班，但上大课会在一起，这倒是完全没关系。

从今而后，自己和柳凌志成为同班同学，同学感情可不是一般的感情，是在血缘关系之外，世界上最牢靠最亲近的几种感情之一。以同窗之谊作为她和柳凌志友谊的起点，这个开端很不错。

夙愿得偿的机会就在这个校园里。是这么多年的念念不忘，才有了感动上苍的力量，她将以同窗的身份，以平等的身份，正式地结识柳凌志。这渴望已久的结识，会让本已幸运的人生更加圆满。

开学典礼上，见到了柳凌志。

他从容走进礼堂，身着笔挺的西服，方霏在人群中，一眼就看到了他，心头如小鹿乱撞。每一次见到他，都是她的节日，她把相遇的点滴，都牢牢地刻在心里。方霏注意地观察他，他有了一些不一样，神情中添了沉郁，看得出妻子去世对他有些影响，但那已是大半年前的事了，他大约已经走出悲伤。

班主任段秋山老师看到柳凌志进来，急忙招呼他坐到前排。段老师早就认识他，柳凌志大学毕业于滨大，作为滨城社会名流、滨大杰出校友，他在母校颇有知名度。学校为利用好校友资源，成立了各种各样的校友会、联谊会，杰出校友会被授予主席、理事之类的名衔，并在很多活动中扮演慷慨大方的金主。现今的社会，只要你足够成功，就会有足够多的人惦记你。

今天，柳凌志将作为新生代表上台发言，怪不得他穿得庄重严谨。在大家热烈的掌声里，他跨上讲台，他回忆青年时代在滨大校园度过的美好时光，感恩母校的培养，也表达了重回母校学习的喜悦之情。他深邃的目光越过观众席，聚焦在虚空中的某一点。那神情看起来更像个儒雅的教授，而不是来回炉的学生。

典礼结束后，大家来到教室，召开班级见面会。每个同学做自我介绍，然后民主选举班委，并进行分组，为即将开始的学习做准备。

三十名同学都是各界精英，大多是国企高管或成功的民营企业主。柳凌志的身份特别引人注目，是企业家们都乐于结识的金融高管。

方霏的自我介绍也引起了阵阵掌声，她创造了几个班级之"最"：她是最年轻的学员，当然，也是资历最浅的，不过年轻美貌才是女同学最受欢迎的资本。班上只有五名女同学，除了方霏，都是年近不惑、眼神如刀的女强人。方霏二八年纪、貌美如花，是绝无仅有的稀缺资源。她在台上自谦是后生小辈，请大家多加关照，还诚恳地向大家鞠一躬。台下传来热烈的掌声和笑声，似乎比柳凌志受欢迎的程度更甚，偷偷看一眼柳凌志，他也正微笑看着她，目光炯炯，方霏的脸瞬间一热，显出稚气的羞涩。

选班委的时候，大家一致推选柳凌志当班长。柳凌志微笑着站起来，他对大家的信任表示感谢，同时歉意地表示，由于公务繁忙，唯恐不能很好履行班长职责，建议选一名时间更能自主的同学，他愿意作为班委成员之一，为班级事务尽一份力。

金融名流通常都含蓄低调，他的解释又非常诚恳，大家表示理解。

身为著名餐饮连锁企业老板的周晓峰马上站出来，热情洋溢地竞争班长一职，他的竞选演说只一句话，他说，他能提供最好的班级聚会活动场所。这理由太充分太有说服力了，他马上获得全票通过。柳凌志则当选为学习委员。

按照惯例，班委中必须有一定比例的女干部。方霏被男生们群推为文体委员，她很乐意地接受了这个职务，今后与柳凌志同为班委成员，自然又多一些接触机会。

　　分组时，为保证每个小组都能有一名女生，男生们先分成五个小组，然后把主动权交给女生，由每名女生挑选一个小组加入。在男生们热切关注的目光下，女生们却谦让起来，方霏正中下怀地笑着说："学姐们承让，那我就不客气先挑了。"她生怕柳凌志的小组被人挑了去，早就想跳出来第一个挑了。

　　方霏大大方方地挑了柳凌志所在的小组，大家鼓掌欢迎她加入。选组长时，柳凌志又受到小组成员的一致公推，这次他爽快应承了。

　　午饭时间到了，同学们到学校安排的校内餐厅就餐，每个小组一桌。柳凌志客气地提出，这第一顿饭，由他这个组长做东，请本小组的同学们，大家都高兴地接受了他的好意。进餐时，组员之一提议，今后在校期间，小组同学都一起午饭，方便大家交流功课，讨论案例，组员们一致赞成。于是又选一名财务专员，每个组员交给专员一笔经费，用于小组聚餐和活动开支。

　　根据女人持家的中华传统美德，这个财务专员非方霏莫属。方霏开心地接受了又一个新职务。

　　今后上学期间，都可以和柳凌志同桌进餐了，幸福来得太突然，方霏此时只恨课太少，一个月只有四天课，要能天天上课才好。

　　终于，在四年之后，在苦苦思慕了一千多个日日夜夜之后，方霏可以常常见到深爱的人了。谁说学海无涯苦作舟？对这段即将开始的学习生活，方霏感受的是满满的幸福！

　　从此，在有课与没课的日子，方霏的心情是天上和地下两种迥然不同的体验。有课的日子里，方霏像一只掉进蜜罐的老鼠，黏黏的蜜汁太多太浓了，即将没顶，简直无力消受，又是甜蜜又是痛苦。

　　上课时，她晕晕乎乎地坐在柳凌志的身后，痴痴地望着他的背影出神，课堂收获自然不理想，但她本来就是醉翁之意不在酒。下课了，柳凌志的身影牵动着她的目光，似乎有只开关连接在他身上。他的身影看不见了，她眼中的光暗下来，他的身影重新出现，她的眼睛被点亮，富有神采。

　　虽然坐在同一间教室里，他们还是没有太多接近机会，课间很短暂，午餐是全小组一起，下午放学后又都一哄而散。方霏常盼着和柳凌志搭讪，以便拉近彼此的关系，但好不容易有机会和他说句话，她却总觉得自己应对不机敏，词不达意，她很懊恼。在深爱的人面前，她不淡定，想得太多，太想表现聪明，就会是这样愚蠢的结果。

　　没课的日子里，心里是焦躁和寝食难安的感觉，掰着指头数日子，盼着上课日期的来临。幸好柳凌志是严谨自律的好学生，基本不缺课，方霏的热切盼望大多不至于落空。方霏自己是压根不缺课的，没有什么比去上课，去遇见柳凌志更重要的事了。

在过去的四年多里,由于思念无望,所以方霏还能保持一份平静的心境,思念若有若无的,像夏日清晨的薄雾,淡淡萦绕在心头,不影响日常生活,该干吗干吗。但现在情况已完全不同,柳凌志已是单身,还这么真切地盘桓在她身边,深藏方霏心中多年的爱恋,有如原始森林里厚厚堆积的千年落叶,经常的见面点燃希望的火星,有渐渐逢勃燃起大火的危险。

方霏也曾担心,过去他们只有几次惊鸿一瞥的偶遇,真实的他会不会和自己的想象有差距。这些年执着爱恋的,会不会是自己虚构的一个影子。但同窗之后,她体会到他的斯文儒雅是骨子里的真实,他温厚有礼,清雅不群,他像思想家一样深邃的目光里,闪烁着智慧和温情,他清瘦的外表看不出恶习的痕迹,只能看到自律。

他对周遭的人都彬彬有礼,哪怕是一个默默打扫的校工阿姨,都会收获他礼貌的笑意。他不缺乏对众生的博爱慈悯,但他的友好中含着客气与分寸,似乎并不乐意和谁走得太近,他的温和传递出内在的威严,过分的热情在他面前不得不收敛。

同窗好久了,方霏和他偶有接洽,但柳凌志既没有像其他男同学一样对方霏特别热情,也没有对她特别冷淡,他待人接物很平等,从校工到师友,他都是礼貌而又淡然的态度,在这样谦逊自律、不偏不倚的人面前,美貌并没有特别的待遇。他从不邪言浪语,从不眼波游离,他是那样严谨到无懈可击,正派到不敢接近,他对方霏眉间眼底漫溢的脉脉深情毫无反应。

不上课的时候,同学们之间自发组织一些活动,总裁班教育的目的之一,就是帮助学员搭建人脉平台,招生简章里公开这样宣称,同学们也积极身体力行。但柳凌志很少参加同学之间的互动,除非与功课有关的活动,他才会赏脸出席。

与别的同学都在交往中日渐熟悉,唯有柳凌志,泛泛之交时觉得他很亲切,但想要接近却又感到他的高冷。方霏没有办法克服与他之间的那种距离感,只能继续遥遥凝望他,她觉得在这种凝望里,她的每一个细胞都被爱意所涨满,她像一片鼓起的风帆,像一只充气的河豚,像盘丝洞里面对着唐僧肉的女妖精。她的狂热催眠了她自己,但她的心上人专注于学习,毫无感知,毫无反应。

时光悄悄地流逝,一个月,两个月,三个月,方霏绝望地发现,同窗之谊并没有给她和柳凌志的关系带来太多进展。时间过得很快,让方霏无法淡定,她在浓愁耿耿中,哀叹自己的无能,哀叹爱情对于女性的不公平,她不能像男人那样主动,她只能徘徊又徘徊,等待复等待。

6月的课程,采用移动课堂的方式学习,全班去一个美丽的海滨城市,参观校友的企业,并用所学知识为企业开展管理诊断。学员统一坐校车前往。

初夏时节,天气舒爽宜人,行驶的大巴上,聊得来的同学们坐在一起,相谈甚欢。

柳凌志独坐在最后一排，手里拿着一本翻开的书，他没有办法认真看，车行过程中常有颠簸，他只好时不时把书搁在膝上，望向窗外，让眼睛休息。方霏坐在他前面一排，上车时，她有意无意地选择了靠近他的位置，但没有勇气去和他坐在同一排，他明摆着就是想独个儿坐，硬要去打扰他的清静未免太不识趣。

车子走了两小时，快要到达目的地了，打盹的同学们陆续醒了，车厢里重又活跃起来。坐在方霏前排的刘长征坐累了，离开座位站在走道上伸懒腰，活动活动筋骨，司机突然加速超车，刘长征向后一个趔趄，差点倒在方霏身上，方霏连忙闪身往里躲，老刘五大三粗，被他撞一下可吃不消。

刘长征对方霏的反应很不满，他找方霏理论："方同学，我老刘要摔跤了，你不帮忙扶一把，还躲那么远，这么嫌弃我老刘吗？"

方霏开玩笑说："保持距离，注意刹车。没听说过吗？"

"还保持距离呢，用不着这么纯情吧，不就是未婚吗？越是未婚女青年，越不应该端着架子，说实在的，你这样的大美女，单着太可惜了，今晚上跟老刘走吧，老刘教教你怎么谈恋爱。"老刘笑着，言语却刻薄。

"老刘，你过不过分。"方霏不高兴了。

"你说，不，口气如此坚决，可微笑却泄露了内心的秘密。"老刘靠着身边的座椅，站在过道里，给他的话配上民间文艺爱好者的抒情动作。

方霏脸涨红了，有点世故不熟的无措。

车上好几个人开始起哄，这些看戏不怕台高的家伙。性别弱势让方霏又羞又恼，老刘却继续放飞自我："即使明天早上，枪口和血淋淋的太阳，让我交出青春、自由和笔，我也决不会交出这个夜晚，我决不会交出你。"

老刘是一家国防军工企业负责人，企业的产品专供军需，企业也采用军队式管理，老刘的性格里，有那种特殊环境养成的霸道习气，有什么让他不舒服的人或事，他一定要好好修理，整到服气。

车厢里笑翻了天，有男生笑得直喘，还给老刘帮腔说："方同学，老刘打死也不会交出你的，放心跟他走吧。"

方霏真的生气了，这几个臭男人好讨厌，还是同学呢，她恨恨地说："你们拿下流当有趣，有意思吗？"有柳凌志在，她很介意这种带着性别意识的调笑，她有一种在他面前保持庄重的愿望，不想让柳凌志以为她是个轻浮的姑娘。

这一次，柳凌志出乎意料地没有置身玩笑之外，他慢悠悠地解围说："方同学，别介意，这是诗人北岛的一首诗，老刘只是诗兴大发而已。"

他的一句话让方霏释然，也让这场笑闹平静下来，老刘坐下了，大家不好意思再往下说了。方霏感激地扭头看了柳凌志一眼，既敬佩他的渊博，同时也感激他把自己从尴尬中解救出来。她看到柳凌志温暖的眼神满含笑意看着她，心中是一阵暖流涌动。他总是这样，只要有人需要帮助，他就会用他的温厚善良，及时施以援手。

车子在海边的酒店停靠。刘长征灵活地跳下车，对着湛蓝的大海豪迈地举起双手："我来了！我看见了！我被征服了！"

方霏和柳凌志最后下车。方霏放慢脚步，和柳凌志并排走在一起，看到老刘的表演，柳凌志笑着对方霏说："你看老刘，又来了，知道吗，他这一句也有来头，这一句出自恺撒大帝。"

方霏感激他的有心，他大概是想淡化她刚才的不愉快。知道老刘念的是诗，倒真的容易原谅一些，会念诗的老男人，看起来也不那么粗俗了。

方霏崇拜地侧身看向柳凌志："柳师兄，你怎么什么都知道啊，跟你一比，我可真惭愧。我就知道几句唐诗宋词。"

"你年轻，和我们喜欢的不一样，很正常。这些都是男人们的诗，是我和老刘的年代的诗。"

看来无论多么谦逊的男人，在女人面前都会不经意地流露出优越感。柳凌志说完，迈开长腿大步流星地走了。方霏落在后面，细细品味和他的交谈，心里的灿烂肆意繁盛，这总算是柳凌志和她之间第一次纯私人的交谈。

已是中午，东道主设了欢迎午宴，当天没有学习安排，同学们尽兴欢宴后，可以海边自由活动。

午宴后，喝了酒的同学们去午休，方霏不想睡，一个人来到海边散步。

海天辽阔，四顾无人，细细的海浪翻卷退回，润湿脚下的沙滩，浪花像一群手拉手跳着欢快舞蹈的少女拖曳的雪白裙裾。沙滩上一条长长的栈桥伸向大海，方霏信步走上栈桥，一直走到桥的尽头，俯身看向静静的海面。

海面微波荡漾，细碎的阳光洒下，像金子一样跳跃，海水轻轻的拍击声，衬托着慵懒午后的宁静，方霏眯缝着眼睛，眼前浩渺无言的大海，就像她心中澎湃的想念。心心念念的人就在身边，却像星星一样高渺遥远，她深爱着他，却只能和他客客气气地谈谈天，她跨越了时空的距离，却迈不进一颗近在身旁的心，她只能把心中的一腔挚爱，对着大海一番倾诉。阳光温暖而又催眠，她独自坐在桥上，昏沉沉地面对大海，做着思念的白日梦。

起风了，远处的天空飘来云团，在海面投下大块的阴影，浪花的舞蹈节奏加快，一浪一浪地涌来，拍击着栈桥，让方霏眼中的世界微微摇晃起来，幽深的大海像一个苏醒的巨人，它听懂了方霏忧伤的心思，掀起了同情的浪涛，蓦然惊醒的方霏感到一丝恐惧，她想要逃回岸上。

远远有人喊她的名字。方霏扭头一看，是一群来海边散步的同学，柳凌志也在其中。方霏按住狂跳的心，大声答应着，顺着栈桥一路狂奔回岸边，加入到队伍中间。

回到人群中，走在柳凌志的身边，感觉可真好，云团不一会儿就飘走了，阳光重又灿烂。

大伙儿见到大海都很兴奋，走着走着，有人脱了鞋子，和海浪玩起了你追我赶的游戏。柳凌志也兴致盎然，一个海浪打过来，他双手提着卷起的裤管，跳跃着躲避浪头，浪花依然打湿了裤脚，他咧开嘴笑得很纯真，露出整齐洁白的牙齿。方霏站在一旁痴痴地看着，在大海面前，在同学身边，柳凌志竟然表露出如此率真顽皮的一面，她心中充满新的惊喜。

散步的队形越拉越长，三三两两散落在海岸线上。方霏保持与柳凌志步调一致，他们返程又一次经过栈桥，柳凌志指着栈桥说："方同学你知道吗？这个栈桥只是一个浮在水面上的木排而已，没有桥墩支撑。"

"真的吗？"刚才走那么远，脚下竟是踩着几根浮木，沉浸在自己的内心世界里，竟然完全没有注意到外部的危险。方霏调皮地吐了吐舌头说："刚才不知道是浮桥，就那么走上去了，你这一说，真有点后怕。"

柳凌志笑笑，年轻就是免不了毛糙，不过一个粗心的美丽女子，倒格外可爱。他问她："方同学一直在金融系统工作吗？"

"是啊。大学一毕业就进了银行。"

"北华银行滨城分行成立的时间不久呢，到北华之前，在哪家银行啊？"

能向柳凌志介绍自己的个人情况，方霏很高兴，她偏着头看着他，笑着说："柳师兄，一直没有机会告诉你，我曾经是你麾下一名小兵呢。"

柳凌志惊讶地看着她："真的？"

"是啊，我在通宝银行工作过一年半，通宝银行是我的第一个东家。"

"这么说我们不仅是同学，曾经还是同事啰。"

"是啊。"方霏愉快地回答，"可惜那时候，我在基层的基层，柳师兄这样的大领导，不认识我这样的小人物，但我还是有幸见过你的。那时候我不在滨城，我在临江分行江北支行，有一次你去我们支行视察，记得吗？"

柳凌志似乎努力在回忆。

方霏一笑："你一定不记得了，而且就算你记得去过我们支行，你也不可能对我有印象，那时候我职位太低，是个不起眼的新员工。"方霏脸皮薄，不想提自己昏倒的小插曲，虽然这件事倒有可能给他留下印象。

"为什么不留在通宝银行发展呢？能告诉我吗？"作为一个行领导，柳凌志很爱问员工离职的原因。

"因为啊，我在通宝银行没有转正的机会，另外还有一个原因。"方霏看着远方："因为我想离开临江来滨城工作，在通宝银行，我实现不了这个愿望。"

柳凌志歉意地看着她："这么优秀的员工没能留住，是我们的损失啊。通宝银行没给你机会，我代表通宝银行向你表示歉意。"

方霏顽皮地笑着说："真的吗，柳师兄这么一说，我那小心灵里的陈年旧创伤，就被神奇地抚平啦。柳师兄人这么好，要是早点认识你就好了，早点认识你，有你这么好的领导鼓励，我就不用出走了。说实在的，当年确实是愤而离职呢。"

"离开通宝银行你发展得也很好，这么年轻就做到了支行行长，说明金子到哪里都闪光。"

"还是要感谢通宝银行培养了我，给了我执着的梦想，尽管通宝银行没给我太多机会，可我依然对通宝银行怀着深深的感情。"方霏意味深长。

"谢谢你这么说，通宝银行有许多需要完善的地方，我们欢迎各界人士提宝贵意见，尤其欢迎像方同学这样真心爱护我们，对我们的文化有过切身体验的人士的意见。"柳凌志不知道方霏话中深意，但也颇为感动。

"意见建议我倒没有想太多，不过每次路过通宝银行总部大厦，我都会多看几眼。尤其是现在，想着柳师兄在大楼里坐镇，更是倍感亲切。遗憾我在通宝银行工作一年多，总行大楼都没有机会踏进去。"

"那么，哪天有时间，我邀请你去参观，补上这一课好吗？"

一听此言，方霏惊喜得满脸放光，就像无意中捡到个大元宝，她笑着说："好啊，师兄，那就一言为定，回去后我就上门拜访你，我不会讲客气的呀。"

"当然，不需要讲客气，一定要给我机会，让我表达通宝银行当年未能慧眼识珠的歉意。"

旅行真好！这一趟短短的旅行，方霏收获良多，和柳凌志的关系走近多了，不仅向他道出了他们之间的那一丁点儿历史渊源，竟然还订下了一次私人约会，这在他们的交往中，可算是了不起的突破。

移动课堂结束，回滨城后，方霏就开始惦记她和柳凌志海边订下的约会。她坐在办公室里犹豫不决，真想马上、立刻就主动给柳凌志打电话，要求践约，要不然时间一长，他忘了咋办？但昨天刚刚分开，今天就迫不及待，会不会太不矜持，或者显得太无所事事，离开岗位几天了，也不略微忙一下。

周一就在纠结矛盾犹豫中过去了。

周二接着纠结，脑袋里一直翻腾这事，电话拿起又放下，熬到中午，柳凌志居然来电了！他在电话里说："方同学，我承诺了要请你来参观通宝银行大厦，很抱歉昨天比较忙，没有及时联系你。你看这几天有空吗？或者，"他顿了顿，"如果你抽得出时间，就在今天好吗？今天我正好有空。如果再往后约，怕有很多不确定因素。"

方霏开心得声音发颤，她等这个电话等了一天半，真有度日如年之感，她一点都顾不上矜持，一迭声地答应着："好啊，择日不如撞日，那就今天吧。"

"我派车来接你？"

"不用这么麻烦，我自己开车过来就好。"

"那么我们约在五点半见面好吗？我带你参观一下，然后请你在我们食堂晚餐。"

"好，我五点半准时到。"

放下电话，方霏兴奋得五内不宁，想躺下睡个午觉，晚上状态更好一些，但怎么也睡不着。

下午，方霏也是坐立难安，在办公室内外进进出出，一会儿拉着这个说说这，一会儿拉着另一个说说那，又不停地看手表，就想时间过得快些。

四点一到，方霏就想要出门了。拎起包，又觉得太早，决定再忍一忍，给自己找点事情做，以便转移注意力，却一下子就到了四点半，她着起了急，怕遇上堵车就麻烦了，第一次约会可要留下好印象，不能迟到，刚拎起包慌里慌张准备离开，又想到应该补补妆，这么重要的约会，妆容完美很重要。于是赶紧止步，掏出化妆包。

正在抹口红时，郭慕侠推开虚掩的门进来了，看她涂脂抹粉，他冷冷地问："这是要去勾引谁，这么用心？"

方霏顾不上理他，不客气地说："女士化妆请回避，下回进我办公室记得先敲门。"

她匆匆出了门。已经有点堵车，一路心急火燎，还好五点半前准时赶到了。

看到通宝银行广场了，远远望去，停车场入口前有一小片绿地，绿地中央，一棵小树枝叶葱茏，亭亭如盖，撑起一片绿荫，绿荫下的石凳上，坐着一个人。等一下，那人好像柳凌志。方霏定了定神，怕是自己看花了眼，再定睛一看，居然真的是柳凌志，他坐在树下，是在等她！

如此的礼遇让方霏有点始料未及，她稳住心神，把车开到柳凌志身边，摇下窗玻璃和他打招呼。

"嗨，师兄，我到了。"

柳凌志快步走过来，弯下腰对车里的方霏说："我让人给你留好了贵宾停车位，你把车开进停车场后右拐，马上就能看到一个空位。"

方霏依言开车进去，入口处的保安"啪"的一声立正敬礼，给车子恭敬地放行了。

方霏按柳凌志的指引找到停车位，麻利地倒车，进位，下车，柳凌志跟在车后面，步入停车场。方霏一下车，柳凌志就夸她说："开车技术很熟练嘛。"

方霏顽皮地说："当然，这就是没有司机，亲力亲为的好处。"

接着她不好意思地笑着说："师兄你太客气，你这么大个领导亲自下楼接我，我怎么担当得起。"

柳凌志也笑答："我确实很少下楼迎接客人，但我想让你看到通宝银行诚挚谦逊的一面，我要尽好地主之谊。"

两人谈笑着去搭乘电梯。电梯口遇到下班的员工，大家恭敬地致意："柳行长好。"同时好奇地看一眼他身边的女士。柳凌志礼貌地应答，方霏骄傲地站在他身边，扬着头享受注目礼，就像灰姑娘终于站在了王子身边，带着君临天下的雍容气度。

进了电梯，一起上楼的员工没话找话地寒暄："柳行长还不下班吗？"

柳凌志谦和地回答："是啊，我有客人。"

他带方霏参观了职工之家、贵宾中心，职工之家占了整整一层楼的空间，书吧、健身器材、乒乓球桌、卡拉OK室、瑜伽房，功能齐全，下了班的职工在这里娱乐健身。贵宾中心也是独占一层，装饰格调奢华气派，大厅里满铺着大理石，钢琴、油画、吊灯交相辉映，咖啡吧里，唱机播放着靡靡之音，一间间贵宾接待室里，软包墙面，复古家具，舒适又私密，身家巨万的客户在这里品着咖啡，和资深的理财经理讨论自己的财富规划。

方霏连声称羡。北华银行入驻滨城时间短，尚没有自己的大楼，况且也并非总部机构，硬件设施与通宝银行相比，有不小的差距。

柳凌志陪方霏参观介绍，言语中有着不加掩饰的自豪。他是这家银行的主要负责人之一，这家银行的成就里，有他的心血，他为之骄傲是必然的。

末了柳凌志问："要不要去我办公室看看？"

但旋即他就自我否定："算了，现在有点晚了，去办公室不太合适，而且办公室没什么看头，千篇一律。不能饿着你这位贵客了，我们去吃饭。"

虽然十分想去看看他的办公室，相比贵宾室等公共区间，办公室更带有他的个人印迹，方霏更加感到好奇，更有参观的欲望。但听他这么说，方霏也只好作罢。和他在一起，她温顺得像只小羊羔，去哪儿都行，有他陪伴着就好。

餐厅在大厦的其中一层，除用作员工食堂外，另有几间专门为内部接待服务的包房。今晚，包房只有他们这一桌两个客人。菜品都提前预订好了，服务生无须多问，静静地含着笑，谦恭地上酒、上菜。方霏拘谨地坐着，饭局没少经历，但由自己深爱的人安排的一切，是那么的不同，难免激动。

柳凌志举起面前的高脚杯，微笑致意："欢迎你。"

方霏举起杯子，未饮先醉，深深地看向对面的人，浅浅地抿一小口红酒。

菜品很精致，虽是内部餐厅，但格调堪比豪华餐厅。浓浓的幸福感让身边的一切都散发出光芒，一切都让人目眩神迷。柳凌志用公筷给她夹菜，为她介绍一道道菜式，礼节周至。他认真地扮演着主人的角色，十足一个殷勤的绅士，但他也像一个天线坏掉的雷达，完全接收不到方霏顾盼神飞的眼中那汹涌的情意。他继续参观时的话题，认真地讲述通宝银行的历史，似乎要给她补上新职工入行培训第一课。

他讲当年组建这家银行的艰辛，当年那段争分夺秒的筹备时光，他们夜以继日地工作，困了倦了就在办公室里和衣而睡；他从筹建至今，见证了这家银行的诞生，亲历了它的许多个第一次，了解它成长中的全部历史，如今这家银行有了不小的规模，他深以为傲。虽然它也有不尽人意的地方，比如会有一定程度的人才流失，没能留住像方霏这样的青年才俊，但它已经在金融界占据了一席之地，有了自己的品牌和文化，它终将成长为一家百年老店，创造属于它的奇迹，对此，他深信不疑。

方霏被他的娓娓讲述感染着，为自己不断跳槽的经历感到羞愧，柳凌志那般踏实完美，她却总是飘忽不定，即使个中原因是因为他，也照样缺乏高度，他为理想与抱负坚持，而她却被儿女私情左右，他的意识里根本看不到自我，而她的意识里他就是全部。

"师兄，我真羡慕你，能一直待在一个企业里，为它忧，为它喜，为它付出全部的自己。不像我，辗转几家银行了，都说性格决定命运，但我的性格绝不是见异思迁的类型，只怪命运给了我一个难以抗拒的诱惑，以至于我一心追梦，而放弃了深深扎根的机会。"方霏真心感佩，试图自表，但又不敢明言，只得言语躲闪。

柳凌志听出她话中有话，但并不深问，他只是笑着宽解说："这说明你是人才，你太抢手，你去的银行都很不错，他们都愿意重用你。"

愉快的晚餐结束，柳凌志说她喝了酒，出于安全考虑不应该开车了，他得送她回家。他请她留下车钥匙，司机明天一早会送回她的车。

方霏温顺地听从他的安排，享受他体贴入微的照顾。这么多年，谁的关心都无法打动她，谁的照顾她都不愿接受，她选择独自面对生活中所有的困难，只是为了有朝一日，有被他照顾的幸运。等的就是这一天，等他的温存与宠爱，这一天来了，就应该好好享受。

车子已在楼前等候，司机恭敬地拉开车门，退到一边，柳凌志替方霏扶住车门，等她坐好，他关上门，转身上前，去坐了副驾驶的位置。

司机启动了车子。这是柳凌志的新车和新司机，旧车损坏严重，已做报废处理。车祸以后，柳凌志喜欢自己开车，如非必要，他很少用司机了。

很快就到了方霏的家，在小区门口，方霏下了车，柳凌志也下车与她礼貌握别。回到车上后，他又摇下窗玻璃，向方霏挥了挥手。昏暗路灯光下隐约的四目相对，也让方霏有电流通过全身的战栗感觉，从未有别的男人让她产生这种感觉，所有的感官都在强调，她的沦陷有多么彻底。

车子箭一般没入黑暗里，方霏步态阑珊地上楼，开门进屋后，她什么都不想做，呆呆地歪在沙发上，回味这个梦一般的晚上，她竟然和柳凌志约会了，她拥有了他一整个晚上，一整晚，他的双眼都温柔地望着她，他的双唇只对她说话，这一晚上，是她生命中的奇迹。

她一动不动，既不去洗漱，也不换衣服，只要一开始这些琐事，这童话般美好的夜晚就宣告结束了，她的水晶鞋、她的南瓜马车统统都会消失，她要留着这晚的印迹，脸上的妆容，身上的盛装，留着这些，这美好的夜晚就依然在延续。

第二天早上，方霏在沙发上悠悠醒来，脸上隔夜的残妆再留不住了，那个夜晚也成为记忆。之后，是二十多天的空白，在下一次上课之前，方霏再没有机会见到柳凌志。

时光悠游、落叶缓坠，对掉入爱河的人来说，见不到爱人的每一天，都是漫长的煎熬。柳凌志已经兑现了承诺，方霏找不到理由再打扰他。

　　每天，柳凌志占据了她全部的脑海，每天，她在纸上无意识地写满柳凌志的名字，她把写满的纸撕得粉碎，扔在垃圾桶里，却扔不掉心中疯长的爱意。

　　这个学期，还有7月最后一次课，之后，就是漫长的暑假。想到那长长的假期，方霏的心被惆怅塞满，二十多天的度日如年已经让人意志涣散，两个月如何能忍！

第十五章
翩翩飞鸿传情

7月的课上,方霏又如期相遇柳凌志。

这次重逢,方霏心里的感受与以往大有不同,有过一次约会,她觉得和柳凌志关系不一般了,见面的感觉甜丝丝的。

但柳凌志似乎没这么想,他进了教室,走向他惯常的座位,上课他通常要坐前排,他听课很认真,课后,看到方霏,他的彬彬有礼还是和从前一样,没有对方霏更热络一些的表示。那美妙的约会,没给他带来任何改变。

这个心无杂念的师兄,当真把他们的约会当作对离职员工的精神补偿,既已践约,就该两不亏欠各行其是了。

这次课上完,本学期就结束了,漫长的暑假后,约会带来的那一丁点亲密感觉更该无影无踪了吧,方霏心有不甘,好不容易取得的进展怎能又退回原点。

系里举办期末酒会,方霏犹豫再三,仗着文体委员的身份之便,仗着约会的交情垫底,她大胆给他发短信:"师兄,晚上的酒会你一定要参加哦。"

柳凌志却没有回短信,得不到回答的方霏心里像猫抓一样的不安宁。

晚上,方霏还是揣着希望去了酒会现场。灯红酒绿中,等了好一会儿,没有看到柳凌志的身影,她终于绝望,于是她也离开了,带着一种被轻慢的受伤与无趣。

为什么他突然冷淡不理会人呢?因为太在乎,方霏对这结果反应过度,她被漫无边际的猜测折磨着,闷闷不乐。苏文玉说得对,她已经感到和他之间的不平等了,他官当得太大,她不敢放肆,不敢用对平常人的方式来对待他,如果他是平常人,如果她又真的想要个回答,她早就干脆地打电话去问个清楚明白,哪里由得着他这么忽冷忽热的捉摸不透。

她不能用简单粗暴的方式对待他,围绕着他的人太多了,对人爱理不理是他的权利。

放暑假了,在日日的思念中,方霏茶饭不思辗转反侧。

等他来追求她,似乎是不可能的,他完全没有将她视为可发展对象,他都没问过她是否单身,而且苏文玉也说过,他前妻走后,他不肯再找人。苏文玉还说过,当官的都被侍候惯了,方霏也是见识过的,她分行的领导,不都是高高在上吗?何况柳凌志还是总行领导呢,他不仅被侍候惯了,有可能还被拜求惯了,已经不懂主动追求什么了。

必须得是她主动,她来追求他吗?可是该怎么追求呢?直接表白没勇气,眉目传情也行不通,他这样的人,见到的都是谄媚的、讨好的眼神,在这些热烈的眼神中,他大概无法分辨竟然有一双是出于爱情。

但方霏实在没有耐心再等待,再承受煎熬了,她担心夜长梦多,想来想去,只有一个办法,给他写封信。写信可以避免当面的难为情,又能够从从容容详细诉说,不说得清清楚楚、明明白白,他不会意识到她的爱情,更不会知道这爱有多深。

在心中窖藏了五年的感情喷涌而出,向笔尖倾泻,方霏要把一切都告诉柳凌志,不管他接受或不接受,她需要一个结果。

方霏写道:

柳师兄:

你还记得吗?我告诉过你,我在五年前就见过你,但我没有告诉你的是,这五年间,我们还有过几次相遇。

你可能奇怪,为什么你完全没有注意到这些相遇,又为什么我会记得这么清晰,这原因,请听我慢慢告诉你。

五年前,我是一个刚出校门的职场新人,在迎候你的人群中,我见到前呼后拥的你,你是众人的焦点,而我,是众人中地位最低微的一员,后来几次见你的场景,也都大同小异,你没有注意到我,而我,却记住了你的每一句话,每一个样子。

没错,你大概已经意识到,这是一场可笑的单恋,五年前的初见,我就不可救药地爱上了你,以当时的情况来看,你是一个根本不可能与我有交集的人,但五年里,这绝望的单恋,一直深深地扎在我心里。

只是一面之缘,你就在我心中埋下了挚爱的种子。忘不了那一天清晨的朝阳下,你迎着阳光的眩目身影,随后发生的事,更是不由自主地打动了我,一见钟情的爱,有着无法抗拒的完美色彩。从此,这无人响应的单恋,成了我厚重的心事,从此,我执着于遥远的你,和自己、和生活较上了劲。

第十五章 翩翩飞鸿传情

此后五年，我再无缘走近你，但思念在心中从未离去，思念筑就心中的圣殿，你成了我的信仰，成了我努力的方向，你是我23岁之后所有决定的缘起，从前我的生活，是散漫的随波逐流的日子，见到你之后，我才知道，生命赋予我的意义，就是努力把自己打磨得优秀，若有一天与你再相遇，能配得上你的注意。从此，我所有的努力，都只有一个目标，就是无限地靠近你。我离开通宝银行，离开临江，来到滨城，只因为这是你生活的城市。我拼命工作，渴求进步，只为了积攒与你相遇的资本。我寂寞独处，拒绝爱情，只因为早已对你芳心暗许。

在那些无尽思念的日日夜夜，我闲时的消遣，就是悄悄地搜寻关于你的消息，用不打扰你的方式注视你。这五年里，你住在我心里，已经成为我灵魂的伴侣，我假装你在我身边，假装与你对话，把心事向你诉说，有困难向你讨教，我做了一切我觉得你会喜欢的、不可思议的事情，每当面临重大决定，我总以你是否欣赏当作衡量标准。我还在梦中无数次与你相遇，梦见你的微笑，你的深思，而我的心，在梦中也感到无望的疼痛。就在这样的醒里梦里，我已然与你熟识，而你却毫不知情。

这五年，对一个女生来说，有多么重要你知道吗？在世俗的安排里，这五年，是一个女孩全部的青春，这五年，要寻觅一生的踏实与安定。而我用这全部的青春，孤独地跋涉着单恋的万里长征。我明明知道，穷尽一生，我也只能孤单思念而不能拥有你。

但再远的距离也扯不断你对我的吸引，再硬的现实也碰不碎我对你的坚定。冥冥中我相信，我们之间存在着前世今生，要不然我怎能如此执念于你？就像黛玉是来还眼泪给宝玉，我天生就是为了遇见你。我无法放弃对你的向往，去接受别的可能性，我知道，如果你没能出现在我生活里，你也会永远出现在梦里。

我这样的牵挂着你，不知你心中是否曾有过感应？

这五年里，爱的伟大力量驱策我前进，让我意外收获了很多，我变得勇敢、坚定、充满信心，有了职场中足以自豪的业绩、独立的经济能力……在你一无所知的情况下，你改变了我的人生。

最近，我终于有了和你同窗的机会，我用心体验真实的你，我看到你和我的理想完美重叠在一起。你是那样的温和持重，行为举止从不失分寸，你又是那样的丰富真挚，对任何人，任何事，你都有自然流露的慈悯，你那被理性约束着的感性，让我无限动心，你是先天的情种，是后天的圣人。

我相信能与你同窗，是上天的恩赐，通向你的道路如此漫长，如此荆棘丛生，我好不容易来到你身边，我必须抓住这机会，让你知道我这么多年的努力，都是为了你。哪怕会遭到你的鄙夷，我也在所不惜。

就像茨威格书中那个陌生女人，我给你写信，我决定，我要比她勇敢，我要比她幸运，我要向你坦白，向命运坦白。我要告诉你一个女人深爱而无望、深情而无悔的寂寞青春。我不要沉默到濒死之际，我愿在最好的时光里让你注意到我，让一切都能来得及。

对你的向往就像向日葵对太阳的向往，向日葵只有迎着太阳，才能茁壮成长，而你就是我的太阳，因为仰望着你，我得以盛放。如果有一天，我可以来到你身边，享受你无时无刻的光照，让爱在真实的世界里延续，那将是我能想到的这世上最美好的结局。

你可以让我变成扑火的飞蛾，也可以成就我为向阳的花朵。

霏

信写好了，方霏郑重地封好，她叫来办事老实可靠的李清源，让他人肉快递。李清源替她传递资料从无差错。他的特点就是听话，指东不往西，近乎死板地执行命令，而且从无好奇心。如果让李清源去做一件需要发挥主观能动性的工作，那是绝对要失望的，但是让他做有清晰步骤严格流程的事情，又绝对可以放心。不够聪明是他的缺点，但也是他最大的优点，他不仅会按要求把信件送到目的地，而且绝不会有私拆偷看的好奇心。

方霏告诉李清源，这是重要的文件，一定要亲手送交收信人本人。她给了李清源一个电话号码，是柳凌志的办公室号码，她知道没有柳凌志的同意，李清源根本不可能面交信件。她让李清源到了通宝大厦楼下，就给柳凌志打电话，说明是方霏差人送来资料，要求当面签收，不能由他人转交。如果柳凌志不能亲自签收，那就把信原样带回。

方霏缜密地叮嘱了送信流程，担心老实的李清源不懂应变，她把每一种可能性都预先考虑到，一一给李清源讲明应对办法。李清源走了，方霏像等一个未知的判决，忐忑地揣度柳凌志的反应。

如果柳凌志不接受她，她将颜面何存？她会不会被认为是一朵企图攀附的凌霄花，仰慕的只是他的权势与身份？而幻灭的痛苦，是不是该把她像点心一样，吃得连渣都不剩？

但是不管结果如何，她都努力争取过，她深切地爱了这么多年，不去争取，就只能是终生的遗憾。他即使不接受，也应该能体会到她的真挚，总不至于让她难堪。

电话铃声响起的时候，方霏惊跳起来，是李清源打来的。他不辱使命，顺利拨通了柳凌志的电话，获得柳凌志的允许，上楼到了他的办公室，当面把信交给了他。

听到这个消息，方霏瘫在了靠椅上，此刻，对信件能否送达的焦虑没有了，但另一层恐慌紧紧攫住了她。哦，他收到了，他现在该拆开了，他看了，他一切都明白了，那么，他会不会被她打动，能不能接受她呢？她会不会行动得太晚，他已经有了新女友呢？

她的心吊在嗓子眼里，等命运女神做出裁决。

第十五章 翩翩飞鸿传情

听说方霏派人送来学习资料，还郑重其事地一定要亲自签收，让秘书签收都不行，柳凌志有点好笑，这姑娘办事认真得过头。送信人走后，他漫不经心拆开信，扫了一眼，却惊得眼珠子都要弹出来了，怪不得方霏弄得如此玄乎，原来是一封让人耳热心跳的情书。

柳凌志连忙稳住神，从头到尾看完了信，信后，还附着一篇五年前的日记影印件，日记里记录着信中所言的初见，似乎是为了给这延续五年的深情作证。

看完了信和日记，他最初的反应是苦笑。

单身这一年，他成了令人垂涎的肥肉，不论他多么清晰地表明了不再续弦的意愿，还是有很多人不厌其烦地要给他介绍对象，他只好一再谢绝那些令人难以忍受的过分的关心。这一次，居然还有女人连媒人都省掉，用情书这种特别的方式，主动向他表达爱意。

相濡以沫的妻子背叛他，不相干的女人却要偷偷喜欢他，女人们来来去去，所为何事？这些轻薄的女人，她们表达爱的时候无比动情，背叛起来又会毫不犹豫，他还敢相信吗？

当年他和陶闻燕的恋爱，也是女方主动表白。

他们相识于大学，是彼此的初恋，升大二的那一年，他参加学校的迎新，陶闻燕是那年的新生，他正好接到她，他以学长身份带她熟悉校园，陪她办理入学手续，陶闻燕后来深情表白说，从那时起她就喜欢上了他。

在校期间，陶闻燕常找他指导功课，在他毕业前夕，陶闻燕主动表白了，她说怕他毕业后被别人抢走。那时陶闻燕才21岁，他22岁，她是与他来往最密切的女生，接受她似乎是顺理成章的事情，他们确定了恋爱关系，他后来继续深造，陶闻燕一直等他，等他研究生毕业，他们就结婚了。

婚后的生活很安定，他不喜欢纷争，更不会和自己的女人争执，他处处让着她，包容她，十几年的婚姻生活中，他们连争吵都没有过，堪称模范夫妻，他一直相信他们很美满，很幸福，可是最后呢？他竟然发现一切都是假象，他贤明的妻不知何时投入了别人的怀抱，甚至因为寻欢丢掉了性命。

女人们为什么都这么主动，她们为何喜欢不负责任地到处留情？她们那柔弱的身体里，为何有这么丰富可以到处抛洒的爱欲情仇。

即使他并非单身的那些年，也常有女人试图诱惑他，他知道，在那些野心勃勃想要通过征服男人来征服世界的女人眼里，他是一个值得征服的对象。但那些女人的征服手段太不入流了，她们的利益与他的关联让人警惕，她们的格调与他的品位相差千里。不管那些女人扮纯情也好，扮风骚也好，不管她们是火辣直接的投怀送抱，还是半遮半掩的色诱情挑，他都不屑一顾。

当然，方霏似乎和那些女人不一样，她还年轻，看起来也还单纯，此前他对她颇有好感，如果他的心还愿意相信，她还真是个不错的姑娘，可他经历过那般沉重的背叛，哪里还有心情接受爱情，她这一番深情只能被辜负了。

他好笑地把信翻过来倒过去地研究，信密封得很好，先用小信封装着，写着柳行长亲启，然后又放入牛皮纸公文袋，公文袋封口处贴上了封条，盖上了封口章，还用了专人递交，防偷看措施严密，用足了心思。这个可怜的女孩，她一定是怕她的秘密被别人知晓，追求一个男人，她大约需要鼓足勇气。

信也写得言语真挚，情感动人，他看了好几遍，越看越有些感动，越看越不禁脸红，信中还真是表达了一份无法忽略的深情。他不禁有点同情方霏，她只看到他的单身，却看不到他千疮百孔的心，所以才会这么自不量力。

方霏的样子出现在柳凌志的脑海里，她总是乖巧安静地坐在那里，微笑地听别人高谈阔论。在成功人士聚集的班集体里，她显得低调谦虚。她认真倾听，惜话如金，安静的模样里带着点忧伤，有一种活在梦幻世界的空灵气质，难道她那淡淡的忧伤，是因为单恋的孤苦？她纤瘦得让人心疼，周身散发着柔弱的女人味，有那么一点我见犹怜。

他约她来参观的那一晚，她打扮得清雅如菊，带着美丽的她参观大楼，竟有自得感油然而生。为什么约她来参观？为什么安排得那么仔细，难道自己也曾期待什么？约她的理由很顺理成章，但那真的就是全部的理由吗？他审视着自己的内心，拷问着自己是不是对她的深情早有感应。她突然大胆表白，难道是因为他邀请她来做客这件事引起了她的误会吗？看来在单身的情况下，与女人还是要尽量保持距离。

她在信中说，她坚定执着地爱了他五年。也许，他早在她的眼中看出了柔情，只是他不愿多想，自从惊悉妻子的秘密，他对女人的信心，对爱情的期盼就已死去。连听到"爱情"这两个字，他都会有奇怪的不适应，这个词对他是危险的，是不合宜的，他不相信自己还有爱的能力，还会遭遇爱情。

可是不知出于什么心态，他忍不住要反复品读那封信，午休时分，他关上办公室门，又把信和日记反复读了几遍。每多读一次，他就更加脸红心跳，头晕目眩。他一边在心中对女性的情感加以否定，一边又觉得，方霏的感情是个特别的例外。

一个女孩，为一份毫无希望的感情，努力追求五年，多么难能可贵的坚持，她甚至打算在毫无希望的守望中，将这份暗恋珍藏一生。

在经济学上，时间是有价值的，时间能让资金增值，时间能让极普通的物件成为价值连城的古董，时间那种化腐朽为神奇的力量，当然也适用于感情，感情也应有它的时间价值，一段持久的感情值得被尊重，时光会为它加冕，为它镀金。一个女孩肯为他付出五年的坚持，他如果毫不感动，那他的心一定不是血肉构成。

知道自己被人如此深刻地爱恋着，这种感觉很不错，他那颗伤重难愈的心，竟也得到了一丝抚慰，涌上了一丝自恋的满足，他想，他不是被这感情打动了，他是被这感情所付出的努力打动了。

他迟迟没有开启办公室的门，他需要给自己时间，来思考，来消化这满足与震动。

他不会接受这感情。但让自己感动一会儿，还是无可厚非的吧。

这一天剩下的时间里，他都心神不宁。他一直自认心如止水，定力深厚，现在看来值得存疑。

可是，有几个男人能不被这样的倾诉打动呢？《一个陌生女人的来信》，柳凌志当然读过，书中忧伤绝望的单恋是感动全世界的经典，现在，方霏以那样一个女子来自比，让柳凌志禁不住心痛怜惜。

该如何对待这封信呢？是回复，还是不回，他不愿再陷入爱情，但总该对她有所安慰，有所导引吧，她等了五年，这颗沉吟太久的心，无论如何还得小心呵护，他不能伤害她的一往情深。他对人总是温和包容，为何对一个真挚地爱着他的姑娘，他不能多些善意呢。

在方霏温柔的进攻面前，柳凌志平静的心湖起了阵阵涟漪。

晚上下班回到家，心依然乱着，家里一如往常，女儿在外婆的陪伴下，在灯下做作业。但读过一封饱含深情的情书后，他看什么都好像有了些异样的色彩。

看到他回家，外婆就走了，女儿的陪伴职责移交给他。他静静看着女儿，心底柔情的地方被触碰，他注意到了一些此前不曾关注的生活细节，他发现女儿这一年长得很快，衣服穿在她身上都显得短小，外婆给她买过新衣服，但她不肯穿，柳凌志听见过女儿与外婆之间关于穿衣的冲突。从前她母亲在世时，家中一年四季的吃穿用度，都是定期到香港采购，被妈妈打扮得公主一样的女儿，看不上外婆在超市买的便宜货，宁愿将就着穿嫌小的旧衣服。

柳凌志自己的穿搭配衬，也有品味下降之虞，父女两人形影相吊的生活，日见落拓。

妻子去世后，外甥女唐英英照顾他们父女一个多月，唐英英开学返校后，柳凌志本想雇保姆来打理家务，照顾女儿，但女儿的外公外婆却要求，由他们二老来照料孩子，他们的女儿没了，外孙女就是他们的精神支柱，他们要替女儿照顾好女儿，他们需要经常看到孩子。他们还说，柳叶已经告诉了外公外婆，爸爸不会给她找后妈，既然如此，他们照顾父女俩的生活更没有顾虑，更应不容辞。而且他们二老住在同一小区，方便照应。

柳凌志本不同意，自从知道亡妻的秘密后，他对妻子的家人有了疏远之意，不愿意和他们走得太近太频繁。

但女儿不肯接受保姆,只要外公外婆,她从小由这两位老人照顾,与外公外婆感情很深。女儿自母亲去世后,本来就十分忧伤沉默,柳凌志不忍再把她与她最亲近的人隔离,于是,他妥协了,两位老人每天帮他接送女儿上学放学,照顾女儿吃饭做作业,尽心尽力,倒也让他很省心。

此刻他看到女儿,内心感到温柔的疼痛,经过了一年,女儿失母的悲伤好些了,但她马上就要进入青春期,听说青春期的孩子很叛逆,青春期的女孩子,有许多心理生理问题需要引导教育,他这个父亲怕是不能胜任。

外婆更加承担不起这项教育,外婆满脑子陈腐的旧观念,连穿衣打扮都与女儿时有矛盾,哪里应对得了棘手的青春期。

此前他不愿考虑这些问题,因为考虑来考虑去,只能导向一个结果,那就是家中需要一个合适的女人打理。需要一个年轻的,能跟上时代的,与他和女儿能有共鸣的女人。

外甥女唐英英陪伴他们父女的那段时期,是他们心理危机最深重的时期,唐英英是那个时期最合适的陪伴者,她不仅给舅舅提供了心理和生活的支撑,更有效地帮助妹妹进行了心理建设。年轻的表姐聪明,学业好,又充满爱心,十分细致,对妹妹爱护有加,柳叶很服她,那段时间幸亏有她,他和女儿才得以从不幸的巨震中尽力走出。

可是唐英英有自己的生活,她不能照顾父女俩一辈子,能在家庭中持续照顾他们父女的,只能是与他共同生活的人,只能是一个妻子,一个后妈。方霏比唐英英大几岁,她的性情和素养看起来都很适合他,如果她当了后妈,会不会对女儿也产生唐英英那样良好的影响呢?

想到此处,柳凌志又不禁觉得自己可笑,这都哪跟哪呀,他早都确定了不再续弦的原则,他早就决定,再不陷入愚蠢透顶的婚姻里,去承受背叛的风险和打击。生活中的一些不便只是小事,怎能因此就轻易改变原则。

一封情书怎会让他产生这样不着边际的幻想!还没打算接受方霏的感情,怎么就开始想起后妈这回事。后妈不是表姐,后妈更不是妈,后妈和继女通常关系紧张,一大一小两个没有血缘关系的女人,爱着同一个男人,一个是前世情人,一个是现世情人,简直有如天敌,后妈只会让孩子的青春期更糟糕,哪里承担得了引导教育责任。

柳凌志呆呆地想着这个问题,惊觉一个晚上就此过去了,他每晚都给自己定有阅读任务,这一晚上发呆却忘了看书,再发呆下去,就该影响睡觉,影响次日的工作状态了,他赶紧收拾收拾上床,睡眠却没有如约而至。

他烦躁地在床上翻腾了一会儿,恨不能翻身起床,下楼跑上几圈,让身体筋疲力尽,让大脑的兴奋消停,让自己沉沉睡去。但他最终没有去跑步,他不能把熟睡的女儿一个人扔在家里，孩子熟睡时也能感应到是否有人陪伴。如果有，她会睡得很安稳，可是如果趁她睡熟离开，她不久就会惊醒，发现爸爸不在她会害怕的。他知道小孩的这种特异功能。

他只能任自己的思绪在夜色中放飞。

有多久没收到情书了？他在少年时代收到过情书，如果那些寥寥几行字的，通篇都是"我喜欢你"的幼稚表白称得上是情书。以为那是与青春和热血有关的东西，早已和自己无缘了，却意外收到一个姑娘写来的热辣辣的情书。精心挑选的信笺，秀美的字迹，令人赏心悦目，信中的内容更是让他惊奇，持续多年的单恋，隐而不发的深情，那细腻优美的文字，那真挚热烈的表白，由一个聪慧脱俗的姑娘娓娓道来，还真是难以言喻的动人心弦！

在两性关系里，他是被动的羞涩的男人，在亡妻背叛的阴影下，他又对异性增添了很强的防范心理，他欣赏不了猎人一般精明强干的女人，那些女人浑身散发着强烈的欲望气息，怎么能指望她们爱得纯粹，怎么能指望她们永远忠诚。

可是这个叫方霏的傻姑娘，让他感到意外，她用真挚抒情的文字，谦卑而热烈地捧出一颗心，信中的深情像一支火炬，点亮了他低迷沉寂的心境。读方霏来信的时候，柳凌志感到了心脏清晰的跳动，那般强健有力。

她是成长在快餐时代的姑娘，却用这样古老的方式，花上弥足珍贵的时间，为他精心写就这般美妙的情书，这是他此生唯一收到的有品质的情书。

她在五年里努力靠近他，为了他勇敢地背井离乡，却又只敢远远地徘徊张望，小动物一般的柔弱无助，这样纯洁这样美丽这样稚嫩这样哀伤，难道这还不足以让他相信她的柔情和坚定？

这突如其来的情书，这个在成年人的世界里唯一用情书向他表白的姑娘，给他带来一种新鲜的感觉，一种意外的刺激，产生让人兴奋的多巴胺，让柳凌志在孤枕难眠的深夜里，感受到久违的美妙心跳和热血沸腾。

两天后，女儿又去夏令营了，一年前的暑假，正是她夏令营归来的那一天，她的母亲车祸离世。夏令营会让人回想起那痛苦往事，但这不是夏令营的错，夏令营是孩子每年暑假的固定节目，让她多与同龄人相处，多参加户外活动，好过在家的孤独。

对夏令营有这么客观的态度，对女人是不是也应该采取客观的态度，因为陶闻燕的背叛，就疑心天下所有的女人，让自己的生活停滞不前，是不是反应过度？

柳叶外出期间，柳叶外婆会挑柳凌志不在家的时候，来帮忙收拾家务。女儿去世后，老太太感到了女婿刻意的生疏，老太太很伤心，她不知道这是因为什么，女婿不是不打算再续弦吗，为什么嫌弃他们二老？女婿半个儿，从前这个半子对他们二老可是很孝顺很感恩,从前逢年过节,女婿都会让女儿给他们二老置备礼物,不好酒的女婿还常陪老爷子喝两盅,但现在他不知是怎么了,他们义务帮她照顾柳叶,他对他们却分外冷淡,话都懒得和他们多说,有什么需要沟通的事都是柳叶居中传达。

女儿没了,女婿顿时成外人了,要不是因为柳叶,他早就和他们毫无关系了。

老太太有这些感伤,于是尽量避免和女婿单独相处,这种自觉让柳凌志感到舒服。

夏日的夜晚,空调吐出习习凉风,家中舒适、清静,无人打扰,柳凌志却继续着前两晚的心思浮动,坐立不安。

一年前发生的悲剧,让他经受了极大的磨炼,为了克服内心痛楚,他常练习静坐吐纳,或者读书来放松,这两种办法过去很有效,这几天却不能压制内心的波动,强行把眼睛按在书页上,没读几个字就走神了,静坐更是不成功。

他焦躁地放下书出了门,下楼到旁边的公园里散散步。

公园里到处是一对对情侣,搂肩交颈,甜蜜呢喃,以前散步时也能看见这些场景,今天看来感觉却特别不一样,特别闹眼焚心,空气中充满恋人们散发的浓烈荷尔蒙气味,独自一个人走到哪里,都有不合时宜的感觉,似乎一个莽撞的不速之客。

想到在不远的地方,有一个和他同样煎熬着的姑娘,柳凌志终于难以自制,她还在等他的回音呢,他需要和她说点什么,他不会接受她,但他应该给她一点安慰,应该告诉她不要再等,不要再等他这个心如枯井的人,他脑子一热,掏出电话拨通了方霏的号码。

方霏的声音从遥远的地方传来,很空灵很柔弱的问候声,让柳凌志需要屏息细听,似乎等待已让她筋疲力尽。

柳凌志好好的嗓音突然有些沙哑,他低低地问:"方霏,你好吗?在做什么呢?"

电话那头柔声回答:"我在家呢。"

平日人情练达,各种场合都能应对得宜,此刻却紧张得嗓子眼发干,柳凌志困难地咽一口唾沫,对方霏说:"你让人送来的信,我收到了,我想和你见面聊聊好吗?"

"好。"

"那好,我马上过来,十分钟就到,就在你家旁边的湖边碰面。"

挂了电话,柳凌志快步走出公园,开了车直奔方霏家。

是的,他要去告诉方霏,她有多么傻,他要告诉她,别再这样等着他了,他承受不起她这样的深情。他要告诉她,她应该放下坚持,去寻找他给不了的幸福,而未来他会爱护她,就像爱护一个小妹妹。

快到了，柳凌志放缓车速，看向环湖小路。夜已深了，散步和纳凉的人都回家了，湖岸边很冷清。他看到了方霏单薄的身影，她在湖岸边徘徊顾盼，柔美的月色下，小小的身影纤细柔弱，惹人怜惜，他停好车，大步向她走去。

方霏也看到他了，迎着他走过来，很快两个人就面对面了，隔着一步之遥的距离，相互凝望。整个世界都在黑暗里静静屏息，只有方霏在无边的阴影里隐隐发光，她身着白色的吊带裙，裙长过膝，裸露的双肩和双臂上，映射着月亮的清辉，她像月光下的睡莲宁静又美好，她还像戴望舒笔下的丁香哀怨又彷徨，她深爱着他，她在为他彷徨，为他惆怅。

她默默地走近，走近，

又投出，太息一般的眼光。

她飘过，像梦一般地，

像梦一般地凄婉迷茫。

这丁香一样的姑娘，这结着愁怨的姑娘，是他们这一代男人的爱情梦想。在过往年轻的岁月里，梦中的姑娘就是如此秀丽芬芳，可是，在文明对他的改造中，"斯多葛式的冷静"渐渐成为他的理想，他克制个人梦想和欲望，遵照教化的指导来生活，刻意让恬淡寡欲占据内心。可是此刻，他突然意识到他也许错了，没有激情的释放，哪能有真正的平静，被压抑的能量变成了地狱的暗火，烧毁了他的生活。

他是错了，错过了，可是也许一切都还来得及，生活如此厚待他，在他历尽沧桑后，他还能幸运遇到梦中的姑娘，他还能有机会修补他无知的错失，只要他一伸手，失落的梦想就能找回，他可以重新来过。

可是他的心受了伤，他没有勇气再爱了，他无限感伤地望着她。

默默相对的几秒钟，像一个世纪那么漫长，柳凌志从方霏的眼睛里，再一次读出了无尽的情意和期待。

有什么东西，堵在嗓子眼里，柳凌志看着方霏，想说的话说不出来。可是方霏，她已经承受不了这目光，这洞悉她爱情的目光，这温柔伤感的目光。她曾经如此盼望这目光落在她身上，但此刻她却想找个地方躲藏，无法言喻的慌乱与羞涩，让她像一片颤抖的树叶，轻风吹起裙角，她随风飘然坠下。柳凌志情不自禁地张开双臂，他就这样突如其来地，把一个美人抱在怀里了。

唉，一切都乱了套，都错了，本来的打算不是这样子的，但柳凌志已没办法控制局面了，他的心叛逆地跳动着，抱了就抱了，再多抱一会儿吧，这样抱着，心里好踏实，前一刻还强烈的不安躁动，现在全都没有了。

他把方霏抱在怀里，不过是一个拥抱，却让他感到如此满足，如此快乐，就像搂住了全世界，这种满足，这种心动，这一生他经历过吗？而余生他又还能经历几次？他是不是应该珍惜，这孤家寡人的一年，他承受了多少苦楚，而这一个拥抱，让人感到太多的温暖与安慰，他紧紧地搂着方霏，舍不得放开，胳膊越缠越紧，他恨不能这一搂，把所有的热情都释放出来，然后，他就有勇气放开怀中的美人，大步离开。

方霏幸福地融化在柳凌志温煦的怀抱里，被他搂得几乎喘不过气来，但她喜欢这力度，喜欢在爱中窒息，和深爱的人相拥在一起，是惊心动魄的美好。她像是孤独的夜行者，经过长时间寂寞而黑暗的旅行后，终于投入亲人的怀抱，再也不想松开自己的手。她真希望就这样被柳凌志搂在怀里，搂到天荒地老，成为一对紧紧拥抱再也分不开的石像也好，她为这一刻等得太久，无论怎么释放都不过分。

不知道过了多久，两个人都站得累了，柳凌志这才放松了一点，他轻轻地松开方霏，抬起她的脸，看向她亮晶晶的眼睛，似乎是刚刚认识她。

他专注地看着她，黑夜把世界变小了，把人变大了，身边的人就是整个世界，填满了彼此寂寞的心，柔柔的爱情在黑夜里悄悄长大，他抚着她光洁的面庞，轻声地喊她："霏儿。"

"嗯。"方霏低低地应，似乎刚从睡梦中被唤醒，声音里满是不愿醒来的慵懒性感。

他叹息着说："认识你以来，一直都有亏欠你的感觉，还觉得好奇怪，原来，我真的是欠你太多了，叫我拿什么还你呢？"

"你不欠我，是我前世欠你，所以拿今生来还你。"

"你喜欢我什么呢，我这么一个未老先衰的小老头。"

"你不老，你看起来多年轻啊。"

这么温柔又体贴的姑娘，他还能说什么呢，他提议："我们在湖边走走好吗？"

"好。"

柳凌志揽着方霏的腰，两人沿着湖岸信步走去。

夜色迷离，夜风微微，沿湖小路绵延向前。方霏住着临湖的房子，却很少有闲情来湖边散步，一个人的夜游不觉浪漫，尤其是夜阑人静时，孤身走在夜的湖边，幽深的水面会激发人无穷的想象，还有些可怕。

可是今夜，有柳凌志陪伴。女人是阴，男人是阳，深爱的男人身上，有火炉一般熊熊燃烧的热量，能带来安心安全的感觉，有他在身边，夜色与湖水都温情脉脉了。

"水是眼波横，山是眉峰聚。"暗夜的一切都带给她丰美的想象，湖岸边的大树上，夜鸟在歌唱，湖岸边的草丛里，夏虫在和声，它们在为她奏一首缠绵委婉的小夜曲，星子在树叶的缝隙里眨眼，祝福她有了良伴，萤火虫打着灯笼，想看清她发自内心的笑颜，路灯倒映在湖面上，灯光被水波扭动、拉长，像一条条飘舞的彩带。

今夜的她被爱加冕，整个世界都来祝贺她的爱有了回应。脚下的高跟鞋不适合散步，但恋爱中的女人怎能不穿高跟鞋？这完美的爱情需要她踮起脚尖迎接，只有高跟鞋踩出的优美步伐才配得上此刻的幸福愉悦，脚上的隐痛让幸福更加真实更加深刻，多痛都没关系，多痛她都愿和她的爱人一直走下去。

暗夜中倒映着灯光的水面，双脚越来越尖锐的痛，突然就让方霏想起童话《海的女儿》，那个深爱王子的海的女儿，为了去到王子的身旁，拿自己优美的声音去换也在所不惜，只要能守在他身旁，每一步都像踩在刀尖上也愿意。而她何尝不是，为了靠近柳凌志，她用了整个的青春，去铺陈这一刻的完美；为了拥有他，她放下了骄傲和自尊，上演了主动表白的戏分。

但是，童话里的公主化成了海上的泡沫。方霏的心紧缩了一下，她摇摇头，想甩掉这悲剧的结尾。这童话写得这么凄凉，是给孩子看的吗？

柳凌志敏感地察觉她轻微的瑟缩，柔声问："想什么呢？"

方霏把头靠在他肩上："没想什么，享受幸福。"

她不是公主，她的未来不会化作泡沫，她靠着自己的努力，拥有踏实的生活，现在，她又收获了梦中的爱情，她的未来将会更好。这个成熟的男人，这个不论从哪方面来讲，都比她高明得多的男人，自会带她走向更美好的未来。

"知道吗，你的文笔很优美细腻，我很喜欢。" 看到方霏的沉醉，柳凌志越发犹豫，他是该成全她的梦，还是该残忍把她从梦中唤醒？他转而夸起那封扰动他心弦的信。

方霏开心地笑着说："你看，你比我高明得多，我都怕你笑我幼稚，你却来夸我的文字好。我明白了，只有高明的夸不高明的，就像只有老师才会夸学生，我应该说，谢谢老师表扬！"

柳凌志笑了："真的，你写得很动人，连我这心静如水的人，都被你给写乱了。你说你有多厉害呀！"

"那你到底是喜欢我的文字，还是喜欢我的人呢？你只是被我写的东西感动了，是吗？"

"当然不是，你的文字确实令我感动，但我对你本人也早有好感，一直觉得你气质娴雅，现在明白那是因为'腹有诗书气自华'。"

方霏不好意思了："我可不敢跟你比腹有诗书呢。"

柳凌志搭在她腰间的手紧了紧，回应她的赞美。

一直在湖边流连到很晚，两人才依依不舍地折返。柳凌志要方霏把自己公寓的窗子指给他看，还要她上楼后亮灯向他示意。方霏不舍地和他告别，迅速上楼，开灯，然后开了窗子，向黑暗中他的方向挥了挥手。柳凌志也在黑暗中挥了挥手，这才开车离去。

方霏看着他的车开走，洗漱后上床踏实地睡了，这几天，她实在等得累了，现在，她心安了。她从此将有和他享用不尽的甜蜜时光，那么，好好休息吧，准备好充沛的精力，去迎接那扑面而来的幸福。她很快进入了甜甜的梦乡。

但，月夜湖边的激情以后，柳凌志没了音讯。三天了，他都没有联系方霏。

这一次，方霏并没有不安，她猜测，他大概是在进行激烈的思想斗争。他是一个成熟稳妥的男人，他是一个重任在肩的男人，一份突如其来的爱，他需要时间考虑。

方霏决定不打扰他，给他时间做决定吧。

已经等了很久，再忍耐一下又如何。

她有规律地上班下班，处理公事。渴望多年的爱情突然降临，方霏感觉浑身上下充满能量，激情燃烧着她，她憔悴而又神采奕奕。

她终于确认，柳凌志是可以接受她，可以爱上她的。她的神，愿意走下神坛，来和她共品爱情的芬芳。

方霏的分寸拿捏，起到了欲擒故纵的效果。这三天里，柳凌志被思念和理性轮番折磨，但是方霏没有打扰他，他知道她在静静等待。现在轮到他寝食难安、精神恍惚。

在心脏的热烈跳动中，他审视着自己的人生。

因为被前妻的秘密所伤，他不愿再相信爱情，可他和前妻之间，那是爱情吗？

他和陶闻燕结合时，两个人都很年轻，他们的爱情当时对陶闻燕的意义如何他不知道，但她最终的背弃，说明她对他们的爱情是失望的。而对于他来说，他当时考虑的重点并非爱情，男人比女人实际，他是要筑家立业，是要选择适合搭伴过日子的人，他们年龄相当，又是熟识的学长学妹，她长得不差，大大的黑中带着棕色的眼睛，双眼皮褶皱又宽又深，略微凹陷的眼窝，像个混血姑娘。她追求他，他觉得她挺合适，他们没有过多的花前月下就结婚了。她很能干，对生活热情而积极，在他们的关系中很快就占据了主导地位，他们结婚时，连结婚照的姿势怎么摆，都是她说了算。和她结婚后，书生气的他有了精明的伴侣照顾，他很满意。

到了好整以暇的中年，他们夫唱妇随，分工合作配合默契，只是，那更加不像爱情，那更像是习惯，是责任，是利益的共同体，也许正因为感受不到爱情，妻子才会最终背叛。

也许是因为他和陶闻燕都过于现实的考虑，忽略了婚姻最宝贵的东西，最终的失败才不可避免。

不仅没有爱情，他甚至都不曾有过自己的生活。

自从六年前当上通宝银行的副行长，他的生活就进入了死水无波的模式，一成不变的办公室，面孔熟悉的同事，刻板规律的生活，字斟句酌的说话方式，不苟言笑的行为举止。不是自己天生如此，是不得不如此。成功的代价就是不能像普通人一样随性自在，地位和身份同时也是束缚自己的沉重枷锁。

可是当了副行长又如何，除了在这幢楼里勉强算个人物，到得楼外，立刻就被茫茫人海所淹没。青云再上机会渺茫，青史留名更不指望。荣华富贵又如何，只不过是满足了马斯洛需求理论中低层次的需求。

日复一日的忙碌，换来金钱、地位以及其他世俗意义上代表成功的东西，但其中属于个人的生活，只是一片虚无。

中年危机不可阻挡地扑面而来，对工作、对生活正在丧失激情，这种消沉低迷的情绪让他觉得可怕，生性淡泊，喜欢波澜不惊从来就是假话，事实上，他是有了抑郁的倾向，在表面光鲜的生活里，也许已经抑郁了一年、二年、甚至更多。

他苍白到病态的生活，靠什么来救赎呢？这突然而至的爱情，似乎有着救赎的力量，这几天里，他感到了爱情的强大和直击人心，这几天里，他心中一直跳动着逃离固有生活的期待。他现在明白，过去他不动心，并不真的说明他的决心有多坚定，只是因为没有遇到对的人，没有遇到真正和他契合的灵魂。

他心中最后的一丝犹豫，是关于女儿，他答应过女儿不给她找后妈，他的生活中，还不曾对女儿失言过，他的选择会不会让女儿受委屈？在和女儿相依为命的家庭构造中，生命已不仅仅属于自己，女儿的反应他不能不考虑。

接受方霏的爱情，对他和女儿未来的生活也许是一种冒险，但他的心想要不顾一切地去冒险，他要穿越爱情的火焰，去获得别样的激情，拯救沉寂已久的心。

这几天，他努力完成他的每日读书任务，也想从书中寻找平静的力量，可是，书籍却像是存心与他作对，故纸堆里古老的文字，燃烧着亘古以来不曾熄灭的火热激情。歌颂爱情，是人类永不厌倦的话题。古今中外的名师显圣，那么多都主张随心所欲。

米兰·昆德拉在《不朽》中说："没有一点儿疯狂，生活就不值得过。听凭内心的呼声的引导吧！为什么要把我们的每一个行动像一块饼似的，在理智的煎锅上翻来覆去地煎呢？"

查尔斯·德·吉法第耶主教告诉年轻人，"第一要务"是"投入女人的怀抱"。

这么多古今中外的大师言传身教，他还不该改弦更张，放下思想包袱，迎接和方霏的热恋？

那一晚，他已经在无意识中对她的爱做了回应，他还有后退的余地吗？这么好的一个姑娘等了五年，难道还让她继续心碎神伤。

爱情是一种病，在它初起的阶段，没有外来的特效药，仅靠自我的理性，几乎没有可能治愈。当方霏成功地把自己培育了五年的爱情病毒植入到柳凌志的身体里后，他像一个病入膏肓的病人，亢奋、不安、战栗，在犹豫不决的几天里，他的每一个细胞都被思念侵占，每时每刻都想冲到那个姑娘身边。

柳凌志调动极强的自制力，与自己斗争了三天。三天过去了，柳凌志最后的堡垒轰然崩塌了，让一切的恐惧、一切的犹豫都见鬼去吧。在这几个难以入睡的夜里，他也像个哲学家一样仰望苍穹，头顶的星空清冷的光辉，提示他刻苦的生活更有益于理性和抱负，但爱情的火焰总是在最后，毫不留情地将退缩的想法化为灰烬。

柳凌志发现，人们不仅在思考哲学命题时喜欢仰望苍穹，这也是思念恋人时的标准造型。他仰望苍穹想让自己冷静，但却让他心中思念更甚，浩渺繁星化为那姑娘的眼睛，空气中漫溢丁香一样馨香的气息。无论筑起多高的堤坝，打算将爱情拒之门外，爱意都立刻将它冲垮。最后，他对自己说：爱情是最基本的人性，而人性是不应该被压制的。

他爱那个姑娘，她也爱他，就这么简单。他现在每分每秒都在想她，如果不能马上再见到她，他都不知道该怎么继续生活了。

虽说打算缴械投降了，但柳凌志还是决定，给自己和方霏的交往设定一个界限。

他无趣的生活需要一个伴侣，他疲累的心需要爱情疗愈，但他只打算和方霏结伴享受生活乐趣，不打算走入婚姻，他要尽力避免爱情再次带来伤害，要有随时退步抽身的便利。他的心灵、他的生活都已经相当脆弱了，不能再经受打击。

打定主意，柳凌志打电话给方霏："嗨。"

"嗨。"

关系微妙了，都不知道怎么称呼对方了，以一声洋派的招呼作为开场白。离那个激情荡漾的夜晚，已是度日如年的三天过去了，但方霏对这个姗姗来迟的电话并不意外，热烈拥抱的体温犹在，有了那个拥抱，她的内心安稳笃定，那晚，柳凌志的身体语言已经倾诉了一切，他喜欢她，他的热情不会轻易熄灭。

"今天中午有空吗？"

"有空。"

方霏百依百顺的态度，乖巧得让人没法不感到舒服。他这个年龄的男人，感情路上倒真不能设置太多的障碍，他没有时间也没有精力，去玩追逐闪躲的游戏，他会知难而退。而方霏漫长刻骨的爱恋，也早已耗掉了女孩的骄矜之气，太深的崇拜，太久的思念，能得到他的垂青已经是万幸。她并非情场老手，所以不懂得欲擒故纵、欲迎还拒。柳凌志在她心中神圣的地位，让她乐意迎合他，维护他至高无上的权威。自己即使低到尘埃也是幸福的，是期盼已久的。

两个人的情意就这样彼此吻合得天衣无缝。

"一起午饭好吗？"

"好的。"

第十五章 翩翩飞鸿传情

"你喜欢什么地方？"

"就在你附近吧。你比我忙，我过来你可以节省点时间。"

她这么体谅人，全然不懂扭捏作态，真让柳凌志感动不已。

"那好，我这附近有个妙境茶楼，比较安静，只是吃得会比较简单。"

"只是想和你在一起，吃什么没关系。"她柔声说，"就在那里。我现在就出门，谁先到谁等。"

方霏先到了，她点好茶——男人们爱喝的冻顶乌龙。关于这个茶的好处，还是郭慕侠教给她的。郭慕侠抽烟喝茶很讲究，支行待客的茶他从来不喝，他都是自己备着好烟好茶，当魏小北这样的好友兼客户来支行时，他就会泡上一壶，端到方霏办公室，边喝边好为人师，给不懂茶的方霏科普一点茶文化。

这个时候想郭慕侠干什么！方霏摇摇头，摇去与柳凌志无关的人事，一心一意准备迎接她的爱人。

让服务员把冻顶乌龙先泡上，等柳凌志来了，不烫不凉的正好喝，侍候自己心爱的男人，是一种至高无上的享受，哪有苏文玉认为的她侍候不了的说法。

给自己点的是玫瑰花茶，希望能够唇齿留香，最好还能轻移莲步时香风阵阵。

柳凌志正要出门赴约，有下属来找他签字，他露出不耐烦的神色，不满地说："为什么总是下班了才赶着来签字呢？时间就不能规划得更合理一些吗？"

下属一边唯唯诺诺地道歉，一边急忙拿着签好字的材料走了，搞不懂一向特别体谅人的柳行长为什么风格大变。

从前董事长劝他无为而治，他却总觉放不下，现在他终于能放下了，工作反正永远做不完，匀出些时间和精力享受爱情不会耽误什么，那些恼人的内耗与争执，也再伤害不到他了。

柳凌志急匆匆地向妙境茶楼走去，就像个情窦初开的小伙子初会恋人一般，他揣着心跳，揣着激动，不再是平常从容的步伐。到了茶楼门口，方霏早已嘱咐过迎宾，他在迎宾的指点下上了楼。中午的茶楼客人不多，楼上只有方霏一人，柳凌志一上到楼梯口就看到了她，他放慢脚步向她走过去，边走边欣赏她的样子。她身穿浅绿色的网纱长裙，裙子上绽开晕染的淡淡花朵，她正低头翻一本杂志，黑亮的长发拥在面颊的两边，更显得肤色白皙细致，她面前摆着茶和果碟，一脸的闲适，一身的清新，像一个出尘脱俗的林间仙子。

听到轻微的脚步声，方霏抬头看见了他，露出明媚的笑容。

他在方霏的对面坐下，他们的脸都红红的，他们都有些不太自然。第一次约会时，是激情的第一次喷发，他违背天性太久，所以反弹的力量很大，就如刚开闸的洪水，积蓄的巨大水压冲走了羞涩，再加上夜的屏障，所以他们很勇敢。但今天，光天化日之下，两个人含蓄多了，隔桌相对，柳凌志只是以喜悦的神情，目不转睛地注视着方霏。他目光中含着的爱意，既浓稠又克制，方霏在他的注视下，娇羞地低下头。

一切都掉了个儿，现在是他一副痴迷的样儿，是他的内心在汹涌澎湃，是他的目光追随着她，倾泻在她身上，方霏都没有勇气迎上他的目光。

看到方霏娇羞的样子，柳凌志从桌面上伸过来一只手，握住她捧着茶杯的手。他轻声地说："霏，我要和你谈些事。"

"什么事？"

"你在写信给我时，对我的情况是有所了解的对吗？"

"是的。"

"能告诉我是怎么了解到的吗？我颇有些好奇。"

"你是滨城金融界的达官显贵，是名人，很容易了解啊。"方霏调皮地笑望着他，"当然，不瞒你说，我也另有渠道，我有个好朋友，她的舅舅是你的师兄。我从她那儿知道你的一些情况。"

"哦，这么巧。舅舅是我的师兄，是魏家那个小媳妇吗？你和她是好朋友，这么说我们渊源不浅啊。"

"是啊，现在这个社会，就是个熟人社会嘛，各行各业近亲繁殖都比较普遍，你和他舅舅是同学，同学通常都同行业，她舅舅把她带进这个行业，她又把我带进这个行业，这样我就幸运认识了你，并且知道你的一些信息。"

"确实，不光是同一个行业，就是咱们的地球，也不过是个小世界，六度空间理论说，你要寻到地球上任意一个人，你至多也只需要 5 个中间人。"

"你可真渊博，随便聊什么你都知道理论依据和出处。"方霏崇拜地望着他。

聊到这儿，柳凌志却忽然收回握着方霏的手，肃颜坐正，他接下来说的话，有点出乎方霏的意料。

他说他感激方霏对他的深情，他也很喜欢方霏，但对于是否接受她，他还有很多顾虑。

他说他的女儿在失母后性格大变，小小年纪沉默压抑，他要多花时间陪她，带她走出心理阴影，所以他能和方霏在一起的时间会很有限。

他说他不能给方霏任何承诺，因为家庭的破碎给他和女儿都带来巨大的痛苦，女儿很害怕爸爸再婚，他也无意新的婚姻。

他说如果方霏能接受不以婚姻为目的的爱，他才可能尝试和她在一起。

他说虽然他无法承诺婚姻，但他保证他会忠诚，只要方霏不离开他，他不会变心。但方霏是自由的，如果方霏有合适的对象，随时可以离开他。

听到柳凌志一条条一款款平静说明交往原则，方霏有点啼笑皆非，这是干吗？这是要开始甜蜜恋爱呢，还是签订丧权辱身的不平等条约？和一个成熟的、理性的男人展开浪漫关系，还有这许多前提条件呢，简直是界限分明毫不含糊啊。

她认真地思索着。

第十五章 翩翩飞鸿传情

苏文玉说过他忘不了前妻，所以不肯再婚，而自己以为只要让他动心，他就会改变初衷，看来是太乐观了。

她可以不接受吗？她有不接受的底气吗？

似乎没有。

她爱了这么多年，终于可以走近他。

他所要求的只恋不婚，现如今很多娱乐圈明星的恋情不都是这样子的吗？当年促使她"逐柳而居"的林徽因与金岳霖，不就无缘成婚吗？她不是早就打算，即使是单恋也要坚守一生吗？能和他展开恋情，比单恋已经进步了，似乎并不是那么难以接受。

正因为他这么有原则，正因为他给爱情设了这许多限制条件，才能等到她来追求他吧，否则，在他丧妻后这一年，该有多少女人打他的主意，哪还能等她来到身边。

恋爱一辈子，似乎也不坏啊。只恋不婚，像电影明星似的，还有些许新鲜刺激呢，他没有承诺婚姻，但他承诺了忠诚，忠诚才是爱情最重要的品质，婚姻不过是一个形式。

他只是因为还不能忘情于前妻，同时也是出于对女儿的强烈责任心，似乎应该给予理解与尊重。她的爱是无条件的，所以她应该接受他的有条件，她应该给他走出创痛的时间。也许他们交往一段时间后，他明白她并非刁蛮女人，并非一定要独占爱人，并非不能和他的女儿好好相处，他也许就不会坚持只恋不婚了。

方霏终于点了头。

柳凌志大大松了一口气，这才想起要点餐。

爱情的大幕徐徐拉开。从此，密切的约会占据了所有的闲暇时间，柳凌志要工作，要照顾女儿，还要见缝插针地挤出各种碎片时间，和方霏一起喝茶、吃饭、聊天。再没有时间空虚了，烦忧了。现在的烦恼，是只恨自己太忙，能和方霏相处的时间太短，约会总是不能尽兴，告别时总是难舍难分，而刚一分开就又期待下一次的约会。

第十六章
陷热恋慰两心

沐浴在爱河中的方霏，觉得世界变美了，她也投桃报李，回报这个世界以温情。现在的她，待人温柔婉转，说话和风细雨，走路步态轻盈，眼神流光溢彩，一身的诗意，万般的风情，似乎被蜜汁浸泡过一般，柳凌志把她所有的女性意识都激发了出来，一朵淡雅的幽兰变成了娇艳的玫瑰。

郭慕侠这个大大咧咧的爷们，也明显地感受到了方霏的变化。

从前的方霏总是身着职业装，一脸浩然之气，每天以支行为家，早来晚走，说话做事讲究效率。但现在她不穿职业装了，每天打扮得飘然若仙，脸上带着掩饰不住的笑意，她还仙踪不定，总是接个电话就外出，一出去就像断线的风筝。

即使她在支行，表现也与过去大不一样，她关了门打电话，像那些俗不可耐的女人一样，神秘兮兮，鸡毛蒜皮，不再有开门办公的坦荡。

方霏不在时，郭慕侠就得替补，决策支行一应事务，他倒不介意替她承担工作，但他不喜欢工作时没有她在身边。没有她在身边，即使指挥千军万马、创建不世伟业又如何？有方霏在身边，他工作劲头才足，没她在身边，完全不能激发他的表现欲。就像足球比赛时，有美丽的足球宝贝热场，球员发挥会格外好，踢球动作会格外漂亮一样，有方霏在身边，他秀出他的呼风唤雨、指挥若定才有意义。

周一早上，支行例会时间。业务部负责人熊春来滔滔不绝地汇报上周工作和本周计划，方霏心不在焉，她看着熊春来喋喋不休，两片嘴唇不停地开合，她的心思早已飞远，她在回味昨晚做的一个梦，一个和柳凌志有关的梦。她在思考这个梦如何解析。

郭慕侠冷眼观察方霏，大清早她就捂住嘴打呵欠，一副睡眠不足的样子。她倒不是与柳凌志约会晚了，甜蜜的约会中，他按时按刻就要回家尽父职。她现在主要是睡眠质量变差了，热恋中神经系统过于兴奋，夜里常常梦境缠绵。

刚刚度过一个与柳凌志互不相扰的周末，两天时间没有见面，对热恋的人来说是不小的煎熬。柳凌志不主动提出见面的要求，方霏也不好提，约会当然得男人主动。

方霏白天思念过甚，夜里就有焦虑的梦。梦境中，两人的关系依然停留在过去不相往来的状态，没有与时俱进，方霏看得见他却无法走近他，所以梦里的她很着急。五年单恋的辛苦，给方霏心中留下太多阴影，以至于现在已经得偿所愿，但幸福无法入梦。

昨夜的梦中，方霏站在一所大房子底下，房子的二楼有整墙的落地大玻璃窗，柳凌志坐在窗前的一张茶桌旁，悠闲地品茶，方霏仰头看他，对他的一举一动一览无余，但他却一眼都没看屋外的她。

这是一个充满隐喻的梦，是他们过往生活的真实映射，她一直在仰望他，而他一直高高在上，毫不知情。

方霏思索着这个梦，想到它与现实之间的呼应，即使是现在，她和柳凌志之间的状况也并没有改善多少。虽然她攻下了他的心灵堡垒，但他订下那么多不平等条约，让她徘徊在他的生活之外。

他们不能在生活上彼此陪伴，约会于是常会工作和生活冲突，白天被工作打断，晚间，柳凌志要回家接手照顾女儿，只要他略晚一点，女儿就会打来催归的电话，他会马上起身离去。

他是个尽职的好父亲，这是优点，方霏表示，她可以帮他照顾女儿，她希望他带着女儿，他们三个人约会，柳凌志就无须在她和女儿之间两难了。但柳凌志却对她的好心不领情，认为这是个疯狂的主意，他说他的女儿情绪不太稳定，如果让她知道有人与她分享爸爸，她一定会不开心，而且他答应过女儿不再恋爱，他的失言会毁了父亲的形象。

好心当了驴肝肺，方霏很不开心，她知道孩子由外公外婆照顾，也就是说，他的前妻虽然离世了，但她在他的生活中仍旧阴魂不散。而她这个当下的恋人却被排除在他的生活之外，他不能无所顾忌陪她，随时随地见她，他既不愿意相互引见家人，也不愿意相互引见朋友，他刻意让这段感情只存在于他俩之间，不进入双方实质的生活。

一个不能带到朋友面前的恋人，一个生活在过去的阴影中的恋人，让方霏虽夙愿得偿，却难觉满足。方霏脸上泛出失落的神情。他们的爱情是戴着镣铐的爱情，不能自由地轻舞飞扬。柳凌志提出不平等条约时，她不知道会有这么多苦涩，竟然全都接受了，她是不是答应得有点轻率。

突然响起的电话铃声让方霏一惊，看看号码，她脸上立刻浮出笑意，瞬间光彩照人。她马上接起，温柔地对话筒那头说："等一下打给你。"然后就不客气地要同事们说话简洁点，着急轰他们出去，完全不管会议才刚刚开始。

大家都识趣地赶快讲完出去了，郭慕侠故意磨蹭着不走，他满脸醋意地问方霏："谁让你如此阴晴不定？"

方霏傲慢地迎向他的目光，一脸"你管得着吗"的表情。

两人私下的对峙中，郭慕侠从来不是方霏的对手，他悻悻地摔门而去。方霏压根不在意他的反应，她等不及地在他身后关上办公室门，抓起电话回拨过去。

当柳凌志温厚的男低音在耳畔响起时，所有的思念与不安都得到了抚慰。

他们絮絮叨叨地倾诉离情别意，向对方事无巨细地报告这两天的日程，十分琐碎却又一件不漏，他们以这种方式将自己代入到对方的生活，作为一种无法全程参与的补救。

爱情就这样给平凡的生活镀了金，虽然不能时时相守，但自己的一举一动、一颦一笑都那么受人重视，爱人的重视使日常琐事有了热心的观众，有了细细品鉴的价值，于是生活就像一场精彩的真人秀，变得那么有趣，彼此深情的目光是舞台上最亮的追光，彼此是对方眼中最耀眼的明星。

最后，方霏在电话里用委屈的声调，向柳凌志讲了她失意的梦境，柳凌志并没有因为只是一个梦而忽视，他认真地倾听，认真地追问梦中的细节，似乎这个梦很有挖掘的意义，很值得剖析。

他虽然给爱情设定了许多禁忌，但他的温存体贴却又那样不容怀疑。他是这样一个知心爱人，毫不忽略她哪怕是微小的感受，对一个梦都给予充分的重视和关心，他能从她的梦中读懂她的心。

他知道方霏做这样的梦是想他了，是惆怅了。他安慰说："宝贝，别想太多，中午我来接你，我们一起吃饭好吗？我刚刚发现了一个特别的小饭馆，有个很别致的名字，叫'第一炉香'，我们一起去品品他家的菜做得怎么样。"

"好啊。"方霏的情绪马上就振奋了。

中午，柳凌志准时来接了。方霏及时出现钻进车里，两个人深情对视，甜蜜一笑。柳凌志一只手握住方霏的手，另一只手握着方向盘，目不斜视地开车。趁他专注看着前方不能分心，方霏毫无顾忌地把他看了个够，她望着他线条清俊优美的侧脸，无法挪开目光，这个男人是她的解药，只要和他在一起，所有的失意都烟消云散。她真希望车子永远开下去，没有终点，而他永远在她的身边，紧握她的手……

"第一炉香"是一间小小的文艺餐厅，布局小巧雅致，空气中氤氲着幽幽的沉香味道。餐厅老板一定是个文艺小资，是张爱玲的铁杆粉丝，不仅餐厅用了张爱玲作品的名字，菜名也大有讲究。有道菜叫"红玫瑰与白玫瑰"，是红柿子椒溜鱼片，烫熟的鱼片卷成卷，真像白里透着嫩红的白玫瑰花瓣，鲜红肥厚的大柿子椒，不用说代表的是红玫瑰了;有道菜叫"小团圆",就是鱼丸子肉丸子还有菜丸子烩在一起。

　　菜端上来,两个人都"扑哧"笑了。方霏笑说:"在他家做吃客都得有文化呀,不然糟蹋了老板的情怀。"菜品味道家常,但相爱的人在一起,有爱情这宗最好的调味品,吃什么都是极品美味,何况又是这样有文艺气息的餐厅,让吃饭都多出别样的情趣。

　　吃完饭,两人移坐到包间的沙发上,方霏靠在柳凌志身边,听柳凌志讲他周末偶然看到的电视节目——一个都市爱情故事。柳凌志描述说,女主角淘气娇蛮,见到男友,总是像树袋熊一样,往男友身上一跳,吊在脖子上不肯下来。

　　方霏安静地靠在他肩头听,柳凌志低头刮刮她的鼻子,柔声说:"以前基本不看电视,闲时只看书,但现在呀,看书总静不下心,都是你这个小祸水,把我的心弄乱了呢。看不进去书,就陪孩子看看电视,倒也觉得挺好看,因为看着就会想起小方霏。"

　　于是方霏撒着娇,要和他把电视中的动作演一遍。柳凌志好脾气地依着她,站起来笔直地立在沙发前。方霏纵身一跳,双臂勾住他的脖子,要说影视剧就是这么脱离生活实际,柳凌志在她跳跃的冲击力下没能支撑住,跌坐在身后的沙发上,方霏跌在他的怀里,两个人笑得喘不过气。一个温存的长吻结束了这场笑闹,甜美又悠长的吻,给了灵魂最真实的慰藉。

　　日子甜甜蜜蜜地溜走,每一天都幸福愉悦,充满期待,两人结伴游玩,到处寻幽访胜,对这个城市的美好有了许多意外的发现。江上之清风,山间之明月,浩瀚之星斗,芬芳之木叶,生活从不缺少美好,过往的无趣只是因为缺少一份兴致勃勃的心境,而一个亲密有趣的伙伴,能让人改变惯性的轨迹,让生活充满新鲜的惊喜。

　　在这低调克制的爱情里,依然有着神仙眷侣一般的情投意合。

　　方霏陷入了热恋,这在金宝支行成了公开的秘密,方霏的幸福写在脸上,写在身上,写在她途经的任何地方,幸福像花儿一样,即使方霏有心藏住它的国色,也无法藏住它的天香,幸福让方霏周遭的空气都像在流蜜。

　　没有人知道,这个高难度单女被谁收服了,除了郭慕侠,没有人敢当面问她打趣她。方霏虽对人宽厚友善,但在部下眼里,她粉面含威,并不是可以随便开玩笑的人。连夏桐瑶也谨守下属本分,再不敢随便聊私人话题。但越是神秘的事,越容易勾起人们的兴趣。在我们的社会里,兴高采烈地消费别人的私生活,也是一大乐趣。

　　方霏不理会那些窃窃私语,柳凌志希望恋情低调,她就不去张扬,张扬开来,大家起哄要见她的男友,或者追问何时结婚,自己未免尴尬。这一场迟来的热恋,有着加倍的甜美,却也有着特别的脆弱,要小心呵护。

　　但他们的约会免不了要去消费场所,而城中消费场所也就那么多,不想张扬的他们,约会中难免有遇见熟人的时候。

自从在"第一炉香"体验过一次后，他们俩都很喜欢这家餐厅，把它当成了据点之一。

这一天，柳凌志又陪着方霏来"第一炉香"午餐。他们在包间用完餐，一起穿过大厅离开，方霏自自然然挽着柳凌志的胳臂，他们亲密携手向门口走去，柳凌志不愿张扬恋情，只是担心女儿知道恋情，并没有其他顾虑。所以相处中他并不介意表现亲密。

大厅角落里的一张散台上，余丽娅正在宴请客户，"第一炉香"独具文化创意，颇得风雅之名，余丽娅慕名而来，来得晚了，只坐了一张散台。

她一抬头就看见了款款携手走过的方霏和柳凌志，好一对引人注目的璧人。

余丽娅吃了一惊。这两人她都熟悉，但没想到他们会走到一起，成为恋人，她记得以前和方霏合作同业业务，方霏都还不认识柳凌志，现在他们俩却手挽手走在一处，柳凌志丧妻之事，余丽娅早有耳闻，她虽离开了通宝银行，但与旧同事依然联系密切。这柳凌志可是个优质男人，身份高贵，气质儒雅，在婚恋市场上是绝无仅有的稀缺资源，如果不是他丧妻，谁能有机会得到这样成熟风雅的优质男人。

方霏还真有本事，连这样的机会都能被她抓住，她简直是无孔不入啊，余丽娅在心里暗暗佩服，方霏确实又积极又努力，机会只垂青有准备的人嘛。

这样的重磅消息，余丽娅当然不会藏着掖着，吃完饭送走客户，她马上就兴奋地打电话给夏桐瑶八卦一番。

"方霏谈恋爱了，你竟然不告诉我！"

"啊，我不知道她恋爱呀，她这个人喜欢故弄玄虚，什么都不跟我说，你又不是不知道她那副德行。"

"倒也是，以她的个性，以她的对象的身份，她是会保密的。"

"你又是怎么知道的呢？"

"我亲眼看见的，巧不巧的我和他们在同一家餐厅吃饭，不过他们没看到我，他俩顾不上注意别人，他们只顾深情地你看着我，我看着你，哪还能看到别人，我都怕他们走路摔了。他们那看对方的眼神呀，简直肉麻死了，而且，他们走个路也是手挽着手。"

"哎呀，能让方霏这么迷的男人是谁呢？方霏可挑啦，我们支行的副行长，又帅又是官二代，追她几年她都看不上。"

"你们支行的副行长算个啥，她那么心高气傲，怎么会找个比她职务低的，她当然要攀高枝儿啦，她找的这男的官可大了去了，是我以前通宝银行总行的副行长！支行上面是分行，分行上面才是总行，你说你那副行长，职务和人家总行行长差了多少！"

"哇，这么大的官呀。"夏桐瑶吐吐舌头。

这是可以造成轰动的消息，马上就传开了，好些人兴奋地咬着耳朵，悄悄传播，只有方霏蒙在鼓里。方霏如果知道,她甜美温柔地对待世界,回报她的却是好奇的窥视和妒忌的议论,她一定很寒心。

但她无暇注意那些悄悄流传的八卦,她沉迷在她的幸福和烦恼里。爱与烦恼相伴相生,这段从一开始就无力自拔的爱情,寄托着方霏非同一般的期许,但现实存在着这么多的矛盾,柳凌志存心的克制,阻止她纵情地爱,纵情地感受。方霏虽然体谅柳凌志,但她还年轻,缺乏自制,她的情绪常常变幻,每次约会刚见面时,她总是兴高采烈,甜美可爱,但一到要分别的时刻,她就柳眉深锁,杏眼含露。她的情绪有如坐上过山车,一会儿高峰一会儿低谷,柳凌志看在眼里,颇为棘手。

他们的爱情有着太多的禁忌,尤其是每到周末,就会和柳凌志分别两天,这两天方霏最空闲,柳凌志却偏偏这事那事不能约会,在方霏流露了周末的相思苦楚后,柳凌志决心有所行动,周末他同样思念方霏,但他实在太忙,周末他常要加班,不加班时要陪陪女儿,工作冲突没法调整,只能在陪女儿和陪方霏之间作抉择,他犹豫不决,在时常的加班和定期的上课挤压下,他也只有很少的周末能陪女儿,也常觉亏欠。

对没有母亲陪伴的女儿,父爱弥足珍贵,现在,又要在方霏和女儿之间做取舍。

他又矛盾又内疚,但周六的早上,柳凌志还是和孩子外婆商量:"今天我有事,不能陪着柳叶了,您能不能替我陪她一天?"

孩子外婆爽快同意了。柳凌志周末加班是家常便饭,老太太总在替补。

柳凌志让女儿乖乖听外婆的话,就匆匆出了门,他快乐地去接方霏。

突然可以拥有和柳凌志相处一整天的时间,方霏喜不自胜。他们可以去做一些零碎时间里没法做的事情,柳凌志带方霏去远郊登山。

车子开到郊外,在一座小山脚下停好车,两个人手拉手步入树木葱茏的山林。在大自然的怀抱里,心情特别的轻松快乐,柳凌志说要比赛看谁爬山快。于是他们笑闹着、追逐着,在林间穿行,你追我赶地爬到山顶,两个人都累得气喘吁吁,在林间空地找到一块大石头坐下,依偎在一起。

远远望去,山脚下一片田园农舍,农舍的屋顶,有炊烟袅袅升起,柳凌志触景生情,他用醇厚的男低音,给方霏讲起了他的故乡,他的童年。他说他的故乡有和眼前相似的景色,也藏在这样的一座山间,他的那些光着脚丫爱玩泥巴的小伙伴,就从那山间走向了世界,他是他们中的一员。他之所以能走出大山,是因为母亲给了他无穷无尽的自信,母亲总是骄傲地说:"我的儿子最聪明。"

柳凌志用绘声绘色的语言,给方霏描述他的童年。那清涧小溪的故乡里,妈妈心爱的小儿郎,那匮乏年代中也不缺少的欢乐与童真,他叹息他美丽的故乡如今已没落,在城市化的进程中,村子里只有老人们在留守,他是见过田园牧歌的故乡最后一代人。

方霏听得如痴如醉。她爱这个男人,爱他的一切,当然也包括他的过往,那些她不曾参与的过往。她没有和他青梅竹马、君生我生的幸运，但他用讲述带她走进他的童年和他的故乡。在他充满感情的讲述里，她似乎打小就熟识了他，她是那个跟屁虫一样的邻家小妹，穿着花棉袄，跟着邻家哥哥们，怯生生而又着迷地看他们变着花样淘气。

　　童年故事让她心中的柳凌志，不仅儒雅高贵，更是保持着孩童般善良淳朴、无瑕心灵的人。正如孟子所谓："大人者，不失其赤子之心者也。"

　　天气不好的周末，户外活动不方便，他们的约会就在室内。柳凌志有各种花样翻新的节目，他带她看画展，看电影，天天不重样。

　　看画展时，柳凌志兴致勃勃地充当方霏的御用解说员，带她品鉴每一幅画的好处。

　　他指点着一幅幅在方霏看来大同小异的画作："你看这幅画，大写意中来一个工笔螳螂，是不是虚实有致、画龙点睛？你看那幅，鸟儿悠闲啄食，花儿怒放，一副听鸟说甚，问花笑谁的超然姿态，是不是让人感受到画家的生活也很惬意？那边一副同样是画花鸟，但鸟眼上翻，白多黑少，说明画家性格孤傲、心中有郁结难解之气。画画其实也是画家自我情感的一种抒怀，为什么封建社会那么多文字狱，是因为作家、艺术家们确实有托物言志的喜好，这种喜好被人恶意曲解，就成为政治倾轧的工具。抛开这些刻意的误读和曲解不谈，欣赏画作是真的可以看到一个画家的性情和偏好，因为人品即画品。"

　　他的解说角度独特，他不品评作画技巧，而是着眼画作的寓意和思想，只有学养及阅历够丰厚的人，才能有这样不同凡响的品评，方霏照例五体投地，她一脸娇憨地感叹："画画你也这么内行啊？"

　　柳凌志得意地说："我从小爱画画，在这方面我是很有天分的。可惜我小的时候，没有条件发展兴趣爱好，浪费了我的天分。"

　　方霏在他的宠溺下，敢于取笑他了："切，人家神笔马良一支画笔都买不起，不也照样成为大画家。找什么客观原因嘛？"

　　柳凌志乐呵呵地笑了。这小情侣一般的斗嘴，让他觉得像回到了十八岁。

　　柳凌志不再是外人面前稳重寡言的样子，谁喜欢每日里暮气沉沉，呆板僵硬，只是身在江湖，必须得戴着面具。

　　官场中的生活，看起来丰富多彩，但剥开那些被美化的外壳，还原生活的本来面貌，会发现，与普通人安贫乐道的踏实生活比起来，所谓的人中龙凤的生活，反而脆弱得难以想象，越是成功，越是意味着更大的风险。

　　柳凌志少年得志，成功的副作用更显著。在早早得到功名利禄的同时，也早早失去随心所欲的乐趣，他从冷寂的书斋，一跃而至浮华的金融高管，其间的空白让人生贫血，他谨言慎行，不曾有过真正的自我。他努力做到合乎道德，只是钩心斗角的官场阴影下的自我保护，是良知和底线的自我救赎。

　　因为少年得志，与他常相往来的朋友都是年长于他的贤达之士，他提前跻身他们中间，早早地感染了他们的乐天知命，随遇而安。可他自己正处于人生巅峰，精力鼎盛，智识通达，他仍渴望充满激情和活力的人生。两股力量相持不下。

　　即使贵为一名副行长，在工作中也不得不掩饰锋芒。理想主义常常碰壁，公平正义难以伸张，没有超强的意志，工作很容易让人失去锐气，血气方刚在职场不好使，在一个公有制的集体里，需要的是顾全大局，是和光同尘。

　　爱情在此时来临，爱情像一道光，照进密不透风的生活，爱情像一针血液，顺着动脉渗入贫血的五脏六腑，让心脏更加有力地搏动。爱情是能让自己感到年轻的力量，有了爱情的加入，在与老成和抑郁的这场拔河中，年轻的感觉轻轻松松就赢了。爱情让人心肺复苏，血脉贲张，让人觉得未来还有无限可能。

　　遇到方霏，是他生命中一个大大的惊喜。和心爱的姑娘在一起，柳凌志找到了生活的意义，那长得望不到头的无趣日子，突然变得鲜活亮丽，那谨言慎行的现实之外，忽然有另一种生活让人期待。那灰暗压抑的心情，突然被一缕阳光穿透。

　　从方霏的目光里，他收获了那样多的膜拜和崇敬，他重新认识到自己的男性魅力和久违的激情。从前，他清醒地知道，他人的唯唯诺诺、拍马溜须是对他职务的献媚。现在，他坚信，方霏所崇拜的，是真实的他，是作为男人的他。在心爱的人面前，他们都是本真的自己。

　　方霏是这样优秀的异性，她不仅活泼可爱，娇羞美丽，她还是一个成功的职业女性。优秀的崇拜者能带来更大的满足感。他很享受方霏对他的敬仰，他的征服欲和表现欲有了很好的出口，他放下了面对他人时的防御，无所顾忌地在方霏面前展现深藏不露的自我，他变身为无所不能的情郎哥哥，无须矫饰，无须伪装，因为方霏是如此深爱着他，在她眼中，他像钻石一样，他越多面越璀璨，越令她惊喜。

　　爱情给生命带来的全新能量，让柳凌志感激方霏。两个人在一起的时候，柳凌志总是痴痴地看着方霏，欣赏她细嫩的肌肤，如瀑的黑发，欣赏她精心画就的蛾眉，她娇嫩丰美的红唇，欣赏她风景无限的青春模样。他成了十足的情种，他目不转睛地欣赏她，方霏习惯了他的注视，她知道她不需要扭捏作态，她只要展现本色就够了，因为不管她做什么，在而今的柳凌志眼里，都是最美最得体，浓烈的个人感情已经主宰了他的判断力。

　　他们的约会中，偶尔方霏会接到支行员工打来的电话。在电话里，她有条不紊地安排工作，指挥若定的大将风范。柳凌志饶有兴味地欣赏方霏神气的样子，就像看到自己宠爱的孩子，学着大人的口气说话办事。他太喜欢她的鲜活多面，她在他面前娇俏可人、纯真任性；她在部下面前干脆果决、很有魄力。

　　他们在一起久了，她不那么羞涩了，她的任性开始表露无遗，这是年轻的习性，是柳凌志身上正在逝去的东西。她听他讲故事时总是睁大眼睛，她郊游登山总是跑在前面，她还动不动就喊饿，陪她吃饭时，连她那让人羡慕的食欲，都张扬着旺盛的生命力。她飞扬的青春之美，给他带来快乐，带来激情，带来自信，带来美好人生应该有的一切。

爱情让柳凌志忘我地投入，那些在心头盘桓已久的阴影正在散去，当方霏安静地靠在他的怀抱里时，他觉得自己从未有过的强大，他要保护她、疼爱她，让她永葆率性纯真。

泰戈尔的诗句是如此恰如其分：世界对着他的爱人，把他浩瀚的面具摘下了，他变小了，小如一首歌，小如一个永恒的接吻。

在方霏眼中，柳凌志的神秘一点点褪去，但敬仰却有增无减，她曾经认为他深厚的学养来自家学渊源，他高贵的气质系出名门，他少年得志是承门第之荫。但现在，她知道他的成功完全来源于自我奋斗。

与柳凌志的耳鬓厮磨让他身上的距离感消失了，他不再仅仅是照片中的遥远偶像，是难以企及的业界权威，是身份悬殊的金融高管。她对他的认识逐渐剥离他的社会属性，贴近他真实的人格特征，他清教徒式的外表下，其实是一颗热情洋溢的心，他细腻、温情，关注她的感受，爬山累了席地而坐时，他会为方霏在地上铺上纸巾，餐厅就餐前，他会绅士地扶着椅背等她坐下。注重细节的他浪漫迷人，也彰显着他对方霏的宠爱，他值得爱、懂得爱，拥有了他，方霏既幸福又骄傲。她从单恋中浮出水面，成为享受着万千宠爱的幸运儿。

在日复一日的相处中，方霏从柳凌志那里学到了很多。曾经，在支行小小的天地里，她还颇为自负，可是和柳凌志一比，她感到了差距。柳凌志涉猎广泛，学养深厚，他的渊博，足以当她的导师。他和她聊凯恩斯，聊亚当·斯密。支行里从事具体工作的那班同事，可没谁对这些理论家和他们的理论感兴趣，大家只知道放贷款，收利息。他和她聊歌德，聊但丁，可支行里谁会关心《浮士德》是哪一种道德，也没人说得清《神曲》是什么曲，听这些外国老头天上地下胡侃，还不如听郭慕侠讲两个荤段子更有趣。

懂得这么多的柳凌志，竟然还不是书呆子。他对社会热点感知敏锐，新生事物并不陌生。他和方霏聊电影，聊时尚，竟然这个他也知道得比她多。偶尔柳凌志轻描淡写一句话，方霏要回味咀嚼很长时间，才能充分领会其丰富内涵，真是微言大义，受益无穷。

每次和柳凌志约会之后，方霏都认真补课，柳凌志不经意就给方霏开出了学习清单。

方霏不明白，为什么同样的生命长度，柳凌志却能活出那样的宽广与丰富。

小时候摇头晃脑背过《大学》，记得其中说："知止而后有定，定而后能静，静而后能安，安而后能虑，虑而后能得。"当时不能懂，现在隐约明白，说的就是柳凌志这样的人，他们很早就对自己的品格和人生境界有追求，及时确定了清晰的志向，舍弃与志向无关的事物，目标明确，心无旁骛，最终达到学问与人生的高妙境界。

越是靠近柳凌志，方霏就越多惊喜，柳凌志像一座宝藏，有她挖掘不完的丰富，她欣喜自己对柳凌志深沉持久的爱不是盲目，是柳凌志灵魂的光辉透过他的外在，被她捕捉到了，所以才有她深刻的思慕。

柳凌志常常带书给方霏，让她在没有他陪伴的日子，有书可以做伴。在他不能陪伴的时光里，方霏就看他带给她的书。书上有柳凌志阅读过的痕迹，有时是句子下面的一道画线，有时是他书写的一个标注。就好像柳凌志在通过书籍与她交流，爱情的魔力有效地提升了方霏的兴趣和认知能力，她一本本啃完了那些她从前没有耐心读完的书。

没空见面的时候，午休时分柳凌志会打来电话，每日的嘘寒问暖，是爱情最起码的功课。为了不影响方霏午休，柳凌志的电话总是在最后几分钟打来。他在电话里轻声喊她："起床啦，小懒虫。"

方霏睡意蒙眬地答应，声音慵懒含混，性感撩人，像一片轻柔的羽毛，挠得柳凌志心里痒酥酥的，说不出的爱意萌动。

"这样喊你起床，感觉就像你睡在我身边一样。"这样的话从他的口中说出来，丝毫不带淫邪的味道，语调中满满的宠爱，像一个溺爱女儿的父亲。

两个人精神世界的无比契合，让他们完全了解对方的心迹，不需要遮遮掩掩，不需要磨合适应，似乎他们生来就是亲人，彼此接纳的同时就亲密无间了。

作为一个成熟的身为人父的男人，柳凌志十分周到细心，他对方霏的关爱细致而全面。而方霏对柳凌志是自始至终的言听计从。他夸赞方霏着装得体，知性优雅，但他也会给她提着装建议，他有很好的品位，他们一起翻时装杂志，方霏照他的指点去买，她的着装风格有了改变，她更加活泼明快，也更加得体了。

他发现方霏的拎包不太新了，不声不响买了包给她，新包包带着金灿灿的铭牌，是方霏要咬牙才舍得买一个的那种；短暂出差，他也会一次不落地给方霏带礼物。作为一个慷慨的有支付能力的男人，让自己心爱的女人什么都不缺，事关男人的尊严和荣耀，在他理所当然的态度下，拒绝倒显得矫情，像他这样洞明世事的男人，当然不会只是用童话来哄女人。

唱高调的人总是说，爱情与金钱无关。爱情当然不能用金钱来衡量，但金钱是男女关系的一面镜子，能照见男女亲密的程度，能自自然然地谈钱，是亲密关系要越过的第一座山丘，爱情不能总是飘在虚空中的海市蜃楼。

会在普通男女恋人之间形成隔膜的那一座座山丘，柳凌志和方霏都能轻松越过，但最后的最高的山丘，却存在于柳凌志深深的心里。

　　他给方霏买昂贵的礼物，是驱遣有价的金钱来当爱情的奴仆，相比婚姻的昂贵，金钱是他能给予的最廉价的东西，如果有可能，他愿意给她更多。他想要用不吝金钱的态度，来彰显他对她爱情的无价，来告诉她，他们可以分享所有。

　　可是在方霏看来，他是在弥补他不能给予婚姻的愧疚，他愿意给她一切，就是不愿和她谈及婚姻，可就是他不肯给予的，才是她真正想要的，他越是对她好，她越想要努力让他改变不婚的决定，一个男人给予一个女人最大的尊重，不就是选她做终身伴侣吗？柳凌志要是真爱她，就应该给她妻子的名分。既然他可以在金钱上与她不分彼此，那么婚姻不是会更好地让他们融为一体吗？柳凌志为之犹豫的那些理由，他制定的那些规则，真的那么不可触碰吗？

　　没有柳凌志陪的时候，方霏总爱宅在家里，柳凌志温存地要求她："把空闲利用起来，多做些运动。"他说："金融员工的亚健康状态严重，尤其是甲状腺、血脂血压方面的问题比较集中，你虽然年轻，但也要及早培养健康的习惯，我们工会组织女职工练瑜伽，很受欢迎，你也可以去尝试一下，这个运动很适合女孩子。"

　　方霏听话地报了瑜伽班，为了督促她练，柳凌志常会在上课之前打来电话，催方霏出发。鲁迅先生说得对："时间就像海绵里的水，只要愿挤，总会有的。"现在方霏做什么都不仅仅是为了自己，更是为了爱。有了甜蜜的督促，方霏克服困难的动力特别强劲，她坚持得很好。

　　才练了一个月的时间，方霏就觉得自己有变化，柔软的腰肢更加纤细，身材更加舒展挺拔。只是练瑜伽的时候，她总是无法安静冥想，她的心中满是爱人的影子。

　　坚持瑜伽一个月后，他们约会时，柳凌志拥抱方霏，惊喜地说："宝贝你知道吗？我觉得你长高了。"

　　方霏得意极了："这是拜你所赐啊，你督促我每天练瑜伽，筋骨被拉长了。"

　　一个优秀的恋人，为方霏开启了一个广阔的世界，他关爱她，给予她，也引导她，管束她。他为她的生活揉进了丰富的色彩和内涵。

　　他们简直是相互用爱情拯救了对方。

　　当方霏读到罗伊·克里夫特那首名为《爱》的诗时，她觉得道出了她与柳凌志的爱情真谛。

　　　　我爱你，
　　　　不光因为你的样子，
　　　　还因为，和你在一起时，
　　　　我的样子。

我爱你，
不光因为你为我做的事，
还因为，
为了你，我能做成的事。

我爱你，
因为你穿越我心灵的旷野，
如同阳光穿透水晶般容易，
我的傻气，
我的弱点，
在你的目光里几乎不存在。

而我心里最美丽的地方，
却被你的光芒照得通亮。
别人都不曾走那么远，
别人都觉得寻找太麻烦，
所以没人发现过我的美丽，
所以没人到过这里。

  方霏热烈地相信，他们之间真挚美好又相得益彰的爱情，一定会消融柳凌志心中的坚冰。

第十七章
烦恼不期而至

轰轰烈烈的爱情刚拉开序幕，沉浸在幸福中的方霏，工作上却开始渐生烦恼。

这些年来，为了快速缩小与柳凌志的距离，方霏乘上了罗若兰的升迁快车。虽然很早就知道与罗若兰不是同路人，但方霏心存侥幸，认为她可以和罗若兰求同存异，和而不同，她保持她的人格独立，保证有所为有所不为。

罗若兰如方霏所愿，带她实现了职务的三级跳。但凡事有得必有失，正如苏文玉和刘东辉提醒过的一样，罗若兰可不是随便好借光的。在银丰支行时，即使方霏当上业务部负责人，与罗若兰的上下级关系也还单纯，小小支行的人、财、物罗若兰亲自掌控，老实本分的崔小洁等人帮她打杂，方霏只要替她鞍前马后跑客户，卖点苦力就行。

但到了北华银行，罗若兰权力大了，要替她挑的担子也沉了。

罗若兰当上分行副行长，身份地位上台阶了，在男性占绝对多数的高管层里，一个风韵犹存的女行长，要多引人注目就多引人注目。她像一朵迷梦般的曼陀罗花，摇曳在成功男人的队列里，香艳葳蕤一枝独秀。罗若兰醉心于这种感觉，自恋自得的倾向登峰造极，她还在布局更远大的升迁蓝图，要向更高的权力攀附，眩目的权力会让她的女性魅力更添风情，她要让众生倾倒，让四方来朝。

罗若兰手上掌管分行庞大的业务费用分配权，这些费用都必须按考核标准和业绩，分配到下属支行，专项用于营销和拓展客户。这可是整个滨城分行的费用，是一块大蛋糕，这一大块蛋糕怎么切，全都是她说了算，但她只能看别人吃蛋糕，自己一口都不能咬。

眼睁睁看着支行欢欢喜喜分费用，自己不能占用一分一毫，别说罗若兰，这对谁都是不小的考验。

罗若兰当然是经不起这样的考验的。对她来说，削尖脑袋往上爬的动力，就是为了掌握更多的资源，获取更多寻租的机会。再说她也用惯了，过去在银丰支行，费用只是一块支行级的小蛋糕，但她可以变着法子克扣员工，把费用变成她的额外收入，中饱私囊。

现在当了分行副行长，职务上升，权力变大，私吞费用却不方便了，虽然分行为高管们另外安排了足够的费用，保证了"工资不动，存款不用"，虽然当了高管后工薪收入成倍增长了，但贪婪的习性不会有满足的时候，雁过拔毛是一种习惯，经手的钱不能染指是一种痛苦。

对罗若兰来说，身份是面子，利益是里子，权力大了反而不方便捞了，听起来像个笑话。摆在她面前的问题是，分行的费用不是该不该拿，而是怎么样神不知鬼不觉地、痛痛快快地拿。

罗若兰有的是办法，只是办法需要在靠得住的支行落地，方霏管理的金宝支行是北华滨城分行最大的分支机构，费用份额最大，有上下其手的空间，是落地的最佳选择。

于是，罗若兰开始要求方霏为她的私心杂念服务，刚刚品尝到甜头的方霏，面对这些始料未及的矛盾，有了踏入泥沼之感。

经过北华银行起初一段忙碌而收获颇丰的美好时光后，现实终于向方霏证明：天下没有白吃的馅饼。当初罗若兰描绘的美好愿景，倒是如期实现了一些，比如职务提升，比如市场空间，比如新银行的高效便捷。尤其是职务的提升，让方霏有了入读总裁班的资格，与柳凌志成为同学。

但所有这些好处，罗若兰布局的最终目的，都是为了让自己获益。她用来拉拢队伍时的说法，什么一荣俱荣一损俱损，都是假的。真相是：她有了身居高位、呼风唤雨的荣耀后，她还得有一批忠实的追随者，为自己的权力变现服务。

这其实是罗若兰一贯的做派，罗若兰不择手段地追求进步，她的理想当然不是要当一个专业正派的银行家。她更不是慈爱的老干妈，要带领大家走向共同幸福。方霏之前没预料到这样的局面，是因为对世界的厚黑、对人性的贪婪了解得还不够。

现在才看清楚这一点，未免太晚。现在，她成了被罗若兰掌控的一颗棋子，一个傀儡。罗若兰想出的各种权力变现的办法，都需要方霏替她做执行人。

罗若兰全面插手金宝支行的费用，她在分行切分费用时，在金宝支行正常费用之外，会另立名目特批一块，什么专项攻坚费，什么优质客户奖励费，这是她切给自己的一块，为了掩人耳目借道支行而已，这块费用要一分不少套现给她。此外，她还认为，金宝支行的业绩有她的支持，她还应该分享支行的部分费用。

为了花钱方便，罗若兰还要求方霏办理信用卡，然后交给她使用。罗若兰持有方霏的信用卡，只管随心购疯狂刷，方霏却要默默地关注信用卡账单，及时替她还款，要不然逾期不还，信用受损的是她方霏。

罗若兰应酬交际场面比从前大多了，她花样频出地请客送礼，以扩大赖以荣华富贵的关系网，分行虽有专人服务行领导，但那都是一把手的亲信，副行长使唤起来颇多忌讳，罗若兰还是得使唤方霏。

罗若兰心安理得地吃拿要，不仅如此，她还对方霏的配合有很高的要求。为防走漏风声，钱款只能由方霏亲手交给她，不能假手他人。如果款项到位慢了，罗若兰会发脾气催，她这强取豪夺的心理素质，方霏真是叹为观止。

于是，方霏的日常工作多出很大一部分，叫作为领导服务。方霏既要不停为她跑腿买单，还需要安排稳妥的人，做好罗若兰系列花销的财务处理，并收集符合财务制度的发票，报销并提取现金，再由她亲手交给罗若兰。

从前，银丰支行是罗若兰安身立命的支行，罗若兰还要考虑后果，不能做得太过分。现在，金宝支行不是她的支行了，她只管榨取，哪管方霏左支右绌地为难。

罗若兰的贪得无厌，方霏有了更清晰的认识，和罗若兰的这些金钱往来，认真追究起来，都涉嫌违法违纪，方霏只要一思量，就一身冷汗，感觉被罗若兰拖上了贼船。她就像传说中将灵魂出卖给魔鬼的人，因为奢望高不可攀的爱情，不得不和魔鬼做了交易。

这世上的人，最终都会成为魔鬼的猎物么？每个人都怀着这样那样的执念，要么为钱痴狂，要么为权痴狂，要么为爱痴狂……

金宝支行成了罗若兰的提款机，如果仅仅是到此为止，方霏也许还可以尽力忍受。

但罗若兰对金宝支行的掌控当然不会是到此为止。

罗若兰当上分行副行长，犹如打开了潘多拉的魔盒，突然有了这么大的权力，她要好好利用。过去当一个小小的支行行长，办起事情来拦路虎太多了，规则、制度还有那些较真的人，都太难突破了！现在，一人之下，数百人之上，她有了所向披靡的威权，她要大展身手一番。

她不停地往金宝支行安插员工。

这些员工当然不会是难得的人才，他们只是与罗若兰个人有着某种裙带关系，但招聘营销人员属于罗若兰的分管范围，罗若兰为他们编织子虚乌有的背景和出身，就足够把人事部摆平了。

罗若兰的精于算计无人能出其右，她的胡编乱造同样没有底线，她可以毫不脸红地把私人利益包装成冠冕堂皇的一心为公，不仅实现了个人目的，甚至还顺便沽名钓誉。

这些人顺利被录用，按罗若兰的要求分配到金宝支行。方霏作为支行行长，只能被动接受，没有拒绝的自由。如果方霏反对，后果将很严重，不仅是反对人事部，同时也是反对罗若兰。毕竟这些员工的录用人事部都是同意的；毕竟北华上上下下都认为，方霏是罗若兰的嫡系。罗若兰安排的人，人事部都过关了，方霏拒绝接纳，那将会引人侧目。

罗若兰把分行平台获得的客户交给金宝支行承办，她安插到支行的员工，正好承接这些客户，这样，她交办的客户的收益，最终也由她的关系人享有了。这种种苦心孤诣的安排，让罗若兰再次实现了利益的滴水不漏，表面上她给了金宝支行不少好处，最后这些好处都通过看不见的管道，回输给她罗若兰。

打着推荐客户、推荐人才的幌子，罗若兰将金宝支行变成了她的自留地。她塞进来的员工素质堪忧，方霏需要安排业务能手对他们进行培训，帮助他们经营客户。但这些帮助都只能是义务劳动，他们的客户贡献的收益，是一块谁也不能动的奶酪，因为他们身后有罗若兰。这些不公平加大了方霏管理的难度。

与罗若兰的裙带关系，让方霏受到余丽娅等其他支行行长的妒忌，她有苦难言。谁能了解罗若兰给金宝支行的好处，只是她拿走的十之一二，她给你一只瘦弱的小猪崽，却要牵回去一头出栏的大肥猪。

更恶劣的还有逼放风险贷款。

罗若兰有众多的权贵朋友，这些朋友让她受益无穷，能得到北华银行的高管职位，就是某个权贵力荐的结果。

罗若兰成功获得高管职位之后，不仅自己需要兑现利益，还有大堆的人情账要清还。

在南都银行时，罗若兰级别不够，想做一些踩着风险底线的关系贷款，分行职能部门抵制力度很大，很难突破，尽管罗若兰有很强的活动能力，但费尽心机结果难料，往往也觉得不值。

到了北华银行，罗若兰威权凌驾于分行职能部门之上。她想做什么事情，不用直说，只要给个暗示，分行职能部门想不同意，都得认真掂量掂量。过去挡在前面的大山，现在是可以轻松跨越的小土包了。现在做业务，还无须她本人经手，更有利于自我保护。

于是以前不敢承诺的事情现在敢承诺了，以前不敢涉足的利益现在敢涉足了。

罗若兰推荐一些关系户，让金宝支行为其申办贷款，这些客户股权关系复杂，实际控制人神秘，云山雾罩的。那些被罗若兰安插在金宝支行的员工，直接领受罗若兰的指令，承接关系客户并组织材料上报，方霏被架空，她只需要在材料上报时签字同意。

这个字一签，第一责任人就是方霏，但像其他不得不屈从的事情一样，只要没和罗若兰决裂，方霏就没有勇气不签这个字。

罗若兰在分行巧施影响，贷款经过或多或少的曲折，终会获批。但这些贷款蕴含着极大风险，是随时会引爆的炸弹。

逼支行做这样的贷款，相对于吃拿卡要来说，更令方霏难以忍受。这样做的结果，触及的是银行的生命线，很可能葬送方霏的职业生涯。

这些风险贷款和迟来的爱情一起，让方霏在难以消受的幸福与烦恼之间，食不知味，睡不安枕。

生性正直的方霏，仅仅是看着别人营私舞弊，都会觉得不安和义愤，更何况亲自替罗若兰操盘。和柳凌志在一起后，方霏一心要做一个配得上柳凌志的人，要有道德高度、有专业精神。被人奴役，不得不为虎作伥的现实，让她十分痛苦。

罗若兰相信"富贵险中求"，她和她的朋友们相互勾结，沆瀣一气，为了个人的贪婪和穷奢极欲，她不择手段的冒险，将良知与纪律践踏如泥，她还把无辜的方霏也拖入泥坑，挟持她为他们服务，她日益成为方霏无法摆脱的噩梦，而这噩梦，还是方霏自找的，是她执意追随罗若兰的报应。

支行的费用被罗若兰大量占用，员工的费用就无法足额给付。分行的考核政策是公开的，员工都能算出自己该得多少费用，费用比应得的少，是一目了然的事。

方霏一向重视员工满意度，作为一名清醒的管理者，方霏知道利益问题是团队的核心问题，利益相关的事情她总是尽量清晰透明，不让员工有吃亏的感觉，这样团队才有凝聚力，否则团队会四分五裂一盘散沙。

但现在支行费用捉襟见肘，方霏还不能公开说明费用去了哪里。起初方霏尽量缩减支行公共开支，减少自己支配的部分，但罗若兰胃口太大，这样也不能弥补费用窟窿，员工费用不得不被挤占一些。

业务部负责人熊春来反映，已有员工私下表达不满。因为众多关系员工的存在，支行的管理本来就难以一碗水端平，现在费用又被挤占，方霏担心，员工会猜测方行长品格滑坡，侵吞利益，这些猜测和不信任将会严重影响团队的凝聚力和战斗力。

果然，没多久就有人跳出来发难了，万万没想到的是，首先跳出来发难的，是自己曾经的好姐妹夏桐瑶。

夏桐瑶在金宝支行的一年里，成长很迅速。在方霏的策划下，夏桐瑶以国有大型生产企业及物贸企业为主攻方向，根据这些企业的物流、资金流特点，替企业解决产、供、销等关键环节的融资难题，该金融产品被命名为供应链融资。

一个大型的生产企业或贸易企业，以它为核心，会有上百家中小贸易企业与其交易，有的给核心企业供货，被称为上游企业，有的为核心企业分销产品，被称为下游企业。

这个领域长期被资金问题困扰。按照传统交易惯例，上游企业需要垫款购货，再卖给核心企业，核心企业付款给上游企业有一个账期，上游企业资金会被占压一段时间。如果没有雄厚的资金实力，上游企业很难把供货量做大。

下游企业同样存在资金瓶颈问题，下游企业到核心企业采购时，必须现款现货，资金实力不足，将影响备货能力，备货不足又会错过市场机会。物资流通行业利润微薄，交易量如不能有效放大，上下游企业的盈利情况都不理想。

上述难题的症结是上下游企业实力较弱，信用不足，在银行借不到资金，核心企业也不敢预付和赊销。与此同时，核心企业实力很强，银行争相给予巨额授信，企业却用不着，授信额度闲置。

因为对这个领域的资金症结了解透彻，夏桐瑶在方霏的引导下，设计出一套供应链融资解决方案。在这个方案里，银行通过控制货权，介入到整个贸易过程中。

对上游企业，银行出具承兑汇票等信用工具，供其购买紧俏物资，物资在送交核心企业前，物权归银行，运单或仓单等物权凭证，都由银行保管，物资运到核心企业，验收入库后，核心企业承诺账期届满后，货款直接支付给银行。

对下游企业，基于同样原理进行操作。银行提供承兑汇票等信用工具，给下游企业向核心企业采购，货权归银行。运输过程中，运单或仓单由银行保管，货物销售给终端用户后，终端用户支付货款给银行，货物如不能顺利销售，核心企业承诺收回货物，归还银行贷款。

这套方案通过物流和资金流的闭环运行，银行的风险得到有效控制，自此，供应链上的企业，犹如被打通了任督二脉，银行借出信用让企业供血充足，资金流、物流得以畅快流通，核心企业进销渠道畅通了，产能得到释放，银行的授信额度也派上了用场，产生了收益。

这个产品成为征服大宗商品生产贸易企业的营销利器，夏桐瑶很快聚拢了一批客户，红红火火做起了业务。

供应链融资中，过程控制很关键，只要交易真实、货物不发生人为损失，银行就能有效控制风险。这就需要银行投入大量人力，全程跟踪货物，亲手交接重要票据，逐笔建立清晰的台账，与上下游企业、核心企业、终端用户等供应链上的一系列企业频繁对账。方霏给夏桐瑶配备了两个助理，组成一个小团队，专营供应链融资业务。

庞大的业务量，使夏桐瑶可以得到数目可观的费用，夏桐瑶如入金矿，起劲地挖掘这个庞大的市场。从前，在许仁杰的庇护下，顶着公司上上下下巨大的非议，也不过是通过缓慢的职务提升，挣点比别人略高的工资。现在才知道，做金融挣钱真快，既不需要钩心斗角，也不需要献媚讨好，埋头苦干就能大把挣钱。夏桐瑶忙碌着，带领她的小团队，跟随货流资金流满世界跑业务。

财务出身的夏桐瑶自然是很会算账的，当业务上规模后，她发现，她拿到的费用比她实际应得的要少。夏桐瑶心里犯嘀咕，但碍于情面，不敢和方霏提，在和余丽娅相聚时，她却忍不住大发牢骚。

余丽娅来到北华银行后，与方霏在同一阵营里竞争，友谊变得微妙。当初方霏想与余丽娅搭档共组支行，余丽娅没同意，两人都心存芥蒂，方霏面子难堪，余丽娅则暗自鄙夷方霏想得美。

过去和余丽娅共同服务的客户，来到北华银行后，方霏都尽量不再染指。但有几个客户却坚定表示，他们只愿和方霏合作，因为方霏有很好的职业操守，为客户尽心尽力，却不拿客户好处，所以很得客户信任。

方霏很为难，客户的信任不好辜负，她和余丽娅商量这些客户的处置，余丽娅表面高风亮节，同意尊重客户意愿，由方霏的支行续做，心里却很不满，觉得方霏不光抢客户，还要阴谋，损害她余丽娅的声誉。说什么客户坚持和她方霏合作，不等于是说她余丽娅不够让客户满意吗？

分行每月定期公布业绩排名，同一竞争层面的支行不免暗地较劲。方霏的支行常居第一，余丽娅的支行紧随其后。余丽娅生于滨城，长于滨城，在滨城金融行业工作多年，亲友人脉充足。自从和方霏合作过同业代付业务后，余丽娅福至心灵，开始主攻同业业务，她的人脉让她在同业业务方面别具优势，同业业务单笔金额大，但同业业务期限短，资金来得快去得快，余丽娅和方霏的排名因此上下翻飞，各领风骚三五天。

作为同级别干部，她俩在分行碰面机会很多，但是见面后的热情招呼里，掺进了一丝夸张的虚情假意，私下里，她们不再多来往。

分行传出风声，要在优秀的支行负责人中间产生一名区域总监，协助业务行长管理重点支行。消息一出，支行长们之间的明争暗斗更激烈了。

方霏对此倒是淡然，自从拥有了柳凌志，向上爬的动力明显少了。余丽娅却对总监位置极其觊觎，总监比支行长高一层级，还跳出了考核的压力，是职业生涯中的分水岭。

余丽娅暗自评估了一下，只有她和方霏有较大的机会，而输给方霏，她是万万不服的。余丽娅表面上为人和气，内心却颇有城府，她认为自己比方霏入行早、经验足，又是本地人，占尽天时地利，这次提拔机会，无论如何也不能让方霏夺走。

曾经，在事业起步的阶段，因为合作关系，方霏和夏、余两人成为无话不谈的密友，现在，几个朋友却貌合神离了。夏桐瑶成了下属，等级距离拉开了心灵距离，余丽娅成了竞争对手，明里暗里较上了劲。伴生于利益的友谊，难以纯粹和持久。

余丽娅与夏桐瑶依然过从甚密，她们俩约会不再叫上方霏。方霏有察觉，但毫不在意，她情有所归，业余时间都给了柳凌志，她没有时间再与朋友混在一起。

夏桐瑶现在除了忙工作，情感上无所寄托。辞职离开永盛公司时，许仁杰说要和她暂时减少联系，以时间换空间，静等舆论平息，就此从她的小公寓里绝迹了，而她多年来地下夫人的生活，也让她没有太多朋友。

工作之余，夏桐瑶只有找余丽娅消遣，余丽娅对夏桐瑶做得热火朝天的供应链融资业务很感兴趣，乐意和夏桐瑶多聊聊，打算在自己的支行也建一支团队，复制这项业务。

她们聊到供应链业务优厚的回报，又勾起了夏桐瑶费用被克扣的不满。

她愤愤地对余丽娅说："方霏这人太过分，克扣别人也罢了，连我的费用她都克扣。"

余丽娅附和说："是啊，什么好姐妹，还是日久见人心。当初你那么照顾她，我当年也帮她不少，她发迹是靠你我的帮助，可是看看她现在怎么回报我们的。她现在挖客户，扣费用，什么事情都做得出来，真让人寒心。"

夏桐瑶越说越不平："她当着支行行长，工资那么高，还要克扣我辛苦挣来的费用。我要养两个助理，现在那点费用，全补贴给助理还不够，我自己只能白辛苦，你说这叫什么事？"

余丽娅趁机说："要不然，你干脆向分行提出，要带着你的助理换机构，你们调到我的支行来，我保证，在你应得的费用之外，额外给你补贴10%。"

夏桐瑶本意只是发泄不满，要她与方霏分道扬镳，她倒没这个胆量，余丽娅的建议，她支支吾吾地不接话。

余丽娅看看夏桐瑶的反应，知道这事急不得，只能徐徐图之，于是缓和语气说："要不，你先跟她谈谈费用的事，能把损失找回，你就在她那里稳着也没关系。亲兄弟明算账，该要的钱还是得要。你那几个助理，辛辛苦苦，工资又低，没有费用给他们补贴，人家怎么卖力给你干呢，他们一旦不尽心，你这个业务风险就很大了呀。"余丽娅表现出十足为夏桐瑶考虑的样子。

夏桐瑶在余丽娅的鼓动下，胆气壮了不少，她终于鼓起勇气找方霏谈费用。瞅了个空当，她走进方霏的办公室，期期艾艾地说："方行长，有空吗？我找你谈点事。"

方霏奇怪地看她一眼，问："什么事？"

"这几个月，我们小团队该拿的费用少了很多，我想问问是什么情况。"

原来是这个事，怪不得夏桐瑶神色怪异，一脸不自在。方霏顿了顿，该来的终究会来，也许，是应该有个说法给员工，但是，真相是万万不可以公开说的，这里面蕴藏着极大的法纪风险，为了不惹出事端，只能憋在心里，烂在肚子里，连身为副行长的郭慕侠，方霏都不敢和他明说。他也会感觉到费用少了吧？他的业务份额最大，受影响是最明显的，但他出于对方霏无原则的拥戴，在费用这件事上始终保持沉默。

方霏想办法解释："费用是少了些，不光是你的少了，大家全都同比例减少了，因为支行公共开支很大，支行需要搭建一些外部平台，为业务提供方便，建立这些平台，受益的是支行整体，所以从大家的费用里集中一部分作营建平台之用。"

夏桐瑶板着脸说:"搭建平台?这些事我不懂,我也不够资格过问,但是我没看到什么平台给我带来好处,我的业务全靠天南海北地奔波,一手一脚地跑出来,我做点业务,太不容易了,你扣别人的费用建平台,我的费用你别扣行不行?"

方霏耐心说明:"你的辛苦我知道,我也在尽力支持你,替你分担,你说没感受到平台的好处,这话我不爱听。你做的供应链融资是一项全新的业务,没有经验可借鉴,每一步都是摸着石头过河,分行各部门肯全力支持你,陪你吃螃蟹,这不都是与各部门关系处理得好的结果吗?为了沟通顺畅,支行拿些费用来做公共关系,是很有必要的,这个费用只能是大家同比例承担,我是一行之长,一碗水要端平,如果你的费用比例和别人不同,别人更有话说了。"

夏桐瑶满脸不高兴,但不敢再坚持,只是说:"费用不明不白地少了,可不是我一个人有意见,我是代表大家的心声,希望这个状况不要持续太久。"夏桐瑶的意思再明白不过,她就是怀疑费用被方霏侵吞了,她一点都不相信她的解释。

夏桐瑶说完,扭身走了出去,方霏看着她的背影,她原本玲珑浮凸的身材,开始横向发展,有了臃肿之态。方霏的注意力从这不欢而散的谈话上,滑到了不相干的方面,她想,就这么几年,夏桐瑶就变得这么平庸粗笨,青春美貌真是靠不住。

各种压力纷纷涌来,一心只想躲进甜蜜爱情中的方霏,时不时被这些烦人的问题拉回现实。

问题的根源在罗若兰,但方霏没有与罗若兰翻脸的勇气,除了消极抵抗,除了暗自痛恨自己的同流合污,她看不出还有什么别的路可走。罗若兰和她身后盘根错节的利益团体,像罩在方霏头顶的层层黑幕,让方霏一想起就觉得心里堵得慌。

方霏开始躲着罗若兰,她天真地觉得,少见面就可以少惹事。她减少去分行的频率,与罗若兰之间不得不发生的交接,尽量让别人代办,实在避免不了要跟罗若兰打交道,她就把郭慕侠拉上,让他当挡箭牌。

罗若兰有许多事不敢让郭慕侠知道,更不敢交由郭慕侠办理。郭慕侠是有背景的公子哥儿,他有与罗若兰抗衡的实力和资本,罗若兰供着他都来不及,哪敢拿他当小弟使唤,他要是不乐意了,随时拍屁股走人,他是不会被谁挟持的,他那种懒散又油滑的个性,也决定了他很难被人利用。他自己的事都是能拖就拖,别人的事他更不会上心。

但方霏不同,罗若兰认为方霏的一切都是她成就的。在方霏面前,她一副救世主姿态,态度说一不二,方霏如果抵制,她立刻就会翻脸。

和罗若兰翻脸之后是什么结局,方霏掂量过。她并不害怕失去职位,过去不惜代价地追求进步,只是为了结识柳凌志,现在已经和柳凌志相恋了,她相信不会因为事业受挫而失去他,他有足够的事业高度,等到真正成为他的女人,甚至不需要有事业,只需要有能与他势均力敌的思想境界。没有了这层顾虑,其他再没什么不可以牺牲的,她已经不是当年那个一穷二白的姑娘，她有了足够的经济实力作底。

她不愿翻脸，只是出于善良的懦弱，不到万不得已，她不愿意和罗若兰走到剑拔弩张的境地，她掌握罗若兰太多把柄，一旦翻脸，罗若兰对她的忌恨将会很深。

所以方霏能做的只是少见面，少接触，少给罗若兰指手画脚的机会。

但有些事是躲也躲不过的。

这是一个星期五的傍晚，这是职场人最快乐的时刻，终于可以放下一周的忙碌，做自己喜欢的事情。柳凌志早早约好了方霏，他们来到郊外，在青山绿水间挽手散步私语，享受甜蜜时光。

方霏的电话不合时宜地响了，来电显示是罗若兰打来的。这样美好的周末私人时间，罗若兰也要骚扰，方霏不情愿地接起来，罗若兰劈头盖脸就是一通指责。她最近给金宝支行交办了一个关系贷款，她认为支行的工作不尽力，不仅进度慢，而且在贷款申请材料中，对客户的包装不够，优势列举不充分，会影响审批结果，她认为方霏对此应负有责任。

虽然方霏一直想学柳凌志的温文尔雅，平和处世，虽然她努力维持与罗若兰的和谐，一直以来她在期待罗若兰的改变，期待她良心发现适可而止，但江山易改，禀性难移。此刻，面对罗若兰的咄咄逼人，方霏开始明白罗若兰身上是不可能基因突变的，而她和罗若兰之间的矛盾将不可调和，罗若兰一再触碰她的底线，对立已无可避免。

委曲求全的愿望在现实面前一再粉碎，在心上人面前挨训太难堪，方霏忍无可忍，终于爆发了。

虽然柳凌志听不到电话那头说了什么，但方霏的表情让他满心关切。方霏冷冷地对着电话说："我工作能力不够，经验不足，的确发现不了这家企业更多的优势，罗行长这么关心这家企业，何不换一家支行做呢？也省得您为我这无能之人大动肝火。"

罗若兰听了方霏暗藏钉子的话，不由咬牙切齿："好啊，方行长，你现在翅膀硬了是吧，可以不听招呼了，我该怎么做，需要你指教吗？你最好先尽到你的本分。"

方霏差点冲口而出说："我的本分就是严格把好第一道风险关，直接驳回这个项目。"但她还是尽力忍住了，脸憋得通红。

柳凌志在一旁不便出声，只好紧紧握着方霏的手，安抚她不要冲动。方霏总算没有率性挂断电话，而是坚守最后的礼貌，等罗若兰把话说完。

罗若兰发完火后"呼"地砸下话筒，她用的是座机电话，话筒砸下的声音把方霏的耳膜震得"嗡嗡"直响。

尽管不想让柳凌志知道她的艰难处境，不想让工作上的不快影响他们来之不易的甜蜜，但与罗若兰的冲突让这个事实无法掩饰。

方霏很少和柳凌志谈工作。虽然柳凌志已成为亲密爱人，但她担心工作中的巨大阴影，会投影在他们的爱情中。柳凌志在她的心中，是那么正派，那么严谨，她不想让柳凌志知道她过着仰人鼻息的生活，出于爱情中的虚荣，她只想让柳凌志看到自己阳光灿烂的一面，看到她是年轻有为、独当一面的职场精英。

在这个孤独的世界上，没有爱人是孤独的，有爱人也不一定不孤独。方霏一直独自面对罗若兰给她的压力，没有人能替她解困，也没有人能为她分担，甚至没有人能听她倾诉。柳凌志见多识广，应该有为她指点迷津的智慧，他一定目睹过更多的苟且，而且有不屈不移的办法。但是，确定要告诉柳凌志吗？告诉他，意味着告诉自己深爱的人，她的事业是建立在流沙上的，根基不牢，靠跟班站队换来进步，她是与私德败坏者沆瀣一气的人。

他那么高的职务都应付裕如，她这么低的层级还力从不心，她很羞愧，怕柳凌志会瞧不起她，会鄙视她。他那么顺畅，哪知道她从底层奋斗的艰辛。她没有倾诉这一切的勇气。

接完电话，方霏平静了一下，迎着柳凌志关心的目光，她笑了笑，轻描淡写地说："我们领导脾气有点坏，女人到了一定年纪，可能都这样，我们不过是一笔业务跟不上她的要求，她就大发脾气。"

柳凌志微笑拉起方霏的手，继续他们的散步。虽然他只听到了只言片语，但足够他了然于胸，这是他再熟悉不过的领域。

"霏儿，你很有原则，很有勇气，对上级的不当决策能够抵制，这是很不容易的。我都做不到，碰到来自上级的压力，我最大的抵抗也就是沉默。"

方霏苦笑笑："我是不想毁了自己的职业生涯，说真的，我现在左右不好办，抵制领导也许会失去现有的一切，顺从领导也有失去现有一切的风险。我努力了这么久，才有资格走在你身边，如果失去了这一切，你还瞧得上我吗？"

柳凌志拉着她停下来，两个人面对面站着，他认真地看着她："如果我失去现有的一切，你还会爱我吗？"

"当然，我对你的爱绝不会因外部世界的风云变幻而改变，我爱的是你的内在，与外在一切无关。我早告诉过你，我对你的爱是坚定的，是深沉持久的。"

柳凌志一字一顿地说："我当然也不会变，我既然接受了你的感情，就会对你负责任，你认为我的感情还不如你一个小女孩坚定吗？"

方霏很感动，这是她最爱听的承诺，这段感情虽然甜蜜，但柳凌志的不婚主义，让她没有安全感，她对未来总不踏实，她低下头，让他看不到她的眼泪。

柳凌志牵着她的手臂轻轻一带，把方霏带到他的怀抱里。

"不管怎么样，一定要坚持做正确的事，你能力很强，用不着害怕未来，你工作在营销一线，能够开拓市场拉来客户，这是真正的实力，我要是从事你的工作，我就得饿死。我曾经亲自带队营销过一家大企业，企业即将上市圈来一大笔钱，所以各家银行竞争异常激烈，我们志在必得，不计成本地投入人力物力，甚至追随企业高管入京跑上市手续，为他们做后勤服务。后来，企业如期上市，募到了巨额资金，我们却并没能分到一杯羹。这次失败的营销，从此让我对营销工作满怀敬畏，对你这样能把支行做到几十亿的能人，我是很佩服的，我的失败我一直羞于跟别人提，我只告诉你。"

他的拥抱和温存的鼓励，是世间最好的安慰，方霏笑了，不快的情绪一扫而空。他就是这样，特别会安抚人，他比她高明得多，却总是谦逊自抑，用放低自己帮她鼓起信心。

路边有一列顺坡而下的石阶，柳凌志随手捡起几片阔大的落叶，细心地铺在最高一层的石阶上，和方霏并肩坐下。

秋天已经来临，郊外夜凉如水，头顶上清晰可辨的"夏季大三角"却依然凌空闪耀，还有比夏夜更明亮的清辉。方霏靠在柳凌志肩头，在一个儒雅超群的男人身边，在秋夜的温暖宁静里，她被激怒的心很快复归平和，所有的感官都轻松舒展开，尽情地汲取天地灵瑞之气。她终于放下卑怯，敞开心扉，和柳凌志谈起自己职业生涯的点点滴滴。

她说，她曾经觉得自己拥有世界上最好的工作，曾经，她作为一名金融新锐，可以接触各式各样的企业，可以发挥自己的主观能动性，为银行和客户创造价值，银行科学的考核机制，还让她实现了自我价值。这种银行、客户、自身三赢的局面让她充分享受着工作成就感。

但随着职务的升迁，烦恼渐渐多了起来，身边的环境太不稳定，一个没有规则意识的领导，就把好好的银行文化弄得乌烟瘴气。自从来到北华银行以后，上级常常插手支行事务，安插亲友、指派客户、染指经费，自己不愿为虎作伥却无力抗拒。

对一个组织的弊端，柳凌志理解得再深刻没有了，他安慰她："这就是成长的烦恼，我们人生的成长，和我们职业生涯的成长都是一样的，都会伴随着烦恼。这就是辩证法，是任何事物都具有的两面性。你成长了，职务高了，有了一定的权力，掌握了一定的资源，就有了被人利用的价值，就有人希望通过你达成个人目的，这个时候你怎么办呢？你要掌握一个适当的度，完全不被人利用是不可能的，人与人在社会上就是相互利用，但触碰法纪的事，要坚决抵制，不能迫于压力就放弃原则。我看到你已经掌握了抵制的技巧和方法，适当地装傻，适当地拖一拖，放一放，你也敢于表达自己的态度，这都是对的。唯一要提高的是挨批评要有定力，要相信德行不好的人走不远，你做好自己，坚持到最后就是胜利。"

方霏点头："是啊，我这几年，不光觉得跟错了领导，我还觉得，甚至我们的行业，都出了一些问题。从前，总觉得金融是国民经济的命脉，为各行各业的实体经济输血，身为金融员工觉得很自豪。但这些年，挺好的一个行业，也开始走偏了，开始违背金融服务经济的初心、唯利是图了，以至于金融支持高度集中在利润水平高的行业，加大了社会资源配置的不均衡。"

柳凌志爱怜地看着方霏，这个可爱的姑娘，和当初的自己一样，充满理想主义倾向。方霏的困惑他虽然不一定赞同，但他对方霏说的每一句话，都体现出赏识与尊重。

他温和地说："你追求公平正义，这很好，但你说的问题，不能全赖银行。银行首先要保证自己的生存，行业集中度高的问题，银行也是迫不得已，因为实体经济出现了一些问题，比如产能过剩，比如结构化问题。"

方霏反驳说："银行的生存没有问题。十几家上市银行的净利，占到近三千家上市公司净利的一多半。银行完全可以多承担社会责任，而不是只片面地追求利润。经济金融是一个整体，经济不能均衡发展，最终还是会影响金融。而且，银行内部管理也存在问题，收入分配极其不公，基层员工收入待遇极低，这也是一种压榨与掠夺。"

方霏从基层一步步成长起来，多年来亲身经历的各种不公，让她一谈起来就激愤。基层员工承担着繁重的工作，收入还没有中高层缴的税款多。过低的收入与过高的劳动强度，造就了一大批幸福指数很低的"金融民工"。

柳凌志沉默了，他知道方霏说的基本是事实。

之后不久，在通宝银行召开的薪酬会议中，柳凌志提出了改革本行薪酬体系、增加基层员工收入的想法。他在陈词的时候，眼前闪过方霏慷慨的样子，不能不承认，方霏对他有巨大的影响力。他想为基层员工做一些工作，做一些能增强员工幸福感的工作。

他的提议照例遭到厉为群的强烈抵制，厉为群一大堆的理由，什么成本收益比啦，什么高的就该高低的就应该低啦，站不住脚的等级观念和龌龊逻辑。这一次，柳凌志非常强硬、非常坚持。事先，他安排下属做了详尽的调查，掌握了翔实的数据，横向与同业比，纵向与历史水平比，他指出，这几年，效益增加了，基层员工却没有收入上升通道，导致大家的收入实质性下降，但同业的员工收入普遍保持合理增长。

触目的数据引起了与会成员的深思，柳凌志进一步指出，这样的不公，是当前队伍不稳定的重要因素，对通宝银行事业的危害将会很大，作为企业管理者应具备长远眼光，不能不管人心向背。终于，他的提案获得了原则性通过。

这是爱的神奇力量，领略了美好爱情的人，也会将爱播撒。柳凌志觉得整个人都焕发了激情和活力，从妥协折中的改良派，一跃成了敢于碰硬的改革派。

第十八章
爱是治愈良方

　　日复一日的相处中，柳凌志和方霏感情迅速升温，这段纯洁的感情，给彼此的精神提供着强大的支撑与慰藉，让彼此的生活更丰富多彩，又确如柳凌志所希望的那样，没有让他的女儿，他固有的生活受到影响。

　　在柳凌志设定的交往准则约束下，他们的感情始终处于纯洁的精神恋爱中。但感性与理性从来就是一对矛盾，感情升温之快，不是几道规则能阻拦得了的。感情在与理性的斗争中渐渐占据优势。

　　他们的灵魂亲密无间了，他们的爱情却纯洁如初恋，柳凌志被这纯洁的坚持所感动，但随着他越来越深的沦陷，他的柏拉图式理想随时面临崩塌，感性即将冲破理性的堤坝，最终泛滥成灾。

　　他受过文明的深刻教化，但与生俱来的原始生理能量并没有因此而丧失，与一个青春美貌的姑娘时常守在一起，他需要强大的意志来约束身体内奔突的欲望。

　　更重要的是，柏拉图式的理想只是他单方面的理想，方霏对他那些规则始终愤愤不平，对爱情的渴望使她屈从于那些规则，但她并没有想要认真遵守。

　　对于方霏来说，她没有给感情设限的理由，对柳凌志那狂热绵长的爱恋，是她这么多年生活的重要主题。她的追慕虽然终获成功，柳凌志从一个遥不可及的神话变成了亲密恋人，但这绝不是让她情感满足的终点，她对他们之间亲密关系的渴望简直永无止境。她把自己赤诚的心捧给柳凌志的时候，她是要把未来也完完整整地托付给他的，柳凌志暂时的顾虑，她没有放在眼里，她相信爱与时间会消融他的顾虑。

　　爱由心生，爱的发展也应该顺其自然。哪有什么规则能阻挡爱的脚步。

　　但相爱以来，柳凌志只有很少的时间陪她，他有繁忙的工作，他还有个一直不肯向她开放的堡垒一般的家！在两人世界里，他们已经亲密无间了，但在真实的生活中，他仍旧不肯公开恋情。这割裂的情形，让方霏时时有着不满足不踏实不安全不确定。

她恨不能和他流落到一个荒岛，一个只有他们两人的世界，他不用工作，不用理会别人，只能时时刻刻和她守在一起，陪伴她，呵护她。在那里，他们的爱情还可以远离世俗眼光的掂量，她不用去焦虑她是否获得了应有的名分和地位。

他们的恋情不知何时悄悄传开了，令他们没想到的是，会有这么多好事者对他们的私事感兴趣，以至于他们如此低调也还是引起了广泛的注意。恋情一传开，就不再仅仅是两个人的事情，人们马上关心起他们何时修成正果，以及谁高攀了谁这样的问题。

那个周五的晚上，方霏和罗若兰在电话里有过冲突之后，紧接着的周一，罗若兰亲自到支行来督办那笔关系贷款。她没有像往常视察时事先让秘书电话通知，而是像突击检查一般，轻车简从地来了，支行员工们毫无提示地突然看见她，都畏惧而恭敬地向她问好，她脸上挂着似有似无的笑算是回应，脚步不停地走向方霏的办公室。

方霏突然看到她，愕然站起来，把她礼让到沙发上坐下，又亲手倒了茶，送到罗若兰面前。虽然有过冲突，但此刻罗若兰大驾光临，她还是得执礼甚恭。

罗若兰挑了挑眉毛，问："郭行长呢？"

"他有事外出了，您要找他我马上叫他回来。"

"用不着他，我随便问问，我是来找你的，把办公室门关上吧，我和你单独聊聊。"

方霏去关了门。

"你大概猜得到，我还是为那笔贷款的事来，你在电话里撂挑子，这个态度很恶劣，看在你跟我多年的份上，我就不计较了，我还是很有气量的，你把贷款材料收回来补充了再上交，把这事办圆满了，我会对你一如既往。"

"还得怎么补充呢？该说的都在材料里说明了呀。"

"你的业务能力我很清楚，你还要问我怎么做吗？你一向做事认真，材料从未返过工，所以你这次的消极怠工我心里有数。"

"何必返工呢，材料做得再好也经不起推敲，风险部的同事顶真起来，一样过不了，您还不如直接跟风险部打个招呼，让睁一只眼闭一只眼过了不就行了吗？这对您又不是什么难事，这样不是更节约时间吗？"

"方总，你还真是变了呀，你是好说不听，坚决不配合是吧？"罗若兰又火了："听说你马上要成为通宝银行柳副行长的夫人了，看来你是麻雀要变凤凰了，所以做人也硬气了，也不把我这个领导放在眼里了。不过我可提醒你，想嫁柳副行长的女人多着呢，竞争激烈的程度怕是不比抢客户轻松呀，咱们抢客户，不也常常鸡飞蛋打一场空吗？柳副行长一天不迎你进门，你都不能不把饭碗给捧牢喽，要不然一步踏空，两头没着落，那时后悔就晚了。"

方霏吃了一惊，罗若兰怎么知道她的恋情，好像还了解得很详细。金融圈子真是个太小的圈子，罗若兰都知道了，那基本就是公开了吧，倒是她这个当事人，还在洋洋得意，以为保密工作做得好。

"我个人的私事和工作有什么关系？不管我嫁不嫁得出去，工作不都是一样做吗？"谈这个话题，方霏还真是没底气，柳凌志那可恶的不婚原则，无形中让她矮了一截。

"那可不一定，有些人高枝还没站稳，就开始得意忘形，结果从高枝上摔下来，脸着地死得就难看了。"

罗若兰的话极尽刻薄，字字锥心，方霏被她激得气血上涌。不过罗若兰话虽难听，道理却真，爱说得再情真意切都是虚的，婚姻才是实的，只有结了婚，相爱的人才真正成为一个整体，才能得到法律赋予的权利与地位，才能不被别人小觑。

她不稀罕沾光柳凌志的地位和身份，她可以靠自己，但爱情的尊严是要维护的，她那么好强，怎能让不怀好意的人看她的笑话。罗若兰的讽刺挖苦，让她深感屈辱。

苏文玉自然也知道方霏与柳凌志的感情进展，她倒不是从飞短流长中听到，是方霏老老实实向她坦白的。方霏和柳凌志和魏小北成为总裁班的同学，这样重要的消息，魏小北当然会向老婆大人报告。

苏文玉知道方霏终于结识了柳凌志，并开始了约会，她诚挚祝贺她："祝贺你啊，霏，你的执着终于有成果了，真让人服气呀。"

"是啊，念念不忘，必有回响，感恩。"方霏一脸虔诚。

"怎么样，和他相处得还好吧。"

"挺好的，他对我很好，我们很合得来。"

"他说不再结婚，为了你该要改主意了吧。"

"这个，我们还没有谈到这一层。我向来喜欢顺其自然，不刻意，不功利，现在谈这个还为时过早。"方霏打着马虎眼，为自己留余地。在最好的朋友面前，她也羞于提及柳凌志设定的规则。

外界对他们恋情的关注，让方霏感到了极大压力，她有柳凌志这样优质的恋人，恋情注定会引人注目，会引起不怀好意的围观和妒忌，很多人等着看结局。世俗期望里，爱情终将走向婚姻，如果一段爱情迟迟不能进入婚姻，通常会认为男方对女方并无诚意。

而方霏不能接受爱情被猜度被怀疑，任何人的不看好都是对她的侮辱。柳凌志那般溺爱她，就应该证明他对她的爱与尊重，她对感情的结果有了些微的焦虑。

又是一个秋高气爽的周末，两人继续郊游的老节目。在山上盘桓到天已过午，肚子饿了,他们才下山来到山脚下一家临湖的餐厅。

舒适雅致的包间里,柳凌志点菜,方霏闲闲地踱到窗前,窗外的湖面水平如镜,有小鸭子成双成对在水中游戏,它们时而替对方梳理羽毛,时而并肩划水而行,时而双双钻入水下,又从不远的地方钻出,平静的水面被它们玩得一圈圈涟漪。

柳凌志点好菜,来到方霏身边,双臂从身后环住她,下巴轻轻抵在方霏头顶,两个人一起看向窗外。

眼前和谐的秋日美景,在方霏心中却唤起淡淡的忧伤。午饭后,他们就要道别了,柳凌志说,女儿的老师这天安排了家访,他这个唯一的监护人必须到场,他要提早赶回。

总有这样那样的理由,把他从她身边夺走,她的情绪,陷入每次分别前的低谷。

"一上午这么快就过去了,和你在一起觉得时光飞逝,和你一分开就觉得时间难熬,这就是我的相对论。"柳凌志还有心思开玩笑。

此刻,相伴的幸福掺杂着即将分离的不舍,在一起有多幸福,分开就有多孤苦,痛苦与快乐这两种对立的情感,在方霏的生活中不断切换,并在相互的反衬中被放大。

方霏抬手指向窗外:"你看小鸭子,它们多么幸福安宁,多么无忧无虑,它们成双成对,时时刻刻守在一起,从不分离。"

方霏在触景生情,在为即将的分别和未来的不确定黯然神伤,柳凌志感到心疼,他又何尝愿意离开这个可人儿?每当分别时,方霏那眷恋的眼神,那动情的拥抱,那难舍难分的落寞,总让他深深感动。

他握着方霏一只手,送到唇边,轻轻吻一下,低声对她说:"亲爱的,小鸭子的幸福怎么和我们相比,你只看到它们此刻的风平浪静,但也许一个大浪打来,它们就被打散了,然后就相忘于江湖了。而我们是万物之灵的人类,当我们在一起时,你在我眼里,当我们不在一起时,你在我心里,你是我永远的心上人,我会永远爱着你。"

方霏转过身来,忧伤地看着他的眼睛:"永远有多远?"

柳凌志看向窗外:"我确信,我生命的最后一刻,心里的一闪念都会是你。"

他的回答并没有让方霏感到宽慰,相反她感到他在避实就虚。尽管已经这般深情了,他还是不愿改变他当初设定的规则,让他们的关系有实质的进展。

服务员敲门上菜了,打断了这一番言不尽意的交谈。

饭后,恋恋不舍的两个人谁也不忍马上就走,柳凌志看看时间还早,决定再多陪陪方霏,他们移坐到沙发上,方霏说吃饱了犯困,柳凌志搂住她,让她倚在他怀里小睡片刻。

方霏靠在柳凌志怀里,闭着眼睛,睫毛微微闪动,柳凌志凝视她可爱的模样,动情地呢喃:"只有和你在一起,我才会觉得内心平静。"

第十八章 爱是治愈良方

他总是这样,浪漫、慷慨、亲密,却不触及实质,方霏觉得有点讽刺,她不由调侃他:"你这句话就像是电影台词。"

但方霏说完就后悔了,柳凌志如此深情地表白,她明明也是爱听的,但她的回应却用了挖苦的语气,倒像是在质疑他的真挚。她会不会刺伤他,让他今后不再乐于表达?

柳凌志沉默而目光炯炯地看着她,他在想什么呢?方霏在他的目光里,感到了偶尔会觉得的那种深不可测。

方霏心里七上八下,这冰清玉洁的爱,美得不真实。

甜蜜毋庸置疑,安全感却依然缺失,柳凌志的深情,常让方霏有一丝惶恐。方霏担心总有一天激情慢慢消逝,她对柳凌志不再有意义。他是个过于细腻的男人,有着完美主义的倾向,他喜欢用浓烈的感情,美化她在他心中的投影,他对爱情寄予太多圣洁的幻想,但爱情不能总是停滞在梦想的样子,爱情必须走向平淡的真实。

方霏希望自己对柳凌志而言,像水、像空气一样必须,她希望他们的相处,像阳光洒向大地一样温暖,一样自然,她希望他们的爱情像俗世中最平常的烟火爱情,又真实又坦然又久远。

他把她捧成个仙女,把和她的爱情当精神鸦片来吸食,但他能一辈子都当她是仙女吗?他哪天会不会狠心戒掉让他上瘾的精神鸦片?就算是仙女,她的梦想也是要下到凡间,和爱人粗茶淡饭、冷暖相知。神话故事里,七仙女和织女都断然违反天条,走出琼楼玉宇的天庭,去做一个布衣粗食但有爱相伴的女子。她也不能总是被他搁在高高的天上,终日苦等鹊桥幽会之期。

她靠在柳凌志怀里假寐,想用踏踏实实的依偎,忘掉这不安。

柳凌志何尝不懂方霏的意思呢?她总在有意无意表达她的不满,在和她相处的日子里,他的决心也在一点点瓦解。也许他真的,真的不应该那么坚持,难道他真的跨不过那些悲伤往事,不能和她重新开始吗?

隔着薄薄的衣衫,柳凌志感受到方霏肌肤的温软,感受到她的身体随着轻轻的鼻息缓缓起伏,一个正当盛年的男子,身边依偎着一个娇美多情的姑娘,要长久地坚持坐怀不乱,是有多考验定力啊。

此时,男人的欲望在心中蠢动,搭在方霏腰间的手不由探向衣服里面,轻轻抚摸她光滑的腰背。

方霏像只慵懒的猫,温顺地一动不动,好一会儿,她突然像说梦话一般,闭着眼说:"你摸我,我也要摸你。"

这冷不丁的话把柳凌志吓一跳。他从沉迷中回过神,对这个要求先是感觉突兀,继而有点忍俊不禁。不了解方霏时,她还显出一些纵横职场的成熟老到,了解后发现,在情感方面,她是个稚嫩生涩的傻姑娘,时不时显出一点傻里傻气冒冒失失,想要摸一摸自己心爱的男人,直接上手就好了嘛,却要明人不做暗事。被心爱的女人摸一把，男人还能有什么不乐意吗？他求之不得呢。

柳凌志笑着，心中涌起怜惜之情，她也许是顾虑他曾经的有言在先，他的规则伤到她了，让这个本就不懂表达深情的孩子，越发显得笨拙又任性。

柳凌志配合地举起手，举手之前，他还顺手把衬衫下摆从腰间的皮带里扯出来，目光炯炯地看着方霏，下巴轻轻一扬，表示随便摸不用客气。

方霏迟疑了一下，审视着柳凌志，她像接受敌人投诚的大将军，既怕中了对方的圈套，但又渴望着一探虚实。她眼神里的紧张让柳凌志心疼，尽管如此爱他，但跨越身体的距离，她还缺乏勇气。她迟疑着伸出手，从他的衬衣下摆伸进去，虔诚地轻轻触碰了一下，只蜻蜓点水般略作停留，她就缩回了手。

这是她依然陌生的身体，这次触碰，是一次了不起的跨越，她很好奇，想知道他所有的秘密；她很渴望，想尝试突破他们之间的禁区。她的渴望无关于性，这于她而言是一个仪式，她在追究他们爱情的真相，她是不是真的完整拥有了他？他们的亲密经不经得起考验？可是她又害怕，她怕她的好奇，被他当作了挑逗，她怕一发而不可收，她不敢多作停留。

方霏脸上严肃庄重的表情，她那孩子气的胆怯尝试，把柳凌志心里乱窜的邪火浇灭了。她的笨拙、她的紧张让他心中充满怜爱，他懂，他一切都明白。这可怜的姑娘，她想要知道，他们的关系是否足够确定足够牢固，她想越过他在他们中间刻意筑起的藩篱，而他，应该重新审视他的决定，思考一下这段感情的未来。

学校每月集中上课的几天，是柳凌志和方霏的节日，每天都能见面，从早到晚都在一起。为了能和同学们正常相处，他们不打算暴露恋情，感情只能隐而不发，但眼波流转之间，相互的情意在心中涌动，如惊雷滚过天空，在别人无知无觉之际，两个人早已实现了能量的交换，隐秘的幸福有着别样的甜美。

每个上学的早晨，柳凌志接方霏双双去学校，晚上放学后，同学们风一般地离开学校，去赴他们的嘉会雅集，只有他俩留下来，混迹在青年学生中间，去学生食堂晚饭，再到校园操场散步。夜色中的校园人影幢幢，操场四周草木葱茏，晚风携来树木花草的清香，在令人沉醉的夜色下，柳凌志牵着方霏的手，沿着操场跑道一圈一圈地走，他们讲不完的知心话题，说不尽的浓情蜜意，恍如享受不染尘烟的校园初恋的青年学子。

时光流逝，瑟瑟秋风送来寒意，已是11月的末尾，方霏要去异地出差一周。虽然不出差也并不能每天见面，但远行还是让人起了离愁别绪。

出发那天大清早，柳凌志来送方霏去车站。他穿着浅灰色休闲西服，而方霏也是浅灰色短外套，这个小小的巧合让两人很开心。柳凌志替方霏把行李放到后备厢，上车后，他握着方霏的手，笑说他们心有灵犀，穿上了情侣装。方霏也含笑看着柳凌志，他平时总是穿得很严谨，藏蓝与深灰之外的颜色很少尝试，突然的颜色变换让人耳目一新，也显示出他对这小小的送别用了心。

到了车站，在停车场停好车，柳凌志拿出一个小包，让方霏带上。方霏打开一看，两只红红的大苹果，一小串香蕉，一盒全麦面包，几块巧克力，几包坚果，一个盖子可以当杯子的暖水杯，一包擦手用的湿纸巾。这是给方霏准备的旅途用品，他预见到她不会带这些东西，年轻人从不介意生活小节，也不懂养生。

柳凌志细细叮嘱方霏旅行中要多吃水果，别吃火车上保存太久的食品，饿了就吃比较健康的全麦面包，还有，她是女生，记住一定要喝温水，不要喝凉水，即使天还不太冷，还有，要用自带的杯子，不要用一次性杯子，既为健康，也为环保。他絮絮叨叨说着这些，周到细致如同送女儿远行的父亲。

方霏听着，眼眶发潮了，她的生活从没这么多讲究，她自己都没这么重视过自己，因为没有人这么教过她，疼爱过她。他给她的浓浓父爱一般的温情，是她的生活中一直缺乏的。她有一个寡言少语的父亲，父亲当然是爱她的，但父亲不善于表达，甚至不认为需要表达。对于父爱，她常有隔靴搔痒的不满足。但是和柳凌志在一起的这段时光里，他很好地弥补了她。

与他的初次相遇，她就有幸体验了他的温厚慈悯。正是他的这种特质，吸引她执着地走近他，爱从来都不是盲目的，他们的靠近并非偶然而是必然。上帝赋予柳凌志特定的人格密码，也赋予了方霏解码的能力，他们命中注定会相互感应，碰出火花。

当年，隔着巨大的社会落差，她对他并无想象空间，但她依然被他深深吸引，凭着女人天生的敏感和强大的直觉，她那时就感知到与他心心相印。就像颠覆了经典物理理论的"量子纠缠"现象。他们，就是这宇宙中相距遥远的两个量子，他们之间，存在着深刻的内在联系，冥冥中的"超距作用"，让他们跨越时空，奇迹般走到一起。

柳凌志生来就是为了拯救她。她有多粗心他就有多细心，她有多天真他就有多睿智，她有多任性他就有多包容，她有多脆弱他就有多强大。和他相处的日子里，他们的感情就像螺母和螺帽，吻合得丝丝入扣，他们相互弥补，相互仰慕。必须是深情如他、浪漫如他、而又心细如他、清雅如他，才能最终征服她敏感、苛求的心，让她撤除心防，放心托付。

要叮嘱的事情都说清楚了，离检票进站的时间还早，柳凌志说不用太早去候车室，就在车上等候，这样他可以多陪她一会儿。他离开驾驶座，和方霏一起坐到后座上。逼仄的空间里，两人并排而坐，视线和身体都没有了回避的余地，面对着即将远行的心上人，柳凌志情不自禁轻轻吻下来。方霏仰起头迎接，令人战栗的甜蜜立刻直达身体的每一个角落，每一个细胞都陶醉了，都在舞蹈，都在拥着挤着往嘴唇上往舌尖上跑，身体轻了，轻得似乎飘起来了，只有胶着的双唇感觉真实而甜美。

柳凌志越来越热烈，越来越亢奋，环绕着方霏的双臂越搂越紧，搂得她喘不过

第十八章 爱是治愈良方

气来，但她太喜欢他这样，喜欢他的疯狂劲儿，喜欢他忘了做谦谦君子。他用力搂着她，让她的身体无限地贴近自己，她柔软的腰肢不得不向后仰着，胸脯高高挺起，他的手不知不觉就移到方霏高挺的胸脯上，一边吻着，一边用力地揉捏，虽然隔着衣服，但饱满性感呼之欲出，让人如醉如痴，欲罢不能。

安静的停车场里，暗黑的车膜挡住了外面的视线，呼吸的热气让车窗又蒙上了一层水雾。深深沦陷在温柔乡里的两个人，多希望时间就此停滞，让他们就在这钢铁围成的孤岛中，一直吻着，一直爱抚着，到地老天荒，到海枯石烂。

不知道过了多久，响起火车进站的鸣笛声，惊醒柳凌志最后的一丝理性，他艰难地松开方霏，努力收拢意识，看了看表，低声对怀中的方霏说："宝贝，要去赶车了。"

方霏闭目倚着他，沉醉不愿醒。良久，她孩子气地撒娇："我不要走了，我不要和你分开，我要和你在一起。"

柳凌志摸摸方霏的脸，扶她坐正，他看着她的眼睛："走吧，宝贝，别犯傻，你马上就会回来，而我在这里等你，现在去做该做的事吧，我们很快又可以在一起。"

他替她整理衣服，整理头发，然后他下了车，让寒风吹一吹自己发热的头，让自己冷静。之后，他又扶着眼神迷离的方霏下车，给了她一个拥抱，就一手牵着她，一手拖着行李箱走向进站口。

外面刮着风，落叶追逐着路人匆忙的脚步，满眼是冷冷清秋的萧瑟。火车站永远是熙熙攘攘的，步履匆匆的人们都是一张茫然的脸，对身边的一切漠不关心，只顾在人群中左冲右突地赶路。柳凌志牵着方霏的手，他们安静地走在陌生的人群里，方霏骄傲地昂着头，她和她的爱人是这慌乱的人群中高贵的另类，他们有着浑然天成的和谐之美。

夏多布里昂在《墓中回忆录》说："秋天的景物关联着一种精神特征：树叶脱落仿佛我们的岁月，鲜花凋零仿佛我们的时刻，流云飞逝仿佛我们的幻想，光亮渐暗仿佛我们的智力，太阳变冷仿佛我们的爱情，河流冰封仿佛我们的生活——这一切都和我们的命运有着隐秘的关系。"

此时此刻，从激情的顶点坠落到萧瑟的现实，心中的离愁更添沉郁忧伤，人群中的柳凌志又回到一贯的庄重冷峻，他嘴唇紧抿，一言不发，只顾牵着方霏往前走，方霏柔顺地跟着，努力合上他的脚步。每当他严肃时，她就安静乖巧，生怕打扰了他的沉思默想；而当他开心时，她又会受他感染，乐呵呵像个傻瓜。自从和他在一起，情绪完全被他左右，太深爱一个人，就会遗失了自己。她遗失在对他的爱中，遗失在和他共度人生的绮丽的梦里，他却还没打算完全接纳自己。

进站口到了，人流越加拥塞，方霏接过行李箱，看一眼柳凌志，人太多，他没有要拥抱告别的意思，不管是他的年龄还是他的身份，他都不可能接受在公众场所激情流露。一回到人群中，疏离感就不知从哪个角落冒出来，在他们中间形成一堵无形的墙，把她热烈的爱人变得疏淡遥远，一瞬间的变化恍若隔世。压抑的情感下面，方霏心中是海啸一般席卷而来的悲伤，她成熟的恋人有着厚重的历史，有着她探不到底的深沉的心，她无法左右他，无法有自信，没有踏实的牵绊，短暂的离别都让她恐慌，似乎她这一走，就是放虎归山，回来时河山易主，她也征讨无由。

方霏转身独自走向检票口，就像穿过一条人的河流，再回望时，柳凌志已远在了河的对岸，他轻轻向她挥了挥手，站立的身姿挺拔岸然。熙熙攘攘的人群，激流一般涌过他身边，他独立在火车站巨大穹顶下的身影，像激流中岿然不动的航标塔，她是远行的船，要独自驶向她的天涯羁旅。

分别的一周，旅行在外的人自有比平日更加难耐的思念，而每一回想起那长长的激吻，那温暖有力的手掌覆在胸上的感觉，方霏就不由面红耳赤。

留在滨城的柳凌志也像丢了魂儿，吃不香睡不着，闭上眼就是方霏曼妙的身体曲线，那荡人心魄的起伏触感，销魂摄魄。

他终于无法克制思凡的心，他给她发短信："我想要你。"

他刚学会发短信，是专为了联络方霏才学的。从前他不需要这种技能，要联络谁，通知谁，都有秘书帮他。

羞涩让方霏不知如何回答，她要假装生气，显示女孩子的娇羞与扭捏吗？不，他们如此相爱，结合是再自然不过的事，况且，柳凌志是这样一个保守含蓄的男子，他已经克制得够久了，如果他不是情之所至，他是不会轻易索取的。

从漫步湖边的定情之夜，到这一次的车站送别，近半年的时间里，柳凌志都不曾有想要跨越男女大防的暗示或明示。半年里，他们像一对纯真少年，含情脉脉相互陪伴，亲昵中留有底线，虽然他那般深情，但他只是和她牵牵手，或者一个温暖的拥抱，一个深情的吻，那种虔敬的表情，似乎她是高贵的公主，他不敢轻易冒犯。

甚至他们聊天的话题，也总是纯洁无比。

他给方霏讲他的童年，讲他的父母、他的兄弟姐妹、他的孩子，他大大方方地和她谈及家人，似乎和一个家人谈起另一些家人一样自然。以至于方霏对他的亲人们未曾谋面，却有十分熟悉的感觉。

他也要求方霏讲她的过去给他听，他还要看方霏从小到大的照片，他们头碰着头，一起欣赏泛黄的老照片，对方霏照片中呈现出来的成长变化，他妙语连珠地品评，却并无邪言浪语。方霏不满他的各种笑谑，恼羞成怒呵他的胳肢窝，照片散落一地，他们歪在一起，笑得像孩子一样天真无邪。

他的清欢雅趣，直抵人心，他纯净高贵不染微尘，他对恋人的关注点如此与众不同，与那些被生理冲动控制着的，对灵魂心不在焉，对身体急不可耐的男人比起来，他简直要高雅太多了。

大学时代，寝室里的熄灯卧谈中，方霏听室友们绘声绘色描述过各种男生的恶心下作。有的人，第一次约会就把女生往暗黑无人的地方带；有的人，一点情感的铺垫都没有就开始动手动脚。不加掩饰的动物性，女生唯一的选择就是跑开。

但柳凌志不是这样。他是难得的感情至上的男子，他的含蓄和克制让方霏心生敬意。他的爱情当然也脱离不了异性相吸的本能，但正如相同的食材，在不同的厨师手中，能变成黑暗料理，也能变成豪华大餐，柳凌志端给方霏的爱情大餐，以理性炮制，以高雅调剂，是一道不折不扣的浓情盛筵。

女人更想要的，当然是他这样的男人，多情又克制，愿意把时间用在情感与灵魂的交流，而不是只惦记肉体。没有灵魂的深度融合，贪欢肉体带来的只能是寂寞与空虚，只有灵肉一致的结合，才符合女人的理想。

这样一个男人，他对女人有要求，必然是情到深处。

所有的等待，不都是为了把自己完整地交给他吗？只要他要，她就应该给。她想要和他亲近得彻彻底底，他们之间再没有任何距离，不管是灵魂还是身体，他，也只有他，才是她此生唯一要托付的人。她要用他们的结合，给他的心系上更多的羁绊，要在他的情感天平上，押上更重的筹码。

她应该趁机要求他做出承诺吗？不，这样会让他们的爱情像是交易。

用了一天的时间来考虑如何回复，最后是简单的几个字，方霏回短信说："等我回来。"

回程那天，方霏将在晚间到达滨城。柳凌志下班就去了火车站附近，他先找到一间花店，买了许多各式各样的鲜花，要求用黑色的垃圾袋装好，放到车上，把车开到附近一家高档酒店。

在酒店前台登记时，柳凌志的心里有刹那的犹豫。他还没有做好和方霏共同生活的准备，半年前他一本正经制订那许多规则，现在他对方霏什么说法都没有，却又出尔反尔突破行为界限，他心中难免不安。

房间很快开好，他离开前台，拎着装满鲜花的垃圾袋去房间，自己的道貌岸然，与这些垃圾袋实在不搭，但他和方霏的第一次，他还是要隆而重之。没有一点仪式感，太对不起方霏。

在房间里，他把鲜花拿出来，一一找合适的地方摆放，他要用隆重的仪式，宣告他和方霏感情进入新阶段。写字台上，床头柜上，他都分别摆上花束。摆好后，房间里气味芬芳，花团锦簇，终于觉得满意了，他出发去车站迎候方霏。

盼望的人儿终于出现在出站口，柳凌志凝视着方霏一步步走近，接过她手中的行李箱，牵着她的手走向停车场。

方霏跟着他上车，到酒店，他停好车，下车，然后替方霏拉开车门，方霏下车，他又去拿她的行李箱。过程中，他一句话都没有说，而方霏也什么都不问，她温顺地跟着他，跟着他进了房间，柳凌志扶着门等她进来，在她身后轻轻关上门。

第十八章 爱是治愈良方

方霏一进房，就看到满室的鲜花，惊喜而又感动。转头看身后的柳凌志，羞涩的眼神变得炙热，柳凌志扔下行李箱，搂住方霏热烈地吻下去。

他断断续续地在她耳边说："宝贝，对不起，我的生活一团糟，还没资格要你，但我真的没有耐心再等下去。"

"我愿意把一切都交给你，这对我是迟早的事，我知道你有难处，我们可以一起努力。谢谢你把房间布置得这么美。"

"再美的花儿也美不过你。"

他抱起她，要往床上扔，方霏羞涩地推开他："我要洗个澡。"

他转身就把她抱进了浴室，然后返身出去，替她带上了门。

方霏犹豫一下，锁上浴室的门，可是柳凌志又敲敲门，给她递进来一件浴袍。浓情时刻依然细心周到。

一切都很完美，符合方霏对性爱的所有想象，迎向柳凌志的那一刻，她闭上了眼睛，只管把自己交给他，听凭他的处置。柳凌志温存而又亢奋，体贴而又娴熟，他温柔地替她除去浴袍，抚摸她的身体，赞叹她的身体好美，他耐心地抚摸和亲吻，帮助她克服羞涩，她在他的爱抚下渐渐放松并舒展开来。他轻轻在耳边喊她"宝贝"，轻轻地进入她的身体。在高潮的瞬间，他喘着气问她："宝贝，你飞起来了吗？"她有些紧张，有些疼痛，但她只是闭着眼羞涩地说："是的，我飞起来了，我要一直一直飞，不要落下。"

每当他们的关系发展到一个新的阶段，方霏都能体验到新的惊喜。过去，即使只是一个长长的吻，都能让方霏感觉到欲仙欲死，她以为那就是男女之间最美的体验。但随着最后的距离消失，方霏体验到更加极致的和谐与亲密。

肉体的臣服加深心灵的臣服，肉体的相互占有让方霏觉得，他们已经是你中有我、我中有你，和谐地融为了一体，他们脆弱的精神恋爱，终于有了更进一步的维系。

柳凌志在和方霏的性爱中，得到了最好的放松和休息，沉醉在精神和身体全方位愉悦中的他，再无暇去思考宇宙终极意义、关心灵魂何去何从，人生的虚无感被肉欲填满，肉体的温暖和芬芳很好地治疗了抑郁。

难怪宗教大都主张禁欲，不压制肉体的本能，便无法操控灵魂，而所有的文化，都避不开一个争议：精神正义还是肉体温暖，谁更应该成为文化的主题？

欲望犹如被圈禁的洪水猛兽，一旦开闸放水，便有奔腾呼啸席卷千里之势。初夜的酒店里，柳凌志事后无意瞥见洁白的床单上，竟有一团鲜红的血迹，不由十分意外。感动之下，他心里对方霏更起了特别的怜惜。

和方霏在一起时那些难以自持的销魂时刻，让柳凌志重新找到了深深的存在感和生活的意义。方霏玫瑰般娇嫩的身体，让他时时亢奋，他在经验、阅历、智慧各方面都凌驾于她之上，他启发她、诱导她、做她的导师。他陶醉于她的反应，她总是心醉神迷，全身心地迎合他，他们情浓爱炽，难舍难分。他体验着从未有过的激情，那般迷乱与狂野，唤醒他男人的野性，让人有如重生，心脏又开始跳动得铿锵有力，感官又变得敏锐，世界重又变得美好又新奇。在这段关系里，他得以证明，自己依然年轻，依然有着旺盛的生命力和激情，两个人之间所感受到的灵肉相契，很好地治愈了长久以来无法排解的抑郁，这种抑郁是虚假热闹的社交、是表面喧闹的人际关系无法治愈的顽疾。

一个深深崇拜着他的姑娘，一个为他保留着处子之身的姑娘，让他感受到作为男人的伟大和自豪，她温柔顺从，善解人意，他在她这儿无往而不利，如果他从前的人生，有这样激荡的爱情，他何至于遭受背叛的打击。

过去的婚姻里，他从来没有享受过这般忘我的体验，那中规中矩的爱像教科书一样乏味，可那都是因为他自己的无趣。因为他的假正经，因为他的道德洁癖，他和前妻新婚时，同窗好友来道贺，好友熟不拘礼地让他买几张黄碟学学新婚技巧，他顿时就把脸板成一块铁板似的，弄得别人下不了台。那时的他向往内圣外王，非礼勿视，非礼勿听，非礼勿言，非礼勿动，他对原始的本能感到羞耻，当然不肯让自己沉溺。

他和前妻的婚姻里，过着所谓"举案齐眉，相敬如宾"的生活，他孜孜以求做一个好男人，却对性的态度摇摆不定。新婚岁月，还不太有经验，新婚夫妇的配合不够好。婚后不久，妻子怀孕了，要保胎安胎，要小心谨慎。到妻子生产时，医院给予特殊照顾，允许他进产房陪产。本来是一个共同迎接新生命的贴心安排，但妻子生产时血腥的场面，让这个儒雅的男人触目惊心，从此，他对和妻子的性爱更有了一丝心理障碍，更难以忘情投入。许多次，他都自嘲地想：享受特权当然会有代价，辩证法无所不在。

怪不得前妻会最终背叛，原来，他并没有给过她真正的幸福，那平静与超然的假象，现在的他想起来，也觉得无法忍受，缺乏坚定意志的女人怎能不窒息，不偷欢。

体验过真正的爱情，他似乎能原谅过去了。他终于真正成熟，他开始体会到，性和本能是造化所致，是道之所存，是值得尊重的人性，人类应该顺应自然之力。

放纵带来的快感让他欲罢不能，他再也离不开方霏了，不能和她在一起的每一分钟，他都心神不宁，想念她的一切，想她光滑柔嫩的肌肤，她秀美旺盛的黑发，还有她双目紧闭、嘴唇翕张等待他时的诱人神情。他体验着从未有过的欲望和激情，他们的幽会越来越频繁不加节制。

这个清教徒一般的男人，从一个极端走向了另一个极端，他感到之前的人生都是一种浪费，他被虚伪的教化耽误太久，性爱如此美好，他却一直在愚蠢地克制。

沉沦在深深的欲望海洋里，柳凌志的另外一面被激发出来，那是他自己都没有意识到的另一面：他原来可以这么纵情这么疯癫。在和方霏在一起的时候，他分分秒秒都要搂着她不肯放开，他让她坐在他的腿上，让她倚在他的怀里，就是不让她好好端坐在一旁。吃饭的时候，他不让方霏动手，他搂着她，喂一口方霏喂一口自己；不好酒的他，却也要饮酒助兴，他只给一只酒杯斟酒，自己喝上一口，含在嘴里，再嘴对嘴喂给方霏，趁势深深吻下去。

他创造力惊人地发明各种调情的小把戏，用浓得化不开的甜腻，把方霏调理得温柔似水、意乱情迷，把自己挑逗得热血涌流，欲火焚身，让两人之后的结合更加水乳交融。

他们不再去酒店，方霏那温暖舒适的小小香闺，成了他们的温柔乡，他总是带来大把的鲜花，以及许多其他的物品，装点他们的纵情时刻，方霏的小房子成为四季如春的伊甸园。

他在方霏的书房里，看到了被方霏视若拱璧的那张合影。一切正如方霏在信中所说，他早已进入了她的生活，在这小屋里占据了一席之地。如今他是正神归位，这里是他的另一个家，是他爱的居所，是一想起来就会灵魂飞升的地方。

他在方霏的启发下，努力回忆他们的初见，那在方霏心目中神圣的初见，对他而言只是普通的工作行程，时间太久远了，他实在想不起来。

方霏不得已说出低血糖发作昏倒，被他照顾的细节。

柳凌志这才有了印象。他恍然大悟地凝视着方霏："当时你在我眼里，是个生病的值得关切的青年员工，没想到今天出落得这样美丽，这样让我动心。"

"说真的，你怎么那么懂得照顾人？一眼就看出我是低血糖发作。"

"因为我年轻时也低血糖啊，我与你，从过去到现在，一直同病相怜。"

"我的低血糖好了呢，你还没好吗？我可不跟你同病相怜了哦。"

"低血糖是好了，但现在我们都患了一个新病，现在我们俩得的是——严重的相思病。"他轻轻抵住方霏的额头，方霏才明白他是幽了一默。

"何必一种相思，两处闲愁，我们明明可以日日夜夜守在一起。"方霏不以为然，柳凌志无话可说。

在越来越热烈的情感后面，爱情的何去何从确已无法回避。

两个人相拥而眠的夜晚，真是奇异的美好，方霏蜷缩在柳凌志的怀抱里，仿佛一个胚胎在母亲的体内，又温暖又安全又舒适。度过那么多孤寂的独自入眠的夜晚，对这样寒夜相拥的温暖，要多贪恋有多贪恋。

可是柳凌志总是不久就要起身离去。这样的分别无比残酷，无比需要勇气，是极致的痛苦，是销魂之后的酷刑。

如果能有柳凌志陪伴入眠该有多幸福，就这样裸身相拥，从天黑到天亮。方霏很难压制住这样的奢望，她躺在柳凌志的怀里，听着他心脏的跳动，她说："我真喜欢这样，听你心跳的声音。我不要放你走，我要一直听。"

"傻姑娘，生活不是童话，不能随心所欲，幸福来之不易才格外甜蜜，不要贪求。"

"有什么不能随心所欲的，说得这么玄乎，不就是因为你有个女儿吗？那我也要个孩子，一个你和我的孩子，到时候我看你陪哪个孩子。"

"你就是我的孩子，你是我的宝贝，我疼你都不够，不要更多了。"

方霏用手指划拉他的脸："那你这样搂着我就是乱伦。"

他问她："宝贝，你看过《洛丽塔》吗？"

方霏睁大眼睛，诚实地摇头。

"每个男人心中都有一个洛丽塔，你就是我天真无邪的洛丽塔，是我来生的女儿。"

和一个读书多的男人谈恋爱，真是不容易，情话都不简单，也许另有深意，方霏揣摩他的意思，陷入深深的绝望。女儿是前世的情人，他是说，她这辈子都只能做他的情人吗？

他不过是有个女儿，又不是她的情敌，为什么他一定要把她置于情人的境地？

在童话般的爱情天堂里，他们度过了一个又一个温存而短暂的夜晚。柳凌志总是用强大的意志力，把握着时间，艰难地起身离去，从方霏春意融融的小屋迈入无边的严寒，是难以忍受的冰火两重天。

但这一晚，电话铃声早早响起，在静夜里格外刺耳，打断两人的柔情蜜意，柳凌志起身接电话，方霏替他披上外套。

是女儿催他回家，柳凌志向女儿赔着小心，答应马上回家，他最近越来越晚归，女儿开始情绪反常，外婆也总是满脸不高兴，祖孙俩一定是猜到了什么。

方霏心中有一丝阴霾飘来，属于她的时间一再被挤压，她忍无可忍了。

等他挂掉电话，方霏问："真的就没有别的办法安排好孩子的生活，只能依赖你这个父亲吗？"

"这是我的义务，我是她唯一的监护人，多少要承担一些责任，不能推卸得干干净净。"

"你的义务和我并不矛盾，你不过是不肯为我改变，你不过是心中还念着你的前妻，不想让我代替她的位置。"方霏抗议道。

柳凌志愣了一下，他声音沉闷地说："你别胡思乱想，要相信我对你的感情。"

"可你的所作所为，叫我怎么相信？你的前妻到底是什么样的人啊？为什么她去世了，还能对你有这么大的影响？"

"能不能不要提这个，能不能不要提一个故世的人？"柳凌志语气生硬得可怕。

"那个故世的人并没有退出你的生活啊，你一直让你前妻的父母照顾你的孩子，为什么我却提都不能提？"

"孩子需要他们。"

"我看是你需要他们，你就像一个没断奶的孩子，你离不开你前妻的掌控，她的家人至今替她掌控着你。"方霏爆发了。时间过去这么久，关系也发展到这一步了，柳凌志还是没有松动的意思。多少人都等着看她的笑话呢，她真的沉不住气了。

柳凌志很无奈，方霏近来的表现，就像一个青春期叛逆少女，和他家里的那个青春期小少女一样，满满的攻击性。

不过，方霏确实需要婚姻，她这个年龄，如果总不嫁人，会面临很多压力。她的人生篇章，那为人妻、为人母的一页还未翻开，他享受着她的奉献，却一直没能承担起责任，他确实太过自私。

最好的前半生给了陶闻燕，这残山剩水的后半生，还不舍得交给方霏吗？

两个人浓烈的爱情，让柳凌志心中的坚冰一点点融化。他终于饱含深情地说："宝贝，耐心点好吗？给我一点时间，让我把一些事处理好，我已经打算向你求婚。"

这下倒弄得方霏不好意思了，她问："那你不是要背弃你的原则吗？"

"从现在开始，你就是我至高无上的原则，一切按你的意思办。"

"那好，我会安安静静地等你，原谅我脾气不好。"

对心爱的女人的承诺，让柳凌志在这一刻拥有了强烈的决心，让内心的恐惧见鬼去吧，他要给她一个未来。

第十九章
除旧迎新遇挫

漫长的冬天在持续，这个冬天，方霏没有觉得冷。在柳凌志的承诺换来的和平里，爱情继续着让人热血涌流的温度。

在那些阳光灿烂但朔风凛冽的日子，午间柳凌志带着方霏，把车开到一处空地上，让车头迎向恣意洒下的阳光，把座椅靠背放平躺下午睡。仰望的视角里，光秃秃的树枝愤怒地指向天空，似乎指责寒风吹走它最后一片树叶，而车内被晒得暖暖的，寒冷被完全挡在外面。冬日的天空高远空旷，阳光闪耀着金子一般的光芒，在弧形的玻璃上折出一缕彩虹，收音机里流淌出美妙的音乐，无限的闲适与慵懒涌上心头，意识在阳光下轻盈地蒸发，困意袭来，世界逐渐遥远而模糊，方霏闭上眼不再应答，于是柳凌志停下话头，让方霏枕着他安静入睡。

她趴在他温煦的怀抱里睡得很香，面孔红扑扑的，阳光下透明柔嫩，纤毫毕现，他看得入迷，浑身酸麻了也坚持不动，不惊扰她的甜梦。

醒来后，方霏歉意地说："睡得真舒服，让你受累了。"

"看着你睡很幸福，你睡得那么甜，让我体会到了岁月静好，现世安稳。"

"刚和你在一起时，总是心情激荡，别说白天，就是晚上都常常失眠，现在睡眠奇迹般又好了，你说这种变化是为什么？"

"说明我们的关系升华了，你习惯了和我在一起，你已经是我的亲人，我们是彼此的亲人。"

方霏心里一热，亲人这个词真好听，比恋人、爱人之类的称呼更煽情、更贴心。他用这个词来称呼她，含义深远，打动人心。

隆冬时节，他们小小的天地里，却洋溢着春暖花开的喜悦。

第十九章 除旧迎新遇挫

随着一股西伯利亚寒潮的来临，晴好天气结束了，一场又一场雪飘飘洒洒地落下，滨城被裹在一层薄薄的银装里。

即将迎来春节假期，这个只属于家人的节日，方霏早早地问柳凌志，他会怎么过？

她期望他能趁这个节日，把她带到家人面前，或者，他能陪她一起去看她的家人。他对她做了承诺，但他一直还没有开始行动，喜盈盈的春节不应该是公开恋情的最好时机吗？

可柳凌志反问她怎么过，看来他还没做任何安排，他的意思显然是各过各的。

方霏说，她准备先回临江，然后陪父母到南方的海岛度假，但如果柳凌志需要她陪，她也可以改变计划，留在滨城。

柳凌志默然。春节他会很忙，比上班都忙，因为职务原因，他要参加各种春节慰问团拜活动，他还要领着孩子，父母兄弟各家走一圈，他没有空闲陪方霏。

方霏回临江时，柳凌志送她到车站，他又为她准备了额外的行李，一只带滑轮的大箱子，他说是给她父母准备的春节礼物，他不能公开表达对她父母的敬意，只能假手于她。

"你为什么不便公开表达敬意？你准备这么多礼物，但你知道不知道，你才是他们最想要的大礼？"方霏噘着嘴。

"既是大礼，还得慢慢推出，省得他们一时接受不了。"柳凌志开玩笑。

"我是不是高攀你了，你不肯放低身段应酬我的家人朋友？"

"霏，你别激将我，我会去拜见你父母的，但现在暂时还不是时候，以后一定陪你回娘家，左手一只鸡，右手一只鸭。"他好脾气地哄着她。

方霏虽嫌弃箱子沉，但既然他已备好，她也就带上了。回父母家后她才打开看，皮箱里是各种滨城名产：一小箱酒，这应该是送给父亲的，一条羊毛围巾，这应该是送给母亲的，还有香烟和各色贵重补品，大概是让方霏走亲访友用的。

方霏工作以后，历年给父母亲友表达心意，就是一个简单的红包，这次不辞辛苦带这么丰富的一大箱礼物回来，父母都啧啧赞叹，说女儿终于长大了，更有心了。

方霏心里有了些许温暖，柳凌志人虽不能陪着，他的心倒是随着礼物一起到了。

从来没有一个假期，让方霏感到如此漫长而难熬。在南方艳阳里的方霏，脱去厚厚的冬衣，身体好似变轻了，内心更是空得可怕。她在海边给柳凌志打电话，让他听大海的涛声，可他却无暇浪漫，只是歉意地说他在忙，在参加一场场酬酢，她闲得无聊，每天面对大海坐在沙滩上，一遍遍用手指在沙地上划拉柳凌志的名字，看海浪将它抹去。

留在滨城的柳凌志，热热闹闹忙着他的酬酢，春节可没法闲着，这个中国人最重视的节日，是感情与事业承前启后，继往开来的契机。节日期间高管团队要一起慰问基层值班员工，自己也要走亲访友活动活动。

每年春节的重头戏，是和师兄一起到董事长家拜年，今年董事长和师兄刚刚乔迁了新居，让这相聚又格外喜庆些。

董事长和师兄的新家，是相邻的两幢别墅，这样好地段的别墅可不易得，这都是托师兄的福，是因为师兄有房地产业大佬魏敬亭这么个好姻亲，师兄让魏敬亭在市中心的新建小区里，专门规划了5幢别墅，单独围起，自成一院，这几幢别墅不对外销售，只给几家关系户量身定做，魏家自己留一幢，师兄得一幢，董事长得一幢。考虑到关系户的承受能力，这几幢别墅都是成本价给出。

师兄曾问柳凌志要不要一幢，但柳凌志婉拒了，另两位有头有脸的人物很快得了魏家送的大人情，阖家进驻余下两幢。

在董事长豪华的新居里，热热闹闹的家宴过后，女眷们在一楼的麻将室围桌打麻将，师徒三人到楼上的书房喝茶聊天。

董事长关心地对柳凌志说："凌志啊，也该考虑个人的事了吧，小陶走了一年多了，以前过年小陶都陪着你一起来，这两年你成了一个人，大家都把日子过得热火朝天的，只有你冷冷清清，我看着心里不忍呀。"

"感谢老师关心，我一个人也挺好，除了没人替我陪师娘打牌。"

"师弟怕是眼界高，要找个什么样的新弟妹？要不要师兄帮你在各家银行搞个选美呀？"师兄在一旁开起了玩笑。

"不用，不用。"柳凌志涨红了脸。

老师哈哈大笑："跟你师兄不必客气，他跟各家银行行长都熟，让他帮你在各银行物色物色，挑几个性格好模样好的小姑娘给你选，这个事他很好办嘛。"

"是啊是啊，就在金融系统内挑，等你挑好了，给新弟妹调个轻松的岗位也方便，你工作忙，新弟妹今后就以照顾你为主。"

"调什么岗位，以后就和小陶一样，回家相夫教子。咱通宝银行的副行长，老婆还用得着工作嘛？"

"那更好啦，我还省了以权谋私的嫌疑，哈哈，就这么办，一上班我就张罗新弟妹。"

老师和师兄一唱一和，弄得柳凌志很窘。听师兄这么说，柳凌志当了真："师兄，别，开开玩笑可以，可不能真来。"

"怎么了，师弟，又不是没娶过妻，还不好意思吗？"

"就是啊，你一个大男人，又有这么大一摊事业，生活没人照顾怎么行？"

"我自己想办法找，想办法找。"

"是不是有人了呀？师弟。"

"刚刚有人介绍了一个，打算处处试试。"柳凌志只好有所保留地招认。

师兄又乐了:"老师您看,凌志就是这么不痛快,我们不说起,他还跟我们保密呢。"

"有眉目了我当然会跟老师和师兄报告的,眼下还八字没一撇,还不好正式说起,孩子还小,还得把孩子的思想工作做通了。"

"是要仔细考察,不能草率,不光为孩子,你这身份不比寻常人挑媳妇,要把眼睛擦亮,找个和小陶一样贤惠明理,肯支持你的事业的。"

"这姑娘做什么工作的呀?"师兄好奇地问。

"也是做银行的。"

"噢,哪家银行呢?"

"在北华银行。"

"多大了,做什么岗位?"董事长和师兄你一句我一句查起了户口。

"28岁,是北华一家支行的行长。"

"哟,那还不错嘛,还算年轻有为呀,叫什么名字呀?既是支行行长,任职资格要通过我们局里批,说不定我认识。"

"叫方霏。"

"噢,这个名字倒是没印象。"师兄拧眉思索了一下。

"事业型嘛,我倒不觉得是什么好事,凌志呀,老师不是要泼你冷水,找媳妇嘛,重要的是懂事明理,事业心就是野心,女人有野心可不见得能当好贤内助。"

"老师还是老观念,女子无才便是德。"师兄打哈哈。

"学勤,你别不信,你去帮凌志打听打听,看看人品怎么样。"

"不用了不用了,师兄。"柳凌志连忙阻止:"人品应该还不错,我和她接触过一两次,有一点了解,还扯出点渊源,据说她和师兄的外甥女是好朋友。"

"哦,和我家文玉是好朋友吗?那应该错不了,我那外甥女儿不会瞎交朋友。"

"你这是找了个你师兄的小辈下手呀。"

"哈哈哈。"老师和师兄齐声大笑,柳凌志也赔着笑,想着方霏的可爱模样,心里也觉喜悦。

此番被逼招供,倒也正是时候,他们的感情也该要昭告天下了,再藏着也不合适。前不久在方霏的小区,碰到了部下,那家伙一看就是个嘴快的人,见过他和方霏在一起,说不定会到处传播,与其让别人传得满城风雨,不如自己大大方方公开。

方霏住的红岭小区,是处于金融街中心的小户型住区,很多年青金融职工就近住在这个小区,那天他停车时,有一对年轻夫妇从他车旁走过。他下车关车门,年轻男子回头看了一眼,停住了脚步。

柳凌志迈步向前,正要与他们擦肩而过时,男子盯着柳凌志,结结巴巴地说:"柳、柳、柳行长,是您啊,我还有点不敢认,您、您、您住这里吗?"

柳凌志一愣,男子的模样看起来眼熟,他猜测是通宝银行的员工。员工们全都认识他,他认识的却不多。

男子看他的表情，连忙自我介绍："您不记得我了，我是滨西支行的鲁中秋，我常找您签字。"果然，是下属支行的职工。

　　"啊，我记起你了。"柳凌志应道，他拎着购物袋，一副居家男人的样子，很不愿意此时遇见下属，既然已被认出，不得已打个招呼就要走，鲁中秋却热情地上前要帮他拎手中的袋子。

　　柳凌志客气地拒绝："啊，不用不用，我马上就到了。"

　　鲁中秋看看他手中的购物袋，问："柳行长住这里吗？"

　　"我不住这里，我是来看一个朋友。"

　　他又举步向前，夫妻俩与他方向一致，伴着他一起走，"您的朋友住哪一幢呢？"鲁中秋边走边热情地问个没完没了。

　　"住3幢。"

　　"啊，真巧，我们也是去3幢。"

　　柳凌志无法摆脱他们，只好有一搭没一搭地闲聊："你们是住这里吗？"

　　"我们也不住这里，但我们在这里有两套房子，出租给了别人，我们只是过来打理打理，能碰到您真巧。"柳凌志一问，鲁中秋就受宠若惊地竹筒豆子往外倒。

　　柳凌志淡淡地笑着说："看不出来，你们这么年轻，有这么多房子。身家不菲呀。"

　　"都是贷款买的、贷款买的，买来投资。柳行长您是专家，您又不是不知道，咱们小老百姓想致富，就只有投资房子这一条道，房子增值快，只需要付一点首付，买了租出去，房租差不多够还贷，过不了两三年，房价翻番，就赚了。"

　　"你不愧是干银行的啊，懂得利用杠杆，用小资金撬动大投资。又要筹首付，又要还贷款，压力还是挺大吧。"

　　鲁中秋嘿嘿笑："是压力大，先做房奴，等着翻身，很快的，头两年扛点压力，很快就缓过劲儿了，等房子涨价了，随便卖一套，压力就解决了。剩下的房子留着，又升值又收租，日子就好过了。我身边的亲戚朋友都是这么干的，现在谁不投资几套房？"

　　"我就没有几套房，我就一套房子，一份工资，养家糊口足矣，没想过投资房产。"

　　鲁中秋忙拍马屁："柳行长是做大事业的人，是银行家，多的是投资渠道，不做咱们这点小投机。"

　　聊着聊着，方霏的楼层到了，电梯一开，方霏等在电梯口迎接，柳凌志匆忙道再见，鲁中秋看了看方霏，还要最后找补两句："柳行长，碰到您太巧了，可惜我们不住这儿，要不可以请您到家里坐坐，真是太遗憾了。"

　　柳凌志摆摆手："不客气不客气，我走了。"

春节假期结束，柳凌志来车站迎接回滨城的方霏，方霏是万般思念和委屈。

柳凌志心疼了，虽然新年伊始，非常忙碌，但他依然说："我安排一下，明天陪你去爬山赏雪，山上积雪厚些，大概还没有化。"

想方设法挤出半天的空闲，柳凌志来接了方霏去郊外。白雪覆盖的寂寂山林里，他们比赛看谁先登上山顶，方霏身轻如燕地跑在前面，领先一步的她高兴得咯咯直笑，银铃般的笑声在树林里回荡，虽然雪已经落下几天了，但由于人迹罕至，地上依然是洁白的一块雪毯，和市区被碾压踩踏、已经一片狼藉的残雪比起来，山上格外干净圣洁，他们一步一滑地奔跑着，挥动的双手碰到树枝，树枝上的积雪簌簌落在他们头顶，山林里留下两串清晰的脚印。

跑在前面的方霏，顽皮地踩出一圈脚印的迷魂阵，然后躲到一块大石头后面，柳凌志追上来，却半天找不到她，他着急地喊："霏儿，霏儿，你在哪？"

在柳凌志急切的呼唤声中，方霏从躲藏的地方出来了，眼中雾气蒙蒙地看着柳凌志："你知道吗？你这样叫我，让我想起小时候，爸爸喊我回家吃饭。"

杜拉斯说："一切都源自童年。无休无止的童年。"

方霏孤寂的童年，父母分居两地，各自忙于工作，只能把她寄养在外婆家。还没成家的舅舅总是脸色阴郁，年幼的方霏敏感地觉得舅舅不喜欢她，小小年纪的她，觉得自己爸妈不疼，舅舅不爱，真是个包袱。外公外婆老了，迟钝了，顾不上方霏的情感需求，方霏的心事都只能埋在心里。母亲每次来看她，总是行色匆匆，还没和母亲从陌生变得熟悉，又面临分别。印象中的童年，一开始见到母亲时怯生生的不肯靠近，总是在母亲要走的那一刻，才突然醒悟，哭着追赶母亲。乡间小道上，小小的人儿跌跌撞撞地追赶着母亲渐行渐远的背影，内心总是被失望充满。

她需要很多的爱，来弥补童年的亏欠。

结束了雪地里的嬉闹，柳凌志把方霏带回车上，替她脱下被融化的雪水浸湿的鞋袜，把那双冰冷的脚擦了擦，不由分说地塞进自己上衣的下摆里，用体温去温暖她的双脚。方霏有些不好意思，泥水浸透鞋面，脚丫子又湿又脏，方霏想要抽回脚去，但柳凌志定定地看着她，目光里是不容拒绝的坚持，方霏顺从地接受了。

周末，方霏要参加分行的会议，会场设在郊外的度假山庄。

周五下午，参会人员集体乘车来到了山庄，用过晚饭，同事们聚在一起娱乐娱乐。方霏兴味索然，热恋中的人跟恋人之外的任何人待在一起，都觉得没意思。方霏早早回房洗漱准备就寝，很惆怅这个周末因为开会不能和柳凌志共度。

桌上的手机突然响了，方霏一看来电显示，居然是柳凌志打来的，她正在想他，他就有电话来，太心有灵犀了！她惊喜地接起来，柳凌志故作平淡的声音传来："霏儿，想我吗？"

方霏老老实实地回答："想！"

"那你到院子外面去,去看看郊外的星空,看看星星像不像我想你的眼睛。"

"可是,这么晚,一个人出去又冷又害怕。"

"别怕,星星眨巴着眼等着你呢,你出院门左拐,会有惊喜。"

"真的吗?是你来了吗?"方霏又高兴又难以置信。

"是的,我来了,我追随着你来了,你不在我身边,我都丢了魂了,天一黑特别想你,与其一个人待着,不如来看你,干脆飞车过来了。"柳凌志不知不觉也传染上了方霏的任性稚气。

方霏手忙脚乱地把外出的衣服重新又一件件穿上,拢起头发,蹬上鞋子,轻手轻脚地下了楼,夜已深,同事们都闭门不出,她一个人出去好奇怪。

按柳凌志的指引,方霏出院门,左拐,在相邻的大楼前,如洗的星空下,方霏看到了柳凌志的车,还有玉树临风立在车旁的他。

方霏飞身扑到他怀里,把头靠在他胸前,听她最爱听的心跳声。

柳凌志温存地附在方霏耳边说:"知道吗?我太想早点见到你,把车开得飞快,这么远的路,我只花了一个小时。"

方霏嗔怪地说:"那么急干吗,安全第一。"

"没办法,只想早点见到你,其他的都抛在脑后了。你呀,你就是那武功高强的天山童姥,把我多年修炼的内力和定力都给废了。"

"今天怎么可以深夜外出?"

"今天我外甥女来了,她留宿在我家,可以替我陪女儿。"

"真不容易啊,责任重大的老爹。"

四野一片宁静,连虫鸣都没有一声。柳凌志缠缠绵绵地说:"我不走了,我要翻墙入室,今晚留宿在此。"

方霏怅然地说:"谁让你不力争当家属,当上家属,你可以堂而皇之地来陪我,堂而皇之地留宿。"

"我在努力了,霏。"

絮絮叨叨地说些情话,时间过得飞快,眨眼已是两个小时过去。柳凌志无可奈何地说:"霏儿,我得放你回去了,太晚了,得让你回去休息。"

方霏也没有坚持,确实是太晚了,柳凌志还要回家,这荒郊野外的,太晚了行车不安全。

方霏一步三回头地进了院子,看到柳凌志的车头灯划破黑暗,消失在远方,为了这深夜的短暂幽会,他要一来一去独自奔波两三个小时。

所谓"向来痴,从此醉。"指的就是柳凌志这样的男人吧,他那友善亲和的性情,对一个普通人都能怀着仁爱之心,遇到心爱的人,更是爱如潮涌。

柳凌志的心结被满满的爱意冲开,他越来越狂热,方霏享受着被柳凌志极尽宠爱的滋味,对未来乐观自信。柳凌志是毋庸置疑的完美恋人,他像珊瑚林立的幽深海底，像云遮雾绕的奇峰秀壑，在深入地了解之后，会发现在瑰丽动人的景色之下，还藏着发掘不尽的奇珍异宝。

对自己完美的爱情，方霏颇有些自鸣得意。苏文玉说事业有成的男人不会是好的恋人，但她的柳凌志却是例外。

柳凌志积极地准备迎接新生活。他告诉方霏，他会尽快让前妻的家人退出他的生活，然后，创造机会让方霏和女儿接触，培养感情，开始三个人的共同生活。

让前妻的父母退出他的生活，已经势在必行了，不仅方霏有意见，而且，他约会频繁，常常晚归，陪女儿越来越少，孩子的外婆越来越不满了，她自己不方便干涉前女婿，她就教唆孩子。

只要柳凌志晚归，女儿柳叶就等着他，不肯先睡。

柳凌志头一次发现女儿在等晚归的他时，内疚又心疼，他说："柳叶，你还是和以前一样，按你的作息时间先睡，不要等爸爸，你在长身体，不能睡太晚，外婆等着爸爸就行了。"

"可是我要是先睡，你就没什么可惦记的，更要晚回家了。"

"谁说的，爸爸始终惦记着你，但是爸爸在外面有事，不是想几点回就可以几点回，你不睡，既影响自己的身体又影响爸爸。"

"外婆说我要是懂事，就熬着不睡。"

柳凌志很气恼，这是拿孩子当人质，以牺牲孩子的身体为代价来干涉他的生活吗？

柳叶在这样的灌输下，对爸爸的一举一动很敏感。偶尔他在家陪柳叶时，只要有人给他打电话，柳叶就用黑亮的眼睛一直盯着他。

好在他接电话总是很干脆，几句话说完收线，可是柳叶仍然会生气，说爸爸陪她时尽接电话。

他摸摸柳叶的脸："管爸爸可真严，爸爸有工作要处理，接接电话也不行吗？"

"爸爸不是处理工作，爸爸是交了女朋友。爸爸以前说不结婚，不给我找后妈，是在骗我。"

柳凌志大惊："又是外婆告诉你的？"

柳叶点点头："是的，外婆说，爸爸现在不管我，是被女人勾走了魂，爸爸很快就会又结婚，我就会有后妈。后妈不会让外婆再来照顾我，我以后再见不到外婆了，外婆会想死我的。是真的吗，爸爸？你答应过不给我找后妈的。"

"唔，柳叶，后妈暂时不会有，不过关于外婆要不要继续照顾你的事，爸爸还真要和你商量一下，你看外婆老了，每天照顾你会累坏她的，你爱外婆，就要心疼她，爸爸可以请个保姆来照顾你的生活，你以后想外婆了随时可以去看她，反正她就住在咱们小区，方便极了，你看这样好不好？"

"我不要保姆,我要外婆照顾我。"柳叶回答得斩钉截铁。

柳凌志还想努力:"柳叶,你是个懂事的孩子,你看爸爸这么认真和你商量,你就不能考虑考虑吗?"

"什么叫懂事,同意你给我找保姆,然后再同意你给我找后妈,这就是懂事对吗?我不要懂事,你找了保姆,找了后妈,以后外婆外公、小姨,他们都不能来看我了,我会想他们,而且后妈还会虐待我,我不要!你答应过不给我找后妈的,你说话要算数。"柳叶大叫,一点都不上当。

柳凌志很生气,这大约又是外婆教的,给孩子灌输这些思想,不是让孩子更加情绪紧张,更不安吗?

他决定快刀斩乱麻,先不管柳叶怎么想,先请个保姆代替柳叶外婆,斩断柳叶负面思想的来源,柳叶慢慢习惯了就好了。这是他的家,他还不能决定这个家的事吗?

几乎没管过家事的柳凌志,开始操心雇佣保姆。他让司机帮他物色,但找个合适的保姆还真不太容易,不能太年轻,也不能太老,要有起码的文化素养,要能和柳叶沟通,还要厨艺好,毕竟柳叶的生活差不多全要托给保姆呢。

找了好长时间,终于找到一个差强人意的保姆,柳凌志将保姆带回家的那天,对柳叶外婆介绍:"柳叶外婆,这是我请来照顾柳叶的阿姨,您帮我照顾柳叶一年多,实在是辛苦了,以后家务事和照顾柳叶都交给阿姨,您也该享享清福了,我会让柳叶时不时去看您和她外公的。"

柳凌志话说得尽量委婉,老太太却不买账,她瞪了保姆一眼,转身到陶闻燕的遗像前抹起了眼泪:"我可怜的儿啊,你走了,这个家容不得我了呀,我想照顾叶儿,照顾你留下的一点骨血,都没资格了呀。"

正在吃晚饭的柳叶也气鼓鼓地扔下吃了一半的饭,转身回自己房间,把门狠狠关上,"轰"的一声。整栋楼都能听见的巨响。

保姆尴尬地木立一旁,手脚都没处放。她胆怯地说:"东家,要不然,我就走吧,您家里不缺人照顾娃。"

柳凌志摆摆手:"你不用走,你不用在乎谁的态度,这是我的家,你按我说的办就行了。"他把客房指给保姆:"那间以后就是你的房间,你把你的东西放进去,今晚就住下来。"

保姆拎着包进了房,老外婆抹着泪出门回家了。

看着老人的背影,柳凌志有点于心不忍,但他没有办法,阵痛是必然会有的。前妻去世时他瞻前顾后,没有及时斩断与她娘家的联系,等于养痈遗患,老外婆坐镇他家,竭力维持她女儿在世的样子,陶闻燕的生活照不让收,遗像要摆在显眼处,还时不时带着柳叶追忆母亲,弄得孩子凄苦。

外婆以后不来了,他再给方霏编个身份,让她和柳叶在一起玩耍,培养感情后,再和柳叶商量爸爸再婚的事,只要后妈能和她相处好,她会讲道理的。

次日早起,他带着保姆一起送柳叶上学,柳叶仍然气鼓鼓地一言不发,柳凌志也没有去哄她,只是平心静气地让保姆记住从家到学校的路,下午放学,她要准时到校门口接柳叶。

保姆很勉强地答应着,昨晚她翻来覆去睡不着,想辞工,但男主人气势威严,她不敢开口,她决定试几天工再说。

看着柳叶进了校门,柳凌志让保姆自己回家,他去上班了。

下午,他细心地打电话催保姆去接柳叶,保姆说她怕误事,老早就到学校门口候着了,柳凌志听了很宽慰,这个保姆还不错,有责任心。

但是没过多久,手机铃声"叮零零"地响起来,是保姆打过来的。

他马上接听,保姆语无伦次,在电话那头急得要哭了。她说:"东家,小姐不见了,我一直守在门口接她都没接到,她让同学给我送来一张纸条,说她已经走了。她不愿意让我接,躲着我偷偷跑掉了。"

柳凌志惊跳起来,急忙叫司机备车赶往学校,在路上他给女儿的班主任袁老师打电话。

他赶到时,袁老师和保姆一起焦急地等着他。

保姆一见面就紧张地说:"东家,对不起,我把小姐接漏了,但我实在是没办法,一放学,好多娃娃们一起往外挤,我眼睛睁得圆圆的,也没看到小姐。"

柳凌志温和地安慰她:"这不怪你,是孩子故意要作怪。你先回家吧,我和老师会找到她的。"

他急忙转向袁老师:"袁老师,不好意思给您添麻烦了,您觉得柳叶她最有可能去哪里?"

袁老师是个经验丰富的班主任,从一年级起就带着柳叶她们班,对孩子们都十分了解,柳叶曾向爸爸妈妈描绘过她的袁老师,她说袁老师可神啦,她就像全身都长着眼睛一样,同学们想了什么,做了什么,她全知道。

现在,柳凌志满怀期望地看着这位什么都知道的袁老师。

袁老师说:"具体柳叶会去哪里,我不知道,但以我和孩子们打交道的经验,女生最有可能是去某个同学家借住几天,有些同学父母总不在家,家里只有老人或保姆照看,老人和保姆通常不会管吃饱穿暖之外的事,带同学回家不会有人过问。"

柳凌志连忙说:"那,我们挨个打电话问问班上的同学。"

袁老师点点头:"试试吧。"她掏出通讯录,他们只打女生家的电话,柳叶不可能借住到男生家去。这样范围缩小很多。

从父母无暇多管的女同学开始打,才打了几个电话,就有孩子老老实实招了,正如袁老师猜测的。班上一个叫王润冰的女生，父母出国了，一走好几个月，只有保姆陪着她，王润冰天天嚷着要拉同学们去她家的大别墅里开PARTY，这不，柳叶就投奔她去了。

柳凌志请袁老师上车，让司机火速开往王润冰家。

王润冰家坐落在一片高档别墅区里，车子穿行过一处处别墅小院，终于找到王家那栋别墅，一下车就听到女孩的欢笑声，从修剪得整整齐齐的树篱上看进去，两个孩子正在院子里弓着背猫着腰，呼唤钻到花丛中的小狗。

柳凌志隔着院门喊："柳叶。"

柳叶抬起头来，看到爸爸和袁老师，小脸立刻晴转阴，噘起了小嘴。

王润冰连忙跑来开门，礼貌地把他们迎进去。

进门前，袁老师压低声音说："别批评孩子，只能晓之以理。"柳凌志点点头。

他们进了院子，袁老师一手一个搂着王润冰和柳叶的肩："王润冰，一个人孤单吧，所以叫柳叶来陪你对吧？"

王润冰点点头，袁老师又对柳叶说："柳叶，你关心同学，老师和家长都会支持，但你们是家里的宝贝，不回家要打招呼哟，要不然家长会担心的。"

柳叶气鼓鼓地说："我爸爸才不担心我，他要把我交给陌生人，我不要回家，我不要和陌生人在一起，我要外婆。"

柳凌志说："叶儿，外婆老了，她没法照顾你一辈子。"

"反正我就是要外婆。"

袁老师打圆场说："好啦，柳叶，先跟爸爸回家吧，今天可把你爸急坏啦，你要体谅你爸爸。老师常常教育你们要懂得感恩，要理解父母的不易，有想法可以和爸爸好好商量，赌气可不能解决问题哟。"

柳叶不吭声，也没有动，王润冰看看柳叶，说："柳爸爸，让柳叶今晚就住我家吧，一个晚上，就一个晚上，明天早上我和她一起上学，下午放学她就回家好吗？我们要一起讨论功课呢，还有，我们家有家庭影院，我们要看原声电影学英语呢，还有，柳叶特喜欢小狗，可是你不让她养小狗，就让她玩玩我的小狗吧。"

柳凌志和袁老师互相看了一眼，柳凌志让步说："这样，你们可以一起讨论功课，看电影，玩小狗，但是，到晚上九点，柳叶必须回家。我和老师现在先离开，九点钟爸爸来接你。"

王润冰和柳叶互相看一眼，两个孩子终于点头，同意了柳凌志的提议。

柳凌志和袁老师离开了，他坚持要请袁老师吃晚饭，再送袁老师回家。袁老师沉吟了一下，说："也行，我也有事想和您聊聊。"

在王润冰家附近的餐厅里，柳凌志要了间包房，司机安排好菜，退到外边单独用餐，袁老师就开口了："柳叶爸爸，本来我已打算请您到学校来，聊聊柳叶最近的表现，今天正好，这事也不能拖下去了，我得把柳叶的一些变化告诉您。"

柳凌志眉头紧锁，认真听着。

"柳叶爸爸，我知道您和柳叶都不容易，去年那场不幸的事故后，她好长时间都状态不好，老师们都对她特别的关注。今年她终于好多了，我们都松了口气，但是最近，柳叶又开始情绪低落，注意力不集中，作业完成情况不理想，成绩有所下滑。我无意中看到她最近和同学的谈话，暴露了一些她的心理波动信息，她是女孩子，天生敏感，又经历了不幸，心理比较脆弱，所以我及时向您通报她的情况，希望家校配合，共同关注孩子的情绪，适时加以引导。"

柳凌志紧张地问："她和同学说了些什么？"

"我在巡视教室时，捡到她和同学交流的小纸条，喏，我带着呢，您看看。"

纸条上两个孩子的笔谈，密密麻麻的小字，你一句我一句地排列着，大概是上课时开小差写的。

最上面一句是同学发问："老柳，你怎么了？课间对喻子轩那么凶。"

柳叶秀气的笔迹回答："唉，烦着呢，他还惹我。"

"烦什么呀？你可是一个欢脱的射手座。"

"还欢脱呢，我连死的心都有了。"

"？？？"

"我爸要给我找后妈了，我该怎么办呀？"

"怎么办，凉拌。你看咱班朱大肠，他爸跟他妈离婚，给他找了后妈，他比从前还快活些，他爸成天忙着哄他后妈，没空管他，他一捣蛋他爸就给零花钱收买他。"

"他是他，我是我，我可接受不了。"

"唉，也是，我如果摊上这事，也接受不了。"

"我爸要是敢把后妈领回家，我就再也不回家了。"

"那你上哪儿去。"

"我浪迹天涯！"

柳凌志看完纸条冷汗涔涔，他抱歉地对袁老师说："对不起，袁老师，让孩子担心害怕，是我的失职，谢谢您这么细心，关注到孩子的一举一动，我会好好和她谈心，帮她解开心结。"

袁老师点点头："柳叶爸爸，我知道您工作忙，又是一个人照顾柳叶，有顾不过来的地方很正常，您也不用太担心柳叶，只要方式得法，她很快就能忘掉不愉快。孩子都是没心没肺的，他们遇到一点事就好像难过得不得了，违反课堂纪律写小纸条，可是一下课就争先恐后地跑出去玩，什么伤心事都抛在脑后，纸条被刮在地上也注意不到，我常常捡到这样的小纸条。"袁老师笑了，所谓的明察秋毫，其实是孩子们太马大哈。

吃完饭，送袁老师回了家，柳凌志返回去接柳叶。柳叶乖乖和王润冰告别，跟着爸爸回家。

回到家,家里黑黢黢的,空无一人,保姆不知去哪了,柳凌志打开灯,餐桌上摆着做好的饭菜,已经凉了,饭桌上还留着一张纸条,上面压着一串钥匙。

柳凌志展开纸条,纸条上是保姆的留言:"东家,我不做了,小姐不喜欢我,我带不好她,责任太大,我走了,这一天的工资我也不要了,我只拿走了我的东西,我没动您家东西。"

柳凌志叹口气,好不容易请的保姆没待一天就被吓走了,他太低估女儿了,以为她还小,只要自己强硬一点,柳叶就会乖乖听话,但柳叶一招就让他败下阵来。

保姆走了,他和女儿的生活还得有个可以依赖的人。他们没人照顾无法生存,他常要加班,要出差,他照顾不了柳叶的日常。

柳叶挑衅地看着他的一举一动,似乎等爸爸批评她,柳凌志却平静地放下纸条,和颜悦色地对柳叶说:"你胜利了,去跟外婆打电话,明天还是让她来照顾你吧。"

没有父母斗得过儿女,他不必去挑战这个真理了,柳叶虽然还小,但她聪明,懂得挟爱自重,太优越的生活条件多少也惯坏了她,她被宠得像个小公主,耍起刁蛮来颇有一套。

斗不过孩子,他还得主动与她修复关系,柳叶在纸条上说死的心都有了,让柳凌志不寒而栗,她这样的懵懂孩子哪知道生死的含义,他可不敢刺激她,还得和她保持良好沟通。

这第一次清理门户的行动,就这样失败了。柳凌志后悔不该早早把行动计划告诉方霏,一向不是板上钉钉的事,他不轻易承诺,但他这次太急于向方霏证明他的诚意,结果偏偏兑不了现,方霏必然没好气。

第二十章
父母家人作梗

柳凌志的失败方霏还无从知晓，她一心在等他的好消息。

周桂琴打来电话，不像往常轻松愉快的语气，而是惊慌失措地说："方妹子，杨礼斌出事了。"

方霏惊问："他出了什么事？"

"他被反贪局逮起来了，三两句说不清，我们见面谈吧，我马上到你办公室来。"

方霏不安地等周桂琴，她火速来了，两个人关门密谈。

周桂琴一脸遗憾地说："老杨这人啊，什么都好，豪爽仗义，为朋友最肯两肋插刀，唯一的毛病就是太怜香惜玉，容易招惹女人。老杨结婚四次，离婚三次，还在处处留情。最近，他又被一个小姑娘缠上了，他人好，又有钱，小姑娘好不容易搭上他这样的，就缠住不放，也不讲什么章法，沾上他的身，就去找他老婆谈判，要老杨老婆给她腾位子。老杨老婆这个气，她这些年替老杨操持家不容易，三个前妻都没嫁人，都靠老杨供养，五个同父异母的孩子，老杨都要硬捏在一起生活，老杨还总是这花那朵的，她都睁一只眼闭一只眼忍过去了。这回这姑娘找上门来，老杨老婆真的毛了，一怒之下提出离婚，没想到老杨也不示弱，哄都不肯哄一下老婆，说什么来者不拒，去者不惜，当即同意离婚。"

"那没事啊，一个要离，一个同意离，好和好散不就行了吗。"

周桂琴笑笑："妹妹你太天真。老杨老婆哪里真想离婚，她只是要将老杨一军，让老杨以后收敛些，老杨这么不在乎，是她没想到的。她跟老杨也快十年了，怎么舍得离婚，老杨二话不说同意离婚，气得她要死要活的，自己说出要离婚，又不好收回，她只好刁难老杨，提出要多分财产。"

"老杨为人豪爽，又是跟了他十年的老婆，夫妻共同财产也有她的份，多分点没问题吧。"

"老杨老婆可不是要一点，她是狮子大开口，她要公司的一半，而且都要现金，这怎么可能呢，就是老杨把公司清盘了，也不可能有多少现金呀，这女人完全不懂账面资产和现金资金是两回事嘛。这几年大环境不好，老杨维持公司也不容易，都是银行借的钱在打转。再说老杨家庭关系复杂，几个成年的孩子都在参与公司事务，也不能同意给她太多钱。"

方霏点点头："也是。"

"这个蠢婆娘，一看老杨同意离婚很爽快，给钱却不爽快，巴心巴肝侍候着的几个继子也一齐跟她翻脸，她一怒之下，认定老杨父子几个联手欺负她，要让她人财两空，她竟然给公检法写信，告老杨行贿。她这一窝里反，还提供了证据，老杨马上被逮起来了。"

方霏诧异说："告倒老杨，于她有什么好处呢？老杨平安无事的话，即使和她离了婚，多少也会照顾她的，即使不为老杨考虑，也要为她和老杨的儿子考虑啊，老杨倒了，她的儿子还小，没有爸爸照顾，不凄惶吗？他们是一荣俱荣，一损俱损的关系呀。"

"是啊，老杨前面的几个老婆，只要没有再婚，老杨都一直照顾着，这些情况这女人都知道，谁知道她是怎么想的，要么是气糊涂了，要么是蠢得有点厉害。"

方霏和周桂琴相对叹息，杨礼斌那个兴旺和睦的家，没想到这么快就分崩离析了，曾经的夫妻恩爱，像一座华丽的纸房子，被一个外人一推就倒了，真是可悲可叹。

她们俩都没太多时间为老杨感叹伤怀，老杨这一出事，给她俩都带来了麻烦。周桂琴讲完前因后果，就问杨礼斌在金宝支行的账户资金情况，听方霏说账上没留存什么钱，她就急着要走，说要去找关系，替杨礼斌想点办法，争取把杨礼斌捞出来。她的公司和杨礼斌有业务往来，杨礼斌欠她款项，他不出来，她的利益也面临重大损失。

周桂琴一走，方霏立刻叫来郭慕侠和夏桐瑶，杨礼斌的公司在金宝支行有贷款，方霏当了行长后不能亲自经办，交给了夏桐瑶经办。为了保证银行资产安全，出现这种紧急状况，他们三个人需要商量一下如何避险。商量来商量去，觉得申请冻结资产，处置抵押物都还不是时候，太仓促去干这些事，就等于落井下石，只要他们一动，别的债权人会争先恐后地跟风仿效，他们就成了加速杨礼斌公司破产的推手，同时会加大自身债权的回收难度。

多年合作，杨礼斌诚实守信，方霏狠不下这个心，说不定杨礼斌隔几天就出来，事情就有转机了。

郭慕侠看方霏犹豫，说："这样吧，我去找人打听一下，看杨礼斌出得来出不来。"

"好，如果杨礼斌很快就能出来，短时间内对公司经营不会有太大影响，我们的贷款也不会有什么问题。如果他一时出不来，我们就适时采取措施，不让别的债权人抢在我们前头。"

开完会，夏桐瑶就出去了，她早就约好了余丽娅一起午饭，夏桐瑶来到约定的地方，余丽娅已点好菜等着她。

夏桐瑶说："不好意思，来晚了，忙死了。"

"忙什么呢？"

"正要出来，方霏临时召开紧急会议，走不脱身。"想到自己经办的贷款可能会有风险，夏桐瑶心情郁闷。

"什么事要紧急开会？"

夏桐瑶皱着眉："唉，大麻烦，客户出问题了。"

在余丽娅的追问下，她把杨礼斌出事的消息，一五一十告诉了余丽娅。

余丽娅不动声色地问："这个客户是你开发的吗？"

夏桐瑶摇摇头："不是，这个客户是方霏的老客户，和方霏合作很多年，我刚来银行时，没有业务做，方霏照顾我，把这个客户分给我做。"

余丽娅眼睛亮了，真是踏破铁鞋无觅处，得来全不费功夫，击败方霏的机会来了。

自从分行传出风声，要提拔一名支行行长当总监，余丽娅一直在加紧活动，决定这事的关键人是分行一把手和罗若兰。她发动的社会关系，找了各路人马给一把手打招呼，但一把手从总行派来，也不知他是不在乎本地的各路关系，还是找的人不够给力，打的招呼都如石沉大海，想去巴结罗若兰，又顾虑她和方霏的渊源，怕弄巧成拙。

余丽娅心里着急上火好一段时间了，当初要么不动这个心思，动了心思就要成功，因为每一步行动都是有成本的，行动到后来，成本越来越高，她只是工薪阶层，把家庭积蓄都用在跑官的无底洞上，她像孤注一掷的赌徒，满心期望赢了扳本。

但方霏的优势还是难以撼动，方霏业绩突出，分行一把手欣赏她，大会小会表扬她，方霏一直跟着罗若兰，罗若兰的一票肯定也会投给她，方霏还傍上了通宝银行的柳副行长，银行高管之间都相熟，柳行长如果出面和北华银行高管打招呼，她怕是无力抗衡。

余丽娅几乎绝望了，她苦苦思索反败为胜的办法，没想到今天来个送上门的机会。

她装作不经意地与夏桐瑶继续聊杨礼斌的事，她问杨礼斌与方霏的关系好到什么地步？方霏与杨礼斌见面，带不带夏桐瑶一起？他们合作些什么业务？

她问得这么详细，夏桐瑶感到奇怪，她说："尽聊别人这些破事干吗？我们难得一起吃饭，聊点开心的吧。"

余丽娅轻描淡写地说："还不是替你和方霏担心。你是贷款经办人，贷款收不回你有责任的，杨礼斌是因为行贿被抓，方霏那么贪，连你们的费用都克扣，你说她会不会也找客户拿好处？"

夏桐瑶张口结舌，瞪着余丽娅说："这，这，这话可不能瞎说。"

杨礼斌出事的消息让方霏感到了紧张，也切身体验到了从事金融工作的风险。过去有不少优秀的同事，本来业务做得顺风顺水，可是，突然出一笔不良贷款，就要下岗专职清收，职务一抹到底，收入也要扣罚，职业生涯从此毁了，她可不能让杨礼斌的贷款出娄子。

支行内部大家都很年轻，没有经历过经济周期的考验，没有处理突发事件的经验，做业务时风风火火，面对麻烦就显出了稚嫩。方霏开完三人会议后，心里不踏实，还想找柳凌志讨点主意。

她给柳凌志打电话："我们有个客户出了点事，贷款可能面临风险，有什么好办法预防事态恶化吗？"

"噢，金额大吗？客户出了什么事呢？"柳凌志关心地问。

"金额不算小，三千万呢，客户的事儿也有点严重，法定代表人被司法机关扣押了，不知道要关多久，我们得不到信息，不知道怎么行动合适。"

"这事你要按流程向上级报告，这是第一要务，遇到风险隐瞒不报，或是迟报缓报，都会错上加错。上报后，可以得到分行专业部门帮助，比如法律部门，他们与司法机关有联系渠道，他们也许能获得信息，比如风险部门，他们有专业的处理办法。总之这是件大事，需要依靠组织。"

"我担心上报后，分行不讲情面，立刻采取措施，对客户的资产查封冻结，引起不必要的恐慌，引得其他债权人一窝蜂跟上，结果墙倒众人推，小事酿成大事，公司就毁了。我们收回债权也会增加很多麻烦，无异于杀鸡取卵。我想先稳一稳，我们反正有抵押物，可以观望一下，也许公司法定代表人很快就放出来了，公司有惊无险，我们的债权也能正常归还。不过这样做我要承担的责任确实很大，我现在左右为难，我们能见面聊聊吗？要不然，下班后，你去我那儿？"

瞬间的沉默后，柳凌志有些难以启齿地说："霏儿，今晚我去不了，柳叶外公病了，柳叶外婆要照顾她外公，我得早点回家接她的班。"

"你不是说请好了保姆吗？怎么还要跟她外婆轮着照顾孩子？"方霏果然没好气。

柳凌志只好把柳叶闹事，保姆被挤走，柳叶外婆重新入驻的情况告诉了方霏。

业务出了事，方霏心情已经很不好，听到这件事，不由更生气。

"你是怎么回事，一个老太太，一个小女孩，你一个大男人就被她们摆弄得团团转？"

"正因为她们一老一小,我更没有招,道理讲不通。"

方霏喃喃地说:"是的,是的,我明白,我一直都明白,你惹不起她们,你唯一就是不怕我伤心。她们都对你拥有很多权利,而我,我只有等待的义务。"

柳凌志难受了:"别这样,霏儿,我一直在努力,但情况确实难办,我需要时间。"

"可是,你还能怎么努力呢?你忙了这么多天,什么都没能改变啊,你根本没有解决问题的决心。"

"我能怎么显示决心?"

"你应该明确告诉她们,要么柳叶跟你一起生活,请保姆照顾她;要么让她和她外婆外公一起生活,你得有自己的人生。"

"后面这一条我的确做不到,柳叶是我唯一的女儿,她尚未成年,我不能不和她一起生活,我不能让她觉得,爸爸为了年轻的后妈,就不要她了。我怕对孩子内疚一辈子。"

"那这么说来,你能放弃的只有我了,你和前妻的家人纠缠不清,任由他们在你的屋子里进进出出,任由他们控制你的生活,一个保姆都进不了你家的门,还有哪个女人能进得去你家那个堡垒呢?"

柳凌志无言以对,他在电话那头一筹莫展地沉默,方霏闷闷地说:"或者,我应该明白,你并不像你说的那么爱我,你那些承诺都算不得数对吗?"

"是的。"柳凌志沮丧之下发生口误,刚说完,他马上意识到错了,急忙否认:"不不不,不是这个意思。霏儿,我……"

方霏已经黯然挂掉了电话,柳凌志的口误,她认为是他内心的真实想法冲口而出,当初柳凌志接受她的感情,就曾犹豫了好长时间,还列出一大堆不平等条约,现在,他好不容易有了承诺,但在具体的行动上,又瞻前顾后,丝毫没有魄力。她真的生气了,这一段感情让她觉得好累。

柳凌志紧接着打电话向她解释,她不肯接了。

柳凌志如此重视家人,却不尊重与她的感情,方霏觉得,是因为她过于理解柳凌志,所以他忽略她的感受,她决定像他的女儿一样,也给柳凌志一点压力,让他在两者之间好好掂量一下,做出最后的决定。

在此期间,方霏的父母来了滨城,她29岁生日要到了,父母照例来陪她住一段,等她过完生日再回奉远。

方霏身陷感情与事业的双重危机,情绪很低沉。爸爸妈妈来陪,让她忧伤寂寞的心情稍得宽解,但她也只是略展欢颜,很快又沉浸到自己的心事中去。

父母还在努力发挥余热,工作热情比年轻时还要高涨,每年也就是她过生日时,来陪她的时间长一点,方霏珍惜这难得的相聚,她要多陪陪父母,借此机会也冷落一下柳凌志,他们没有像往常一样,闹过矛盾后马上就能修复关系。

柳凌志要求和解，要求见面，方霏都拒绝了，她要求柳凌志割断与前妻家人的关系后再来找她。柳凌志在电话那头一次次地恳求，方霏一次次地拒绝，像是一场拼尽全力的拔河。方霏的意志眼看就要溃不成军了，转念想起感情的前途，又咬咬牙硬起心肠。如果这段感情只是靠她的妥协来勉强维系，那有什么意思。

对方霏的思念像疯长的野草，在柳凌志心中枝蔓丛生。他像毒瘾发作的瘾君子，不管不顾地渴盼再见到方霏。他想冲到方霏的家，来敲开那扇门，但方霏警告他父母来了，他又不敢造次。

柳凌志心绪烦乱，下班了，他漫无目的地开车来到方霏公寓楼下，仰望着方霏的窗口。不知道方霏的父母是真的来了，还是方霏用来阻止他的一个借口，他犹豫着不敢上楼，他还不合适出现在方霏父母面前，难怪方霏生气，他们在一起快一年了，他连见她父母的勇气都没有。

柳凌志坐在车里，给方霏发短信，说他在楼下，希望她能找个机会下楼，让他看看她，让他有机会向她道歉，但方霏迟迟没有回复，他痴痴地守望了好一会儿，夜幕落下，方霏的屋子里亮起灯光，真的有不只一个人影在灯下闪动，他怅然离开了。

这是柔顺的方霏第一次这么坚决地说"不"。

方霏狠心拒绝了柳凌志见面的请求，心情却也很糟，听说他在楼下，她站到客厅的落地玻璃窗前，默默望向他停车的地方。

一连几天，母亲看到下班回家的女儿闷闷不乐，总是站在窗前发呆，忍不住悄悄来到女儿身后，看女儿在看什么。

大玻璃窗视野很好，母亲看到女儿望去的方向，停着一辆车，车旁有个男子，仰头望着她们的方向。

一连好几天，两人都这么遥遥对望，不知道什么意思。

等到柳凌志终于上车离开，方霏跟父母打了个招呼，一个人下楼来到见证他们爱情的湖边。

母亲看女儿下楼，来到窗边一看，车子已经开走了。

母亲心里有数了，她笑着对方爸爸说："霏儿好像有对象了呢，还瞒着我们。"

"那就不要说破，她瞒着我们肯定是还没到公开的时候，不要给她压力。"方爸爸叮嘱老伴。

方霏失神地坐在湖边的石凳上，心中满是愁云惨雾。夜空里，一轮圆月被云朵拥着，像宣纸上晕染开的一幅淡彩水墨，云朵还在涌来，墨色越来越浓，遮住了圆月，方霏抱紧双臂，感到丝丝凉意。

她终于给柳凌志回了个短信："月明星稀，乌鹊南飞。绕树三匝，何枝可依？"

柳凌志收到短信，惆怅地抬头搜寻天空中的月亮，此刻的夜空，就像他们爱情的天空，乌云满天，那淡淡的月光就快被遮没了。

方妈妈来了几天，看到女儿一直心情抑郁，妈妈辛苦做了好吃的，但女儿总是没胃口，勉强应付着吃几口，没一点迎接生日的欢快。

　　女儿工作这么辛苦，还总不好好吃饭，妈妈很心疼，这天到了快下班的时间，女儿打电话说要晚归，方爸方妈闲着没事，决定去方霏的办公室接方霏，顺便给女儿送晚饭。

　　方霏的支行父母是去过的，当上金宝支行的行长后，方霏曾骄傲地带父母参观过她的办公室，老两口带了一大饭盒煮熟的饺子，轻车熟路到了支行。

　　方霏却并不在办公室，认识方父方母的夏桐瑶热情地迎上来："哟，方爸爸方妈妈，您二老来滨城啦，方行长都没告诉我们，要不然我们该去看看您二老啦。"

　　"夏小姐，你太客气啦，我们常来滨城，方霏也不当回事了。她怎么不在办公室？"

　　"她出去办事去了，一会儿回来。"

　　"那好，我们等等，夏小姐，你去忙吧。"

　　"没事没事，我陪您二老坐坐。"夏桐瑶热情地把两位老人让到洽谈室去坐等，转身去倒了两杯茶来。

　　"你们每天都这么忙啊，晚上还不回家，还要干吗？"方妈妈忍不住问。

　　"晚上要开会呀，银行工作忙啊，白天都要跑客户，晚上才能凑得齐开会。"

　　"听说你们这里好多姑娘小伙都还没找对象，都是这工作忙给闹的吧？"

　　夏桐瑶脸一红："这个嘛，各人有各人的原因吧，不过您家方霏这么忙，可没耽误找对象呢，您二老有福啊，她可是给您二老找了个好女婿。"

　　"方霏有对象？"方妈妈顿时来了兴趣。

　　"哟，您不知道呀？方妈妈，方行长连您都保着密呢，那您可千万别说是我说的呀，她既然不愿说，我们当部下的更不能说啦，泄露了她的秘密她可是要批评的呢。"

　　"哟，她还会批评人呢？放心吧，小夏，我们不出卖你，你好好跟阿姨说说，她对象是个什么人？"

　　"我不认识她对象，我是听一个要好的朋友说，她对象是个了不起的人物，是通宝银行总行的副行长。"

　　"这么大的官儿，年纪怕不轻了吧，还没结婚？"

　　"听说结过婚，但是老婆车祸没了，留下个十多岁的孩子。"

　　"这么个情况啊。"方母脸色不由一沉。方爸爸在一旁喝他的茶，倒是闻言不惊。

　　夏桐瑶看到方妈妈的脸色，赶忙宽心说："方妈妈，您别担心，听说挺不错的一个人呢，方霏可是千挑万选才选中他的。"

"这么个人还值得千挑万选，一结婚就要给人当后妈，有什么好。"方妈妈心直口快。

"方霏觉得好啊，我们支行的小郭行长，您二老也见过的呀，长得是不是挺帅？还是高干子弟，年纪和方霏一般大，小郭行长追她好多年，她都看不上呢，她就喜欢她找的这个柳行长，有朋友见过他们在一起，说他们感情好着呢。"

"小郭行长追求她，我们也不知道，这孩子啥都不和我们说。"

"小郭行长现在还对她有心呢，还没找对象。"

正说着，楼梯上一阵脚步响，夏桐瑶忙跑出去看，然后又进来说："方爸爸方妈妈，方行长回来啦。"

方霏和郭慕侠一前一后地上楼，他们一起跑了一趟客户，此刻回行开会，方霏已听保安汇报了她爸妈来行的事。她走到洽谈室门口，埋怨的语气说："爸、妈，你们来行里干吗呀？"

"我们怕你忙得顾不上吃饭，带了饺子来给你吃。"方妈妈扬扬手中的保温盒。

"好吧好吧，招呼大家开会，开会前一起吃饺子。"

夏桐瑶答应着去了。

郭慕侠也来热情招呼："方爸爸方妈妈好，欢迎二老光临我们支行送温暖。"

"小郭行长好小郭行长好。"方妈妈笑眯眯地应着，打量着郭慕侠。

方霏的生日到了。

这一天排得很满。父母专门来给她过生日，当天当然有一顿饭得和父母一起吃。支行同事也要集体为他们的掌门人庆祝。

柳凌志连续几天又是打电话又是发短信，要为方霏庆生。这是他俩在一起后，她的第一个生日，无论如何也应该和他一起庆祝一下，方霏终于同意与他和解。这么一来生日当天的安排颇有点为难，她最后决定，中午和柳凌志单独过，晚上把父母和支行同事召集在一起过。

生日这天中午，和柳凌志终于见面了。

柳凌志是在两次会议中间一个多小时的间隙里，抽空给方霏庆生。好不容易盼来与方霏的和解，又是这么重要的日子，却碰巧上下午各有一场会议，作为出席会议的领导之一，他又不能缺席。身在职场的身不由己，这天感受特别强烈。

会议迟迟不散场，柳凌志心内焦急，明明是一个金融的会议，却掺和进那么多政府官员，一个不漏地全要发言，发言者滔滔不绝，不断蹦出"极端重要、极具意义"等夸张的词语。柳凌志盯着印有"不做虚功，但求实效"几个夸张的大字的红通通背景板，背景板下晃动着一个个白花花的后脑勺，他烦这群一讲起来就没完没了的老头子，浪费他的时间。

第二十章　父母家人作梗

　　主持人的总结陈词也是长篇大论，让人忍无可忍，会议终于结束，他匆匆赶到约定地点，方霏已经先到了，他们的约会大多是她等他，今天她是寿星，还是她等他，柳凌志满怀歉疚。

　　看见柳凌志，方霏脸上勉强绽出一丝笑容，但那笑容却带着一丝伤感，柳凌志看了心酸。

　　和初见时相比，这一年来，爱情的百转千回在方霏身上留下了明显的印迹。她穿着咖啡色的宽松丝质衬衣，白色的阔脚长裤，衬衣下摆松松地系着丝带，垂下两根流苏，飘逸纤瘦如弱柳扶风。她不复初见时的简洁率真，而是添上了被甜蜜和苦楚轮番浸泡后的成熟风韵，忍耐与忧伤的表情让她显得沉静，也让她更加迷人。

　　她站起来迎他，他一把把她搂在怀里，方霏靠在他熟悉却又久违的温暖怀抱里，默默地哭了。

　　他安慰她："宝贝，别哭，今天过生日，要开开心心。"

　　紧紧相拥好一会儿，两个人才并肩坐下，柳凌志控制住情绪，替方霏擦干眼泪，握着她的手，目不转睛地凝视方霏。闹矛盾的这段时间里，他备受折磨，两只眼睛都陷进了眼眶里，消瘦而憔悴。

　　他迟到了好一会儿，方霏已把餐前准备全做好了，菜已上桌，一瓶干白已开启瓶塞，斟上了两杯。他有些歉疚，做他的恋人真是委屈颇多，生日这天也要侍候着他。

　　他们碰杯，他祝她生日快乐，服务员推进来蛋糕，围着他俩夸张地大唱生日歌，还又拉窗帘又关灯，让房间里变黑，让方霏对着点上了蜡烛的蛋糕许愿，方霏配合地把这仪式一步不漏地演下去，空气里弥漫着强作欢颜的气息。

　　切完蛋糕，服务员们出去了，包房里又只有他们俩。

　　他们默默地吃蛋糕，柳凌志看着方霏，眼神狂热，但言语短路，方霏也无言，两个人都不知道该说点什么好。爱情的难题依然无解，柳凌志说什么都觉得苍白。他觉得无法让方霏理解他的困难，她没当过父母，她哪知道被孩子绑架的无奈。

　　沉默中，时钟嘀嘀嗒嗒，提醒着时间的飞速流逝，柳凌志看了看表，说他得走了。

　　他站起身来，方霏也站起来。柳凌志伸出手臂，两个人再次拥在一起，她的头趴在他的肩窝上，动情地喊了声"凌志。"

　　柳凌志眼眶湿了，他说："霏儿你知道吗？这是你第一次叫我的名字。"

　　方霏也动情地说："是的，我总是害羞，你的名字我总叫不出口，本来我想不用急，我们未来有那么多共同的日子，等我们成了真正的亲人，我自然能叫得出你的名字，但我现在好担心，不知要等到何时。"

　　柳凌志用力抱紧她，哽咽着说："宝贝，生日快乐，多加保重。"

　　方霏泪眼蒙眬地看着柳凌志，看着他消瘦的脸庞，他曾经总是燃烧着爱的火焰的双眼，现在却带着黯淡的悲伤。这个让她仰慕多年的英雄，其实也并没有想象中的强大，对他们感情中存在的问题，他这般的瞻前顾后，缺乏果断。

这仓促的见面，这无言的相对，让方霏害怕，这怎么像是爱情的垂死挣扎，甜蜜的感觉已不复存在，他们竟然已经无话可说了。

柳凌志匆促离开了，方霏坐回车里，对耗尽她心力的爱情有着不祥的预感。

和柳凌志分别后，方霏就近回了家，约会地点离家很近，她这一阵子情海翻波，睡眠很差，刚刚又喝了一点酒，有点犯困，回家躺一会儿养养神。

方妈妈看着女儿回来很高兴，但女儿情绪低沉，脸上还有隐隐的泪痕，一回家就钻入房中倒头便睡。方爸爸冲方妈妈摇手，让她不要吵女儿，老两口蹑手蹑脚，大气不敢出地守着女儿午睡。

方霏小睡后起床，表情平静些了。她和爸爸妈妈说要去上班，下午下班来接他们去和同事欢聚，说完就走了。

方妈妈絮絮叨叨地跟方爸爸分析了一下午，往年方霏生日，都是中午陪同事，晚上陪他们老两口，今年女儿却没时间单独陪他们，只好把他们和同事弄在一块，中午看来是单独和别人庆生，必定是小夏讲的那个什么柳副行长。和他过生日也罢了，女儿却像哭过一样，肯定是那个柳副行长惹她不高兴，也是，跟着一个拖着孩子的光棍，能有什么可开心的呢？

晚上的生日宴，倒是热热闹闹十分开心。

方爸爸方妈妈陷在一群年轻人中间，大家对老两口都极尽尊敬。男孩子们在小郭行长的带领下，一杯杯地向方爸爸敬酒，女孩子们以夏桐瑶领头，甜甜的嘴儿"叔叔阿姨"地叫着，又是帮阿姨盛汤又是给叔叔夹菜，被这么一群可爱的年轻人围绕着，方爸爸脸喝红了，直红到脖子，方妈妈吃撑了，要捧着肚子。

方霏的情绪也开朗多了，她惬意地看着父母满足的表情，爽快地接受大家的祝福与敬酒。方妈妈看在眼里，又是欣慰又是叹息，女儿工作上有出息，受这么多人拥戴，连他们二老也沾光，却偏偏婚姻大事上糊涂，弄得这么多天都不开心，直到这会儿才算是云销雨霁，风清月明。女儿要是选了这个小郭行长，就会总是这么开开心心的，瞧小郭那活泼风趣的样子，多讨人欢心，他对女儿也是服服帖帖，呵护备至，女儿怎么就不知道选他。

上午，柳凌志通常很忙碌，他正在办公室里和部下谈工作，秘书来汇报："柳行长，一楼保安打电话说，有一对自称方先生方太太的老夫妇要见您。"

"方先生方太太？"柳凌志蹙眉一想，突然明白是谁了。

"请他们上来。"他缓缓地说，然后抱歉地请同事们先离开，他接待完客人再接着和他们谈。

第二十章 父母家人作梗

他亲自来到电梯口等候。

电梯门一开,他就看到秘书所说的老夫妇。严格来说,他们并不算老,五十多岁的样子。方先生头发花白,但人很精神,方太太脸上柔和的线条,浅浅的皱纹并不显得有多苍老,老夫妻俩都是干净朴素的衣着,眉目间,柳凌志看到了方霏的影子。

两位客人抿着嘴表情严肃,柳凌志趋前一步,客气地问候:"方先生方太太是吗?"

"是的,您是柳行长吧?"方太太问他。

"是,我是柳凌志。"他恭敬地把老夫妇俩请到他的办公室。

两位老人坐下后,秘书奉上了茶,等秘书出去后,柳凌志关上了办公室的门。

"我们是方霏的父亲母亲。"捧着茶,方太太开口了,方先生仍旧沉默着,只是目光如炬看着他。

"方先生方太太,欢迎你们。"

"柳行长,你工作这么忙,我们贸然来打扰你,很不好意思。我们因为有点重要的事情,事关我们女儿的事情,想要来跟您核实,也就顾不得冒昧了。"

"不,谈不上冒昧,我早应该去拜访方先生方太太。"

方太太看他恭敬的样子,不由叹了口气:"我们听说,方霏在和你交往,她是因为你,才一直不谈恋爱不结婚,有这样的事吗?"

"确实是这样,我和方霏因为偶然的机会成了同学,在相处中,确实产生了感情。"

"那你们在一起多久了?"

"有十个月了。"柳凌志掐指一算。

"十个月的时间,也不算短了,为什么方霏从来没向我们提过你?也从来没提要带你去见我们?方霏年纪不小了,你也不算年轻了,如果相互看着合适,应该有一些具体打算了呀,你们完全没有动静,是出于什么考虑呢?"

"这都是我的不对,是我失礼,我早就应该去拜见二老,请二老首肯我和方霏交往。但由于一些不成理由的原因,确实耽误了,请方先生方太太谅解。其实我已经准备和方霏商量下一步的事情,包括安排时间去拜见二老。"

"你们都已经恋爱快一年了,你才开始计划下一步的事情?你计划得是不是太晚了一点。"

柳凌志有点狼狈:"我有点私人的事需要处理好,所以耽误了一些时间,确实对不起。"

"你私人的什么事?听说你有个十多岁的孩子,是孩子反对你再婚吗?"

"是,孩子11岁了,又是个女孩,她这个年龄比较敏感,要花点时间做她的工作。"

"其实我们今天来,并不是来逼婚的,你别误会了。我们做父母的,还不至于着急把女儿嫁出去,我们只是好奇,她有了对象,却对我们一个字都不提,她还总是不开心,我们想知道原因,今天听你一说,我就明白了。我看你也不必做孩子的思想工作了,等到孩子同意你再婚,也不知是猴年马月,方霏可不好这么等下去,女孩子青春短,您也知道,她29岁的生日饭都吃了。"

"可是方霏和我,我们有深厚的感情。她很体谅我,她肯等我,我也一定会对她负责任的。用不了多长时间,我一定解决我的问题。"柳凌志有些急了。

"我们并不想要你对她负责任,恰恰相反,我们希望你能离开方霏。你比方霏大许多,你的孩子又不能接受你再婚,如果你们别别扭扭地结婚了,也不会生活得幸福,我们希望你离开她。"

"方先生方太太,我理解你们的感受,你爱方霏,对我的表现不满意,我都明白,但是请你们放心,我会给方霏幸福。我和方霏的感情真的很深,我不能放弃她,让方霏受的委屈。我今后会好好弥补,希望你们能尊重我们的感情。"柳凌志养尊处优,何曾这样求过人,但为了深爱的人,他几乎在哀求了。

"你家庭情况这么复杂,你没法给她幸福,她年少不更事,我们老两口可见得多,她是我们唯一的女儿,我们希望她有好的归宿。我们的孩子条件很好,没必要给别人当填房,当后妈,让乡亲四邻耻笑。"

方太太说得这么直白,让柳凌志羞愧得无地自容,但他仍苦苦争取:"方太太,无论您怎么羞辱我,我都不能放弃方霏,这个时代,不应该再有父母干涉子女的事情了。而且这不是我一个人的事情,方霏的决心和我同样坚定,这一点我深信不疑,你们即使看不上我,也应该尊重方霏的意愿。"

"柳大行长,您就当是做做好事,放过我们方霏吧,她年轻不懂事,但你是有生活阅历的人,请你不要因为她傻,你就乘机占我们女儿的便宜。就当我们求你了。"方太太越说越离谱。

"方太太,您的话我难以接受,我真心喜欢方霏,怎么成了占便宜?"柳凌志叹口气,当母亲的,对儿女难免过度保护,方太太说话这样失水准,应该只是太着急的缘故。

"难以接受就难以接受吧,我们相互都难以接受,正好一拍两散。"

"可是,我们那么深的感情,又不是儿戏,不是说散就散的。"

"您不理她,让她死心,这事不就一个巴掌拍不响了吗?方霏这孩子挺傲气,您只要坚决不理她,她不会缠着您的,她即使受点打击,但她年轻,很快就会重新振作的。您这么好的条件,不愁找不到对象,方霏也正有一个挺好的小伙子在追求她,就是因为您的原因,她一直拒绝人家。我们觉得,你们分手,对两个人都是好事。"方太太毫不隐讳。

柳凌志痛苦地皱着眉头:"方先生方太太,请你们别再逼我了好吗?我会去问方霏的意思，如果她真的跟我在一起不幸福，我会放手的。一切都以她的决定为准。"

方先生似有不忍，他推推妻子催她走，临走，方太太又要求："请不要告诉方霏我们来找了你，那孩子打小性格刚烈，她要是知道我们干涉你们的感情，她会恨我们的，请不要让我们与女儿之间产生矛盾。还有，我这次来，看到她很不快乐，我很担心，我打算回去后申请提前退休，然后长住这儿看着我女儿，柳行长请你不要再打扰我们。"

柳凌志叹口气，方妈妈可真厉害，送走他们，柳凌志情绪低落，他自责确实是自己没处理好，才弄得如此被动。不过，只要方霏坚持和他在一起，父母的态度倒不一定不可改变，关键还是方霏不能倒戈。

柳凌志感到从未有过的挫折，自己的女儿蛮不讲理地反对父亲再婚，现在方霏的父母又是如此不喜欢他。方霏和他闹了这么长时间，虽然借她的生日和解了，但看得出也还有心结未了，说话的口气都是心灰意冷的。这难以背离的深情，怎生如此坎坷，他和心爱的姑娘，只享受了那样短暂的甜蜜时光。

被方妈妈的话深深刺伤的他，一时都没有勇气约方霏见面了，等方妈妈离开滨城后再说吧，他也趁这段时间好好考虑方霏的要求，等再见面时，他好给她个说法。

感情陷入一团糟，工作还得若无其事地继续，柳凌志心力交瘁地应付着日复一日的文山会海。

全行战略工作会上，柳凌志坐在董事长的右手边。中场休息时，董事长伸手摸桌上的烟盒，柳凌志忙拿起烟盒旁的打火机，替董事长点烟。

董事长惬意地吸一口烟，看着柳凌志说："凌志啊，你瘦了，瘦得很厉害，还有点精神不振，你这是又遇到什么困难了吗？"

柳凌志连忙堆起笑脸："董事长，谢谢您关心，没有什么困难，我最近听说节食能很好改善亚健康状态，我是遵照养生理念，刻意在节食。"

董事长担忧地看了看他："你一个大男人，婆婆妈妈学什么节食，男人不能节食，男人就是要大块吃肉，大口喝酒。你尤其不应该，你一直都很瘦。"

柳凌志赔着笑："是是是，董事长说得是，我节食这一段时间，发现确有弊端，并不像传说的那样只有好处，我以后通过运动来调理亚健康。"

"节食过后恢复饮食得慢慢来，要不然身体吃不消。"

"好的，好的，我会注意的。"

董事长点点头，透过缭绕的烟雾又盯了他一眼："与北华银行那个小姑娘的事怎么样了？什么时候结婚啊？"

"暂时还顾不上，还得再考虑考虑。"

"春节就听你说这事,这也好几个月了,觉得好就早点把婚结了吧,没个女人照顾生活是不行。"

柳凌志答应着,他很奇怪,为什么大家都把娶个女人成个家当成这么简单的事,他却被这感情快要拖垮了。被爱的潮水席卷过后,身体如一片被荡平的废墟,最近这一段时间,连集中注意力都觉得吃力,董事长都发现了他不对劲,该有多糟糕啊!

到底是他无能,还是在他和方霏中间涌动的反对力量太强大?

真想方霏快快地重新热切起来,来和他共同面对父母亲人的压力,让爱情重新点燃生命的火炬。

有多久没和方霏见面了?绝望得都不想去做这个简单至极的计算题。悄悄打电话给她,她只淡淡地说,父母还没有离开。

冗长的会议入夜才散,回家的路上,柳凌志靠在车后座,疲倦地闭着眼睛。商业街上车流缓慢,车子停停走走地经过一家唱片店,店里的音响一遍遍地播放着同一首歌曲:

> 思念是一种很玄的东西
> 如影随形
> 无声又无息出没在心底
> 转眼吞没我在寂寞里
> 我无力抗拒特别是夜里
> 想你到无法呼吸
> 恨不能立即朝你狂奔去
> ……

第二十一章
繁华谢坎坷生

周五的下午,来办公室汇报工作的人明显比平日稀少,大家都在准备迎接周末的到来,工作自然要被搁置一下了。

柳凌志守在办公室里,他没什么可期待的,这个周末,方霏又说有事,不能和他见面。她现在也忙起来了,不像过去把他当作生活的重心,总是置于工作之上了。周末也好,平时也好,方霏不肯陪他,日子就是单调重复没有意义的日子。

方霏父母离开滨城后,他们又恢复了约会,柳凌志没有泄露她父母找他的事,但也许方妈妈也做过女儿的思想工作。总之,现在的方霏有点忧郁,他们爱情的底色不知不觉变了,她依然温柔,但不再热切,他们在一起的气氛不再像过去那般欢悦幸福。

只能期待下一个周末,他们又要去学校上课,到时候将有重聚的机会,他要抓住机会逗方霏开心,让他们的感情回到热恋时的样子。

办公室的电话响了,急促的铃声惊碎了他的沉思。

是周敏打来的电话:"柳行长,我有重要事情报告。"

柳凌志调整分工时,将周敏也调到了风险部门,继续他们的上下级关系。

"说吧,什么事?"柳凌志波澜不惊地问,生活看起来会一直死气沉沉,能出什么重要的事?

"是这样,刚刚接到市经侦处电话,有人拿着银行承兑汇票到农商银行去贴现,农商银行发现,汇票背书转让的印鉴是伪造。农商行没有惊动持票人,一边按流程办理贴现稳住持票人,一边暗地里打了报案电话,经侦处马上到现场,把办贴现的两个人控制起来,带回去一查,两个人都是我行员工,票据也是我行流出的。"

原来是出了案件,这还真是大事,柳凌志紧张起来。他问周敏:"票面金额多大?

持票人是我行哪个机构的?"

"票面金额总计1000万元,就一张票,持票人是滨西支行的两名客户经理。"

柳凌志略松了口气,票面金额1000万,算不上特别大的案子,而且贴现资金也还没有给付,应该没有资金损失。

但周敏接下去的几句话让柳凌志的心又沉了下来,周敏说:"据经侦处的人讲,这已经不是他们第一次作案了,他们一年前用假印鉴成功贴过一笔,资金已被挪用。半年前又贴过一笔,贴出的资金用于弥补一年前挪用的那张票据。这次是半年前贴的票又快到期了,他们骗出新票,打算继续用后票填前票的方式,再贴出资金补上前票,他们打算一直采用这个方法掩盖挪用行为,没想到这第三次失手了。"

柳凌志额头冒汗了,这么说,在这之前已经有资金被挪用了。

他紧张思索着应急方案,等周敏挂掉电话,他向行长李富生的办公室走去,他得第一时间向班子通气。

李富生一听说出了案件,还造成了至少1000万的资金挪用,立刻暴跳如雷,指责柳凌志管理差劲。这么长的时间,嫌疑人一次又一次得手,还得靠别的银行帮助堵截才发现案件。

柳凌志垂着头听他发脾气,没办法,官大一级压死人,何况内部管理确实存在相当大的问题。业精于勤,荒于嬉,这一年来,自己深陷热恋,忙着欢度人生的第二个春天,确实有点麻痹大意了。

李富生年龄到限,即将退休,这最后一段在位时光,他只想安安稳稳度过,可是临到退休前,偏偏出案子,这可不是玩的,如果追责,他说不定会受连累,要负领导责任,退休后的待遇只怕都要受影响。

等李富生脾气发够了,柳凌志才有说话的机会。他清清喉咙,诚恳地说:"李行长,事情已经发生了,我非常自责,也一定会心服口服接受组织上的追责,但当前最重要的是设法追回资金,减小损失。我想从几个方面赶紧着手,一是派人到经侦处,调阅嫌疑人供述材料,弄清楚实际损失有多大,还有没有没暴露的内部参与人员。二是我们内部马上安排自查,查验票据的流失和资金的走向。三就是顺着资金去向,控制相关财物,保全涉案资产,以图挽回损失。"

李富生一挥手:"行,行,行,你去布置。我得马上向董事长汇报,晚一些时候,我和董事长要听你们的进展情况汇报。"

柳凌志点头答应着,去布置相应的工作。

他宣布召集紧急会议,等相关部门负责人来到会议室坐定,柳凌志开始布置行动方案。他正在发言时,手机震动,有电话进来,柳凌志看了一眼,是方霏的来电。

他正在布置重要的工作,如果是别人的电话,他会不加理睬,直接按掉。但这是方霏打来的电话,他犹豫了一下,还是接了,最近方霏难得来个电话,他很珍惜,但面对众目睽睽盯着他的一众人等,他只能捂着送话器小声解释他在开会,开完会再打给她，然后挂掉电话继续会议。

会后，自查工作连夜展开了，一刻也不能耽误。派往看守所的一拨人也出发了，要等候他们带回嫌疑人供述。这一晚，注定会是个不眠之夜，柳凌志回办公室边休息边等候各方消息。

他想起会上挂掉的方霏来电，连忙拨过去，但方霏的电话关机了，她该不是生气了吧，她的习惯是24小时开机，柳凌志很沮丧。

与方霏的联系不畅让他烦恼了一会儿，但也顾不得多虑，各工作小组分工行动后，柳凌志的办公室成了应急指挥中心，他要守在办公室，和同事们一起加班加点，汇总各方信息，及时应急决策，把案件弄个水落石出，挽回经济损失要紧。

他给柳叶打了电话，以对待大人的语气，严肃地告诉女儿，爸爸有大事在忙，这几天可能顾不上照顾她，他要柳叶学会自己照顾自己。他让柳叶和外婆说，她睡下了就让外婆回家，她要学会一个人在家安睡，爸爸会晚归，但一定会回家陪她的。

爸爸的语气一严肃，柳叶竟真的听话了不少。柳凌志很欣慰，也许方霏说得对，他对女儿真的过于保护了，他要学会适时放手，尽快培养女儿独立。孩子是可以造就的，等柳叶足够独立了，老外婆也就再没有理由不退出。那时候，方霏就能走入他的生活，他们父女的生活都可以得到新生。

方霏打给柳凌志的那通电话，是有要紧的事情想和他商量。

也是在下午，快要下班时，方霏接到一个电话，是个陌生的号码，方霏按下了接听键。

电话里，一个陌生男子威严的声音："是北华银行金宝支行的负责人方霏吗？"

这公事公办的语调不像是客户，方霏答道："是我。"

男子说："我们是反贪局的，需要找你了解一点情况，请你配合。"

方霏马上明白，是为杨礼斌的事，她问："我能配合你们做什么？"

男子说："请你两个小时内到东山大道18号汇园招待所，协助我们调查。"

挂掉电话，方霏又慌张又害怕。她急得像热锅上的蚂蚁，在办公室踱起了圈圈，虽然她这段时间都对柳凌志没好气，但遇到这样的大事，还是得找他拿主意，她拨通了柳凌志的电话。

柳凌志接了，没等方霏开口，他就温和而小声地说："我此刻正在开会，不便接电话，开完会我打给你。"说完，他就把电话挂了。

方霏怔住了，以前他也常常因为开会啦、发言啦各种了不得的事不便接电话，方霏都自觉地等他忙完，因为以前没什么重要事，不过是说说情话，晚点没关系，但今天，她有紧急的事要找他拿主意，他在关键时刻总是缺位。

她等不了他了，等他的会开完她该来不及了，方霏想了想，只能去找郭慕侠。

自从察觉到方霏陷入热恋，郭慕侠很失落，好长一段时间以来，如果不是工作需要，他很少主动找她了。

方霏来到郭慕侠办公室，一听说她要被叫去问话，郭慕侠难得地严肃起来，马上打电话给公安系统的友人，咨询如何应对这种情况。

方霏静静地等他打完电话。

郭慕侠皱着眉头说："懂行的哥们说，应该问题不大，他们没上门来找你，让你自己去，说明问题不严重，只是向你了解一些情况，你就去一趟，别怕，态度上配合，但别乱说话，咱们是做银行的，与客户是合作关系，不可能从客户那儿拿到太大的好处，反贪局不会拿你当重点的，千万不要胡乱承认和客户有私下经济往来，一切合作都是基于银行业务的角度，是公事公办。"

说完，他起身对方霏说："走吧，我陪你去，早去早回。"

两人到了约谈地点，方霏在郭慕侠的陪伴下走到门口，几个便衣闲闲地守在门口，透出外松内紧的氛围。门岗只允许方霏一人进去，方霏无助地看着郭慕侠，郭慕侠交涉了半天，但门岗态度强硬。

郭慕侠只好笑笑说："你去吧，没事。我会一直在门口等你出来，不见不散。"

方霏凄惶地走进去了，进去之前，她把手机关掉，放进包里，然后把包交给郭慕侠帮她保管，她想尽量少带东西进那种地方，省得节外生枝。她无助地频频回望郭慕侠，郭慕侠向她挥手，用眼神鼓励她。看着他镇定的神情，方霏好受些了，郭慕侠社会关系网强大，有什么事他在外面会接应她。

办案人员单刀直入地对方霏说："我们找你来，是因为收到举报信，说你与杨礼斌交往很多年，一直为他的公司提供贷款支持，他也对你投桃报李，多次向你行贿，金额不菲，你具体说说，什么时间，什么地点，他送了你多少钱。"

方霏惊讶地问："没有的事啊，有人诬陷我？会是谁呢？"她在脑海里把认识她和杨礼斌的人都过了一遍，可是，谁也不像心存歹毒的告密者。办案人员说有人告密，莫非这是他们的诱供手段？

方霏坚称没有接受过杨礼斌的任何私人赠予，与他的合作都严格遵循银行制度，所有的贷款，都是由分行信审委员会集体审批，她只是贷款经办机构的负责人而已，她本人既无权参与审批，具体经办也另有其人。两个办案人员逼问了一个多小时，方霏都要支撑不住了，才终于看到有人进来，和其中一名办案人员耳语了几句。

办案人员对耳语者点点头，威严地对方霏说："那好吧，我们今天就谈到这里，你可以走了，这段时间请不要出差，保持电话畅通，我们随时会再约谈你。"

方霏如蒙大赦，急忙走出招待所，终于又见到郭慕侠，她两腿一软几乎摔跤，郭慕侠看方霏面如白纸，忙上前扶住她，把她搀上车，送她回了家。

接受司法询问后，方霏意识到杨礼斌的事再无法隐瞒了，她必须马上向分行报告贷款面临的风险，接受司法询问后还要再隐瞒下去，这后果她是真的承担不起了。

方霏周末就把郭慕侠和夏桐瑶找来，商量向分行报告杨礼斌出事的情况。

夏桐瑶问："不是商量好先稳住观察一段时间吗，怎么又急着要报告要处置了？"

方霏叹口气："稳不住了，有人写信揭发我，说我收受了杨礼斌的好处，前天我居然被反贪局叫去问话了，所以我们只能公事公办，不能再讲义气，替杨礼斌担着了。"

"啊，谁这么无聊，要写信揭发你？不会是杨礼斌被屈打成招，乱咬人吧？"夏桐瑶猜测。

"不会是杨礼斌，他被抓了这么久，一直没我们什么事，他要咬我们，不会到现在才说。"方霏分析。

"那他不说贷款的事，还有谁说呢？我们给他贷款，又没损害到谁，什么人要告状呢？"夏桐瑶琢磨。

"那几个办案人明明白白告诉我，是有人写信告状，我也不知道什么人要告黑状，我想了几天几夜，想破了脑袋，都想不起是谁要这么使坏。你说好端端的，我又不招谁不惹谁，就有人害我。"方霏也很气恼。

夏桐瑶突然心里"咯噔"一下，想起余丽娅听她谈杨礼斌案件时，那如获至宝的神情，还有她不阴不阳的话。夏桐瑶在心里琢磨，这事八成是余丽娅干的，她很后悔，不该跟余丽娅多嘴，说太多支行的事。

郭慕侠怒气冲冲地发着狠："居然是这样，有人告黑状，等着，等我把那人查出来！"

夏桐瑶不由心虚，虽不是她告状，但她无心走漏了消息，她感到对不起方霏，也对不起杨礼斌，她刚到银行时需要业务立足，老杨这个客户对她是有贡献的，她赞成方霏对老杨能保则保的态度，她不知道一时的口无遮拦，会产生这么严重的后果，由于她的无心之失，老杨要被挤兑垮了，她心里颇有些难过。

方霏心灰意冷地说："算了，费那个劲干吗？别说难得查出来，就算查出来了，又能怎么着，我还去反告他不成？我没想出是谁使坏，倒想通了一件事，冤冤相报何时了，我不想知道是谁告的我，我不想心里搁着仇恨，反正只要身在这个利益江湖，就少不了经历这些事，只能自己处处小心，我们现在赶快把杨礼斌的贷款清收回来吧。"

三个人商量完在贷款清收中的各自分工，夏桐瑶就匆忙走了，她急着要去找余丽娅，质问是不是她写的告状信。

夏桐瑶找到余丽娅对质，余丽娅却矢口否认，还对夏桐瑶倒打一耙，说她倒怀疑是夏桐瑶告了方霏呢，夏桐瑶不是一直对费用分配不平，在生方霏的气吗？自己把方霏告了，来反咬别人。

余丽娅伶牙俐齿，把夏桐瑶噎得差点没背过气去。

夏桐瑶没能让余丽娅老实招认，倒是又让余丽娅从她嘴里获知了信息。余丽娅了解到，她的举报信只是让方霏接受了一番不痛不痒的询问，她暗自沮丧，看来要弄倒方霏，还得有点重磅材料。

余丽娅几经思索考量，去了兰博侦探社，这是一家专门从事商业间谍和婚姻调查的私家侦探社，余丽娅给了侦探社方霏的姓名和身份证号，谎称与方霏存在经济纠纷，要调查方霏的个人财产情况，包括所有动产和不动产。

余丽娅一副阔气的样子，对侦探社表示钱不是问题，一谈好合作就豪爽地支付了定金，侦探社派人卖力地开始调查。

查个人财产主要就是查房产和银行存款。查这两样是小事一桩，侦探社先找房地局的内线，查清了方霏名下的所有房产，又找人民银行的内线，查询方霏所有的银行账户。

侦探社将调查结果交给了余丽娅。余丽娅如获至宝。

方霏名下房产居然有6套之多，可真够有钱的，余丽娅颇为妒忌。方霏在效益良好的南都银行工作好几年，钱的确好赚，资本积累比自己快多了。余丽娅一直在通宝银行待着，没早点找到跳槽的机会，耽误了赚钱。

她打算从方霏的财产中，挑出哪怕是捕风捉影的毛病，用作攻击方霏的武器。

侦探社复印了方霏购买房产时的合同，余丽娅对手中掌握的材料进行了认真的分析比较，终于有了重大发现。方霏这6套房产，有3套购自魏氏公司，方霏在魏氏购买的这3套房，比魏氏公司同期商品房的公开销售价要低，这说明，方霏在魏氏公司购买的这几套房都享受了折扣。

余丽娅很快拟好了她的第二封举报信，在信中，她声称方霏利用职务之便，为开发商提供贷款，然后大肆向开发商索要好处，开发商通过购房折扣的方式，向方霏行贿不下200万元之巨。

她不再单点投递，而是把信复印了好几封，雪片一般地寄往审计厅、信访办、经侦处等机构，她要多点开花，确保收效。不管是不是事实，只要举报能招致对方霏的调查，方霏的人事提拔就会被冻结。她不相信有了这一厉害的"王炸"，方霏还能有升职机会。

方霏把杨礼斌出事的情况向分行做了报告。

杨礼斌的贷款是一年期流动资金贷款，还款期虽然还没到，但杨礼斌出了事，公司已呈现出四分五裂的情状。银行先礼后兵，向公司发函要求提前归还贷款，公司经营班子群龙无首，没人能给出合适的还款方案，银行就决定采取措施清收了。

金宝支行给杨礼斌办的贷款，有房产作抵押物，担保手段充分，房产一直在升值，比抵押之初的价值又高出一截，不论杨礼斌情况如何，抵押物变现足够归还贷款。

银行申请对抵押资产进行拍卖，陷于困境的公司，资产拍卖也拍不出好价格，估计只能拍出市场价格的七成，抵押时，银行是按评估价值的一半给的贷款，七成拍卖收回的资金，还掉银行的贷款，扣除诉讼费拍卖费等各项开支，也就不剩什么了。

银行虽不会蒙受损失，但正如方霏预测的一样，其他债权人也蜂拥而上，抢夺资产，杨礼斌的公司的资产瞬间全遭冻结，这些优质资产下一步都会被贱卖，公司即将遭受灭顶之灾。

方霏与杨礼斌朋友一场，不免有兔死狐悲之感。

周桂琴又来到方霏的办公室，一脸慌张沮丧，想说什么，却欲言又止。方霏和周桂琴说了杨礼斌公司正面临被瓜分的情况，她很惋惜地说，资产被司法处置，总是折价很低，杨礼斌毕生心血积下的家业，抵债都不够，杨礼斌即使出来，也什么都没了。

周桂琴叹口气："谁说不是呢，忙来忙去一场空。算了，你忙，我没什么事，不烦你了。"

方霏估计周桂琴还在惦记收回杨礼斌欠她的钱，她是帮不了她了，周桂琴与杨礼斌是私人债务，又没有抵押在手，即使能通过司法程序确认债权，清偿顺序也会排得很靠后，轮到她时不可能再有值钱的资产了。

周桂琴等一干友人捞杨礼斌出来的事儿办得怎么样，方霏也没有再打听，她知道杨礼斌的事牵扯太大，恐怕难。

其实，周桂琴是自己遇到了事，来找方霏帮忙拿主意。她没能说出口，是被杨礼斌的结局吓到了，她怕和方霏一说，方霏撇下友情，一心为公，用和对待杨礼斌的贷款一样的方式，代表银行对她采取措施，她就真的垮掉了。

杨礼斌出事后，周桂琴去公司盘点账目，想看看杨礼斌连本带利欠她多少，顺带着也看看公司全部的账目。她很久没有过问这些了，公司早就有职业经理人在打理，与钱伟民婚后，她管得更少了。最近钱伟民去了美国，她也该来视察一下了。

几本账一看下来，周桂琴看出了毛病，公司流动性似乎很紧张，账面现金很少。

周桂琴一惊，公司现金回笼很好，两万多平方米的建材市场，商户一年的租金就是好几千万，账上常年趴着上千万的现金，现在居然一百万都没有，周桂琴问出纳钱到哪里去了？

"钱总要提高公司资金运用效益，资金的流动性早就开始紧了啊，公司资金三大块，历年盈余的2亿，拿去建新市场；市场每天收的营业资金，被银行监管着，进了保证金账户，只能用于承兑汇票到期承兑；市场收租金的账户，也被银行监管着，要用于归还物业抵押的贷款。"

周桂琴这才想起确有这么些事，她之前对与银行打交道没概念，不知道到银行贷款，要付出这么多代价，弄得自己的钱都限制了用途，这一旦有个不时之需，想调点资金都麻烦。她又想了想："把新市场建设资金那本账给我看看吧，银行贷款和自有2亿不是都在那个账上吗？"

"那个账不归我管，钱总自己管着。"

一周前，钱伟民去了美国，说是去看望在美国读书的儿子，婚后这几年，钱伟民常去美国，周桂琴偶尔也陪他一起去。这一次，钱伟民说他儿子中学毕业，要上大学了，他此去想多待一段时间，帮儿子把中学到大学的事情安排妥当，他让周桂琴就别一同去了，他们俩同时离开，公司太久无人照管不妥。

周桂琴想起钱伟民几天没联系了，应该给他打个电话，电话拨出去，却没接通，时差缘故他大概在睡觉。周桂琴靠在大班椅上思索了一下，建设资金那本账，还是得看一下，几个亿都在那个账上，要看看收支情况。

她让人开了钱伟民办公室的门，想找到账本，但找来找去没找到。

她站起来去文件柜找文件。办物业抵押贷款时，给银行的说法是要建连锁商城。建新商城的第一步，是要收购一幢物业，但收购没谈成，导致连锁商城没能顺利开建。在寻找下一个目标物业的过程中，钱伟民和周桂琴商量，钱放在账上不产生效益太可惜，还要白白给银行付利息，不如先拿出去，给小额贷款公司放高利贷。

周桂琴在他的陪同下，考察了几家小贷公司，这些公司都经营好些年了，资金都没出过问题，都承诺给她高于银行贷款利息3倍以上的资金回报，这么好赚的钱，周桂琴见利起意，就同意了。她按钱伟民的要求，紧紧地瞒着方霈和银行。每季银行贷后检查时，钱伟民就会做一套资金仍在准备建连锁商城的假象。

现在这笔钱在外周转好久了，经营情况她完全不知情。

周桂琴找出与小贷公司签的资金委托合同，按合同上的电话拨过去，几家公司都异口同声说，资金已经被钱总提走了，钱总说，资金不得闲了，要拿回去派正经用途。

周桂琴慌了神，顾不上考虑时差问题了，她一遍遍地拨打钱伟民的电话，电话里一直是"嘟嘟嘟"的忙音。她努力地思考着，想弄清楚这大笔资金的突然消失意味着什么。

婚后不久，钱伟民就说，公司要尽快进行股份制改造，公司是有限责任公司，只有三名股东，就是周桂琴和自己年迈的老母亲，以及周桂琴自己的儿子。如果变更为股份制公司，要有五个以上的股东，需要增加两个股东，股改完成后，下一步就是准备上市，积极进军资本市场，分享资本盛筵。

那是一个晚上，钱伟民陪着周桂琴从公司回了家，吃过晚饭，闲来看电视，周桂琴腰椎不舒服，钱伟民边给她按摩边说："桂琴，你太辛苦了，你这腰椎都是累的，你一个女人，辛苦这么多年，把公司做这么大真不容易，但做实业来得太慢了，原始积累在你手上完成了，下一步，就看我的了，我们要争取把公司包装上市，进入资本市场，然后通过一系列的资本运作，短时间内把公司的市值翻几倍、几十倍。"

周桂琴听钱伟民讲得天花乱坠，不由动了心。钱伟民解释说，增加的两个股东都只是名义上的股东，是为了满足股份有限公司的设立需要，这两个股东就由他钱伟民、钱伟民的儿子来担任好了，把股份转给自家人代持，又放心又方便。

为了打消周桂琴的顾虑，钱伟民进一步说："我们二人私下里和你签一份代持协议，说明股份是你的，我们只是代持，你有协议在手，不管股权怎么变，都变不出你的手掌心，不用担心以后说不清楚。"

话说到这个份上，周桂琴不好意思拒绝钱伟民。周桂琴对资本运作一窍不通，她出生在城郊接合部，赶上了郊区城市化，她先是拆迁得到一笔资金，用这笔资金开始倒腾建材，机遇抓得好，她竟建起了大型的建材市场。房地产热带动建材热，她的市场每年好几亿的销售，她成了有钱的富婆，但想起创业阶段的辛苦，周桂琴总是感慨万分。

周桂琴常常听说，有人通过资本运作一夜暴富，苦于自己不懂，现在有了钱伟民这个专家，发挥一下他的优势也未尝不可。

转让股份的事情，需要儿子和老母亲签字，周桂琴找了儿子来谈这件事。

周桂琴忙于事业，顾不上儿子，儿子长期由外婆照看，和城乡接合部那些野蛮生长的私房一样，儿子不知不觉地长大，像头牛一样结实而粗野。周桂琴有钱后，想让儿子读点书，但儿子什么都不肯学，钱交给各种各样的教育机构都是打水漂，周桂琴也就放弃把儿子包装成精英名流的想法。

周桂琴和钱伟民好上后，儿子极力反对，一个生龙活虎的成年儿子，对突然要闯入他家的另一个成年男人，很不适应。他对油头粉面的钱伟民十分敌意，两人根本不可能在一个屋檐下生活，周桂琴执意要和钱伟民结婚，于是给儿子置了一所房子，让儿子单独住了。儿子本来还在公司里三天打鱼两天晒网地上班，钱伟民来公司后，儿子也不去上班了，周桂琴劝告儿子学着管理公司，儿子却说，有什么好学的，到时候当妈的把公司给他，他自然能收得了租子。

周桂琴找儿子谈转让股份的事时，不出所料，儿子坚决不同意，不光自己不同意，儿子还说服了外婆，让外婆也来劝说周桂琴不要转让股份，不要上什么市。自家的公司已经够有钱了，干吗要听那个钱伟民的，增什么股东上什么市。

在儿子和母亲的强烈反对下，这事搁浅了，钱伟民很失望，表示公司错失资本市场发展良机，真是遗憾之极。周桂琴又百般抚慰，对钱伟民别的建议都积极采纳，钱伟民这才又情绪高昂地和她过起了恩爱的日子。

在他们后来的共同生活中，特别会享受的钱伟民，总给周桂琴灌输及时行乐的观念。他帮周桂琴申办了各种银行卡、信用卡，方便她花钱，他又为周桂琴办了按摩卡、健身卡，让她每天去按摩，去锻炼，保持好身材好状态。

按摩师、健身教练见天儿地打电话给周桂琴，与她约时间。偶尔她到公司转转，钱伟民都兢兢业业守在公司，公司一切也显得井井有条，周桂琴就放心去享受了。最近几个月，她年迈的老母亲生病，恐怕时日无多，她每天享受一番美好生活后，还要在母亲身前尽尽孝心，公司的事，就让钱伟民晚上回家给她讲讲，要不是因为杨礼斌出事，周桂琴真没心思多管公司。

周桂琴凝神思索，钱伟民会不会股东没当成，转而图谋把资金弄走。

接下来的几天里，依然联系不上钱伟民，周桂琴到银行寻找资金线索，她发现，资金被钱伟民化整为零，转到了许多个她不知道的账户，最后都现款提出，不知去向。

周桂琴万箭穿心，这种明目张胆转移公司资产的手段，真是太小儿科了，她已经猜出来，钱伟民通过地下钱庄，把她的资金转移到了国外，他这是卷款逃跑，他不会再回来了。

他太狠了，他劫走她多年的盈余，还抵押了她的物业，他把能卷走的都想办法卷走了，只给她留下一堆银行贷款。幸亏有两个账户的资金被银行看管着，他动不了，否则他卷走的更多。

一心信任的小白脸，原来是见财起意，有备而来。自己精明半生，却被这么简单的伎俩所骗。

周桂琴去报了警。警方立了案，但人和钱都不在境内，破案难度大。

周桂琴又去找钱伟民的父母亲，甚至低声下气去找了钱伟民的前妻，几个人都说不知道钱伟民的下落。两个老人大骂钱伟民出远门也不和他们说一声，钱伟民的前妻则是一脸幸灾乐祸。

周桂琴找了自己的儿子来，向儿子坦承被钱伟民坑了的情形，儿子马上暴跳如雷，骂道："你这个骚老娘们，年纪这么大了还要骚，这下好了，家底被你骚没了，你是离开男人不能活了还是怎的，就钱伟民那么个东西，我一眼看出他不是个好东西，你死活要跟他，他给你挖那么些坑，你都心甘情愿往里跳。"

周桂琴满面羞惭，却还是忍气吞声，求儿子陪她一起去美国寻找钱伟民的下落。

儿子鄙夷地拒绝："要去你自己去，我不去，美国那么大，那人存心骗你，早躲得无影无踪了。公安局都只能把案子一边摆着，你还能比警察更有本事？"

周桂琴到银行查账时，想和方霏商量商量，但想到自己以前在方霏面前的种种炫耀和得意，想到杨礼斌的下场，想到四个亿的贷款本金不能归还，将给方霏造成的不良后果，周桂琴没有勇气说出这一切。

她在钱伟民欺骗银行的过程中，一直都是知情人，她是被人卖了还帮人数钱。现在,她如果把情况告诉方霏，而方霏公事公办，马上查封她的公司，她就死路一条了，她选择了继续隐瞒，瞒到哪天是哪天吧，尽量给自己多争取一点时间。

从方霏那里告别离开，周桂琴就买了机票，只身飞往美国。

第二十二章
屋漏偏又夜雨

忙碌了好几天，柳凌志终于弄清了案情全貌。两名联手作案的支行客户经理利用工作之便，伪造了几家客户的公司印鉴，这几家公司收到承兑汇票后，由于不缺资金，总是将承兑汇票托管在银行，等着到期兑付，避免提前兑付需要支付贴现利息。

两名客户经理钻这个空子，假借客户名义，把承兑汇票领出去贴现，贴出的资金用于投资赚钱。在第一张票据即将到期前，他们又领出第二张票，贴现后神不知鬼不觉地还回第一张票的资金。

他们伪造印鉴，冒领汇票，而负责保管汇票的职工，出于同事之间的信任，对他们替客户领取汇票的行为没有丝毫怀疑，致使他们一再得逞。

这两人虽然胆大，心还不是特别黑，只想借鸡生蛋，挣到钱后再还回公款。他们只挪用了第一次的1000万贴现资金，追索这1000万资金的去向也有了进展，这1000万，除去贴现利息，实际到手900多万，两名涉案客户经理二一添作五分掉了，其中一名拿去炒股，另一名拿去买房。

通宝银行申请对相关的股票和房产进行财产保全，然后找来家属谈判。

两名客户经理的妻子来了，丈夫身陷囹圄，她们失去了主心骨，还背负着犯罪嫌疑人家属的身份，她们既羞愧又胆怯，低着头坐在会议室，茫然地等着问话，这几天，各种来路的人找她们问话，已经好多轮了。

周敏和内控部门、法律部门负责人组成了工作小组，一起主持这个谈判。周敏对两位家属说："找你们来，是要请你们配合处置被我们冻结的资产，所得资金用来返还你们丈夫挪用的公款，如果公款损失很少或没有损失，你们的丈夫有可能获得轻判。"

两个女人茫然地听着。

法律部门负责人说:"我们对涉案的股票账户和房产进行了清查,余进涉案资金部分投入股市,部分已经挥霍,投入股市的400万元如果马上平仓,有10%的亏损,能回笼360万现金,鲁中秋涉案资金490万元全部用于购房首付,现查封其名下房产14套,按预评价格估算,房产拍卖后扣除尚欠的房贷,以及支付各种费用,剩余资金大约能有700万元。这总计1060万元的资金,能够足额弥补挪用的公款1000万,你们需要做的,就是配合银行,办理股票平仓和房屋拍卖过户等手续。"

鲁妻一听,立刻边哭边嚷:"这不公平,挪用的1000万,鲁中秋是和人对半分的,现在赔也应该对半赔,我们最高只应该赔500万元,我们累死累活置办了几套房子,忙贷款忙装修累得皮都脱了一层,现在你们要那么低价拍卖,你们还把我们用自己的钱买的两套房子也查封了,我不服。我有三个条件:拍卖价要重新定,只赔我们该赔的500万,我们自己的房子得留着,否则我不配合!"

余妻没有吭气,只是头压得更低了。

周敏耐心向鲁妻解释:"你的心情我理解,但你对案件处理的看法不对,凡属涉案资金购买的资产,如果产生了收益,本金加收益都得没收,有多少没收多少,不是你想的,拿了多少赔多少,剩下的还可以往回拿。你们这个案件是一个整体,赔偿当然要整体算账,至于你们两家不公平的问题,你们只能私下协商。"

法律部门负责人也帮助劝说:"拍卖价由拍卖现场情况决定,最终拍出多少就是多少,现在价格只是预估,你说有两套房子不是涉案资金买的,这也需要调查。"

鲁妻声嘶力竭地喊:"那是明摆着的事,还调什么查,那两套房子我们买了两年了,资金挪用是才一年的事。"

余妻听了周敏的解释,也哭了,丈夫挪用这些资金,她一点都不知情,现在银行只查到400万,还有90万下落不明,加上他炒股造成的亏损,她一共得找补人家一百多万,这么一笔巨款,她上哪去找。

两个女人一哭,就再听不进解释,周敏的劝说还在无效地继续,内控部门负责人烦躁地一拍桌子:"闹什么闹,你们配合也得配合,不配合也得配合,没把你们当共犯抓起来就是好的,你们当老婆的没管好丈夫,还有脸闹。你们丈夫犯这么大的事,让我们一堆人不眠不休的这么久,还没烦够吗?"

鲁妻被这么一刺激,"霍"地站起身,说这几个人欺负她们,她要去找领导评理。

她冲出会议室,冲到走廊上,狂躁地拦住路过的职工,问领导在哪一层办公,嚷嚷着无论如何要见领导。

周敏拦不住她,急忙掏出手机,给柳凌志打电话,汇报现场情况,请求指示。

听了周敏的汇报,柳凌志决定亲自到会议室接待两名家属,如果两名情绪崩溃的女人冲到行长们办公的楼层,吵扰到大家,可不太好。目前的情况,这两个女人不配合也是不可能的，资产已被银行控制，银行占据了有利地位，他更愿意采取温和的工作方式，让事情的解决更人性化一些。毕竟这两个女人，她们对丈夫的犯罪行为并不知情，她们是无辜的。

听说有领导来听她们申诉，两个女人平静了许多。柳凌志一进会议室，鲁妻的眼睛胆怯而迅速地扫过他的面孔，突然露出绝处逢生的光亮，她认出了他。

柳凌志也看出，鲁妻就是他曾在方霏家小区碰到的员工夫妻中的妻子，他当时和他们随口聊了几句，得知他们在方霏的小区就有两套房子，现在又查出另外还有十几套房子，原来竟是挪用公款买的。

鲁妻像要抓住救命稻草似地扑过来，急切地说："柳行长，柳行长，您知道我那两套房子的，我那两套在红岭小区的房子，我们还指给您看过了，那个小区建成好几年了，是挪用资金前买的，是我们自己的合法财产。您都知道的，那房子的价格，您也清楚的，您告诉他们，让他们还给我呀。"

柳凌志尴尬地清了清嗓子："你要相信银行，相信法律，事情到了这一步，我们都得按司法机关的意见办。所有的事实必须经过调查，这是司法程序的要求，是必经程序，不仅是银行的要求，请你理解。"

法律部门负责人向女人解释："你不相信我们，我们领导的话你总该相信吧，即使房子是两年前买的，但挪用的资金仍有可能用于归还购买那套房的借款以及按揭，你说对不对？所以必须查清楚啊。"

鲁妻还是只管盯着柳凌志，竭力想要说服他："柳行长，您清楚的呀，红岭的房子早就买了，用的是自己的钱，而且我们上次也向您汇报了，我们的房子一直在出租，按揭就是用租金在还，我们没有用公款还那两套房的借款和按揭，当时是私下和您谈话，我们可没有戒备心，可没想过要撒谎骗您呀，我们说的全是实情，这还需要调查吗？您不能打官腔呀。"

情绪激动的鲁妻缠着柳凌志喋喋不休，柳凌志眼角的余光看到工作小组的三个同事都疑惑地看着他，他不由有些懊恼。

他们大概不明白他堂堂一个副行长，与犯罪嫌疑人的家属怎么会有私交。确实，这事挺让人奇怪的，通宝银行员工众多，鲁中秋这样外围的低层员工，他是不应该和他及他的家人有交集的。

这说明什么呢？说明他偏离自己的生活太远。他生活在金字塔尖，他的权势与地位代表某种信用，让他容易被人利用和借重，小人物有机会和他这样的人说上几句话，似乎就足可吓唬人，足可自证。

他这样具有利用价值的人，应该谨慎行事，不应该暴露在低层生态圈中，让自己成为绝望人们的救命稻草。他本有着属于他的阶层的生活，在他惯常的活动空间里，普通人没有机会私下见到他。他在专车的护送下，行走在专用通道里，乘坐专用电梯直达他要去的场所，身边的人都是和自己社会地位相当的成功人士，普通人近不了他的身，不会不经意就被攀扯。

可是恋爱让他追求新鲜刺激，他去了许多不适合他去的地方，遇见了许多不适合他遇见的人。为了讨方霏欢心，他刻意适应她的生活方式，他向前台秘书请教年轻白领喜欢的消遣，带着方霏光顾各种接地气的场所。他出入她居住的青年社区，像个居家男人一样去采买家居用品。因为办这些蠢事，他才会遇见不该遇见的人，惹来尴尬和麻烦。

和方霏热恋后，他太忘情了，激情让自己变愚钝了，本来应该是他影响方霏，他改变方霏，却成了方霏影响他，改变他。

思绪短暂游离了一下，柳凌志和颜悦色继续劝说两个女人："你们先回去吧，你们反映的问题我们会重视，会认真调查，不管怎么样，你们和家人自住的房子会给你们保留，你们要冷静，要分清楚孰轻孰重，早点还清公款，让你们的丈夫获得轻判更重要。留得青山在，不怕没柴烧。"

鲁妻的情绪好了些，柳凌志请工作小组的同事与家属商量具体的配合，就起身离开了会议室。

案子终于进入收尾阶段，损失全部挽回，柳凌志正在办公室审阅结案报告，秘书进来说："柳行长，董事长请您去他办公室。"

案件发生后，柳凌志向董事长做过一次专题汇报，当时，董事长沉着脸，并未多说什么，只是要求尽快追查资金流向，争取弥补损失。

走向董事长办公室时，他带上了结案报告，案件发生后，他一度心情沉重，在他的管辖范围出现案件，给银行带来损失，他倍感内疚。现在总算能给董事长一个交代。

董事长看到他进来，招呼一声："来啦。"就离开办公桌，来到办公室一角的会客区，和他一起在扶手挨着扶手的沙发上坐下。

董事长语调轻松，态度亲切，不像是要批评他，柳凌志感觉自在了些。

董事长问："案子处理得差不多了吧？李行长跟我讲，不会有实际损失，对吧？"

"是的，资金流向了房产和股市，也算我们运气好，房产升值了，股市这一年又相对平稳。所以变现后足够弥补损失。"柳凌志呈上结案报告。

董事长把结案报告翻了翻，放到一边："你是个福将，你管风险也有几年了，头一次出案件，还能避免损失，有惊无险，也算不容易啦，但你要从中吸取深刻教训，不管有没有损失，都是要追责的。"

他没想到董事长用了这般宽和的语气，竟没有严厉批评他，柳凌志感动不已。

董事长下一番话却更让柳凌志意外："当然你也不用紧张，追责也无须追到你这一层，我委婉地和老李说了我的意思，我说损失既能挽回，我们就大事化小，动静闹太大，传出去对银行的声誉不好，老李也同意，我和他对这个事基本达成一致了，我们的处理意见是，追责追到支行行长一级，不再往上追。党委会讨论通过后，这事就了了。"

如此宽大更是柳凌志没想到的，董事长和老李定了事，党委会也就是走走过场了，他连忙表态："感谢董事长对我的极大包容，但这个案件我负有相当大的管理责任，我没把好风险关，领出票据的申请书上有我的签字，我应该深刻检讨，给班子一个交代，给董事长一个交代。"

董事长摆摆手："凌志，你不要多事，现在是关键时刻，大包大揽会影响你的政治前途，我们这么处理是符合整体利益的，只要对外严守秘密，不会有非议。"

"但我担心如果我在这件事情中不承担应有的责任，有人会认为您在袒护我，给您带来不必要的麻烦，谁都知道我是您的学生。"

董事长却更加语重心长："凌志啊，这一页就翻过了，这么大个银行，这么多青年员工，出问题在所难免，你不要包袱太重，你责任心重，道德感强，这是你让人看重的地方，也是让人担心的地方，敢于负责的精神是要有，但同时也要拿得起放得下，遇事向前看，不忆往事，不悔今朝。不要陷进无谓的自责与悔恨中，不要当道德完美的悲情英雄，要当有胆识有谋略的枭雄。"

柳凌志缓缓点头，董事长太了解他了，一针见血，他的确悲情，就是这个特质把他拖入感情和事业泥潭中，他总想面面俱到，却哪个方面都没照应好，反而弄得心力交瘁。

他们面前的茶几上，有秘书室送来的水果拼盘，董事长用水果叉叉起一块水果，递给柳凌志，

又说道："凌志，你要看清形势，我还有几年就要退休了，老李呢，还有一年也要退休了，其他副行长都开始到处钻，只有你稳如泰山。我知道你清高，遇事不争，但我要你争，要你力争，我这不是为了你我之私，我是为了通宝银行，选接班人太重要了，权力只有在品行好的人手上，才能结出正果。你天性醇厚，业务精熟，当得起大任，交给你我放心。这些年，老李没有进取之心，他年龄比我大，我对他只能多加包容，但是通宝银行因此也牺牲了很多发展机会，实在是太可惜了，你是有抱负的人，要接过这一棒，让通宝银行在你手上崛起，趁着我还能帮你，你要振作精神，全力以赴投入工作中，好好地努力一把，不要辜负我的期望。"

董事长这一番交心之言，让柳凌志感激涕零，二十多年了，老师始终坚定的信赖他，并对他着力栽培，这一次，又想让他得到更高的平台。

董事长提到的这个机会相当关键，当上行长后，可以得一望二，下一步就有机会问鼎董事长之位，如果能当上董事长，通宝银行将迎来他柳凌志的时代，他将有机会施展一直不能充分施展的抱负，多年屈居副行长之位，如同压在几座大山之下，对于外表谦和内心自负的人来说，实在是一种韬光养晦的痛苦体验。

寒夜独站仰望星空是一种故作姿态，是壮志难酬时的自我平复和修炼。机会来

临时，难道不应该健步追日？

从董事长办公室出来，又想起好长时间没联系到方霏了，这段时间实在是忙，正常工作以外，每天要召集工作小组开碰头会，了解案件进展情况，还要抽时间约见律师、约见办案人员，即使想给方霏打个电话，也是刚拎起话筒，就有人在门口候着，匆匆拨过去响几声没人接，也就算了。

今天要和她通个电话，马上到了要上课的周末，这次必须联系上，约好周末上课的接送事宜。

方霏不知道柳凌志和她一样，也在忙着处理风险案件。在她打电话向柳凌志求教的那一次，他没有听她说完就挂了电话，她只好自己想办法。这几天她一直在忙，负气没有再找柳凌志，她翻查办公室电话的来电显示，看到柳凌志打过电话到办公室，但她不在，他也就算了，他没有进一步尝试打她的手机，看起来对于能否找到她并不上心，这想法让方霏愈生芥蒂。

终于，隔了好几天，柳凌志打通了她的电话。

柳凌志说："亲爱的，我找了你几天，你都不在，忙什么去了？"

方霏听不出他的疲惫，她面对着一连串的危机，自己也是身心俱疲，心似乎变糙了，她冷冷地说："你还关心我的死活呀。"

方霏现在似乎很容易生气，这么久没见面，谈话似乎又不和谐不投机了，柳凌志叹着气："霏儿，别再生气了，好吗？将来，我们还要一起面对很多事，动不动就生气可不是解决办法。"

方霏更火大："怎么，嫌我任性不懂事了。"

柳凌志心下懊恼，他处在很大的危机下，还时时想着抽空给方霏打电话，她却不领情，太不懂心疼人了。

终于还是约好了次日一起上学，趁着集中上课的几天，柳凌志殷勤接送，竭力补过，方霏也乖觉了，不再追问他的家事，以及恋情的下一步计划，感情和生活貌似都恢复了正常。但他们知道，他们的感情已越过了热恋期，进入了平淡期。虽然这是爱情必然会有的轨迹，但他们爱情的拐点多少有点提前了，而就在不久以前，他们还以为会热恋一辈子。

受过董事长提醒和鼓励，柳凌志看到了事业上清晰的愿景和前途，对工作的激情又开始高涨。

这天他清早来上班，却敏感地觉察到室内有被人翻动过的痕迹。

虽然所有东西都基本保持着原来的样子，但秩序感很强的柳凌志能感觉出，东西的摆放与他昨晚下班离开时有细微区别。他仔细看了看，他珍藏在柜中的方霏写给他的那封情书，也被翻动过了。这封情书他十分珍视，摆放很用心，情书被人动过他十分确定，这些变动不会是清洁阿姨弄出的，清洁阿姨只会做桌面和地面的卫生，不会动他的柜子和抽屉。何况他到办公室比较早，清洁阿姨还没开始做他办公室的卫生。

他打开电脑，发现电脑也似乎被动过手脚了，开机时跳出的是管理员的用户名，像是管理员登录他的电脑后仓促退出，没有换回他的用户名，也就留下了痕迹。

他又仔细查看了一下，电脑下的桌面，有一条明显的黑线，那是电脑长期不动，压住的桌面与没被压住的桌面之间的分界，这条黑线露出来，说明电脑被挪动过了。他仔细看了看，确认机箱的螺钉被拧开过，氧化的螺帽上有闪亮的拧痕，谁需要动他的机箱干什么呢？电脑并没有坏，不需要修啊。

他打电话给前台小妹，查问谁进过他的办公室。小妹摇摇头说，登记本上没有记录，应该没有人进来过。

小妹的回答说明，有人采用了非正常的方式进入了他的办公室，既没有登记，也没有打招呼，没有正当理由的私下进入，必须引起重视。

上班后不久，周敏来到他的办公室汇报说，昨晚内控部负责人避开工作小组其他成员，私下约见了鲁中秋的妻子。鲁妻刚打来电话抱怨，说她已经都那么配合了，内控部负责人还来逼问她，和以前不一样的是，这次还威胁她不许声张。她想了一夜，觉得不对劲，怕案子生变，影响她丈夫，所以悄悄给周敏打了电话。

"他逼问她什么呢？"柳凌志问。

"据鲁中秋老婆讲，他问柳行长是不是早就知道鲁中秋挪用，故意隐瞒不报？"

柳凌志沉吟了一下，他告诉周敏，他只是偶然与鲁中秋夫妇在红岭小区相遇，聊天得知他们在该小区有房产，并不像内控部负责人想的那么复杂，他不怕有人做小动作，但他早上发现他的办公室也被翻动了，这两件事结合在一起，证明有人在猖狂地多方搜集对他不利的证据，他必须制止他们继续胡作非为。

他让周敏去监控室调阅录像，看看是谁未经许可翻查了他的办公室。

周敏看了监控录像后报告，头天夜里是科技部负责人在机房值夜班，本来这天没有轮到他，他是专门找人调的班，深夜里，他和夜班保安私下通气，说要替领导修电脑，就进了柳凌志的办公室。科技部负责人掌握着整个大楼的门禁系统，他想进谁的办公室，是很容易的事，保安也没有怀疑什么，在他们眼里，科技部的总经理是个挺大的官，他们哪敢质疑。

柳凌志马上去李富生的办公室，汇报了这两件事。

李富生一听，这还了得，不经许可，随便翻查行领导办公室这种危险的行为，会让全行人人自危。为了不打草惊蛇，李富生让秘书打电话给科技部和内控部负责人，分别通知他们来行长室开会，他又打电话让保卫部负责人，让他来旁听他和柳凌志盘问那两人。

科技部和内控部负责人以为李行长找他们谈工作，急忙来了，上楼一看这阵势，顿时变了脸色。李富生让内控部负责人在接待室候着，派保卫部的人看着，先盘问科技部负责人。

科技部负责人先还死撑，说是给柳行长的电脑安装补丁，防范病毒，为了不影响工作，所以连夜进行。

这个谎言当然很容易戳破，为什么只给柳行长的电脑安装补丁，为什么事先不登记不打招呼？几个问题问下来，科技部负责人说实话了。

柳凌志的猜测得到了证实。这两个人只是小喽啰，幕后黑手另有其人，是分管这几个部门的副行长厉为群。

在上周的党委会上，讨论对票据挪用案件的追责时，厉为群以分管纪检监察的名义跳出来，强烈要求严肃追责，一追到底。他的理由是：这件案子虽然金额不大，也没有造成实质损失，但作案时间近一年，这么漫长的时间无人发现，让嫌疑人反复得逞，管理太松散。

厉为群当然是会跳出来的，以他对老李即将腾出的位置的觊觎，他怎么舍得这可以抹黑竞争对手的大好机会。

但党委会上他不占优势，不用董事长说什么，李富生轻描淡写几句话就让他闭了嘴。

李富生说："老厉啊，对员工监管失职可不是某一个人的责任。整个班子都有责任，是不是我们全体都来个问责处分啊？你这管纪检监察的，问起责来，首当其冲啊，员工的思想意识阵地，可是你的责任范围，你是我们的党纪国法辅导员呢。"

厉为群无话可说，董事长铁板似的面孔，也让他不敢再多说了。

科技部负责人供述，厉为群受此挫折，决定明的动不了柳凌志，就来一手暗的。他说只要找到了有力证据，手段不合法也会被忽略。他说只要铲除了竞争对手，等他当了一把手，会论功行赏。

内控部负责人很快也招了，是副行长厉为群让他干的。他还招出了更为重磅的消息，厉为群不光让他找鲁中秋的妻子谈话，厉为群还不知道从哪里了解到，柳行长正在与一个叫方霏的女子谈恋爱，而方霏最近刚受到了经侦的调查，厉为群对这个情况大感兴趣，他一直想找柳凌志的经济问题找不到，正在试图换个方向找突破口，方霏被调查提醒了厉为群，他试图从方霏的经济疑点中找到突破口，找到柳凌志利用身份之便，为女友谋取不当利益的证据。

柳凌志很震惊，方霏受调查的事，他都没听说，厉为群倒知道了。

李富生更是震怒："老子还没退呢，老厉就开始动手抢班夺权了？"

虽然柳凌志在管辖范围出了案件，但银行经营的就是风险，对风险有一定容忍度，厉为群这事性质就不一样了，他这样做是犯了职场大忌，这是赤裸裸的阴谋。

李富生马上向董事长做了汇报，董事长决定，召开紧急会议，立刻对这件事做出处理。

会上，班子成员们都很愤怒。厉为群竟然不经过组织许可，暗中用不法手段偷查同僚，这是严重的滥用职权，既侵犯公民个人权益，又破坏班子的相互信任与团结，必须严肃处理。

会议一致通过决议，对涉事的科技部及内控部负责人，调离原职，等待另用，同时扣罚当年年中奖。对厉为群本人，由李富生和他谈话，请他主动提出退居二线的要求，上报组织同意后，享受巡视员待遇。

会议结束后，柳凌志又被董事长叫到办公室。

董事长意味深长地看着柳凌志："怎么样，我提醒你的没错吧？你看，事情的发展验证了我说的，别人为了争位置，都对你下黑手了，你还不想争！还主动揽责，主动抹黑自己，你这种性格当了一把手是班子的福分，但是当不了一把手，等我退了休，你在班子里孤掌难鸣，更加失势，不知道要吃多少亏。这就是我要你抓住机会的原因，你只能勇敢往前冲，不可能随遇而安，因为竞争对手不会让你安生。"

柳凌志缓缓点头："感谢董事长的保护。"

"你不用客气，我们是相互保护，我总有退休的一天，总会淡出舞台，交权能不能交对人，决定了职业生涯如何盖棺定论。我们要始终掌控着话语权，否则就只能任人宰割。"

"谢谢老师教诲，我一定努力上进，争取挑起重担。"

"你清高，对争权夺利的事总不以为然，厉为群这个事正好让你受点教训，你不争，别人会逼你争，厉为群自作自受，自毁前途，你无心插柳，倒也格外有福，但你虽然少了他这个的竞争对手，仍然不能掉以轻心，潜在的竞争对手仍然很多。还有一年的时间，你要万事小心，确保稳健，你看你的女朋友都会被人当成攻击目标，你那个小女友被经侦调查是怎么回事？"

"哦，我刚打电话问她了，只是她的一个客户出了问题，她所在的支行有业务关联，去协助调查而已，与她本人没啥直接关系。"

"那也得小心，金融是高风险行业，很容易惹火烧身，领导干部的家庭、家风很重要，后院不可失火，你万不可掉以轻心。"

"是，我会加强对家人，对身边人的教育约束。"柳凌志恭顺听从。

柳凌志在忙着他的斗争，方霏这边也没闲着。

躲在甜蜜的爱情港湾里享受了一年的幸福，现在好似要还债，工作一件一件地涌来，方霏疲于应付。银行工作可真不是想混就能混得轻松。

刚清收完杨礼斌的贷款，周桂琴公司的贷后检查又发现了问题，巨额贷款没有按约定用途使用，而是去向不明。方霏像救火队员一样，刚扑灭一处，又燃起一处。

她连忙进行全面查找，查出周桂琴公司贷后检查材料全是作假，可她这么长时间全没有发现。杨礼斌出问题，周桂琴也出问题，杨礼斌是无意，周桂琴却是故意，真是太令人心烦了，这世界上的一切，怎么都像建立在流沙上，这样不可靠，不稳定。

只怪自己热恋中对业务监管不严，才有这样的漏洞产生。

打电话给周桂琴，才知道她人在美国，周桂琴在电话中泣不成声，她请方霏原谅，她说她不敢告诉方霏，想着自己静悄悄地找到人，找回钱，把事情摆平。但是她在美国找了好长时间了，钱伟民却像人间蒸发了一样无影无踪。

她去了钱伟民儿子以前就读的学校，那儿子毕业离开了，无人知道去向。

她想到美国的银行查查，有没有以钱伟民和他儿子名字开立的账户，可是她没有任何手续，老美很热心，但是也很严谨，不符合规则的事情，他们一点口风都不会露。

她去航空公司查机票购买记录，去酒店查住房记录，如同大海捞针，同样一无所获。

她结交当地的华人朋友，到处打听有没有人见过钱伟民，可她连钱伟民会用什么名字，会落脚在哪个城市都不知道。

她能想的办法都想了，能做的事都做了，她已经绝望了。她说她也不想回国了，她不敢面对儿子，不敢面对方霏这样的朋友，不敢面对公司的乱摊子。她就在美国找钱伟民，找到山穷水尽，她就死在美国算了。

方霏急了："你别犯傻，你赶紧回来。还没有山穷水尽，还可以救回来一些，我来替你想办法。"

"真的，你能给我想办法？你是不是就是为了骗我回来？"

又一个被不靠谱的爱情坑惨了的女人，方霏在内心叹息，她温柔地对她说："真的，我不是骗你，你相信我，你公司的家底我是了解的，你总共10亿的资产，姓钱的骗走了6亿，你还有4亿呢，你依然还是富婆，用不着在美国像个没头苍蝇一样地乱撞，你先回来，把公司稳住了再说。"

"好吧，我听你的，马上回来。"周桂琴软弱得像个孩子。

等周桂琴回来的时间里，方霏去找刘东辉，讨教怎么解决周桂琴公司的难题。她发现她有困难，不愿去找柳凌志，柳凌志太高大上了，他成天日理万机，还尽是些重要的大事，不好意思用那些芝麻大小的事来打扰他。他的爱情也很高大上，她感到他有强烈的自我保护意识，她被经侦约谈的事，事发当时想和他说，他没空听她电话，事过后她懒得再和柳凌志提，柳凌志却不知怎么知道了，打电话问她，他在她需要的时候没出现，现在又显得颇有些担忧，似乎怕她真有什么问题。

大概是他身居高位必须小心从事，但方霏还是觉得很不开心，他们只能一起享受风花雪月的浪漫，却并没有共渡事业难关的交情。

为什么会这样呢？肌肤相亲的爱人，反而不像是最亲的人，他们的爱情不平等，她爱他太甚，总像是高攀了他，他总是需要她等待，他有需要时她马上响应，可是她从他那里无法得到相同的待遇，对寻求柳凌志的帮助，她总有信心不足底气不足的卑微。柳凌志的确也不怎么热心，他最关心的是她不要连累他，她很心酸，爱情并没有将他们变得平等，让他们荣辱与共。

她有什么事，找刘东辉或者郭慕侠就很坦然，他们会帮她，会不遗余力地帮她，这点她很确定。

方霏约好了刘东辉，他们见面时，她不由得惭愧。当初没听刘东辉的，不该跳的槽也跳了，不该贷的款也贷了，现在有困难了，还得来找他。

刘东辉却是一如既往地关心着她："方霏，你状态没以前那么好了啊，你的精气神呢？怎么像打了败仗啊。"

听了这话，她都想靠在刘东辉的肩头哭一会儿，但她克制住了这种软弱。

"是啊，就是打了败仗啊，即将爆出4亿不良贷款，你说这不是败仗是什么。"

"噢，说来听听。"

"是这样的，我那个客户周桂琴，你也认识的，我给她办了经营性物业抵押贷款4亿，现在她资金被骗，贷款还不上了，我们只能处置抵押物，但抵押物是她的核心资产——建材市场，我们如果查封拍卖，有可能引发商户恐慌。商户如果撤场，卖场就只能停业，这一雪上加霜，公司就撑不下去了，抵押物也会大幅贬值。但如果稳健处理，公司却也有救，因为公司经营没有异常，同时也并没有到资不抵债的地步，只是由于资金被骗，流动性出了问题，我不想眼睁睁看着这家企业死去，师父，这个难题可有解？"

"缺流动性有几个解决办法。"

"还能有几个办法呢？"方霏佩服极了，自己一个办法都没想出，深觉智商堪忧。

"一是借入流动性。"

"恐怕不好借，又不是一点小钱，哪那么容易借啊？再说，也不敢大张旗鼓地借钱，同样是怕走漏风声，引起商户恐慌，商户争相撤场，那物业就成空架子了，就会大幅贬值，本来没有资不抵债，到那时也闹成资不抵债了。"

"预收商户租金呢？比如给出有吸引力的政策，多收一年的租金，寅吃卯粮，等流动性慢慢缓过来。"

"这个可以考虑，但是多收的租金有限，不能解决问题，贷款没有按约定用途使用，触发了提前收贷条款，公司要全额还款4亿，否则，还是得查封拍卖。"

"最后一个办法，就是找有实力的企业收购公司的资产，收购资金用于还贷。"

"嗯，这个办法似乎可行，买卖不破租赁，市场照样经营，不受影响。"

"既然是不错的物业，卖场销售也正常，应该有公司愿意收购，你悄悄约谈有实力的客户，牵个线引进资金，收购达成，你就可以收回贷款了，你的客户也不至于破产。我也帮你向我的客户打听打听，看有没有公司感兴趣。"

"好吧，我去联系客户试试。"

方霏去找魏小北。魏家是做房地产的，了解物业行情，魏家也有足够的实力，拿得出巨额收购资金。

魏家还真对此感兴趣，他们愿意参与建材城经营，积累商业地产运营经验，在今后开发的地块上发展商业地产。周桂琴建设连锁建材城的梦想，倒可以通过和他们合作来实现。

周桂琴终于回来了，巨大的打击让她更显苍老，活脱脱就是个老太婆了。

方霏告诉她，经过高人指点，已经有了化解危机的妙计。方霏和她细细一说，她忙不迭地同意。她知道一旦发生商户撤场、商誉受损的后果，那时候，她的事业就真的会灰飞烟灭，连渣都不会剩下。

把周桂琴和魏世明父子邀约到一起，经过谈判，达成了初步协议，周桂琴的物业作价8亿，魏家出资4亿，帮周桂琴全额归还银行贷款，作为对价，受让周桂琴公司50%的股份。魏家派人进入公司，监督经营，日常经营仍由周桂琴主理。

周桂琴只剩下一半的公司股权，但她已感万幸。在美国时，她无数次想到墙倒众人推的令人恐惧的后果；她想过商户听说她被骗，争相找她结货款，然后集体撤场的场面；她想过她的物业被低价拍卖，各种债务清偿完毕后，她一无所有的结局；她想过儿子痛骂她败光家产，老母亲生活无着的惨景；她甚至想过她站在建材城的楼顶，纵身向下一跳，来个一了百了。

从商多年，她看过很多商界精英昙花一现的辉煌，看过很多断崖一般的垮塌，但现在，她总算没有看到她的建材城在浩劫后成为废墟。她依然可以坐在她豪华的办公室里，努力东山再起。

方霏在处理过程中，倒是别有一番感受，她忽然觉得，人生关键时刻起作用的都是朋友，而并非爱人。爱是一种太过敏感又太不稳定的情感，不能为生活保驾护航。

第二十三章
终须相忘江湖

处理完周桂琴的贷款，方霏总算松了口气。

可是舒心日子没过几天，魏小北突然造访支行，这一次，这个福星带来的却是坏消息。

魏小北常来常往，他来不稀奇，可是他愀然不乐的样子却是少见，郭慕侠连忙凑过来关心好友，魏小北说，有个棘手的事，特意前来通个气，一起想想办法。

方霏急问什么事，她都快成惊弓之鸟了，真是不想再有事，但人一走霉运，坏事就不是只来一件两件。

魏小北说，父亲魏世明的朋友私下传口信，不日审计厅将派出工作组，到魏氏公司审查历年账目，朋友提醒他父亲，赶快先自查一下，做好相关准备。

魏氏公司是民营企业，从来没有经历过这种审查，此次被审不知是何缘由，魏世明一边安排公司上下抓紧准备，一边多方打听原因，以便心中有数。

打听出来的结果，千没想到万没想到，竟然是因为有人举报方霏，说方霏给魏氏公司放贷款，同时个人又在魏氏买了三套房子，享受了很大折扣，涉嫌利用职务之便，谋取个人利益。

方霏整个人呆住了，上次杨礼斌出事，她就被举报权钱交易，这次又来了，是谁要这样没完没了地陷害她？

郭慕侠倒冷静，他问：“你买小北家的房子，都是什么时候的事？”

方霏给他一提醒，马上会过意来：“都是金宝支行开业之前的事。”

魏小北也点头附和：“都是前几年的事，这两年没在我们公司买房。”

"对呀，咱金宝支行开业之前，你在南都银行，没和小北他们公司合作啊，那时候你买房，小北给折扣，纯属私人情谊，谁也管不着，不用怕。"

方霏略觉释然。可是魏小北仍是愁眉苦脸："方霏买房的事倒是可以想办法说清，问题是审计来查，不是查一笔两笔，是查公司近几年全部的销售，就怕这范围一大，万一别的交易有那么一笔两笔说不清，那就是拔萝卜带出泥，连累无辜哪。"

方霏深感内疚："小北，对不起，我倒霉就罢了，还连累你们公司上下，我真该死。"

"唉，事情都发生了，我也不是来怪你，只是和你通个气，你有个心理准备，谁知道这举报人还有没有其他阴招，你得小心，我要赶回公司抓紧安排清查。"

方霏十分过意不去地送走魏小北，和郭慕侠回到办公室。一关上门，郭慕侠就发狠："奶奶的，我说要查是谁干的，你要当大善人，不让查，现在看看，人家可是不肯善罢甘休，一定要给你整个事呢。我一定要查出谁干的，好好收拾这恶毒的家伙。"

方霏看看他，叹口气："先把这危机渡过再说吧。"

魏氏公司里，几个核心人物日夜加班，忙得鸡飞狗跳。

为了迎接审计检查，公司把历年的销售合同逐一清理了一遍，如果觉得某笔销售有问题，就采取一定的补救措施，这种秘密的工作，不能让外围员工知道，只能公司几个核心人物掌握，能参与这机密工作的人太少，连老魏都亲自参与到清查中。

清查发近几年的合同后，都没有发现太大问题，方霏的几笔合同，也说得过去，虽给了八折价，但要么是样板间，要么是尾房，有折让的理由，而且发生在与方霏合作之前，举报信所说的权钱交易，从时间上不成立。

让老魏担心的，是卖给姻亲吴学勤，以及另外几个头面人物的成本价别墅。

这一批五套别墅，自家留了一套，另外四套都已销售，所幸的是由于几家的购房款都采用分期方式，都还未付清，公司也就没有急着将销售合同拿到房地局备案，这相互之间一信任一拖拉，倒是留出了补救空间。

老魏万分无奈地来找姻亲，商量这事的善后，他对姻亲如实相告，并说了他的解决方案。

老魏说，要销毁原购房合同，另签新合同，原合同价格太低，新合同价格要比原合同提高两成，高两成就差不多能糊弄。但这多出的两成，不需要几位别墅业主真正支付，只需借用业主的名义向银行贷款，由银行把这两成房款付给魏氏公司，后面由魏氏公司来按月归还月供，等审查风波过去后，魏氏公司会尽快结清这几笔房贷，业主们不用担心。

一向做人漂亮的老魏，这回是灰头土脸地十分难堪，他还得去找另外两位业主。吴学勤也是十分狼狈，老师程显明这边得由他来报告。

程显明听吴学勤说了这事,半晌做不得声,平时总觉得自己行得正坐得端,堪为楷模,这时却似被抽了一记耳光。吴学勤让老魏给大家盖房子,他当时觉得没什么,他们几个人亲戚、师生,千丝万缕的联系,得点好处他觉得并无妥,但原来他在不知不觉间,早已对自己要求不严,以为自己道德无差,但用法律的准绳一对照,就经不起检验。

反省了一番,程显明叹口气:"我马上贷款,把钱给老魏,后面的按揭也不用他公司还,我们自己还。"

"不不不,由老魏来还吧,老魏不差这几个钱,做这个手脚主要是避免出事,咱们这几个业主的身份,都容易惹火烧身,老魏要为大家负责,尤其不能连累老师您,不能毁了老师的一世英明,要尽量稳妥。"

"要稳妥就该我们自己还按揭,那样最稳妥,要不然平了一件事,又留一个隐患,还是该怎么样就怎么样,我们便宜不能占太多了。"

"唉,老师,实在不好意思,学生这事没办好,您可千万别窝火。"

"不怪你,老魏和你,都是好心,是一心要给你老师谋福利,咱不会是非不分。那个被人举报的方霏,是个什么人,这名字我怎么听着熟呢?"

"您记性真好。这个方霏,就是凌志新交的女朋友,也是我外甥女的同学,春节在您家,凌志和我们提过她的名字。"

"哦,是了。她这名字好记,'人间四月芳菲尽','芳菲'的谐音,所以听过一次就记住了。"董事长想起来了。

"是啊,听老魏说,她被举报倒没事,她买房的折扣,是老魏看儿子媳妇的面子,能说得过去,只是她被举报连累了我们。"

"看看,我当初怎么劝凌志的,女子无才便是德,被我说中了吧?这惹是生非的女子,能要得吗?"

"老师训诫得是,老师就是看得远看得准。"

"你把凌志找来吧,我和他谈谈。"

柳凌志很快来了,见到师兄和老师在一起,他脸上舒展开笑容:"师兄来看老师啦?"

师兄点点头,老师威严地招呼他:"凌志你坐,我和你师兄有点事和你说。学勤,你和他说说前因后果。"

吴学勤把发生的事又从头到尾叙述一遍。

柳凌志听着,面色渐渐凝重。

说完事情经过,吴学勤还甚为不高兴地找补一句:"你倒是比我和老师都有先见之明,不肯买这个别墅,省得担风险。"

柳凌志很惶恐:"师兄,你这么说,我要找地缝钻了,我是因为家底薄没实力,打折我也买不起,哪里是什么先见之明。"

董事长对他的态度倒比师兄平和："你不买是对的，我们买了的，这回是斯文扫地。听学勤说，你那个方霏也没事，举报她的事算不上事，我替你们高兴，但是我看，你这个女朋友不稳妥。我当初就说，不要找太能干的，找个单纯老实的，你看，被我言中了吧，太能干了就惹事，就招祸。上次就被老厉查出经侦找过她，老厉还打算拿她当攻击你的突破口，这次她又招这么大的祸，你和她的事，怕是要慎重考虑考虑，你以后还有大好前途，后院失火哪能行？"

"这……"柳凌志没想到董事长一生气，竟要棒打鸳鸯，一时不知如何应对。

"老师提醒的是，老师到底看得远些，咱们要听老师的。"师兄在一旁附和。

"可是这事要怪，也得怪那个写举报信的人啊，写举报信的人捏造事实，妄图陷害，老师也知道，方霏并无问题，不过就是多买了几套房。"

"师弟，你是被女人迷昏头了吗？这个方霏被人举报，要么处世不妥，要么人品欠佳，否则怎么会树下如此大敌？举报信出招阴狠，给她安的罪名如果成立，是要判刑坐监的，你说她树下如此大敌，她能是个稳妥的人吗？如果不是老魏家还有点人脉，想办法替她开脱，她能说没事就没事吗？"

"你师兄说的对，这个方霏必不是省油的灯。为了你的政治前途，我不得不武断一些，你要立刻和她分手，另找一个单纯清白的女人。我们好不容易制服了厉为群，你的前进道路上少了一个劲敌，但你不能掉以轻心，你今后的职业生涯还有一段长路，这种麻烦的女人，留在身边就像定时炸弹，大丈夫何患无妻，你不要把你的前途做了她的陪葬品。"董事长面容严峻。

"厉为群陷害我，您认为我太善容易招人欺，可为什么方霏被人举报，您就觉得是她不好呢？您别先入为主啊，我马上安排您见见她，您会喜欢她的。"

"她和你怎可同日而语，男人在江湖斗，那是没办法，女人在江湖斗，成何体统。她找了你这么个对象，还要不知进退，还要惹是生非，我不敢见她，没见都被麻烦缠上，见过更怕惹祸上身。"董事长干脆拒绝。

"是啊，连我都得教育外甥女，少跟这种麻烦的朋友来往，咱们的孩子从小家教甚严，跟社会接触不多，不知道人心复杂。"

"你不要以为我们是因为受她连累，一个人要多付几百万，所以就迁怒于她，我们纯粹是为了你好，妻贤夫祸少。"

"是啊，你要知道深浅，她与人结仇，你要是和她结了婚，她的仇人会将你当作攻击目标，你这个目标可比她大多了，容易攻击多了。"师兄与老师一唱一和。

"你已经是这么大一个行长了，我本不该摆出老师的威严来干涉你。但是，即使我在学问上不能再给你更多，我们也还是工作中的盟友，我必须时时提醒你。你是我要交权的人，你要对你自己的前途负责，也要为我功成身退后的清誉负责。你必须稳健行事，实现我们之间权力的顺利交接，平稳过渡，不能为了一个女人，坏了我们的大计。"

"董事长,不至于要这样,今后我会管束她,不让这样的事再发生。"

"师弟,江山易改秉性难易,你那位方小姐不是3岁,她该有30了吧,你改变得了她吗?你还是趁早听老师的,换个妥当的人。要知道,一件很小的事可能成就你,一件很小的事也可能毁灭你,何况娶妻这样的大事。"

被董事长和师兄好一通教训,柳凌志垂头丧气地回了自己的办公室。

虽然在董事长面前竭力维护方霏,但柳凌志心里实际上也生着方霏的气,没想到,方霏名下有如此多的房产,除了他光临过的那一套温馨小公寓,他不知道的还有五套之多,她是一个小小的地主婆呢,真看不出来。她在他面前显得很清高,从没提过金钱财物,原来她是因为太有钱,所以视金钱为无物。

又是房子!这些人都在狂热地屯房子,鲁中秋为了房子铤而走险,害得全行上上下下忙了这么长时间,他深爱的方霏,也在不声不响地屯房子。

柳凌志自嘲地苦笑,这个小女子,比他柳凌志有本事得多。他当着金融高管,收入很不低,但他养着一个家,再加上他没有精力刻意规划投资,所以他算不上很富有,没想到无意中傍上了小富婆。他这是有多幸运,天上掉下来的林妹妹,还带着吃不完的大馅饼,苦苦守着只想让他人财两得。

一个女人这么年轻,就这么富有,这意味着什么呢?不是说"女人变坏就有钱,男人有钱就变坏"吗?

不不不,这句话不会应在她身上,她当着支行行长,收入高,又是单身,不用养家,赚来的钱想办法投资也正常,她是凭自己的实力。柳凌志在心里做起数学题,为方霏开脱。

举报信告她通过购房折扣隐性受贿200万,虽说不成立,但是即使是好朋友,随随便便占人家200万的便宜,在他看来也颇为不妥。

他自己一向廉洁奉公,一身正气,亲戚朋友要买房,求他打个招呼买套便宜房子,他从来都不肯。他这些年不投资房产,也是因为地产商大多与他们银行有业务合作,身为分管业务的行长,他怕有瓜田李下之嫌,不敢随意找客户买房。

也难怪董事长生气,对方霏的举报和对魏氏公司的审查,如果处理得不好,将会引发一场怎么样的灾难?简直想都不敢想。审计组如果真想做文章,完全可以借此在滨城掀起狂涛巨浪。

魏氏公司的客户不乏滨城政经界有头有脸的人物,除了方霏得过买房折扣,除了师兄和董事长的成本价别墅,自己银行里的高管,李富生、厉为群,都买过魏家的房子。老魏为人豪爽,舍得做关系投资,方霏这样的小人物都能得到如此折扣,别的大佬更不用说了。

房子随便给点折扣,都可能达数十万之巨。这种事民不告官不究,但如果有人告,也是有站不住脚的地方。

要是因为对方霏的举报,引起对魏氏公司售房折扣的清查,带出很多不相干的人,害了老魏,害了其他的朋友,他虽与此不相干,但凭他与方霏的关系,差不多也该无颜见江东父老。

为何与方霏的感情,这般坎坷不尽。

原有的困难还没有跨越,又出现这新的障碍。董事长和师兄给予的巨大压力,他该怎么办?

在这新的问题面前,他个人对方霏的看法也有了些改变。

他愿意把自己的女人照顾得很好,大大方方给女人钱花,只要是他拥有的财富,他都可以和所爱的女人分享,但他喜欢简单干净的女人,一个对金钱欲望太过的女人,一个比他更富有的女人,他是不会欣赏的。相反还会引起他的警惕,他不会开心自己的女人生财有道,他更不会以权谋私去搏女人欢心,如果方霏喜欢的是他的权力,那他们之间就是个误会。

下班了,在黑暗的办公室无声无息地呆坐一阵后,柳凌志拖着脚步起身回家,女儿在家等他呢。

他回了家,女儿睡下后,他一个人呆坐在书房,心事如泉,不由在纸上草草写下一首小诗:

> 遇到你
> 在即将来临的秋季
> 不能给你春的多彩
> 夏的热烈
> 只有秋的寥落
> 弥漫在周遭的空气里
>
> 别说我有太多的沉郁
> 眼里的潮湿
> 心底的雾气
> 就如这萧瑟的秋
> 在这个季节
> 只有这样的风景呈现给你

次日上班,他把这首诗装入信封,填上方霏的地址,让秘书寄给了她。

方霏下午就收到了信,信上除了一首小诗,什么也没有。

铅笔书写的字迹潦草但不失风骨,是柳凌志的笔迹。纸上似乎还有泪痕,他看来有感而发,颇为动情。

他的诗里，有那么多欲言又止的情绪。方霏敏感地打电话问他："你听说老魏公司被查的事了，对吗？"

"是的。"

"你也怀疑我有经济问题吗？"

"不，我相信你没问题，但这件事很严重，有很多人被惊动，影响很不好。"

"你的朋友们被牵扯上了，他们很生气，你感到压力了，对吗？"

"是的。"柳凌志艰难却又诚实地回答。

电话两端，难受的沉默。

柳凌志深深地吐了一口气，问："你要这么多房子干什么呢？"

"投资房产是一个趋势啊，大家都在投资房产，我有闲钱，我最看好房产这个投资方向，没有想太多。"

"你买房就买房，既然买得起，贪图那点折扣干什么呢？"

"我买的是样板间，折扣是公开的，谁都可以拿到，举报信这个事，问题的关键不在于我拿没拿折扣，关键是有人要想方设法害我，是欲加之罪，何患无辞。我自认我做人也算是自律谨慎了。"

"我知道很多人都在投房产，很多人都在牟取暴利，但你已经非常幸运，还需要这么拼命追求财富增值吗？财富要多少才是够呢？你也许没有错，但欲望不能太过，欲望太过总会伤神害身。"

"你不用跟我唱高调，你万事顺遂，哪知道财富的重要，我只知道我不成功，我都没有资格走在你身边。即使在你的身边，你也不曾给过我承诺，我的未来不是还得靠自己吗？我追求财富，选择房产做投资方向，这不是我的错，要错也是社会的错，是市场的错。我没有安全感，我需要财富让我踏实。"方霏并不服气。

"你太能干了，霏儿，你知道吗？你是个小富婆，你的身家比我多多了，我高攀了你呀。在我的心目中，你一直是那么高贵淡泊，我没想到你原来这么精明，这么务实。"柳凌志深深叹息。

下午，周敏又来汇报工作，柳凌志无精打采，周敏把同一件事汇报了好几遍，柳凌志都还没会过来意思。

周敏瞅着他："柳行长，好事将近了吧？"

"什么？"柳凌志又是一惊，三魂六魄缓缓归位。

"现在全行上下，都知道您交了个女朋友，我猜您是要结婚了，这样的大喜事，一定是忙得昏头涨脑。"

是了，老厉试图通过他的女友找到他的把柄，这样的职场斗争加男女关系的狗血剧情，全行上下一定是十分兴奋。他烦闷地问周敏："你说我昏头涨脑吗？"

"不不不，我不是这个意思，我是说，寻常人遇到这样的事都会昏头涨脑，但您不是寻常人，您不会，您只是有一点点心不在焉。"周敏狡黠地笑。

"别跟我耍滑头，你到底要说什么？"柳凌志面带羞惭："我的事八字还没一撇呢，别瞎猜。"

"可是大家都说，您找了北华银行最能干的支行行长，又年轻又漂亮又有钱，您还不赶紧娶回家，当心到口的肥肉飞了。"

柳凌志苦笑笑："听起来怎么像是我中了大奖了。"

"您的女朋友很能干，真的是名声在外呢，您还记得营销特隆达公司的事吗？那次您专门召开分析会，分析失败原因，童国庆当时很不服气，说是败在了南都的美女手上，那个美女，就是您现在的女朋友啊。"

柳凌志不由想起那次会上，童国庆讲南都的美女为了大户可以献身，当时因为与被说的人全不相干，所以部下的玩笑犯不到他，现在，得知这话竟是说自己心爱的方霏，这感觉立刻不一样了，像吞了一只苍蝇一样难受。他不由很生气，他们竞争不过就瞎编排，方霏是这样的人吗？

"你们都在乱传些什么呢？说话也得负点责任。"柳凌志不由有了点气。

"并不是乱传。您这个女朋友，很惹人注意呢，老厉注意到她，不是没有原因的，我们行里好几个同事去了北华，他们也传过来很多消息，北华的人都爱讲她的故事，据说她的经历比较传奇，她从临江来滨城，从最底层做起，像坐火箭一样，没几年就升成了支行行长。"

"看不出来你也这么八卦。"

"那些去了好银行的旧同事，富贵了不相忘，常约我们坐坐。大家在一起总得聊点什么，对于既会抢客户，还能钓到我们的领导的厉害美女，我们能不感兴趣吗？"

"说得这么难听，什么叫钓？我是鱼吗？"

"错了错了，我口误，对不起，但您这个女朋友的确厉害。据说您这个女朋友从南都跳槽到北华时，是从经理跃升到行长的，原因是有个很有实力的高干子弟，愿意抬她。这个高干子弟以前职务在她之上，是她的领导，后来却甘愿给她当下手，他们结伴从南都跳到北华，一起共事好几年了，北华的人都说他俩要好，您看，既能征服您这样的高干，又能让高干子弟也服服帖帖的，您说厉害不厉害？"

"你说这些，是在提醒我吗？"周敏的话，打翻了柳凌志心中的五味瓶。

"不敢不敢，道听途说，您是我敬爱的好领导，我一向对您知无不言，言无不尽。"

纪委查老魏家的销售账目的同时，又约谈了被举报人方霏。

第二次被约谈了，依然只能是郭慕侠陪着，这次方霏想都没想要找柳凌志，高贵的他生怕给自己带来麻烦，他怎么会陪她来面对这种事。

第二十三章 终须相忘江湖

郭慕侠还是不能进去，只能在外边等待。方霏一个人面对着两个人，谈话很不愉快，这些人说话的语气，还有他们那冷漠洞悉的表情，似乎就预先设定了被谈话的人是戴罪之身。

方霏甚觉委屈，态度因此不友好，几乎按捺不住情绪要发作，但总算知道得罪不起，忍了又忍。

谈完话，方霏情绪低落地出来了，郭慕侠送她回了家。

回家后，方霏就觉头痛、遍身痛，她一个人躺在公寓里，没人照顾，从天黑到天亮，她发着烧，浑身无力，想喝水都不愿起身了。

昏昏沉沉中，电话时不时地响，方霏起不来，没法接。不知是谁打来的电话，刺耳的不挠不屈的铃声让她焦虑，让她脑海里人影盘旋，阴险的诬告者，面孔威严的办案人员，还有冷淡下来的柳凌志，这些挥之不去的人影，在脑海里拥挤着，折磨着她，让她头痛欲裂。

有事找方霏却找不到的支行员工都去找郭慕侠，说联系不上方行长了。

听了员工的反映，郭慕侠马上打方霏的电话，果然没人接。方霏一向行事细密，不靠谱的状况很少有。这一段时间，她经历了许多事，会不会有意外发生？郭慕侠十分自责，方霏没经历过什么大风大浪，昨天被传唤的事，她一定很害怕，昨晚让她一个人回家，实在是太大意了，他带着夏桐瑶，急忙赶来方霏的小公寓查看。

敲门没人开，郭慕侠拨打方霏的手机，屋内传来铃声，确定方霏在屋内，郭慕侠和夏桐瑶去找物业管理人员。物业管理人员表示，他们不能擅自打开业主家门，建议报警，于是报了警，不一会儿，警察带着专业开锁人赶到了，简单了解了情况，问清了郭、夏与方霏的关系，做了笔录，让物业管理人员、郭慕侠、夏桐瑶都签了字，就让专业开锁人打开了门。

门一开，郭慕侠和夏桐瑶急忙冲进去。卧室里，方霏躺在床上，警察看了看，确认方霏只是生病了，发着烧。警察叮嘱他俩将方霏送医院，就离开了。

护士给方霏挂上吊瓶，几瓶药水滴进方霏的体内，方霏终于略退了烧，有了些精气神。她睁开了眼，看到了陪着她的郭慕侠和夏桐瑶。

方霏有气无力地说："给你们添麻烦了。"

夏桐瑶握住她的手："说哪里话，你病成这样，都是被工作拖累的，我们照顾你应该的。"

郭慕侠说："是啊，你操心太多了，思虑过多，耗损气血。"

他们照顾她吃了午餐，看她精神好些，夏桐瑶有工作忙，先走了。

只剩了郭慕侠陪在病房，方霏住的是内分泌科高干病房，一间只住一个病人，便于休息养神。方霏让郭慕侠也回去，他不同意，他说："昨晚就不该让你一个人回去，有我照顾，你哪能病成这样？"

郭慕侠的话让方霏百感交集，她明白自己生病，被约谈并非主要原因，那只是压垮骆驼的最后一根稻草。她的病根还是柳凌志，是因为担心柳凌志误会她，她心下担忧牵挂，心情郁结所致。

可是口口声声深爱她的人，让她牵挂到生病的人，关键时刻却总是不在身旁。每当遇到困难，都是郭慕侠在保护她，连生病了也是郭慕侠照顾在病床前。

柳凌志又是几天没打电话了，方霏心里难受，应该告诉他她生病了吗？他会看在生病的份上态度缓和一些吗？可是以生病来博同情，似乎也没什么意思。方霏最终没有主动打电话。

支行年轻的男孩女孩们川流不息地来看方霏，叽叽喳喳把病房闹成了一个市集。

连续两天下午五点多钟，郭慕侠就结束工作，来医院陪她照顾她，他大摇大摆轻车熟路地来，方霏不要他来，他也不听。

他每天都要守到夜深，方霏催过一遍又一遍，他才肯回家休息。

这天郭慕侠进了病房后，顺手将病房门虚掩着，对方霏说："走，换身衣服，我带你出去吃饭。"

方霏没精打采地说："医院送的病号饭我都吃不下，你去吃吧，别管我了，我不想动。"

"病号饭那么难吃，你当然吃不下了。跟我出去吃点对胃口的，不吃不行，医生说了，你营养不良，情志不舒，身心都出了问题，要加强营养。"

"别难为我了，真的不想出去。"

"要出去的，出去散散心，你这样一天到晚躺着，闷都闷坏了。听话，啊，有我这样的帅哥陪着，换了别的女人，就是躺在棺材里，也要跳出来跟我走了。"

方霏不由"扑哧"笑了。

"看看，终于笑了，说明还有救。走吧走吧，快点，要不本少爷直接来拖了啊。"

方霏无可奈何地起来，去卫生间换了衣服，跟郭慕侠出门。

郭慕侠伸出胳膊来挽方霏的胳膊，方霏急忙抬手把他的胳膊推开："别胡闹。"

"什么叫胡闹，我怕你走路不稳，摔跤了。"

两个人来到一家粤菜馆，点了清粥小菜，在郭慕侠卖力的哄劝下，方霏吃了些。吃完饭，已是华灯初上时刻，街上人来人往热闹非凡，郭慕侠说："走，我们散散步消消食。"两人又相跟着来到街上，并肩走在人流中。

郭慕侠看方霏精神状况好多了，憋不住问她："这几天一直想问你没敢问，除了杨礼斌这事，你是不是还遇到了别的事？你不开心好些日子了，前一阵你还春风得意的，每天打扮得花枝招展地和别人约会，气得本少爷要吐血，这次病了也没见有人来陪你，这是报应来啦？"

方霏一听此言，马上泫然欲泣的样子。

郭慕侠吓一跳，连忙说："好吧好吧，算我多嘴，不说了不说了，换个话题好吧。"

方霏却有了和郭慕侠说一说的想法，郭慕侠一再出手相帮，也许是对郭慕侠心怀歉意，想要做个解释。

方霏说："以前你问过我心里是不是有人，今天我可以告诉你，是一直有个人。"

郭慕侠竖起耳朵，兴趣满满地问："他是谁？"

"他是谁我不能告诉你，但我和他之间发生的事我可以告诉你。我很早以前认识他，对他一见钟情，默默地爱了他很多年，因为心中有他，所以这些年都不肯接受别人。最近一年，我和他终于在一起了，我很开心，但现在我们之间出现了问题。"

"出什么问题啦？严重吗？"

方霏叹口气："问题不小，我们很相爱，但却不容易相互理解。"

郭慕侠看看她："很想他？很难过？被人举报的事没告诉他？住院的事没告诉他？所以他没有来看你？要不我帮你告诉他？"

方霏摇摇头："别问了，说起来都累。"

"真弄不懂你们这些知识分子，想他就打个电话呗，多大点事，电话不打，却不吃不喝的。"

方霏还是摇头不语。

"你看，我从来不把生活弄得这么沉重，喜欢就大胆说出来，不喜欢就友好地分开，生活就应该这么简单。我的初恋女友到现在和我都还是好朋友，她交了新男朋友，都会领来给我认识，我和她新男朋友喝酒打牌跟哥们儿一样，要是你当了我的女朋友，我也把你领去给前女友们认识，让她们知道你才是正主儿。"

郭慕侠边说边拿肩膀撞撞方霏，方霏苦笑笑。

"离开那个男人吧，他把你弄得愁眉苦脸像怨妇，有我这么英武霸气的男人喜欢你，你应该感到非常荣幸，我保证让你每天生活在快乐中。"

他又来拉方霏的手，方霏躲开他，但并没有生气。这么久的相处，方霏已经知道，郭慕侠虽说油嘴滑舌，有失疏狂，但只要不贪杯，他就是个人畜无害的活宝，他真实而快乐，随性而坦荡。

郭慕侠在身边伴着，那感觉让她想起柳凌志，她说："有时候，我都有种奇怪的感觉，觉得你就是上帝派来安慰我的，上帝念我苦恋，所以派来个活宝。真的，你和他外表有一些相似之处，但你们的性格气质差太远，是完全不同的两类人。"

"别在我和他身上找共同点，我就是我，我可不要当别人的替身。"

"不会，我不会找替身，就是上帝真派来替身我也不要。我这一辈子啊，就只会爱他，想一想别的可能性，都是对感情的背叛和亵渎，都会觉得对不起他。"

郭慕侠做出呕吐的表情。

纪委的人不光约谈了方霏，也约谈了程显明和吴学勤，对这两个领导干部，纪委的人虽然十分客气，但程显明和吴学勤仍是窝了一肚子火，养尊处优的他们，何时被人质疑过。

纪委的人一走,董事长怒气冲冲地叫来了柳凌志。

"凌志,你好好考虑一下吧,如果你坚持和这个方小姐交往,我恐怕就要放弃对你的支持了,市金融办主任惦记通宝银行行长职位已经很久了,我和他私交不错,我会考虑支持他,他在事业上更成熟,家庭生活也更简单,不会发生太多意外,我不能把宝押在风险太大的人身上。"董事长这一次懒得废话,劝说都省了,直接下了最后通牒。

人行道边的马路上,熙熙攘攘的车流拥堵成一条河。

柳凌志黑色的奥迪车紧紧地塞在车流里,下班回家总是堵车,他坐在后座,百无聊赖地看向热闹的街市,董事长的最后通牒在耳边回响着,他心情黯然。

他舍不得方霏,舍不得和她一起度过的美好时光,他想起那些忙着和方霏约会的日子。那些有方霏陪伴的日子,就像生命的天空中偶然飘过的美丽云朵,它们千姿百态,美不胜收,但最近发生的一些事,就像一股狂风,吹走了那些五颜六色的日子,他们之间有了隔膜,他规劝她的话,她听不进去,他这几天没给她打电话,她也不主动打给他,两个人的关系又有点僵住了。

生活又还原成白开水一般的乏味,他只能没精打采地重复从前两点一线的生活。

他忧郁的目光突然看到一个熟悉的身影。

是方霏和一名青年男子,两个人在人群中并肩走着,边走边低声谈笑,看起来很开心的样子,男孩子还试图要拉方霏的手,方霏虽躲开了,但面露笑容,并不生气,看起来他们关系非比寻常。

这个男青年大概就是方霏父母和周敏都提到过的,她的搭档,她的副手。那个苦苦追求她的男孩。

车子在车流中缓慢蠕动,与路边的行人差不多同步,柳凌志可以一直默默地看着方霏,她穿着柳凌志熟悉的白色丝质绣花长裙。和他约会时,她也穿过这长裙,他的手抚过这长裙。她的腕上,戴着自己送给她的手表,轻巧精致的腕表造型,那么熟悉那么扎眼,那是自己和她热恋中,特意相送的第一件礼物。自己在这件礼物上花足了心思,选了和自己戴了多年的手表同款的一只女表,含蓄地向她传递成双成对的深情。

送方霏手表那天,方霏觉得礼物过于贵重,但柳凌志从盒子中取出腕表,给方霏戴上,把两个人的手腕摆在一起让她看。对这只手表蕴含的寓意和柳凌志的良苦用心,方霏很感动,腼腆地收下了。

但她还是不放心地问:"你这只表,不会是一拖几吧?"她常常用这样的小小尖刻表达她对他感情的怀疑和不满。

当时,他坦然迎着她的目光说:"不会,是唯一相配的。"

方霏当然知道柳凌志所言不虚。他犹记得她喜不自胜的样子。

戴着和他配对的情侣表的方霏风采翩然，却陪伴在别的男人的身边。

他坐在车里，全身抑制不住的颤抖，前妻留在他心上的耻辱，至今依然常常啃啮他的心，本以为与方霏的新恋情把自己从那痛苦中拯救，可是女人们为何都这般轻浮？他又为何这般天真，以为自己会有特别的幸运，能得到一个不一样的女人。

他不能接受他爱的女人有异性密友这回事。他这一代人，从小受到的教育是"男女授受不亲"，他自己与异性交往就十分审慎，像他这样仕途得意，一直生活在众目睽睽下，在公开场合行为拘谨，很注重自己的名誉，不是确有亲密关系，不会和异性靠太近。

但方霏在他们热恋苦恋的同时，还有心思和别的男孩结对玩乐。

他本来还担心方霏陷于经济案件中，心情会悲伤绝望，现在看来不用担心了，她没有自己，照样开开心心。

也许，真如董事长说的，那些能干的游走在异性中间的女人，她们有绚丽的外表，有让人沉沦的美丽风情，但她们的风情，是五光十色的经历所成就的，她们绝不会明澈单纯。

柳凌志颓丧地看着，伴在她身边的男孩非常英武，很像年轻时的自己，而自己，已经在走向初老，他有了一些自惭形秽。男孩和方霏很般配，那么祝福他们吧，自己应该退出了。

看着方霏风姿绰约的背影，柳凌志感到眼角发潮，男儿泪悄悄沁出眼角。

其实，不看到方霏和男孩的这一幕，他们的感情不也已经够难的吗，方霏的父母、自己的女儿，还有董事长和师兄，都来逼自己。只是如果没有这一幕，他感情的天平始终向着方霏，他不愿意放弃。而这一幕让他那毫不犹豫地倒向方霏的天平，向另一方倾斜了过去。

深谋远虑的董事长，已经给他柳凌志把利害关系分析得清清楚楚。可他听不进去，心中还泛滥着要美人不要江山的豪情，像个狂妄少年，打算奋不顾身，打算为了方霏，放弃与董事长的结盟，这到底是幼稚还是重情？

未来的人生，他可以甘于平庸，可她愿意平庸吗？

他应该听董事长的，不要再为善变的"爱情"所惑，最好的机会即将来临，不要为红颜乱了阵脚。

竞争激烈，他不能有丝毫差错，而差错的后果，也不是他一个人的选择题那么简单。那么多富可敌国，权势熏天的人之所以停不下来，远不是自身的欲望不能满足，而是绑在了一个战车上，只能随着车轮滚滚向前。

过去的岁月里，是因为有董事长的庇护，他才有风花雪月的无忧。而现在，他需要接过担子，负起他该负的责任来，这险恶的政治环境，哪容得他掉以轻心，行差步错。

通宝银行有多位副行长，虽然自己排名靠前，虽然厉为群已经倒下，但其他几位副行长也都有各自的背景，也有角逐行长之位的实力，行长之争将很激烈，如果这次机会不把握住，随着年龄增长，自己将淹没在一群副职当中，再无出头之日。

这段甜美而又挣扎的感情，就让风把它吹熄了吧。

想到此，柳凌志心中澄明一片。壮士断腕，痛则痛已，但到了该下决心的时候，还是应当拿出勇气。

苏文玉和魏小北知道方霏生病，来到医院探望。

方霏看到魏小北，脸红了："小北，真不好意思，给你们公司添了这么多麻烦。"

魏小北说："算了，都过去了，有惊无险，吃一堑长一智。"

方霏又转向苏文玉："文玉，我的感情和我的工作，都给你说中了，我现在过得一团糟，感情理不顺，业务也出娄子，还连累你们，我都没脸见你了。"

苏文玉握着方霏的手："我了解你，所以也懂得你，你没什么可自责的，你只是太过天真太过执着而已，我只会心疼你，不会有其他想法。"

方霏的眼泪大颗大颗往下滴，她说："文玉，感谢世间有你这样的天使。"

苏文玉受到舅舅的警告，魏小北也受到父亲的警告，双方长辈都要求他们与方霏保持距离。但苏文玉这次没听长辈的，她从小和方霏一起长大，她相信自己的判断，舅舅和公公气急了，难免有失偏颇。

她没有向方霏提及长辈的忠告和禁令，但她也知道方霏的感情没有了前途。

她怕方霏继续执着，更加受伤，于是委婉地劝方霏："关于你的感情，我今天又得旧话重提，我还是得劝劝你。说真的，如果爱情带来的更多是泪水，那就不是好的爱情。好的爱情应该让人幸福快乐，你应该选择更好的爱情，而不是守着一份勉强的感情不放。"

苏文玉意味深长地看了看门外，郭慕侠和魏小北在病房外的露台上，靠着栏杆抽烟。

方霏垂下眼帘："爱情无所谓好坏，爱情就是一种甘愿，缘分都是命中注定的，我也不愿意自讨苦吃，但我偏偏爱上了这么一个人，放不下怎么办？"

苏文玉叹口气："什么都别说了，好好养病吧。"

方霏住院三天，就出院回了家，本来也不是什么大病。

出院那天，郭慕侠、苏文玉、魏小北三个人一起来接她。办好出院手续，四个人找了饭馆吃饭。有了至交好友的安慰陪伴，方霏的心情也略微开朗起来。

回家后，她每天在想和柳凌志的感情面临的困局该如何去解。总裁班的课程已经结束了，她和柳凌志借上课之机相遇，借上课缓和关系的机会也没有了。她和柳凌志相亲相爱一年多，爱得要死要活的，这么深的感情，难道就这样淡淡的，让感情凉下去吗？

那天柳凌志劝她，虽然她出言顶撞，但她心里还是觉得他说的有道理。的确，在这世上，钱不是最重要的，不从众，不急躁，才是高贵的人生态度。

从前她跟着罗若兰，价值观多少受到了些影响，和罗若兰做的那些事比起来，她觉得自己买几套折扣房根本算不了什么，可是和柳凌志的境界比起来，她确实还需要学习，要让自己的生命始终处于一分平和、宁静和怡然中。

她知道错了，她曾经还慷慨激昂，认为自己充满社会理想，充满正义和道德感，但却在这欲望横流的圈子里，不知不觉也淡忘了界限和原则。

他为自己背负了压力，应该安慰安慰他。也得让他知道她懂得了他说的道理，而且事情现在全都过去了，并没有不可收拾的后果，他们不应该继续僵持。方霏决定不再敏感矫情，不再不依不饶了。她不能失去他，她不能任由感情冷下去而不采取任何措施。

但是那次电话中争吵后，柳凌志却再没有电话来。两个人关系如今这么微妙，自己主动打给他，会不会很没面子？

想想又觉得自己太小气，和柳凌志的关系都好到这个程度了，还计较一个电话是谁打给谁吗？他们是恋人，而且柳凌志还说过，她是他的亲人，是亲人就应该相互关心，相互惦记，他不打电话，可能是他有些灰心，他那么爱惜名誉，何曾面临过这样的危机？还是自己主动打破僵局吧，他是自己在这个世界上最爱的男人，为什么要这么隔膜呢？

方霏一再给自己找理由，一再给自己鼓劲。她希望通过自己的主动认错，来维系他们的关系。

要对柳凌志说的话，方霏已经打过很多遍腹稿：亲爱的，你说的都对，请你原谅我的倔强和嘴硬，我只是虚荣心强，不肯轻易认错而已。今后的生活，我会听从你的教诲，财富不是最重要的，生命中你最珍贵。今后作为你的恋人，我会注意我的行为举止，努力维护你的声誉，坚定地支持你，与你贫富相守、甘苦与共。过去的一年里，你给我带来了巨大的幸福，巨大的改变。你对我有着无与伦比的意义，感谢你的教导，我心迷雾已散，只要你是爱我的，我就不再期待更多了，我会一直爱你，此生不渝。

选定一个中午，是以往惯常的通话时间，方霏熟练地拨出那一串号码，电话通了，她似乎能清晰地看到电话的另一端，柳凌志从午睡中缓缓起身，走向电话。

这个时候打来的电话，他应该能会意到是她，方霏这样想着。

电话那一端，柳凌志缓缓走近电话，看了看来电显示，不错，是方霏打来的电话。他犹豫了一下，缓缓伸出手，动作迟滞缓慢，似乎是要拿起一个重物，然后，电话接起来了。

方霏屏息等着，等着她日夜思念的醇厚悦耳的声音在耳边响起，可是，电话那头沉默着,沉默着,方霏惶惑了,等不及地准备先开口问好,耳边却传来一声清脆的"咔嗒"声,随后是一串忙音。

　　电话被轻轻而坚决地挂断了。

　　意想不到的声音,令方霏全身一震,热血冲向头顶,她听到自己的心狂乱地跳着,似乎被这声响震碎了,一片"叮咛哐啷"碎片落地的声音。好久好久,那急促的忙音重复着被拒绝的事实,她颓丧地放下电话。

　　这个结果是方霏万万没有想到的,柳凌志竟然连她的电话都不接了。方霏从那果断的"咔嗒"声里,听出了轻蔑,听出了鄙夷,听出了不屑,听出了遗弃。

　　他凭什么这样对待她?他为什么要这样对待她?他不是总嘱咐说:"无论发生什么,都要告诉我,我愿替你承担一切。"他不是情真意切地说"我们永远是亲人"吗?

　　所有的爱与承诺,这么快就都不算数了吗?

　　她都准备认错了,可是严格说来,她又错得有多不可饶恕呢?连法律都无法给她定罪,他凭什么就定了她的罪,她顶多只能算是头脑简单,考虑问题是直线思维模式,没有想太多而已,她单纯的投资行为,被人加以利用,加以抹黑,这么点事,他就生怕连累了他,怕伤了他玉洁松贞的形象,以至要绝情如此吗?

　　这个口口声声最爱她的男人,这个说一直相爱到临终时刻的男人,此刻却亲手在她的心上,插上了一把尖刀。

　　他对她连陌生人都不如了,陌生人都会有礼貌地酬答,他对她却再懒得理睬。

　　柳凌志采取这样一言不发的分手方式,正是他一贯的作风啊,不,他不会主动说出分手的话,那样太伤人,那样伤害人的事,他做不出来。

　　方霏心中充满屈辱,他可以放弃,但他不应该这样放弃!他怎能这样回应她的深爱,回应她对朝夕相伴的期许,他怎能这样,一点风吹草动就飞快转身,无情无义。

　　在职场浸淫多年的柳凌志,审时度势应该是他运用纯熟的行为准则吧,当面临事业上的压力与威胁时,柳凌志的放弃,是性格使然,是惯性使然,他怎肯为女人承担风险?他深刻领悟世道人心,早就明了般若智慧,懂得妥协和顺应,他随遇而安,不怒不争,不也体现了明哲保身的处世哲学吗?他常常显出淡淡忧郁,一脸"我不入地狱谁入地狱",似乎世界让他承受了多少委屈,不就是常常牺牲自我的殉道者的表现吗?

　　想必柳凌志不仅不会内疚,还大可以抛弃方霏为荣。他可以沾沾自喜地认为,这是自我的救赎,是对自我的又一次伟大胜利。他没有被儿女私情迷惑,而是又一次坚持了自己的道德洁癖。

　　这么多年的爱恋,从一开始就只是她一厢情愿的单恋。柳凌志太无辜,他只是在她热烈的爱情面前,不忍拒绝。她对他来讲,是天降的好事,是到口的美食,接受她的爱不过是盛情难却,顺水推舟。他顺势而为地与她谈了一出无伤大雅的恋爱,在相爱的过程中,他虽然给了方霏很多的体贴和爱,但那只能证明他有良好的个人修养,那只是他一贯的行为模式,他对方霏的好,并非因为深刻的爱情,是方霏一直在自我陶醉。

她终于认清了她的爱情的本质,她是一以贯之的单恋,是自己要用宝贵的青春孤注一掷,耗尽心力最终落得这么个自取其辱的结局,怪不了柳凌志,怪不了任何人。爱情必须是两个人的事情,一个人无论怎么努力,都会力不从心。

电话那头,挂断电话的柳凌志一脸悲壮,已经告别过了,不需要一再告别。就这么干脆利落地了断,于方霏于己都好,越是绝情,越是放下得彻底,让她开始新的生活吧。

离上班还有一刻钟,柳凌志坐回午休的榻上,盘腿打坐一会儿,收束心神。最近不再忙着激情约会,生活又有了规律,心情慢慢平静,身体也变得圆融通畅了。吃喝拉撒,按时按点,一切皆有准头,人生尽在掌握。奔四的人了,身体机能在长期的精心保养下,运转得像一架精密的仪器,哪天少喝一杯茶,少吃一碟水果,都会被这架精密仪器侦测出来,并马上做出相关反应,轻则出恭不畅,重则浑身不爽,影响生活质量,哪还经得起火烧火燎的爱情折腾!过于狂热的爱情,对身体、对事业都是伤害,是应该戒除的瘾。

白开水一样的日子,才是最值得珍惜的日子。身为金融高管,他享受着太多的特权,太多的照顾,他当然要承担义务,要背负的责任,生活不可能总是花团锦簇的幸福,浮生能从容享受一段爱情,他就应该谢天谢地了,不要再奢望更多。

第二十四章
一别天涯两宽

失恋后的方霏,和热恋时的方霏一样,无心支行的管理。她的意志溃不成军,不能成功地凝神于工作,她害怕与人接触,没有力量伪装若无其事。

她把自己的心,交给了一个深爱的男人,现在他转身走掉了,把她的心也带走了,给她留下的是深深的空洞和虚无。

她害怕走进阳光中去,连日被泪水浸泡的眼睛,被阳光刺得生疼,阳光下随处可见别人的温暖幸福,也会让她触景伤情。她知道自己脸上写满失意,就总是把自己关在办公室里,一个人静静发呆,回忆和柳凌志相处的时刻,回味他那些深情脉脉的话语。过去的岁月里越是用情至深,眼前的现实就越残酷,两相对比,恍如隔世。

柳凌志依然生活在不远处,可是又成了与她毫无关系的外人。

方霏的心掉进了绝望的深渊,朦胧的泪光里,她仿佛看见,柳凌志从她这里一个转身,继续神态自若地扮演成功人士。他在人们的簇拥下,站在光环中,面带含蓄微笑,发表深情演说。这段未能修成正果的感情,未能真正进入他生活的感情,对他的影响微乎其微,就像春梦一场,他能说放弃就放弃。而自己真挚的爱情,因为柳凌志的背弃,成了一段攀龙附凤而未能成功的笑话。她只能一个人形单影只,独自舔舐伤口,咀嚼孤独与被遗弃的滋味。

罗若兰让秘书打来电话,说要来支行视察,方霏努力打起精神接待她。

这次罗若兰是为一笔出现风险苗头的贷款而来。同样是她的权贵朋友介绍的关系贷款,是她直接和客户联系,授意她在金宝支行的亲信员工经办的。

第二十四章 一别天涯两宽

这笔贷款报给方霏，请方霏审查签字时，方霏就有疑虑，这个客户两头在外，原材料从国外采购，销售也依赖外销，在国内的生产场地是租赁而非自有，以她的经验判断，这样的空壳客户根本无法控制。

但在罗若兰的压力下，方霏最终还是在贷款资料上签了字，贷款额度不算大，顺利地获批了。现在，贷款即将到期，客户却明明白白地告诉罗若兰，他们经营困难，无力还款。罗若兰急得跳脚，但客户一副死猪不怕开水烫的嘴脸，事已至此，罗若兰要想办法善后。

罗若兰直截了当要求方霏，赶快给这家企业再报一笔更大金额的贷款，她会亲自出面与分行审批部门斡旋，让新贷款获批。银行有还旧才能借新的规定，她会让企业借一笔民间资金，还掉前面的到期贷款，再提取新贷款归还民间资金，多出的资金让企业留作周转，帮企业渡过难关。

罗若兰认为这样处理，企业可以借机喘口气，等待经营状况好转，说不定风险可以化解。至少，风险也可以延后暴露。

方霏明确反对。她说，从各方面情况分析，企业经营困难是由于管理层掏空企业，资产向海外转移造成的，这样的企业给它再多的资金，也只能是肉包子打狗，有去无回。银行没有任何可以掌控的东西，企业管理者也没有把企业做好的意愿，他们已经发现，套取贷款比赚钱容易得多，不能排除他们会故伎重施，把新到手的贷款又一次转移侵吞。

据方霏安排的客户经理贷后检查了解的情况，企业管理层明里暗里都移了民，他们不肯还款，完全是一种讹诈，一种有恃无恐。这些老赖深知银行的心理，银行都不肯轻易暴露风险，总是想办法左掩右盖。如果给他们追加贷款，纯属被他们牵着鼻子走，只会让损失越来越大，还不如及早预警风险，趁他们还未来得及完全掏空企业，采取措施追回部分损失，否则后果不堪设想。

罗若兰冷冷地回绝道："你这个说法完全不可取，我做银行这么多年，比你经历的事多了去了，对于风险，大家都是采取延后操作方式，水多加面，面多加水，这是常识。你现在正义凛然，要主动预警风险，请问风险暴露之后，你我会面临什么？我们马上就会被追责！按我的方法，再追加一笔贷款，我们还能争取到回旋时间，这一次我们认真进行监管，企业还是有机会起死回生的，他们有核心技术。"

方霏还要反对，罗若兰站起来不容置疑地说："这件事就这么定了，不管你有什么意见，请你保留，下级服从上级，这件事必须按我说的办。我马上安排人整理材料，你只需签字同意上报就行了，其他的事我会安排。"说完罗若兰转身要走。

走到门口，罗若兰又突然想起来似的，转身命令道："我需要与相关部门就这个项目进行沟通，需要打点，你尽快给我准备20万现金，直接送到我办公室。"

说完罗若兰就拉开门，在司机和随员的簇拥下，前呼后拥地走了。

方霏默然坐着，想想自己都干了些什么。工作曾经是她转移注意力，逃避寂寞与无望的法宝，现在，这种积极意义不存在了，初入行时的职业荣誉感已经消失殆尽，绩效不断增长的单纯快乐也已不复存在，职业生涯越往上走，越要被肮脏与不堪所绑架。

所有的信仰，都陆续轰然倒塌。

罗若兰开口就要20万！她何来的对她方霏予取予求的权力？20万对支行来说是一笔不小的支出，要在不为人知的情况下，把这笔账做平谈何容易？记不清这样的事发生多少次了，方霏是一次比一次更无助。

快下班时突然下起了暴雨，各路媒体滚动播报安全提示，台风天气道路难行，请驾驶员注意行车安全。郭慕侠和两个外出办事的同事打来电话，说不回支行，直接回家了，没外出的同事都暂时留在办公室，等待雨停。

方霏走出办公室，对支行、对员工的责任依然支撑着她。在这样的时候，真应该感谢肩上的责任，是责任让她在感情创伤后的迷茫虚无中，精神不至于垮掉。是责任分散了她对创伤的注意力，是责任在提醒她，生命的存在还有意义，还有一些人、一些事需要她。

她向大家提示暂缓出门，又请崔小洁在员工休息室摆好茶点，在就近的酒店订几间房，如果雨下得太久，员工可以先充充饥，可以在酒店住宿，以免回家路上不安全。

崔小洁答应着去办理，方霏转身回了办公室，她自己也打算暂时留在办公室，等待雨停。

外面办公区间里，夏桐瑶似乎没听见方霏的提示，拎起皮包还是准备回家，她的两个小助理劝她等雨停再走，但夏桐瑶表情怪异，执意要走。

方霏听到外面的拉扯，没有出来查看。她清楚夏桐瑶私生活中的秘密，夏桐瑶急着走，也许是与许仁杰有约，她们已经不是贴心好姐妹了，方霏决定装聋作哑不去多管。

从那次聊过费用之后，夏桐瑶在方霏面前，总是不自然的表情。方霏换位思考一下，夏桐瑶也不容易，渴望拥有正常的家庭生活却不能如愿，只能渴望多赚点钱，在老父亲和家人面前证明她还是和小时候一样优秀。方霏第一次被写举报信时，夏桐瑶得知后表情闪烁，很快离去，情状可疑，不过她是杨礼斌贷款的经办人，方霏相信她不会是举报人，她有可能是怕被累及。

夏桐瑶迫切地想回家，并不是有谁等着她，她迫切地要逃离办公室，逃离这些下场雨也像过节一样，快活得没心没肺的同事，只是想要一个人待着，一个人想哭就哭，夏桐瑶把同事们的劝告扔在身后，不管不顾地开着车冲进了雨幕。

几个月前，夏桐瑶最后一次见到许仁杰。自从离开永盛公司后，她见他十分困难，许仁杰总是各种理由不见她，推说忙，推说怕妻子知道又要闹事，推说儿子高考前要稳定情绪，不能出意外。

这两年，他们见面次数屈指可数。也怪自己不争气，每次好不容易见面，就哭得眼泪不断线。许仁杰是一个热衷享受，及时行乐的人，受不了她这样寡妇哭丧，悲悲戚戚。他发狠说，哭哭哭，只知道哭，霉运都是被她哭来的。

最后一次见面，夏桐瑶都近乎哀求了，许仁杰才同意。

见面后，夏桐瑶吸取以前的教训，忍着不哭，脸上堆着笑迎接他，但许仁杰没有回报笑脸，他脸上阴云密布，让夏桐瑶胆怯。

两个人照例云雨一番，这是他们之间多年来的固定沟通模式。除了肉体交流，许仁杰对和她的其他交流都不太有兴趣。两个身体的赤裸纠缠，就是他们最好的交流。

但这一次，连这项活动许仁杰也是意兴阑珊，像完成一件例行公事。趁着两个热身子还贴在一起，夏桐瑶觉得有了说话的底气，她大着胆子说："你儿子马上高考了，你答应过我，儿子高考结束，你就马上离婚的，我们的事，是不是该商量商量了。"

许仁杰听她一说，就起身穿衣服，边穿边瓮声瓮气地说："我可能没办法娶你了，结婚不是在一起睡个觉那么简单，我不是一个耐心的男人，你又不是一个宽心的女人，我们没结婚都过得愁云惨雾，结了婚天天耗在一起，只能是个悲剧。我不想让自己后半生再活成悲剧，我给你一笔钱，我俩分手吧。"

夏桐瑶一听，立刻像杀猪一样地尖叫起来，她哭喊着："怎么可能？给一笔钱打发我，怎么可能？我又不是外面卖的，我跟你快十年了，你怎么能这样对我？"她疯了似地扑上去，抓许仁杰的脸。

许仁杰厌恶地推开她，抓起外套摔门而去，至此再不理她。

三个月了，一年一度的高考到了，夏桐瑶忍着悲伤，等待许仁杰回心转意，等待许仁杰来找她，她不相信许仁杰真的不要她了。她不停安慰自己，许仁杰的儿子出了考场，许仁杰就该来找她了，但他没来，她又安慰自己，许仁杰的儿子收到大学录取通知书，他就该来了，他只是赌气，他不会真的不要她，他们已过了十年的地下夫妻生活，许仁杰没有她，会不习惯的。

等来等去，没等来许仁杰，却等来了余丽娅。

夏桐瑶也是好长时间没见到余丽娅了，方霏被举报那次，夏桐瑶听了方霏和郭慕侠的对话，匆忙去质问余丽娅，问是不是她把方霏告了，结果她被余丽娅呛了一鼻子灰，余丽娅嘲笑她自己的事都没摆平，还瞎操心。

自那以后，她俩也一直没联系了。

今天，余丽娅神秘兮兮地打电话给夏桐瑶，似乎她们之间的不愉快已经被时间消化掉，她又变回热心的闺密。她告诉夏桐瑶一个惊人的消息，她刚去永盛公司办事，

第二十四章 一别天涯两宽

听说许仁杰真的在儿子高考后,快刀斩乱麻地离了婚。大约许仁杰早就摆平了前妻,谈好了条件,事情才能办得神速。而且,许仁杰马上又要结婚了,新娘子据说是他儿子的家庭教师,儿子高中阶段,家庭教师常到他家,为他儿子补习功课,与父子俩都建立了深厚的感情……

  低沉的天幕下,厚厚的雨云像一口倒扣的大锅,将世界囚禁在无边的黑暗里。夏桐瑶好不容易回到家,进了屋子,屋子空旷寂寥,像一座困顿在大海中的孤舟,在风雨的摇撼中,这小小的孤舟似乎随时会沉没。

  小小的家也没了安全感,却是更深的孤独无助。夏桐瑶感到惊惧,暴雨扑打着窗玻璃,像一群暴徒在四面八方狂敲,想要寻机冲进屋子,狂风挤过窗子缝隙,发出尖利的啸叫。余丽娅分不清是遗憾还是冷笑的声音,在她耳边一直回响:"我还以为新娘子会是你,会是你……"

  夏桐瑶捂住耳朵,她转身又冲出家门,到车库开出车子,再次冲进雨幕中。雨比下班时更大些了,急雨如乱箭一般射向车身,在铁皮上击打出一片"噼噼啪啪"的喧腾,瓢泼般的雨水倾泻到地上,汇成一条条小河,争先恐后涌向下水道口,在下水道口形成一个个小漩涡,夏桐瑶的车子在水中打滑,像一只不听使唤的钢铁怪兽,她又悲伤又恐惧地牢牢握住方向盘,小心翼翼地驾驶。

  她茫无目的地缓缓行进,不知道要开向哪里,前面是一段积水的路段,好多车子抛锚在路边,夏桐瑶犹豫不前,透过雨幕吃力地观察前方,车头灯照到一家酒店的招牌,真是鬼使神差,怎么来到了这家酒店。

  这是一家熟悉的酒店,从前,她不情不愿接纳了许仁杰后,许仁杰多次带她来这家酒店狂欢。许仁杰喜欢寻找新鲜刺激,换个地方他就会激情无限,他曾经发宏愿说,他要带着夏桐瑶,睡遍滨城的高档酒店。这家酒店许仁杰最喜欢,来的次数最多。

  酒店灯火辉煌,暖暖的黄色灯光从一个个窗口逸出来,像是茫茫大海中的挪亚方舟,温暖又安全。

  夏桐瑶想了想,把车开进了酒店的停车场,到前台点了一间许仁杰和她住过的房间,正好,房间空着,可以入住,她办好手续,来到了房间。

  房间还是老样子,适宜的温度,松软的床褥,夏桐瑶无力地倒在床上,倒在许仁杰曾经躺过的地方。往事历历,鼻子似乎闻得到许仁杰身上浓烈的荷尔蒙气息,她知道这只是幻觉,酒店的床品早已不是当初的那一套,但她陷入幻觉里,无力自拔,她似乎看到许仁杰那欲火熊熊的眼神,恨不能把她一口吞下的急切与贪婪。过去,许仁杰魁梧健壮的身躯向她扑过来,她会害怕,但现在,她却渴望。

  一直以为是许仁杰离不开她,原来,是她离不开许仁杰。她习惯了他的野蛮,他的强大,和许仁杰在一起,他是主宰,他是上帝,他掌控一切,他也给予一切。他喜欢看到她害怕,她的瑟缩让他更加兽性大发,他狞笑着,像扑向猎物一样扑向她。

夏桐瑶流着泪,抱紧枕头,想象她抱着的是许仁杰孔武有力的身躯。跟了许仁杰这么多年,一直生活在他的羽翼下,形成了难以克服的依赖,许仁杰通过对她身体强势的占有,让她从思想到肉体,都臣服于他。她已经认定,只有依附他,才能活下去。而许仁杰一直是那么迷恋她的肉体,她以为,她可以一直依附许仁杰,和他各取所需。

离开永盛公司的这一年多里,她辗转谋生,受尽苦楚,没有许仁杰帮她摆平一切,她实在是太累了。虽然后来方霏招她进了银行,终于做出点业绩,找到一点成就感,但也还是很辛苦,每个月都要出差,风里来雨里去,进矿山下煤窑,细皮嫩肉都晒黑了,变糙了。每个月到核心公司去对账,那些财务人员,个个都一脸不耐烦,就像给她们找了多大的麻烦。想想自己以前贵为财务处长,手下管的都是他们这一类人,谁敢对自己这么不敬?辛辛苦苦挣点费用,还要被方霏剥削,她成天坐在办公室里,和郭慕侠说说笑笑就能挣大钱,听说她马上还要成行长夫人,她怎么就那么顺……

等许仁杰来娶她,来救她苦海,给她妻子的名分,来洗去当了十年情人的耻辱,是夏桐瑶离开永盛后,生活中唯一的光亮,唯一的期待。可这个希望现在完完全全、彻彻底底地破灭了。

脑海中嗡嗡作响,各种怨念如同窗外喷涌的水流,让夏桐瑶应接不暇。

电视机里飘出轻柔的歌声,是许茹芸的那首《泪海》。典型的芸式唱腔,千回百转,凄婉哀伤,道不尽的销魂蚀魄,说不完的藕断丝连,就像是自己的悲伤被她娓娓道来。夏桐瑶早已蓄势待发的眼泪,被她唱得夺眶而下,眼泪和着雨水,世界在她眼前一片模糊。

许仁杰,他竟不顾十年恩爱,把自己弃若敝屣,这个打击实在太大了,这个羞辱也实在太难承受了,夏桐瑶失去了生的意念,她想愤而自戕,她要用这种极端的方式,去报复许仁杰,让他面对她的遗体,去后悔,去痛哭,去遗恨终生,去承受良心的折磨吧!

眼前浮现出电影画面一般的场景:她悠悠一缕芳魂,怀恨走上九泉路,许仁杰捶胸顿足,抚尸痛哭。

到那时,许仁杰一定会明白,自己才是他的真爱,他移情别的女人,只是一时糊涂。

夏桐瑶跌跌撞撞来到卫生间,看着镜子里的自己,双眼红肿,一脸憔悴,曾经丰腴的身躯,被许仁杰赞叹说是温香软玉,这一两年寂寞无助,贪吃傻睡,已经开始变形走样,难怪许仁杰见异思迁了。

泪眼睇视镜中的自己良久,在夏桐瑶越来越空洞的眼里,几个幻影正在逼近自己:绝情的许仁杰,眼神冷硬,拂袖而走;嚣张的许仁杰前妻,一脸凶狠,步步紧逼;妖冶的许仁杰新欢,浪笑连连,得意非凡。

夏桐瑶捧起头,闭上眼睛。幻像依然在逼过来,她连连倒退,却碰到身后的浴缸,

第二十四章 一别天涯两宽

退无可退，恐惧中，夏桐瑶抓起一只玻璃杯，"呼"的一声向镜子砸去，镜子碎了，发出骇人的巨响。夏桐瑶吓得倒退一步，一阵"哗啦哗啦"的声音后，地上、台面上布满玻璃碎片。

夏桐瑶捡起一块锋利的碎片，看了看，咬牙对着手腕切割下去。

她在心里对许仁杰发狠说："你赢了，让你们都见鬼去吧，我夏桐瑶生无可恋，就不信你许仁杰余生不受良心折磨，让你背负着对我的亏欠，享受你的幸福生活吧！"

来来回回割了好一会儿，才有殷红的血缓缓渗出，伤口处并不太痛，也许是心里的痛盖过了肉体的痛，殷红的血液渐渐漾开。夏桐瑶感到头晕，她想找个地方躺下，在昏沉中，她想着躺到床上去会血染床单，给酒店增加麻烦，她吃力地跨进浴缸，躺在空空的浴缸里，意识进入迷幻状态，她的灵魂飘浮到空中，自上而下俯瞰着一切。她看见许仁杰痛哭流涕的脸，不由有一种报复的快感。只要能换来他的悔恨和眼泪，死了也值了。

有人按门铃，铃响了很久，之后有人开门进来，突如其来的尖叫声，然后是杂沓的脚步声，许多人应声而来，手忙脚乱把夏桐瑶抬上了急救车，送往医院。

清醒过来的夏桐瑶看到床前坐着两个人，她一动他们就发现了，他们急切地俯向她，女的说："你醒啦，夏小姐，你可把我们吓坏了，你年纪轻轻的，为什么要做这样的傻事啊？"

夏桐瑶茫然看着他们，他们连忙自我介绍说，他们一个是酒店客房部的负责人刘玲，一个是酒店安保部的负责人朱平安。

夏桐瑶闭上眼，扭过头去，眼角溢出晶莹的泪珠。

她不要想起、不要铭记、不要醒来！

她哭着说："为什么要救我？"

刘玲俯身抓住夏桐瑶的手，关切地问："夏小姐，是谁欺负你了吗？你这么痛苦？"

夏桐瑶闭着眼摇摇头。

刘玲又说："我们发现你后报了警，警察已经到过酒店了，他们确认你是自杀，医院说没生命危险，马上组织抢救，警察现在已经走了。你如果有什么情况要向他们反映，可以联系他们，他们留下了电话。"

夏桐瑶连忙又摇摇头："不需要。"

朱平安在一旁也开了口："你这个姑娘真是命大，要是今晚我们没及时发现你，你的小命就丢啦。"

刘玲说："是啊，你知道吗？是你的车救了你，昨晚雨下得太大，有个送客人来店的车不小心刮了你的车，安保部调监控，查到你的房号，要找你下来处理事故，按门铃好久都没人开。监控又显示你进房后没有出去，打电话也没人接，我们就决定开门进去看看，这一看就看到你昏倒在浴缸里了。"

朱平安说："我们急急忙忙又是报警又是叫救护车，送你来医院，医院说你伤势不重，只是晕血昏过去了，很快就可以醒来，所以警察就撤了，让我们陪着你，等你醒过来。"

夏桐瑶感激地看了看刘玲和朱平安。害他们忙了大半夜了。

刘玲说："好了，你醒了，也算鬼门关走了一回了，再不要犯傻了，要不你通知家人来陪你吧，等你家人来了我们也该回去了。"

夏桐瑶闭上眼想了想，眼泪又不争气地流出来了，通知谁呢？许仁杰吗？他正在筹备和新欢的婚礼，哪里会照顾她这个被弃的女人！老父亲和几个姐妹，她不想让他们担心，何况远水解不了近渴，还不如不要吓唬他们。余丽娅吗？虽然她一直和自己交好，但她心机太深，想起她为了争夺后备干部资格，对方霏设计陷害，夏桐瑶不寒而栗。还是方霏更正派宽厚一些，而且，方霏是她的上司，通知她也更理所当然。

思来想去，方霏竟然是这世上唯一一个可以理解她，陪伴她的人，上一次被许仁杰老婆追打，也是方霏陪着护着，方霏知道她的一切，但她守口如瓶，从未在支行散布过她的私事，方霏是值得信赖的。那么，只有通知方霏了。

夏桐瑶报出了方霏的电话号码，请刘玲告诉方霏说她病了，需要有人来陪护一下。

此刻的方霏，也在自己的小屋里，独自望着窗外的骤雨出神。

雨小了些后，方霏回了家，恶劣的天气，也加深了她心情的抑郁。窗外雨声绵绵不绝，自己的生活，像这阴郁的天气一样，在昙花一现的幸福之后，接踵而至的是内外交困，一个人无法安睡，方霏临窗伫立听雨。

窗外，城市灯火在雨幕下折射出星光一般的璀璨，多少盏闪耀的灯下，是一家人其乐融融的欢聚，自然界的狂风暴雨，丝毫不影响美满家庭的幸福温暖，相反，历尽风雨之后的团聚，更能体会出家的无与伦比与无可替代。她就像卖火柴的小女孩，又冷又饿站在玻璃窗外，望着别人家挂满糖果的圣诞树。所有的繁华温暖，都与自己无关，她深爱的人，曾许诺给她一个家，现在却断然抛弃了他，她既无法拥有他的过去，也无法走进他的未来，她像一个乞丐，徘徊在他的门外。他偶然施舍了一点温情让她幸福，但却很快被狂风席卷而去，风过无痕。

其实，人生中最痛苦的并不是没有爱情，而是看似得到了爱情，然后，再让你失去。

上帝为什么要给她安排这么一段缘分？这么一份执着却无望的爱情？

她用整个的青春，做了一个年少轻狂的梦，用尽所有的努力，终于把梦想拥在了怀中，但在不择手段的追求中，最终还是自毁长城，转而又失去了最珍视的东西。

大雨冲刷着天地间的一切，方霏也任由脸上的泪水恣意流下，此刻，与天地同悲，让泪水带走心中巨大的伤痛吧。

爱这样匆匆，把一切来不及说的爱，都堵在了心口，她转身到书桌前，她要把此刻的心痛写在日记里，她要把再也不能对他说的话，说给自己听。

窗外雨声唰唰，窗内纸笔唰唰，相互应和着，方霏奋笔书写：

虽然我知道我错了，但遭遇如此决绝的遗弃，却也何其不公平。

不管是对还是错，我所有的出发点，都只是因为深爱，我该怎么办呢？如果不去努力，我想我无法得到，可是努力了，依然还是失去，此刻唯一能安慰我的，只有鲁米的诗句，"情人们最终并不在某处相遇，他们一直在彼此心里。"

在遥望的那五年里，心中至少还有一份虚无的向往，可是现在，浓情蜜意的一年透支了未来所有的希望。这一次的失去，是再也找不回来的永别，你甚至把下辈子的希望也无情地给扼杀了，你说：下辈子，我只能成为你的女儿。

当你爱我的时候，我是全世界最富有的人，当你不再爱我时，我变得一无所有。你永远都无法了解，你对我非同寻常的意义。在那么多年里，你都是心灵中的温暖，是精神上的导师，在短暂相处的时光里，这份爱更是难以言喻的浓烈，不论结局如何，爱将永生。

用了五年的时光，换你在我的生活中匆匆路过，我比五年前更加深切地爱着你。但我也明了你的心意，我不会再纠缠你，我还要给自己留一点可怜的自尊。今后，这份爱情将与你无关，它又成为我一个人的独角戏，它藏在我心里，陪我走完余生。

能够遇见你并且和你相爱，对此刻的我而言，依然是一件十分美好的事情，你曾经温暖的情话，像永世不灭的火花，它依然会回响在我的耳边，点亮我一生的心灯。我永远都不会后悔如此爱你，我只是遗憾，人生那么长，爱为何只有短短的一瞬？

就这样结束吧，一切都会有终点，爱情也有终点，但愿疼痛能教会我，人生不应该只有爱情。

方霏终于写完了，她搁下笔，书桌上那帧合影照片映入她的眼帘，她珍重地捧起照片，抚摸照片上柳凌志的脸。这张照片陪着她从临江到滨城，从一个出租屋辗转另一个出租屋，直至安定在这里。她和柳凌志在一起一年了，她甚至没有得到他更多的照片，他有一些怪癖，他对方霏的合照要求莫名的抵制，方霏只好随他。时至今日，她依然还是只拥有这一张集体照。

她抚摸着照片，眼中泪落如雨。缘来缘去一场空，只有这张照片一直陪伴，只能再从照片上看着他，要好好记住他的样子，不知道岁月会不会残忍抹去记忆，连那张甜蜜亲吻过的、耳鬓厮磨过的熟悉脸庞也逐渐变模糊……

电话突然丁零零急骤地响起，午夜凶铃一般的恐怖，让方霏猛吃一惊。"啪"

的一声,照片脱手摔在地上,玻璃镜面碎了一地。方霏一时呆住,辗转搬家几次,一直带在身边的宝贝,现在躺在一地的玻璃碎片里。电话铃声还在尖厉地响个不停,她手忙脚乱去接电话,接起电话后又心疼地俯身捡照片。

这么晚了谁会来电话呢?深夜的来电,不是极坏的事,就是极好的事,反正不会是平常事。

电话中一个女子自报家门,她说她叫刘玲,她礼貌地问:"你好,你是方霏吗?你的朋友夏桐瑶小姐,她现在在医院里,需要有人来陪护一下。"

方霏忙问:"她病了吗?"

刘玲说:"比生病严重多了,她在我们酒店闹自杀,我们送她到医院来了。"

方霏吓了一跳,人命关天,她放下电话,抹干泪痕,急忙出门向医院赶去,边开车边给郭慕侠也打了个电话,郭慕侠是支行领导之一,这样的大事他也要参与处理。

郭慕侠接到电话,和方霏差不多同时赶到。两个人在住院部大楼碰到,一起来到病房。

刘玲看到方霏和郭慕侠,不由上下打量一番,她看看方霏,看看郭慕侠,赞叹道:"好漂亮的一对。"

方霏无心理会。

刘玲又快人快语地对夏桐瑶说:"夏小姐,你的朋友来喽,朋友都是这么漂亮的人物,自己也长得这么漂亮,有什么想不开啊?"

她转头认真地叮嘱方霏和郭慕侠说:"人就交给你们了,我们走了啊,还得赶回去值班。你们的朋友心情很不好呢,你们要好好劝慰她,让她不要再犯傻了。再要有下次,就怕没有这么好的运气了。"

方霏点着头,送刘玲和朱平安到门口。

刘玲和朱平安走了,方霏生气地问夏桐瑶:"是为了许仁杰那个王八蛋吗?你觉得这样值吗?"

郭慕侠阴沉着脸:"又是一出痴情女子负心汉的故事吗?要不要组织出面去给你讨个公道?"

夏桐瑶苦苦地一笑:"讨什么公道,还有意义吗?何况,我和他既无契约,他对我也无义务。"

趁护士来量血压,方霏和郭慕侠走到病房外,方霏小声对郭慕侠说:"你别火上浇油了,和那个负心汉纠缠,对夏桐瑶没什么好处,我们帮她的最好方式,就是让她忘记那个许仁杰。而且,许仁杰还是咱行的大客户,和他闹翻了,业务上的事情都不好开展了。"

郭慕侠一脸不屑,但他仍然点了点头。

几个人约定好,夏桐瑶自戕的事情保密,省得口舌是非。一个姑娘家闹自杀,必然会引来许多猜测，如有人问起，只说是不小心被玻璃杯割伤了。

夏桐瑶住院期间，方霏尽量抽空陪在医院。那个雨夜，她没有拦住夏桐瑶，险出大祸，她有点内疚，现在她要盯着夏桐瑶一点，给她多做做心理按摩，怕她情绪波动，再弄出什么危险举动。

方霏在医院陪夏桐瑶，罗若兰总是打电话催她，要她赶快上报追加贷款的材料。

罗若兰在电话里软硬兼施："方行长，你得配合我摆平这笔贷款，不要存心逃避，你觉得这个客户和你没关系，你想不管是吗？你大错特错了，你是我的队伍，就得跟我一条道走到黑，是对是错你都只能认命，如果你胆敢背叛我，你会被所有人唾弃。这是我最后给你的机会，只要这件事办好了，分行后备干部就是你。"

方霏在心里冷笑，按罗若兰的说法，她们难道是在混黑社会吗？难道真的上了她的贼船就下不来，除了卖身求荣，就再没有别的路可走了吗？

成熟往往就在转念之间，就在突然发生的某件事给予的刺激，突然遇到的某个人启发了思考。此刻的方霏就是如此，眼看着夏桐瑶花朵一般的生命，一念之差就差点消逝，为了一个道德低下的男人，这样值吗？抱残守缺太可悲，爱情如此，生活同样如此，感觉到错了，就及时回头吧。

方霏一念之间，思想似乎通透了，她对罗若兰开始有了同情。这个女人的执着更甚，只是执着的目标不同而已。罗若兰执着的是利益，是自私自利的价值观，她从不懂得见好就收，不知道留有余地，她不明白奉献比索取幸福，终其一生，都只在孜孜以求占有更多的金钱和利益，多么可悲多么虚无的追求啊。

前思后想，方霏决定辞职，她不想再陪着罗若兰玩了。

方霏把辞职决定和苏文玉说了。

苏文玉不能完全理解方霏的心路历程，劝说道："努力的意义不仅仅是为了得到爱情，你千万不要一时冲动，感情受挫了，就放弃事业，也太任性了吧。"

方霏凄然说："这不是一时冲动，好久以来我一直在考虑这个问题。我对现在的工作已经不喜欢，这么多年盘桓不去，只是因为爱他，想和他生活在同一个圈子。现在我失去了他，也没有留恋这个圈子的必要了。我必须换个环境，只要在这个环境里，我就无法忘怀他。"

"那你这么多年的努力和积累，就这样放弃了？"

"当你失去了曾经至爱，你会发现，世间其实没有什么东西是不可以放下的。也许我从此到了一个无欲则刚的境界了，再没有什么可以牵绊我，我随我心。"

"未来的路还很长，你总得有份工作。"

"是，我要养活自己，当然还得工作。但我想在重新工作前先充实提升自己，我打算到英国去留学，学习国际前沿的金融知识。这些年的经历告诉我，想要做人有底气，先得有实力。要想改变自己在职场弱势的地位，再不被潜规则绑架，就不能把进步的期望寄托在别人身上。我已经感觉到，金融业即将迎来深刻的变化，我要提前做好准备，我要成长为真正具有国际视野，能靠自己独有的核心能力生存的金融精英。这些年我也算略有资产，暂时不用为生计发愁，可以深造一下，重新出发。"

"你知道吗？霏儿，你和当年大不一样了，你现在的样子，是一个勇敢的、坚定的、不折不扣的社会精英的样子。只要一谈起事业，你就信心十足，魅力倍增。我越来越觉得，你不属于爱情，不属于家庭，你属于社会，你的价值在于不停地攀登事业的高峰。"

方霏自嘲地笑了："所以，上帝给我一段没有结果的爱情，是为了成就一个精英的成长吗？也好，我已经历过爱情，人生再无遗憾，我拼尽全力的爱情虽然短暂，但浓烈得可以回味一生，我在情感上再无遗憾。从此以后，我可以专注去做有意义的事情，人生，不应该只有爱情。而且，事业的确是最值得投入的，事业永不会背叛，有一分付出就会有一分收获。"

她经过了爱，她可以放下爱了。

苏文玉羡慕地看着她："失去了爱情，却能收获整个世界，未尝不是一种幸运，我早早把自己交给爱情，就只有爱的一方小天地。对于生活，每个人都不能太贪心，珍惜拥有的就好，不要奢望全部。"

方霏主意一定，立刻就开始行动，她写好了辞职报告，托郭慕侠替她上交，这最后的手续，她不愿亲自去办了。

郭慕侠知道很难让方霏改变心意了，接过她的辞职信，他难过地说："太不讲义气了，就这样丢下兄弟姐妹们。"

方霏鼓励他说："这个位子本来就是你的，是你让给我的，现在该你把这份责任接过来了，你是个男人，你的肩膀比我更有力量，我相信你会善待兄弟姐妹们。"

"可我不想被什么责任呀、义务呀套牢。"

"其实你是一个挺有责任感的男人，比如对我。"

"在这个世界上，你是唯一一个我愿意为之负责的人。"

方霏笑了："这么久我才发现，你就是传说中的暖男呢，只可惜我太迟钝，没福气，我在感情上，是个偏执狂。"

花了半个月办好了辞职手续，所有的挽留均谢绝了，在分行没有更好人选接手的情况下，郭慕侠当仁不让地接替了方霏的职务，方霏和郭慕侠做了交接。

方霏联系留学机构选了一所学校，几个月后，就要出发去英国读预科。

她做着远行的准备，车子卖了，房产卖掉一半，到手的钱还掉所有银行贷款，解决了债务负担，多出来的作为留学的开销。自住的公寓留下，给将来回国留一条路，公寓里的生活必需品，能带到国外用的都尽量打包，省得到国外购置花费太大，该节省的地方还是要尽量节省。

感谢这黄金十年，让自己这么年轻就拥有了财务自由，拥有了追求更高远梦想的资本。

那桢合影照片的处置，方霏颇费了些思量。照片的玻璃框，在那个雨夜落地碎裂了，照片也被玻璃碴刮花了，这张已经不甚清晰的照片，还要继续带着吗？继续让它待在箱底，随着自己漂洋过海而去？方霏考虑了好几天，终于决定，把这桢照片，以及柳凌志送给她的东西一起，留在滨城。

她去银行租了一只保管箱，订了长长的租期，把与柳凌志有关的信件、照片、礼物，以及其他留存着爱情记忆的东西，珍重地放进去。

没有人想到，她的保管箱里，没有珠宝玉器，没有房契权证，只是要封存回忆。

在方霏眼里，她生命中昙花一现的爱情，仍是至宝。

不用上班的这些天，每天了无牵挂，安步当车，和苏文玉一起，喝喝茶，谈谈天。方霏感叹，这么多年都没有这么闲散的日子，不是为工作奔忙，就是为爱奔忙，各种无奈，各种受伤，突然间，流水落花，俱往矣。

苏文玉说："好好用这几个月调整一下吧。"

方霏说："不了，忙惯了，还是要找点事情做，想利用这几个月的时间，去做点公益，让我对爱的信心重新复活。"

周桂琴来与方霏告别，方霏问她："公司怎么样了？"

周桂琴笑笑说："公司挺好，多亏了你，保住了公司经营多年的根基，我当前最主要的，是把姓钱的残留在公司的影响一点点清除掉，让公司重整旗鼓。"

方霏说："是啊，吃一堑长一智，永远向前看吧。"

方霏联系到一个公益项目，到家乡奉远县的山区小学去支教一段时间，正好也陪陪父母，待英国的学校开学时，再奔赴学校。

她很快打包好行李，准备回奉远了。

当初孤身前来，如今孤身离开，曾经的爱恨得失，不过是南柯一梦。

郭慕侠、苏文玉和魏小北来车站送她。

这喧闹的车站，每天上演着一幕幕的重逢与别离，方霏抱着苏文玉，眼泪直往下掉："当年是你来这儿接我，如今还是你在这儿送我，幸亏有你一直给我温暖，帮我一再走出人生低谷。"

苏文玉说："亲爱的，你在我心中最勇敢，总是执着的追求理想，你去闯荡吧，想回来了随时回来，我们会一直等你。"

方霏含着泪笑了，和魏小北握手告别后，方霏站到了郭慕侠面前，郭慕侠向她伸出双臂，这次，方霏没有犹豫，她紧紧地抱了抱郭慕侠，对他说："在我的心里，你就像一个可以信任可以依靠的兄弟，我会永远记得你对我的好，好好保重。"

郭慕侠说："说得这么肉麻，把我的鸡皮疙瘩都闹出来了，别弄得跟永别似的，我会去看你。"

火车开动了，方霏探出头来，拼命地挥手。

再见了，亲爱的朋友们，再见了，自以为是的青春，再见了，终将逝去的爱情。世界如此辽阔，如果你曾失去过什么，正好重新出发，去寻找前方更加神秘未知的生活。

全文完

图书在版编目（CIP）数据

金百合 / 罗小芙著 . -- 北京：台海出版社，2018.3

ISBN 978-7-5168-1786-5

Ⅰ . ①金… Ⅱ . ①罗… Ⅲ . ①长篇小说—中国—当代 Ⅳ . ① I247.5

中国版本图书馆 CIP 数据核字（2018）第 041325 号

金百合

著　　者：罗小芙

责任编辑：高惠娟　赵旭雯
责任印制：蔡　旭

出版发行：台海出版社
地　　址：北京市东城区景山东街 20 号　邮政编码：100009
电　　话：010 — 64041652（发行，邮购）
传　　真：010 — 84045799（总编室）
网　　址：www.taimeng.org.cn/thcbs/default.htm
E — mail：thcbs@126.com

印　　刷：玉田县昊达印刷有限公司
开　　本：710 毫米 × 1000 毫米　1/16
字　　数：440 千字
印　　张：20.25
版　　次：2018 年 4 月第 1 版
印　　次：2018 年 4 月第 1 次印刷
书　　号：ISBN 978-7-5168-1786-5
定　　价：58.00 元

版权所有　侵权必究